VORWORT UND DANKSAGUNG

›Perlectus longaevi stringit inampla diei‹
(Walthariuslied, Vers 20)

›Lies dies, es wird dir den Tag ein wenig verkürzen.‹ Das empfiehlt der Verfasser des ›*Waltharius*‹, eines lateinischen Heldenliedes aus dem 9. Jahrhundert, in dem ein finsteres Kapitel der Geschichte Gunthers und Hagens geschildert wird. Dieser Satz des Dichters deutet auf eine Einstellung, die heute noch genauso angemessen ist wie damals, als Sigfrids Geschichte neu war. Trotz all der heroisierenden Elemente, mit denen vor allem Wagner die Sage ausgestattet hat, bleibt es oberstes Gebot für eine Nacherzählung, den Leser so lange zu fesseln, bis er den tieferen Sinn des Erzählten erkannt hat.

In diesem Sinne lege ich hier nun Band 2 von ›*Wodans Kindern*‹ vor: Sigfrid und Brunhild begegnen den Burgunden – dem Volk des Gundwurms, den Drachen des Rheins.

Ich möchte all jenen danken, die dazu beigetragen haben, daß dieses Buch entstehen konnte: meinen Freunden und Angehörigen, die geduldig meine wechselnden Launen ertrugen – Verzweiflung, Überschwang, Zerstreutheit – und mir damit halfen, dieses Projekt zu Ende zu bringen.

Mein besonderer Dank gilt denen, die mich schon beim ersten Buch unterstützt und die auch diesmal kräftig mitgearbeitet haben!

Erwähnen möchte ich an dieser Stelle Dr. Elizabeth Pope, langjährige Professorin für Englische Literatur am Mills College und Autorin von »*The Perilous Gard*«. Sie war eine Autorität auf dem Gebiet der Mythologie und war mir Mentorin und Vorbild zugleich. Leider hat sie dieses Buch nicht mehr lesen können, sie starb im August 1992. Ihr Verständnis und ihre Ermutigung werden mir sehr fehlen.

RÖMER UND GERMANEN
ANFANG DES 5. JAHRHUNDERTS

INHALT

PROLOG

Munins Geschichte

Siehst du den Raben, der dort über den Bäumen fliegt, ein schwarzer Fleck, der auf dem grauen Tuch des Himmels dahingleitet? Ein geflügelter Gedanke, jede Beugung der schwarzen Federn formt die Rune einer neuen Wirklichkeit. Hoch fliegt Hugin, denn sein Werk hier unten ist getan; das schwache Klagen von Brunhilds Kind hallt aus Heimars Halle herüber. Hugin folgt der untergehenden Sonne gen Westen, während die Gedanken unseres Meisters sich auf Sigfrid richten, der im Frankenland kämpft. Doch ich werde noch eine Weile auf dem Firstbalken sitzenbleiben, denn ich bin Munin, und ich erinnere mich ...

Ich saß auf dem Firstbalken von König Hilperichs Halle, als der Nordwind über die graue See fegte und Sigfrids erster Schrei die Luft zerriß. Ich hörte Hiordisa verkünden, dies sei das Kind von Sigmund dem Walsung, Erbe seines Vaters Schatzes, seiner Magie und seiner Feinde. Ich hörte Hilperich, der zustimmte, ihn großzuziehen – bis die Söhne Hundings vernahmen, daß ein Walsung über diese Erde wandelt.

Unter mir, in der Halle, über der ich jetzt sitze, weigert Brunhild sich noch immer, den Vater ihres Kindes zu benennen. Nur daß er ein Held ist, das schwört sie hoch und heilig. Und ihre Schwester Bertriud und Heimar, der Gatte ihrer Schwester, haben geschworen, das Kind großzuziehen, wie sie es vor nicht allzu langer Zeit mit Brunhild getan haben. Bertriud ist inzwischen zu alt, um eigene Kinder zu gebären. Sie hofft, daß dieses kleine Mädchen, strahlend wie der Sonnenschein, sie zu lieben lernen wird, was Brunhild, schwarzhaarig wie der Hunnenprinz, der ihrer beider Vater war, niemals fertigbrachte.

Ich beobachtete, wie Brunhild und die Burgundenprinzessin Gudrun zusammen in den heiligen Brunnen schauten und Brunhild zu den Walkyriun gesandt wurde, um deren Weisen zu lernen. Und ich sah, wie Sigfrid zu dem Erdformer Ragan geschickt wurde, um vor den Söhnen Hundings gerettet zu werden. Ich sah, wie die Weisfrau Huld die junge Brunhild ihre Magie lehrte und Sigfrid die Schmiedekunst von Ragan lernte und die Weisen der Wölfe beobachtete. Brunhild dagegen machte sich mit den Wegen der Raben vertraut, und als sie bewußtlos im Schnee lag, waren Hugin und ich es, die sie durch die Anderswelt zu Wodan geleiteten und hörten, wie er sie als sein Kind beanspruchte.

Sigfrids Mutter gab ihrem Sohn das Wolfsfell Sigmunds, und der Junge wurde zu einem Gestaltwandler; das Blut des Berserkers erwachte in ihm, als die Söhne Hundings Hilperichs Halle überfielen. Und dann forderte Ragan den Preis für seine Ziehvaterschaft, und Sigfrid versprach, Fafnar zu töten, wenn Ragan ihm ein Schwert schmiedete.

Im Taunus lernte Brunhild den Umgang mit dem

Schwert und die Kunst der Kriegszauber. Als die Walkyriun sie zu den Hunnen sandten, lernte sie, beides einzusetzen, doch Attila befahl ihr, zurück in den Westen zu gehen. Auch er ist nun hier in Heimars Halle. Er hat seine Nichte nicht gedrängt, den Namen ihres Geliebten zu verraten, aber er beobachtet sie, und selbst ich, der ich durch den Rauchabzug hinunterstarre, kann nicht erkennen, was hinter seinen dunklen Augen vorgeht.

»Du bist Bladardas Tochter«, sagt Bertriud in eben diesem Augenblick zu Brunhild, »und das Kind zeugt von deiner Fruchtbarkeit. Wir werden einen würdigen Gatten für dich finden.«

»Ich brauche keinen Gatten«, erwidert Brunhild. »Ich bin eine Walkyrja.«

So ist es. Ich labte mich an den Krumen des Festes, mit dem die Walkyriun Brunhilds Aufnahme feierten, und sie gab sich selbst den magischen Namen Sigdrifa, Bringerin des Sieges. Und ich labte mich an den Toten nach der Schlacht, in der Brunhild die Walkyriun betrog, indem sie Wodan gehorchte und nicht ihnen, jene Schlacht, in der sie das Leben des Burgundenkönigs verschonte.

»Sie haben dich verstoßen«, erklingt nun Heimars Stimme.

»Ich bin Wodans Walkyrja«, flüstert sie. »Ich werde mit dem Helden reiten, der mich gerettet hat.«

Sigfrid Sigmundson war es, der sie von dem Felsen befreite, an den die Walkyriun sie banden; Sigfrid, der neue, nur widerwillige Hüter von Andwaris Schatz. Mein Bruder und ich sahen, wie er den Kampfwurm tötete, den Berserker. Und wir hörten, wie Ragan ihn so lange bat, bis auch er durch Sigfrids Schwert den Tod fand. Wir waren es, die den Jüngling südwärts führten, damit er Brunhild begegnen konnte.

Den ganzen Winter über lebten sie zusammen in den Bergen: Wolf und Rabe, die zusammen jagten. Soviel des Glücks erlaubten ihnen ihre eigen Veranlagung sowie die Nornen. Erst als der Sommer ins Land zu ziehen begann, trennten sie sich – er, um bei den Franken Heldentum zu erringen, sie, um bei den Hunnen auf ihn zu warten.

»Sigdrifa«, nannte er sie, als er ihr schwor, nach einem Jahr und einem Tag zu ihr zurückzukehren. Es war ihr Name unter den Walkyriun, der einzige, den sie ihm genannt hatte. Er wußte nicht, daß sie Bladardas Tochter war. Und erst als Brunhild ihrer Schwester Herd erreichte, wußte sie, daß sie Sigfrids Kind unter dem Herzen trug.

Das Kind, warm eingepackt, hat nun aufgehört zu schreien. Heimar besprengt es mit Wasser aus der heilige Quelle und nimmt es unter seinen Schutz. »Asliud«, nennt er das Mädchen und segnet es im Namen der Götter. Ein winziger Finger klammert sich an den seinen, und sein Herz ist verloren.

»Gib gut acht auf sie, Ziehvater«, sagt Brunhild, die zuschaut, »denn nur Wodan weiß, wohin mich meine Wege führen.«

»Sie führen in die Halle eines Königs«, ertönt Attilas Stimme aus den Schatten. Er tritt vor und blickt von den faltigen Gesichtszügen des Kindes zu den bleichen der Mutter. »Du bist lange genug ungebunden gewesen. Es ist an der Zeit, daß unsres Stammes Schicksal sich erfüllt – und du deiner Pflicht gegenüber der Sippe nachkommst.« Er deutet auf das Kind. »Du wirst wohl nicht behaupten wollen, daß Männer dir zuwider sind.«

»*Ein* Mann …« beginnt Brunhild, doch Bertriud schüttelt warnend den Kopf.

»Wo also ist er? Wie kannst du wissen, daß er zu dir zurückkehren wird?«

»Er wird kommen!« Sie berührt den goldenen Reif, den sie um den Hals trägt.

»Und wenn er es nicht tut?« fragt Attila.

»Ich sagte es bereits …« Noch unter Schmerzen richtet sie sich auf, um ihm die Stirn zu bieten. »Eine Walkyrja bin ich, Wodans Tochter. Und dies nun schwöre ich beim Speer des weisen Gottes und des Kriegsgotts Schwert, daß ich nur jenem Mann gestatte, mich seine Braut zu nennen, der mich im Kampf bezwingen kann.«

Wind bauscht meine Federn; ein Wind, der von weither kommt, weiter noch als Mittelerde. Brunhilds Worte schallen durch alle Welten, und nun verstehe ich, warum ich bleiben mußte. Diese Worte waren es, auf die ich wartete.

Der Wind bläst kalt, und er ruft mich nach Hause. Es ist an der Zeit, die Halle der Gefallenen aufzusuchen und vor den Thron zu treten, von dem aus Wodan über seine Krieger wacht. Ich muß diese Worte ins Ohr des Hohen wispern. Und so breite ich meine Flügel aus und lasse den Wind mich tragen – ein flatternder schwarzer Punkt, der im dunkler werdenden Himmel verschwindet.

Oder ist da gar kein Rabe, und bin ich nur ein Schatten in deinen Gedanken, geworfen von dem Weltenwanderer?

ZWEITES BUCH

SIGFRIDS TOD

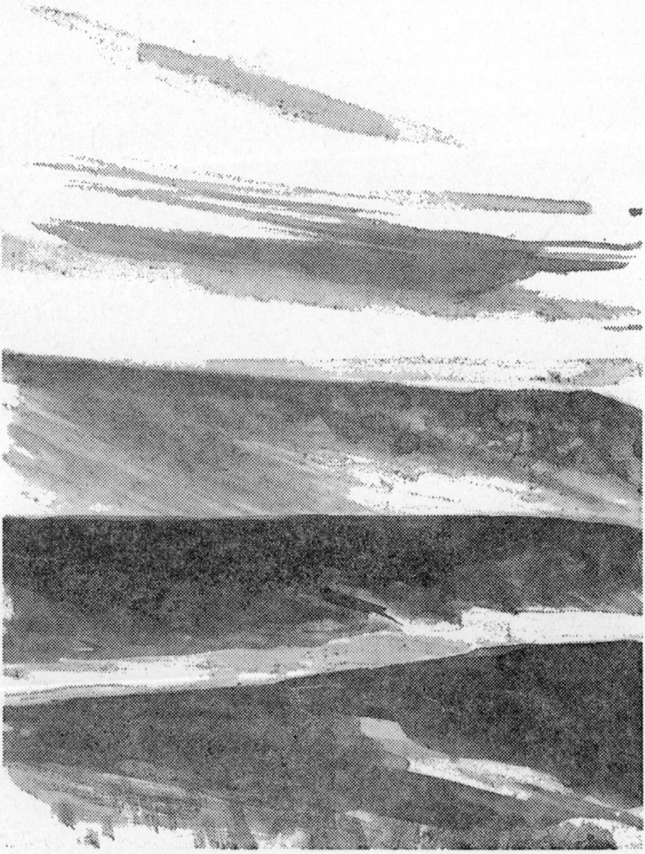

Für Laurel Olson,
der weiß, wo die Walküren reiten.

›Alles ward mir nun frei!
Auch deine Raben
hör ich nun rauschen;
mit bang ersehnter Botschaft
send ich die beiden nun heim …‹

Richard Wagner, *Götterdämmerung*

5

GEZEITEN DES FRÜHLINGS

Rheintal
Glanzmond, A.D. 420

Still lag der Fluß im Licht des Mondes, sein Glanz nur gedämpft vom Schimmer silberner Schlangenschuppen, die sich um das Kliff wanden und zwischen baumbestandenen Ufern streckten. Aus der Ferne gesehen, schien die Schlange regungslos, doch in ihrer Nähe bebte die Luft von ihrem beständigen Wogen.

Das Geschöpf, das sich tief hinabbeugte, um aus dem Fluß zu trinken, zuckte zusammen, als es jene kaum gezügelte Kraft verspürte. Erinnerungen an seinen Kampf mit einer anderen Schlange wurden wach und stritten mit den neuen Eindrücken, die seine geschärften Sinne ihm vermittelten.

Auf der anderen Seite des Flusses türmten sich steile Klippen über dem schmalen Gestade. Bäume standen dicht auf ihren lichten Höhen. *Der Taunus* … Eine Welle der Sehnsucht erfaßte den Wolf beim Klang dieses Namens und ließ ihn rückwärts taumeln. Er schloß die Augen, doch die Bilder wurden nur noch schärfer – der Körper eines Mädchens, der fahl im Feuerschein glühte, kreisende Raben, Blut auf weißem Schnee.

Die Kreatur winselte, wandte sich um und atmete tief die kühle Luft ein, witterte den Duft von Apfelblüten in einem fernen Obstgarten, den Geruch nach feuchter Erde und – ein Stück höher den Fluß hinauf – nach Fisch. Langsam verblaßten die Eindrücke, und der Wolf beruhigte sich wieder. Er lauschte auf das sanfte Plätschern des Wassers. Doch dann ertönte ein anderer Laut von den Klippen her, der ihn mit gesträubtem Fell hochfahren ließ. So verharrte er kurz, bevor er sich auf seine Hinterläufe niederließ, und die goldenen Augen blitzten auf, als sie das Licht des Mondes widerspiegelten. Dann hob er den Kopf und erwiderte das Heulen.

Einen kurzen Augenblick schien es, als verharrte der Fluß in seinem unermüdlichen Lauf und wartete auf eine Antwort. Solange wie eine Eule gebraucht hätte, um von Ufer zu Ufer zu fliegen, lauschte der Wolf, dann heulte er ein zweites Mal. Der Ruf erhob sich und verebbte in der Stille. Alle anderen Geräusche wurden zu seinem Echo, zur Essenz einer Sehnsucht, die in der lauen Frühlingsluft hing, bis die Brise vom Fluß kam und sie mit sich fortriß.

Der Wolf ließ sich wieder auf den Boden sinken und seufzte. Falls tatsächlich Artgenossen in der Nähe des Gewässers umherstreiften, so antworteten sie ihm nicht. Er war noch immer allein. Doch zumindest gab es frisches Wasser, und weiter den Fluß hinauf hatte er die Witterung von Wild aufgenommen. Der Schmerz in seiner Brust ließ nach. Mit etwas Glück würde er noch vor dem Abend seine Fänge in eine Beute schlagen. Er stand auf, schüttelte sich und trottete über das steinige Ufer zurück zu den Bäumen.

Das erste Licht schickte sich eben an, die Farben in die Welt zurückzubringen, als Sigfrid die Lichtung betrat, auf der er vergangene Nacht gelagert hatte. Trotz des

Nebels, der den Wald zum Labyrinth werden ließ, hatte er den Weg zurück gefunden. Das graue Pferd stampfte kurz auf, als es den Wolfsgeruch wahrnahm, doch in den vergangenen Monaten hatte es sich an die Witterung des gestreiften Pelzes gewöhnt, den Sigfrid sich um die Schulter geschlungen hatte. Das Tier wußte, daß es nichts zu befürchten hatte, solange sein Herr auf zwei Beinen ging.

Sigfrid seufzte und rieb sich die Augen. Wahrscheinlich wäre es besser gewesen, er hätte die Nacht schlafend verbracht, aber bald schon würde er besiedeltes Land erreichen. Nach einem Winter, den er zusammen mit den Kriegern in der Burg seines Stiefvaters verbracht hatte, war seine Seele wie in Ketten gelegt, waren seine Sinne abgestumpft, und so hatte er dem Ruf der Nacht nicht widerstehen können. Kein Schlaf zwischen Mauern, die Menschenhand geschaffen hatte, konnte ihn jemals so erfrischen wie die Jagd unter dem Licht des Mondes. Das Wild, das er erlegt hatte, hatte nicht nur seinen Körper, sondern auch seine Seele genährt.

Kein menschliches Wesen hatte ihn beobachtet, und so hatte er nicht gegen jenes strenge Gesetz verstoßen, das er sich selbst auferlegt hatte. Die Welt kannte ihn als Sigfrid, Sigmunds Sohn, und in diesen Tagen vielleicht auch als Sigfrid Fafnarstöter. Das war schon übel genug. Doch noch schlimmer wäre es, Sigfrid der Gestaltwandler genannt zu werden.

Für ein paar Stunden war er frei gewesen, und nichts hatte ihm gefehlt außer einem Gefährten, mit dem er seine Freude hätte teilen können. Doch es war ein Fehler gewesen, das in der Nähe streifende Wolfsrudel anzurufen. Er war kein Wolf, und er war auch kein Mensch. Das einzige Wesen, das ihn wirklich verstand, war das schlanke, dunkelhaarige Mädchen, das als Gleiche unter Gleichen mit den Raben sprach. Seine Lenden bebten, als er sich an sie erinnerte. Bald würden er und Sigdrifa wieder vereint sein.

Er zog sich den Wolfspelz von der Schulter, der einst seinem Vater gehört hatte, und begann ihn aufzurollen. Die kühle Luft jagte ihm eine Gänsehaut über den Körper, doch trotz der Kälte musterte er den Stapel seines Rüstzeugs ohne große Begeisterung. Die losen weizenfarbenen Hosen und das vorn gefältete Wams in der Farbe gallischen Weins lagen sorgfältig auf einem rechteckigen Mantel aus dicht gewebter grauer Wolle; daneben die Brünne aus genietetem Leder mit Einsätzen von Kettenpanzer sowie der Spangenhelm mit der wolfsförmigen Helmzier und den goldverzierten Panzerplatten. Auch Sigfrids Schildnabe war mit Gold geschmückt; die Lötösen und Riemen, die seine Hosen zusammenhielten, waren golden; Gold auf seinem Gürtel und seiner Brosche, Gold auf dem Zaumzeug seines Pferdes.

König Alb hatte seinen Stiefsohn mit allem ausgestattet, was eines Prinzen der Franken würdig war. Dazu kamen Sigfrids eigener Reichtum, den er sich während der Feldzüge des letzten Sommers erworben hatte, und einige ausgewählte Stücke aus Sigmunds Schatz. In diesem Augenblick, da die Erinnerung an eine Nacht der Freiheit noch in seinen Adern sang, spürte Sigfrid das starke Verlangen, den ganzen Tand in den Fluß zu werfen und den Weg nach Süden nur mit seinem Wolfspelz und seinem Schwert fortzusetzen. Doch er hatte Sigdrifa versprochen, gewappnet wie ein Held zu ihr zurückzukehren, und wenn die Männer ihn als solchen anerkennen sollten, mußte er die Schmuckstücke, die er erbeutet hatte, auch zur Schau tragen.

Sein Mund verzog sich unter dem weichen, fränkischen Schnurrbart, den er sich hatte wachsen lassen, zu einem Lächeln. Für Sigdrifa würde er gewiß noch härtere Prüfungen erdulden, als seinen Körper in diese wertvollen Gewänder zu hüllen. Der Vorposten Bonna lag schon weit hinter ihm. Der Fluß zwängte sich an den Klippen vorbei nach Osten durch offenes Gelände. Wenn er quer durch das Land ritt, würde er irgendwann am morgigen Tage Borbetomagus erreichen, wo die Niflunge herrschten. Es war wichtig, daß er dort einen guten Eindruck machte.

Dennoch konnte er das Ankleiden wenigstens so lange hinausschieben, bis er Grani, seinen grauen Hengst, zum Wasser hinunter geführt hatte. Sigfrid löste den Strick, mit dem das Pferd angebunden war, und mit der natürlichen Anmut des geborenen Jägers führte er es hinunter zum Ufer.

Gudrun warf sich auf ihrem schmalen Bett hin und her und kämpfte sich mühsam aus ihrem unruhigen Schlaf. In der Kammer herrschte tiefe Dunkelheit, und die dicken Wände des alten römischen Gebäudes verschluckten jeden Laut. Gudrun seufzte und versuchte, wieder einzuschlafen. Erholsame Ruhe hatte sie in diesem Steinpalast, dem einstigen Domizil eines Befehlshabers der römischen Legion, nie gefunden. Manchmal half es, wenn sie sich vorstellte, an einem ganz anderen Ort zu sein. Sie lag still, lauschte auf ihren Atem und spürte, wie sie in einen Zustand zwischen Wachen und Schlafen hinüberglitt.

In ihrer Erinnerung tauchte ein Bild von Bäumen und Gras auf; sie ließ das Traumbild deutlicher werden, bis sie das Flüstern des Windes in den Blättern hören und das Spiel des Mondlichts auf dem Waldboden sehen konnte. Eine Zeitlang genügte es ihr, einfach nur umherzuwandern, bis ihr langsam bewußt wurde, daß sie einsam war. Natürlich war das nichts Neues für sie. Warum sollte es auf einmal von Bedeutung sein? War es vielleicht die Schönheit des Ortes, die danach verlangte, mit jemandem geteilt zu werden? Jedes Blatt schien mit Silber gesäumt, und die weißen Glocken des Rittersporns leuchteten.

Gudrun sah sich mit starrem Blick um, als wolle sie einen Gefährten herbeizwingen. Der Wind wurde stärker; eine Bewegung im Unterholz – und plötzlich verwandelte sich etwas, das sie bisher für einen Schatten gehalten hatte, in eine dunkle Gestalt: Ein grauer Wolf sah sie aus bernsteinfarbenen Augen an. Für einen kurzen Augenblick flackerte Furcht in ihr auf. Aber der Wolf stand mit einer erhobenen Pfote da, bereit zur Flucht, und sie begriff, daß er – trotz all seiner Stärke – Angst vor *ihr* hatte.

»Komm«, flüsterte sie. »Auch ich bin allein. Begleite mich.«

Der Atem stockte ihr, als das Tier sich bewegte und sie seine Größe erkannte. Es reichte ihr fast bis zur Hüfte, und der dichte Pelz ließ seinen Körper noch massiger erscheinen. Gudrun tastete sich mit den Fingerspitzen durch das gescheckte Fell und fühlte, wie die Muskeln darunter sich entspannten. Kraft lag in dieser gewaltigen Gestalt, aber Gudrun spürte keine Feindseligkeit. In der Tat schien das Tier ebenso froh über Gesellschaft zu sein wie sie selbst. Und plötzlich war der Wald kein Ort mehr, an dem man sich fürchten mußte. Sie atmete tief ein, und der süße, erregende Duft von zerriebenem Thymian stieg ihr in die Nase. Es war, als hätte die Nähe des Tiers ihre Sinne geschärft. Dann setzte der Wolf sich in Bewegung, und Gudrun, die mit ihm ging, spürte, daß auch ihre Anspannung nachließ.

Als ihre Zofe wenig später kam, um sie zu wecken, lag Gudrun wie ein kleines Kind in ihren Decken zusammengerollt und lächelte.

»Also hast du dich schließlich doch noch entschlossen, zu uns zu stoßen«, sagte Königin Grimhild und beobachtete stirnrunzelnd, wie Gudrun den Pfad zum Fluß hinunter gelaufen kam. Die anderen Frauen hatten sich bereits auf der Wiese versammelt und zitterten im kalten Wind, der sich bei Anbruch der Dämmerung erhoben hatte. »Du hast wohl tief geschlafen?«

»Ich habe geträumt. Ich wanderte durch einen Wald, und ein wilder Wolf kam und begleitete mich«, erwiderte Gudrun ein wenig trotzig. Sie hatte sich von ihrer Zofe beim Anlegen von Gewändern und Schmuck helfen lassen. Dann war sie durch den Nebel geeilt, der vom Fluß aufstieg und die alten Steinmauern und neuen Holzwände der Stadt verschleierte. Doch Gudruns Gedanken waren noch immer erfüllt von silbernem Mondlicht.

Die schweren Lider der Königin hoben sich und enthüllten zwei Augen, die seltsam farblos waren, als hätten sie zu lange in die Anderswelt geschaut. Gudrun schalt sich selbst eine Närrin. Was hatte sie bewogen, von ihrem Traum zu erzählen? Nun würde ihre Mutter sie wieder bedrängen, um mehr über die Zauberkräfte ihrer Tochter zu erfahren. Auch Gudrun konnte nicht verleugnen, daß dies ein Traum der Macht gewesen war. Selbst jetzt noch schien ihr das Gesicht der Mutter weniger wirklich als der bernsteinfarbene Blick des Wolfes.

»Hat der Wolf zu dir gesprochen?« fragte Königin Grimhild, doch dann wandte sie den Kopf ab, als die Frauen leise zu singen begannen. »Du wirst mir später davon berichten müssen. Nimm schnell deinen Platz ein! Jeden Augenblick wird die Sonne sich über dem Berg erheben.«

Gudrun war nun schon seit einigen Jahren größer an Gestalt als ihre Mutter, doch fühlte sie sich wieder wie ein kleines Kind, als Grimhild sie am Ellbogen ergriff und zu den aufgetürmten Steinen zog, die ihnen als Altar dienten. Gudrun beschleunigte ihre Schritte in dem tapferen Versuch, etwas von ihrer Würde zu bewahren.

Der Gesang wurde lauter: ein dahinströmender Fluß wohltönender Silben, deren Bedeutung von den Jahren weggewaschen worden war, wenn sie überhaupt jemals eine solche besessen hatten. Das dämmernde Licht des Tages verschmolz mit dem Nebel zu einem Leuchten, dessen Quelle unbestimmt war und das Bäume und Steine unwirklicher erscheinen ließ als Gudruns Traumbilder. So hatten sich die Nebel erhoben, als Muspels Feuer zum erstenmal das Eis berührten. Das Ostarafest bezeichnete den Beginn des Sommers, doch Gudrun kam es wie der Anbeginn der Welt selbst vor.

Dann blinzelte plötzlich ein Auge aus Licht über dem gezackten Kamm der Berge auf, und die Nebel schienen Feuer zu fangen. Einen Atemzug lang stand Gudrun mitten im Herzen der Flammen, ohne verzehrt zu werden. Berge, Felder und Fluß traten mit einemmal aus dem Schatten, als die neugeborene Sonne sich ganz über die Hügelkette erhob.

Warum die Göttin herbeirufen? dachte Gudrun, die

wie gebannt dem Schauspiel zusah. Sie war doch schon da!

»Jetzt ...« zischte die Stimme der Königin an ihrem Ohr. Gudrun blinzelte und sah, daß der Zunder auf dem flachen Stein neben dem Altar bereit lag. Sie warf die schweren Falten ihres blauen Umhangs zurück und hantierte mit Feuerstein und Zunder. Schmerzlich war sie sich der Tatsache bewußt, daß aller Augen auf ihr ruhten, und als der erste Funken übersprang, löschte ihr Seufzer der Erleichterung beinahe die Flamme.

»Heil dir, Ostara!« riefen die anderen Frauen. Gudrun trat einen Schritt zurück, als Gerten in das junge Feuer gehalten und brennend zu dem Holz getragen wurden, das man in der Grube unter dem großen Kessel gestapelt hatte. Die Stimme der Königin war deutlich zu vernehmen, als aus den Rufen ein Lied wurde:

Heil dir, Ostara, im Osten erwachend,
Herrin des Lichtes, Göttin, die lacht.
Dem Morgen den Sieg übers Dunkel gewährte
Dein strahlendes Antlitz, vorbei ist die Nacht!

Nun, da Gudrun ihre Aufgabe erfüllt hatte, wurde sie sich unangenehm der taufeuchten Rocksäume bewußt, die an ihren Fußknöcheln klebten. Doch die ehrfurchtgebietende *Präsenz,* die sie im Augenblick des Sonnenaufgangs gespürt hatte, wurde immer stärker, als die Frauen ihre Gaben brachten.

Die Macht der Maid hat durch wärmende Winde
Des Winters Wut zum Schmelzen gebracht.
Allüberall grünt die Erde mit Trieben,
Die Weibchen der Tiere stehen in Tracht.

Gudruns Zofe Ursula, die Schwester eines Kriegers, trat vor. Sie hielt einen großen Hasen an den Löffeln und den festgebundenen Läufen. Gudrun unterdrückte einen Schauder, denn der Hase war heilig und wurde nur zu diesem Fest geopfert und verspeist. Das Tier sträubte sich noch immer, doch als Ursula es auf die Steine legte, wurde es ganz still. Die Königin zog das kurze Messer, das an ihrem Gürtel hing, und der Hase starrte zu ihr hinauf. Gudrun fragte sich, welche geheimen Botschaften wohl zwischen Opfer und Vollstreckerin ausgetauscht wurden.

Am Ende jedes Zeitalters gab es einen Augenblick der Unsicherheit, ob das Leben weitergehen würde. Durch die Opferhandlung wurde das Gleichgewicht zwischen Tod und Geburt wiederhergestellt; die Menschen brachten den Göttern das alte Leben dar und erhielten dafür das neue. Gudrun fragte sich, ob das Tier das ihm zugedachte Schicksal bei dieser Zeremonie hinnehmen würde. Es war stets ein gutes Zeichen, wenn das Opfer willig war.

Laß deines Lichtes erhellendes Leuchten
Den Kummer verbannen; bring Segen herbei
All jenen Menschen, die nach dir verlangen:
Die Freude des Frühlings mit ihnen sei!

Der Gesang wurde immer leiser, bis er schließlich ganz verklungen war. Die Königin trennte dem Tier den Kopf ab, und helles Blut spritzte über die Steine.

Gudrun blinzelte. Einen Augenblick lang schien die Luft über dem Altar zu flimmern. Eine Gestalt war darin zu erkennen – eine Frau, ein Hase, ein loderndes Glühen, das beides zugleich war.

»O Strahlende«, flüsterte Gudrun, *»nimm das Opfer an und schenke der ganzen Welt den Segen deines Lichtes.«*

Es dauerte nur wenige Minuten, bis der Hase sich nicht mehr bewegte und ausgeblutet war. Gudrun kam es nicht so vor, als löse sich das Flimmern in der Luft über der Kreatur einfach auf. Es schien vielmehr so, als dehne es sich langsam aus. Fühlte Gudrun eine Berührung, als der Wirbel an ihr vorbeizog? Wenn, dann war es nur für einen kurzen Augenblick, doch mit einemmal waren Gudruns Sinne so geschärft, als wäre sie nie zuvor in ihrem Leben richtig wach gewesen. Die langen Gräser am Ufer des Rheins flüsterten, als die Kraft über sie hinwegstrich, und wie zur Antwort schien das Murmeln des Flusses lauter zu werden.

Flink weideten die Frauen den Hasen aus und zogen ihm das Fell ab. Sie entbeinten den Kadaver und warfen ihn in den Kessel, in dem das Wasser bereits dampfte. Gerste wurde dazugegeben, Frühlingsgemüse und Kräuter.

Nachdem das Opfer gänzlich dargebracht war, flaute die allgemeine Spannung merklich ab. Dienerinnen breiteten Felle und Kissen auf dem nassen Gras aus, die Frauen setzten sich und begannen sich zu unterhalten. Eine der älteren stimmte ein Lied über sprießende Keime und sich öffnende Knospen an, was die jungen Mädchen zum Erröten und die verheirateten Frauen zum Lachen brachte. Die Sonne stand nun höher am Himmel und begann, den Nebel zurückzudrängen. Feuchtes Holz dampfte, wo die Sonne es berührte, und weißer Dunst mischte sich in den blauen Rauch des Feuers.

Gudrun begann die hartgekochten Eier, die sie und die jungen Mädchen am Vortag bemalt hatten, an die Frauen und Töchter der Burgundenfürsten zu verteilen, wobei sie den althergebrachten Reim murmelte:

Ich wünsch' dir zum Ostarafeste
Liebe und das Allerbeste.
Zum Zeichen geb' ich dir ein Ei,
Daß die Lieb' nie brech' entzwei.

Gänseeier, Enteneier und die kleineren Hühnereier waren mit roten Symbolen bemalt worden, die so alt waren, daß sich niemand vom Stamm mehr an ihre Bedeutung erinnern konnte. Vater Severian schüttelte angesichts solchen Treibens stets den Kopf, und Vater Priscus runzelte die Stirn, aber sie waren gewillt, den Aberglauben der Frauen mit einem Lächeln abzutun, während sie sich weiter bemühten, die Männer zu ihrem neuen Gott zu bekehren.

»Ich habe nachgedacht«, sagte eine leise Stimme hinter Gudrun. »Über deinen Traum.«

Gudrun, die noch immer den leeren Korb in der Hand hielt, drehte sich um und fing den nachdenklichen Blick ihrer Mutter auf. »Ich habe keinen Apfel unter mein Kissen gelegt, um das Bild meines Liebsten heraufzubeschwören«, sagte sie, »und ich habe keine Zaubersprüche gewispert. Es war bloß ein Phantasiegebilde der Nacht, mehr nicht.«

Die Königin setzte sich auf einen Baumstamm, den die Winterfluten umgestürzt hatten, und bedeutete Gudrun, neben ihr Platz zu nehmen.

»Jeder Traum in der Nacht der Frühlingstagundnachtgleiche hat Macht. Es gibt einen kurzen Augenblick, an dem Tag und Nacht gleich lang sind und du über die Grenzen der Mittelerde hinweg sehen kannst. Und solche Visionen sind um so bedeutungsvoller, wenn sie sich unbeschworen einstellen. Warum weigerst du dich noch immer, an deine eigene Zauberkraft zu glauben?«

Gudrun starrte auf das Gewirr von Ästen, an denen neue Blätter raschelten, obwohl die Wurzeln des Baumes zur Hälfte aus der Erde ragten. *Weil ich nicht wie du sein möchte,* dachte sie aufsässig. *Weil ich nicht alles und jeden nur danach beurteilen möchte, wie nützlich er für mich oder für die Sache der Burgunden sein könnte.*

»Der Wolf kam zu mir, und wir wanderten durch den Wald, das ist alles«, sagte sie laut.

»Nicht ganz«, Grimhilds Augen verengten sich, während sie ihr Tochter musterte. »Denn als du mir vorhin von deinem Traum erzählt hast, waren deine Augen geweitet vor Staunen. Was hast du empfunden für diese Kreatur, als sie neben dir schritt?«

Gudrun besann sich, die Erinnerung kehrte zurück, und Tränen füllten ihre Augen.

»Liebe ...« flüsterte sie. »Ich fühlte mich sicher, und ich liebte ...«

»Der Wolf, er läßt sich fangen nur vom Liebreiz eines jungen Mädchens«, sagte die Königin in die Stille hinein. Gudrun warf ihr einen raschen Blick zu, denn Grimhilds Stimme war plötzlich tonlos geworden, als wispere sie eine Beschwörungsformel. »In ihren Armen findet er, der Warg, Geborgenheit. Ostaras Dämmerung segnet diesen Tag, der einen mächtigen Krieger bringen mag!«

Ist das ein Gebet oder eine Beschwörung? wollte Gudrun fragen, doch es waren andere Worte, die ihr über die Lippen kamen: »Wer? Wer ist der Wolf, der zu mir kommen wird?«

Grimhilds schwere Lider hoben sich. Gudrun las Neugier und Berechnung im Lächeln ihrer Mutter. »Ich vermute, es ist Sigfrid, der Sohn von Sigmund dem Wolfskönig, der zu uns geritten kommt. Wie ich hörte, ist er ein

Gestaltwandler und ein Held. *Er* ist dein Wolf, meine Tochter. Ich werde mir überlegen müssen, wie wir ihm einen gebührenden Empfang bereiten können.«

Sie verfiel in Schweigen, als eine der Frauen zu ihnen kam und ihnen zwei Schalen mit gekochtem Hasen brachte. Gudrun hatte sich bisher nicht hungrig gefühlt, aber der Duft, der ihr aus dem hölzernen Napf entgegenstieg, ließ ihr das Wasser im Munde zusammenlaufen, und sie aß gierig. *Mein Traum und ihr Wahn*, dachte sie, als sie über die Worte ihrer Mutter nachdachte. *Wie kann ich ihnen trauen?*

Grimhild hatte ihr so gut wie versprochen, daß Sigfrid Sigmundssohn ihr Gemahl werden würde, aber sie wußte, wie wenig die Vermählungen von Königskindern mit den Träumen von jungen Mädchen zu tun hatten. Die Königin hatte noch nie etwas getan, das nicht ihrem eigenen Traum vom Ruhme der Niflunge diente. Wenn sie wollte, daß Gudrun mit Sigfrid den Bund der Ehe einging, dann hatte sie dabei anderes im Auge als das Glück ihrer Tochter. Plötzlich stieg Furcht in Gudrun auf.

Der abgetrennte Kopf des Hasen ruhte noch immer auf dem Steinaltar, und Gudrun erinnerte sich nur allzu deutlich an den Blick jener Augen, bevor der Tod sie stumpf gemacht hatte. Furcht war darin zu lesen gewesen. Zuerst. Und dann Zustimmung. Waren die Männer eher an solche Blicke gewöhnt? Oder an den Tod? Sie gingen zur Jagd und erlegten die Beute, deren Fleisch sie später in den Hallen aßen. Und oft setzten sie dabei das eigene Leben aufs Spiel.

Stets muß einer den Preis dafür bezahlen, daß andere weiterleben können, dachte sie, während sie aß. Einige vermuteten, daß Baldur am Ende des Zeitalters der Götter geopfert worden war, so daß Wodan auch im Zeitalter der Menschen herrschen konnte; selbst der Gott, dessen Fest die Christen am morgigen Tag begingen, war im Frühling gestorben. *Falls Sigfrid tatsächlich der Meine werden sollte, wer wird dann dafür bezahlen müssen?*

Für einen Augenblick schien die Welt um sie herum stillzustehen, und sie sah jedes einzelne Blatt und jeden Grashalm wie auf einem Gemälde von geradezu erschreckender Klarheit. Dann reichte ihr jemand einen Becher mit Wein. Sie nahm ihn entgegen, blinzelte, und die Welt begann sich wieder zu bewegen. Das Gras und die Bäume schienen sich nicht verändert zu haben – aber Gudrun wußte: *Sie* war nicht mehr dieselbe.

Zwischen Mogontiacum und Borbetomagus floß der Rhein zwischen sumpfigen Ufern, die an weite Flußauen und an bestellte Felder grenzten. Seine leicht gekräuselte grüngraue Oberfläche verriet nichts von der Kraft der Strömungen, die sich darunter verbargen. Vom Vorbau der Festhalle aus, in welche die Burgunden die alte Basilika verwandelt hatten, konnte der König eine Fähre sehen, die, beladen mit Kriegern, über den Fluß gezogen wurde, und er sah die Kochstellen derjenigen, die schon angekommen waren und auf den Feldern außerhalb der Stadt lagerten.

»So viele …« flüsterte er. »Werden sie alle in der Festhalle Platz finden?«

Hagano, der neben ihm stand, lachte kurz auf. »Es gibt uns eine gute Entschuldigung, ihre Eskorten zu verkleinern, die sie mit sich gebracht haben, Bruder. Und das könnte bedeuten, daß sich weniger Blut mit dem Wein vermischen wird.«

Gundohar verzog das Gesicht. Ein Geplänkel drohte

immer, wenn Männer zuviel tranken und Waffen zur Hand waren. Wenn Krieger über ihren Bechern zu brüten begannen, konnte schon ein einziges falsches Wort das Gift alter Fehden wieder wirksam werden lassen.

»Freust du dich denn nicht darauf?« fragte Hagano. »Willst du dir denn nicht gemeinsam mit ihnen den Bauch vollschlagen, bis du zu platzen drohst, und trinken, bis du mit ihnen um die Wette kotzt?«

»Du hast gut lachen«, sagte Gundohar und knackte nervös mit den Fingern. »Dich werden sie nicht die ganze Zeit beobachten. Und hinter deinem Rücken werden sie nicht flüstern, daß du nicht ein König vom Range deines Vaters bist.«

»Das trifft sicher zu ...« erwiderte Hagano kühl, und Gundohar wurde mit einemmal bewußt, daß er taktlos gewesen war. Hagano war nicht König Gibichos Sohn. Zwar wurde nie offen darüber gesprochen, und es sollte eigentlich keine Rolle spielen, denn für das Volk war Hagano ebenso von königlichem Blut wie Godomar oder der kleine Gislahar. Doch es war schwer zu sagen, ob Hagano darunter litt. Die unbeweglichen Züge seines Bruders verrieten niemals, was er gerade dachte.

»... Zumindest für die älteren Männer«, fuhr Hagano fort. »Doch die jüngeren Krieger werden nur daran denken, daß du der Held der Schlacht auf dem Rabenfeld bist.«

Gundohar seufzte. Er erinnerte sich hauptsächlich an die Schrecken jenes Tages. Die Schönheit der Walkyrja, welche ihn verschont hatte, brannte in seinem Gedächtnis wie eine schwarze Flamme. Ja, und danach hatte es tatsächlich eine kurze Zeit des Blutes und des Gebrülls gegeben, in der er vielleicht ein Held gewesen war.

»Oh, ich habe meine Lektionen gelernt«, sagte Gundohar verbittert, »sowohl über die Kunst der Könige als auch die der Barden. Unser Volk würde lieber einem Helden folgen, aber was es braucht, ist ein *hendinos*, ein Heerkönig. Wie dem auch sei, ein guter Leumund ist eine ganze Armee wert. Aber wie soll ich eine solche um mich versammeln? Ich weiß nicht einmal, was ich in jener Schlacht getan habe, geschweige denn, ob ich es wiederholen kann! Gib mir einen Rat, Hagano – du besitzt die Weisheit unserer Mutter. Wie kann ich zu jenem König werden, den die Burgunden brauchen?«

Hagano hatte beobachtet, wie die letzten Neuankömmlinge ihre Pferde von der schwankenden Fähre führten. Nun wandte er sich zu Gundohar um, und das Sonnenlicht glänzte in seinen dunklen Augen.

»Als erstes mußt du den Knecht rufen, der dir Wasser in den Wein gießt.« Er wartete, bis Gundohar zu Ende gelacht hatte. »Und dann mußt du das Gespräch auf Bündnisse bringen.«

»Du meinst Vermählungen?« Der König verzog das Gesicht.

»Vielleicht. Der alte Ostrofrid war weise, als er dir in deinen jungen Jahren riet, dich von Liebschaften fernzuhalten. Godo und Gudrun können uns zu wertvollen Verbündeten verhelfen, aber du bist der kostbarste Preis, den es zu gewinnen gibt. Deine Hochzeit muß uns die Unterstützung eines der bedeutenderen Stämme sichern.«

»Ich bin mir sicher, daß die Fürsten mit genügend Vorschlägen aufwarten werden«, warf Gundohar schnell ein. Es gab nur eine Frau, mit der er sich vermählen wollte, doch sie war nun eine Walkyrja in Wodans Halle und unerreichbar für ihn. »Solche Vorkehrungen brauchen allerdings ihre Zeit. Was können wir *jetzt* tun?«

»Uns der Lehnsdienste von Helden versichern – von jüngeren Söhnen und Männern ohne Herrn, die nur dir allein treu sein werden. Du hast schon einige gute Männer in deinem Gefolge – Krieger wie Gamalo und Randalf und den alten Eleuthir. Aber du brauchst jemanden, der sich einen noch größeren Namen gemacht hat und ihnen als Vorbild dienen kann. Ich denke da an Hengest den Angeln, doch ich glaube, dieser hat sich bereits bei Hnaef dem Halbdänen in Jütland verdingt. Es gibt noch andere, wie zum Beispiel die Söhne von Haki. Oder Starkad, der König Vikar tötete. Oder Sigfrid Sigmundssohn, der Fafnar auf dem Wurmfels besiegte.«

»Ich glaube nicht, daß wir uns die Art von Ruhm, die Starkad uns bringen würde, leisten können, Bruder, und Sigfrid hat sich im vergangenen Jahr einen Namen als Kämpfer für die Franken gemacht. Ich bezweifle, daß sein Stiefvater ihn ziehen ließe.« Gundohar runzelte die Stirn. »Dennoch ist es ein guter Einfall, meine eigene Truppe von Helden aufzustellen. Ich werde die Barden befragen, über wen sie heutzutage Lieder machen. Wenn es mir gelingt, einen Helden zu gewinnen, werden andere vielleicht von selbst kommen.« Er würde zwölf brauchen, dachte er, das war die althergebrachte Zahl.

»Du wirst sie anführen, Hagano«, sagte er lächelnd, und dieses eine Mal wurde er belohnt, denn die Augen seines Bruders weiteten sich vor Erstaunen. »Du bist ein guter Kämpfer und ein listiger dazu. Und die Männer respektieren dich.«

Hagano starrte ihn an. »Respekt! Nun, vielleicht hast du recht. Aber sie lieben mich nicht«, fügte er verbittert hinzu. »Du wirst dich anderswo nach einem Kriegsherrn umsehen müssen, wenn du erwartest, daß Helden sich um dein Banner scharen.«

Gundohar spürte, wie ihm das Blut in den Kopf schoß, und streckte die Hand nach seinem Bruder aus. Aber was konnte er sagen?

Vom Ufer des Flusses drang Gesang zu ihnen herauf – die Frauen kehrten von ihrem Ritual zurück. Er sah Grimhild, eingehüllt in einen dunklen Umhang, wie sie sich mühsam den Pfad hinauf schleppte, und er sah das Glitzern des Sonnenlichts auf Gudruns goldenem Haar. Bald schon würden die Männer sich zum Fest versammeln. Mit einem Seufzen ließ er die ausgestreckte Hand sinken. Jeder Mensch folgte seinem Schicksal, so gut er es vermochte. Das mußte vorerst genügen.

»All jenen, die in dieser Halle versammelt sind, entbiete ich mein Willkommen.« Königin Grimhild stand stolz und aufrecht da wie ein Standbild. Ihre Schultern umwogte ein byzantinischer Umhang aus mattgrüner Seide, der mit Perlen und Goldstickerei gesäumt war. Die Enden eines Kopftuchs, ebenfalls mit Perlen und Peridot besetzt, sahen unter der flachen goldenen Scheibe ihres Diadems hervor. Seine rundgeschliffenen Edelsteine glühten unheilvoll im flackernden Licht der Fackeln, als das Tor geschlossen wurde. »Sieg all jenen, die dem Namen der Burgunden zur Ehre gereichen!«

Sie sah wie eine Herrscherin aus, dachte Gudrun, die hinter ihr stand. Doch es waren lange Ketten aus Bernstein, die den Nacken der Königinmutter beugten, keine Perlen, und die Inschriften auf ihrer Krone waren Runen. Die Herzöge erhoben sich, um den Willkommensgruß entgegenzunehmen, und fast zweihundert Stimmen hallten von den Wänden wider, die noch immer Bildnisse der alten römischen Götter schmückten. Früher einmal war dies ein Tempel des Jupiter gewesen. Nun, nachdem man sein Ziegeldach durch Stroh ersetzt hatte, diente es einem Barbarenkönig als Festhalle.

»Die Mutter der Gibichunge trinkt auf Euer Wohl, Ihr Helden ...« Grimhild hob ihr versilbertes Auerochshorn. Sie nippte am Met und schenkte dann ihrem Sohn und den Männern ein, die am erhöhten Ende der Halle saßen. Danach trat sie von der Estrade, begann ihren Rundgang an der nördlichen Seite der Halle und goß jedem der Männer einen Schluck ein.

Gudrun verstärkte ihren Griff um das Gegenstück zu dem Horn, das ihre Mutter trug, und begann die andere Seite der Halle abzuschreiten. Ihre Gewänder waren ebenso kunstvoll gefertigt wie die Grimhilds. Ihr elfenbeinfarbenes Festgewand aus Damast war mit Weizengarben bedruckt. Es wurde von goldenen Schmuckplatten zusammengehalten, die nach Art der Franken nur grob bearbeitet waren, und war am Nacken und am Saum mit Goldarbeiten beschwert. Unter dem juwelenbesetzten Haarreif wallte ihr Haar ungebändigt fast bis zu den Knien wie ein Umhang aus flüssigem Gold.

Vermutlich war es ehrenvoller, von der Königin bedient zu werden, doch das Lächeln in den Gesichtern derer, denen Gudrun einschenkte, schien bewundernder, und allmählich fiel die Anspannung von ihr ab. Es lag eine Art Trost in dem Wissen, daß der Mann, dem man sie einmal zur Frau gab, sie begehrenswert finden würde – wer immer es auch sein mochte.

Überall auf den Tafeln lagen die dicken Scheiben steinharter Brotlaibe, die gebacken worden waren, um den königlichen Vorrat an hölzernen Tranchierbrettern und unglasierten gallischen Servierplatten zu ergänzen. Das gekochte Schweine- und Rindfleisch war bereits verzehrt worden, und nun ging es ans Wildbret. Platten mit Frühlingsgemüse und Schüsseln mit Kohl und Äpfeln aus dem letzten Winter, die zusammen gekocht worden waren, wurden abwechselnd aufgetragen.

Es schien Gudrun, als könne ihr Bruder stolz auf seine Gefolgsleute sein. Nach Gibichos Tod hatte eine neue Generation die Herrschaft angetreten. Abgesehen von einigen alten Graubärten wie dem Gesetzessprecher Ostrofrid waren die meisten Köpfe entlang der Tafeln braun und blond – oder dort, wo gallisches Blut stärker durchschlug, rot. *Wir sind nicht so zahlreich wie die Goten,* dachte Gudrun, *aber wir werden immer stärker. Wir können ein großes Volk werden, wenn es uns nur gelingt, in diesem Land Wurzeln zu schlagen.*

Ordwini, der Sohn Dragobalds, schenkte ihr ein warmes Lächeln, während er ihr sein Trinkhorn entgegenhielt. Er war nur einen oder zwei Winter älter als Gundohar, aber er war fülliger geworden, seit man ihn vor zwei Jahren zum Fürsten seines Stammes ernannt hatte. Stämmig und unerschütterlich, wie er war, schien der Lärm in der Halle an ihm abzuprallen wie an einem Fels in der Brandung. Es ist schade, dachte Gudrun, als sie zum nächsten Mann weiterging, daß Ordwini bereits verheiratet ist.

Während sie von Tisch zu Tisch ging, bemerkte Gudrun, daß der junge Blondschopf Egward ihr mit den Augen folgte, als wäre der Trank, den sie ausgoß, von den Äpfeln aus Idunnas Garten gepreßt worden und würde ihm Unsterblichkeit bringen. Es war sein Haar, dachte sie abfällig, das ihn wie ein unreifes Küken aussehen ließ, obwohl er im selben Alter wie Gudrun war. Nun, er war einer von denen, die glücklich gewesen wären, sie zur Frau zu bekommen, aber er war nur anwesend, weil die Länder seines Stammes zu weit entfernt lagen, als daß sein alter Vater sich auf die Reise hätte machen können. Wenngleich Egward ein verheißungsvoller Krieger war, seine Sippe war arm, und eine Verbindung mit ihr würde den Niflungen keinen Vorteil verschaffen. Dennoch war seine Verehrung schmeichelhaft, und Gudrun lächelte ihn besonders strahlend an, als sie ihm den letzten Wein aus ihrem Horn einschenkte.

Ein Sklave brachte noch mehr Fleisch. Gudrun setzte ihren Weg um die Tische fort und trug Helmnot, Tanastus und den anderen aus Gundohars Gefolge auf. Bald schon hatte sie alle Krieger in ihrer Hälfte der Halle bedient.

»Königliche Frau, wir trinken auf Euch und auf Eure Kinder. Und wir trinken auf Gundohar, den Sohn Gibichos, *hendinos* der Burgunden!« Ostrofrid der Gesetzessprecher hielt sein Trinkhorn empor, und entlang der Tafeln reckten sich Arme wie Äste im Wind in die Höhe.

»Heil dir, Gundohar! Heil den Niflungen! Ehre und Sieg!«

Einen Augenblick lang nahm Gundohars Gesicht die scharlachrote Farbe seines Umhangs an. Godomar grinste, nur Hagano schien wie gewöhnlich unbewegt. Auf der gerundeten Mauer hinter ihnen konnte man noch immer ein ausgebleichtes Bild des Jupiter sehen, des *hendinos* des Olymps, doch der Thron des römischen Gottes stand nun im Schatten des Hohen Sitzes eines germanischen Königs. Das verschaffte Gudrun eine gewisse Befriedigung, doch als sie ihren Bruder betrachtete, der in einer seidenen Tunika aus Constantinopolis vor seinen Gästen stand und ein Trinkhorn aus römischem Glas in der Hand hielt, fragte sie sich, wer in diesem Falle wen ablöste.

Sie und ihre Mutter nahmen auf den Sitzen neben Gundohars Thron Platz, während Sklaven mit großen Krügen voll des hiesigen Weißweins zwischen den Tafeln hin und her zu eilen begannen, um die Hörner nachzufüllen.

»Trinken wir auf unsere Väter, welche von der See im Norden kamen und die Donau hinauffuhren! Auf unsere Väter, welche den Hunnen Einhalt geboten und die Alemannen besiegten und Länder eroberten, welche die Römer nicht halten konnten!« Der alte Heribard erhob sein Trinkhorn.

»Auf Gibicho!«

»Auf Gundiok!«

»Auf Gundwurm!«

Der Lärm nahm zu, als die Fürsten auf ihre Vorfahren tranken. Dies, dachte Gudrun, würde noch eine Weile andauern, wenn jeder einzelne einen Trinkspruch auf die Helden ausbrachte, von denen er abstammte. In einer Zeit, die nicht weiter zurücklag als Gudruns Kindheit, hätten ähnliche Tafelrunden noch Donar und Wodan und die Göttinnen geehrt, doch obwohl jetzt mehr als einmal das Hammerzeichen über den Trinkhörnern geschlagen wurde, verbot das von den Römern aufgezwungene Christentum solche Ehrbezeigungen bei öffentlichen Festen. Da aber alle Anführer der großen Stämme ihre Linie bis zu einem der alten Götter zurückverfolgen konnten, bemerkte Gudrun keine wesentlichen Veränderungen. Außer Frage jedoch stand, daß die Männer ebensoviel Wein und Met wie früher tranken.

»Mein Fürst, ich wünsche Euch in der Tat den Sieg«, sagte Ostrofrid am anderen Ende der Tafel. »Doch bringt uns Waffengewalt im Augenblick nicht weiter. Morgen, wenn wir uns zum Rat versammeln, müssen wir überlegen, wie wir unser Bündnis stärken können.«

»Ich werde unsere Verträge mit Rom nicht aufs Spiel setzen …« begann Gundohar.

»Dazu besteht auch kein Grund«, fiel Heribard ihm ins Wort. »Die Hunnen stellen im Augenblick die größte Gefahr für uns dar. Sie wagen bereits kleinere Vorstöße an unseren östlichen Grenzen. Bis jetzt waren sie damit beschäftigt, die Goten zu bekämpfen und Gold von den Römern zu nehmen, als Gegenleistung dafür, daß sie sich mit deren Feinden schlugen. Also kann Rom wohl kaum Einwände erheben, wenn wir uns mit *ihnen* verbünden.« Die anderen älteren Männer lachten, doch Godomar, Gudruns mittlerer Bruder, bewegte sich unruhig auf seinem Platz neben ihr.

»Ich würde Einwände erheben«, flüsterte er. »Ich würde lieber gegen die Hunnen kämpfen. Ich wette, daß wir sie im Kampf Mann gegen Mann besiegen könnten!« Ein Blick von ihrer Mutter brachte ihn zum Schweigen, und Gudrun wandte ihre Aufmerksamkeit erneut den Beratern Gundohars zu.

»Aber was können wir ihnen bieten?« fragte der König. »Die Römer bezahlen sie mit Gold.«

»Eine Vermählung«, meldete sich Ostrofrid. »Gibt es in ihrer Königssippe eine Frau, die geeignet wäre?«

»Der König der Westhunnen hat eine Enkelin im richtigen Alter«, antwortete Heribard. »Ihre Mutter war eine Terwinge. Hild lautet ihr Name.«

»Brunhild …« Gundohars Stimme versagte. »Bladardas Tochter. Aber sie ist eine Walkyrja.«

»Nicht mehr.« Heribard grinste breit. »Sie haben sie ausgestoßen – weil sie Euch verschont hat. Sie lebt wieder mit ihrer Sippe bei den Markomannen.«

»So sei es!« rief Ostrofrid. »Dies ist ein Vorschlag, über den nachzudenken es sich lohnt.« Er blickte zu Gundohar hinüber, der mit demselben überwältigten Gesichtsausdruck dasaß, den Gudrun bisher nur einmal bei ihm wahrgenommen hatte – damals, als er Brunhild angestarrt hatte.

Er liebt sie noch immer! dachte sie da. *Er wird nicht versuchen, sich dieser Verbindung zu entziehen.* Sie erinnerte sich, wie sehr sie sich einmal danach gesehnt hatte, Brunhild zur Schwester zu haben, und wie unmöglich es ihr erschienen war, daß all die wilde Kraft des älteren Mädchens sich zügeln ließe, wie es die Pflichten einer Königin erforderten.

O Bruder, versuche nicht, Brunhild zu zähmen! Aber Gudrun gehörte nicht zu Gundohars Beratern, und sie sagte es nur leise. Im gleichen Augenblick wurde ihr bewußt, daß sie nicht weniger närrisch war – sie, die von einem Mann träumte, dem sie möglicherweise nie in ihrem Leben begegnen würde.

Borbetomagus schlummerte im goldenen Licht des Morgens wie ein Hund auf einem sonnenbeschienenen Flecken Erde. Hagano ließ seinen Blick über die Stadt schweifen. Er stand an eine der Säulen in der Vorhalle zum großen Festsaal gelehnt. Hinter ihm erstreckte sich der alte Palast des Statthalters in einem Labyrinth von Flügeln und Höfen, in denen sich langsam diejenigen zu regen begannen, die am Abend zuvor zuviel getrunken hatten. Wenn Hagano nach rechts blickte, konnte er zum Fluß hinuntersehen. Unmittelbar vor ihm lagen das Forum und die Häuser der Stadtväter von Borbetomagus. Von der kleinen Kirche auf dem Hügel zu seiner Linken drang der wohlklingende Gesang der Priester zu ihm herüber, welche die Ostermesse feierten.

Die Priester behaupteten, daß an diesem Tag Christus von den Toten auferstanden sei, wozu selbst Baldur nicht fähig gewesen war. Doch Wodan, so dachte Hagano, hatte neun Nächte am Weltenbaum gehangen, nicht nur drei, und er war nicht gestorben. Alle Religionen verkündeten die Allmacht ihrer Götter, doch Hagano war im Schatten der Zauberkräfte seiner Mutter aufgewachsen, und das hatte ihn gelehrt, wie viel Aberglaube und Illusion in all dem steckte. Es war besser, sich auf die eigene Willenskraft und List zu verlassen. Und auf die Stärke des eigenen Waffenarms.

Friedlich lag die Stadt vor ihm, doch trotz seiner zur Schau getragenen Gelassenheit war Hagano besorgt. Obwohl sich keine Wolke am Himmel zeigte, schien es ihm zu still – es war wie die Ruhe vor dem Sturm. Seine Lippen zuckten, als er erkannte, daß die Unruhe aus seinem Innern kam. Holz kratzte über den Steinboden hinter ihm, und er drehte sich um.

»Du bist nicht in der Kirche, Mutter? Vater Priscus wird dich schelten.«

Königin Grimhild trat, schwer auf ihren Stock gestützt, einen Schritt vor und ließ sich auf eine Bank an der Brüstung sinken. »Meine Gelenke schmerzen mich heute morgen. Ich habe Gudrun aufgetragen, ihm das mitzuteilen, und sollten die guten Pater das nicht glauben, so werden sie es doch nicht wagen, mich der Lüge zu bezichtigen.«

Zum erstenmal, seit er aufgewacht war, verspürte Hagano echte Belustigung. »Nun, die Kahlköpfe können heute morgen dreien deiner Kinder die Ohren vollschwatzen. Damit sollten sie zufrieden sein. Es ist mir gleichgültig, was sie über mich denken.«

»Mein Sohn, was bedrückt dich?« Sie wandte den

Kopf der Sonne zu, und der Zerfall ihrer einstigen Schönheit lag klar zutage. *Sie hat die Augen geschlossen!* dachte Hagano. Vor allen anderen konnte er seine Gedanken verbergen, aber Grimhild brauchte ihn noch nicht einmal anzusehen, um zu wissen, was in seinem Kopf vor sich ging!

Einen Augenblick lang haßte er sie. Er klammerte sich an die Brüstung und starrte mit leerem Blick über die Stadt. »Ich will fort von hier«, sagte er schließlich. »Ich will mein Glück im Norden suchen.«

»Würdest du denn deine Kraft in den Dienst eines fremden Fürsten stellen, wenn deine eigene Sippe dich braucht?«

»Nicht ganz meine Sippe, nicht ganz!« schränkte Hagano ein. »Und wofür brauchen sie mich? Gundohar hat Berater, die ihm zur Seite stehen, und er hat Godo, der seine starke rechte Hand ist.«

»Er wird dich brauchen, weil du ihm beides sein kannst«, sagte sie sanft. »Weil du Dinge verstehst, die zu wissen er sich gar nicht erlauben darf.«

Hagano schnaubte verächtlich. »Verlangst du von mir, daß ich für immer in seinem Schatten stehe? Das werde ich nicht tun! Ich bin Burgunde genug, um meinen eigenen Ruhm erlangen zu wollen.«

»Willst du, daß man dir am Ufer des Flusses eine Statue errichtet, als wärest du ein Herrscher?« Grimhild lachte kurz. »Ich habe die Runen für dich gelesen, und ich habe in den Brunnen geschaut. Dein Name wird Legende werden, Hagano, das verspreche ich dir. Aber nur, wenn du den Niflungen treu bleibst.«

Er sah auf ihren gebeugten Kopf hinab und fragte sich, ob er ihr Glauben schenken konnte oder ob sie ihn nur wie alle anderen benutzte. Manchmal kam es ihm vor, als sei selbst seine Zeugung nur Teil eines großen Plans gewesen.

Die Türen der Kirche schwangen auf, und Menschen traten blinzelnd und plaudernd ins Sonnenlicht hinaus. Plötzlich verstärkte sich Haganos Unruhe.

»Ich werde dir eine kurze Zeit zugestehen, in der sich erweisen soll, ob deine Worte der Wahrheit entsprechen«, sagte er, ohne den Blick von der Menge zu nehmen. »Bis sie Gundohar vermählt haben und er seine Macht gefestigt hat.«

»Ob du nun bleibst oder von dannen ziehst, den Niflungen wirst du dienen«, erwiderte Grimhild leise. »Das Schicksal, das dich binden wird, soeben reitet's durch die Tore.« Ihre Stimme hatte sich zum tonlosen Singsang der Entrückung gesenkt, und Hagano beugte sich hinab, um in ihr verschlossenes Gesicht zu sehen.

»Was ist es, Mutter? Was siehst du?«

Einen Augenblick lang bewegte sie ihren Kopf vor und zurück und murmelte unverständliche Worte. Dann erschauerte sie und öffnete die Augen. »Haben sie die Kirche schon verlassen?«

Hagano richtete sich wieder auf und blickte den Hügel hinauf. Er sah Gudrun, die weiß und golden im Sonnenlicht glänzte, und er sah das Leuchten von Gundohars scharlachrotem Gewand. Sie hatten sich zum Forum gewandt, über das ein Mann auf einem sturmgrauen Hengst geritten kam. Den grauen Umhang, den er trug, hatte er über die Schultern zurückgeworfen, so daß sein Kettenpanzer zu sehen war. Überall an ihm funkelte Gold, vom wolfsköpfigen Helmbusch bis zu den Riemen seiner Schuhe, so daß er sich in einem blendenden Strahlenkranz zu bewegen schien.

»Ein Krieger«, flüsterte Hagano, »mit der Aura eines

Helden.« Diese strahlende Erscheinung war von einer Schönheit, die tiefes Unbehagen bei Hagano hervorrief.

»Ah!« seufzte Grimhild. »Hilf mir auf, Hagano. Das muß ich sehen.«

Die Männer waren unbewaffnet in die Kirche gegangen. Ordwini stellte sich schützend zwischen den König und den Fremden, der sie schweigend mit Augen musterte, die unter dem Helm hervorblitzten.

»Wer kommt an diesem Tag des Friedens in voller Rüstung zu uns geritten? Fremder, wenn Ihr uns wohlgesonnen seid, schenke ich Euch den Segen dieses heiligen Tages. Wer seid Ihr, und was führt Euch zu uns?«

»Sieg den Burgunden und ihrem König«, erwiderte der Reiter höflich. Er nestelte an seinem Kinnriemen, zog den Spangenhelm vom Kopf und fuhr sich mit den Fingern durch ein Wirrwarr sonnengebleichter Haare. Er sah sehr kräftig aus, doch viel jünger, als man angesichts des Reichtums, den er zur Schau trug, vermutet hätte. Dann glitt er so schnell und geschmeidig vom Pferd, daß Hagano blinzeln mußte.

»Man nennt mich Sigfrid Sigmundssohn, und ich überbringe König Gundohar eine Botschaft von den Fürsten der Franken.«

Sigfrid stand bewegungslos da, doch seine bernsteinfarbenen Augen musterten fortwährend die Umgebung. Hagano zuckte zusammen, als der Blick des Neuankömmlings über den Palast schweifte.

Die Königin seufzte. »So ist er also eingetroffen, und es ist wahr. Er hat die Augen eines Wolfes …«

ᛉ

JAGDBEUTE

Burgundenreich,
in der Nähe von Borbetomagus
Lenzmond, A.D. 420

»Lang ist's her, daß du über diese Pfade wandeltest, Königin der Burgunden.«

Die Stimme war sanft. Es war, als flüstere der Wind die Worte in den Ebereschen. Doch hier, auf dem Weg, der durch den Wald führte, hätte sich niemand aufhalten dürfen. Hagano blieb dicht hinter seiner Mutter stehen und starrte auf die Gestalt, die, eingehüllt in einen Mantel und auf einen Stab gestützt, zwischen den Baumstämmen erschienen war. Haganos Hand legte sich unwillkürlich auf das Heft seines Schwertes.

»Wer seid Ihr?« fragte er scharf. Er hatte seine Mutter nur widerwillig begleitet, denn seine Brüder saßen mit Sigfrid an den Feuern am Rande des Waldes, aßen und rühmten sich der Taten, die sie am kommenden Tag während der Jagd vollbringen wollten. Doch vielleicht erwies es sich ja doch noch von Vorteil, daß er mit Grimhild gegangen war.

»Du willst mich herausfordern? Deine Mutter kennt mich.« Der Mann trat einen Schritt vor und musterte sie. Dabei blieb die Hälfte seines Gesichtes von der breiten Krempe eines Hutes verdeckt. Hagano vernahm ein Zischen, als die Königin scharf den Atem einsog.

»Ihr habt euch weit von euren königlichen Hallen entfernt …«

»Nicht weiter als du, Verborgener«, erwiderte Grimhild, und ihre Stimme zeugte von einer Gemütsbewegung, die Hagano sich nicht erklären konnte.

Hagano erschauerte und fragte sich, warum seine Mutter diesen Namen benutzt hatte. Doch die fremde Stimme, die er gehört hatte, war wirklich gewesen, und obwohl das gesprenkelte Mondlicht genausoviel verbarg, wie es offenbarte, konnte Hagano sehen, daß der Hut des Fremden zerlumpt war und der Mantel zu jedem umherstreunenden Wanderer gepaßt hätte. Er konnte jedoch nichts *deutlich* erkennen, denn die Blätter hinter der Gestalt schimmerten im silbernen Licht.

»Und warum fordert die Drachenfrau die Nacht heraus?«

Die Königin trat ebenfalls einen Schritt vor. »Um die Geister anzurufen und im Kessel zu rühren. Da du es weißt – was fragst du mich?«

Haganos Herz, das sich fast wieder beruhigt hatte, begann erneut zu rasen. Wer war dieser Fremde, dem gegenüber seine Mutter von Künsten sprach, die sie selbst vor ihren Kindern verborgen hielt? Nur er, Hagano, hatte bisher jenes Haus im Wald betreten, in dem die Königin ihre Tränke braute und ihre Zaubersprüche wisperte.

»So ist's.« Der Fremde fuhr sich durch den Bart, als wolle er ein Lächeln verbergen. »Eine Meisterin der Zauberkräfte bist du …«

Grimhild schnaubte verächtlich. »Ich habe einige wenige Krumen überlieferten Wissens aufgelesen. Und sie sind alle von deinem Tisch gefallen. Bist du gekommen, mich mehr zu lehren?«

Ein Lachen erscholl unter dem breiten Hut, und Hagano erschauerte.

»Ja, aber du mußt dir meine Weisheit verdienen. Willst du ein Rätsel für mich lösen?«

Grimhild packte ihren Stab fester.

»Ein Wolf tötete einen Lindwurm; ein Vogel führte ihn. Wie lautet sein Name?«

»Sein Name ist Sigfrid«, antwortete die Königin. »Ich habe deine Frage beantwortet, Vater der Weisheit, und so ist die Reihe nun an mir. Wird der Zauber, den ich heute nacht zu wirken gedenke, gelingen?«

»Er wird so sicher gelingen wie der Wurf, mit dem eine geübte Hand den Speer ins Ziel schleudert. Willst du mehr wissen?« Er hielt einen Augenblick inne. »Ein Rabe auf einem Felsen, umgeben von Feuer, doch er verbrannte nicht. Wer ist es?«

»Es ist Brunhild«, erwiderte Grimhild. »Sage mir, o Weiser, ob die Burgunden ein mächtiges Volk werden, wenn Gundohar sich mit ihr vermählt? Wird mein Sohn Könige zeugen?«

»Und ich?« wagte sich Hagano vor. »Wird mein Name fortbestehen?« Er zitterte, als der dunkle Blick unter dem breiten Hut ihn traf.

»Das sind drei Fragen. Ich werde sie beantworten ... die letzte Frage. Man wird sich an dich erinnern, solange der Rhein an der Stadt des Wurms vorbeifließt.«

Königin Grimhild warf ihrem Sohn einen strengen Blick zu. »Aber du hast mir nicht gesagt, was *ich* wissen muß!« Sie wandte sich erneut an den Wanderer.

»Dann mußt du mir noch einmal antworten.« Einen Augenblick lang schwieg er. »Fafnar hütete einen goldenen Schatz. Wer ist der Erbe des Stabs und des Rings?«

Grimhild starrte ihn an. »Was meinst du damit?«

fragte sie wütend. »Du forderst kein Wissen, sondern eine Prophezeiung!«

Der Fremde hob die Schultern und wandte sich zum Gehen. »Das hast auch du von mir gefordert.«

»Warte!« rief die Königin. »Wann wirst du mir wieder erscheinen?«

»Sollte ich das?« fragte er sanft. »Du weißt nicht, was du wissen solltest.«

»Und was ist mit mir?« Hagano fand erneut seine Stimme. Der Wanderer musterte ihn und schien zu seufzen, doch vielleicht war es auch nur das Flüstern des Windes in den Bäumen.

»Bist auch du eins meiner Kinder? Dann mußt du wie ich zu sehen lernen ...«

Der Wind zerrte an den Ästen und verschleierte die Sicht mit einem funkelnden Spiel von Licht und Schatten. Als alles wieder still lag, war der Wanderer verschwunden.

Hagano wankte einen Schritt zurück und starrte umher.

»Wer war das?« Er wandte sich an die Königin, die mit gebeugtem Haupt dastand und sich schwer auf ihren Stab stützte. »Er war leibhaftig da, ich konnte ihn atmen hören. Aber du hast mit ihm gesprochen, als wäre er der Hohe selbst. Frau, antworte mir!«

Grimhild drehte sich zu ihm um. Ihre Gesichtsmuskeln zuckten. »Närrisches Kind, hast du denn nichts gelernt, während du an meinem Feuer saßest? Wie anders sollten die Götter unter uns wandeln als in der Gestalt eines Menschen?«

»Wodan?« flüsterte Hagano. »Also ist er mein Vater?«

Die Königin schüttelte den Kopf und lachte heiser. »Du solltest nicht so begierig darauf sein, ihn deinen

Ahnherrn zu nennen – er ist nicht gütig zu seinen Kindern. Sei glücklich, daß dein Vater Erbe einer Weisheit war, die älter noch als die der Götter ist.«

Hagano blinzelte. Früher, als er noch klein gewesen und die Welt ihm als ein heller Ort voller Freude erschienen war, hatte ein anderes Kind ihn verhöhnt und einen Bastard genannt. Er war weinend zu seiner Mutter gelaufen, und ihre Antwort klang noch immer in seiner Erinnerung nach: *»Als du geboren wurdest, hielt König Gibicho dich in seinen Armen und gab dir deinen Namen. Welch größere Anerkennung könnte es geben?«* Doch von diesem Augenblick an hatte er gewußt, daß sein Peiniger die Wahrheit gesagt hatte, als er ihn einen Bastard nannte. Seitdem hatte er Grimhild nie wieder darauf angesprochen.

»Komm. Die Nacht schreitet fort«, sagte die Königin, »und wir haben noch viel zu tun.«

Der Morgen hallte vom Klang der Hörner wider, der die klare Frühlingsluft zum Schwingen brachte. Gundohar blieb mit dem Speer in der Hand stehen, und für einen Augenblick war er nichts weiter als ein Schallboden dieser Melodie.

»Komm, Bruder – der Hirsch wird nicht auf dich warten, während du hier Maulaffen feilhältst.«

Godos Ruf brachte ihn in die Gegenwart lachender Männer und bellender Hunde zurück, und sein Blut geriet in Wallung. Die Burgunden waren bereit zur Jagd!

Er griff sich den Speer, den er an eine Eiche gelehnt hatte, und wandte sich blinzelnd dem blendenden Sonnenlicht zu. Seine Männer jubelten ihm zu, und Gundohar lächelte breit. Ein Morgen wie dieser wog all die

Momente auf, in denen Unsicherheit und Angst ihn ergriffen. Seine Männer waren prachtvoll anzusehen in ihren gefärbten, glänzenden Leder- und Wollsachen, mit ihren goldenen Armreifen, die in der Sonne glitzerten, und er war jung und ihr König.

»Dann laßt uns künden, daß wir kommen!« rief er.

Lachend ließ er seinen Blick über die Runde gleiten, während ein Mann nach dem anderen sein Horn hob. Nur Hagano, der aussah, als hätte er die ganze Nacht kein Auge zugetan, blieb still, aber das war nichts Ungewöhnliches.

Gundohars Blick wanderte weiter zu dem Mann neben seinem Bruder. In seinem ungefärbten Leder schien dieser förmlich mit den Wäldern zu verschmelzen, doch der Eindruck änderte sich, sobald man in seine Augen sah.

Der Krieger aus dem Norden glich einem Wolf, der das verrückte Gebaren von Hunden beobachtet, und all die jubelnden Männer wirkten neben ihm plötzlich wie kläffende Welpen. An seiner Seite hing ein großes, in Silber gefaßtes Signalhorn.

»Stoßt in das Horn, Sigfrid!« rief der König ihm zu. *Belle mit meinem Rudel; störe nicht den Gleichklang!* Mit klopfendem Herzen hielt Gundohar dem Blick des anderen stand, bis Sigfrid schließlich lächelnd die goldschimmernden Augen senkte.

Er nahm das Horn von seinem Gürtel, und Gundohar blinzelte, als er dessen Größe erkannte. Es konnte nur von einem wilden Auerochsen aus den Wäldern stammen – vielleicht würde er den Fremden eines Tages dazu bringen, ihm die Geschichte zu erzählen. Sigfrid hob das Horn an seine Lippen.

Zuerst hörte Gundohar keinen Laut. Dann erkannte

er, daß der Klang von Sigfrids Horn so tief unterhalb dem der anderen Hörner lag, daß er ihm zuerst entgangen war. Doch als der Krieger aus dem Norden ohne sichtbare Anstrengung zu blasen fortfuhr, wurde jener einzelne, tiefe Ton lauter, wuchs zu einer solchen Klangfülle, daß Gundohar ihn im Boden unter seinen Füßen, daß er ihn in seinen Knochen spürte. Und auf der ganzen Welt gab es nur noch den Klang von Sigfrids Horn.

Schließlich endete dieser Moment der Ewigkeit, und sie fanden sich auf der Lichtung im Wald wieder. Doch als die letzten Echos verklangen, umgab das wandernde Sonnenlicht Sigfrid für einen kurzen Augenblick wie ein Mantel aus Gold.

Wer bist du? Betäubt starrte der König ihn an. *Und wie ist es möglich, daß du meine Seele auf diese Weise erschüttern kannst?*

Er spürte eine Hand auf seinem Arm und wußte, daß Hagano ihn hinter den anderen her führte. Als er den Kopf schüttelte, klärte sich sein Blick, doch sein Herz raste noch immer.

»Wir müssen diesen Mann für unser Heer gewinnen. Er muß auf unserer Seite kämpfen!«

»Das wird er, Bruder«, murmelte Hagano. »Das wird er.«

Hagano rieb sich die Augen und wünschte, er hätte mehr als nur ein oder zwei Stunden schlafen können. Doch es war schon weit nach Mitternacht gewesen, als die Königin endlich ihre Arbeit beendet hatte. Er fuhr vorsichtig mit der Hand über die Tasche, die er sich umgehängt hatte und in der die kleine Phiole aus römischem Glas verborgen war. Es war fast Mittag, und die Hunde und Treiber hatten zwei Hirsche in Speerweite getrieben. Sicher würden die Jäger bald Rast einlegen. Vor sich vernahm er das Geräusch fließenden Wassers und beschleunigte seine Schritte.

»Ist denn außer mir niemand hungrig?« rief er, als er zu den anderen aufschloß, die auf der Lichtung eines Lindenhains angehalten hatten. »Hinter diesen Linden gibt es eine Quelle mit frischem Wasser. Laßt uns in ihrem Schatten Platz nehmen und etwas essen. Kluge Tiere, wie Hirsche es sind, rasten zur Mittagszeit. Wir werden mehr Erfolg haben, wenn sie später wieder hervorkommen, um Nahrung zu suchen.«

Gundohar drehte sich mit einem dankbaren Blick zu ihm um, und die anderen warfen ihre Wurfspeere und Jagdtaschen zu Boden, in denen das Kleinwild verstaut war, das sie bis dahin erlegt hatten. Hagano befahl den Dienern, die ihnen gefolgt waren, die Körbe mit Brot und Käse sowie das Äl herbeizubringen und ein Feuer zu entfachen.

Jemand breitete für den König einen Umhang auf dem Boden aus, auf dem sich Gundohar mit einem Seufzer niederließ. Hagano lehnte sich gegen einen Baumstamm. Die ungewohnte Anstrengung ließ seine Knochen schmerzen. Er würde sich setzen, sobald er seine Aufgabe erfüllt hatte. Wenn er sich jetzt eine Rast gönnte, würde es ihm möglicherweise schwerfallen, noch einmal auf die Beine zu kommen. Sigfrid war in die Hocke gegangen und rupfte zwei Birkhühner mit schnellen, geübten Bewegungen. Er hatte sie im Flug mit Steinwürfen erlegt, erinnerte Hagano sich verdrossen. Kurz darauf waren sie auf grünem Holz aufgespießt und rösteten über dem Feuer.

»Ist es richtig, daß Eure Gesandten von den Hunnen zurückgekehrt sind?« wandte Ordwini sich an Gundohar.

Das Gesicht des Königs verfärbte sich blutrot, und Godomar brach in schallendes Gelächter aus.

»Oh, sie sind zurückgekehrt, das ist richtig.« Godomar lachte erneut, und Hagano seufzte. »Aber Gundohar wird um das Mädchen kämpfen müssen.«

»Sind sie denn so abgeneigt, ein Bündnis einzugehen?« Ordwini sah verwirrt von einem zum anderen.

»Oh, die Hunnen hätten nichts einzuwenden. Das Problem liegt bei der Braut. Diese Brunhild hält sich für eine Kriegerin, und sie will sich nur mit jenem Mann vermählen, der sie im Zweikampf zu besiegen vermag. Wenn *ich* sie bezwingen müßte, würde ich sie schnell auf dem Rücken liegen haben.« Er warf Gundohar einen boshaften Seitenblick zu. »Besser, du beginnst wieder mit deinen Waffenübungen, o mein Bruder!«

Hagano richtete sich auf. Er fragte sich, ob er würde eingreifen müssen.

»Godo«, sagte der König, und in seiner Stimme lag ein Ton, der seinen jüngeren Bruder erröten und verstummen ließ. »Ich werde tun, was zu tun ist, um sie zu gewinnen. Dieses Bündnis ist wichtig für uns.«

Für dich, dachte Hagano mit einem Anflug von Bedauern. Aber dann erinnerte er sich an das Rätsel des Wanderers. Er mußte seine Mutter fragen, warum Brunhild von Feuer umgeben gewesen war. Das Ganze war äußerst geheimnisvoll, und Gundohar würde vielleicht mehr bekommen, als er erwartete, wenn er dieses Mädchen zur Frau nahm.

»Unterrichten die Hunnen all ihre Frauen in der Kriegskunst?« fragte Sigfrid, dessen Blick plötzlich aufmerksamer wurde.

»Ich glaube, sie bringen ihnen das Reiten bei und lehren sie das Bogenschießen«, antwortete einer der älteren Männer, »aber es ist nicht üblich, sie im Umgang mit dem Schwert zu unterrichten. Warum fragt Ihr?«

Sigfrid lächelte und sah mit einemmal sehr viel jünger aus. »Ich kannte einmal eine Hunnenfrau, die eine Kriegerin war«, sagte er leise. »Ich hoffe, sie bald wiederzusehen.«

Nicht, wenn es nach meiner Mutter geht, dachte Hagano grimmig. Er rief einen der Diener herbei und befahl ihm, das Äl und die Trinkhörner herzubringen.

»Hier – das wird euren Durst stillen.« Er nahm die beiden zueinander gehörenden, in Silber gefaßten Hörner und überquerte die Lichtung. »Auf dein Wohl, Bruder.« Vorsichtig reichte er Gundohar das Horn in seiner rechten Hand. »Und auf das Eure, ehrenwerter Gast.« Er hielt Sigfrid das zweite Gefäß hin. Die beiden Hörner glichen sich aufs Haar, und beide waren mit dem gleichen braunen Äl gefüllt. Doch jenes, das er Sigfrid gegeben hatte, enthielt zusätzlich noch den Inhalt der Glasphiole, die seine Mutter ihm in der vergangenen Nacht überreicht hatte.

»Auf den König!« rief Hagano, und jubelnd hoben die Männer ihre Hörner. Sigfrid verzog das Gesicht beim Trinken, doch er kannte die Sitten gut genug, um alles in einem Zug zu leeren.

»Zu stark für Euch, Fremder?« fragte Godomar.

»Das Äl des Südens ist bitter«, antwortete Sigfrid. »Aber wenn wir wieder in Bewegung sind, wird sich die Wirkung schon verlieren.«

Hagano unterdrückte ein Lächeln, als er sich an die Worte seiner Mutter erinnerte. In Bewegung würde der Fremde tatsächlich geraten, allerdings nicht, um Wild zu jagen.

»Nun, dieser Vogel hier scheint gar zu sein, und er wird den bitteren Geschmack vertreiben. Mein Fürst, wollt Ihr die Beute mit mir teilen im Gegenzug für Eure Gastfreundschaft?« Sigfrid nahm das Birkhuhn vom Feuer, legte es auf ein Bett sauberer Blätter, brach Keule und Schenkel heraus und reichte sie Gundohar.

»Hagano gibt mir zu trinken, und Ihr gebt mir Fleisch!« verkündete der König. »Auch Ihr solltet mein Bruder sein!«

Gundohar ergriff Sigfrids Schulter. Sein Gesicht glühte triumphierend, und einen unbewachten Augenblick lang verrieten Sigfrids Augen eine Sehnsucht, die Hagano nur allzu gut kannte. Und dann, als hätte er sich von der Begeisterung des Königs anstecken lassen, lächelte Sigfrid. Für einen kurzen Moment schienen die beiden Männer miteinander zu einem Wesen zu verschmelzen.

Obwohl derselbe Leib sie geboren hatte, wußte Hagano, daß er seinem Bruder niemals so nahe sein würde wie der Fremde es in diesem Augenblick war. Er beobachtete, wie Gundohar lachte, und sein Magen krampfte sich zusammen, als hätte er selbst den Trank seiner Mutter geschluckt und nicht Sigfrid.

Wölfe jagten lautlos, bis die Zeit gekommen war, über die Beute herzufallen. Doch nun, dachte Sigfrid, während er hinter dem König der Burgunden herspurtete, nun jagte er mit Hunden, und das in mehr als nur einem Sinn. Vor ihnen bellten die Jagdhunde erregt; die Männer, die ihnen folgten, waren allerdings fast ebenso laut. Eigentlich hätte inzwischen alles Wild, das Ohren besaß, viele Meilen entfernt sein müssen, aber möglicherweise verwirrte der Lärm es auch.

Das Bellen der Hunde stieg eine Tonlage höher, als sie eine neue Fährte aufnahmen, und Sigfrid beschleunigte seine Schritte.

»Sie haben etwas gefunden«, rief er und schloß zu Gundohar auf. »Beeilt Euch!«

Der König schwitzte, Erschöpfung rötete sein Gesicht, doch trotz seiner offenkundigen Müdigkeit lief er unerschrocken weiter. Sigfrid verlangsamte den eigenen, mühelosen Lauf, um dem König nicht davonzurennen. Schließlich hatte Gundohar ihn wie einen Bruder behandelt, dachte er.

Trotz des Lärms kam es ihm fast vor, als würde er wieder mit dem Rudel jagen. Selbst bei den Franken hatte er sich nicht so wohl gefühlt. Es tat ihm leid, daß er weiterziehen mußte, aber wenn er Sigdrifa endlich gefunden hatte, konnten sie vielleicht gemeinsam hierher zurückkehren.

Einen Atemzug lang vergaß Sigfrid, wo er war und mit wem er an diesem Tag jagte. Die Welt bestand nur noch aus grünen Schatten, aus dem herben Geruch der verfaulenden Blätter aus dem letzten Jahr und aus den süßen Düften des Frühlings. Erinnerungen bemächtigten sich Sigfrids Körper – Erinnerungen, die sich während einer Kindheit, die er in den Wäldern verbracht hatte, in Muskeln und Knochen eingegraben hatten. In seiner Begeisterung gelang es ihm sogar, die anderen zu vergessen und sich einzubilden, daß das Kläffen der Hunde der Ruf seiner Wölfe war.

Plötzlich durchzuckte Schmerz seinen Magen, und er kam stirnrunzelnd aus dem Tritt. Ähnliches war ihm schon früher widerfahren, wenn er verdorbenes Fleisch gegessen hatte. Aber soweit er sich erinnern konnte, hatte er heute dasselbe gegessen wie alle anderen.

Er unterdrückte die aufkommende Übelkeit und zwang sich, weiterzulaufen. Schließlich hatte er nicht vor, die Burgunden dadurch zu beeindrucken, daß er sich hinter jedem Baum übergab.

Der Hirsch war ein brauner Schemen vor ihnen. Die Schreie der Männer, die ihn von der anderen Seite auf die Jäger zutrieben, waren ein Echo ihres eigenen Gebrülls. Unerbittlich verengte sich der Kreis um die gejagte Kreatur, so daß ihre eleganten Sprünge zu einem wahnsinnigen Wirbeln und zuletzt zu einem wilden Ducken und Hakenschlagen wurden. Es hörte erst auf, als die Männer einen Speerwurf weit entfernt stehenblieben. Sigfrid konnte den scharfen Moschusduft der Furcht riechen, der von dem Tier ausging. Es war ein junger Hirsch, fett genug für die Tafel, aber unerfahren und möglicherweise gefährlich aufgrund seiner Unberechenbarkeit. Sigfrid blieb ein paar Schritte zurück und fragte sich, ob der König diese Beute für sich beanspruchen würde. Es war ein prachtvolles Tier in der Blüte seiner Jahre, das in einer Mischung aus Zorn und Angst umhersprang und aus dem Kreis der Hunde auszubrechen versuchte.

Der Lärm war leiser geworden, aber seine Tonlage war nun tiefer. Sigfrid erkannte den Widerhall eines Hungers, der weit über alle rein körperlichen Bedürfnisse hinausging – das Bedürfnis, die Lust zu töten. Wie zur Antwort begann sein Magen sich erneut zusammenzukrampfen. Sigfrid verzog gepeinigt das Gesicht, doch sein Körper war, wie die der anderen, nur mehr eine Waffe, die in eine Richtung zielte. Er hatte jetzt keine Zeit, sich um seine Schmerzen zu kümmern.

Männer traten zur Seite, um den Weg für Gundohar frei zu machen, und für den Bruchteil einer Sekunde sah

Sigfrid nicht Menschen vor sich, sondern Wölfe, die sich zurückzogen, um dem Rudelführer das Töten zu überlassen. Gundohar war hier der Wolfskönig. Der König der Burgunden hob seinen Speer, seine Augen glühten mit einer verzweifelten Inbrunst. Sigfrid beobachtete ihn genau. Solche Augenblicke waren eine gute Probe für einen Wolf – oder für einen Menschen. Er konnte die Anspannung in den Muskeln der knochigen Schultern sehen, das Zucken eines anderen Muskels in der Wange und das Zittern in den Schenkeln des Königs. *Er ist zu besessen,* dachte Sigfrid. Ein erfahrener Jäger ging sparsam mit seiner Kraft um.

Während all der Jahre unter den Wölfen hatte Sigfrid es gelernt, das Wesen einer Kreatur allein daran zu erkennen, wie sie sich bewegte. Dieser König war ungeschickt in seinen Bewegungen – wie ein junger Wolf, der es noch nicht verstand, Geist und Körper eins werden zu lassen. Und dennoch folgte ihm sein Volk. Hing Herrschaft unter den Menschen weniger von körperlichen Eigenschaften ab?

Sigfrid biß sich auf die Lippe, als der Schmerz in seinen Eingeweiden wiederkehrte. Er war noch nie krank gewesen, aber vielleicht war in dem Eintopf vom vergangenen Abend ein verdorbenes Stück Fleisch gewesen?

Angestrengt wandte er seine Aufmerksamkeit zurück auf Gundohar. Zumindest am Mut des Königs konnte kein Zweifel bestehen. Er trat vor, und sein Griff um den Speer wurde fester, bis seine Fingerknöchel sich weiß gegen den Schaft abhoben. Der Hirsch reckte den Kopf in die Höhe, weiß geränderte Augen starrten Gundohar an, Nüstern blähten sich.

Ja, dachte Sigfrid und spürte ein verräterisches Zittern in der Brust, das nichts mit dem Rumoren seines Magens zu tun hatte. *Er hat dich erkannt, und er hat seinem Tod zugestimmt. Bring es zu Ende, Gundohar!*

Der König atmete tief ein, und für einen kurzen Augenblick spiegelten seine Augen den Blick des Hirsches. Dann strafften sich die Muskeln unter den gespannten Falten seiner Tunika, und er warf den Speer.

Noch im Flug erkannte Sigfrid, daß der Wurf nicht tödlich sein würde. Als die Speerspitze die Flanke des Bocks aufritzte, war der Bann gebrochen. Das Tier senkte den Kopf und stieß mit dem messerscharfen Geweih zu, noch bevor Gundohar die Gefahr erkannte, in der er schwebte. Instinktiv sprang Sigfrid vor, stieß den König zur Seite und seinen Speer am Geweih vorbei in die Lungen des Hirsches. Gleichzeitig drehte er sich zur Seite, riß dabei die Waffe aus der Wunde, während das Tier taumelte und Blut sich über das Laub ergoß.

Gundohar versuchte aufzustehen und fiel erneut zu Boden, als Sigfrid gegen ihn stieß. Sigfrid blieb zusammengekauert liegen, wo er hingefallen war, und schützte den Körper des Königs mit seinem eigenen. Er konnte das Zittern von Gundohars Atem spüren, während der Hirsch ganz langsam – Muskel für Muskel, wie es schien – zusammenbrach und still liegen blieb.

Einen Augenblick lang herrschte Stille, dann begannen die Männer zu jubeln. Gundohar bewegte sich zuckend, und Sigfrid rollte zur Seite. Das Blut des Hirsches hatte sein Leder durchtränkt, der Gestank stieg ihm in die Nase. Sigfrids Magen krampfte sich zusammen, als hätte er seinen Speer nicht in die Eingeweide des Tieres getrieben, sondern in seine eigenen.

»Ihr habt mir das Leben gerettet«, erklang Gundohars Stimme an seinem Ohr. »Bleibt bei mir, Sigfrid. Ich brauche Euch hier.« Auch die anderen redeten auf ihn ein:

Worte des Erstaunens und der Bewunderung. Plötzlich war Sigfrid so übel, daß er die Worte nicht mehr verstehen konnte.

Er erhob sich taumelnd, sah an den grinsenden Gesichtern vorbei und suchte nach einem schattigen Flecken, wo er sich ausstrecken konnte. Er achtete nicht auf die Hände, die nach ihm griffen, schlug sich in die Büsche – und zum erstenmal in seinem Leben mußte er sich übergeben, nachdem er getötet hatte.

»Es ist nur eine Magenverstimmung; ich brauche keine Hilfe, wirklich. Laßt mich nur ein wenig allein ...« Sigfrid spürte, wie sein ganzer Körper vor Scham erglühte – oder war es nur die Krankheit? Sein Kopf schmerzte. Er konnte es nicht mit Sicherheit sagen.

Als die Jäger schließlich den Fluß wieder überquert hatten, stand die Sonne bereits sehr tief, und es hatte ihn seine ganze Willenskraft gekostet, so lange im Sattel zu bleiben.

Eine kräftige Hand packte seine Schulter, und beeinträchtigt durch die Schmerzen in seinem Magen, war er zu langsam, um Hagano daran zu hindern, ihn in einen Raum zu ziehen. Er warf einen flüchtigen Blick auf weiße Wände, ein niedriges Bett neben einer Feuerschale, in der Kohlen glühten, und auf die dunkle Gestalt der Burgundenkönigin.

»Macht es Euch bequem. Ihr seid es, der *uns* eine Ehre zuteil werden läßt«, erklang Gundohars Stimme hinter ihm. »Meine Mutter ist bekannt für ihre Kenntnis der Heilkräuter, und sie wird dankbar sein für die Gelegenheit, ihre Künste anzuwenden. Seid unbesorgt, bis zum Festmahl werden wir Euch wieder auf den Beinen haben.«

Die Tür fiel ins Schloß, und Sigfrid war allein mit Grimhild. Eingehüllt in ihre Tücher und Schleier, schien sie wie aus Schatten geformt. *Meine Mutter war wie Sonnenlicht,* dachte Sigfrid und erschauerte. Er fühlte sich in der Falle. Sein Instinkt sagte ihm, daß seine Beschwerden bloß auf eine Magenverstimmung zurückzuführen waren, die mit der Zeit von selbst vergehen würde. Aber nun, da er hier war, lief er Gefahr, seine Gastgeber zu beleidigen, wenn er dieser Frau nicht erlaubte, ihn zu behandeln. Nun ja, er vermutete, daß er sich nach Einnahme ihrer Heilmittel auch nicht schlechter fühlen würde, als er es ohnehin schon tat.

»Ich bedaure, daß Ihr Euch nicht wohl fühlt. Legt Euch nieder. Bald wird es Euch besser gehen.«

Ihre Stimme überraschte ihn. Sie war tief und süß wie Honig. *Frauenzauber,* dachte er und zuckte zusammen. Mit derselben Stimme hatte Sigdrifa gesprochen, als sie ihren Schutzzauber wirkte. Jenes Ritual hatte sie mit einem Band aneinandergefesselt, aus dem schließlich Liebe geworden war, doch er nahm an, daß er von der Zauberkraft dieses alten Weibes hier nichts derartiges zu befürchten hatte. Mit einem Seufzen zog Sigfrid seine Tunika aus und setzte sich.

»Trinkt das hier.« Die Frau hielt ihm einen Becher hin.

Das Gebräu darin schmeckte abscheulich, als es seine Kehle hinunterfloß – und noch abscheulicher, als es wieder hochkam. Doch Grimhild saß plötzlich neben ihm und hielt ihm eine Schüssel hin.

»So ist es gut, so ist es gut«, flüsterte sie. »Als erstes müssen wir Euch von dem Gift reinigen. Was ich Euch jetzt gebe, schmeckt besser, ich verspreche es.«

Ein Schwindelgefühl packte ihn. Sigfrid trank, obwohl auch diesem Trunk ein seltsam scharfer Geschmack anhaftete. Doch Grimhild hatte diesmal Honig hinzugegeben, und das Gebräu lag schwer in seinem leeren Magen. Bald schon breitete sich eine angenehme Wärme in ihm aus und machte seine Glieder schwer.

»Was …« versuchte Sigfrid zu fragen. *Was habt Ihr mir gegeben?* Doch seine Zunge schien ihm nicht gehorchen zu wollen. Grimhild berührte seine Schulter, und er sank auf das Bett zurück.

»Kämpfe nicht gegen mich, Wolfskind. Dies ist ein Teil des Zaubers. Bleibe still liegen, und bald wird alles gut sein.« Sie hob leise wispernd seine Beine auf das Bett und richtete seine Arme bequem aus.

Jener Teil von Sigfrids Verstand, der noch immer klar denken konnte, bezweifelte, daß bald alles gut sein würde, aber er war zu müde, um sich darüber Sorgen zu machen. Es war sehr warm in dem Raum. Schemenhafte Bilder zogen an seinem inneren Auge vorüber … das Nest aus Fellen, in dem er und Sigdrifa ineinander verschlungen lagen, nachdem sie sich geliebt hatten … eine Wiese neben der Schmiede an einem Sommernachmittag … warme Arme, die ihn umfingen, und die sanfte Berührung einer weichen Brust … Ohne die Augen zu öffnen, drehte er den Kopf und schmeckte Süße.

»*Warm … ja, du fühlst dich warm und geborgen … versinke in der Wärme … tauche tiefer, noch tiefer, ruh dich aus, entspanne dich … sei ganz ruhig …*« Sigfrid hörte die Worte und wußte nicht, ob jemand anderes sie sprach oder ob es seine eigenen waren.

»*Wann hast du dich schon einmal so entspannt gefühlt? Wann hast du Liebe erfahren? Du kannst nun sprechen und mir antworten …*«

Das fiel ihm nicht schwer – es hatte nicht viel Liebe in Sigfrids Leben gegeben, und die Geschichte, die er zu erzählen hatte, war nicht lang. Er dachte an seine Mutter mit einem Schmerz, der nie verblaßt war; und dann hatte er den Eindruck, als würde er von ihr erzählen – oder erinnerte er sich nur an sie?

»Sie wollte nicht, daß ich gehe, doch obwohl ich erst acht Winter alt war, wußte ich, daß ich Hilperichs Festung verlassen mußte, oder die Feinde meines Vaters würden mich töten. Ich ging freiwillig mit Ragan, um mit ihm im Wald zu leben. Aber es war, als würde meine Mutter mich fortschicken. Ich sah sie danach nur noch zweimal: einmal, als ich zurückkehrte, um an der Begräbnisfeier des Königs teilzunehmen; und einmal, als sie im Sterben lag. Ich wollte sie nur trösten, doch es kostete sie fast das Leben, als die Häscher Hundings kamen, um uns in unserer Halle zu vernichten. Während des Kampfes packte mich die Raserei des Berserkers, und ich wurde zu einem Wolf. Ich rettete sie – für eine kurze Zeit –, aber nach diesem Kampf konnte ich nicht länger bleiben. Selbst meine kleinen Schwestern fürchteten sich vor mir!«

»Sorge dich nicht«, ertönten die Worte, und nun klangen sie süß in Sigfrids Ohren. *»Ich werde deine Mutter sein. Ich werde mich um dich kümmern …«*

Eine sanfte Hand streichelte ihm über die Stirn. Er lag an einer weichen Brust, und die letzte Anspannung fiel von ihm ab. Als die süße Stimme ihn nach seiner Kindheit fragte, begannen die Worte erneut zu fließen:

»Ich hätte Ragan geliebt, wenn er es zugelassen hätte, aber er wußte nicht, wie. Ich habe mehr Zuneigung von den Wölfen erfahren. Am Ende gab es nur einen Dienst, den ich Ragan erweisen konnte, nämlich ihn zu töten. Er zwang mich dazu, er wollte es! Aber er machte aus mir einen Sippenmörder. Dieser Schmerz wird immer in mir brennen. Ragan ließ mich allein zurück …«

»Sei nicht länger ohne Sippe«, erklang die Antwort. *»Das Land der Burgunden soll deine Heimat sein und Gundohar, Godo und Gislahar deine Brüder.«*

Sigfrid erinnerte sich daran, wie er vorgesprungen war, um Gundohar vor dem Hirsch zu retten. Der König hatte ihn umarmt, und zu seinem eigenen Erstaunen hatte er, Sigfrid, diese Umarmung erwidert. In diesem Augenblick hatte er sich zu Hause und wie niemals zuvor in seinem Leben anerkannt gefühlt. Fühlte man sich so, wenn man einen Bruder hatte, Teil einer Familie war? Sigfrid vernahm ein leises Wimmern, und kurz darauf erkannte er, daß die Kehle, aus welcher der Laut kam, seine eigene war.

Erinnerungen überkamen ihn, er sah Bilder von Wölfen vor sich, die Wolfskönigin schien einen Willkommensgruß zu bellen. Und plötzlich schnupperten sie alle an dem Neuankömmling, heulten erregt und wedelten voller Freude mit den Schwänzen. Sigfrid erstarrte, von Gefühlen gepackt, die beinahe unerträglich waren; dann berührte etwas seine Stirn, und ein beruhigendes Murmeln zog ihn zurück in die teilnahmslose Stille der Traumwelt.

Eine Zeitlang ließ er sich treiben, ohne zu wissen oder sich darum zu sorgen, was geschah. Bis er erneut die süße Stimme vernahm, die nach ihm rief. Nur unwillig kam er wieder zu Bewußtsein.

»Erzähle mir von deinen Frauen, Sigfrid – wen hast du geliebt? Wer hat dich auf diese Art berührt … oder auf diese?«

Ein heißes Feuer breitete sich unter seiner Haut aus, und er schnappte keuchend nach Luft, als sein Glied sich versteifte. Blind griff er um sich. Wo war Sigdrifa? Plötzlich schmerzte sein ganzer Körper vor Verlangen. Zitternd flüsterte er ihren Namen.

»Wer ist Sigdrifa?«

»Ein dunkles Feuer«, hauchte er, »eine Rabin im Schnee … die Walkyrja, die über meine Seele wacht …« Er spürte ein Prickeln auf der Haut, als ein Luftzug über ihn glitt.

»Ah«, vernahm er die Stimme, *»das ist es also, was ich gespürt habe – sie hat ihn unter ihren Schutz genommen.«*

»Mit Runen und Kräutern hat sie mich gegen alles Übel gefeit«, flüsterte er. »Ihr Geist schützt mich, wo immer ich bin. Fast ein Jahr sind wir nun getrennt, aber noch immer ist sie bei mir. Sigdrifa, bald werde ich dich wiedersehen! Bald werde ich dich in die Arme schließen!« Sein Körper spannte sich, aber er fand nicht, was er suchte.

»Ich werde den Schutzzauber unberührt lassen, aber das Band muß zerschnitten werden …«

Sigfrid hörte die Worte, ohne sie zu verstehen; sie schienen von weit her zu kommen. Noch einmal vernahm er das Summen, das Murmeln bedeutungsloser Silben, die ihn dennoch frösteln ließen. Und dann folgte plötzlich ein scharfer Schnitt – er schrie auf, spürte den Verlust, als hätte man ihm einen Arm oder ein Bein abgetrennt. Aber er konnte noch immer all seine Gliedmaßen fühlen. Was war ihm genommen worden? Es kam ihm vor, als hätte man ihn einer seiner Sinne beraubt; und nun, da er ihm fehlte, konnte Sigfrid nicht mehr sagen, welcher es gewesen war. Das Wispern wurde lauter und lenkte ihn ab.

»Sei unbesorgt, mein Kind … ganz ruhig«, erklang das leise Murmeln. *»Es war nur ein Traum.«*

»Sigdrifa …« Er flüsterte den Namen, aber das Wispern verschluckte die Silben. »Wir lebten zusammen, jagten zusammen, liebten uns …«

»Es war nur ein Traum, wie er oft zu einsamen Männern in der Wildnis kommt. Sigdrifa war niemals wirklich.«

Erneut spürte er die Berührung, die seine Sinne entflammte, doch nun hatte sein Verlangen kein Ziel mehr. Er schlug um sich und wimmerte, gequält von seinen eigenen Begierden.

»*Von der dunklen Frau aus bösen Träumen wende hin dich zu der strahlenden Jungfer des lichten Tages*«, sang die Stimme in sein Ohr. »*Ein herrliches Weib erwartet dich, ein goldenes Mädchen, schlank, mit festen Brüsten. Schön ist sie wie Froja selbst, von königlichem Blute.*«

»Ein Vogel geleitete mich einst zu einer schönen Frau«, flüsterte Sigfrid, »aber sie ist fortgegangen. Was ist mit ihr geschehen?«

»*Vergiß die Braut des Waldes, das Leben des Ausgestoßenen, der getrennt von Freund und Sippe umherstreift. Du bist nun in der Welt der Menschen, Sigfrid, und mußt dir ein Weib erringen, das dir ein Heim schafft und dir Kinder gebiert ... Vergiß die Vergangenheit. Vergiß alles, was bisher geschehen. Bald schon wirst du die goldene Jungfrau Gudrun erblicken, und du wirst sie begehren und ihre Liebe zu gewinnen trachten.*«

Er stöhnte, als die Leidenschaft ihn erneut übermannte. Durch die geschlossenen Lider nahm er wahr, wie das Licht heller wurde. Ein süßer, würziger Duft reizte seinc Nase, und alles erglühte in goldenem Glanz.

Dann wurde das Licht schwächer. Sigfrid spürte das Gewicht eines Leintuchs auf seinem Körper und eine Hand, die zärtlich über sein Haar strich.

»*Schlafe nun*«, murmelte die süße Stimme, »*schlafe traumlos. Wenn du erwachst, wird alles, was Vergangenheit ist, dir fern und bedeutungslos erscheinen, als wäre es einem anderen geschehen. Kein Versprechen bindet dich. Deine Zukunft liegt fortan bei den Burgunden; die Niflunge sind deine Sippe, und du wirst Gudrun lieben ...*«

Noch einmal bäumte Sigfrid sich auf, dann hüllte Dunkelheit ihn ein. Mit einem Seufzen gab er sich ihr hin und versank im Vergessen.

»Eine üble Tat war's, die du heut begangen hast«, sagte Hagano und sah auf den schlafenden Mann hinab. Zuerst hatte er Befriedigung darüber verspürt, den Helden hilflos gegenüber der Zauberkraft seiner Mutter zu sehen. Doch war auch er ein Krieger, und in einem solchen Sieg lag keine Ehre.

Die Königin straffte die Schultern und sah zu ihm auf. »Ich tat es zum Wohle der Niflunge ...«

»Und das rechtfertigt alles?« fragte Hagano spöttisch. Er konnte ihrem Gesicht ansehen, daß es keine leichte Aufgabe gewesen war. Die Anstrengung hatte tiefe Linien in ihre Stirn und von der Nase zu den Mundwinkeln gegraben, doch in Grimhilds Augen leuchtete noch der Triumph wie ein ersterbendes Feuer.

»Du hast Gundohar gegenüber behauptet, daß das Heer dir nicht folgen würde«, sagte Grimhild leise. »Aber dieser Mann hier hat sich bereits einen Namen erworben. Krieger werden sich um das Banner der Uote scharen, wenn bekannt wird, daß Sigfrid Fafnarstöter in unseren Reihen ist.«

»Und was wird ihn an uns binden?«

»Die strahlenden Augen deiner Schwester«, antwortete die Königin und lächelte. »Geh nun, und sage ihr, sie solle zu mir kommen und mir zur Hand gehen. Wenn Sigfrid erwacht, soll sie das erste sein, was er erblickt. Und wenn er sie dann nicht mehr als alles andere begehrt, so will ich für immer aller Zauberkraft entsagen!«

»Trinkt mit mir auf das Wohl Sigfrids! Wenn er nicht gewesen wäre, hättet ihr um mich trauern müssen, statt euch am Fleisch des Hirsches zu laben.«

Gundohar schwenkte sein Trinkhorn, und Bier schwappte auf den Boden, als die anderen es ihm nachtaten. Sigfrid, den das unerwartet grelle Fackellicht blendete, kam es vor, als wären die Wangen des Königs ungewöhnlich gerötet. Die Stunde war schon vorgerückt, und zweifellos hatten die Jäger sich an dem Faß mit Bier gütlich getan, während der Hirsch gekocht wurde – *und während ich die Nachwirkungen von Grimhilds Zauberkunst ausschlief!* Sigfrid fühlte sich noch immer schwach, doch alles Gift war aus seinem Körper getrieben worden – in der Tat fühlte er sich so leicht, daß er sich in die harten Muskeln an seinem Arm kniff, um festzustellen, ob die alte Hexe ihn nicht während des Schlafs in einen Geist verwandelt hatte.

Doch vielleicht war das, was ihn sich so leicht fühlen ließ, auch nur die Freude. Gudrun kam mit einem gefüllten Bierhorn auf ihn zu, und als ihre Blicke sich trafen, spürte er ein Prickeln auf der ganzen Haut, als bade er in einem goldenen Regenschauer. Ihre erhabene Schönheit hatte ihn überwältigt, als er aufgewacht war und sie über sich gebeugt stehen sah, doch nun, da sie sich bewegte, erschien sie ihm noch viel bezaubernder. Ihr goldenes Haar wogte wie ein Feld reifer Gerste in der Sonne.

»Ich trinke auf Gundohar und die Drachen des Rheins!« Sigfrid nahm das Trinkhorn aus ihren Händen entgegen. Er erschauerte, als ihre Finger sich berührten. »Auf Euer Wohl!«

Der König saß an der Tafel auf der Estrade, neben ihm seine Brüder: Godomar, kräftig wie eine junge Eiche, hatte sich nach vorne gebeugt, einen Humpen Bier in der

Hand; Gislahar, ein Junge von etwa neun Wintern, schenkte ihm aus einer runden Tafelflasche nach; und schließlich Hagano, der wie immer ein wenig hinter den anderen stand. Das Haar der Brüder, dessen Schattierungen von weizen- bis bernsteinfarben gingen, wurde von dem Fackellicht in den gleichen glühenden Goldton getaucht. Sigfrid sah von ihnen zu ihrer Schwester hinüber und erkannte deutlich die Gemeinsamkeiten in Knochenbau und Herkunft. Und in diesem Augenblick wünschte er sich, zu ihnen zu gehören – sehnlicher, als er sich jemals zuvor etwas gewünscht hatte. Dann grinste Gundohar ihn an.

»Kommt, Sigfrid, und setzt Euch zu uns – es ist noch Platz zwischen mir und Godo!«

Seine Wolfsnatur ließ Sigfrid alle Muskeln anspannen. Noch immer schenkte er niemandem Vertrauen, doch er unterdrückte seine Bedenken. Warum sollten sie ihn nicht willkommen heißen? Die Burgunden hielten den Wolf auf seiner Helmzier nur für ein Tierzeichen, wie es jedermann tragen könnte. Vorsichtig, um seine Schwäche nicht zu offenbaren, trat er vor.

»Ich freue mich, daß Ihr wieder auf den Beinen seid. Es war beunruhigend, Euch elend zu sehen.« Gundohar rückte auf der Bank ein Stück zur Seite, so daß Sigfrid sich setzen konnte. Endlich brachten die Diener den Hirsch herein, und der Duft von gekochtem Fleisch erfüllte die Halle.

»Auch für mich war es überraschend«, erwiderte Sigfrid kläglich. »Ich kann mich kaum daran erinnern, wann ich das letzte Mal krank war.«

»Ihr seid erst ein paar Tage hier, doch habe ich Euch bereits schätzen gelernt. Ich werde es bedauern, wenn Ihr weiterreitet. Wenn Ihr es einrichten könntet, uns auf dem Feldzug in diesem Sommer zu begleiten, würde ich mich freuen.« Der König sprach wie ein schüchterner Bittsteller und nicht wie ein großer Fürst, der einem heimatlosen Wanderer die Ehre erweist.

Zwei Sklaven kamen durch die Mitte der Halle auf sie zu. Sie taumelten unter dem Gewicht einer großen Holzplatte, auf der die dampfenden Stücke des Wildbrets lagen. Gislahar überwachte streng, daß sie nur die besten Stücke auf die Teller aus rotem römischen Steinzeug legten. Sigfrids Magen krampfte sich vor Hunger zusammen, als der Duft des Fleisches ihm in die Nase stieg, doch in seinem Herzen wuchs eine noch größere Begierde.

Sigfrid wußte, daß er nach den Maßstäben der Menschen reich war. Doch was war dieser Reichtum wirklich wert? Reichtum war nützlich, wenn ein Fürst seine Stellung sichern wollte, doch Gold stillte keinen Hunger, noch gewährte es Schutz. Krieger konnte man kaufen, doch bezahlte Schwerter verteidigten einen Fürsten nicht mit der Treue eines Sippenbruders. Sigfrid war sich dessen bewußt, daß er nur eines anzubieten hatte: seine Stärke. Er dachte an die Pläne, die er mit Sigdrifa geschmiedet hatte, und kam zu dem Schluß, daß das Leben eines umherziehenden Schwertkämpfers schwer genug für einen Mann war, doch für eine Frau ganz sicher undenkbar.

»Müßt Ihr wirklich weiterziehen?« fragte Godomar. »Was könntet Ihr im Osten finden, das Eurer Fähigkeiten würdiger erschiene?«

»Ich habe … eine Verpflichtung …« sagte Sigfrid und versuchte sich zu erinnern, warum diese ihm so wichtig gewesen war.

Sigdrifa war eine vortreffliche Frau, doch nun, da sie

wohlbehalten im Schoße ihrer Sippe lebte, kamen ihr sicher Zweifel, warum sie jemals zugestimmt hatte, mit ihm, Sigfrid, zu reiten. Natürlich mußte er sie aufsuchen, doch nur, um sie von ihrem Versprechen zu entbinden, nicht um sie mitzunehmen. Dann wäre er frei, könnte nach Borbetomagus zurückkehren, und – er dachte den Gedanken nicht zu Ende, doch sein Blick folgte unablässig Gudrun, während sie durch die Halle ging. Sie war wie ein junges Reh, das durch eine Wiese schritt, stolz und in sich gekehrt.

Gundohar bemerkte Sigfrids Blick und lachte. »Auch ich habe in diesem Sommer noch eine … *Verpflichtung*«, sagte er mit leiser Stimme. »Und ich wäre dankbar für Eure Gesellschaft. Die Hunnen haben endlich einem Vertrag zugestimmt, und sie wollen ihn mit einer Vermählung besiegeln.«

»Also wird es eine Hochzeit geben?« Sigfrid beobachtete noch immer Gudrun. Nie zuvor war ihm der Gedanke gekommen, sich, wie es unter gewöhnlichen Menschen üblich war, mit einer Frau irgendwo niederzulassen – doch nun dachte er daran.

»Zuerst muß ich die Braut erobern«, sagte Gundohar. »Sie ist eine Kriegerin und hat geschworen, sich nur mit jenem Manne zu vermählen, der sie im Zweikampf zu besiegen vermag. Sigfrid, die Barden singen von meinen Taten auf dem Rabenfeld, aber an jenem Tage war ich verzweifelt. Ich beherrsche nicht die Kunst, einen Gegner zu besiegen, ohne ihn zu töten. Wenn Euer Weg Euch also tatsächlich nach Osten führt, wollt Ihr uns dann nicht wenigstens begleiten, um mich unterwegs zu unterrichten?«

»Dies hört sich nicht nach einem Pakt an, wie ihn königliche Ratgeber aushandeln …« Sigfrids Augen ruhten noch immer auf Gudrun. Sie hatte zu ihm heruntergeblickt, als er aufgewacht war, und obwohl es längst Nacht geworden war, war die Sonne für ihn aufgegangen. Eine Ruhe und ein Friede gingen von ihr aus, wie er sie nur von seiner Mutter kannte, doch in Gudruns Lächeln lag ein Versprechen, das sein Blut in Wallung brachte.

Wenn er nur zu kämpfen bräuchte, dann wüßte er schon, wie er sie gewinnen würde. Vielleicht konnte er, nachdem er seine Schuld gegenüber Sigdrifa abgetragen hatte, zu Gudrun zurückkehren und um sie werben – aber was hatte er ihr zu bieten? Es lief immer auf dasselbe hinaus: Er war ein Mann ohne Land und Sippe.

»Und vielleicht könnte er anschließend mit uns zurückkehren«, sagte Godo wie ein Echo auf seine Gedanken. Sigfrid starrte ihn verständnislos an.

»Ich brauche Euch, Sigfrid Fafnarstöter«, drängte Gundohar. »Nicht nur, weil Ihr mir helfen sollt, die Hunnenprinzessin zu erobern. Ich brauche Euren Ruhm, um Helden für mein Heer zu gewinnen; ich brauche Euch, um mir in der Schlacht den Rücken zu decken; ich brauche Euch, um Ruhm und Ehre der Burgunden zu mehren. Doch was kann ich Euch bieten? Ihr seid bereits reich und habt Euch einen Namen gemacht.«

»Reich?« fragte Sigfrid, und der Blick seiner gelben Wolfsaugen traf den grauen Blick des Königs. »Ihr seid reich an Stammesbrüdern und Gefolgsleuten, habt treue Brüder um Euch versammelt ...«

»Dann werdet unser Bruder«, sagte eine leise Stimme hinter ihnen. »Vermählt Euch mit Gudrun ...«

Sigfrid drehte sich um und fing Haganos nachdenklichen Blick auf, dann wandte er sich wieder an den König, dessen Augen plötzlich hoffnungsfroh aufleuchteten. Sigfrids Herz begann so heftig zu schlagen, daß er fürchtete, erneut in Ohnmacht zu fallen.

»Wird der Rat zustimmen?« fragte Godo. »Es wird einige Zeit kosten, ihn zu überzeugen.«

»Er bringt uns Reichtum und Ruhm, und wir verlieren unsere Schwester nicht«, erklärte Hagano. »Eine ausreichende Grundlage für ein Bündnis. Wenn er seinen Wert dadurch beweist, daß er dem König hilft, Bladardas Tochter zu gewinnen, werden sie schon zustimmen.«

»Sigfrid, werdet Ihr es tun?« Gundohar ergriff Sigfrids Arm.

»Wird *sie* denn zustimmen?« flüsterte er, und Gundohar lachte.

»Gudrun ist die Tochter eines Königs, und sie weiß, daß sie heiraten muß, um ihrer Familie zu dienen. Aber ich habe beobachtet, wie sie *Euch* ansieht, und ich glaube nicht, daß Ihr in ihr eine unwillige Braut finden werdet!«

»Die Hochzeit muß warten, bis wir mit dem Rat gesprochen haben«, erklang Haganos tiefe Stimme, »aber du brauchst nicht zu warten, um Sigfrid zu deinem Bruder zu machen, Gundohar. Schwört noch an diesem Abend eure Eide.« Er ergriff einen der Speere, die an den Wänden hingen, und ein verwundertes Raunen ging durch die Halle.

Sigfrid sah die beiden ineinander verschlungenen silbernen Streifen, die in die schwarze Klinge eingearbeitet waren, und spürte, wie ihm ein Schauder den Rücken hinunterlief. Ragan hatte diese Speerspitze vor langer Zeit geschmiedet, als der Burgundenkönig zum erstenmal in den Krieg gezogen war. Sigfrid selbst hatte den Blasebalg bedient und gebannt zugesehen, wie der Stahl langsam Form annahm.

Von Ragan wurde dieser Speer geschmiedet, von Ragan

meinem Blutsverwandten, geliebt und gehaßt, er, der mich dazu verdammt, allein umherzuziehen … Aber dieses Rudel ist gewillt, mich aufzunehmen – wahrlich, dies alles scheint einem göttlichen Plan zu folgen!

»Ich werde schwören …« sagte er heiser.

»Draußen vor der Halle liegt ein Garten«, erklärte Hagano, »wo die Erdmutter Zeuge eures Schwurs sein kann.« Er ging in Richtung Tür, und die anderen griffen Fackeln von den Wänden und folgten ihm.

Der Garten bestand nur aus einem Kreis von Büschen um eine leere Säulenplatte, wo einst der Schrein eines römischen Gottes gethront hatte. Aber die Grasnarbe war dick, und mühelos gelang es zwei Schwertträgern einen Streifen herauszuschneiden und ihn vorsichtig anzuheben, so daß der Soden nicht zerbrach und seine beiden Enden noch immer mit der Erde verbunden waren.

Gundohars Männer verstummten, als der König und der Fremde sich einander gegenüber niederknieten, die frisch ausgehobene Öffnung und die Spitze des Speeres zwischen sich. Im Fackellicht tanzte Feuer entlang des silbernen Flechtwerks der Klinge.

»Sprecht eure Eide«, forderte Hagano, »und sie sollen so bindend sein, als würdet ihr auf Wodans Speer schwören.«

Gundohar legte eine Hand auf den Königsspeer, schloß kurz die Augen und lächelte dann.

Sigfrid Sigmundssohn sei nun mein Bruder,
Der Helden hehrster! Hört meinen Schwur:
In Freundschaft fest sei'n wir fortan verbunden,
Hier meine Halle dein Heim soll sein;
Wenn Unrecht dich ereilt, ich will es rächen;
Zum Schutz verschworen, bleibt das Schicksal uns treu.

Also mein Eid, ein andrer tut nicht not,
Das Blut von Brüdern unsern Bund besiegle.

Eine tiefrote, dünne Linie wurde sichtbar, als Gundohar plötzlich mit dem Handballen über die scharfe Kante der Klinge fuhr. Langsam tropfte das Blut in die dunkle Öffnung unter dem Grasstreifen.

Es war sehr still geworden. Sigfrid blickte über den Speer hinweg und sah verschwommen in Gesichter, die zu ihm herabstarrten. Hinter ihnen stand Gudrun in der Tür zur Halle: eine Statue, wie aus Elfenbein und Gold gemeißelt. Unter all den Anwesenden schien allein sie wirklich zu sein. Sigfrid schlitzte seine eigene Hand an dem Speer auf und hielt sie hoch, so daß alle sie sehen konnten.

»So schwör' auch ich dir heut als Bruder Lieb' und Treu. Deine Sache soll fortan die meine sein, wie deine Feinde auch die meinen. Möge das Blut meines Herzens fließen wie das meiner Hand, sollt' jemals untreu ich dir sein.« Er bückte sich, steckte seine Hand unter die Grasnarbe und fühlte, wie das Blut in den Schoß der Erde sickerte.

Dann richtete er sich wieder auf, streckte seine Hand aus, und der junge König ergriff sie. Sigfrid spürte die feuchte Wärme, und er wußte nicht, ob sie von Gundohars Blut oder von dem seinen stammte. Godo grinste, ritzte sich die Hand auf und ergriff die Sigfrids. Dann küßte er ihn brüderlich auf beide Wangen.

»So schwöre auch ich!« rief er. Doch Gundohar nahm Sigfrids Gesicht in beide Hände und küßte ihn auf die Lippen – und in diesem Augenblick ähnelten seine Augen denen Gudruns, und Sigfrid liebte auch ihn.

»Durch den Bruderkuß rufen wir Euch alle zu Zeugen

auf. Gibichos Söhne haben diesen Schwur mit Freude geleistet!« rief der König. »Heute nacht sind wir zu Brüdern geworden – in Erdas dunklem Schoß hat unser Blut sich nun vereint.« Er setzte sich zurück, und die Schwertträger ließen den Soden zurück auf seinen Platz sinken.

Selbst der junge Gislahar umarmte Sigfrid. Alle umarmten sie sich und glichen einem freudig von der Jagd heimgekehrten Wolfsrudel. Alle außer Hagano, der den Speer trug.

Sigfrid blickte auf und sah, wie Hagano ihn beobachtete – und es schien, als starre Gundohars Bruder mit den Augen Ragans auf ihn herab.

ᚠ

LAUBKÖNIG UND FRÜHLINGSBRAUT

Borbetomagus
Ostaramond, A.D. 420

Das Pfingstfest näherte sich, die Zeit, in welcher der Heilige Geist in Sturm und Feuersglut zur Erde herabstieg. Für die Menschen war es die Jahreszeit, in der das Feuer des Lebens das Blut entflammte und Blumen ihren Duft mit jedem Windhauch verströmten. Die Priester der Christen mochten es Pfingsten nennen, doch für jene, in denen noch das Blut der Kelten floß, war es Beltane; für die Römer, die sich in den Provinzen entlang des Rheins niedergelassen hatten, das Freudenfest Floralia; und für die Burgunden Pholstag, an dem sie sich an die Vereinigung von Baldur und Nanna erinnerten, indem sie die Vermählung des Kornkönigs und der Frühlingsbraut feierten. Eine gute Zeit, sprach Gundohar, für eine königliche Hochzeit.

Sigfrid stimmte mit gemischten Gefühlen zu. Wenn er Gudrun erblickte, gewann sein Verlangen stets überhand. Er begehrte sie, wie er nie zuvor eine Frau begehrt hatte. Doch obwohl ihre Brüder ihm versicherten, daß sie willens war, war er ihr selbst noch nicht nahe genug gekommen, um sagen zu können, ob sie sein Verlangen erwiderte. Nur wenn es ihm gelang, ihren Blick aufzufangen, glaubte er Interesse in ihren Augen funkeln zu sehen.

Sigfrid hatte gehofft, seine Verpflichtungen gegenüber Sigdrifa zu klären, bevor er sich vermählte. Er hegte inzwischen keinerlei Zweifel mehr daran, daß die Zukunft, die er für sie beide geplant hatte, weder ihm noch ihr guttun würde. Wenn Reichtum die Voraussetzung war, bei den Hunnen einen standesgemäßen Ehemann zu finden, dann würde er Sigdrifa gerne mit einem Wittum aus Andwaris Schatz ausstatten. Doch Gundohar hatte recht mit seinem Hinweis, daß nicht Zeit genug war, ins Land der Hunnen zu reisen und zurückzukehren, bevor die Burgunden selbst dorthin aufbrachen. Es war sehr viel sinnvoller, sich nun mit Gudrun zu vermählen und Sigdrifa später zu suchen, nachdem er Gundohar geholfen hatte, Bladardas Tochter zu gewinnen.

Außer natürlich, er wollte seine Vermählung bis nach der Hochzeit des Königs aufschieben. Doch wenn Sigfrid Gudrun betrachtete, während sie in ihrem Garten arbeitete und das Sonnenlicht ihr Haar in goldenem Glanz erstrahlen ließ, wußte er, daß er nicht so lange warten wollte. Und so vergingen die Wochen bis zum Frühlingsfest, in denen Sigfrid jedoch nicht untätig blieb. Zwar war die Zeit zu knapp, um bis zu den Hunnen zu reisen, doch es kostete Sigfrid nur ein paar Tage, den Rhein hinauf zum Wurmfels zu reiten, um Fafnars Schatz zu bergen und ihn in einer Kluft oberhalb jener Lindenlichtung zu verstecken, auf der die Jäger gerastet hatten, gerade gegenüber der Stadt der Niflunge, die auf der anderen Flußseite lag.

In der Nacht vor dem Fest kam ein Sturm auf. Die Wolken jagten über den Himmel, in den Strohdächern heulte der Wind und fegte einige der wenigen noch verbliebenen römischen Ziegel von den Dächern.

»Die Dämonen feiern ein Gelage mit den Hexen«, sagten die Priester und bekreuzigten sich.

»Wodan reitet seinen Walkyriun voran, um mit der alten Walburga und den Weisen Frauen auf den Berggipfeln zu feiern«, wisperten die alten Weiber, sobald die Priester gegangen waren.

Und wenn in dieser Nacht einige Menschen nicht in ihren Betten anzutreffen waren, so wagte niemand, etwas zu sagen. Doch alle – ob sie nun dem alten oder dem neuen Glauben anhingen – sicherten ihre Häuser und gaben auf ihr Vieh acht, denn wer immer auch in diesem Unwetter zu den Bergen ritt, es bestand kein Zweifel daran, daß in diesen dunklen Stunden wilde Mächte unterwegs waren.

Gudrun fand in dieser Nacht kaum Schlaf. Sie versuchte sich einzureden, daß der Wind daran schuld sei. Ein germanisches Haus, das fest verwurzelt in der Erde stand, würde sich ächzend und stöhnend mit dem Sturm biegen, aber am Morgen danach kaum eine Veränderung zeigen. Doch das alte römische Gebäude stand starr und unbeweglich und erzitterte unter dem Tosen des Windes. Als Gudrun allerdings am nächsten Tag in eine Welt hinausblickte, die reingewaschen und voller Verheißungen war, konnte sie sich nicht länger täuschen: Sie fürchtete sich.

Ihre Brüder hatten ihr versichert, daß Sigfrid sich so sehr nach ihr verzehrte wie der Hengst nach der Stute – zumindest drückte Hagano es so aus. Und tatsächlich verspürte sie, wenn sein Blick ihren Bewegungen folgte, ein seltsames, aber nicht unangenehmes Prickeln, das sie nicht recht verstand. Selbst ihre Mutter drängte auf diese Hochzeit. Vielleicht war es das, was sie verunsicherte, denn wann hatten Grimhild und Hagano jemals

Gudruns Bestes im Sinn gehabt? Und Sigfrid konnte nicht mit der Loyalität der beiden rechnen, sondern nur mit der Begeisterung Gundohars, der bereit schien, seinen neuen Bruder als jemanden zu verehren, der von Geburt an all jene Qualitäten besaß, nach denen Gundohar selbst seit jeher strebte. Warum also sollten sie ihre Schwester, einen ihrer wertvollsten Trümpfe im politischen Ränkespiel, so willig einem Fremden geben, selbst wenn dieser der größte Held war, der seit langem die Tore von Borbetomagus durchschritten hatte?

Aber Gudrun hatte ihn nicht zurückgewiesen. Wie hätte sie es auch tun können, da doch der Wolf aus ihren Träumen sie aus seinen Augen anblickte?

Von den Straßen jenseits der Villa drang Gesang zu ihr herüber. Die jungen Männer der Stadt waren schon vor dem Morgengrauen aufgebrochen, um Birkenzweige zu sammeln, die sie zu Kränzen flochten und mit Blumen schmückten, um sie über die Eingangstüren der Häuser zu hängen, in denen ihre Mädchen wohnten. Noch weiter entfernt vernahm Gudrun den tiefen Herzschlag einer Trommel.

Dann hörte sie Lachen. Die Tür schwang auf, und die Mädchen, die ihr dienten, stürzten schnatternd wie die Gänse in den Raum.

»O Herrin! Jemand hat einen Kranz über den Eingang zum Frauenflügel des Palastes gehängt.«

»Das war Sigfrid! Er liebt sie! Er will sie zur Braut!«

Gudrun hielt es für wahrscheinlicher, daß der Einfall von Gundohar stammte, denn woher sollte Sigfrid ihre Bräuche kennen? Und es entsprach ganz ihrem Bruder, der sehnsuchtsvoll seufzte, wenn die alten Geschichten erzählt wurden, und der es liebte, an den Festen des Dorfes teilzunehmen. Sie fragte sich, ob Brunhild dies zu schätzen wissen würde.

»Herrin, Ihr müßt Euch beeilen.« Die kleine Ursula nahm bereits das neue Kleid aus der Truhe, während Adalfrida an Gudruns Nachtgewand zupfte. »Die Männer bereiten sich schon darauf vor, zum Feld hinunter zu marschieren, wo die Wettspiele stattfinden, und Ihr müßt rechtzeitig dort sein.«

An Floralia erblühten bei den Römerinnen selbst gesetzte Matronen in leuchtenden Farben. Es war warm genug, daß Gudrun ihren laubgrünen Leinenumhang auf die alte Art tragen konnte: ohne Unterkleid, mit einem goldbesetzten Ledergürtel und an den Schultern von goldenen Fibeln zusammengehalten, so daß ihre Arme nackt blieben. Grimhilds Frauen hatten das Gewand über und über mit Blumen bestickt, und der dazugehörige ärmellose Umhang aus leichter Wolle, den sie in seinem natürlichen Farbton belassen hatten, war mit aufgestickten fliegenden Vögeln gesäumt. Als die Zofen ihr den Halsschmuck umgelegt und goldene Ohrringe angesteckt hatten, fühlte Gudrun sich so prachtvoll geschmückt wie die Birke, die im Hof errichtet worden war.

An diesem herrlichen Morgen konnte niemand etwas anderes als Freude empfinden, sobald er ins Freie hinaustrat. Gudrun und ihre Zofen ließen schnell die gepflasterten Straßen der alten römischen Stadt hinter sich und schritten über die noch feuchte Erde der Landstraße. Sonnenlicht durchflutete das frische Laub an den Bäumen und sprenkelte den Boden mit flüssigem Gold. Gudrun stellte fest, wie sie mit jedem Schritt beschwingter wurde; ihre Mädchen mußten sich beeilen, wenn sie nicht zurückbleiben wollten.

Schließlich traten sie in das volle Sonnenlicht hinaus und erblickten die glitzernde Wiese vor sich. Den größten Teil des Jahres über dienten die Auen zwischen der Stadt und dem Fluß als Allmende, doch da Borbetomagus nicht bedeutend genug war, um eine eigene Arena zu besitzen, dienten diese Wiesen während den Festen auch als Spielfelder. An einem Ende war für die königliche Familie eine Tribüne mit hölzernen Bänken und einem Laubdach errichtet worden.

Als Gudrun sich auf ihren Platz niederließ, erklang vom anderen Ende des Feldes der Ruf eines Kuhhorns. Gudrun erblickte ihre Brüder, deren blonde Schöpfe in der Sonne leuchteten. Mit den Burgunden marschierten die Magistraten von Borbetomagus in ihren besten Tuniken und Umhängen, die Römer unter ihnen prächtig anzuschauen in schneeweißen Togen. Hinter ihnen schritten die Männer, die sich im Wettkampf messen würden: blonde und braune Köpfe, gallische Rotschöpfe und dunkelhaarige Söhne von Legionären aus allen Teilen des Imperiums, die sich auf Ländereien an den Grenzen niedergelassen hatten.

Mit Trommeln und Hörnern, mit zwitschernden Flöten marschierten sie um das Feld. Gudrun spürte, wie sich ihr Pulsschlag beschleunigte, als die Prozession wendete und auf die Tribüne zukam. Da war ihr Bruder Godomar und grinste wie ein Jüngling, und hinter ihm schritt Sigfrid. Gudrun starrte ihn an und wunderte sich, daß sie ihn nicht schon früher gesehen hatte. Vielleicht hatte Godos stämmigere Figur ihn verborgen, aber nun konnte sie ihren Blick nicht mehr von ihm abwenden.

Die anderen Männer marschierten zum dumpfen Rhythmus der Trommel, und es war, als teilten sie alle denselben Pulsschlag. Doch Sigfrid bewegte sich sogar inmitten der Menge mit seiner ihm eigenen wilden Anmut. Zwar ging er mit den anderen im Gleichschritt, doch bewegte er sich zu einer Musik, die durch die anderen nur hindurchströmte, während sie bei ihm Teil seiner Selbst war.

Sie nennen ihn ihren Bruder, aber er wird nie wie sie sein, sagte Gudrun sich und lächelte.

Die Prozession hielt vor der Tribüne. Gundohar kletterte die Leiter hinauf und nahm seinen Platz neben Gudrun ein. Er setzte sich nicht, sondern blieb stehen und blickte lächelnd über die Menge.

»Männer der Burgunden!« rief er. »Männer von Borbetomagus! Ihr alle, die ihr im Schweiße eures Angesichts auf diesem Land arbeitet – tretet gegeneinander an, stellt eure Stärke und euer Geschick unter Beweis; denn eure Kraft ist die Kraft der Erde, und schlagt ihr euch gut, so wird auch die Ernte gedeihen!«

Die Männer begannen zu jubeln, und ihre Familien und fast die gesamte Bevölkerung von Borbetomagus stimmten mit ein. Gundohar lachte vor Vergnügen und setzte sich schließlich. Einer seiner Männer reichte ihm ein Trinkhorn mit Bier.

Der Wettlauf der Jungen begann. Auf den Ruf eines Hornes hin stürmte ein Dutzend kleiner Gestalten über die Bahn, die rund um das Feld verlief. Die älteren, die bis auf die Kniehosen alle Kleidung abgelegt hatten, wärmten sich in der Mitte des Feldes auf und warfen ab und zu einen Blick zu der Menge hinüber.

»Sie wissen, daß wir sie beobachten«, flüsterte Ursula ihrer Herrin zu. »Seht, sie stellen sich wie eitle Kampfhähne zur Schau.«

Es mußte einen Grund geben, warum die männlichen Wesen einer jeden Gattung derart einherstolzierten und sich in die Brust warfen. Gudrun vermutete, daß Menschen sich nicht so sehr von anderen Kreaturen unterschieden, die um ihre Nahrung kämpften, um ihren Rang und das Recht, sich zu vermehren. Der Zusammenhang zwischen den Spielen, welche die Menschen veranstalteten, und diesen anderen Lebensbereichen war für gewöhnlich nur nicht so offensichtlich, das war alles. Worum kämpften diese Männer dort unten? Einen Augenblick lang sah sie das bunte Treiben auf dem Feld, die Stadt im Hintergrund und das Land selbst als Teil eines größeren Gewebes, in das die Bedeutung allen Tuns hineingewebt war. Dann endete der Wettlauf der Jungen, die Menge begann zu jubeln, und Gudruns Vision war verschwunden.

»Vater Priscus sagt immer, daß Frauen ihre Augen von den Männern abwenden sollen, da ihr Anblick Lust in ihnen wecken könnte«, sagte Adalfrida und beobachtete die nächste Gruppe von Läufern: Jungen, die an der Schwelle zur Mannwerdung standen, linkisch und langbeinig wie junge Pferde. »Aber wenn wir sie nicht begehrten, warum sollten wir dann das Lager mit ihnen teilen? Und wenn sie uns nicht begehrten, wie sollte dann die nächste Generation geboren werden?«

Gudrun blickte starr geradeaus, aber sie konnte spüren, wie eine verräterische Röte ihr in die Wangen stieg. Sie war schon oft genug auf Hochzeiten gewesen, um zu verstehen, was vor sich ging. Seit der Ankündigung, daß sie und Sigfrid sich vermählen würden, hatte man sie geneckt und aufgezogen. Heute abend würde es am schlimmsten werden, sagte sie sich, und dann – aber weiter konnte sie nicht denken. Vielleicht würde sie nach dem heutigen Abend die Antwort auf Adalfridas Frage wissen.

»Schaut, sie stellen sich nun zum Rennen der Männer auf!« sagte Gundohar. »Wie ich sehe, hat Godo sich ihnen angeschlossen.« Er schüttelte den Kopf. Godomars Stärke als Krieger lag nicht in seiner Schnelligkeit, sondern in der Kraft seiner Schläge. »Vielleicht hätte auch ich zu ihnen stoßen sollen, um die Familienehre zu verteidigen.« Das Laufen war fast die einzige Disziplin, in welcher der König glänzte, lang und schlank, wie er war.

»Aber Ihr habt doch jetzt Sigfrid, der für Euch läuft«, sagte Ursula, über das ganze Gesicht strahlend.

Als hätte er gespürt, daß sie ihn beobachteten, wandte Sigfrid seinen Schopf, auf dem das Sonnenlicht spielte, zu ihnen um und lächelte ihnen zu. Die anderen Männer kauerten nieder und suchten mit den Füßen Halt in der Erde, um schnell starten zu können. Sigfrid stand nur leicht gebeugt da, als wisse er nicht, daß das Rennen jeden Augenblick beginnen würde.

Und dann ertönte das Horn, und die Anspannung der Läufer entlud sich in Bewegung. Sigfrid lief mit leichten Schritten und derselben lockeren Anmut, mit der er zuvor am Start gestanden hatte. Er blieb auf gleicher Höhe mit den anderen. Gudrun hatte den Eindruck, daß er das Ganze noch immer nicht ernst nahm, und wenn sie über einiges nachdachte, was er aus seinem früheren Leben erzählt hatte, konnte dies auch sehr gut zutreffen. Was konnte dieser kurze Lauf über ebenen Boden an einem Frühlingstag jemandem bedeuten, der mit den Wölfen gejagt hatte?

Sigfrid blieb bei der Hauptgruppe, bis sie die Kurve am entgegengesetzten Ende der Bahn erreicht hatten. Erst als die Wettkämpfer die Zielgerade herauf liefen und die Menschen, die am Rand standen, ihnen mit heiseren Stimmen begeistert zujubelten, schien er aufzuwachen.

Ein spürbarer Wandel ging in ihm vor, für den Gudrun keine Worte fand: eine Art Zusammenballen von Kräften.

Nun wurden Sigfrids Schritte länger, gleichmäßiger, zielstrebiger. Er schien sich nicht mehr anzustrengen als vorher, dennoch löste er sich von den anderen, obwohl diese ihr Letztes gaben. Die Zuschauer hielten den Atem an und verstummten, als er an ihnen vorbeiflog. Einen Augenblick lang herrschte vollkommene Stille, nachdem er durchs Ziel gelaufen und, kaum außer Atem, stehengeblieben war. Dann erst ging den Menschen auf, was sie soeben gesehen hatten, und sie stimmten lauten Jubel an.

Die anderen Wettkämpfer kamen keuchend ins Ziel und brachen auf dem Gras zusammen. Eine Ehrengarde bildete sich, ohne daß es abgesprochen worden wäre, und führte Sigfrid zu der Tribüne, wo er seine Krone in Empfang nehmen sollte.

»Zu Beginn Geduld und am Ende eine Menge Kraft. Wenn er so liebt, wie er läuft«, kommentierte Adalfrida und grinste anzüglich, »werdet Ihr eine glückliche Braut sein.«

Gudrun ließ Sigfrid keine Sekunde aus den Augen, während er näher kam, und spürte erneut, wie sie errötete. Die starken Muskeln auf seiner Brust und über seinem Nabel glänzten leicht vor Schweiß, der jede Kontur noch hervorhob. Die feinen Haare, die seinen Bauch bedeckten und wie ein Pelz zwischen seinen Schultern wuchsen, glitzerten in der Frühlingssonne. Sie fragte sich plötzlich, wie seine Haut sich wohl unter ihrer Berührung anfühlen würde. Dann sah er zu ihr herauf. Gudrun hielt ihren Blick starr auf seine Stirn gerichtet, aus Furcht, er könne ansonsten in ihren Augen lesen, was sie dachte, und setzte ihm den Kranz aus Eichenblättern auf.

Andere Wettkämpfe folgten – Speer- und Steinwurf, das Springen über Hürden und einen Streifen Sand, in den Wellen hineingekämmt worden waren und der einen Fluß darstellen sollte. Godomar warf den Stein fast so weit wie Sigfrid, konnte diesen aber nicht schlagen. Gamalo aus Gundohars Gefolge war Sigfrid im Speerwurf fast ebenbürtig, und einige Männer aus der Landbevölkerung sprangen fast so weit wie er. Aber keiner war besser als Sigfrid, keiner konnte sich jenes besonderen Zusammenspiels von Kraft und Geschicklichkeit rühmen.

Gudrun überreichte ihm eine Krone nach der anderen und beobachtete, wie sein Gesicht immer röter wurde – nicht vor Erschöpfung, sondern vor Erregung. Er nahm den Beifall, den die Zuschauer ihm spendeten, mit einem solch erstaunten Vergnügen auf, daß Gudruns Herz zu zerspringen drohte. Hatte er denn nicht gewußt, daß er siegen würde? Konnte es sein, daß er nie zuvor an solch einem Wettkampf teilgenommen hatte?

Gundohar beugte sich mit glitzernden Augen vor und beobachtete die Spiele.

»Wärst du gerne dort unten?« fragte Gudrun. Das Amt des Königs schien ihrem Bruder nicht viel Freude zu bereiten, aber heute amüsierte er sich offensichtlich. Er schnaubte und schüttelte den Kopf, doch sie konnte den bitteren Unterton in seinen Worten hören.

»Wie kannst du das fragen? Wenn mein Leben in Gefahr ist, kann ich genügend Geschick aufbringen, mich zu verteidigen, aber dort unten auf dem Feld würde ich mich zum Narren machen, wie du sehr wohl weißt, kleine Schwester. Doch ich schätze die Meisterschaft anderer Männer sehr wohl.«

»Wie die von Sigfrid ...« sagte sie leise.

»Schau ihn dir an!« rief der König. »Er springt wie ein Hirsch.«

Für den Hürdenlauf hatten die Männer sich bis auf ihren Lendenschurz entkleidet. Gudrun biß sich auf die Lippe, als sie Sigfrids lange Beine sah. Sein Körper befand sich in vollkommenem Gleichgewicht, wenn er ein Hindernis nahm. Mächtige Muskeln spannten sich, wenn er den Boden berührte, und zogen sich geschmeidig wieder zusammen, um ihn zur nächsten Hürde zu tragen.

So mußte es sein: Sigfrid gewann, weil er sich wie ein ungezähmtes Tier bewegte, das sich lautlos durch das Dickicht pirschte, wo ein Mensch sich mühevoll seinen Weg gebahnt hätte. Gudrun erkannte seine Schönheit, und die Augen brannten ihr, wie sie es manchmal erlebte, wenn sie die vergängliche Pracht eines Sonnenuntergangs oder einer Blume beobachtete.

»Vielleicht solltest *du* ihn heiraten«, sagte sie giftig und kämpfte um ihre Selbstbeherrschung.

Gundohar setzte sich zurück und starrte sie an. »Stimmst du dieser Vermählung denn nicht zu? Ich dachte, du wärst einverstanden. Ich gebe dich dem größten Helden unserer Zeit!«

»Ich weiß«, Gudrun seufzte. *Er ist eine Legende, ein Geschöpf der alten Zaubermacht, aber ich bin nur eine Menschenfrau. Kann aus solch einer Verbindung etwas Gutes entstehen, so wundervoll sie auch sein mag?* Und dann seufzte sie erneut, denn sogar in diesem Augenblick ließ jene alte Zauberkraft ihr Herz schneller schlagen, und sie wußte, daß sie alle Weisheit vergessen würde, wenn sie in Sigfrids Armen lag.

Sie sahen schweigend zu, wie Sigfrid das Rennen gewann und die Wettkämpfer über das Feld zurückliefen.

»Ich will ihn nicht, Schwester, obwohl ich gehört habe,

daß es bei den Römern Männer geben soll, die solche Vorlieben besitzen«, sagte Gundohar schließlich. »Ich will wie er *sein*!«

Und so gibst du ihm deine Schwester, damit er dein Fleisch und Blut wird. War es denn nicht genug, daß ihr euer Blut vermischt habt? Gudrun wußte, wie wahr dieser Gedanke war, doch sie äußerte ihn nicht. Sie war im Schatten ihrer Mutter aufgewachsen und hatte gelernt, ihre Meinung für sich zu behalten.

Die Sonne senkte sich bereits in Richtung der westlichen Berge, als die Spiele schließlich endeten. Aus jedem Wettkampf, an dem Sigfrid teilgenommen hatte, war er als Sieger hervorgegangen. Gudrun drehte den Kranz aus vergoldeten Blättern in ihren Händen.

»Sigfrid Sigmundssohn, tapfer habt Ihr Euch geschlagen und verdient gewonnen. Ich bin stolz, Euch zum Sieger dieser Spiele zu krönen!« Sie kniete sich an den Rand der Tribüne, um ihm den Kranz auf das braune Haar zu setzen, das sich durch die Feuchtigkeit noch stärker lockte. Er sah zu ihr auf, und diesmal konnte sie seinem Blick nicht ausweichen.

»Prächtig ist die Krone«, sagte er mit leiser Stimme, »aber noch prächtiger ist die Hand, die sie überreicht.«

»Und du sollst sie bekommen, die Hand meiner Schwester, und zwar noch heute abend!« verkündete Gundohar. »Du siehst, Schwester, am Ende gebe ich dich doch noch einem König.«

»Ein König!« Die Männer vor der Tribüne griffen den Ruf auf. »Laßt ihn uns zum König des Waldes machen. Kommt, in den Wald mit ihm – beeilt euch!«

Sigfrids Augen blitzten gefährlich, als sie ihn faßten; dann erkannte er, daß die Männer lachten, daß es ein Spiel war, und er ließ zu, daß sie ihn forttrugen.

»Und Gudrun soll unsere Frühlingsbraut sein«, riefen die Kräuterfrauen, die Grimhild von Zeit zu Zeit ihre Waren verkauften. »Bringt sie uns, ihr Mädchen, damit wir sie krönen können!«

Gudrun hatte gerade noch Zeit, Gundohar einen vorwurfsvollen Blick zuzuwerfen, bevor Ursula und Adalfrida sie lachend von der Tribüne drängten und die Frauen auch sie forttrugen.

Sigfrid seufzte vor Erleichterung, als sich der Wald endlich um ihn schloß. Das Rascheln im Unterholz verriet ihm, wo verschiedene kleinere Tiere sich versteckt hielten, durch die schwatzenden Männer aufgeschreckt. Noch immer geleitete die Eskorte Sigfrid, doch er wußte nun, daß er mit ein oder zwei Schritten verschwinden könnte, und zwar so spurlos, daß sie Hunde bräuchten, um seine Fährte wiederzufinden. Und auch den Hunden würde er davonlaufen können.

Dieses Wissen um eine Fluchtmöglichkeit in die Freiheit beruhigte Sigfrid, und nun erlaubte er sich, das Spiel zu genießen.

Er wußte, was ein Spiel war. Die Otter bauten Rutschen in ihre Teiche, und Rehkälber jagten sich gegenseitig über die Wiesen; Wolfsjungen griffen einander mit wildem Geheul an und manchmal auch ihre älteren Artgenossen. Doch bisher war Sigfrid nur Beobachter gewesen. Und bis heute hatte er nicht gewußt, wie Menschen spielten.

»Das ist weit genug«, sagte Godo grinsend. »Habt ihr die Axt und die Riemen?«

Einer der Bauern schnitt bereits Äste und band sie zu einem groben Rock zusammen. Sigfrid stand geduldig still, während sie ihm diesen umbanden und ihm einen Hut aus Birkenrinde aufsetzten.

»Der König des Waldes ist zu uns gekommen!« riefen sie. »Ruhm und Ehre dem König! Hier kommt der Grüne Mann, und die ganze Welt steht in Blüte!«

Als sie endlich fertig waren, konnte Sigfrid kaum noch etwas sehen, aber er stellte bald fest, daß sie eine Öffnung gelassen hatten, durch die er trinken konnte. Jemand hatte leichten römischen Wein in einem Beutel aus Ziegenfell gebracht, den sie herumreichten, während sie sich alle auf den Weg zurück über den Waldpfad machten. Als dieser Beutel leer war, fand Sigfrid heraus, daß er auch ein Met-Horn handhaben konnte. Dann verließen sie den Wald und hielten zum erstenmal. Menschen kamen mit mehr Speisen und Getränken, und Sigfrid begann zu verstehen.

Sie rollten ihn in den ersten Teich, an dem sie vorbeikamen, doch diesmal warnte Godo ihn und erklärte ihm, daß er das Recht hatte, alles zu benetzen, was er mit seiner Birkenrute erreichen konnte, sobald er erst einmal unter Wasser getaucht worden war.

»Das bringt Regen und läßt das Korn wachsen«, sagte ein alter Bauer, der bei dem Ritual nicht weniger als die anderen zu sagen zu haben schien.

Sigfrid nickte. Er erinnerte sich nun an einen Brauch, den er aus seiner Kindheit kannte, obwohl sie den Grünen Mann im Norden mit Riedgras und nicht mit Ästen bedeckten. Bei den Franken nannten sie ihn Yng, in Jütland Frodi. Ja, Sigfrid verstand besser, als sie ahnten. Hier waren die Menschen schon zu lange Christen, um dem Gott der Fruchtbarkeit einen Namen zu geben, aber kein Volk, das von den Erträgen des Bodens lebte, konnte ihn leugnen. Sigfrid grinste und benetzte eifrig alles und jeden.

Während die Sonne tiefer sank, wand die Prozession sich zwischen den Häusern hindurch, die außerhalb der Stadt standen. Noch einmal wurde Sigfrid unter Wasser getaucht, diesmal in den Rhein. Danach brachten sie ihn in die Stadt. Er tropfte von jedem Blatt und war schwindlig vor Lachen, denn er hatte seit dem Morgen nichts mehr gegessen und inzwischen eine Menge Wein, Met und Bier getrunken.

Mitten auf dem Forum hatte man einen Frühlingsbaum errichtet. Und dann tauchten aus einer verborgenen Gasse neue Gestalten auf, um sich der Prozession anzuschließen. An ihren Bewegungen erkannte Sigfrid, daß es Männer waren, aber sie waren wie er vollkommen verkleidet, eingehüllt in Hemden und Kniehosen, die mit gefärbter Wolle besetzt waren, so daß sie wie Felle aussahen.

»Die wilden Männer! Die wilden Männer kommen!« Die Kinder griffen als erste den Ruf auf.

Als sie um ihn herum tanzten, blinzelte Sigfrid und versuchte, sie genauer ins Auge zu fassen. Ragan hatte ihm von wilden Männern erzählt, den echten wilden Männern, den Überlebenden eines Volkes, das weitaus älter als das des Erdformers war und in den abgelegensten Regionen der Berge lebte. Einst hatte Sigfrid eine Fährte gefunden, die von einem Menschen stammen mochte, aber der Fußabdruck war außergewöhnlich groß gewesen, mit Zehen, die sich tief in die Erde gebohrt hatten. Und einmal hatte er geglaubt, einen menschenförmigen Schatten zu sehen, der hastig zwischen den Bäumen verschwand.

Diese wilden Männer hier waren verkleidet, aber ihre Bewegungen waren eine grobe Nachahmung des watschelnden Ganges, den er in jenem kurzen Augenblick bei dem fremden Wesen beobachtet hatte. Sie drängten sich an ihm vorbei auf den Platz und tanzten um den Frühlingsbaum, wirbelten mit seltsamen, miauenden Lauten um die eigene Achse.

Dann formierten sie sich wie eine Ehrenwache um den Kornkönig. Auf den Stufen zum Palast wartete Gundohar. Einen Augenblick lang fühlte Sigfrid sich benommen, als würde eine weitaus größere Last als seine Kopfbedeckung ihm aufs Haupt drücken. Ohne daß ihm recht bewußt wurde, was er tat, tauchte er seine Birkenrute in den Brunnen und rannte vorwärts.

»Überfluß und Fruchtbarkeit bringt der König der Wälder dem König der Menschen!« rief er mit einer Stimme, die er nicht wiedererkannte, und benetzte Gundohar ausgiebig. »Lang lebe der König! Friede und eine ertragreiche Ernte! Allen hier: Überfluß ...« Er tanzte im Kreis um den Platz, besprengte die Menge, und die wilden Männer folgten ihm unter lautem Geheul.

Er beendete seinen Rundlauf und kam stolpernd zum Stehen, strauchelte, als die fremde Kraft ihn verließ. Erst jetzt erkannte er, daß nicht er selbst, sondern der Gott gesprochen hatte. Sigfrids Helfer hielten ihn aufrecht. Er zitterte vor Anstrengung, und Wasser tropfte auf die Pflastersteine, doch während er wieder zu Atem kam, bemerkte er, daß die Menschen ihm keine Aufmerksamkeit mehr schenkten.

Er hörte Flötenklänge und das leise Klingeln von Glöckchen. Ein neuer, andersgearteter Schauder packte ihn, als eine Gruppe kleiner Mädchen hüpfend und blütenstreuend in Sicht kam. Zum Klang der Flöte ertönte der liebliche Gesang von Frauen:

Tempus adest floridum, surgunt namque flores,
Vernales in omnibus imitantur mores,
Hoc quod frigus laeserat, reparant calores,
Cernimus hoc fieri per multos labores ...

»Die Zeit der Blumen ist gekommen, die Blüten sprießen schon, und was die Kälte hat verwundet, das heilt die Wärme nun«, übersetzte einer der Männer.

Den jungen Mädchen folgten Frauen, die lachten und mit Blumen gekrönt waren. Sobald sie das Forum betraten, verteilten sie sich auf gegenüberliegende Seiten, und ein Raunen ging durch die Menge. In ihrer Mitte schritt eine Frau, eingehüllt in einen langen, halb durchsichtigen Schleier, der ihr Gesicht verdeckte und von ihren Helferinnen getragen wurde. Eine große Krone aus Blumen hielt den Schleier. Die Trommeln waren verstummt, doch Sigfrid bemerkte es nicht. Sein Herz war die Trommel.

Sunt prata plena floribus iucunda aspectu,
Ubi iuvat cernere herbas cum delectu,
Gramina et plantae quae hyeme quiescunt,
Vernali in tempore virent et accrescunt.

Wahrlich traf es zu, daß die Gräser und die Blumen, welche die Frühlingsbraut schmückten, erblüht waren. Die Prozession umkreiste den Baum und segnete die Menge. Unter dem Schleier glaubte Sigfrid das Schimmern von goldenem Haar zu sehen. Er hielt den Atem an, denn sicher war es nicht nur die Krone, welche die Frühlingsbraut größer erscheinen ließ: Eine strahlende Aura umgab sie, die Sigfrid immer wieder die Augen abwenden ließ. Doch nach kurzer Zeit kehrte sein Blick stets zu ihr zurück.

Terra ornatur floribus et multo decore,
Nos honestis moribus et vero amore,
Gaudeamus igitur tempore iucundo.
Laudemusque Dominam pectorum ex fundo …

Die Erde ist geschmückt mit Blumen und voller schöner Dinge … Die Menschenmenge verstummte. Mit einer Weisheit, welche die christlichen Priester nicht leugnen konnten, da sie sich in Worten nicht fassen ließ, wußten sie, wer nun unter ihnen wandelte.

Schließlich kamen die Frauen, wie Sigfrid es geahnt hatte, zu der Stelle, an der er wartete.

»Seht, o König, wir haben dir die Königin gebracht. Wie wirst du sie willkommen heißen?«

Unter dem Schleier war ihr Gesicht nur ein bleicher Fleck. Goldener Schmuck glitzerte, wenn ihre Brust sich hob und senkte. Sigfrid spürte, wie sein Phallus sich versteifte, aber das geschah nun schon seit Wochen, sobald er Gudrun anschaute. Er fühlte einen Anflug von Panik in sich aufsteigen, aber ein Wissen, das tief in ihm verborgen lag, ließ ihn die richtigen Worte finden:

»Wie die Erde den Samen, wie der Baum die Sonne, wie das Feuer das Holz«, antwortete er heiser. »So soll es sein!«

Gudrun blinzelte, als der Grüne Mann Anspruch auf sie erhob. Soweit ihr Verstand klares Denken überhaupt noch zuließ, nahm sie an, daß es Sigfrid sein mußte, aber durch den Schleier sah er größer und breiter aus, als hätte der Geist des Waldes tatsächlich Gestalt angenommen, um unter den Menschen zu wandeln. Die Männer stießen ihn in ihre Richtung; sie zuckte zusammen, als sie spürte, wie menschliche Hände aus dem grünen Gewand hervorkamen und die ihren ergriffen. Die Frage, ob sie sich küssen sollten, stellte sich nicht, so wie sie gekleidet waren, aber es war auch gar nicht nötig. Die Kraft, die zwischen ihnen strömte, während sie zu ihren Plätzen auf den Stufen geleitet wurden, jagte ihr ununterbrochen Schauder über den Rücken.

Sie setzten sich, und jemand brachte ihnen Met. Die Menschen tanzten um den Frühlingsbaum, eine Gruppe von Jungen sang ein Lied. Die lange, liebliche Abenddämmerung des Frühlings malte Schleier aus Gold und Feuer an den Himmel, und purpurfarbene Schatten sammelten sich zwischen den Häusern und breiteten sich über den Platz aus. Von irgendwo in der Nähe wehte der wundervolle Duft von geröstetem Fleisch zu ihnen herüber.

Und dann, als die ersten Sterne am dunkler werdenden Himmel aufleuchteten, wurde die Hand zurückgezogen, die Gudruns letzte Verbindung zur Welt gewesen war. Die Frauen halfen ihr auf und führten sie zum Palast. Erst als sie ihr die Blumenkrone vom Kopf genommen und sie von dem Schleier befreit hatten, erinnerte Gudrun sich wieder vage daran, wer sie war und warum sie hier war. Man kleidete sie in ihre weiße Dalmatika, die mit Korngarben aus Brokat geschmückt war, legte ihr Halsschmuck und Ohrringe aus Bernstein und Perlen an, kämmte ihr Haar zu langen, fließenden Wellen aus Gold und setzte ihr einen Hagedornkranz auf den Kopf.

Als man Gudrun nach draußen geleitete, war es bereits vollständig dunkel geworden, aber Fackeln erleuchteten das Forum, und vor dem Frühlingsbaum loderte ein Feuer. Unter dem Dach des breiten Vorbaus hatte man eine lange Tafel aufgebaut, und Tischplatten auf hölzernen Gerüsten füllten den Platz.

Gundohar stand auf den Stufen. Er hatte sich in einen scharlachroten Umhang gehüllt und trug seine Krone. Godo, Hagano und der kleine Gislahar standen neben ihm, und ihre Mutter saß in der Nähe. Gudrun hielt inne, um den Anblick auf sich wirken zu lassen. Die Bühne war hergerichtet, nun fehlten nur noch die Spieler. Warum fühlte sie sich wie betäubt? Hätte sie nicht voller Freude sein müssen?

Am entgegengesetzten Ende des Platzes kam Bewegung in die Menge, und Gudruns Herzschlag beschleunigte sich. Sie brachten Sigfrid zu ihr. Er trug nun tiefgrüne Kniehosen und eine knielange, in Falten gelegte Tunika nach Art der Franken, die aus moosgrüner Seide gearbeitet und reich mit Gold verziert war. Auf seinem Haupt saß der Siegerkranz. Sie vermutete, daß Gundohar auch dies geplant hatte. Obwohl sie die Kleider gewechselt hatten, waren sie noch immer Kornkönig und Frühlingsbraut.

Gudrun unterdrückte ein Lächeln. Vater Priscus, der römisch-orthodoxe Priester, und Vater Severian, der arianische Priester, hatten begonnen, einander wie zwei Hunde anzuknurren, die denselben Knochen beschnüffelten, in ihrem Streit, wer von ihnen die Trauung vollziehen dürfe. Doch in ihrem Protest waren sie sich wieder einig gewesen, als sie erfahren hatten, daß Gundohar beabsichtigte, seine Schwester auf alte Weise zu vermählen, im Rahmen eines Festes und mit einem Vertrag, wie er früher üblich gewesen war. Immerhin war Sigfrid nicht getauft worden, und Gudrun vermutete, daß ihr Bruder sie nicht auf eine Art und Weise miteinander verbinden wollte, die römisches Recht berührte.

In den alten Zeiten hätte es natürlich noch Gebete und Opfergaben an die Götter gegeben, die Glück und Kindersegen brachten; es war wirklich sehr klug von Gundohar, die Vermählung mit einem Fest zu verbinden, das eben jene Mächte ehrte. Gudrun verstand genug von ihrer Mutter Lehren, um zu wissen, daß Gundohar seine Ahnenreihe durch sie, seine Schwester, auf eine Weise mit dem Land verband, die ihm seine Stellung als christlicher Prinz ansonsten niemals erlaubt hätte.

Glocken ertönten leise, als Gudrun und Sigfrid vorwärts geleitet wurden, bis sie sich vor den Stufen unterhalb des Königs gegenüberstanden.

»Burgunden, Römer, Einwohner von Borbetomagus!« rief Gundohar. »Männer unterschiedlichster Abstammung, ihr seid hier als Gleiche versammelt, um Zeuge der Vermählung meiner Schwester mit diesem Mann zu werden. Zusammen mit ihrer Hand gebe ich ihm den Anteil eines Bruders an den Besitztümern der Niflunge; fortan soll er unseren Untertanen als ein Prinz gelten. Als Gegenleistung hat er sich bereit erklärt, seiner Braut einen sagenhaften Schatz zu Füßen zu legen. Ist dies ein gerechter Handel? Werdet ihr diese Vermählung wohlwollend bezeugen?«

»So sei es!« sagte Godomar voll echter Begeisterung. Andere, die dem Äl schon seit dem frühen Morgen zugesprochen hatten, gaben lauthals ihren Beifall kund, und der König lächelte. Dann ergriff er Sigfrids Hand.

»Sigfrid, Sohn von Sigmund dem Walsung, wollt Ihr diese Frau zu Eurem Weibe nehmen, für sie sorgen und sie beschützen?«

Gudrun, die den Blick starr auf das Pflaster gerichtet hielt, spürte, wie sie im Rhythmus ihres Herzschlags erzitterte, während sie auf seine Antwort wartete. Als diese kam, war es nicht mehr die heisere Stimme des Kornkönigs, welche die Zustimmung gab, sondern die tiefe, klare Stimme Sigfrids.

Dann ergriff Gundohar ihre Hand. »Gudrun, meine Schwester, willst du diesen Mann zu deinem Gemahl nehmen, ihn ehren und ihm dienen?«

Die Antwort schien ihr ohne eigenes Zutun über die Lippen zu kommen: »Ich will.«

»Dann seid nun vereint als Mann und Frau, und im Bett und an der Tafel sollt ihr einander stets eine Freude sein.« Gundohar legte ihre Hand in die Sigfrids, und erneut sprang prickelnde Erregung von ihm zu ihr über. »Alle hier versammelten Männer sollen Zeugen sein, daß ich meine Schwester Gudrun in allen Ehren Sigfrid Sigmundssohn zur Frau gegeben habe. Ich lade euch nun alle zu diesem Fest ein, das Zeugnis von dem Bündnis ablegen soll. Und heute abend sollen Sigfrid und Gudrun als unser König und unsere Königin dieser Tafel vorstehen.«

Überall um sie herum feierte man. Gudrun wußte kaum, was sie aß. Sigfrid hatte sie bisher noch nicht einmal geküßt, und sie hatte es kaum gewagt, ihn anzusehen, aber sie war sich jeder seiner Bewegungen bewußt. Je später es wurde, um so ausgelassener wurden die Scherze; selbst die Barden wechselten zu unzüchtigen Liedern. Hätte Gudrun noch Zweifel gehabt, was man am Ende dieser Zeremonie von ihr und Sigfrid erwartete, wären sie spätestens jetzt ausgeräumt gewesen. Doch Gudrun lauschte, ohne zu erröten. Sie war viel zu sehr mit den eigenen, widersprüchlichen Gefühlen beschäftigt, um sich über etwas anderes Gedanken zu machen.

Gundohars Ratgeber hoben ihre Trinkhörner, um dem jungen Paar Glück zu wünschen. Hinter sich konnte

Gudrun ihre Zofen kichern hören. Bald war es soweit. Bald war es vorbei.

Dann hörte sie die ersten Töne des Hochzeitsliedes. Unter ausgelassenen Scherzen und mit Musik geleitete man das Paar in das Zimmer, das für diesen Zweck vorbereitet worden war. Gundohar küßte seine Schwester. Ihre Mutter reichte ihr einen goldenen Kelch, und sie trank, ohne etwas zu schmecken. Sigfrid tat es ihr nach. Und dann, nach ein paar letzten Ratschlägen, die sie nicht verstand und von denen sie bezweifelte, daß Sigfrid sie brauchen würde, ließ man sie allein.

Sigfrid lauschte auf die sich entfernenden Schritte ihrer Begleiter, wie er einst auf das Wild in den Wäldern gelauscht hatte. Das letzte, was er deutlich wahrnahm, war das schallende Gelächter Gundohars. Dann war alles still, nur ihrer beider Atemzüge waren zu hören. Der Duft der Blumen und Kräuter, mit denen das Zimmer geschmückt worden war, lag schwer in der Luft. Sigfrid lauschte erneut, und er merkte, daß der Atem der Frau zu beherrscht war; sie stand zu regungslos. *Was habe ich getan?* dachte er voller Schrecken. *Sie fürchtet sich vor mir!*

»Gudrun, hat Euer Bruder Euch gezwungen, mich zu heiraten?« fragte er schließlich. Er war froh darüber, daß ihnen dieses solide römische Gebäude die Gelegenheit gab, ungestört miteinander zu reden – was in einem nur mit Vorhängen abgeschirmten Alkoven, vor dem die Familie lauschend lauerte, unmöglich gewesen wäre.

Gudrun hielt den Blick weiterhin auf den Boden gerichtet. »Er erklärte mir seine Notlage. Ich weiß, daß ich der Köder bin, um Euch hier …«

Sigfrid lachte, leise über sich selbst spottend, doch

seine Furcht legte sich etwas, als er zu begreifen begann. *Ich war ein Narr,* dachte er bei sich, *einen anderen Mann in meinem Namen freien zu lassen.*

»Glaubt Ihr das wirklich?« fragte er laut. »Gudrun, hört mir zu – ich habe wie von Sinnen nach einem Vorwand gesucht, Euch nahe zu sein. Als Euer Bruder mir Eure Hand anbot, vermochte ich mein Glück kaum zu fassen, aber er kann Euch mir nicht geben, selbst mit einem solchen Fest und mit heiligen Schwüren nicht. Das könnt nur Ihr selbst, Gudrun. Wenn ich Euch nicht gefalle und Ihr mich nicht mögt, werde ich Euch nicht belästigen und dennoch Gundohar gegenüber die Pflichten eines Bruders erfüllen, solange er dies wünscht.«

»Euch *mag*?« fragte sie mit erstickter Stimme. »Eure Taten sind das Brot in den Mündern der Barden flußauf und flußab des Rheins. Warum solltet Ihr *mich* wollen?«

Eine goldene Haarsträhne lag über ihrer Schulter. Er hob sie an und spürte, wie sie erzitterte.

»Schaut mich an, Gudrun«, flüsterte er. »Bitte, schaut mich endlich an! Sehe ich denn so schrecklich aus? Wenn Ihr mich anschaut, was seht Ihr dann?«

Sie hob die Augen, die so hell und klar wie Wasser waren; es kam ihm vor, als könne er durch sie bis auf den Grund ihrer Seele blicken.

»Ich sehe einen Helden, ich sehe einen Wolf, ich sehe einen Gott …«

Er erstarrte – wie konnte sie wissen? »Und wenn Ihr den Wolf seht«, flüsterte er, »fürchtet Ihr Euch dann?«

»Nicht vor dem Wolf«, antwortete sie, »aber ich fürchte mich vor dem Helden und dem Gott.«

Er lachte leise, schwindlig vor Erleichterung. »Nun, ich habe nie den Wunsch verspürt, eins von beiden zu sein!« Er nahm die goldene Krone von seinem Kopf und warf sie quer durch den Raum. Und dann, ganz sachte, hob er die Krone aus Blumen von ihrer Stirn.

»Ich schaue dich an, und ich sehe eine Göttin, ich sehe eine königliche Frau … und ich sehe … einen Garten, geschützt und sicher.« Er musterte sie und runzelte die Stirn, fragte sich, ob er ihre Ehrlichkeit mit gleichem vergelten konnte. Wie konnte sie die gewundenen Pfade begreifen, die ihn zu ihr gebracht hatten?

»Ich bin nur Gudrun«, flüsterte sie, »aber wenn Ihr in meinen Garten kommen wollt, werde ich Euch willkommen heißen.«

Er legte ihr die Hände auf die Schultern und küßte sie. Ihre Lippen waren weich; er schmeckte die schwere Süße des Trankes, den Gudruns Mutter ihnen gegeben hatte. Er küßte sie, doch er bedrängte sie nicht, bis er spürte, daß sie zu zittern aufhörte. Dann ließ er sie los.

In ihren Augen sah er für eine Sekunde Enttäuschung aufblitzen und dachte, daß sie diese viel zu schnell zu verbergen wußte – war sie Ablehnung gewöhnt? Hatte niemand vor ihm Gudrun wirklich geliebt? Langsam begann er zu begreifen, daß diese stolze Prinzessin, deren Hand man ihm zu geben sich herabgelassen hatte, daß diese Prinzessin so verletzlich und scheu war wie ein wildes Tier des Waldes.

»Kann ich dir helfen, deine Sachen abzulegen?« fragte er. »Ich kann dich nicht richtig bewundern, solange du in dieses Gewand eingehüllt bist.«

Als sie sich endlich all ihrer Kleider entledigt hatten, lachten sie beide. Gudrun verstummte, als er sie mit sich auf das Bett zog, aber dann küßte er sie erneut, kostete die Süße ihres Körpers mit einem Hunger, der wuchs, je mehr er gestillt wurde.

»Kein Garten … ein Paradies«, murmelte er undeutlich, als sein Mund ihre Brust fand. Er spürte, wie sie unter seiner Berührung erbebte, und wußte, daß es diesmal nicht aus Furcht geschah, denn ihre Hände streiften über seine Hüften, ihre Berührung wurde fester, sie lernte seinen Körper kennen wie er den ihren.

Sigdrifa hatte damals begonnen, ihn in die Kunst der Liebe einzuführen, doch die Erinnerung daran war nur noch ein undeutlicher Eindruck von Dunkelheit und Feuer. Den Mädchen, denen er seitdem begegnet war, schuldete er ebensoviel Dank, denn sie hatten ihn gelehrt, daß jede Frau auf ihre eigene Weise geliebt werden mußte. Der Duft, den Gudrun verströmte, änderte sich, und daran konnte er erkennen, daß sie für ihn bereit war. Die Haut an den Innenseiten ihrer Schenkel fühlte sich an wie die Blüten einer Blume; sie keuchte, als er jene heilige Stelle dazwischen berührte.

»Öffne dich mir«, flüsterte er. »Bitte gib dich mir hin …« Er spürte, wie sie zuckte, als er sich über ihr ausstreckte, doch die Pforten waren geöffnet, und in jenem letzten Augenblick, bevor er in sie eindrang, in jenem Augenblick, da Sigfrid noch eines klaren Gedankens fähig war, wußte er, daß er endlich ein Zuhause gefunden hatte.

REISEN

Borbetomagus und Markomannenreich
Ostaramond, A.D. 420

Brunhild rannte durch den Wald, rang keuchend nach Luft und zwang ihre schmerzenden Beine, das nächste Hindernis zu überspringen. Ihr vor zwei Wintern von den Walkyriun abgeschnittenes Haar war wieder bis über die Schultern nachgewachsen und wehte hinter ihr her. Ihr Körper, der noch immer schlank wie der eines Mädchens war, schlüpfte behende zwischen den Baumstämmen hindurch. Die Wälder um Heimars Feste waren dicht bewachsen und mit neuem Grün bedeckt. Das Blut sang in Brunhilds Adern, während sie sich ihren Weg durchs Unterholz bahnte und jeden Asthieb mit den Stöcken in ihren Händen parierte.

Der Waldkampf war eine alte Übung der Walkyriun, der schmerzhafte Erinnerungen in Brunhild aufsteigen ließ. Sie sah die Gesichter derjenigen, die sie ausgestoßen hatten, vor sich, während sie nach den Zweigen schlug, und laut rief sie ihre Namen – Hlutgard, ihre Anführerin, Thrudrun, die Runenmeisterin, Galemburgis, das Alemannenmädchen, das ihre größte Feindin gewesen war. Nur die alte Huld, die Weisfrau, hatte sie nicht betrogen. Sie war zu ihr gekommen in der Stunde der Not und hatte Brunhild geholfen, ihr Geheimnis zu wahren –

jenes Geheimnis, von dem nicht einmal Sigfrid etwas ahnte. Denn erst als Brunhild ihrer Schwester Herd erreichte, hatte sie gewußt, daß sie Sigfrids Kind unter dem Herzen trug.

Die Entbindung war schwer gewesen, denn Brunhilds Hüften waren schmal und nicht für eine leichte Niederkunft gebaut. Brunhilds Genesung war nur langsam vonstatten gegangen. Einen Mond lang hatte sie ihr Bett gehütet, bis die Boten aus dem Burgundenland gekommen waren und den Antrag ihres Königs überbracht hatten, der sich mit ihr zu vermählen wünschte. Am nächsten Tag hatte sie, obwohl Bertriud wie ein aufgescheuchtes Huhn um sie herumgeflattert war, ihren Alkoven verlassen und ihren ersten, noch unsicheren Vorstoß in die Felder unternommen. Sie mußte wieder stark genug zum Reiten sein, wenn Sigfrid kam, um sie zu holen – das hatte sie von Anfang an gewußt. Nun hatte sie einen weiteren, dringlicheren Grund, sich schneller zu erholen. Sie mußte diesen neuen Freier besiegen, damit sie frei wäre, mit Sigfrid zu ziehen, wenn dieser endlich eintraf.

Wenn er jemals eintraf. Während all der vergangenen Monde hatte sie tief in ihrem Inneren gespürt, daß er lebte und daß es ihm gutging, auch wenn sie nicht sagen konnte, wo er sich aufhielt und wie es ihm erging. Doch plötzlich, vor zwei Nächten, war das Band zwischen ihnen durchschnitten worden, und das, mehr als alles andere, war die Qual, die sie nun durch den Wald trieb. Sie hatte Wodan angerufen, aber keine Antwort erhalten. Da war nur eine stille Leere gewesen, als wäre jener Teil von ihr, der Sigfrid beschützt hatte, auch ihre Verbindung zu dem Gott gewesen. Und so rannte sie, zwang ihren Geist, sich auf den Rhythmus ihrer Bewegungen zu konzentrieren, alle Furcht beiseite zu schieben, alle anderen Gedanken zu verdrängen, so daß da nur noch die Harmonie ihres Muskelspiels war – und für eine kurze Zeit Frieden …

Brunhild brach durch die letzten Bäume am Rande des Waldes und zögerte; fremde Pferde waren vor dem Tor angebunden, Leute hatten sich versammelt. Ihr Herz begann noch wilder zu klopfen – war es Sigfrid? Aber kein Krieger würde einen solch sanften Gaul reiten. Die Menschenmenge teilte sich, und Brunhild erspähte einen altbekannten dunkelblauen Mantel. Alles in ihr spannte sich an – wie konnte eine der Walkyriun es wagen, sich hier blicken zu lassen? Dann rief etwas in den Bewegungen der Frau alte Erinnerungen wach, und sie erkannte Huld.

Notwendigkeit brachte erneut Bewegung in die ermüdeten Muskeln. Brunhild lief über das Feld, die Stöcke in ihren Händen waren vergessen. Sie konnte die Gesichtszüge der alten Frau erkennen, die gezeichnet waren von Alter und Anstrengung. Hulds Haar war nun vollständig silbern.

»Huld!« rief sie, und Köpfe wandten sich in ihre Richtung, beobachteten, wie sie sich dem Holzwall um Heimars Heim näherte. »Huld, was machst du hier?«

Brunhild legte Asliud ungeschickt von einer Schulter auf die andere und tätschelte den Rücken des Säuglings, während sie vor dem großen Kaminfeuer in Heimars Halle auf und ab ging. Huld, die sie beobachtete, erkannte in ihrem Gesicht einen Ausdruck grimmiger Geduld, wie er für eine Mutter mit ihrem ersten Kind eher ungewöhnlich war.

»Sie ist ein hübsches Kind«, sagte Huld leise. Und das war die Wahrheit. Im Augenblick schien Asliud mürrisch, aber für einen drei Monde alten Säugling sah sie schon ausgesprochen vollkommen aus. Sie hatte feine Gesichtszüge, und Strähnen ihres hellen Haares schimmerten im Licht des Feuers. Sie blickte ernst über die Schulter ihrer Mutter, als wäre ihr schon jetzt bewußt, daß sie sich die Achtung Brunhilds würde erkämpfen müssen, egal wie hoch sie im Ansehen der anderen stehen mochte.

»Sie ist recht wohlgeraten. Und falls nicht, leidet die Amme am meisten darunter. Wo steckt das Mädchen bloß?« Brunhild blickte sich verärgert um, als der Säugling erneut zu weinen begann.

»Gib sie mir«, sagte Heimar vom anderen Ende der langen Feuerstelle her und erhob sich von seinem Sitz, dessen Beine geschnitzt und bemalt waren und dessen Rückenlehne mit gewebtem Stoff aus Byzantium behängt war. Heimar streckte seine Arme aus, und Asliud blinzelte ihn an und lächelte. »Komm, meine Kleine, so ist es brav ...« Er drückte sie gegen seine breite Brust, und sie griff nach seinem Bart und gluckste vor Vergnügen. Die beiden boten einen seltsamen Anblick, denn Heimar war so stämmig wie eine Eiche, und in seinem braunen Schopf zeigten sich bereits graue Haare. »Sachte, mein Kind«, er löste ihre winzigen Finger aus seinem Bart. »Glaubst du, das ist etwas zum Spielen?« Das Kind lachte und griff erneut nach ihm.

»Er ist sehr gut zu dem Kleinen«, sagte Huld. Heimars Blick war im Nu sanft geworden, als er auf Asliud herabgeschaut hatte, und in seinem sicheren Griff wurde sie sogleich ruhig. Ihr nächster Vorstoß in seinen Bart war nur halbherzig geführt. Ihre Augenlider senkten sich bereits, und bald darauf war sie eingeschlafen.

Brunhild zuckte mit den Schultern. »Nicht ich, sondern er sollte ihre Mutter sein. Selbst wenn die Amme sich keinen Rat mehr weiß, in seinen Armen beruhigt sich Asliud stets.« Sie ging ruhelos zum Kamin hinüber, stieß einen Ast in das Feuer und kam wieder zurück. Die tanzenden Flammen schälten das Muster auf den Wandbehängen aus der Dunkelheit, brachten die Felle auf den langen Bänken zum Glänzen und die Waffen, die an den Wänden hingen, zum Funkeln.

»Ich wünschte, ich könnte so leicht einschlafen«, sagte Huld. »Wenn ich meine Augen schließe, wird mir schwindlig, als würde ich noch immer auf der Straße durchgerüttelt.«

»Du hast eine anstrengende Reise hinter dir – es tut mir leid.« Brunhild ging zu einem der Stützbalken, die das Haus trugen, putzte eine Bronzelampe, die dort an einem Haken hing, und kam wieder zurück. »Wenn ich gewußt hätte, wo du dich aufhältst, hätte ich nach dir geschickt, bevor das Kind geboren wurde.«

»Nach dem Feuer wurden die Walkyriun in alle Winde verstreut«, erklärte Huld. Die Amme kam, um Asliud fortzubringen, und Heimar legte das schlafende Kind widerstrebend in ihre Arme. *Brunhild hat recht,* dachte Huld. *Was immer auch geschieht, er wird sich um die Kleine kümmern.*

»Wodans Feuer …« sagte Brunhild mit einem rätselhaften Lächeln. »Er hat mich beschützt.«

»Ich überwinterte als Gast bei den Herminonen, und ein ganzes Jahr lang hörte ich keine Neuigkeiten von dir. Ich hielt dich für tot, mein Kind. Erst letzten Herbst erfuhr ich, daß du zu deinem Stamm zurückgekehrt bist, und ich bin zu alt, um durch den Schnee zu reisen.«

»Wie ich dich vermißt habe!« seufzte Brunhild und kniete neben der Weisfrau nieder, wie sie es oft getan hatte, als sie noch bei den Walkyriun lebte. Doch Brunhild war kein Kind mehr, dachte Huld. Die Sanftheit, die einst die kantigen Züge weicher gemacht hatte, war vom Schmerz gelöscht worden. Wenige Augenblicke später war Brunhild wieder auf den Beinen, füllte Äl in einen Humpen und reichte diesen ihrem Gast.

Ja, Brunhild war nun eine Frau, reifer geworden durch das Leid und offensichtlich nicht glücklich. Doch wie sollte Huld herausfinden, was Brunhild bedrückte, wenn diese nicht still saß?

»Brunhild, willst du dich nicht endlich setzen? Die Reise hat mich schon genug ermüdet, ich will mich nicht noch ständig hin und her drehen, um dich im Auge zu behalten!«

Brunhild hielt inne und biß sich auf die Lippe. »Ich fürchte, wenn ich mich hinsetze, werde ich zu schreien anfangen. Huld, ich kann Sigfrid nicht mehr spüren, und das ist noch nie geschehen, seit wir uns trennten. Er kann nicht tot sein – das hätte ich gefühlt. Vor ein paar Nächten gab es einen Moment, von dem ab er einfach nicht mehr *da* war!«

»So ist es. Bei jenem Schutzzauber hast du einen Teil deiner Seele auf ihn übertragen«, erklärte Huld. »Wäre Sigfrid gestorben, so wäre dieser Teil zu dir zurückgekehrt. Du warst eine Närrin, dich an solchem Zauber zu versuchen, als das Band zwischen deiner Seele und deinem Körper noch so zart war.«

Brunhild zuckte mit den Schultern. »Ich mußte es tun. Ich mußte beweisen, daß ich es konnte – ihm und mir. Es ist nahezu bedeutungslos, daß ich ihm mehr gab, als ich beabsichtigte. Wir sind eins geworden – in jeder Beziehung. Du mußt mir helfen, herauszufinden, was geschehen ist, bevor die Burgunden kommen! Ich habe die Runen geworfen, aber ich kann sie nicht lesen. Die Walkyriun haben versucht, meine Zauberkraft zu zerstören, und in Sigfrid habe ich sie wiedergewonnen – doch nun ist sie verschwunden!«

»Glaubst du, er hat dich betrogen?« fragte Huld vorsichtig.

»Wie hätte er das tun können? Wir waren eins. Nein, etwas ist ihm zugestoßen, und ich muß wissen, was es ist. Mache dich für mich auf die Reise, Huld. Wandle auf den Geisterpfaden. Finde ihn, und wo immer in den Neun Welten er sich aufhalten mag, dorthin werde auch ich gehen!«

Sigfrid brach mit den Burgunden an einem solch strahlenden Morgen auf, daß sein Herz vor tiefempfundenem Glück fast zu zerspringen drohte. Seine Ehe war erst ein paar Tage alt, aber Gudrun versicherte ihm, daß sie ihn liebte, und Sigfrid wußte, daß sie die Wahrheit sprach, denn er konnte ihr Verlangen spüren. Er erinnerte sich daran, wie er sie verlassen hatte: sicher in dem ummauerten Garten, umgeben von jungem, sprießendem Leben. Es kam ihm vor, als wäre *sie* der Garten, der verborgene Mittelpunkt, die heilige Zuflucht. Sie stand für all das, worum er andere Männer bisher stets beneidet hatte.

Selbst unter den Franken war er niemals wirklich zu Hause gewesen. Sein Stiefvater war ihm stets voller Zuneigung begegnet, und die Krieger hatten ihn wegen seiner Fähigkeiten geschätzt, aber die bestellten Äcker um Vetera waren nicht das wilde Sumpfland, in dem er aufgewachsen war. Und seit dem Tod seiner Mutter hatte es niemanden mehr gegeben, der ihn wirklich liebte. Nun jedoch zog er mit Kriegern durch die Lande, die ihn als ihren Bruder grüßten, und eine königliche Frau, die seine Braut war, wartete auf ihn.

Die Reise zu den Hunnen würde drei Wochen in Anspruch nehmen. Das Wetter blieb gut, während sie weiter östlich über den Fluß setzten, um zum Heiligen Berg zu gelangen, und südlich entlang des Neckars durch die alten Länder der Burgunden zogen. Danach überquerten sie die Berge, bis sie die Donau erreichten, und folgten dieser ostwärts ins Land der Hunnen. Fast alle Gegenden, durch die sie kamen, hatten einmal zum Römischen Reich gehört, und die Obstgärten, welche die Römer damals angelegt hatten, erfüllten das Land mit dem Duft der Apfelblüten.

Gudrun ist wie ein junger Apfelbaum, dachte Sigfrid und atmete tief den berauschenden Wohlgeruch ein, *ganz in Weiß gekleidet und in der Sonne strahlend.* Kurz stieg das Bild einer Frau in seiner Erinnerung auf, die wie Feuer in der Dunkelheit gewesen war, doch obwohl das Bild ihm einen heißen Schauder durch den Körper jagte, verbarg sich auch ein tiefer Schmerz dahinter – ihr Schmerz und der seine. Er und Sigdrifa hatten einander geheilt, doch nun war er Gudruns Gemahl, und auch für Sigdrifa wäre es besser, die Vergangenheit zu vergessen.

An diesem Abend übten Sigfrid und der König mit Schwert und Schild, wie sie es fast jeden Tag taten, seit sie den Rhein überquert hatten. Während der letzten Jahre hatte Sigfrid erkannt, daß die Muskeln, die er durch seine Schmiedearbeit gestählt hatte, und die Reflexe, die er sich im Wald angeeignet hatte, ihm beim Kämpfen einen Vorteil vor den meisten anderen Menschen verschafften. Gundohar hatte eine recht gute Ausbildung genossen, wie sie bei den Burgunden üblich war, doch je länger sie ihre allabendlichen Übungen fortsetzten, um so größer wurde Sigfrids Respekt vor Helmbari, seinem alten Lehrmeister.

»Nein, nein, haltet Euren Schild hoch!« rief er und

trieb Gundohar mit gleichmäßigen Schlägen seines Eichenknüppels zurück. »Möglich, daß Ihr das Mädchen nicht umbringen wollt, aber vielleicht empfindet sie Euch gegenüber ganz anders. Ihr seid von leichtem Körperbau, doch wenn sie wirklich eine kleine Frau ist, habt Ihr noch immer den Vorteil des größeren Gewichts. Diesen müßt Ihr nutzen. Zweifellos wird sie schneller sein ...« Der Knüppel schnellte nach vorne, und der König schrie auf, als er am Oberarm getroffen wurde. »... als ich es bin. Sie könnte Euch schwer verletzen, wenn Ihr nicht auf Eure Deckung achtet.«

»Genug!« Gundohar trat zurück, stellte sein Schild auf den Boden und lehnte sich schwer atmend darauf.

Sigfrid zögerte einen Augenblick, dann tat er das gleiche. »Eure Kriegerin wird nicht innehalten, um Euch Luft schöpfen zu lassen.«

»Sie hat schon einmal für mich innegehalten«, sagte Gundohar leise. »Sie hätte mich auf dem Schlachtfeld aufspießen können, denn ich war unbewaffnet und erschöpft. Ich wäre sogar verloren gewesen, wenn sie den Speer nur auf mich *gerichtet* hätte. Denn unmöglich hätte ich danach noch den Mut aufgebracht, mich meinen Feinden zu stellen. Sie sagte, sie habe es getan, weil der Hohe mich nicht wolle – aber ich halte es für sehr unwahrscheinlich, daß sie nichts empfinden wird, wenn sie mich wiedersieht. Welche Frau, die einmal ein Leben verschont hat, könnte es hernach noch so leicht nehmen?«

Sigfrid wurde still. Er hatte bereits früher von dieser Geschichte gehört, aber er konnte sich nicht erinnern, wo. Vielleicht hatten die Menschen in Borbetomagus davon gesprochen, als sie über die Hochzeit redeten. Aber warum erfüllte ihn die Erzählung dann mit solchem Unbehagen?

»Im Augenblick bin ich ihr wohl noch gleichgültig«, sagte der König. »Wie könnte es auch anders sein? Aber ich werde sie lehren, mich zu lieben.«

Sigfrid seufzte. *Willst du die Harfe für sie spielen?* So wurden, das wußte er aus eigener Erfahrung, Walkyriun nicht gewonnen.

»Aber zuerst muß ich sie besiegen – ich lerne von dir, Sigfrid, aber kann ich genug Geschicklichkeit erwerben in dieser kurzen Zeit? Ich darf ihr nicht unterliegen! Das Bündnis wird mein Volk in unseren östlichen Ländern retten. Als König und als Bruder bitte ich dich – falls ich nicht gut genug bin, um Brunhild zu besiegen, wirst du an meiner Statt den Kampf mit ihr aufnehmen? Wir sind etwa gleich groß, und wenn du meine Rüstung und meine Waffen trägst, wird niemand etwas merken. Versprich es mir, Sigfrid!« Gundohar richtete sich auf, und Sigfrid wich vor der blanken Verzweiflung in den Augen des Königs zurück.

Er begehrt diese Brunhild so sehr, wie ich Gudrun begehre, dachte er. Und dann: *Habe ich all dem zugestimmt, als wir unser Blut vor so kurzer Zeit vermischten?*

Er seufzte erneut. »Nun gut. Ich schwöre, Euch zu helfen, wenn dies der einzige Ausweg sein sollte. Aber vielleicht wird es nicht so weit kommen! ... Ihr habt Euch lange genug ausgeruht. Greift mich nun an und seht, ob Ihr meine Deckung überwinden könnt.«

In dieser Nacht lag Sigfrid wach und lauschte auf das Schnarchen der anderen. Aus den Baumwipfeln drang der Gesang des Nachtwindes und der Ruf einer jagenden Eule zu ihm herab. Der Mond, der erst vor wenigen Nächten voll gewesen war, war spät aufgegangen und schimmerte nun durch das Wolkenmeer. Der Wind machte Sigfrid ruhelos. Wenn er allein gewesen wäre, hätte er den Wolfspelz ausgerollt und wäre losgelaufen, doch es waren Wachen aufgestellt, die ihn mit Sicherheit sehen würden. Nur einmal, als er noch den Franken diente, hatte er der Versuchung nachgegeben, das Fell überzuziehen und durch die Nacht zu jagen. Ein einziger, flüchtiger Blick auf ihn hatte ausgereicht, Gerüchte in die Welt zu setzen, und er hatte zwei weitere Schlachten für die Franken schlagen müssen, bevor die Männer ihn wieder ohne jenen hartnäckigen Zweifel in den Augen anblickten.

Still in der Dunkelheit liegend, dachte er über alles nach, was er über diese Reise und ihren Zweck wußte. Die Prinzessin, um die Gundohar warb, war klein und dunkelhaarig, aber das waren viele der Hunnenfrauen; sie war als Walkyrja ausgebildet worden und hatte Gundohar in der Schlacht verschont …

Aber meine Walkyrja hieß Sigdrifa, sagte er sich, *und sie war keine Prinzessin, denn davon hätte sie mir bestimmt erzählt! Vielleicht ist es üblich bei den Hunnen, die Töchter zu den Weisfrauen zu schicken. Vielleicht kann mir diese Brunhild sogar sagen, wo ich Sigdrifa finde.*

Und dann, zwischen zwei Gedanken, übermannte ihn der Schlaf. In seinem Traum hatte er den Wolfspelz übergestreift und jagte über den Himmel. Während er rannte, bemerkte er, daß er eine geflügelte Gestalt verfolgte, die gerade außerhalb seiner Reichweite flog. Er beschleunigte sein Tempo, spürte, daß er sie überholen mußte, aber sie veränderte sich fortwährend, war einmal dunkel, einmal hell. Mit einemmal erkannte er, daß es zwei Vögel waren, ein Rabe und ein Schwan. Und im gleichen Augenblick trennten sich die beiden: Der Rabe bog nach Osten ab, der Schwan flog nach Westen, von wo sie hergekommen waren.

Sigfrid zögerte, aber der Rabe war ein Teil der dunklen Nacht, während der Schwan silbern im Mondlicht glänzte. Und er sang. Sigfrid heulte zur Antwort und hetzte hinter ihm her.

Brunhild ging voraus. Ihre Fackel warf tanzende Schatten auf die Bäume entlang des Pfades. Sie mußte sich zwingen, langsamer zu gehen, so daß die alte Frau mit ihr Schritt halten konnte.

Brunhild kannte ihren Weg sogar ohne Licht. Es gab einmal eine Zeit, da war dieser Pfad ausgetreten, denn er führte zum alten heiligen Wald. Doch die meisten Sippen, die hier einmal ihren Göttern gehuldigt hatten, gab es nicht mehr, oder sie waren zum Christentum übergetreten, und Heimars Haushalt brachte seine Opfer auf den Feldern oder am Herdfeuer dar. Brunhild war die einzige, die den Hain noch aufsuchte. Und hier hatte sie den Knechten befohlen, jenen Hohen Sitz auf fest verzurrten Stangen zu errichten, von dem aus es der Seherin einzig möglich war, zwischen den Welten zu reisen.

Als sie diesen erreichten, sank Huld auf einen Holzklotz, um wieder zu Atem zu kommen, während Brunhild ein Feuer in der Grube neben dem Altar entfachte. In dessen Licht deckte sie die Elchhaut über das rauhe Holz des Hohen Sitzes und breitete die Opfergaben aus. Der abnehmende Mond stand bereits hoch am Himmel, aber vorbeijagende Wolken verdeckten ihn immer wieder; auf dieses wechselnde Licht war kein Verlaß.

»Die Opfergaben sind bereitet, der Hohe Sitz wartet«, sagte sie schließlich. »Ich rufe Euch, *haljarûna*, und bitte Euch, an meiner Statt zur Reise aufzubrechen. Selbst in der Welt der Toten sollt Ihr suchen, wenn's nötig sich erweisen sollt, daß ich erfahre, was ich wissen muß!«

Huld schnaubte. »Es ist lange her, daß mich jemand bei diesem Namen nannte.«

Brunhild lachte. »Man sagt, die Hunnen stammen von *haljarûnae* ab, die, von den Goten ausgestoßen, sich mit den Dämonen der Steppe paarten. Welch besseres Wort könnt' ich gebrauchen für eine, welche die heiligen Geheimnisse kennt? ... Bitte, Huld, im Namen aller Götter, du mußt mir helfen!«

Die alte Frau richtete sich mit einem schweren Seufzen auf. »Ich habe dir von meinen Zweifeln erzählt. Es reicht nicht aus, wenn die Götter zu dir sprechen – du mußt ihnen auch zuhören wollen.«

»Es bleibt keine Zeit mehr«, rief Brunhild. »Der Burgundenkönig und sein Gefolge kommen, und morgen müssen wir zur Donau aufbrechen, um sie zu empfangen. Ich brauche die Antwort heute nacht!«

»Ich habe Eide geschworen, mein Kind, und ich darf dir meine Hilfe nicht verweigern«, sagte Huld schließlich. Sie setzte sich ihre Kopfbedeckung auf, die aus dem Fell einer Wildkatze gefertigt war. »Laß uns beginnen!«

Brunhild warf die geweihten Kräuter in das Feuer, und als der Qualm sich verdichtete, fächelte sie ihn mit einem Blätterzweig erst über Huld, dann über sich selbst. Sie öffnete den Topf, in dem sie das geweihte Fleisch gebracht hatte, und bot dieses der Seherin an: Rinder-, Lamm- und Gänseherzen, Fleisch von Hase und Hirsch, die Brunhild selbst erlegt und zusammen gekocht hatte. Huld aß ein wenig davon, der Rest wurde über den Altar geschüttet.

»Nun bist du verbunden mit diesem Land«, sagte Brunhild sanft. »Mögen die Geister, welche dies Fleisch mit dir teilen, dich beschützen.« Ihr eigenes Herz begann schneller zu schlagen. Sie konnte bereits eine Veränderung in der Nacht spüren, als warte jemand oder etwas gespannt darauf, was sie tun würden.

Brunhild formte mit ihren Händen einen Tritt, so daß Huld auf den Hohen Sitz steigen konnte. Holz knirschte, als die alte Frau sich darauf niederließ, doch das Gerüst war robust genug. Brunhild half der Seherin, sich in den Umhang zu hüllen, dann bedeckte sie sie mit einer zweiten Elchhaut, denn die Nacht war bereits sehr kühl.

»Herd und Hof, die Welt der Menschen, sie lassen wir nun hinter uns. Nach Utgard kommen wir, unsre Reise zu beginnen. Mit diesen heiligen Runen schütz' ich dich –« Brunhild zeichnete zuerst *Raidho*, die Rune des Ritts, und dann *Elhaz*, die Rune des Elches, in die Luft vor der Seherin. »Gesegnet sei dein Kommen, gesegnet sei dein Gehen, gesegnet seist du von jetzt und hier an! Ein heiliges Lied stimm' ich dir an, das dich geleiten soll auf deinem Weg, o Seherin ...«

Sie ging um den Sitz herum und summte leise. Es war lange her, daß sie so etwas getan hatte, aber sie hatte nichts vergessen. Früher einmal hatte sie selbst in einem solchen Stuhl gesessen und sich vom Gesang davontragen lassen. Sie spürte, wie ihre eigenen Wahrnehmungen sich veränderten, während sie sang, und bemühte sich, die Kontrolle über sich nicht zu verlieren.

Dein Weg durch die Welten erobert will sein,
weiter und schneller und tiefer hinein,
zieh weiter, stets weiter, immerfort ...

Die Worte wuchsen aus dem Summen, Brunhilds Stimme hob und senkte sich, während sie unablässig um den Sitz wanderte. Huld wurde immer regungsloser, sie gähnte, als die Müdigkeit sie zu übermannen begann, und Brunhild hörte, wie ihr Atem rauher und leiser wurde. Es war an der Zeit, die Weisfrau zu rufen, bevor sie zu tief in Trance verfiel, um noch antworten zu können.

»Sigdrifa ward ich geheißen, und weit bin ich gewandert auf der Suche nach der Seherin, die ich nun rufe. Walada, Walada, kannst du mich hören in jenen dunklen Tiefen, in denen du nun träumst? Großmutter horche; Heilige, höre mich, sag, was du siehst!«

Ein undeutliches Murmeln erklang vom Sitz her, und Brunhild trat näher, rief weiterhin Hulds magischen Namen, um sie auf jene Bewußtseinsstufe zurückzuholen, von der aus die Weisfrau sowohl sprechen als auch sehen konnte.

»Ich sehe Nebel ... ich sehe Dunkelheit ...« Die Antwort kam langsam, als wären die Worte tatsächlich von einem Ort hervorgelockt worden, der weit hinter der Welt lag. »Von der Mittelerde zu des Weltenbaums Wurzeln trug meine Wildkatze mich hin, durch dunkle Wälder, über den Fluß der Schwerter und den Fluß des Blutes; das Glühen von Muspels Feuern habe ich gesehen, den Glanz der Regenbogenbrücke. Durchgang gewährte mir die Riesin, die den Weg bewacht, und durchquert hab' ich den tosenden Fluß, der die ganze Welt umschließt. Hellas Tore schwangen für mich auf; die Geister scharten sich um mich. Ein dunkler Teich, der schimmert; ich sehe das Leben aller Welten in seinem Spiegelbild. Was willst du von mir wissen?«

»Wo ist Sigfrid? Wo jagt der Wolf? Wann wird er zu mir kommen? Sprich nun, Seherin, bis alles gesagt ist. Gib Antwort der Fragenden, bis sie alles weiß!«

Huld stöhnte und murrte ein wenig, setzte sich auf dem Stuhl zurecht. Dann drehte sie sich um, als wolle sie

Brunhild ansehen, doch ihre Augen waren geschlossen. Es war nicht diese Welt, die sie erblickte.

»Der Wolf läuft über die Himmelsfelder ... sein Geist durchstreift die Sterne. Er jagt ... er verfolgt eine Gestalt so weiß wie der Mond. Ein Schwan ist's, den er jagt. Er ist wohlauf und glücklich. Sein Geist ist nahe, doch hat er seinen Körper weit hinter sich gelassen ... Dies weißt du nun. Willst mehr du noch wissen?«

Brunhild runzelte nachdenklich die Stirn. Immerhin wußte sie nun, daß Sigfrid am Leben war. Doch offensichtlich schlief er, und sie würde nicht mehr erfahren, wenn sie auf diese Weise weiterfragte. Aber es gab noch eine andere Möglichkeit, und sie hatte bereits die ganze Zeit geahnt, daß sie auf diese würde zurückgreifen müssen.

»Wenn du nicht weiter sehen kannst, so müssen wir jemanden fragen, der mehr weiß!« sagte Brunhild leise. »Nun rufe ich meinen Vater. Ich rufe Wodan, den Hohen. Such ihn, Seherin, selbst wenn du bis zur Wohnstatt der Götter reisen mußt. Fordere ihn auf, zu dir zu sprechen, da er zu mir nicht kommen will.«

Es folgte eine kurze Stille, dann sank Huld plötzlich gegen das Gerüst aus Ästen. Sie zuckte, murmelte unverständliche Worte, und schließlich brach sie in Gelächter aus. »Es ist nicht nötig, sich nach Asgard zu begeben. Ist er nicht auch Herr der Gefallenen? Kind, Kind, er ist bereits hier ...« Der Stuhl knirschte, als Huld sich bewegte.

»Mein Kätzchen reibt sich an mir, drängt mich nach Hellas Halle. Drinnen höre ich der Feiernden Gelächter. Fackellicht strömt durch die offene Tür. Für Baldur ward die Tafel hier gedeckt, und goldene Schilde hängen an den Wänden. Die Tür steht offen, als wär' ein jeder Gast willkommen, aber einen gibt's, der es nicht wagt, hineinzugehen.

Ich seh' ihn nun. Er steht im Schatten, lauscht dem fröhlichen Treiben, an dem er nicht teilzuhaben vermag. Durch alle Länder ist gewandert er, doch diese eine Halle kann er nie betreten. Ich spüre sein Leid ...« Huld hielt den Atem an. »Ich glaube, er kommt stets dann hierher, wenn ihn die Qual der Trennung zu erdrücken droht; denn von seinen Kindern ist allein Baldur tot. Jenem einen Sohn, dem strahlendsten und meistgeliebten, ist allein es verwehrt, zu den Helden in Walhall zu stoßen. Zur Mittelerde kehrt er nicht zurück, bis dieses Zeitalter zu Ende und Wodan selbst nicht mehr ist.«

»Sein Leid betrübt auch mich«, sagte Brunhild, »doch wie steht es um das meine? Sprich mit ihm. Vielleicht wird er um eine Ablenkung froh sein. Frag ihn, wann Sigfrid zu mir kommen wird. Frag ihn, wann wir als Held und als Schildträgerin zusammen hinausreiten werden, um Wodans Auftrag in der Welt zu erfüllen.«

»Er dreht sich um, er sieht mich an ...« fuhr Huld langsam fort. »Und ich bin froh um meine Schutzzauber. Dies war kein günstiger Zeitpunkt, ihn zu stören. Und nun seufzt er. Er hat deine Fragen vernommen. Er kennt dein Leid, doch will er wissen, ob du dir seiner Ziele wirklich sicher bist?«

»Er hat mir versprochen ...« begann Brunhild, doch Hulds Zittern wurde stärker. Einen Augenblick lang fürchtete Brunhild, daß die alte Frau aus dem Sitz fallen würde. Doch bevor sie die zusammengesunkene Gestalt berühren konnte, richtete diese sich auf – und Brunhild hielt den Atem an, denn plötzlich war sie sich nicht mehr sicher, wer da vor ihr saß. Alterslos und geschlechtslos sah die Gestalt aus, eingehüllt in dieselben dunklen Gewänder – doch die Schultern wirkten nun breiter. Die Kopfbedeckung schob sich in einem schiefen Winkel über das Gesicht; Brunhild sah das Glitzern eines funkelnden Auges.

»Brunhild ...« Das rauhe Wispern jagte ihr einen Schauder den Rücken hinunter. *»Brunhild, meine Walkyrja ...«* Diesmal war es mit Sicherheit die Stimme eines Mannes: tief und rauh, doch süß wie Honig und etwas spöttisch, obwohl Brunhild nicht sagen konnte, ob der Spott sich gegen sie oder gegen ihn selbst richtete.

»Mein Vater«, rief sie, »wo bist du gewesen? Ich habe dich gerufen, doch nur eine schwarze Leere gefunden. Du hast versprochen, immer in meinem Herzen zu sein, doch ich habe vergeblich gesucht – was sonst hätte ich in all den vergangenen Monden tun sollen? Ich habe gesucht, und ich fand nur die eigene Furcht.«

»Furcht ist eine große Hürde. Du warst zu sehr mit deinen Klagen beschäftigt, um mir zuzuhören.«

»Jetzt höre ich zu. Sag, wird Gundohar mich im Zweikampf besiegen?«

»Der Burgundenkönig wird dich nicht besiegen«, lautete die Antwort.

»Und wann wird Sigfrid zu mir kommen?«

»Sehr bald schon ...« Brunhild hörte ein Seufzen. *»Du wirst mit deinem Gemahl nach Hause reiten, und du wirst meiner Weisung folgen, Brunhild, wie du es versprochen hast. Doch denke daran: Die Dinge sind nicht immer das, was sie zu sein scheinen.«*

»Was meinst du damit? Ich bin eine Walkyrja – deine Walkyrja. Ist es denn nicht dein Wille, daß Sigfrid in deinem Namen Schlachten schlägt und ich jene erwähle, die sich deinem Heere anschließen sollen?«

»Glaubst du denn wirklich, daß dies alles ist, wonach ich suche?« fragte der Gott. *»Ragnarök droht in jedem Zeitalter, doch die Schlachtfelder ändern sich. Vielleicht werden die*

Mächte, die ich in Zukunft zu besiegen habe, andere sein. Ich muß es wissen, meine Tochter; ich muß erfahren, was sich in der Welt der Menschen zuträgt. Alte Stämme machen neuen Völkern Platz; althergebrachte Weisen werden durch neue ersetzt. Jene, die solche Veränderungen nicht verstehen, werden von ihnen hinweggespült werden. Ich brauche dich – und Sigfrid –, damit ihr in die Welt hinausziehen könnt, um solche Dinge für mich zu lernen.«

»Doch wozu?«

»Die Welt ändert sich, und ich ändere mich auch. Warum, glaubst du, habe ich so viele Namen? Erda war von Anfang an, doch selbst sie unterliegt dem steten Wandel. Was mich betrifft, so verwandle ich mich täglich in etwas Neues, und hörte ich auf zu lernen, wäre ich nichts. Auch du mußt lernen, dich nicht an das zu klammern, was vorüber ist.«

»Das verstehe ich nicht«, rief Brunhild. »Erkläre dich deutlicher. Ich bin dir treu gewesen, Vater, willst du mir denn nicht auch die Treue halten?«

»Meine Tochter, ich werde alles tun, was ich versprochen habe«, antwortete der Gott ihr, doch seine Stimme war düster geworden. *»Du und Sigfrid, ihr werdet beisammen sein, und ihr werdet das Geschick ganzer Völker bestimmen. Und am Ende, falls du den Mut aufbringst, dein wahres Ich zu erkennen, wirst du auch Glück erfahren. Doch bitte mich nicht um Zufriedenheit – Erda schenkt diese jenen, die im Einklang mit ihr leben. Ob du es willst oder nicht: Du wirst mir dienen, denn dein Schwur bindet dich. Die Bürde des Begreifens lastet jedoch allein auf dir.«*

»Wenn Sigfrid und ich nur zusammen sind, werde ich zufrieden sein«, erwiderte Brunhild.

Wodan lachte. Es war ein Laut, der Brunhild ein Prickeln auf der Haut verursachte. *»Erinnere dich an diese Worte, wenn er zu dir kommt.«*

»Was soll das bedeuten?« Brunhild klammerte sich an die Lehne des Hohen Sitzes.

»Bedeuten …« murmelte die Gestalt, die darauf saß. *»Ich bin … Bedeutung …* Dieses Gefäß wird müde«, erklang es etwas deutlicher. »Bring sie schnell zurück, wenn dir etwas an ihr liegt –«

Ein langes Seufzen folgte, dann begann Hulds Körper heftig zu zittern. Brunhild schlang die Arme um sie und spürte, wie sich die Anspannung der alten Frau plötzlich legte. Huld sackte zusammen, und Brunhild hielt sie in ihren Armen, hörte, wie ihr flatternder Herzschlag sich beruhigte.

»Walada, Walada, kannst du mich hören in jenen dunklen Tiefen, in denen du geträumt hast?« Brunhilds Stimme wurde dunkler, als sie die Beschwörungsformel sprach:

Bei Stock und Stein, bei Blut und Bein,
Bei Strom und Zeit, bei Wassern weit,
Bei Sturm und Wind, beim Feuer, das Erlösung bringt,
Höre mein Rufen und komme herbei!

Huld murmelte etwas Unverständliches, und Brunhild wisperte sie durch die Tore von Hellas Reich zurück zum Weltenbaum. Dann begann sie das Lied zu singen, das die wandernden Geister nach Hause rief. Viele Jahre lang, länger als Brunhild lebte, war die alte Seherin geschult worden, auf dieses Lied zu antworten, und Brunhild spürte die Veränderung in dem Körper, den sie hielt, spürte, wie Huld zurück zur Mittelerde kam, auf die Lichtung im Wald und hinein in den Hohen Sitz.

»Bei Wodan …« Es war wieder Hulds Stimme, und Brunhild ließ die alte Frau mit einem Seufzer der Erleichterung los. »Ich fühle mich, als hätte ich die lange Reise von den Herminonen hierher ein zweites Mal hinter mich gebracht! Ich erinnere mich, daß du mich gezwungen hast, den Hohen zu suchen, doch nicht an das, was danach geschehen ist.« Sie musterte Brunhild mit leuchtenden Augen. »Hast du deine Antworten bekommen, oder habe ich meine alten Knochen umsonst angestrengt? Hat er mit dir gesprochen?«

»Das hat er«, Brunhild starrte sie an. Nun, da Huld sicher zurück war, überflutete sie die Erinnerung. »Er sagte mir, daß er seine Versprechen halten würde. Aber, Huld … ich habe Angst … ich habe solche Angst!«

Der Mond hatte abgenommen, und ein leichter Regen löste das freundliche Frühlingswetter ab, als die Burgunden in Attilas Lager am Ufer der Donau einritten. Einige mit Stroh gedeckte Häuser standen auf einer Erhebung nahe am Fluß, doch die Jurten füllten die Felder, die sich dahinter erstreckten. Sie waren mit seltsamen Figuren bemalt und mit Quasten gefärbter Wolle behangen. An Pflöcke gebundene Pferde wieherten zur Begrüßung, und eine Schar von Reitern preschte ihnen die Straße hinauf entgegen.

Grani schickte ihnen wiehernd seinen eigenen Gruß. Während Sigfrid ihn wieder zu beruhigen versuchte, hatte er den verwirrenden Eindruck von Männern, die sich auf ihren Reittieren bewegten, als wären sie eins mit ihnen. Er rückte den Spangenhelm zurecht, der sein Gesicht verbarg, und zog den Mantel enger um sich. Er und Grani verstanden einander gut, doch kam er sich im Vergleich zu den Hunnenreitern ungelenk vor wie ein Kornsack im Sattel.

»Ihre Fürsten erwarten uns dort unten …« Hagano deutete auf einen freien Platz zwischen den Häusern. Man hatte eine Plane aus kräftigem Stoff darüber gespannt, um den Regen abzuhalten. »Der Mann im Vordergrund ist Attila – der mit den stechenden Augen und dem rötlichen dunklen Bart. Sein Bruder, Khan Bladarda, ist der stämmigere Mann, der neben ihm steht. Auf der anderen Seite – ja, das muß Heimar sein. Ich bin ihm vor langer Zeit bei einem Treffen der Stämme begegnet.«

Sigfrids Blick verschärfte sich. Sigdrifa hatte ihm gesagt, daß er sie in Heimars Halle suchen solle. »Ist er einer ihrer großen Fürsten?« fragte er. Für die Hunnen würden die Burgunden nur ein berittener Trupp Männer in Rüstungen sein. Sigdrifa hatte Grani noch nie gesehen; sie würde ihn nicht von den anderen unterscheiden können, wenn sie sich zufällig unter den Anwesenden befand.

»Er ist ein Fürst der Markomannen und verheiratet mit Bladardas älterer Schwester. Sie haben Brunhild großgezogen.«

Sigfrid spürte, wie sein Magen sich zusammenkrampfte, und er fragte sich, ob ihm wieder übel werden würde. Seine Augen waren immer sehr scharf gewesen, und nun konnte er eine andere Gestalt neben Heimar ausmachen, eine kleinere, schwarzhaarige Gestalt, die reich mit Hunnengold geschmückt war. Sie bewegte sich, und Sigfrids ganzer Körper überzog sich mit einer Gänsehaut, als wäre er in eine Quelle mit eisigem Wasser geworfen worden. Mit einem Sinn, der weit schärfer als Sehen und Hören war, *erkannte* er sie; er erkannte sie mit einem Gefühl, das jenseits aller Freude und allen Schmerzes lag. *Sigdrifa* … Sein Herz schrie ihren Namen.

»Und da, neben ihm, steht die Prinzessin selbst«, sagte Hagano. »Das ist Brunhild.«

M

DER SCHWERTPREIS

An den Ufern der Donau,
Hunnenlande
Wonnemond, A.D. 420

Die Donau floß zwischen sumpfigen Ufern nach Osten. Ihre Strömung war stark, das Wasser bleich wie Stroh und voller Schlamm aus den Bergen. Der Frühlingsregen hatte den Fluß anschwellen lassen. Brunhild wanderte entlang des Flusses, spürte durch ihre Fußsohlen hindurch die sanftesten Schwingungen seines machtvollen Laufes, lauschte dem leisen Rauschen des Wassers über den Kieseln. Sie wußte, wie viele Länder die Donau noch durchqueren, wie viele Völker sie noch an ihren Ufern sehen würde, bevor sie schließlich die See erreichte. Ihr Volk war einst von dort gekommen; Brunhild hatte die Geschichten gehört. Doch die meiste Zeit ihres Lebens hatte sie nach Westen geschaut. Aus dem Westen kam ihre Hoffnung – und ihre größte Furcht.

»Donau, Donau«, flüsterte sie und bückte sich, um mit den Händen Wasser zu schöpfen, »wasche alle Zweifel fort! Wasche meine Schwäche fort! Gib mir deine Stärke, großer Fluß, und deine unerschütterliche Entschlossenheit!« Sie benetzte ihr Haar, berührte ihre Brust und ließ das Wasser zwischen ihren Fingern hindurchfließen.

Hinter sich konnte sie das Lärmen von Männern und Pferden hören. Die Burgunden. Sie trafen sich mit den

Khanen, um die Einzelheiten des Vertrages zu besprechen. Ein Stock trieb den Fluß hinunter, und Brunhild fischte ihn aus dem Wasser.

Sie treffen sich, um mich meiner Freiheit zu berauben! dachte Brunhild bitter und steckte den Ast in die weiche Erde. Ihr Vater war bei ihnen. Er war nicht zu ihr gekommen, seit sie das Kind geboren hatte, aber nun war er hier, bereit, seinen Teil des Burgundengoldes einzustecken.

Wenigstens, so dachte sie, *haben sie begriffen, daß mit mir kein Tauschhandel getrieben werden kann wie mit einer hohlkreuzigen Milchkuh.* Ihr Vater hatte gelächelt, als sie sich nach all der Zeit wieder getroffen hatten, und Brunhild hatte erkannt, daß er nicht einmal ahnte, wie viel mehr er ihr schuldete als bloß seine Anwesenheit im Lager. In ihrer Erinnerung war er ein großer Mann, aufbrausend wie ein Sommersturm. Aber nun erschien er ihr klein, und sein schwarzer Bart war von grauen Haaren durchsetzt.

Mit Gold mögen sie ein Bündnis erkaufen, doch sie werden eine andere Prinzessin suchen müssen, um es zu besiegeln – falls Gundohar noch etwas mit einer Frau wird anfangen können, wenn ich mit ihm fertig bin! Sie schlug nach dem Schilfrohr, das am Ufer stand, doch die biegsamen Halme gaben bloß nach und schwangen dann wieder an ihren alten Platz zurück.

Gundohars Schild wird zersplittern, wenn ich ihn treffe, dachte sie grimmig. Sie richtete sich auf, warf das Holz zurück in den Fluß und wandte sich zum Pfad, der zum Lager hinaufführte. Hinter ihr setzte der Ast seine Reise nach Osten fort.

»Doch die Vermählung, versteht Ihr, ist eine Verbindung durch das Schwert«, sagte Attila scheinheilig und fuhr sich durch den Bart. »Zwei von drei Kämpfen muß Euer König gewinnen. Er muß die Maid mit seiner Waffe erobern.«

Attilas Bart war für einen Mann seines Alters sehr hell; Hagano fragte sich, ob der Khan ihn mit Henna färbte. Möglicherweise nicht – Attila war jünger als sein Bruder Bladarda, und sein Körper schien bei jeder Bewegung vor ungezähmter Kraft zu sprühen. Ein interessanter Mann.

»Und falls er verliert oder die Maid im Kampf getötet wird, werdet Ihr dann noch immer zu unserem Bündnis stehen?« fragte der alte Heribard. Hagano spürte, wie Gundohar neben ihm zusammenzuckte, doch das Zeremoniell verlangte von ihm zu schweigen.

»Wir werden die Grenzen achten. Hinzu kommt, daß wir auf jeden Fall eine Geisel als Unterpfand verlangen«, antwortete Bladarda. »Einen Mann aus Eurer Familie. Der König der Flußuferfranken hat uns bereits seine Tochter Hildigund geschickt, und von den Terwingen aus Tolosa ist Waldhari hier, der Sohn des Albhari.«

Eine bedrückende Stille setzte ein, während der Gundohar seine Brüder anstarrte, doch Hagano spürte Hoffnung in sich aufkeimen. Er hatte sein Versprechen, den Niflungen zu dienen, nicht vergessen. Endlich sah er eine Möglichkeit, dieses Versprechen einzulösen und gleichzeitig von seiner Sippe loszukommen.

»Du kannst dir die Qual der Wahl ersparen«, sagte er zum König. »Ich werde mich als Geisel zur Verfügung stellen.«

»Aber du kannst nicht ...« begann Gundohar.

»Warum nicht?« flüsterte Hagano zurück. »Du hast

noch andere Brüder und andere Krieger. Aber wir müssen mehr über die Hunnen erfahren, gleichgültig, ob sie nun unsere Verbündeten oder unsere Feinde sind. So bin ich dir im Augenblick am meisten von Nutzen – und das Lernen wird mir Freude bereiten …« fügte er hinzu, als er erkannte, daß Gundohar ihm erneut widersprechen wollte.

»So gebt Ihr uns also einen Eurer Brüder, Burgundenkönig, und ich gebe Euch eine meiner anderen Töchter, falls Ihr mit Brunhild kein Glück haben solltet!« Bladarda lachte schallend. Abgebrochene Zähne blitzten hinter seinem schwarzen Bart.

»Ich will nur …« begann Gundohar, doch Hagano stieß ihm den Ellbogen in die Rippen.

»Was wir *wollen*, das ist Frieden«, flüsterte Hagano, und noch während er die Worte aussprach, wußte er, daß er log. Sie brauchten Frieden, doch jeder einzelne Mann in Gundohars *comitatus* fragte sich, wie er in einem Kampf gegen die Hunnenkrieger abschneiden würde. Es war eine Schande, daß es nur einen einzigen Kampf geben würde: den zwischen einem Mädchen und seinem Bruder, der sich bisher besser als erwartet geschlagen hatte, aber weit davon entfernt war, der größte Krieger der Burgunden zu sein.

Wie würde ich abschneiden? fragte Hagano sich und musterte die Anwesenden unauffällig unter seinen halbgeschlossenen Augenlidern hervor, wie seine Mutter es ihn gelehrt hatte. Die Hunnen waren kein großgewachsenes Volk, obwohl die Goten unter ihnen so groß und stark wie jeder beliebige Burgundenkrieger waren. Was sie jedoch alle auszeichnete, war ein stark ausgeprägter Gleichgewichtssinn. Sie schienen in der Lage, jeden Augenblick einen Ausfall in jede beliebige Richtung zu machen. Es würde mehr als Kraft vonnöten sein, sie zu besiegen.

Die Augen der Krieger, die den Rat bewachten, waren ständig in Bewegung, aber sie kehrten immer wieder zu Attila zurück. *Interessant,* dachte Hagano. *Selbst jene, die Bladarda folgen, sind Attilas Männer.* Er richtete den eigenen Blick wieder zurück auf den Khan. *Die leisen Andeutungen dieses Mannes offenbaren mehr Herrscherkunst als alle Prahlereien Gibichos zusammengenommen. Was wird, wenn Attila erst einmal im Vollbesitz seiner Macht ist?*

»So haben wir also ein Bündnis«, sagte Heribard. »Ein Abkommen zwischen gleichgestellten Partnern.« Er nickte bekräftigend, und die Hunnenfürsten lächelten.

Gundohar ist Attila nicht gewachsen, dachte Hagano, als er beide miteinander verglich. *Morgen werden wir sehen, ob er es mit Brunhild aufnehmen kann …*

Zumindest werde ich Brunhild heute einen besseren Kampf liefern als bei unserer ersten Begegnung auf dem Schlachtfeld, dachte Gundohar, als er die runde, fellbedeckte Jurte verließ, um sich auf den Zweikampf vorzubereiten.

Seinen königlichen Spangenhelm, den goldene Platten schmückten, auf denen die Taten von Göttern und Helden dargestellt waren, hatte man poliert, bis er in der Sonne glänzte. Er trug ein langes Kettenhemd aus genieteten Ringen, die auf ein Futter aus gutem Leder aufgebracht waren, darüber einen Mantel, der so scharlachrot war wie der eines römischen Befehlshabers und von einer goldgefaßten Granatspange gehalten wurde. Sein Schild bestand aus festem Lindenholz, das mit der Haut eines Bullen überzogen war und auf dem das frisch aufgemalte Zeichen der Uote in roten und goldenen Farben prangte.

Niemand würde sich je mit Sigfrids wilder Anmut bewegen können, doch Gundohar hatte ihn genau beobachtet, wollte ihn kennen, wie niemand sonst ihn kannte. Wollte, daß das Blut, das sie vermischt hatten, sie tatsächlich zu einer Person machte. Gundohar bewegte sich seit jenem Ritual mit einem Stolz, der ihm bis dahin unbekannt gewesen war, und er hoffte, daß in der Haltung seines Kopfes und seiner Schultern zumindest ein Schattenbild des anderen Mannes sichtbar wurde.

Man hatte die Ruten des Haselnußstrauchs wie bei einer Prüfung durch Kampf auf einem kleinen Werder inmitten des Flusses errichtet. Vier Pfosten mit geschnitzten Köpfen markierten die Ecken der Einfriedung, dazwischen waren Stricke gespannt. Gundohar bestieg das flache Boot, das auf ihn wartete, und versuchte, sich nicht am Sitz festzuhalten, als der Fährmann ihn die kurze Strecke über das Wasser stakte. In seinem Rücken spürte er die starren Blicke seiner Brüder und seines Gefolges, die am Ufer hinter ihm standen. Auch Sigfrid war dort irgendwo, versteckt in der Menge. Gundohar verstand nicht recht, warum Sigfrid darauf bestanden hatte, seine Anwesenheit geheimzuhalten – seit ihrer Ankunft hatte er sich äußerst merkwürdig verhalten –, aber er war in die Jurte gekommen, um Gundohar beim Anlegen der Rüstung zu helfen, und er hatte versprochen, dem Kampf zuzuschauen.

Das Boot legte an, und der König stieg mit größtmöglicher Anmut an Land. Die Richter standen bereits in ihren Ecken: Heribard und Ordwini für die Burgunden, und für die Hunnen ein bärtiger Gote und ein krummbeiniger uralter Mann, der aussah, als wäre er bereits zu jenen Zeiten mit der Horde geritten, da diese zum erstenmal die Donau erblickt hatte. Gundohar nahm seinen Platz an der westlichen Öffnung der Einfriedung ein, drehte sich um und beobachtete das Ufer.

Zwischen den Zelten der Hunnen entstand Bewegung; Gundohar erblickte eine Roßschweif-Standarte, die über den Köpfen der Zuschauer tanzte, und sein Magen krampfte sich zusammen. Nun war es also soweit: Die Khane kamen – und mit ihnen Brunhild. Die Menge teilte sich und gab den Blick auf die Gruppe frei. Bladarda lachte. Gundohar biß die Zähne zusammen. Er wußte, daß die Hunnen – und sogar einige seiner eigenen Männer – die Situation komisch fanden. Doch für ihn war es kein Vergnügen, und für Brunhild auch nicht.

Und dann sah er sie. Sie war ein Schatten in einem geschwärzten Harnisch. Rabenfedern zierten ihren Helm, obwohl sie nicht mehr den dunkelblauen Mantel der Walkyriun trug. Sie hielt ihr Schwert und ihren Schild mit todbringender Anmut, die ihn schaudern ließ, obwohl er gleichzeitig den Anblick genoß. Kurz schoß ihm der Gedanke durch den Kopf, daß jene Ratsherren, die ihm von dieser Vermählung abrieten, recht gehabt hatten; daß das Vorhaben, Brunhild in die Rolle einer Burgundenkönigin zu drängen, dem Versuch gleichkam, eine wilde Stute der Hügelländer vor einen Pflug zu spannen. Es war Verschwendung! Doch wenn er ihre Hand nicht gewinnen konnte, würde sein Königtum auch für ihn zu einem Käfig werden.

Ich werde sie zähmen! gelobte er sich selbst. *Sie kann schließlich nicht erwarten, ihr ganzes Leben als Kriegerin zu verbringen. Nun wird sie sich eben etwas früher um Heim und Herd kümmern müssen, das ist alles!*

Brunhild blieb aufrecht stehen, während das Boot sie

zur Insel brachte, sie hielt mit Leichtigkeit das Gleichgewicht und sprang behende auf das Gras des Ufers. Sie kam den Pfad zum Kampfplatz so ungeduldig herauf wie eine Jungfrau auf dem Weg zu ihrem Brautbett, dachte Gundohar verbittert. Doch selbst in ihrem Zorn war sie wunderschön.

»Krieger, Ihr habt Euch auf dem Feld der Entscheidung getroffen. Seid Ihr noch immer entschlossen, diesen Zweikampf auszutragen?« fragte der Gote.

»Das bin ich!« antwortete Brunhild ohne zu zögern, und Gundohar sprach ihr nach.

»Seid Ihr gewillt, Euren Disput allein mit Hilfe Eurer Waffen auszutragen und keinen Zauber, keinen Bann und keine anderen magischen Mittel anzuwenden, um den Sieg zu erlangen?«

Erneut stimmten sie zu.

»Dann betretet den heiligen Boden. Mögen die Götter ihr Urteil fällen.«

Brunhild trat hastig in die Einfriedung; Gundohar tat es langsamer, bemüht, Sigfrids behender Anmut möglichst nahe zu kommen. Dann standen sie einander gegenüber und starrten sich an.

»Als wir uns zum letztenmal auf einem Schlachtfeld trafen, wart Ihr der Sieger, und wegen dieses Sieges habe ich alles verloren, was mir lieb und teuer war.« Brunhilds Stimme war laut und deutlich zu vernehmen. »Wenn Ihr glaubt, ich hätte Euch damals aus fehlgeleitetem Mitgefühl heraus verschont, Gundohar, so irrt Ihr Euch. Ich hätte Euch damals durchbohrt, aber der Hohe wollte Euch nicht. Diesmal werde ich nicht so gnädig sein!«

Gundohar schluckte. Zwar vernahm er ihre Worte, doch ihre bloße Anwesenheit sprach sehr viel nachdrücklicher zu ihm.

»Rabin der Schlacht, schmähende Reiterin, schwarz seid Ihr, lodernd vor Schönheit«, antwortete er ihr, vor Aufregung in Poesie verfallend. »Zu töten mich mit Schwert und Zorn, das ist's, was Ihr bekundet, doch Euer Anblick damals hat mich sehr viel tiefer noch verwundet.«

Er sah, wie der vollendete Bogen ihrer Lippen unter dem geschwärzten Stahl ihres Helmes zuckte.

»Erachtet Ihr den Tod als ein angemessenes Entgelt für einen einzigen Blick aus meinen strahlenden Augen? Ich werde Euch nicht töten, König. Mein Volk braucht dieses Bündnis. Doch bevor wir am Ende sind, werdet Ihr Euch wünschen, ich hätte es getan, denn ich werde Euch Schande bereiten, Gundohar!«

Gundohar nickte und nahm die geduckte Haltung des Schwertkämpfers ein, die Sigfrid ihm beigebracht hatte. Sein ganzes Leben lang war er durch Regeln und Verpflichtungen eingeengt gewesen: durch seiner Mutter Ehrgeiz und seines Vaters Erwartungen. Seine einzige Zuflucht war die Harfe gewesen – und seine Träume. Nun nannten sie ihn König, doch die alten Männer aus seinem Rat stellten mehr Forderungen, als sein Vater es je getan hatte. Brunhild war ein Traum, der Wirklichkeit geworden war; die Vermählung mit ihr würde wohl die einzige Gelegenheit bleiben, einmal seine Pflicht vor dem Volke zu erfüllen und gleichzeitig einen persönlichen Traum zu verwirklichen. Dieser Kampf mochte durchaus eine Torheit sein, aber für eine solche Gelegenheit alles aufs Spiel zu setzen war Balsam für Gundohars Seele.

Als Brunhild auf ihn zuschoß, richtete er erschrocken seine Aufmerksamkeit zurück auf den Zweikampf, hielt seinen Schild gerade noch rechtzeitig hoch, um ihren Schlag abzufangen, und spürte, wie ihm der Schmerz des

Aufpralls den ganzen Arm bis zur Schulter hinaufjagte. Ihr Götter! Er hatte Sigfrid schon für schnell gehalten, aber dieses Mädchen bewegte sich mit der Geschwindigkeit eines tanzenden Schattens, den eine flackernde Flamme wirft.

Ohne nachzudenken, ließ er sein Schwert kreisen, wie er es gelernt hatte, doch er war zu langsam – viel zu langsam. Als sein Hieb kam, war Brunhild bereits nicht mehr da.

Wenigstens hatte Sigfrid ihm beigebracht, sich zu verteidigen. Gundohar brachte seinen Schild wieder hoch, um den nächsten Angriff abzuwehren. Der Schlag schien auf dieselbe Stelle wie beim erstenmal gerichtet zu sein. Als er den Schild nach oben schwang, spürte er den Hauch eines Zögerns bei Brunhild, und Gundohar erkannte, daß sie absichtlich auf die gleiche Stelle geschlagen hatte und es auch weiterhin tun würde, bis sein Schild zersplitterte.

Gundohar wußte, daß er sie angreifen mußte. Auf der Walstatt riß ihn stets der Zorn des Schlachtenrausches mit sich fort, und er konnte Taten vollbringen, die weit über seine Fähigkeiten hinausgingen, wenn alles außer den Notwendigkeiten des Augenblicks von ihm abfiel. Doch in einem Zweikampf wie diesem, bei dem man einen kühlen Kopf bewahren mußte, fehlte ihm die nötige Geschicklichkeit. Jeder Mann konnte um sein Leben kämpfen; doch es war schwerer, den Gegner bloß zu überwältigen, als ihn zu töten. Gundohar fürchtete nicht so sehr, was Brunhild ihm antun könnte, als daß er *sie* verletzen könne – tödlich verletzen könne. Wie mußte er kämpfen, um zu gewinnen?

Er veränderte seine Stellung, drehte sich, während Brunhild um ihn herum tänzelte, und wartete auf eine

Lücke in ihrer Deckung. Da – er schwang sein Schwert gegen ihre Schulter, vergaß dabei nicht, die Klinge zu drehen, so daß sie nicht mit der Schneide auftreffen würde – doch pfeilschnell drehte Brunhild sich weg. Ihr Gegenschlag traf ihn unerwartet wie ein Blitz, schnitt ein großes Stück aus der Kante seines Schildes und streifte seinen Oberschenkel.

Erschrocken schlug er zurück, seine Klinge glitt an ihrem Schild vorbei und schrammte über ihr Kettenhemd. Im nächsten Augenblick taumelte er entsetzt rückwärts, sein Schild sank herab, als er sah, wie sie schwankte. Hatte er sie getötet?

Doch Brunhild erholte sich rasch, und bevor Gundohar seinen Schild wieder heben konnte, sauste ihre Klinge heran, schnitt durch eiserne Ringe und weiches Leder und das Fleisch seines Oberarms.

»Haltet ein!« rief Ordwini. »Der König blutet!«

Gundohar sah an sich herunter, als die Wunde zu brennen begann, und entdeckte Blut, das durch den Riß in seinem Kettenpanzer sickerte. Dann kam das erste dumpfe Pochen; er blinzelte, benommen vom Schock. Kein Schlachtenzorn, der seinen Schmerz verdrängte.

»Wollt Ihr fortfahren?« fragte der Gote.

Gundohar setzte zu einer bejahenden Antwort an, doch Ordwini und Heribard bestanden bereits darauf, daß seine Wunden versorgt werden müßten, bevor der Kampf weitergehen konnte.

Stahl blitzte in der Sonne, als Brunhild ihr Schwert emporhob. »Nehmt ihn, Burgundenfürsten, und versorgt seine Wunden. Die erste Runde geht an mich!«

Noch immer benommen vom Schlag, brachte Gundohar nicht die Kraft auf, Ordwini und Heribard daran zu hindern, ihn vom Kampfplatz zu ziehen. Als Ordwini ihm aus der Einfriedung half, lachte Brunhild. Während sie Gundohar über das Wasser fuhren und zurück zu seiner Jurte brachten, schallte ihr Gelächter noch immer über den Fluß.

Der Lärm der Menge verriet Sigfrid, daß Gundohar zurückkehrte. Sobald Ordwini dem Zweikampf Einhalt gebot, hatte Sigfrid sich von seinem Beobachterposten am Flußufer zurückgezogen und in der Jurte versteckt. Nun erschien es ihm, daß jedes andere Versteck weiser gewählt gewesen wäre, denn mit untrüglicher Gewißheit wußte er plötzlich, was der Burgundenkönig sagen würde, sobald er eingetreten war.

Sigfrid lehnte sich gegen das Geflecht aus Stricken, aus dem das Gerippe des Zeltes bestand. Im gleichen Augenblick schob Godo den Türlappen beiseite, und Hagano half Gundohar hinein.

»Es ist nichts, bloß ein Kratzer –«, protestierte der König. Sie hatten ihm bereits den Helm ausgezogen. Hagano schnaufte und drehte seinen Bruder um, so daß er die Schlaufen lösen konnte, die auf dem Rücken verknotet waren und die Brünne hielten. Brunhild hatte ihm einen ordentlichen Hieb versetzt, und Blut tropfte auf den Boden.

»Ich werde nach einem Heiler schicken«, sagte Godo, doch Gundohar ergriff ihn am Ärmel.

»Nein – es ist nicht schlimm – und wenn es schlimm ist, dürfen sie es nicht erfahren!« Er sah sich hastig um. »Sigfrid, bist du hier?«

»Trennt ihm den Ärmel auf«, ordnete Sigfrid an, der bereits mit einer Waschschüssel und einigen Lappen bereit stand. Er befeuchtete eines der Tücher und begann sanft das Blut aufzutupfen. Schon bald konnte er sehen, daß Gundohar recht hatte. Die Wunde – ein langer, sauberer Schnitt über dem Oberarmmuskel – hatte schlimmer ausgesehen, als sie tatsächlich war. Er reinigte sie vollständig und legte ein trockenes Tuch darüber. »Halt es fest«, wies er Godo an. Kurz darauf hatte er den aufgetrennten Ärmel in Streifen gerissen und verwendete diese als Verband.

»Wenn Ihr still sitzt, wird es schneller aufhören zu bluten!« wandte er sich an Gundohar.

»Wenn ich still sitze, werde ich Brunhild verlieren.«

»Das wirst du so oder so, Bruder.« Godo schüttelte den Kopf. »Um einen Gegner im Kampf zu töten, mußt du nur ein klein wenig besser sein als er, aber wenn du ihn besiegen willst, ohne ihn zu verletzen, mußt du zehnmal besser sein. Du hast dich gut geschlagen – ich war beeindruckt. Aber jene räudigen Walkyriun, die Brunhild in der Kunst des Kampfes unterrichtet haben, verstehen ihr Handwerk. Du bist einfach nicht gut genug, um Brunhild zu besiegen.«

Das war immer die große Gefahr gewesen, dachte Sigfrid. Gundohar selbst hatte sie erkannt, als sie sich nach einer ihrer Übungsstunden von den Anstrengungen erholten. Und dann hatte er sofort wieder davon gesprochen, wie sehr er Brunhild liebte.

O Sigdrifa, dachte Sigfrid traurig, *ich verbrachte einen ganzen Winter mit dir, aber ich habe dich niemals auch nur halb so sehr geliebt wie dieser Mann, der dich nur dreimal in seinem Leben sah.*

Gundohar hob seufzend den Kopf. »Laßt uns allein!« befahl er seinen Brüdern und den Dienern, die inzwischen eingetroffen waren. »Ihr alle, laßt mich mit Sigfrid allein ...«

Sie zögerten. Sigfrid, der hinter Gundohar stand, sah nicht genau, was vor sich ging, doch im Gesicht des Königs mußte ein Ausdruck gelegen haben, der keinen Widerspruch duldete. Plötzlich drängten sich alle aus dem Zelt hinaus, verwirrt oder erstaunt – bis auf Hagano, der sein gewohntes wissendes Lächeln aufgesetzt hatte.

»Habe ich unrecht? Ist es falsch von mir, sie so zu begehren?« flüsterte Gundohar, als sie allein waren.

Ich kann ihm nicht gut widersprechen, dachte Sigfrid. *Ich selbst habe Sigdrifa geliebt.* Und als er sie über den Kampfplatz hatte schreiten sehen, schwarz und glänzend wie ein Rabe in Frauengestalt, hatte es sogar einen Augenblick gegeben, da er sie erneut hätte lieben können.

Gundohar sah zu ihm auf, und Sigfrid schreckte angesichts des blanken Schmerzes zurück, der sich in den Augen des Königs spiegelte.

»Ist die Wunde ...«

Gundohar schüttelte verärgert den Kopf. »Sigfrid, Bruder durch Schwur und Blut, du hast mir vor nicht allzu langer Zeit ein Versprechen gegeben! Du hast es gesehen – und du hast es gehört: Ich kann sie nicht allein besiegen.«

Sigfrid wich vor ihm zurück und schüttelte den Kopf. Dieses Versprechen hatte er gegeben, bevor er wußte, daß Brunhild und Sigdrifa ein und dieselbe Frau waren.

»Du mußt mir helfen«, drängte Gundohar, der Sigfrids Verhalten mißverstand. »Wenn ich wieder antrete, werde entweder ich sie umbringen, oder sie wird mich töten! Wenn schon nicht um meinetwillen, so tue es für das Wohl unseres Volkes. Sigfrid, mein Bruder, willst du an meiner Stelle antreten und kämpfen?«

»Es muß einen anderen Weg geben«, erwiderte Sigfrid

verzweifelt. »Dieser hier entehrt sowohl Euch als auch sie.«

»Wenn es einen anderen Weg gäbe, glaubst du nicht, ich hätte ihn inzwischen gefunden?« fragte Gundohar verbittert. »Wenn ich, ein König, die Schande ertragen kann, welches Recht hast dann du, so empfindlich zu sein? Du hast mir *geschworen,* Bruder, daß du mich in allem unterstützen würdest. Willst du schon beim erstenmal, da ich deine Hilfe brauche, den Treueschwur brechen?«

Gundohar mochte kein großer Schwertkämpfer sein, aber er besaß die gewandte Zunge eines Barden. Sigfrid rang nach Worten. Auch Sigdrifa gegenüber hatte er einen Eid geschworen. Ihm war, als hätte er sich in zwei Personen gespalten, die heftig miteinander stritten.

Ich bin ihr noch immer verpflichtet! Wie kann ich an eines anderen Mannes Statt um sie kämpfen? Ich hätte bei unserer Ankunft im Lager darauf bestehen sollen, sie zu sehen, um ihr alles zu erklären. Doch er hatte sich vor der Begegnung gefürchtet, das erkannte er nun. Er hatte sich vor dem gefürchtet, was sie sagen würde.

Du hattest damals kein Recht, Sigdrifa an dich zu binden, widersprach die zweite Stimme in ihm. *Was kannst du ihr bieten? Vielleicht hat sie wirklich geglaubt, daß sie das rastlose Leben einer Umherziehenden dem einer Königin der Burgunden vorziehen würde, aber wie hätte sie es entscheiden sollen, sie, die bis dahin nur das harte Leben in den Wäldern und bei den Walkyriun kannte? Du mußt die Verantwortung übernehmen und sowohl sie als auch dich von den Schwüren entbinden!*

Sigfrid bemerkte plötzlich, daß er am entgegengesetzten Ende der Jurte, weit weg von Gundohar, stand und am ganzen Körper zitterte. Er hatte einmal einen Wolf in einer Fußangel beobachtet, der in seiner Verzweiflung den eigenen Vorderlauf durchnagte, um sich zu befreien. Jetzt verstand er den Wahnsinn des Tieres. Doch die Schlingen, die Sigfrid gefangenhielten, waren die Versprechen, die er gegeben hatte.

Vor einem Jahr hatte er Sigdrifa die Treue geschworen, doch in den darauffolgenden Monden hatte er erfahren, wie leicht solche Schwüre von den Menschen gebrochen wurden. Und dann, vor einem Mond, hatte er bei allem, was einem Krieger heilig ist, geschworen, Gundohar die Treue zu halten. Der Burgundenkönig hatte ihn mit offenen Armen empfangen und ihm ein Vertrauen entgegengebracht, wie kein menschliches Wesen es bis dahin getan hatte.

Ich habe keine Wahl, dachte er. *Ich bin aus freien Stücken in diesen Käfig gegangen, und nun sitze ich in der Falle.*

»Sigfrid, ich bitte dich …« Gundohar streckte die Hand nach ihm aus. »Meine Ehre liegt in deinen Händen!«

Sigfrid zog seinen Dolch, eine schöne Waffe aus Elfenbein und Gold, die der König ihm geschenkt hatte. Gundohars Augen weiteten sich, und Sigfrid schien es, als hätte der andere Mann den Tod in diesem Augenblick willkommen geheißen, so sehr sehnte er ein Ende seiner Qualen herbei. Sigfrid lachte, zog seinen Ärmel nach oben und fuhr mit der scharfen Klinge über seine Muskeln, genau dort, wo Gundohar von Brunhilds Schwert getroffen worden war.

»Zieh deine Kleider aus«, sagte er heiser. »Wir müssen an alles denken, wenn wir sie wirklich täuschen wollen. Ich werde für dich kämpfen.«

Gundohars Erstaunen verwandelte sich in ein glückliches Lächeln, das breiter wurde, während er aus seinem

Waffenrock und seinen Hosen stieg. Er erwies sich als ein recht ungeschickter Diener, als er Sigfrid beim Anlegen der Kleider half, doch für Sigfrids Empfinden ging es noch immer viel zu schnell, und bald stand er königlich gewappnet da. Sein Gesicht wurde von dem Spangenhelm verdeckt, und unter dem Riß in seinem Kettenhemd schimmerte eine blutdurchtränkte Bandage.

»Hagano«, rief der König. Sein Bruder schlüpfte durch die Türlappen, sah die beiden Männer nebeneinander stehen und unterdrückte ein Lachen.

»Stell Godo als Eskorte für mich ab und bleibe du hier beim König«, wies ihn Sigfrid an. »Niemand darf von dem Tausch erfahren. Kann ich dir vertrauen?«

»Zu jeder Zeit …«

Eine seltsame Betonung lag in diesen Worten, aber Sigfrid hatte keine Zeit, darüber nachzudenken. Draußen rief man nach dem König. Sigfrid atmete tief ein und trat hinaus in das Sonnenlicht und die Menge.

Weder in diesem Augenblick noch später kam ihm der Gedanke, Gundohar in jenes eine Geheimnis einzuweihen, das diesen dazu veranlaßt hätte, ihn von seinem Versprechen zu entbinden. Sigfrid ahnte, daß es das Ende ihrer Bruderschaft bedeutet hätte, wenn der König von der Beziehung zwischen ihm und Brunhild erfahren hätte – und diese Bruderschaft war ihm sogar noch wichtiger als die Ehe mit Gudrun.

Brunhild kannte mich, so gut eine Frau einen Mann nur kennen kann, dachte Sigfrid, als er sich dem Kampfplatz näherte und dabei versuchte, Gundohars linkischen Gang nachzuahmen. *Besser, als ich selbst mich kannte. Ich scheine all die anderen getäuscht zu haben, aber wird auch sie sich narren lassen?* Bald würde er es wissen. Um all dies durchzustehen, mußte er in der Tat zu einem Gestaltwandler werden und Gundohars Kleider tragen wie den Pelz, den er sich überwarf, wenn er mit den Wölfen jagte.

Im Osten begannen sich graue Wolken zu türmen. Sigfrid schickte ein Stoßgebet zu Donar, dem Donnerer, dieser möge so schnell wie möglich kommen. Wenn es zu regnen begann, würde man den Zweikampf möglicherweise abbrechen. Brunhild wartete bereits; Sigfrid nahm seinen Platz ihr gegenüber ein und ließ seinen verwundeten Arm lahm herabhängen.

»Seid Ihr bereit für den zweiten Kampf?« In der Stimme des gotischen Schiedsrichters schwang Zweifel mit. »Ist Eure Wunde versorgt worden?«

»Ich bin bereit«, antwortete Sigfrid mit dem Akzent der Burgunden. Brunhild sah ihn durchdringend an, doch der Spangenhelm bedeckte sein ganzes Gesicht oberhalb des Kinns, und in jenen Tagen, da er und Brunhild zusammen durch den Wald gestreift waren, hatte Sigfrid einen Bart getragen. Er sah wie Gundohar aus, und seiner Erfahrung nach sahen die Menschen sowieso nur, was sie zu sehen erwarteten.

»Ihr könnt einen neuen Schild bekommen, wenn Ihr es wünscht«, sagte der Richter.

Sigfrid hob die verwundete Schulter ein wenig, tat, als zucke er vor Schmerzen zusammen, und schüttelte den Kopf. *Ich bin Gundohar …*, redete er sich selbst ein. *Vorbildlich, besorgt, unbeholfen, edel – und ein König!* Sein Herz schlug wild, doch das bereitete ihm keine Sorge. Er war jetzt Gundohar und man konnte seine Unruhe als Furcht vor dem Kampf auslegen.

»Ich kann ihn nicht halten«, erwiderte er.

»Dann werde ich auch meinen beiseite legen«, sagte

Brunhild. »Ich will nicht, daß man sagt, ich hätte einen Vorteil ausgenutzt.« Ein zustimmendes Murmeln erhob sich unter den zuschauenden Kriegern, als sie ihren Schild wegwarf.

Sigfrid nickte. Brunhilds Tat war gewiß ehrenhaft, aber sie war auch klug. Ein größerer Gegner würde sie möglicherweise allein durch sein höheres Gewicht und seine Wucht überwältigen können, und ein sperriger Schild erschwerte es ihr, ihren größten Vorteil zu nutzen: ihre Beweglichkeit. Nun konnte sie Sigfrid unbehindert umkreisen. Es würde eine fesselnde Aufgabe sein, gerade gut genug zu kämpfen, um sie zu besiegen, ohne sich dabei zu verraten. Zum erstenmal seit Gundohar seine Bitte vorgetragen hatte, spürte Sigfrid so etwas wie Erregung und Vorfreude.

Dann sprang Brunhild plötzlich vor, und er wich so ungelenk zurück, wie er es kaum besser hätte spielen können. Er drehte sich, hörte Stahl auf Stahl schlagen, als er sein Schwert hob, und zuckte bei dem Klang zusammen. Er hatte vergessen, daß es nicht sein Schwert Gram war, das er schwang. Gundohars Waffe war ein schönes Stück Schmiedearbeit, aber sie bestand nicht aus Sternenstahl. Sie konnte zerbrechen und ihn im Stich lassen.

Brunhild kämpfte besser, als er erwartet hatte, und er begann, Gundohars Schwierigkeiten zu verstehen. Er wich vor ihr zurück, konzentrierte sich darauf, sie mit plumper Beinarbeit abzulenken. Mehr konnte er nicht tun. Die Geschicklichkeit mit dem Schwert, derer er sich ansonsten rühmen durfte, war etwas, das sich seiner bewußten Kontrolle entzog und das ihn verraten würde, wenn er sie anwendete. Immer wieder griff Brunhild ihn an, und jedesmal, wenn ihr Schlag kam, war sein Schwert dazwischen – entweder im letzten Augenblick oder aus reinem Zufall, so zumindest mußte es für sie aussehen.

Schließlich hörte Sigfrid, wie Brunhilds Atmen rauher wurde, und er wußte, daß sie endlich ermüdete. Er taumelte, zögerte, als wäre auch er am Ende. Er spürte, wie sie ihre Kräfte für einen letzten Angriff sammelte. Ein eisiger Wind fegte durch das trockene Gras der Einfriedung. In der Ferne hörte Sigfrid das Grollen des Donners. Er vernachlässigte seine Deckung, als wäre er zu müde, das Schwert zu heben, wartete, bis Brunhild ihre Klinge gehoben hatte, und schätzte ihre Stoßkraft ab, als sie zum Schwung ausholte.

Glänzendes Metall zuckte wie ein Blitz auf ihn zu. Im gleichen Augenblick duckte Sigfrid sich unter Brunhilds Schlag hinweg und sprang nach vorne. Die Wucht seines Aufpralls auf ihrer Schildseite vereinigte sich mit dem Schwung ihres Schlages und ließ sie herumwirbeln. Wie zufällig stellte sich ihr ein Fuß in den Weg, verhakte sich an ihrem Knöchel und brachte sie zu Fall. Während sie zu Boden ging, flog ihr Schwert in weitem Bogen davon, und als sie keuchend auf der Erde lag, suchte Sigfrids Schwertspitze ihre Kehle und schwebte bedrohlich unter ihrem Kinn.

Einen Augenblick lang bewegte sich niemand. Dann ertönte ein lautes Seufzen, als hätte die Menge sich plötzlich daran erinnert, auszuatmen.

Der alte Heribard räusperte sich. »Die zweite Runde geht an König Gundohar!«

Brunhild sog scharf die Luft ein, und die Welt, die vor ihren Augen verschwommen war, als sie auf dem Boden aufschlug, nahm wieder Formen an. Ein glitzernder

Flecken Licht verwandelte sich in eine Schwertklinge. Sie folgte ihr mit dem Blick, als diese zur Seite schwang. Jemand sagte etwas. Brunhild setzte sich auf. Der Ausdruck auf den Gesichtern der Umstehenden änderte sich, als diese ihre Bewegung wahrnahmen, und die Männer sahen schnell weg. Da wußte sie, daß sie verloren hatte.

»Jeder der beiden Kämpfer hat eine Runde gewonnen«, sagte der Richter der Burgunden. »Ein dritter Kampf muß die Entscheidung bringen. Wollt Ihr Euch ausruhen, oder wollt Ihr sogleich fortfahren?«

Ihr Gegner stand einige Schritte von ihr entfernt und hatte ihr den Rücken zugewandt. Er stützte sich auf sein Schwert, als hätte er sich beim letzten Angriff vollkommen verausgabt. Brunhild stand mühsam auf und musterte ihn argwöhnisch. Sicherlich war er genauso erschöpft wie sie. Sein Stoß mußte ein letzter verzweifelter Rettungsversuch gewesen sein, als er gesehen hatte, daß ihr Schlag ihn treffen würde. Das mußte die Erklärung sein! Doch etwas Ungewöhnliches haftete dem ganzen Kampf an – und dem Krieger, der sie besiegt hatte.

Sie atmete tief ein, zog Kraft aus der Erde und weitete ihre Sinne, um den Geist jener stillen Gestalt zu umschließen, die ihr Feind war.

Einen Augenblick lang kam es ihr vor, als wäre er ein Felsen und sie ein Strom, der ihn umfloß. Ihre Sinne streiften ihn, doch sie erkannten ihn nicht. Brunhild schloß die Augen, sammelte sich und empfing einen schwachen Eindruck von Leid und Scham.

Nun, dachte sie und öffnete wieder die Augen, *zumindest sonnt er sich nicht in seinem Triumph.*

Einer der burgundischen Richter sprach mit ihm, und der König schüttelte den Kopf. Der alte Kursik trat zu ihr und reichte ihr eine Schale mit Wasser. Aus seinen dunklen Augen sprach Mitleid.

»Willst du kämpfen, *khatun*? Wenn du es wünschst, kann ich um Aufschub bitten.«

Brunhild seufzte. Sie spürte die Anstrengung der beiden ersten Kämpfe in jedem einzelnen Muskel, doch Warten würde ihr keine Vorteile bringen. Der Himmel verdunkelte sich, und sie konnte den feuchten Atem des heraufziehenden Regens riechen. Ihr Gegner war müde, und er war verwundet. Sie sah, daß frisches Blut die Bandage an seinem Arm durchtränkte. Besser, sie brachte den Kampf jetzt zu Ende. Sie nahm einen kleinen Schluck Wasser und spülte damit ihren trockenen Mund aus.

»Ich werde weiterkämpfen«, antwortete sie und reichte dem alten Mann die Schale zurück.

Kursik winkte, und der Gote, der zweite Richter der Hunnen, brachte ihre Waffe. Brunhild ergriff sie und nahm die Abwehrhaltung des Schwertkämpfers ein. Sie würde ihren Gegner nicht noch einmal unterschätzen. Das Zucken eines entfernten Blitzes spiegelte sich kurz auf den Klingen und den Kettenhemden. Brunhild wartete auf den Donnerschlag.

Wodan, Gott der Kriegskunst, ich habe geschworen, keinen Zauber zu wirken. Doch bitte ich dich, sende Furcht in das Herz meines Feindes! Schenke mir den Sieg, auf daß ich dir nach deinem Willen dienen kann!

Donner ertönte wie ein Signal, und der Stab des Richters senkte sich.

»Kommt!« rief Brunhild. »Ihr, der Ihr diesen Kampf so sehnlich wünscht. Empfangt die Umarmung der Walkyrja. Nun wird Euch Euer Glück verlassen; ich bin Euer Schicksal, Krieger. Tötet mich, wenn Ihr es vermögt, denn bei meiner Seele schwöre ich, daß ich eher tot auf diesem Feld als lebend in Euren Armen liegen will!«

Ihr Gegner wandte sich ihr zu und hob das Schwert, aber er schenkte ihr keine Antwort. Gift hatte in ihrer Stimme gelegen, und einige der Männer, die dem Kampf zusahen, schlugen das Zeichen gegen das Böse. Doch als sie zu Ende geredet hatte, stellte Brunhild fest, daß eine Art Friede über sie gekommen war – und sie wußte, daß sie diesmal kämpfen würde, um zu töten.

Brunhild sprang vor und führte einen Hieb gegen die Seite ihres Gegners. Doch dieser wich ihr bereits aus, und sie ließ sich von ihrem Schwung an ihm vorbeitragen, drehte sich in dem Augenblick um, in dem sein Schwert auf sie zu schwang. Die Klingen berührten sich leicht, die Gegner wirbelten voneinander weg. Rückzug ging einem neuen Angriff voraus. Schwerter trafen im Gleichklang aufeinander, als hätten die beiden Kämpfer ihre Bewegungen genau abgesprochen.

Während Brunhild sich wegdrehte, hatte sie einen kurzen Augenblick Zeit, sich darüber zu wundern, wie sehr sich Gundohars Fechtkunst plötzlich verbessert hatte. Vielleicht hatte die Verzweiflung verborgene Fähigkeiten in ihm geweckt. So, wie sie ihr Kraft geschenkt hatte. Dann war der Augenblick vorüber; ihr Gegner huschte auf sie zu. Sie konterte, ohne nachdenken zu müssen, die Klingen trafen sich, verharrten, dann glitten sie auseinander.

Sie nutzte den Schwung, um ihre Klinge in weitem Bogen nach oben zu führen, und er drehte sich, um sie abzufangen. Ihre Schultern berührten sich, als er an ihr vorüberwirbelte. Undeutlich wurde ihr bewußt, daß sie niemals zuvor so gut gekämpft hatte, daß sie niemals zuvor einen Gegner gehabt hatte, der solche Kampfkraft in ihr wachrief. Niemals zuvor hatte Brunhild sich so lebendig gefühlt!

Sie kämpfte, vergaß, wer sie war, vergaß das Wo und das Warum. Sie und ihr Gegner waren eins, waren die beiden Hälften eines einzigen Wesens, ineinander verschlungen in einer schrecklichen Ekstase. Blitze zuckten, wenn ihre Schwerter aufeinandertrafen.

Dann entdeckte sie eine Lücke in seiner Deckung am Übergang vom Nacken zu den Schultern, und sie holte zum Schlag aus. *Jetzt! Jetzt werde ich es beenden!* Mit aller Entschlossenheit führte sie die Klinge. Brunhild spürte den Gegenhieb kommen und wußte, daß sie ungeschützt war, doch es spielte keine Rolle. Donner ließ den Himmel über ihnen erbeben, und das grelle Aufflammen eines Blitzes raubte ihr die Sicht.

Im nächsten Augenblick traf sie etwas seitlich am Kopf, und alles versank in Dunkelheit.

Sigfrid sank neben Brunhild auf die Knie und krümmte sich zusammen, blinzelte, als das Grollen des Donners über ihnen verklang. Er berührte ihre Kehle, doch es dauerte einen Augenblick, bis sein Zittern so weit nachließ, daß er sagen konnte, ob es ihr Puls oder der seine war, den er fühlte. Er setzte sich in die Hocke, atmete schwer. Er hätte sie beinahe umgebracht!

Brunhild hatte ihn in den Schwerttanz gezogen, der so verführerisch wie die Rhythmen der Liebe war. Wenn ihn ein Jahr der ständigen Übung nicht genug Beherrschung gelehrt und er die Klinge im letzten Augenblick nicht zur Seite gedreht hätte, so daß er seine Gegnerin nur mit der stumpfen Seite traf, hätte er Brunhild getötet, wie er Ragan getötet hatte. Auch Ragan hatte seinem Schwert auf diese Weise den Nacken dargeboten.

Ein kalter Wind fegte über den Kampfplatz, und Sigfrid zuckte zusammen, als die ersten Regentropfen ihn trafen. Die Richter kamen auf sie zugeeilt, und er mühte sich auf die Füße, um ihnen gegenüberzutreten.

»Ist sie tot?« fragte Ordwini.

Müde schüttelte er den Kopf. Der alte Hunne untersuchte Brunhild bereits. Behutsam zog er ihr den Helm aus. Sigfrid sah auf das bleiche Gesicht unter den schwarzen Haaren herab, die länger waren, als er sie in Erinnerung hatte, und fühlte Übelkeit in sich aufsteigen.

Sigdrifa … Seit sie im Lager eingetroffen waren, hatte er sie nur von weitem gesehen, und nun war er froh, daß sie nicht mit unverhüllten Gesichtern gekämpft hatten. Er wäre nicht imstande gewesen, auch nur einen einzigen Schlag gegen sie zu führen.

»Sie ist nur bewußtlos«, verkündete der alte Mann. »Sie wird sich bald erholen.« Er blickte zu Sigfrid auf. »Ihr habt den dritten Kampf gewonnen – und damit auch die Frau!«

Ein Brüllen erhob sich, doch es war nicht der Sturm. Es waren die Zuschauer, von denen einige bereits davonhasteten, um Schutz vor dem Regen zu suchen, und einige den Ausgang des Zweikampfs bejubelten. Sigfrid erblickte Hagano, der das Ufer hinauf auf sie zugeeilt kam.

»Du hast sie besiegt! Meine Glückwünsche, Bruder! Die Burgunden haben eine neue Königin!« Er klopfte Sigfrid auf die Schulter und grinste höhnisch. »Wir lassen sie besser nicht im Schmutz liegen!« Er trat noch näher an ihn heran und flüsterte: »Du mußt sie nun wegtragen. Bring sie in jene Höhle weiter oben am Fluß, die wir auf unserem Weg hierher entdeckt haben. Ich habe einen Mann mit Feuerholz und Essen dorthin geschickt – und mit einem Schlaftrunk, falls sie zu früh wieder zu sich kommen sollte. Behalte sie über Nacht dort und gib auf sie acht. Morgen früh werden wir eine Eskorte schicken, die euch nach Hause geleitet.«

»Sag Gundohar, daß er vor Morgengrauen mit meinen Kleidern eintreffen soll«, flüsterte Sigfrid zurück. »Ich werde ihn vor der Höhle erwarten.« Er hob Brunhild auf und war, wie früher schon, erstaunt darüber, wie wenig sie wog. Wie war es möglich, daß solch eine Menge an ungezähmter Kraft in einem so leichten Körper steckte?

Auf der anderen Seite des Flusses wartete Gundohars Pferd auf ihn. Er stieg auf, und Hagano hob Brunhild, die noch immer bewußtlos war, zu ihm in den Sattel. Und dann, unter dem Jubel der Hunnen und dem Brüllen des Windes, trug Sigfrid sie davon.

Als sie die Höhle erreichten, regnete es bereits stark. Brunhild war, den Göttern sei Dank, noch immer ohne Bewußtsein. Sigfrid entfachte das Feuer in der Nähe des Höhleneingangs, wo der Rauch gut abziehen konnte und die Flammen sie wärmen, aber so wenig Licht wie möglich auf das andere Ende der Höhle werfen würden. Dort hatte man die Leintücher ausgebreitet.

Jemand war so umsichtig gewesen und hatte ein Gewand für Brunhild bereitgelegt. Sigfrid zog ihr die nassen Kleider und die Rüstung aus – so sanft wie damals, als er sich zum erstenmal um sie gekümmert hatte, damals, als er sie an den Felsen gebunden und vom Feuer umgeben vorgefunden hatte. Sie war nicht mehr so mager wie das heimatlose Kind, an das er sich entsann. Ihre Brüste waren voller, aber ihr Knochenbau erinnerte noch immer an den eines zerbrechlichen Vogels. Als er ihr das Untergewand über den Kopf streifte, spürte er etwas Metallisches und sah, daß sie den Halsschmuck trug, den er ihr gegeben hatte.

War dieser Ring das letzte Band zwischen ihnen? Er hatte ihn ihr geschenkt, doch das Versprechen, das der Reif besiegelte, war gebrochen, und wenn Gundohar jemals danach fragen sollte, würde Brunhilds Antwort die ganze Wahrheit ans Tageslicht bringen. Vorsichtig drehte er den Ring, öffnete ihn und zog ihn ihr vom Hals. Das Gold wog schwer in seiner Hand, es war noch warm von ihrem Körper. Ihr Hals sah ohne den Schmuck sehr verletzlich aus. Er zögerte kurz, dann zog er den Halsreif des Königs aus, den Gundohar getragen hatte und der weniger schlicht, aber fast gleich groß war, und legte ihn Brunhild um.

»Dies muß dir als Morgengabe genügen, Prinzessin …« murmelte er. Dann legte er sich das Gold, das einmal unter Andwaris Wasserfall gelegen hatte, wieder um den eigenen Hals. »Wir wären nicht in dieser verworrenen Lage, wenn du mir die Wahrheit über dich erzählt hättest.«

Die Wunde an seinem Oberarm hatte sich wieder geöffnet, doch er hatte keine Zeit, sich deswegen zu sorgen. Schnell zog er Brunhild das trockene Gewand an und wickelte sie in das wärmende Tuch. Er war gerade damit fertig, als sie sich zu regen begann.

»Sigfrid …« flüsterte sie, und sein Herz blieb stehen. »Die Walkyriun beobachten mich! Sie sammeln sich wie Krähen und lachen … lachen! Schwestern, ich habe euch niemals etwas getan – ihr habt mich ausgestoßen, könnt ihr mich denn nun nicht in Frieden lassen?«

Sie warf ihren Kopf hin und her, aber ihre Augen waren noch immer geschlossen. Sigfrid atmete mit einem langen Seufzer aus. Sie träumte sich zurück auf jenen Berg, auf dem er sie damals gefunden hatte. Vielleicht hatte die Berührung seiner Hände alte Erinnerungen geweckt. Er unterdrückte das Mitleid, das er in sich aufsteigen fühlte. Die alten Alpträume würden ihr im Vergleich zu den neuen noch freundlich erscheinen. Er berührte ihre Stirn; sie war warm. Vielleicht würde Haganos Schlaftrunk ihr Fieber senken. Er hielt die Flasche an ihre Lippen, murmelte ihren Namen, und sie wandte sich ihm zu, öffnete vertrauensvoll den Mund.

»Sigfrid«, flüsterte sie, »mein Kopf schmerzt, und … oh, ich hatte solch schlechte Träume!«

»Schlaf!« antwortete er. »Du wurdest verletzt, und du brauchst Ruhe, um dich wieder zu erholen.«

Sie seufzte und versuchte den Kopf zu heben, doch der Trank zeigte bereits Wirkung. Schon nach wenigen Augenblicken lag sie wieder still, und ihre Atem wurde ruhiger. Sigfrid zog das wollene Tuch zurecht und seufzte ebenfalls. *Schlafe …,* dachte er voller Bitterkeit, *denn dein Erwachen wird schlimmer als all deine Alpträume sein!*

Er aß eine Kleinigkeit und verließ die Höhle, um sich zu erleichtern. Die Nacht war hereingebrochen, und die Wut des Sturmes schien noch zugenommen zu haben. Donars Blitze zuckten am Horizont, und Regen peitschte die Baumwipfel, als die sich bekriegenden Heere der Himmel vorüberzogen. Sigfrid hob seine Hände und schüttelte die Fäuste gegen die tiefschwarze Wolkendecke.

»Ihr heiligen Götter, warum habt ihr das getan? Warum habt ihr unser beider Schicksal in einem solch unentwirrbaren Knäuel miteinander verwoben, daß es weder für mich noch für Brunhild einen ehrenhaften Ausweg gibt?« Donner dröhnte in der Ferne, aber Sigfrid erhielt keine Antwort.

Er ging zurück in die Höhle und fand Brunhild noch immer schlafend vor, doch sie warf sich wild auf ihrem Lager hin und her. Das Feuer war weit genug niedergebrannt, so daß Sigfrid es wagte, den Helm auszuziehen. Die Lederkappe behielt er jedoch auf, damit sie ihn nicht an seinem Haar erkennen würde. Die Luft in der Höhle schien ihm warm, doch das Mädchen zitterte. Sie beruhigte sich, sobald er sie berührte, also legte er sich neben sie und hielt sie sanft in den Armen.

Als er so neben ihr lag, überfluteten ihn Erinnerungen daran, wie oft er sie auf diese Weise gehalten hatte, damals, in der Sicherheit ihrer Zuflucht, während die Winterstürme draußen heulten. Erst als seine Hand unwillkürlich den Weg zu ihrem gewohnten Ruheplatz zwischen Brunhilds Brüsten suchte, erkannte Sigfrid, daß es mehr als seiner Rüstung bedurfte, ihn in dieser Nacht daran zu erinnern, wer und wo sie nun waren.

Er zog seine Hand zurück, fluchte, setzte sich auf und griff nach Gundohars Schwert.

»Du sollst zwischen uns liegen und über den Rest Ehre wachen, der mir noch geblieben ist«, knurrte er und legte die Waffe auf das Tuch. Dann ließ auch er sich wieder auf das Lager herabsinken.

Gegen Mitternacht wurde Brunhild erneut unruhig und redete wirr im Schlafe. Ihre Stirn fühlte sich heißer als vor Stunden an. Sigfrid wagte es jedoch nicht, ihr noch etwas von Haganos Trunk zu geben, immerhin hatte sie einen heftigen Schlag auf den Kopf bekommen. Das Fieber hatte jedoch auch etwas Gutes: Sollte sie Sigfrid erkennen, würde man es später ihrem Fieberwahn zuschreiben können. Er gab ihr Wasser, wusch ihr das Gesicht, um es zu kühlen, und hielt sie sanft in den Armen. Sie wurde ruhiger, murmelte aber noch immer leise vor sich hin. Er beugte sich tiefer, um die Worte zu verstehen.

»Bertriud, du irrst dich. Natürlich wird er zu mir zurückkommen. Er ist der edelste aller Krieger, und ich bin seine Walkyrja. Kann ein Mann denn so einfach seine Seele davonschleudern?«

Ah, Brunhild, dachte Sigfrid, *diese Worte sind grausamer als jeder Schlag, den du mir auf dem Kampfplatz versetzt hast.* Doch er hatte keine andere Wahl: Er mußte weiter zuhören.

Während die dunklen Stunden sich in die Länge zogen, fuhr sie mit ihrem unzusammenhängenden Gerede fort. Sigfrid verstand nicht alles, aber genug, um zu wissen, wie treu sie auf ihn gewartet und wie sehr sie sich nach ihm gesehnt hatte. Sie mußte krank gewesen sein, dachte er, denn manchmal erwähnte sie Schmerzen. Dann sprach sie wieder von ihrer gemeinsamen Zeit im Taunus, und fast wollte Sigfrid in ihr Klagen miteinstimmen – ein Klagen um die Unschuld, die er verloren hatte.

Aber es gibt keine Zauberkraft, welche diese Zeiten zurückbringen könnte, dachte er düster. *Wir können nur versuchen, das Beste aus der Welt zu machen, in die wir nun hineingewandert sind. Und in dieser Welt wirst du als Gundohars Königin sehr viel besser aufgehoben sein als bei einem Ausgestoßenen wie mir.*

Schließlich, in jener grauen Stunde vor der Morgendämmerung, begann der Sturm sich draußen zu legen, und auch Brunhild beruhigte sich. Ihre Stirn fühlte sich nun kühl an, und ihr Atem ging im tiefen, regelmäßigen Rhythmus des Schlafes. Sigfrid küßte sie noch ein letztes Mal auf die Stirn und riß sich dann von ihr los. Er hüllte sie in die Tücher, die noch warm von seinem Körper waren.

Am Feuer blieb er stehen, um Holz nachzulegen, denn nun spielte es keine Rolle mehr, ob Brunhild im Licht der Flammen etwas erkannte. Dann trat er hinaus in das leere graue Reich zwischen Dunkelheit und Morgengrauen, um auf Gundohar zu warten.

Brunhild erwachte mit einem schalen Geschmack im Mund und einem Pochen im Kopf, als würden die Zwergenschmiede ihn als Amboß benutzen. Jeder einzelne Muskel ihres Körpers schmerzte. Sie fühlte sich so schwach wie ein neugeborenes Lamm, aber sie lag trocken und warm. Im Traum war sie zusammen mit Sigfrid durch die Wälder gestreift; lag sie in Wahrheit vielleicht noch immer im Kindbett? Das konnte nicht sein – die Luft brachte eine feuchte Kälte mit sich, und sie vernahm keines jener vertrauten Geräusche, die zu Heimars Halle gehörten. Sie drehte sich um, spürte etwas Metallisches, öffnete die Augen, und nur langsam begriff sie, daß da ein Schwert neben ihr im Bett lag.

Sie setzte sich auf, von plötzlicher Angst erfüllt. Ihr Herz ging wie rasend, Schmerz peitschte durch ihren Kopf und raubte ihr für einen Augenblick die Sicht. Sie war in einer kleinen Höhle: niedrig und eng, aber trocken. Am Eingang flackerte ein Feuer. Daneben sah sie einen zusammengefalteten scharlachroten Umhang liegen – und einen Spangenhelm, dessen Umrisse sie nur zu gut kannte.

»Gundohar!« flüsterte sie. Doch das war unmöglich! Er konnte sie nicht besiegt haben – Brunhild versuchte ihre Alpträume zu verdrängen und sich an jenen Tag zu erinnern, der diese Träume erst geboren hatte, den Tag des Zweikampfes. Sie erinnerte sich daran, daß sie den Burgundenkönig verletzt hatte; sie entsann sich, ihn über den Kampfplatz getrieben zu haben; sie erinnerte sich an den Augenblick, in dem sie mit ihrem Gegner zu einem Wesen verschmolzen war, miteinander verbunden in einem Tanz, der inniger als ein Liebesspiel war.

Und nun lag der Helm, den er getragen hatte, hier, und dies war das Schwert, das sie niedergestreckt hatte. Sie war die ganze Nacht über mit Gundohar in dieser Höhle gewesen.

»Wodan ... Vater ... warum bin ich hier? Was ist geschehen?« Ein Schwindelanfall zwang sie, die Augen zu schließen. Als sie sie wieder öffnete, hatte sich nichts verändert. »Vater, du hast versprochen, daß Sigfrid zu mir zurückkehrt! Den Täuscher nennen sie dich; hast du auch mich betrogen?«

Sie vernahm das Schnaufen von Pferden draußen vor der Höhle. Hinter dem Schein des Feuers erschien der Eingang wie ein trüber Flecken Licht. Sie kamen! Brunhild stöhnte, war rasend vor Zorn über ihre Schwäche. Verzweiflung quälte sie. Doch zumindest hatte Gundohar ihr eine Waffe gelassen!

»Wodan! Ich verfluche dich, grausamer und schrecklicher Gott! Meine Schande und mein Leid, sie entspringen deinem Willen! Auch Gundohar treffe mein Fluch, und Sigfrid, der mich verraten hat! Leiden sollen sie, wie ich gelitten habe. Und dir, o Wodan, trotze ich! In Hellas Hallen will ich wandeln, und du such dir eine andere Närrin, die deinen Willen hier in dieser Welt erfüllt!«

Sie wand sich aus den Wolltüchern und griff nach dem Heft des Schwertes. Ihr Götter, es war schwer und gut halb so groß wie sie! Sie bettete das Heft in eine Falte der Tücher und kämpfte sich mühsam auf die Knie. Doch das Schwert war noch immer zu lang. Sie umfaßte die Schneide und versuchte, sich auf die Füße zu erheben. Der scharfe Stahl schnitt ihr in die Hände.

Der Eingang verdunkelte sich. »Brunhild, Brunhild!« Sie bemühte sich, die Schwertspitze unterhalb ihres Herzens anzusetzen, während jemand auf sie zu stürzte.

»Geliebte, versucht nicht, aufzustehen!« ertönte eine männliche Stimme, und dann wurde ihr ein kettengepanzerter Arm um die Schultern gelegt und das Schwert entrissen.

Sie versuchte sich aus dem Griff zu befreien, doch ihre Kräfte hatten sie verlassen. Aus den Augenwinkeln nahm sie stacheliges blondes Haar wahr und eine Hakennase zwischen gequält blickenden grauen Augen. Gundohar! Sie stöhnte, und zu dem Schwindelgefühl in ihrem Kopf kam ein heftiger Aufruhr in ihrem Magen.

»Beruhigt Euch, meine Königin, beruhigt Euch doch. Ich werde für Euch sorgen!« flüsterte Gundohar und drückte sie unbeholfen an sich. Brunhild schüttelte den Kopf, als die Übelkeit sie zu übermannen drohte. Andere Menschen drängten sich hinter dem König in die Höhle, doch es ging ihr zu schlecht, als daß es sie bekümmerte.

Was dann geschah, nahm sie nur noch verschwommen wahr. Die Burgunden hatten einen Wagen mit einer Bespannung aus ölgetränktem Tuch für sie gebracht. Brunhild spürte die Küsse eines leichten Regens, als die Männer sie zu dem Gefährt trugen. Dann lag sie wieder unter Decken.

Von der Reise, die folgte, drang nur eine Tatsache voll und ganz in ihr Bewußtsein: Sie zog nach Westen.

Sie hatte alles verloren.

ᚹ

GELÖBNISSE

Borbetomagus
Brachmond, A.D. 420

Gudrun streckte die Hand aus, um sanft ein sich öffnendes Blatt zu berühren, und atmete dabei tief den köstlichen Duft feuchter Erde ein, die langsam von der Frühlingssonne erwärmt wurde. Es war noch zu früh, um sagen zu können, ob das Blatt zu einem der Kräuter gehörte, die sie hier gepflanzt hatte, aber ihre Mutter hatte sie gelehrt, daß selbst Unkraut im Frühling als Heilmittel benutzt werden konnte. Es gab nicht viel, was Gudrun an dem alten römischen Palast mochte, doch sein Garten entschädigte sie ein wenig für den Verlust der Wälder um den Heiligen Berg, durch die sie als Kind gestreift war.

»Erda, Erda, Heilige Mutter Erde«, wisperte sie und hielt die Hände segnend über den Boden, »sprieße und trage Früchte; laß diese heilsamen Kräuter wachsen zum Wohl der Menschen ...« Selbst Vater Priscus würde gegen eine solche Beschwörung keine Einwände haben. Jeder Bauer tat das gleiche, fügte noch ein christliches Gebet hinzu, und manchmal zogen die Priester sogar mit hinaus, um die Felder zu segnen. Doch während Gudrun sprach, formten ihre Hände die Runen, die ihre Mutter sie gelehrt hatte: *Uruz*, um der Erde Kraft zu geben, *Ing-*

waz, um die Samen keimen zu lassen, und *Jera*, damit sie im Einklang mit der Erde sprießen mögen.

Als der König mit seiner Sippe hierher in die Stadt gezogen war, fand Gudrun den Garten voller Unkraut vor. Die Nutzpflanzen, die bis dahin überlebt hatten, waren stark vernachlässigt worden, aber Gudrun hatte den Salbei und den Lavendel wieder zum Leben erweckt, den Rosmarin zurechtgestutzt, der drohte, den ganzen Garten zu überwuchern. Jede Reise aus Borbetomagus hinaus hatte sie genutzt, um nach wilden Kräutern zu suchen, die sie umpflanzen konnte, oder – später im Jahr – nach Samen, um ihn hier im Garten auszusäen.

Die Regelmäßigkeit, mit der die Blumen und Blätter sich entfalteten, hatte etwas Beruhigendes. Die Vögel hatten sich an Gudrun gewöhnt und flatterten auf der Suche nach Käfern und Würmern um sie herum, während sie die Erde harkte. In den sechs Wochen, seit Sigfrid mit Gundohar fortgeritten war, war Gudrun oft hierher gekommen.

Sie beobachtete einen Finken, der ein kleines Wollbüschel zu seinem Nest davontrug. Fühlte sie sich etwa einsam? Doch es erschien ihr lächerlich, einen Mann zu vermissen, mit dem sie erst drei Tage verheiratet war. Während des Tages konnte sie die Augen schließen, an Sigfrid denken und lächeln, doch die Nächte waren schwerer zu überstehen. Dann lag sie allein in dem großen Bett und berührte sich dort, wo er sie berührt hatte, und sie erzitterte in Erinnerung an die Empfindungen, die er in ihr geweckt hatte.

Er war nun schon so lange fort! Ein Mond war vergangen, und der nächste füllte bereits den Himmel. Fühlte sich jede Braut, deren Mann davonzog, als ritte ein Teil von ihr mit ihrem Gatten? Ihre Zofen lachten über Gudruns Verwirrung und betonten nur, wie glücklich sie sich schätzen könne, solch einen gutaussehenden, starken Burschen zu haben, mit dem sie das Lager teilte. Da Gudrun immer erwartet hatte, mit irgendeinem steinalten Mann vermählt zu werden, um ein wichtiges Bündnis zu besiegeln, konnte sie ihren Dienerinnen nur zustimmen. Daß sie auch Liebe finden würde, darauf hatte sie nie zu hoffen gewagt.

Aber war es auch Liebe, die sie gefunden hatte? Gudrun rupfte einige Grashalme aus, die zwischen den Veilchen sprossen, und warf sie auf den Pfad. Nun, mit Sicherheit hatte sie Lust gefunden. Und das war zweifellos ein guter Anfang, wenn diese sie lange genug aneinander band, um Kinder miteinander zu haben. Sigfrids Verhalten hatte eindeutig bewiesen, daß ihr Körper ihm gefiel; eine Hitzewelle durchlief sie, als sie sich daran erinnerte. Aber liebte er sie auch?

Es kam ihr eher unwahrscheinlich vor. Sie hatten kaum miteinander geredet; auf jeden Fall nicht lange genug, um sich richtig kennenzulernen. Und dennoch: Gudrun vermißte Sigfrids Nähe noch stärker als das Vergnügen, das er ihr bereitet hatte, und sie fürchtete, in jene Falle geraten zu sein, vor denen Prinzessinnen stets gewarnt wurden. Eine königliche Frau mochte aus politischen Erwägungen heraus heiraten; sie mochte aus purer Lust bei einem Mann liegen; aber sie war eine Närrin, wenn sie sich verliebte!

»Nun, dann bin ich wohl eine Närrin!« flüsterte sie, während sie weiterging und sich bückte, um nach der Schafgarbe zu sehen. »Denn ich fürchte, was ich fühle, das ist Liebe! Was glaubst du, Schwester?« Lächelnd sah sie zu der Spechtmeise auf, die in dem Rosenbusch umherhüpfte. Doch der schwarze, rundäugige Blick des

Vogels war auf jemanden gerichtet, der hinter Gudrun stand. Sie war nicht allein!

Verlegenheit bemächtigte sich ihrer und rötete ihre Wangen. Schnell wandte sie den Kopf. Hinter ihr stand Sigfrid, seinen Wolfspelz über der Schulter und zum Sprung bereit wie ein wildes Tier, das durch eine unbedachte Bewegung verscheucht werden könnte. Gudrun richtete sich schnell auf, und die plötzliche Bewegung ließ das Blut aus ihrem Kopf weichen; jeder Herzschlag zeigte ihr Sigfrid abwechselnd als schwarzes Schemen vor weißem Hintergrund und strahlende Gestalt vor dunklem Schatten. Sie wankte und spürte, wie starke Hände sie stützten.

Er ist zurück! Er ist zu mir zurückgekehrt! Allmählich klärte sich ihr Blick wieder. Sie sah ihm in die Augen, in die Wolfsaugen aus ihren Träumen, und er war es, der als erster wegsah.

»Vergib mir«, sagte er leise, »ich wollte dich nicht erschrecken.«

»Es ist meine Schuld«, stotterte sie. »Ich bin zu schnell aufgestanden.« Warum war er so schweigsam? Sie spürte erneut die Kraft, die zwischen ihnen strömte, wenn sie einander berührten, warum also küßte er sie nicht?

»Ist mein Bruder mit dir gekommen? Ist alles gutgegangen?«

Sigfrid sah sie an und zwang sich zu einem Lächeln. »Gundohar geht es gut, aber die Prinzessin wurde während des Zweikampfes leicht verletzt. Er sandte mich voraus, damit ihr ein angemessenes Willkommen bereitet werden kann. Eine Versammlung der Stammesfürsten wurde für Mittsommer einberufen, und bis dahin sollte der Trupp eingetroffen sein.«

»Und niemand wurde getötet?« fragte Gudrun. Sigfrid schüttelte den Kopf, und nun war sein Lächeln ungezwungen. Dennoch spürte sie, daß etwas nicht in Ordnung war. *Erzähl es mir!* flehte sie ihn still an. *Laß mich deinen Kummer teilen, wenn ich schon nicht an deiner Freude teilhaben darf!*

»Nun, das gibt uns etwas mehr als eine Woche Zeit, alles vorzubereiten«, brachte sie statt dessen heraus, und auch ihr gelang es, ein Lächeln aufzusetzen. »Hat Wodan persönlich dir Sleipnir ausgeliehen, daß du so schnell hier eintreffen konntest?«

»Ich habe ein gutes Roß, aber wenn auch ein Pferd schneller laufen kann als ein Mann, ist es doch niemals so ausdauernd. Meine Beine haben mich hierher getragen, als Mensch bei Tage und mit der Kraft des Wolfes bei Nacht.« Er warf ihr einen schnellen Blick zu. Sie zeigte keinerlei Reaktion, und als wäre er dadurch in einem Entschluß bekräftigt worden, fuhr er fort: »Ich war den anderen nicht mehr von Nutzen. Und ich wollte … nach Hause kommen.« Er sprach diese Worte aus, als wäre er sich nicht ganz über ihre Bedeutung im klaren. »Zu dir.« Er öffnete den Verschluß des Schmuckstücks, das er um den Hals trug. Als er es hochhob, sah Gudrun, daß Runen in dem schweren Gold eingraviert waren.

»Ich habe dir dies hier mitgebracht.«

»Aus dem Land der Hunnen?« fragte sie.

Er runzelte die Stirn. »Es stammt aus Andwaris Schatz. Es ist ein … heiliges Stück, Gudrun, und nichts, was die Christenpriester sehen sollten. Du mußt es verstecken und darfst es nur anziehen, wenn wir allein sind.«

Gudrun nickte erstaunt und drehte den Kopf, so daß er ihr den Reif um den Hals legen konnte. Einen Augenblick lang kam es ihr vor, als drücke das Gewicht des

Schmuckstückes sie in den Boden. Dann empfand sie es plötzlich nicht mehr als Last. Es war vielmehr, als hätte sie ein neues Bewußtsein von allem Lebenden gewonnen, das sie umgab; als würden ihre Füße auf dem Pfad im Garten Wurzeln schlagen, Wurzeln, die tief in die Erde reichten. Die Wärme des Goldes breitete sich mit einem sanften Feuer in Gudrun aus.

»Sigfrid.« Endlich wagte sie es doch noch, die Hände nach ihm auszustrecken und ihn zu berühren. »Mein geliebter Herr und Gemahl ...«

Sie spürte, wie die Anspannung von ihm abfiel, und zog seinen Kopf zu sich herunter, in der Hoffnung, er würde sie dann endlich küssen. Doch seine Hände streiften an ihren Armen hinunter, er stöhnte und sank vor ihr auf die Knie, preßte sein Gesicht gegen ihren Bauch, umarmte ihre Hüften mit seinen starken Armen.

Gudrun keuchte, als wäre plötzlich eine Flamme zwischen ihnen aufgelodert, und ihre Finger griffen in sein lockiges Haar. Sigfrid rieb mit seiner Stirn über ihren Bauch, und alle Kraft verließ sie. Sie beugte sich hinab, stützte sich auf seine Schultern, als ihre Beine nachgaben, und glitt auf die Knie, während sich ihre Röcke nach oben schoben. Dann endlich küßte er sie, labte sich an ihren Lippen wie ein Verhungernder, doch inzwischen war ihr Verlangen so übermächtig wie das seine. Im nächsten Augenblick lag sie inmitten des sprießenden und keimenden Gartens auf dem Rücken.

»Du bist das Haus des Lebens«, flüsterte er. »Gewähre mir Schutz ...«

»Ja«, antwortete sie ihm, begriff nur sein Verlangen. Sie spreizte die Schenkel, um ihn zu empfangen, preßte die Hüften gegen ihn, wollte sich ihm noch weiter öffnen. Dann schwemmte eine strahlende Flut sie davon.

Später, als sie wieder die kalte Erde unter sich spürte und das Gewicht des Mannes in ihren Armen, schien es ihr, als könne sie irgendwo in der Nähe ein leises, zufriedenes Murmeln hören, und sie fragte sich, ob die Katzen Frojas schnurrten oder ob es nur das Blut war, das in ihren Ohren rauschte …

Wenige Tage später traf Gundohar mit dem Troß in Borbetomagus ein. Brunhild, die aus der Enge ihres Wagens in den Palast mit den roten Steinwällen umgezogen war, kam es vor, als habe sie das eine Gefängnis gegen das andere getauscht. Doch das neue schaukelte wenigstens nicht hin und her.

Gundohar hatte die Stammesfürsten und die Männer seines Gefolges zu einer Mitsommer-Versammlung einberufen, damit sie dem Vertrag zustimmen und Zeuge der Hochzeit werden konnten. Bei den Hunnen war eine Eroberung durch Zweikampf bindend, bei der Vermählung eines Christenkönigs mußten jedoch noch andere Formalitäten beachtet werden. Manchmal, wenn Brunhild in den weinenden Himmel hinaufsah, spielte sie mit dem Gedanken, davonzulaufen. Doch sie hatte nicht die nötige Kraft dazu, und außerdem, wo sollte sie sich hinwenden, nun, da Sigfrid sie verlassen hatte? Und so ließ sie den Kopf hängen wie ein sich mausernder Rabe in einem Taubenschlag, umgeben von schnatternden Weibern, die viel Aufhebens um Brunhilds Schmuck und Gewänder machten.

Die alte Königin hatte sie recht förmlich willkommen geheißen, und Brunhild hatte sich mit der gleichen kühlen Höflichkeit bedankt. Sie hatte es nicht anders erwartet. Sicher war Grimhild jeder Frau gegenüber mißtrauisch, die kam, um jenen Platz einzunehmen, den bislang sie innehatte, besonders wenn diese Frau durch die Schule der Walkyriun gegangen war. Dieses Mißtrauen hätte von Belang sein können – wenn es Brunhild etwas bedeutet hätte, Königin zu sein, oder wenn sie etwas für Gundohar empfunden hätte. Doch wie die Menschen an diesem fremden Ort sich ihr gegenüber verhielten, war ihr noch immer vollkommen gleichgültig. Brunhild dachte mit einer gewissen Belustigung an all die Geschichten, die sie über die alte Königin gehört hatte. Grimhild, das wußte sie, würde zuviel Respekt vor Brunhilds eigenen magischen Künsten haben, um ihre Zauberkraft an ihr zu erproben.

Einzig das Wiedersehen mit Gudrun erweckte Brunhilds Anteilnahme. Ihre alte Freundin war von einem Leuchten umgeben, das sie erstrahlen ließ wie einen Sonnenaufgang an einem Frühlingsmorgen, und sie schien trotz des trüben Wetters Licht in jeden Raum zu bringen, den sie betrat. Brunhild erfuhr, daß Gudrun nun mit einem der Fürsten Gundohars vermählt war, und es war offensichtlich, daß diese Verbindung der jungen Frau Vergnügen bereitete. Doch wenigstens war Gudrun taktvoll genug, nicht mit ihrem Glück zu prahlen.

Am Tag vor der Hochzeit wurde Brunhild zu der Kapelle geleitet, um die christliche Taufe zu empfangen. Gundohar hatte ihr mit einiger Besorgnis diesen Vorschlag unterbreitet. Zwar wären sie auch andernfalls weiterhin vermählt, doch nur auf die alte Weise, hatte er ihr erklärt. Gemäß den Riten zu heiraten, die sowohl von den Römern als von ihrem eigenen Volk anerkannt wurden, würde das Bündnis jedoch zusätzlich stärken. Voraussetzung dafür war, daß Brunhild den christlichen Glauben annahm. Gundohar schien überrascht, als sie keinerlei Einwände erhob. Aber warum hätte sie es tun sollen, da sie doch von den Göttern verlassen worden war?

Nichtsdestotrotz verspürte Brunhild ein leichtes Unbehagen, als man sie am Morgen vor der Hochzeit zur Kapelle führte.

»Fürchte dich nicht«, flüsterte Gudrun, die ihr Zögern mißverstand. »Christus ist gütiger als die Priester, die ihm dienen.«

Güte! dachte Brunhild bitter. *Was ich brauche, ist ein Gott der Rache!* Dennoch, die andere Frau hatte es gutgemeint, und es war beruhigend zu wissen, daß sie mit einer Freundin an der Seite in diese Prüfung gehen würde.

Die Kapelle war aus verwittertem roten Stein errichtet, der aussah, als stamme er von den Ruinen eines anderen, älteren Gebäudes. Innen war es kühl und düster. Auf den weiß getünchten Wänden prangten grelle Bilder, die abwechselnd aufleuchteten und wieder verblaßten, je nachdem, wie das flackernde Licht der Lampen darauf fiel.

Soweit kam Brunhild alles sehr vertraut vor, doch statt dem strengen, beißenden Geruch der Kräuter, die ihr Volk für die Reinigungszeremonie benutzte, war die Luft hier erfüllt von einer schweren, aufdringlichen Süße, einem würzigen Duft, der sie an den Sonnenschein in den Ländern weit hinter den großen Bergen denken ließ, die bis zum Himmel hinaufreichten. Doch am seltsamsten war die Figur, die an dem großen Kreuz über dem Altar hing wie Wodan am Weltenbaum. Man hatte Brunhild gelehrt, daß das Wichtigste an Wodans Opfer darin bestand, daß er wieder von Yggdrasil heruntergestiegen war. Trotz der vielen Stunden angestrengter Unterrichtung durch Gundohars Priester hatte Brunhild bis heute nicht verstanden, warum die Christen das Leiden ihres Gottes so nachdrücklich in den Mittelpunkt ihres Glaubens stellten.

Dennoch spürte sie, daß an diesem Ort eine Macht herrschte: das Echo eines starken Gefühls, das zu gleichen Teilen aus Leidenschaft und Furcht bestand.

Es war offensichtlich, daß an diesem Ort zumindest einige der Christus-Anbeter ihrem Gott nahegekommen waren. Brunhild glaubte jedoch nicht, daß der teilnahmslos und finster dreinblickende Vater Priscus zu jenen gehörte.

Der Priester wartete bereits am Altar. Er war in Gewänder aus Seidenbrokat gekleidet, die mit Gold geschmückt waren. Man hatte Brunhild gesagt, daß der Gott der Christen die Armut predige, doch offenbar galt diese nicht für seine Diener. Brunhild machte ihnen daraus keinen Vorwurf – ein Priester, dessen Gott nicht einmal die Macht besaß, seine Diener anständig zu kleiden, hätte bei den Stämmen wenig Eindruck hinterlassen.

Gundohar zog sie vorwärts. Sie ertrug seine Berührung, wollte bloß so schnell wie möglich diese Zeremonie hinter sich bringen, und folgte ihm den Seitenchor hinunter. In einer Nische neben dem Altar stand auf einem Sockel ein Becken aus weißem Marmor. Es folgten begrüßende Worte, auf die Gundohar in der Sprache der Römer antwortete. Er half Brunhild, sich neben Gudrun niederzuknien, und nahm daraufhin seinen Platz auf der anderen Seite der Kirche ein, während der Priester lateinische Gebete murmelte und das Ritual vollzog.

Einige der Burgundenfürsten samt Damen waren gekommen – die Männer knieten auf der einen Seite der

Kirche, die Frauen auf der anderen –, aber bei weitem nicht alle. Königin Grimhild fehlte.

Schließlich kam der Priester singend und ein Weihrauchgefäß schwenkend zur Nische herüber. Brunhild wurde ein wenig schwindlig, als der süßliche Duft die Kirche zu füllen begann.

»Benedic, Domine Deus noster, hanc creaturam aquae, et descendat super eam virtus tua …« fuhr der Gottesdiener fort. Erst als die Stimme des Mannes einen Befehlston annahm, erhob Brunhild sich wieder. *»Exorcizo te, creatura aquae: exorcizo te, omnis exercitus diaboli, omnis potestas adversaria, omnis umbra daemonum …«*

»Was tut er?« flüsterte Brunhild an Gudrun gewandt, als Vater Priscus Salz in das Becken streute.

»Er muß alle Teufel aus dem Wasser vertreiben«, lautete die Antwort. Brunhild hob eine Augenbraue. Sicherlich hätten sie sich eine Menge Mühe ersparen können, wenn sie einfach Wasser aus einer heiligen Quelle genommen hätten! »Wir müssen uns erheben«, fügte Gudrun hinzu. »Sie sind nun bereit für dich.«

Einer der Altardiener trat vor, um sie zu dem Taufbecken zu geleiten. Sein Gesicht war eine starre Maske des Stolzes, die nur ungenügend seine Unsicherheit überdeckte.

Gudrun half Brunhild dabei, den Gesichtsschleier zu lüften. Vater Priscus stellte eine Frage, und Gudrun antwortete. Brunhild verstand nicht, was sie sagte, doch sie hörte ihren Namen. Dann wandte der Priester sich mit ernster Stimme an Brunhild.

»Brunahilda, Bladardis filia, abrenuncias diaboleï, pompis saeculi, et voluptatibus ejus?« fragte er, und dann fügte er, damit es kein Mißverständnis gab, in der Sprache der Burgunden hinzu: »Entsagst du dem einen Teufel und

allem Teufelswerk und allen Teufeln, die je es gab, Donar und Wodan und Froja und all jenen Unheiligen? Und entsagst du dem Gepränge der Welt und all ihren Vergnügungen?«

Brunhild starrte ihn an und versuchte die Furcht zu unterdrücken, die in ihr aufgestiegen war. Es war etwas anderes, die Worte in der eigenen Sprache zu hören. Sie gewannen dadurch plötzlich an Realität, an Bedeutung. Was tat sie hier? Den Vergnügungen der Welt zu entsagen bedeutete ihr nichts, wandelte sie doch bereits durch einen grauen Nebel der Enttäuschungen. Doch den Göttern zu entsagen, welche die Seele dieser Welt bildeten, war, als würde sie der Luft oder dem Sonnenlicht entsagen; wie konnte sie das tun und dennoch weiterleben?

Ganz leicht, antwortete ihr die eigene Verzweiflung. *Haben* sie *sich denn nicht auch von* dir *losgesagt?* Wie wahr diese Worte doch waren! Das Herz drohte ihr zu zerspringen. Sie versuchte tapfer, die Tränen der Wut wegzublinzeln.

Vater Priscus wartete. Alle warteten. Sie konnte Gundohars Blick spüren, der sich in ihren Rücken bohrte. *Was für eine Rolle spielt es, was ich sage?* redete sie sich daraufhin selbst zu. *Ich habe Wodan bereits verflucht, welcher der Vater meiner Seele war. Er hat als erstes sein Versprechen gebrochen!* Sie atmete tief ein.

»*Abrenuncio.*« Ihre Antwort klang wie der heisere Ruf eines Raben.

»*Credis Patrem et Filium et Spiritum Sanctum ejusdem esse potestatis?*« fuhr der Priester fort und musterte sie aus schmalen Augen.

Brunhild verstand nicht alle Worte, aber sie erinnerte sich an ihre Unterweisung und wußte, daß er nun eine

Reihe von Fragen stellte, die den christlichen Glauben betrafen, und sie erinnerte sich an die Antwort, die von ihr erwartet wurde.

»*Credo*«, erwiderte sie mit trockener Stimme auf jede Frage, doch sie log. Ihr Herz war tot, und sie hatte jeden Glauben verloren. Vielleicht war es nicht sehr ehrenhaft, jenen Christus glauben zu lassen, daß sie ihm folgte. Aber Wodan hatte sie nicht auf der Stelle gefällt, als sie ihn verfluchte, und *seine* Macht war ihr bekannt. Warum sollte sie den Gott der Sklaven fürchten?

»*Baptizo te?*« fragte der Priester zuletzt, und Brunhild beugte den Kopf – mehr aus Erschöpfung als aus Ehrfurcht. Eine weitere Frage folgte, und Gudrun antwortete an ihrer Statt: »Sophia.«

Sophia ... Weisheit ... Gudrun hatte den Namen vorgeschlagen, und Brunhild hatte gelacht, denn alle Weisheit war ihr durch Gundohars Schwert aus dem Körper getrieben worden.

»Sophia.« Vater Priscus wandte sich an Brunhild, schöpfte Wasser aus dem Taufbecken und goß es ihr über den Kopf. Es war nur eine Handvoll, doch es kam Brunhild vor, als wäre sie unter einen Wasserfall getreten, dessen Fluten alle Worte ertränkten, die ihr noch verblieben waren. Doch vielleicht war es auch nur das Heulen des Windes, das sie vernahm.

Ein Kreuz wurde ihr auf die Stirn gezeichnet. Weitere Worte folgten, doch diese verlangten nach keiner Antwort. Brunhild hätte eine solche auch gar nicht über die Lippen gebracht. Zwar blieb sie tapfer stehen, doch es kostete sie alle Kraft, nicht vor Kummer in Tränen auszubrechen – einem Kummer, der um so schmerzlicher war, da sie nicht einmal sagen konnte, was sie eigentlich verloren hatte.

Am nächsten Morgen wurde sie nach Sitte der Christen mit König Gundohar vermählt.

Gundohar verließ die Kapelle mit Brunhild am Arm, hielt inne und blinzelte angesichts des unerwartet hellen Lichtes, das sie draußen erwartete. In diesem Augenblick schien es ihm nur gerecht und passend, daß die Sonne den Tag segnete, an dem sein Traum wahr geworden war. Die Sonnenstrahlen tanzten auf den goldenen Bändern und aufgestickten Stoffstücken, mit denen seine weiße Dalmatika geschmückt und sein scharlachroter Umhang gesäumt war. Und zweifellos ließen sie auch seine Krone funkeln wie das Rüstzeug seiner Krieger, die sich in zwei Reihen vor ihm aufgestellt hatten.

Gundohars Gefolge zog die Schwerter, und Sonnenlicht fiel gleißend auf blanken Stahl. »Glück und langes Leben für Gundohar und Brunhild!« erscholl der Ruf, als die Waffen in die Höhe gerissen wurden. »Heil dem König der Burgunden und seiner Königin!«

Brunhild hatte ihr Gesicht hinter einem Schleier verborgen; unter dem schimmernden goldenen Band, das diesen an seinem Platz hielt, erhaschte Gundohar einen Blick auf den dunklen Schatten ihres Haares. Er spürte ein Beben tief in seinem Innern und dachte an die Nacht, welche diesen strahlenden Tag vollenden würde. Brunhilds Dalmatika glühte blutrot im Sonnenlicht. Der Brokat, aus dem das Festgewand gearbeitet war und in den die Abbildungen von Adlern hineingewebt worden waren, stammte aus Constantinopolis. Kragen, Gürtel und Saum waren reich mit goldenen Bändern und Juwelen geschmückt.

»Komm, meine Frau«, sagte er leise. »Unser Volk erwartet uns.«

»Unser Volk …« wiederholte sie und fiel in seinen Schritt ein. »Nun, ich nehme an, ich muß mich daran gewöhnen, daß ich nun eine Königin bin.«

»Heil dem König! Heil der Königin!« scholl es ihnen entgegen. »Hebt die Hörner und trinkt auf ihr Wohl!«

Sie stiegen die Treppe zu der breiten Vorhalle hinauf. »Warte«, wandte Gundohar sich an Brunhild. »Ich muß zu ihnen sprechen.« Er hob eine Hand und lächelte geduldig, bis Ruhe eingekehrt war.

»Burgunden! Brüder meines Stammes und meiner Sippe! Kinder der Adler, und ihr, deren Väter auf diesem Grund und Boden aufgewachsen sind!« Er hob die Arme, als wolle er sie alle umfangen. »Mit meiner Hochzeit feiere ich ein Bündnis der Völker, und ich pflanze mich selbst fest in die Erde dieses Landes. Wir werden hier leben und lernen, den Boden zu bestellen; wir werden unsere Kinder mit seinen Erträgen großziehen und ihn mit unsren Gebeinen düngen; wir werden zu einem Volke zusammenwachsen, einem neuen Volk, das seine Wurzeln hier in diesem Land hat, einem Volk, das hierher gehört.

Es ist Brauch, daß ein Mann seine Sippe zusammenruft, damit sie Zeugnis ablegt von seiner Vermählung, und heute zähle ich euch alle zu meiner Sippe. Genießt das Fest, das für euch vorbereitet wurde, und möget ihr an diesem Tag so glücklich sein, wie ich es bin!«

Er ließ seine Arme sinken und lächelte strahlend, als der Jubel zu ihm hochbrandete. In vergangenen Zeiten hatten Könige bei Priesterinnen gelegen, welche die Macht der Göttin in sich trugen, auf daß die Erde sich erneuern möge. Brunhild war an diesem Ort noch fremder als Gundohar, und was immer die Priester auch sagen mochten, er hatte Brunhild stets als Göttin betrachtet. Wenn sie das Lager miteinander teilten, würde er mit Freuden durch sie dem Lande dienen. Er winkte den Leuten zum Abschied, und Seite an Seite betraten sie die Halle.

Gudrun hatte die Halle für das Fest vorbereitet, und sie hatte, so dachte Gundohar stolz, ihre Arbeit ausgezeichnet gemacht. Blumen und Laubwerk rankten sich um die Säulen, ganze Büschel hingen von den Dachbalken; überall waren Blüten verstreut. Gudrun hatte genug Leintuch zusammengetragen, um alle Tische damit zu bedecken. Die Düfte, die in diesem Raum lagen, waren noch unwiderstehlicher als die des gerösteten Fleisches draußen, und Gundohar erinnerte sich plötzlich daran, daß er viel zu angespannt gewesen war, um vor der Hochzeit etwas zu essen. Kein Wunder, daß ihm nun ein wenig schwindlig war.

»Ah, da kommt Ordwini«, wandte er sich an Brunhild. »Ein guter Mann und ein vortrefflicher Ratgeber, und das trotz seiner Jugend. Er hat mich auf meiner Freiersreise begleitet. Neben ihm, das ist Deorbert, Folcos Sohn. Ein wenig streitlustig, aber ein guter Mann.«

»Stellt mich ihnen später vor«, unterbrach Brunhild ihn. »Die goldenen Ketten, mit denen Ihr mich behangen habt, sind schwer, und ich muß mich hinsetzen, oder ich werde bald zusammenbrechen!«

Mit einemmal erinnerte Gundohar sich daran, wie krank sie gewesen war. »Verzeih mir ...« stotterte er. »Selbstverständlich werden wir weitergehen.« Er winkte den anderen und legte das letzte Stück bis zur Estrade eiligen Schritts zurück. Flüsternd befahl er einem Sklaven, Wasser zu bringen, und half Brunhild, sich zu setzen und den Schleier zurückzuschlagen.

»Du hast recht«, fuhr er fort, als sie versorgt war. »Du

mußt heute nicht mit allen Bekanntschaft schließen, dazu besteht keine Veranlassung. Mit der Zeit wirst du sie schon noch näher kennenlernen. Vielleicht näher, als es dir lieb ist. Im Augenblick jedenfalls brauchst du nur zu lächeln.«

»Ein Hoch auf unseren König und seine Braut!« rief Godomar, und aus Hunderten von Kehlen schlug ihm ein Echo entgegen. Trinkhörner wurden erhoben, und das mit einer Begeisterung, die sich zu gleichen Teilen aus Durst und Ehrerbietung zusammensetzte.

»Gut – nun können auch wir etwas trinken«, sagte Gundohar. »Aber wir müssen noch Gudrun dafür loben, daß sie alles so gut vorbereitet hat.« Er erblickte seine Schwester und Sigfrid neben Godomar und winkte beide zu sich. »Und du mußt ihren Gemahl kennenlernen, der schon vor unserer Ankunft in Borbetomagus zur Jagd aufgebrochen ist. Er hat das meiste von dem Wild erlegt, an dem sich unsere Gäste heute laben.«

Brunhild sah mit einem müden Lächeln von ihrem Stück Brot auf.

»Sigfrid ist der jüngste meiner Brüder und der beste Freund, den ich in dieser Welt habe«, fuhr Gundohar fort.

Sigfrid näherte sich ihnen bedächtig; er hatte noch keine Gelegenheit gehabt, Gundohar zu fragen, ob Brunhild etwas von ihrer beider Betrug ahnte.

»Ehre der liebreizenden Frau Brunhild, möge sie als Königin an deiner Seite glücklich werden«, sagte Sigfrid leise, während Gudrun ihn mit einem stolzen Lächeln anblickte.

»Gudruns ... Gemahl ...« wiederholte Brunhild mit erstickter Stimme. »Sigfrid ...«

Gundohar blickte sie scharf an und sah, wie auch die

letzte Farbe aus ihrem Gesicht wich. Sie starrte Sigfrid mit einem Blick an, den Gundohar bisher erst einmal gesehen hatte: auf dem Schlachtfeld. Es war der Blick eines Mannes, der den Gegner anstarrt, welcher ihn mit dem Speer durchbohrt hat. Und plötzlich begann Gundohar Unheil zu ahnen.

»Seid ihr schon lange … verheiratet?« fragte Brunhild. Gundohar drückte ihr einen Becher voll unverdünntem Wein in die Hand, und sie trank ihn in einem Zug aus.

Gudrun errötete. »Erst seit dem Frühlingsfest. Kann ich etwas für dich tun, Brunhild? Ist dir nicht wohl?«

Ein leichter Schauder durchlief Brunhilds Körper. Einen Augenblick lang glaubte der König, sie würde ohnmächtig werden oder schreien, dann sah er, wie sie die Beherrschung wiedergewann. »Nicht wohl? Ich habe einen Schlag auf den Kopf bekommen, wie du weißt«, sagte sie im Plauderton. »Und manchmal bin ich noch ein wenig verwirrt. Sigfrid hat sich mit Gudrun vermählt und Brunhild mit Gundohar. Warum sollte dies seltsam sein?« Sie hielt den Atem an. »Nun, laßt mir etwas Zeit. Ich bin sicher, daß ich irgendwann alles verstehen werde.« Sie warf Sigfrid erneut einen Blick zu, und Gundohar sah, wie auch dessen Gesicht fast alle Farbe verlor, aber sein neugewonnener Bruder sagte kein Wort.

»Setz dich wieder, Schwester«, befahl der König schnell, als die Leute in ihrer Nähe zu ihnen hinüber starrten. Sigfrid ergriff Gudrun am Arm und zog sie weg.

Dann wurde das Fleisch aufgetragen, zusammen mit Körben voller Brot und Schüsseln mit süßem Zuckerwerk aus Rom. Das Stimmengewirr wurde lauter, als die Leute zu essen begannen. Brunhild saß mit umwölkter Stirn auf ihrem Platz, aber sie sprach kein Wort mehr, und Gundohar hoffte einmal mehr, daß sie das Fest ohne einen Skandal überstehen würden.

Brunhild jedoch trank zwar jedesmal, wenn ein Trinkspruch ausgesprochen wurde, aber sie rührte keinen einzigen Bissen an.

Seht die Hochzeitsfackeln flammen,
Laßt die Mädchen Blumen streu'n.
Die Braut, um die wir hier beisammen,
Strahlt heller als der Sonnenschein.
Glück dem Herrn und Glück der Braut –
Ein langes Leben, auf Liebe gebaut!

Brunhild schritt den Gang hinunter. Eine Schar adliger Burgundenfrauen eilte hinter ihr her. Ihre Stimmen klangen hohl in den Gängen. Die Worte kamen ihnen nur schwerfällig über die Lippen, denn es war viel getrunken worden, bevor man beschlossen hatte, das Paar zu seiner Lagerstatt zu geleiten.

»Ihr geht viel zu schnell«, flüsterte eine der Frauen keuchend, »wartet auf mich!«

»Seht, wie ihr die Röte ins Gesicht steigt!« antwortete eine andere. »Es ist ein gutes Zeichen, wenn eine Braut so ungeduldig in ihr Schlafgemach eilt.«

Zorn ist es, der mein Antlitz rötet, nicht die Lust! dachte Brunhild und starrte die Frauen durchdringend an. *Sind sie denn so blind?* Zumindest die träge Gleichgültigkeit war verschwunden, die Brunhild verspürt hatte, seit Gundohar sie im Zweikampf besiegt hatte – falls es überhaupt Gundohar gewesen war! *Sigfrid … hier … und verheiratet mit Gudrun …* Was konnte das bedeuten? Seit sie ihn gesehen hatte, drehte sich alles in ihrem Kopf.

»Ein gutes Zeichen für Gundohar!« Alle lachten.

Brunhild spürte, wie ihr die Röte noch höher ins Gesicht stieg, und wünschte sich, man hätte ihr nicht den Schleier abgenommen, als man sie in das seidene Nachtgewand und den pelzbesäumten Umhang steckte. Dachten die Frauen denn, daß Brunhild ihre Worte nicht hören konnte?

Führt her den Bräutigam, ihr Krieger,
Bereit das Bett, der Kelch erklingt,
Sein Recht zu fordern als der Sieger,
Wie man den Hengst zur Stute bringt.
Glück dem Herrn und Glück der Braut –
Ein langes Leben, auf Liebe gebaut!

Brunhild zwang sich, langsamer zu gehen. Es war ihr nicht in den Sinn gekommen, daß man ihr die Eile als Begierde auslegen könnte; sie hatte nur so schnell wie möglich die Halle verlassen wollen. Gudrun ging schweigend neben ihr. Von Zeit zu Zeit fühlte Brunhild ihren besorgten Blick auf sich ruhen, aber sie vermied es, Gundohars Schwester in die Augen zu schauen.

Zumindest Gudrun hatte sie für ihre Freundin gehalten. Sie hatte ihr vertraut.

Der Palast war im Stil der römischen Villen um einen zentral gelegenen Hof gebaut. Die Hauptgebäude bildeten ein Rechteck, obwohl inzwischen weitere Flügel und Säle angebaut worden waren. Von der gegenüberliegenden Seite des Hofs her konnte Brunhild das Gelächter von Männern hören. Sie merkte, daß sie wieder schneller ging. O ja, sie war begierig – doch nicht auf Gundohars Umarmung. Wenn sie mit ihm allein war, würde er ihr Rede und Antwort stehen müssen!

Empfangt die Gaben der Götter, die reichen:
Eintracht schenkt Frija, Wodans Gemahl,
Donar schenkt Schutz im Schatten der Eichen,
Fro mit Froja Kinder an Zahl.
Glück dem Herrn und Glück der Braut –
Ein langes Leben, auf Liebe gebaut!

Warum rufen sie die alten Götter um Segen für mich an? Wissen sie denn nicht, daß ich ihnen abgeschworen habe? Sie unterdrückte das Verlangen, lauthals herauszuschreien, daß auf dieser Vereinigung kein Segen läge, daß ihr König eine Frau geheiratet hatte, auf der der Fluch der Götter lag.

Sie wurde langsamer, als sie sich der Tür des Schlafzimmers näherten. Im gleichen Augenblick kam Gundohar um die Ecke, gestützt auf Godomar und Ordwini. Er blieb stehen, als er Brunhild sah, blinzelte dümmlich, und seine Männer begannen zu jubeln. Mit übertriebener Würde befreite sich der König von seinen Freunden und zog seinen Umhang zurecht. Sein Gesicht war beim Anblick seiner Gemahlin erstrahlt – *wie das eines Hündchens, das auf einen Knochen hofft!* dachte Brunhild verbittert. Hatte er denn Sigfrid vergessen? Hatte das Bier, das er in sich geschüttet hatte, denn all seine Erinnerungen hinweggespült? *Er muß doch wissen, daß er eher Schläge als Zärtlichkeiten von mir zu erwarten hat!*

»Brunhild«, sagte Gudrun leise hinter ihr. »Etwas bedrückt dich, ich weiß es … Gibt es etwas, das ich …«

Brunhild drehte sich zu ihr um. »Die ganze Welt ist aus den Fugen. Aber solange ich nicht weiß, ob auch du nur ein Opfer oder aber meine Feindin bist, ziehe ich die Hilfe jeder anderen Frau auf der Mittelerde der deinen vor!«

Gudrun erbleichte und wich erschrocken zurück. Die anderen Frauen drängten an ihr vorbei.

»Heil der Braut! Heil dem Bräutigam!« riefen sie. »Da ist das Bett, bringt sie hinein!«

»Zieht sie aus!« – »Ins Bett mit ihnen!« Solche Rufe kamen hauptsächlich von den Männern, zusammen mit anderen Ratschlägen, die deutlicher und obszöner waren.

Brunhild machte einen schnellen Schritt nach vorne. »Mein Herr und Gebieter, ich bin keine Stute, die vor Zeugen bestiegen wird, damit jeder sieht, daß kein Hengst sie begattet, der unreinen Geblütes ist. Wir werden allein in dieses Zimmer gehen, oder wir werden gar nicht hineingehen!«

Einige der Männer begannen zu lachen, doch ihr Blick brachte sie zum Verstummen. Röte stieg in Gundohars Gesicht und verblaßte wieder, als er Brunhilds Hand ergriff.

»Meine Frau hat wahr gesprochen«, sagte er. »Ihr könnt uns von hier draußen Glück und Segen wünschen!«

Brunhild zog ihn ins Zimmer. Sie hörte die großen Türen knarrend hinter sich zufallen und ließ Gundohars Hand los. Draußen sangen sie noch immer:

Die Türen schließen wir beizeiten,
Wir ziehen von dannen mit Segen und Sang.
Möge nur Glück eure Ehe begleiten,
Und euer Leben sei fruchtbar und lang.
Glück dem Herrn und Glück der Braut –
Ein langes Leben, auf Liebe gebaut!

»Liebe und Glück?« wiederholte Brunhild, als die Musik in Gelächter überging. »Das glaube ich nicht ...«

»Bist du müde?« fragte Gundohar. Er goß Wein aus einer Tafelflasche in einen goldenen Becher und bot ihr diesen an. »Hier ist ein Trank, den meine Mutter uns gebraut hat …«

Brunhild sog die Luft ein und erkannte den Geruch der Kräuter, die dem Wein beigegeben worden waren. »Trink ihn selbst«, sagte sie barsch, »wenn du nicht schon mehr als genug davon geschluckt hast – und möge es die gewünschte Wirkung zeigen! Ich brauche deiner Mutter Hexenkraft nicht, um mein Blut in Wallung zu versetzen!«

Er sah zu ihr auf, Hoffnung blitzte in seinen Augen, und sie lachte.

»Zorn brennt heißer als Leidenschaft, Gundohar. Und nichts anderes als meinen Zorn wirst du zu spüren bekommen, wenn deine Bardenzunge mir nicht eine bessere Geschichte als jene zu erzählen vermag, die ich bisher an diesem Ort zu hören bekam!«

»Brunhild, du bist meine Frau …« schluckte er.

Sie starrte ihn an und schlang die Arme um sich, als würde sie frieren. »Deine Frau …« wiederholte sie. »Im Zweikampf besiegt, und dem Sieger gebührt der Preis. Aber bist du der Sieger, Gundohar?«

»Was willst du damit sagen?« Er stellte den Becher ab und zog am Kragen seines Nachtgewandes, bis sein Oberarm entblößt war. »Hier ist die Wunde, die dein Schwert mir schlug. Welchen Beweis brauchst du noch?«

»Wenn ich Beweise hätte, glaubst du, ich würde dann hier stehen? Ich weiß nur, daß ich – auf irgendeine Art und Weise – betrogen wurde. Von allen Kriegern dieser Welt hatte nur Sigfrid Fafnarstöter die Macht, mich zu besiegen. Als du an jenem Morgen zu mir in die Höhle kamst, dachte ich, ich müßte mich geirrt haben. Aber nun sehe ich Sigfrid hier, im Bett mit deiner Schwester und als ein Mann deines Gefolges. Ich habe keinen Beweis, aber ich fühle, daß ich betrogen wurde. Und ich würde es von allen Dächern rufen, wenn ich wüßte, wie der Betrug vonstatten ging.« Sie warf den Umhang ab, der sie in ihrer Bewegungsfreiheit einschränkte, und begann im Zimmer auf und ab zu schreiten.

»Aber ... warum erfüllt dich der Anblick Sigfrids so mit Zorn?« stotterte Gundohar.

»Weil ich ihn kenne!« Sie fuhr herum.

Gundohar schreckte zurück. »Jeder im Tal des Rheins kennt ihn«, begann er. Doch dann, als er sie anblickte, weiteten sich seine Augen. »Heilige Froja«, flüsterte er, »du bist wunderschön! Nun bist du wieder die Walkyrja!«

»Ich bin noch immer Walkyrja genug, um dich zu töten, König der Burgunden, wenn ich mir sicher wäre, daß du die Schuld an meiner Schande trägst«, zischte sie. »Ich habe dein Leben verschont, ich habe dir niemals ein Leid zugefügt ... warum hast du es getan, Gundohar, warum?«

»Ich habe dich zur Königin eines großen Volkes gemacht, Brunhild.« Er riß sich zusammen. »Ist das so schlecht? Alles, was ich besitze, gehört nun auch dir: all mein Reichtum, meine Macht.«

»Und Sigfrids Reichtum?« fragte sie zurück. »Gehört er dir auch, oder gehört er Gudrun?«

»Warum neidest du meiner Schwester das Glück? Ich gab sie einem Mann, den sie lieben konnte. Und ich hoffte, dasselbe Glück mit dir zu teilen.« Gundohar sprach mit einer zerbrechlich anmutenden Würde. Wenn Brunhild nicht so voller Zorn gewesen wäre, hätte sie

Mitleid für ihn empfunden. »Ich habe dich geliebt, seit ich dich das erste Mal vor vier Jahren sah.«

»Gundohar, Gundohar ...« Sie schüttelte seufzend den Kopf. »Du bist ein Narr!«

»Weil ich dich liebe?« Er zog den Umhang wieder über die Schulter, bemüht, seine Würde wiederherzustellen. Mit seinem dünnen Hals und dem wirren blonden Haar sah er wie ein vom Sturm zerzauster Vogel aus.

»Deswegen ganz sicher. Aber ein noch viel größerer Narr bist du, weil du es mir gesagt hast. Nun kenne ich meine Macht über dich.«

»Ich wäre ein Narr, wenn ich mir einbildete, meine Liebe vor dir verstecken zu können ...« Der König zuckte mit den Schultern und wandte den Blick ab. »Aber hier steht mehr auf dem Spiel als nur unsere Gefühle. Unsere Vermählung besiegelt ein Bündnis. Auch wenn die Schwüre der Christen, die du heute morgen geleistet hast, dir nichts bedeuten, so bist du doch durch die Versprechen gebunden, die du vor deinem Volk und deinen Göttern gemacht hast. Du hast zugestimmt, mir eine treue und ergebene Frau zu sein ...«

»Ich habe zugestimmt, jenen Mann zu heiraten, der mich im Zweikampf besiegen kann«, sagte Brunhild langsam. »Bist du dieser Mann?«

»Ich habe gegen dich gekämpft ...« antwortete er. »Ich saß neben dir, als du in der Höhle wieder zu Bewußtsein kamst ...«

Sie lächelte freudlos, und dann, ganz bedächtig, schlüpfte sie aus ihrem seidenen Gewand. Sie sah, wie seine Wangen sich röteten, als er ihren nackten Körper erblickte. Regungslos stand sie für einen Augenblick da und ließ sich betrachten, wohl wissend, daß die Mutterschaft ihre Brüste und Hüften, nicht aber ihre Taille fülliger gemacht hatte, und sie nun endlich eine Figur besaß, die das Verlangen eines Mannes wecken konnte.

»Brunhild ...« flüsterte Gundohar, »bitte ...«

»Wenn du mich einmal besiegt hast«, sagte sie mit lieblicher Stimme, »kannst du es sicher auch ein zweites Mal tun. Kämpfe gegen mich, Gundohar. Wenn du mich auf dieses Bett niederringen kannst, hast du dir auch das Recht verdient, mich dort zu nehmen.«

Gundohar war klug genug, seinen Umhang abzustreifen, doch als er auf Brunhild zukam, dachte diese, er hätte besser daran getan, auch sein Gewand auszuziehen; vielleicht hätte die Berührung nackter Haut wenigstens einen Funken Verlangen in ihr entfacht. Durch keinerlei Kleidung behindert, konnte sie den Vorteil ihrer angeborenen Gewandtheit voll ausnutzen.

Sein Gesicht verriet ihr seinen Entschluß, nach ihr zu greifen; als er sich bewegte, duckte sie sich, fuhr herum, packte seinen Arm und zog daran. Er taumelte, gewann das Gleichgewicht zurück und stürzte sich erneut auf sie.

Brunhild lachte. Alle Mädchen waren bei den Walkyriun im Ringkampf ausgebildet worden. Sie fragte sich, ob die Kunst, mit bloßen Händen gegen einen größeren und stärkeren Gegner zu kämpfen, auch unter den Königssöhnen gelehrt wurde.

Zumindest gab Gundohar sich alle Mühe. Keuchend stürzte er sich auf sie, umfaßte mit schwieliger Hand ihr Handgelenk; sie befreite sich aus dem Griff und sprang zur Seite. Ihr Herz schlug heftig, und alles drehte sich vor ihren Augen. Als sie Gundohar herausforderte, hatte sie all die Wochen vergessen, die sie seit dem Zweikampf bewegungslos im Bett verbracht hatte. So flink sie auch war, sie war doch außer Übung. Sie würde diesen Kampf schnell beenden müssen.

»Komm, Gundohar, komm in meine Arme!« rief sie. Wie ein vom Liebeswahn Gepackter kam er mit weit geöffneten Armen auf sie zu. Brunhild ergriff eines seiner Handgelenke, stellte ihm ein Bein und brachte ihn hart zu Fall.

Der Boden bestand aus Stein; einen Augenblick lang lag er atemlos da. Die Zeit reichte Brunhild, um sich die Schnur zu greifen, die ihr als Gürtel diente, und damit seine Handgelenke zu fesseln. Kurz darauf hatte sie das andere Ende der Kordel am Bettpfosten angebunden. Als Gundohar wieder zu sich kam, war sie gerade dabei, ihr Nachtgewand um seine Füße zu winden und mit den Ärmeln festzubinden.

Dann setzte sie sich zurück, rang vor Lachen um Luft – oder war es vor Tränen?

»So, mein kleiner König!« sagte sie atemlos. Triumph lag in ihrer Stimme. »Wie gefällt dir dein Hochzeitslager?«

Er starrte sie an. »Du wirst mich doch hier nicht liegenlassen?«

Sie stand auf und wickelte sich in ihren abgelegten Umhang, denn plötzlich fror sie. »Warte es ab …«

Und er wartete. Er wartete während all der langen Stunden dieser Hochzeitsnacht. Die Lampen brannten herunter, und in der Ferne, hinter den Gärten, ertönten die Rufe der sich ablösenden Wachen. Brunhild saß zusammengekauert auf einer Bank unter dem Fenster und dachte nach, während sie die vorüberziehenden Sterne betrachtete. Doch alles, was sie in ihnen sah, war das Strahlen von Sigfrids Augen.

Der Wind raschelte in den Baumwipfeln. Es gab einmal eine Zeit, da hätte sie darin auf die Stimme des Hohen gelauscht. Doch nun war es bloß ein Geräusch wie jedes andere. Das Mondlicht ließ dunkle Schatten unter den Bäumen tanzen; einen Augenblick lang glaubte Brunhild, eine Gestalt mit einem breitkrempigen Hut zu erkennen, die zu ihrem Fenster heraufsah. Doch Gundohars Männer streiften durch die Gärten, und die Tore waren bewacht. Dort unten konnte sich unmöglich jemand aufhalten.

Schließlich schlief sie, den Kopf auf die Arme gestützt, ein. Im Traum rief jemand nach ihr. Sie versuchte zu antworten, aber alles, was sie über die Lippen brachte, war Sigfrids Name.

Kurz vor Sonnenaufgang erwachte sie, stand auf und nahm das kleine Messer, das in einer Schale mit Essen lag.

»Was tust du da?« Gundohar sah die Klinge aufblitzen und seufzte. »Willst du mich töten? Das zumindest wäre eine Gnade.«

»Glaubst du, ich hätte nicht daran gedacht? Und daran, mich danach selbst zu töten? Aber das wäre zu einfach. Bevor ich sterbe, will ich Antworten haben.«

Brunhild lachte freudlos und befreite Gundohar.

»Steh auf, Gundohar. Du hast mich daran erinnert, daß ich Eide geschworen habe«, sagte sie leise, »und ich habe nicht vor, den Vertrag zu brechen, der deinem und meinem Volk so viel bedeutet. Doch eins sollte ab jetzt klar sein zwischen uns: Unsere Ehe besteht nur am Tage. Ich werde niemanden des Betrugs beschuldigen, und solange die Sonne scheint, werde ich deine Frau und deine Königin spielen, so gut ich es kann. Doch der Preis für mein Schweigen ist folgender: Ich schlafe allein.«

ᛏ

DIE SCHLACHT DER DRACHEN

Provincia Belgica Prima
Erntemond, A.D. 423

Hört! Ermanarich, der Amaler größter,
Der Goten König, reich an Tatenruhm,
Focht manchen Feind, sein Volk zu wahren,
Ließ sein Leben …

Gundohar zupfte eine weitere Saite seiner Harfe und suchte nach den richtigen Worten, um das Gesätz zu beenden. Zu Ermanarichs Zeiten waren die Goten ein vereintes Volk gewesen, das von Scythia bis zu den Nordmeeren über viele Völker herrschte. Und dennoch hatten die einfallenden Hunnen sie binnen weniger Jahren versprengt. In jenen Zeiten hatten die Burgunden noch im Osten gelebt. Die alten Geschichten waren mit ihnen gezogen, und Gundohars Stiefmutter hatte ihm in seiner Jugend oft von Ermanarichs tragischem Ende erzählt.

»*Land und Leben ließ er den Hunnen …*« Gundohar nickte und begann, an der nächsten Zeile zu arbeiten.

Der Raum war erfüllt von Sonnenlicht, obwohl der König es kaum merkte, so versunken war er in sein Lied. Man nannte dieses Zimmer seinen Arbeitsraum. Es war ebensogroß wie das königliche Schlafgemach, an das es grenzte. Doch in Wahrheit war es seine Zufluchtsstätte.

An den rot gestrichenen Wänden standen Regale, die mit Schriftrollen lateinischer Verse vollgestopft waren; daneben lehnten Waffen. Nur wenige wußten, daß der König in dem Bett, das dort stand, jede Nacht seit seiner Vermählung mit Brunhild vor drei Jahren allein verbracht hatte.

»Treulose traf seiner Taten Grimm …« sang Gundohar. Doch wie konnte er das Bedrohliche jenes Zorns überzeugend schildern, der Ermanarich dazu veranlaßt hatte, die Frau eines verräterischen Lehnsmannes durch Pferde zu Tode trampeln zu lassen? Selbst ein Volk wie die Goten, welches der Rache einen hohen Stellenwert einräumte, war über diese Tat entsetzt gewesen. In einzelne Sippen zersplittert, waren die Goten keine ebenbürtigen Gegner für die einfallenden Hunnenhorden, und Ermanarich hatte sich in einem letzten, fruchtlosen Versuch, sein Volk zu retten, selbst den Göttern geopfert. Gundohars Ehrgeiz gegenüber den Burgunden war nicht so hochgesteckt, doch er fühlte eine gewisse, nahezu magische Verbundenheit mit dem Gotenkönig, mit dessen Größe ebenso wie mit dessen Schmerz.

Er arbeitete nun schon seit einigen Wochen an dem Lied. Leider konnte er sich nicht sehr oft in diesen Raum zurückziehen, aber es war ihm ein steter Trost, zu wissen, daß seine Harfe auf ihn wartete: eine Geliebte, die niemals untreu war. *»Ruchlos gerächt durch Verräters Sippe …«* Er zupfte eine weitere Saite.

Ein Klopfen an der Tür ließ ihn den Rest der Worte vergessen. Gundohar fluchte und zwang seine Gedanken aus dem Reich der Legende zurück in die Gegenwart, als Ordwini die Tür aufstieß.

»Mein Herr – der Kaiser Honorius ist an Wassersucht gestorben. In Rom herrscht Bürgerkrieg!«

Hinter Ordwini drängten sich weitere Männer. Der König legte seine Harfe beiseite und stand auf, als gut und gerne die Hälfte seiner Ratsherren ins Zimmer stürmte.

»Ruhe!« Die Stimmübungen eines Barden hatten auch ihr Gutes – zumindest verstand Gundohar es, eine Menge zum Schweigen zu bringen. »Wer hat die Botschaft überbracht?« Die Versammelten teilten sich, um Vater Priscus durchzulassen, dem ein erschöpfter junger Mann mit der Tonsur eines Geistlichen ins Zimmer folgte.

»Das ist Bruder Paulus«, begann der Priester, aufgeregt wie ein Huhn, dessen Küken ein Wunder vollbracht hat. Gundohar achtete nicht auf den Geistlichen.

»Eine schriftliche Botschaft? Gib sie mir!« Er hielt Bruder Paulus die offene Hand entgegen. Dies war einer jener Augenblicke, in denen sich Gundohars Unterstützung der Kirchenmänner auszahlte. In diesen Tagen gelangten Neuigkeiten schneller – und zuverlässiger – durch die Hände der Kirche als durch die der Legion ans Ziel.

Gundohar sah zu Bruder Paulus auf. »Bist du selbst mit diesen Nachrichten aus Rom gekommen?«

»Nein, mein König. Ich komme aus Raetia. Ich habe gehört, daß der Patrizier Castinus sich für Johannes, den *Primicerius notariorum,* als neuen Kaiser ausgesprochen hat. In der Stadt ist es bereits zu Kämpfen gekommen, Herr, und niemand weiß, wie es am Ende ausgehen wird.«

»Hält Galla Placidia sich noch immer in Constantinopolis auf?« fragte Ordwini. »Ihr kleiner Sohn Valentinian ist der Neffe des Kaisers. Er dürfte sein nächster Verwandter sein, glaube ich, und Galla Placidia ist keine Frau, die es stillschweigend hinnimmt, daß man ihre Nachkommenschaft in der Erbfolge übergeht!«

»Das ist richtig. Und der Kaiser des Oströmischen Reiches hat den Anspruch Valentinians auf den römischen Thron anerkannt und unterstützt Galla Placidia«, erwiderte der Geistliche.

»Es wird eine Weile dauern, bis sie eine Streitmacht zusammengestellt haben, die groß genug ist, um gegen Rom zu marschieren«, warf Deorbert nachdenklich ein.

»Was ist mit den Provinzen?« fragte Gundohar. »Haben sie sich auf die Seite des Hauses Theodosius oder auf die jenes machtgierigen Beamten Johannes gestellt?«

Ein kurzes, gespanntes Schweigen folgte.

»Vielleicht benötigt Belgica Prima ein wenig Hilfe bei seiner Entscheidung«, fügte Gundohar hinzu und grinste.

»Vielleicht braucht der neue Kaiser Unterstützung bei der Eintreibung der Steuern.« Nun grinste auch Ordwini.

»Und wenn sie Widerstand leisten?« fragte einer der anderen.

»Es ist wirklich *lange* her, daß mein Schwert Blut geschmeckt hat. Ich würde es nur ungern Rost ansetzen sehen«, antwortete Ordwini.

Vater Priscus starrte von einem zum anderen, und langsam begann er zu begreifen. »Meine Söhne, meine Söhne, in welche Richtung gehen Eure Gedanken? Ihr seid hier, um den Frieden zu wahren, nicht um einen Krieg zu beginnen!«

Gundohar hob eine Augenbraue. Warum war der Priester so überrascht? Er versah nun schon fast zwanzig Jahre seinen Dienst bei den Burgunden. Inzwischen sollte er sie gut genug kennen. »Mein guter Vater, wir müssen unsere Pflichten als Föderaten erfüllen; wir müssen den Kaiser verteidigen!«

Trotz seiner Liebe für die alten Legenden hätte Gundohar sein Schwert gerne an der Wand hängen lassen.

Doch in den letzten drei Jahren war ihm klargeworden, daß man eine Walkyrja nicht mit der Harfe eroberte. Brunhild hatte ihn nur zweimal kämpfen sehen, damals, als er ihr auf dem Kampfplatz bei den Hunnen gegenübergestanden hatte, und an jenem schrecklichen Tag, als sie auf dem Rabenfeld gegen die Alemannen kämpften. Vielleicht würde sie ihn in einem anderen Licht sehen, wenn er ein siegreiches Heer anführte.

Es war immerhin eine Möglichkeit – die einzige, die ihm geblieben war.

»Übrigens, welchen Kaiser unterstützen wir eigentlich?« fragte Godomar.

»Oh – den kleinen Valentinian, denke ich, den Sohn der Schwester des Honorius.« Rom würde seine Grenzen mit Sicherheit eher sich selbst überlassen, wenn der neue Kaiser ein Kind war.

»Hurra!« rief Godomar. »Der Gundwurm zieht in den Krieg!«

Brunhild saß in dem sonnigen Hof vor dem südlichen Flügel des Palastes und drehte die Spindel. Ihre Zofen waren noch immer erstaunt darüber, daß eine Kriegerin so gut spinnen konnte, doch sie hatte tatsächlich alle an Fertigkeit und Schnelligkeit übertroffen.

An sonnigen Tagen saß sie bei den anderen Frauen, hörte mit halbem Ohr ihrem Geplauder zu und warf, wenn nötig, ein Wort ein oder runzelte auch nur die Stirn. Brunhild war keine Rabin mehr, doch noch immer trug sie dunkle Kleider: eine schwarze Taube nun, eine Fremde unter all den weißen und grauen. Und jeder, der einmal einen Taubenschlag beobachtet hat, weiß, wie unbarmherzig die Vögel gegen ihre Artgenossen sein können.

Brunhild hatte bald erkannt, daß die Frauen des königlichen Haushaltes sich kaum von denen unterschieden, die im Mädchenhaus bei den Walkyriun gelebt hatten. Die Mädchen neigten zum gleichen Neid und zu der gleichen Streitsucht. Außer einigen Sklavinnen und den Frauen mit besonderen Fähigkeiten stammten die meisten Mädchen, welche die Königinnen bedienten, aus angesehenen Familien und wurden von diesen in den königlichen Haushalt geschickt, weil man sich dadurch eine Verbesserung des Ansehens sowie das Knüpfen neuer Beziehungen erhoffte. Die Mädchen würden zum Wohle ihrer Familien heiraten. Welcher Vater würde schon einen vielversprechenden jungen Krieger als Schwiegersohn ablehnen, der sich in seine Tochter verliebt hatte, als beide am selben Königshofe dienten?

Es gab Mädchen, die den Verehrern ihre Gunst zu freimütig gewährt hatten, und diese wandten sich an Grimhild mit der Bitte um einen hilfreichen Trank. Die unglücklich Verliebten weinten sich an der Schulter Gudruns aus. Gundohars scharfzüngige Königin jedoch mieden sie alle; ihre Sorgen vertrauten sie lieber anderen an.

Doch während die Frauen spannen, klatschten sie, und während sie redeten, prägte Brunhild sich ein, was ihr nützlich erschien. Sie erzählte Gundohar jeden Abend, was sie erfahren hatte, wenn dieser trübsinnig kam, um ihr eine gute Nacht zu wünschen.

Sie hatte den König schnell jeder Hoffnung beraubt, daß ihre Fürsorge aus Zuneigung zu ihm erwuchs. Eines Tages würde er leiden, wie sie nun litt, doch noch war es nicht soweit. Erst mußte Brunhild herausfinden, wie er sie betrogen hatte. Dann würde sie seinen Sturz höchstpersönlich herbeiführen und es nicht irgendeiner schmutzigen Palastintrige überlassen.

Brunhild sah auf, als eine der Dienerinnen im Torbogen erschien.

»Krieg ...« Dieses eine Wort genügte, um das Geschnatter der Frauen zum Verstummen zu bringen. »Die Männer ziehen in den Krieg!« Die Dienerin schluckte schwer, während sich ein Dutzend Augenpaare auf sie richtete.

»Närrisches Kind, was hast du da gehört?« Brunhild erhob sich, die Spindel funkelte wie eine Waffe in ihrer Hand.

»Ein Bote kam zum König. Ich habe gehört, was er sagte, als ich ihnen Wein brachte. Der Kaiser ist tot, und die Männer ziehen nach Gallien in den Krieg!«

»Nein!« rief die kleine Gunna, die erst kürzlich einem von Gundohars Männern versprochen worden war. Ein Chor von Stimmen fiel in ihr Wehklagen ein.

»Laßt eure Klagen – die Männer werden es euch nicht danken!« herrschte Brunhild sie an. »Sie werden frohgemut in den Kampf ziehen und keinen Gedanken an euch verschwenden, die ihr voller Sorgen zu Hause bleibt.«

»Aber er könnte getötet werden ...« wimmerte Gunna.

»Was ziehst du vor: die Liebe eines Mannes, der zwar lebt, aber ein Feigling ist, oder die Erinnerung daran, von einem wahren Helden geliebt worden zu sein?« fragte die Königin. *So wie ich es tue,* fügte sie in Gedanken hinzu. Es war ein vertrauter Gedanke, doch er entsprach nicht ganz der Wahrheit.

Die Entscheidung, in den Krieg zu ziehen, konnte nur Gundohar gefällt haben. Das entsetzte Klagen der Frauen hatte sich inzwischen zu einem aufgeregten Murmeln gesenkt. Brunhild drehte sich um und erblickte Gudrun.

Sie stand da wie ein weidwundes Reh; die Spindel baumelte an einem Faden von ihrer Hand. Ein schneller Schritt brachte Brunhild an die Seite der anderen Frau.

»Setz dich«, zischte sie. »Du gibst diesen dummen Mädchen ein schlechtes Beispiel. Gerade du hast keinen Grund zur Sorge. Dies sei dir versichert: Wer immer auch in der Schlacht fallen wird, Sigfrid wird unverletzt zu dir zurückkehren.«

Eine der Frauen, die sie belauscht hatte, machte das Hornzeichen gegen das Böse, und die Königin unterdrückte ein Lächeln. Der einzige Zauberbann, der in diesen Hallen wirkte, war jener, den sie vor so langer Zeit über Sigfrid gesprochen hatte und der ihn vor jedem Unheil schützte. *Wenn ich dies nicht wüßte, würde ich mich dann auch um ihn sorgen?* Sie spürte noch immer den Schmerz des Verlustes, wenn sie Sigfrid sah – selbst wenn es nur aus der Ferne war – oder wenn sie seine Stimme hörte.

Nur die Größe des königlichen Haushaltes machte es ihr überhaupt möglich, den Schmerz zu ertragen. Sigfrid verbrachte seine Zeit mit den Männern in der Festhalle oder mit Gudrun in den eigenen Gemächern. Er und Brunhild begegneten sich nicht ständig, wie es in den alten Zeiten der Fall gewesen wäre, als noch alle zusammen in der großen Halle schliefen und aßen. Doch Brunhild wußte trotzdem ganz genau, wann Sigfrid in den Armen Gudruns lag.

Ein Mann aus Gundohars Gefolge erschien im Torbogen, und erneut griff Aufregung unter den Frauen um sich. »Meine Königin«, wandte sich der Krieger an Brunhild, »der König wünscht Euch zu sehen …« Er trat einen Schritt zur Seite, und sie erblickte Gundohar, dessen Haar wie stets zu Berge stand. Gierig wie Vögel, behielten die Frauen Brunhild im Auge, während Gundohar sich ihr näherte.

»Meine düstere Herrin«, sagte er leise, »du sitzt hier wie eine der Nornen. Willst du mir nicht ein glückliches Schicksal weben?«

»Kamst du nur hierher, um mir das zu sagen?«

Gundohar seufzte. Dann richtete er sich zu voller Größe auf, denn er war sich seines Publikums wohl bewußt.

»Brunhild, Königin der Burgunden, der Kaiser der Römer ist tot, und Bürgerkrieg herrscht. Als treue Föderaten sind wir verpflichtet, den rechtmäßigen Erben zu unterstützen. Wir reiten daher zu den Städten Belgica Primas, um sie daran zu erinnern, wem sie die Treue schulden.«

Eher, um sie daran zu erinnern, wo ihre Schätze liegen, dachte Brunhild, doch sie verstand Gundohar.

»Mein Segen ruhe auf Eurem Arm und Eurer Sache«, sagte sie feierlich. »Möget Ihr siegreich zurückkehren.«

»Ich darf mein Volk nicht ohne Herrscher zurücklassen«, fuhr Gundohar fort. »Daher frage ich Euch, Herrin, wollt Ihr über meine Untertanen wachen? Ostrofrid der Gesetzessprecher und Heribard der Ratsherr werden Euch uneingeschränkt zur Seite stehen, doch Euch will ich die Macht übertragen.«

Brunhild blickte zu ihm auf. Trotz all ihres Widerwillens rührte sie das tiefe Vertrauen, das er ihr entgegenbrachte. Damit, so vermutete sie, erkannte Gundohar wohl an, daß sie ihren Teil des Paktes mit ihm erfüllt hatte.

»Mein Gemahl«, sagte sie daher etwas sanfter, »ich werde gerne an Eurer Statt über Euer Volk wachen, und wenn Ihr zurückkehrt, werdet Ihr das Land so blühend vorfinden wie jetzt, da Ihr es verlaßt.«

Als Gundohar die Wärme in ihrer Stimme vernahm, stieg ihm die Röte ins Gesicht, doch er hütete sich vor falschen Hoffnungen. Er atmete tief ein und trat einen Schritt zurück. Sein Blick erheischte die Aufmerksamkeit aller.

»Ihr Herren und Frauen edlen Blutes. Ich rufe Euch zu Zeugen auf, daß ich die Macht des *hendinos* in die Hände Brunhilds, Herrin der Burgunden, lege, bis ich vom Schlachtfelde zurückkehre ...«

Grani hob den Kopf, seine Nüstern bebten, und er zog am Zügel. Das Heer der Burgunden zog schwerfällig über die Straße entlang des Flusses, doch auch Sigfrid konnte den frischen Duft von Wald und Wiesen riechen, der sein Pferd erregt hatte. Das Heer war durch die Schlucht des Rheins gen Norden gezogen, bis es zu der Stelle kam, an der die Mosel in den großen Strom mündete. Seit drei Tagen mühten die Männer sich nun schon über die Hügel in Richtung Westen, wo die reichen Länder der Provinz Belgica lagen.

Plötzlich grinste Sigfrid, ließ die Zügel locker, und das Pferd sprang vorwärts. Sigfrid klammerte sich mit seinen langen Beinen am Bauch des Tieres fest, während die kraftvollen Muskeln Granis sich an- und wieder entspannten. Bäume huschten an ihnen vorbei, und Sigfrid verengte die Augen zu schmalen Schlitzen, als Grani schneller wurde.

»Hü, Windjäger«, flüsterte er in die peitschende Mähne, »lauf, lauf weiter und trage mich fort von all meinen Sorgen!«

Als das Pferd etwas langsamer wurde, hatte es die Armee weit hinter sich gelassen. Sigfrid setzte sich aufrecht, zügelte Grani, und obwohl dieser unwillig den Kopf schüttelte, gehorchte er und verfiel in eine bedächtigere Gangart. Sigfrid blickte sich um und sog die Einsamkeit mit all seinen Sinnen in sich auf. Grünes Licht fiel durch das Blätterdach der Buchen. In der Nähe konnte er das leise Plätschern der Mosel hören. Etwas raschelte im Unterholz, möglicherweise ein Vogel. *Ah, kleine Schwester,* dachte er, *hast du mir etwas zu sagen?* Es war sehr lange her, daß er versucht hatte, den Gesang der Vögel zu verstehen.

Sigfrid atmete tief ein. Er hatte nicht gewußt, daß er auf der Flucht vor seinen Sorgen war, bis er aus den Reihen des Heeres ausgebrochen war. Und bestand überhaupt ein Grund zum Unglücklichsein? Er hatte eine solch liebende Frau zurückgelassen, daß er allein beim Gedanken an sie ein angenehmes Ziehen in den Lenden verspürte. Und seine Tage hatte er mit der Jagd verbracht und damit, die jungen Männer des königlichen Haushaltes im Umgang mit den Waffen auszubilden.

Es war ein angenehmes Leben, das er führte. Allein die schon zur Gewohnheit gewordene Notwendigkeit, Brunhild aus dem Weg zu gehen, trübte sein Wohlergehen.

Doch erst jetzt, als sich seine Lungen mit der klaren Luft füllen konnten, verstand Sigfrid, daß es seine Freiheit war, die er die ganze Zeit über vermißt hatte. Er legte den Kopf in den Nacken und starrte durch die Äste hinauf in das unendliche Blau des Himmels. Wölfe, selbst jene, die ein sicheres Lager und gute Jagdgründe hatten, liebten es, ihren Bau zu verlassen und weit über die Felder zu streifen. Sigfrid wurde klar, warum das so war. Es dürstete ihn nach neuen Ausblicken, neuen Gerüchen und neuen Geräuschen, wie es einen Hirsch nach Salz verlangte – und vielleicht mußte er sein Leben wieder einmal aufs Spiel setzen, um sich so lebendig wie früher zu fühlen.

Der Marsch dauerte eine weitere Woche an. Immer wieder sonderte sich eine Schar vom Hauptheer ab und plünderte die Landhäuser am Wegrand. Dies nannten die Krieger ›den Zehnt nach Art der Barbaren eintreiben‹. Schließlich erreichten die Burgunden die Kaiserstadt Augusta Treverorum – Treveri, wie sie im Volke allgemein genannt wurde.

Die Stadt war reich, obwohl schon viele Jahre vergangen waren, daß sich tatsächlich ein Kaiser in ihrer Residenz aufgehalten hatte. Von größerer Bedeutung für ihre Einwohner waren die Heilbäder und die Arenen, die Läden und die Wollspinnereien, in denen die Sklaven arbeiteten. Das Augenmerk der Burgunden galt jedoch den Kaiserlichen Münzstätten und dem Lagerhaus, in dem die Steuern – ob in Münzen oder Naturalien – aufbewahrt wurden, bis man sie nach Rom verfrachtete.

Die Römer waren sich der Gefahr durchaus bewußt, in der sie schwebten. Gundohars Hoffnungen, die Stadt in einem schnellen, überraschenden Streich einzunehmen und damit einen leichten Sieg zu erringen, waren zunichte gemacht worden, als der *dux* von Mogontiacum das nächstgelegene Regiment von *milites* um sich sammelte, damit es sich ihnen in den Weg stellte. Tausend Mann standen nun zwischen den Burgunden und Treveri, der Stadt, deren sagenhafte Reichtümer in der Erwartung der Krieger mit jeder Stunde wuchsen.

Die Burgunden lagerten zwischen den abgeernteten Weinbergen. Auf der Ebene unter sich konnten sie die Feuer der Römer sehen, die fast so zahlreich wie ihre, aber weitaus geordneter brannten. Die Feuer zeichneten eine saubere Linie, die den menschlichen Schutzwall begrenzte, der zwischen den Barbaren und der Stadt lag.

Der König ging von Gruppe zu Gruppe und bemühte

sich, nicht darüber nachzusinnen, wie viele dieser Männer am nächsten Tag um diese Zeit noch so munter und ausgelassen sein würden. An Godos Lagerfeuer sangen die Krieger ein unflätiges Lied und füllten ihre Trinkhörner aus einer Amphore erbeuteten Weines. An Ordwinis Lagerstatt rühmten sie sich der Taten, die sie vollbringen würden. Der strenge Laidrad hatte seinen Priester mitgebracht, der eine Messe für die Männer hielt. Einige der Krieger saßen schweigend da und dachten an jene, die sie zurückgelassen hatten, aber die meisten schienen guter Stimmung und voller Kampfeslust zu sein.

Auf Gundohar wirkte all dies äußerst niederdrückend. Und das Wissen, daß die Männer diesmal ganz allein auf sein Betreiben hin hier waren, machte es noch schlimmer. In Augenblicken wie diesen vermißte er die Gesellschaft Haganos. Jeder Krieger seines Gefolges hätte es als Ehre empfunden, Gundohar zu begleiten, aber vor seinen Männern mußte der König das Trugbild eines wagemutigen Anführers aufrechterhalten. Wem gegenüber konnte er es wagen, seine Hoffnungen zu offenbaren und, was noch wichtiger war, seine Zweifel, seine Ängste? Dann erinnerte er sich daran, daß er noch einen anderen Bruder hatte, und sandte Helmnot nach Sigfrid aus.

Gundohar setzte sich auf eine zerfallene Steinmauer und wartete, während einer seiner Gefolgsleute nach dem anderen zu ihm zurückkam und meldete, daß Sigfrid nirgendwo zu finden sei. Am nächstgelegenen Lagerfeuer stritten sich die Männer darüber, welcher Gott für den bevorstehenden Kampf angerufen werden sollte.

»Die Priester sagen, daß Jehova ein Gott der Schlachten ist«, behauptete Eleuthir, ein junger, ernster Krieger aus Gundohars Gefolge. »Er ist der Gott, zu dem wir beten müssen. Kaiser Constantinus ist im Zeichen des Kreuzes in den Krieg gezogen.«

»Ich habe anderes gehört«, widersprach Gamalo. »Christus ist ein Gott des Friedens, der dir sagt, du sollst jenem, der dich schlägt, auch noch die andere Wange hinhalten. Was nützt dies einem Krieger? Ruf lieber die alten Götter an, wenn du kämpfen mußt, und laß die Frauen zu dem Gekreuzigten beten.« Gamalo war der erfahrenste von Gundohars Gefolgsleuten.

»Aber selbst dann hast du die Wahl«, sagte Trogus der Halbgote lachend. »Wirst du deine Gaben Donar darbieten? Oder Wodan oder Tiw?«

»Warum nicht allen dreien?« fragte jemand, und die anderen brachen in Gelächter aus. »Was ihre Anhänger betrifft, sind *sie* nicht eifersüchtig aufeinander!«

»Donar schützt dich ausgezeichnet vor Trollen und anderen unheiligen Gelichtern«, sagte Gamalo. »Aber Tiw schenkt dir den Sieg!«

»Tiw der Einhändige bringt *Gerechtigkeit*«, verbesserte ihn sein Freund. »Wodan gewährt Siege.«

»Wenn es ihm gefällt – und wer weiß schon, *was* ihm gefällt?«

Wie wahr, wer weiß das schon? dachte Gundohar. *Nun ist Wodan der Gott der Krieger. Und der Barden, die von deren Taten singen. Und er ist ein Gott der Könige … Ich bin ein Barde und ein König, aber ich habe es noch nie gewagt, zu ihm zu beten … Vielleicht sollte ich es lernen – ich brauche einen Gott, der mir in dieser Schlacht zur Seite steht! Doch welch Geschick hält dieser Gott für die Burgunden bereit? Ist das, was ich hier tue, Wodans Wille?*

»Mein König?«

Gundohar fuhr herum. Neben ihm stand Sigfrid. Er

war so plötzlich aufgetaucht, als sei er den Schatten entwachsen. Der König packte den anderen an den Schultern und musterte das knochige Gesicht, auf welches das Feuer Licht und Schatten warf.

»Bruder ...« sagte er heiser. »Begleite mich, und laß uns sehen, welchen Rat uns diese Nacht bescheren mag.«

Gundohar ließ zu, daß Sigfrid ihn fortführte. Der König zitterte, obwohl es nicht sehr kalt war. Der abnehmende Mond tauchte die Spitzen der Bäume in ein fahles Licht, das die Männer und Fuhrwerke schemenhaft erscheinen ließ und den Schein der Lagerfeuer dämpfte. In der Ferne schimmerten die Stadtmauern Treveris, als wären sie nur eine Luftspiegelung.

»Was habe ich getan?« flüsterte Gundohar und starrte auf diese Mauern hinab. »Was haben wir hier zu suchen? Es kommt mir wie ein schlechter Traum vor ...«

»Die Stadt ist mit Sicherheit kein Traum«, sagte Sigfrid leise. »Ich bin unten gewesen.«

»Du bist durch die römischen Linien gedrungen?« Gundohar sah ihn fassungslos an, und Sigfrid grinste.

»Wie ein Schatten. Sie haben nicht einmal gemerkt, daß ich dort war. Die einfachen Soldaten sprechen alle Gallisch, und ich kenne diese Sprache nicht gut genug, aber ich glaube, es sind Menschen, die sich hier in der Gegend auf dem Land niedergelassen haben, und sie reden davon, auf ihre Höfe zurückzukehren. Die Offiziere sprechen Latein, und sie fragen sich, ob sie dich mit Gold kaufen können, ohne daß es zu einer Schlacht kommt. Sie haben sich auf die Seite von Johannes geschlagen, und sie fürchten, daß sie ihre Kräfte noch anderweitig zu seiner Verteidigung brauchen werden.«

»Sie können uns kaufen, aber erst, wenn wir sie in der Schlacht geschlagen haben«, erwiderte Gundohar verärgert. »Das ist ein altes Spiel, und die Römer kennen es ebensogut wie wir. Wenn wir gewinnen, treiben wir den Preis in die Höhe, und sie müssen uns dafür bezahlen, daß wir wieder abziehen. Doch das ist nicht der Grund, warum die Männer um die Lagerfeuer sitzen und singen. Kannst du sie hören? Sie *wollen* kämpfen! Sie würden die Schlacht nun suchen, selbst wenn es keine Aussicht auf Beute gäbe.«

»Wovor fürchtest du dich?« fragte Sigfrid neugierig. »Was droht dir Schlimmeres als der Tod?«

Gundohar seufzte. Er wußte nun, warum er die Gesellschaft des anderen Mannes gesucht hatte: Sigfrid teilte jenes seiner Geheimnisse, das ihn am tiefsten beschämte. Niemand sonst hätte es gewagt, ihm diese Frage zu stellen, und er mußte eine Antwort darauf finden – nicht für den anderen Mann, sondern für sich selbst.

»Der Tod jagt mir keine Furcht ein. Zumindest glaube ich das nicht, obwohl es Nächte gibt, in denen ich wach liege und mir vorstelle, auf welche Art und Weise er zu mir kommen könnte. Nein, ich fürchte mich davor, zu versagen. Ich fürchte, daß ich dort unten auf dem Schlachtfeld einen Narren aus mir mache, daß die Männer mich auslachen, Sigfrid. Ein König kann es sich nicht leisten, zum Gespött seines Volkes zu werden …« Gundohar biß sich auf die Lippe. *Was ich bereits wäre, wenn es wüßte, wie es um mich und Brunhild steht …*

»Du kennst zu viele alte Geschichten und sorgst dich zu sehr darum, welche Lieder die Barden über deine Taten dichten werden. Du wirst dich zu verteidigen wissen, wenn die Schwerter deiner Feinde nach deinem Leben trachten«, antwortete Sigfrid. »Du hast es schon einmal getan, wie ich gehört habe.«

»Das stimmt.« Gundohar spürte, wie die Anspannung, die ihn gepackt hatte, ein wenig nachließ. »Ich habe wie ein Barde gedacht. Es ist Zeit, daß ich wie ein König denke.«

»Schau her, und ich werde dir ein Omen zeigen, das dir wieder Hoffnung macht«, erwiderte Sigfrid. Metall schabte leise über Metall, als er sein Schwert aus der Scheide zog. Gram blitzte silbern im Mondlicht, in dem jede andere Klinge nur matt geschimmert hätte. Gundohar hatte schon immer vermutet, daß die Entstehungsgeschichte dieser Waffe Stoff für das Lied eines Barden abgeben würde, aber Sigfrid hatte ihm nur verraten, daß sie aus der zerbrochenen Klinge von seines Vaters Schwert neu geschmiedet worden war.

»Dies ist Sternenstahl, gefertigt aus einem Metall, das vom Himmel fiel, gehämmert und geschmiedet von eines Gottes Zauberspruch. Sieh her ...« Er hob die Waffe und hauchte über die Klinge. Dann winkelte er sie an, um das Licht des Mondes aufzufangen.

Gundohar starrte fassungslos darauf, denn Sigfrids Atem hatte in der Mitte des Schwertes kleine Tropfen gebildet, und plötzlich konnte er die gewundene Gestalt einer Schlange erkennen, die dort glimmte.

»Das ist die Mondschlange«, sagte Sigfrid leise. »Wie können die Burgunden verlieren, wenn in diesem Schwert, das für dich kämpft, ein Gundwurm verborgen ist?«

Gundohar blickte von der Klinge in das Gesicht des Mannes, der sie hielt. Es lag halb im Schatten und wirkte wie das Antlitz eines Gottes auf einer alten Münze. Er hatte immer einen Helden gewollt, und hier war nun einer: dieser Mann voller Zauberkraft. Doch Sigfrids Augen lagen im Dunkel, man konnte nicht darin lesen. Würde der König jemals alle Geheimnisse Sigfrids ergründen können?

»Gib mir Rückendeckung, mein Bruder. Morgen, in der Schlacht«, sagte Gundohar heiser. Es gab keinen Gott, auf den er zu vertrauen wagte, aber er vertraute diesem Wesen aus Silber und Schatten, das an seiner Seite stand. »Solange du hinter mir stehst, werde ich nicht versagen!«

Der Morgennebel hatte sich früh verflüchtigt. Er war von der Brise davongetragen worden, welche die Banner des Gundwurms flattern ließ. Der Himmel war klar und von herbstlichem Blau. Der Tau, der noch immer auf den Gräsern lag, glitzerte wie Silber im Sonnenlicht; Licht blitzte auch auf Helmen und Speerspitzen, funkelte auf Kettenpanzern, blinkte auf dem Gold der sich windenden Schlange, die auf das scharlachrote Tuch der Burgunden-Standarte aufgestickt war. Es war ein guter Morgen zum Kämpfen, dachte Sigfrid und atmete tief die frische Luft ein.

Im Morgengrauen waren römische Trompeten erklungen und hatten die *milites* aufgefordert, sich zur Schlachtordnung zu formieren. Und nun standen sie in drei sauberen Blöcken hinter ihren leuchtend bemalten Schilden. Die erste Reihe schien nur aus den regulären schwerbewaffneten Legionären zu bestehen, die Brustharnische aus ungegerbtem Leder über dunkelroten Tuniken und Kniehosen trugen. Hinter diesen konnte Sigfrid einige ungepanzerte Fußsoldaten und Bogenschützen ausmachen, die in helle Tuniken und in rehbraune Kniehosen gekleidet waren. Auf ihre Röcke und auf die Schultern waren die Abzeichen ihrer Einheit genäht.

»Letzte Nacht habe ich Pferde in ihrem Lager gesehen«, wandte Sigfrid sich an Gundohar. »Behalte diesen kleinen Wald im Auge – ich vermute, daß sie ihre Reiterei dort versteckt haben.«

Der König nickte. Der goldene Eber auf der Zier seines Spangenhelms glitzerte bösartig. »Ich habe Ordwini mit unseren Reitern auf dem Hügel postiert. Er ist jederzeit bereit, in ihre Flanke einzufallen. Wohin, glaubst du, sollte die Spitze unseres Angriffskeils zielen?«

Sigfrid zuckte mit den Schultern. Die römischen Schlachtreihen waren von geradezu bedrückender Gleichförmigkeit. »Zwischen dem rechten Block und dem in der Mitte, würde ich sagen – die Männer neigen in der Schlacht sowieso dazu, zu ihrer Schildseite umzuschwenken. Unser Ansturm wäre dann also wirkungsvoller.«

»Schau!« Gundohars Stimme zitterte, als er mit dem Finger ins Tal deutete. Eine kleine Prozession machte sich zu einem kleinen Hügel hinter den römischen Linien auf: gerüstete Offiziere, in weiße Mäntel gehüllt, und hinter ihnen ein Träger mit einer Standarte, die sich im Sonnenlicht drehte und wendete. »Sie haben auch einen Gundwurm!«

»Er heißt *draco*«, erklärte einer der anderen. »Er besteht aus einem silbernen Kopf, an dem sie einen Körper aus Tuch befestigen, der den Wind fangen soll. Ihre Standarte mag beeindruckend sein, aber unsere hat im Laufe der Jahre mehr Blut geschmeckt!«

»Also wird es eine Schlacht der Drachen sein.« Die Stimme des Königs wurde wieder fester. »Es sieht so aus, als würden sie uns erwarten. Brauchen wir eine deutlichere Einladung?« Wenn es den Burgunden gelang, die römische Linie beim ersten Ansturm zu durchbrechen, würden sie leichtes Spiel haben.

Die Männer begannen zu jubeln. Hinter ihnen erklang das dumpfe Dröhnen von Schwertknäufen, die auf die Rückseite von Schilden geschlagen wurden. Sigfrids Nasenflügel blähten sich, als er den durchdringenden Moschusduft der Erregung und den noch schärferen Geruch der Angst wahrnahm.

»He, Römer! Seid ihr einsam da unten?« schrie Godomar, dem die Ehre zuteil geworden war, die Spitze des Angriffskeils zu führen. »Macht euch bereit, uns zu empfangen – wir werden euch zu Frauen machen. Ihr braucht euch nur umzudrehen!«

»Speerschaft, schlag das Schildlied der Krieger«, sang der König, und Sigfrid grinste. Wenn der König zu singen begann, mußte er in bester Verfassung sein.

Helden, hört! Zur Heerfahrt eilet!
Galliens Krähen kreisen am Schlachtfeld.
Laßt der Feinde Fleisch ihr Festmahl sein!

Gundohar hob den Speer, und die Hörner begannen zu plärren. Ein Schauder durchlief die Schar der Krieger; Sigfrid hatte ein ähnliches Zittern durch ein lauerndes Wolfsrudel gehen sehen, bevor dieses sich mit gesträubten Fellen auf einen Hirsch stürzte. Ohne daß es eines Befehles bedurfte, setzten die Burgunden sich in Bewegung und marschierten den Hang hinunter.

Schulter an Schulter ging Sigfrid mit den anderen. Die Luft war dick vom scharfen Geruch des Blutdurstes, der sich mit dem Duft zertrampelten Grases mischte. Sigfrid blinzelte, spürte, wie er die Zähne bleckte, als er die Selbstbeherrschung zu verlieren begann, und kämpfte dagegen an. Sie gingen nun schneller, die Schlachthörner dröhnten. Gebrüllte Beschimpfungen vermischten sich zu einem unverständlichen Heulen. Für Sigfrid gab es nur noch das Gleichgewicht von Speer und Schild und die Männer links und rechts neben ihm. Sie rannten nun.

Die bleichen Flecken unter den römischen Helmen wurden zu Gesichtern. Godomar zog eine Wurfaxt aus seinem Gürtel und schleuderte sie brüllend von sich. Der Keil der Burgunden schien Wellen zu schlagen, als andere es ihm gleichtaten. Die Männer hinter der ersten Linie der Römer bewegten sich, und der Himmel verdunkelte sich, als ein Schwarm Bleikugeln einen hohen Bogen beschrieb und auf die Angreifer niederprasselte. Burgunden schrien und fielen, getroffen von den *glandes* der *martiobarbuli,* doch der Schwung des Keils war inzwischen zu groß. Nichts konnte den Ansturm bremsen.

Sie hatten die Römer fast erreicht. Speere wurden fest gepackt, Schilde in Stellung gebracht. Schreiend prallten die Burgunden gegen die Schildreihe der Römer.

Sigfrid zog seinen Speer aus dem Bauch eines Römers und richtete sich wieder auf, während der Mann rückwärts taumelte. Der Schwung des Angriffs hatte die Burgunden einige Speerlängen hinter die ursprüngliche Linie der Römer gebracht, deren Mitte aufgerieben war. Doch die Blöcke zu beiden Seiten hielten noch immer stand und begannen herumzuschwenken, um den Keil der Burgunden von hinten anzugreifen. Im Augenblick war Sigfrid allerdings nur von Feinden umgeben, die sich vor Schmerzen auf dem Boden wanden. Er atmete tief ein und sah sich nach Gundohar um.

Einige Schritte entfernt kämpfte eine Schar von Männern; Sigfrid sah die vergoldete Helmzier mit dem Eber mitten unter ihnen glitzern – und das Blitzen von Stahl, als ein Römer unmittelbar dahinter sein Schwert hob. Sigfrid stürmte nach vorne, doch die Klinge senkte sich bereits wieder; er blieb abrupt stehen, suchte einen festen Stand, holte aus, schleuderte den Speer und setzte sich wieder in Bewegung. Der Speer flog vor ihm her, ein Bote des Unheils, drang unmittelbar oberhalb der Ärmelöffnung des Harnischs ein und bohrte sich tief in den Körper des Römers.

Der Schlag, zu dem der Legionär ausgeholt hatte, ließ sich nicht mehr aufhalten, aber die Wucht des Speeres schleuderte den Mann zur Seite. Die Klinge verfehlte ihr Ziel und traf statt dessen den Nacken eines Kameraden. Im nächsten Augenblick folgte Sigfrids Schwert dem Speer, und der Sternenstahl schnitt durch Leder, Fleisch und Knochen. Rotes Blut spritzte, als Sigfrid die Waffe aus dem Leib des Toten zog, den nächsten Gegner damit fällte, einen dritten mit dem Schild zur Seite drückte und endlich Gundohar erreichte.

»Ich bin es, Bruder«, sagte er schnell. »Hoch mit deinem Schild! Ich gebe dir Rückendeckung.« Die Augen des Königs hatten sich verschleiert, doch Sigfrids Worte brachten ihn wieder zur Besinnung. Gundohar nickte, und Sigfrid bezog hinter ihm Stellung.

Um sie herum tobte die Schlacht. Ein Schild wurde in Sigfrids Richtung gestoßen. Für einen Augenblick sah er ihn deutlich vor sich: helles Blau mit einem roten Rand und einem grünen Mittelpunkt. Darüber war irgendein Tier gemalt. Dann wurde der Schild zur Seite gedreht, um den Weg für das Schwert freizumachen, doch Sigfrid war schneller; Gram fegte die Klinge beiseite und schnitt durch den Arm des Römers.

Sigfrid hörte Metall klirren und wußte, daß sich auch Gundohar hinter ihm tapfer schlug. Zwei weitere Burgunden kämpften sich zu ihnen durch; nun bildeten sie ein undurchlässiges Karree. Sigfrid grinste, machte einen Ausfall, um zuzuschlagen, und sprang zurück, um wieder zu verteidigen. Weitere Krieger schlossen sich ihnen an; das unüberblickbare Durcheinander gerann zu kleinen Gruppen kämpfender Männer. Die Römer, die ihnen am nächsten standen, zogen sich zurück. Sigfrid sah, wie sie sich neu formierten.

»Ihnen nach! Sie dürfen keine neue Schlachtreihe bilden!« schrie er.

Ein Dutzend Kehlen stimmte ein. Die Männer setzten den Römern nach, alle zusammen – wie ein Mann. Und diesmal konnte Sigfrid sich nicht von den anderen trennen. Nur bei den Wölfen hatte er diese Einheit verspürt. Als sie über den Feind herfielen, verließ ihn jedes Gefühl für das eigene Selbst, und der Laut, der sich seiner Kehle entriß, war das Heulen eines Wolfes.

Sigfrid fand nur langsam wieder zu sich selbst zurück. Es war, als tauche er aus den Tiefen eines dunklen Teiches auf. Wieder einmal war er allein, doch diesmal lagen viele Tote um ihn herum, und es war später Nachmittag. Er stank nach Blut, doch obwohl all seine Muskeln schmerzten, schienen sie nicht mit seinem Körper verbunden zu sein. Sein Schild war zu Splittern zerhackt worden. Mit großer Willensanstrengung gelang es ihm, seinen Griff um die kläglichen Überreste zu lockern und diese fortzuwerfen.

Er konnte den Hügel sehen, von dem aus sie ihren Angriff begonnen hatten. Nun lag ein Stück Wald dazwischen. Irgendwo hinter ihm ertönten Schreie, doch das Krächzen der Krähen, die in den Baumwipfeln warteten, war lauter. Weiter den Hang hinunter konnte er noch mehr Bäume erkennen, und er hörte das Gurgeln eines Baches.

Die Schlacht hatte ihn von den anderen fortgetragen. Er sah sich genauer um. Ein kalter Schauder durchlief ihn, als er erkannte, daß die Toten alle zum Feind gehörten. Mühsam kniete er sich nieder, hob die Spitze eines Umhangs, dessen Träger mit blicklosen Augen in den Himmel starrte, und wischte damit das Blut von seinem Schwert.

Vor langer, langer Zeit hatte er geschworen, daß er in einer Schlacht nur noch als Mensch kämpfen würde. Doch wahrscheinlich hatte er diesen Schwur heute gebrochen. Nur zwischen Gudruns Schenkeln entglitt ihm sonst noch die Kontrolle über sein menschliches Bewußtsein. Aber in ihrer Umarmung wuchs er über Menschliches hinaus, erfuhr er göttliches Glück. Heute hatte das Tier in ihm den Sieg davongetragen. Zorn regte sich in ihm, als er dies erkannte; das Stöhnen, das in seiner Kehle aufstieg, kam als Heulen aus seinem Mund, und aus der Dunkelheit hinter den Bäumen antworteten ihm die Wölfe.

»Willkommen, meine Brüder«, rief er, »ich habe die Tafel für euch gedeckt – laßt es euch schmecken!« Plötzlich widerte ihn der Geruch des Blutes an. Er stand auf und steckte sein Schwert in die Scheide. Als er sich erhob, stieg ein Rabe aus einem der Bäume auf und flog in Richtung der tiefer liegenden Wälder. Das Plätschern von Wasser drang wie ein Versprechen auf Frieden den Hang hinauf. Sigfrid leckte sich über die ausgetrockneten Lippen und taumelte dem Geräusch entgegen.

Als er sich durch den grünen Vorhang aus Erlen kämpfte, erkannte er, daß es sich um die heilige Quelle handeln mußte, welche die Heilbäder speiste, den Stolz Treveris. Unterhalb des Hügels glänzten die Säulen und Dächer der Badehäuser im letzten Licht des Tages. Doch das Quellhaus lag im Schatten, und es war unbewacht, denn es war ein heidnischer Schrein.

Die Quelle selbst entsprang in einem Granitbecken, ein Kanal führte das Wasser hügelabwärts. In den Felsen dahinter war ein steinerner Alkoven gehauen. Dorthin schleppte Sigfrid sich durch das hohe Laub, das den Boden bedeckte. Plötzlich sah er das Glitzern von Marmor und blieb stehen, erstaunt darüber, daß die Christen die Göttin in ihrem alten Schrein belassen hatten.

Ihr Bildnis ähnelte denen, die er bereits in Borbetomagus auf einigen Fragmenten gesehen hatte, und war so lebensecht, als hätte die Göttin sich eben erst in Stein verwandelt. Sie stand mit leicht zur Seite geneigtem Kopf da und streckte eine Hand aus, um den springenden Jagdhund an ihrer Seite zu streicheln. Ebenmäßige Gliedmaßen schimmerten unter gemeißelten Stoffen, die im Wind zu flattern schienen. Die andere Hand hielt einen Bogen, und auf ihrer Stirn sah er das Zeichen des Halbmonds.

Sigfrid starrte zu der Göttin hinauf, und seine Unruhe legte sich im Angesicht ihrer Erhabenheit. Ihr immerwährendes, rätselhaftes Lächeln beschämte ihn.

»Du bist die Göttin aller wilden Tiere«, flüsterte er. »Jägerin und Beschützerin – kein Tier des Waldes ist wilder als ich! Finde ich Gnade vor deinen Augen?« Und als er sie anstarrte, erkannte er, daß die Göttin selbst die Antwort war, so wie zu allen Zeiten: Sie war die Bringerin von Leben und Tod und Heilung, je nachdem, woran es den Menschen mangelte.

»Ich bin dein Jagdhund, Herrin«, flüsterte er, »und ich

habe heute für dich gejagt. Mögen deine heiligen Wasser den Schmutz des Krieges von mir waschen ...«

Er folgte dem Kanal ein Stück nach unten, wo das Wasser sich in einem steinumrandeten Teich sammelte. Dort kniete er sich nieder, zog seinen Helm aus und schöpfte mit den Händen Wasser. Es hatte einen seltsamen, mineralischen Geschmack, und es war sehr kalt, aber es kam ihm vor, als hätte er nie zuvor etwas gekostet, das so rein war. Rasch legte er auch die übrige Rüstung ab und watete nackt in das Becken. Der Schock des kalten Wassers ließ ihn erstarren, und er erinnerte sich daran, wie er als Kind in den Teichen des Waldes gebadet hatte. Er kniete sich hin und rieb seine Haut, spülte das Blut, das ihn bedeckte, mit dem eisigen Naß ab. Bald begann seine Haut zu prickeln, und er wußte, daß die Göttin ihn angenommen hatte.

Die Dunkelheit näherte sich, und mit ihr kam ein Wind auf, der in den Ästen der Bäume raschelte, und einen Augenblick lang bildete Sigfrid sich ein, eine Stimme darin zu hören, eine Stimme, die in ein Zwiegespräch mit dem Murmeln der Quelle vertieft war. Sigfrid verharrte regungslos und lauschte.

»Ich bin der Geist, den Neugeborene atmen; ich wandere um die Welt und trage den letzten Hauch der Schlachtenopfer hinweg«, sang der Wind.

»Ich bin das Blut der Geburt, das Blut des Todes; fließe für immer, stets von neuem gespeist«, antwortete das Wasser.

Sigfrid spürte, wie sich seine Lebensgeister wieder regten; eine Weisheit lag in dem, was er vernommen hatte, die sich mit Worten nicht ausdrücken ließ ...

Er wußte nicht, wieviel Zeit verging, bis er schwindlig und blinzelnd wieder zu sich kam und bemerkte, daß hinter den Erlen Menschen seinen Namen riefen.

»Sigfrid, den Göttern sei Dank!« rief Godomar. »Wir haben uns Sorgen gemacht, als wir dich selbst unter den Gefallenen nicht finden konnten.«

Gundohar, der seinem Bruder langsamer folgte, hielt unwillkürlich den Atem an, als er von der vollendeten weißen Schönheit der Göttin in ihrem Schrein zu dem bleichen Körper des Mannes blickte, der in dem Wasserbecken stand. Er hatte Sigfrid schon öfter nackt gesehen, doch nie zuvor in einem solchen Licht und einer solchen Haltung: in vollkommenem Gleichgewicht ruhend wie ein übernatürliches Wesen. *Dies ist es, was die Griechen in ihren Skulpturen einzufangen versuchen,* dachte Gundohar, *und was ihnen nur so selten gelingt. Dies ist der Körper eines Gottes.*

Einer der Krieger brachte eine Fackel, und als deren rötliches Licht über den Teich flackerte, verwandelte sich Sigfrids Körper plötzlich wieder in den eines Sterblichen. Gundohar, der eine unbestimmte Ehrfurcht in sich hatte aufsteigen spüren, entspannte sich. Seine Erinnerung an die Schlacht war eine verwirrende Mischung aus Grauen und einer schrecklichen Freude. Er brauchte unbedingt jemanden, mit dem er reden konnte, wie er es mit Sigfrid in der vergangenen Nacht getan hatte.

»Brr ... das Wasser ist eiskalt!« sagte Godomar. »Komm da raus, Mann, bevor du dich in Eis verwandelst.«

Sigfrid nickte und stieg aus dem Becken. Er sah noch immer benommen aus.

»Geht es dir gut?« fragte der König. »Bist du verwundet?«

Sigfrid schüttelte den Kopf, und Gundohar runzelte die Stirn. Jeder seiner Männer hatte irgendwo am Körper eine Wunde davongetragen, doch er konnte sehen – sie alle konnten es sehen –, daß Sigfrid unverletzt geblieben war. Gundohar fühlte sich wie von etwas Unheimlichem berührt, dann sah er den anderen Mann zittern und verdrängte den Gedanken.

»Hier, nimm meinen Mantel – wie ich sehe, sind deine Kleider zerfetzt.« Er zog seinen scharlachroten Umhang aus und legte ihn um Sigfrids Schultern. Erleichtert sah er, wie die Augen des anderen wieder einen menschlichen Ausdruck annahmen.

»Haben wir gewonnen?« fragte Sigfrid heiser.

»Gewonnen!« Godo schlug sich auf den Schenkel und lachte. »Es gibt einen *milliarius*, der nie wieder tausend Mann zählen wird. Die Stadtväter von Treveri haben uns bereits Vorräte gesandt. Morgen werden wir den Rest der Steuern eintreiben ...« Und alle stimmten in sein Lachen ein.

Sie lachten noch immer, als sie sich auf den Rückweg über das Schlachtfeld machten. Die Aasfresser fielen bereits über die Leichen her. Als die Burgunden näher kamen, hob ein Wolf den Kopf und heulte.

»Auch Wodans Hunde laben sich an dieser Festtafel«, sagte einer der Krieger.

Aber Gundohar hatte seine Aufmerksamkeit nur auf Sigfrid gerichtet, der seinen Kopf abgewandt hatte, um dem Heulen zu lauschen, und einen Augenblick lang sah er nicht einen Menschen vor sich stehen, sondern einen Wolf. Und erneut verspürte Gundohar einen eisigen Schauder, der nicht von der Kälte herrührte. Er hatte Sigfrid als Gott und als wildes Tier erblickt – doch er, Gundohar, König der Burgunden, er brauchte den Menschen.

1

DÜRRE

Borbetomagus, auf dem Donarsberg
Brachmond, A.D. 425

Die beiden Winter, welche der blutigen Ernte der Burgunden vor Treveri folgten, waren kalt, aber trocken. Der darauffolgende Frühling brachte nur wenig Regen, und das einzige, das wuchs, war Gerste. Während die Sommersonne wärmer wurde, reifte das Heu früh, und das junge Korn begann auf den Feldern zu verdorren.

Furcht stieg in den Menschen auf, und ein Flüstern rauschte wie Wind über die trockenen Felder. Gott, der Vater, war wütend, sagten einige, weil noch immer so viele aus dem Volk auf die alte Weise lebten. Andere widersprachen und behaupteten, es seien die alten Götter, die ihren Zorn sandten, weil sie nicht mehr die gewohnten Opfergaben erhielten. Und dann gab es noch jene, die fragten, wie man erwarten könne, daß die Felder fruchtbar seien, wenn der König, der nun schon fünf Jahre verheiratet war, noch immer kein Kind gezeugt hatte.

Sigfrid stand am Fenster des Zimmers, das er mit Gudrun teilte, und lauschte auf den Nachtwind. Ab und zu hörte er ein Rascheln, wenn der Wind ein trockenes Blatt über den Hof jagte. *Ausgedörrte Blätter …*, dachte er, *ausgedörrte Knochen.* Selbst an den Ufern des Rheins, des Vaters aller Ströme, vertrockneten abgestorbene Wasserpflanzen auf den Steinen.

Waren die Götter erzürnt über das, was die Burgunden vor den Toren Treveris angerichtet hatten? Das konnte nicht sein, denn die Dürre erstreckte sich weit über die Provinzen der Burgunden hinaus, und die Römer hatten blutigere Schlachten untereinander geschlagen, als die Heere des Usurpators Johannes auf die des Kindkaisers Valentinian getroffen waren. Gerüchte besagten, daß Johannes sogar so weit gegangen war, Flavius Aëtius zu den Hunnen zu senden, um neue Truppen aufzustellen. Nein, es mußte etwas anderes sein. Im vergangenen Jahr hatte die Beute aus Treveri die Burgunden sogar gerettet, denn sie hatten sie benutzt, um Korn zu kaufen.

Doch Brot würde das Vieh nicht retten, das die hochgelegenen Weiden nach Gras absuchte. Selbst hier, in den besiedelten Gebieten, waren die Herden das Leben des Stammes. Sigfrid fragte sich, wie es den Tieren des Waldes bei dieser Dürre erging. Es war lange her, daß er den Wolfspelz aus der Truhe in der Ecke des Zimmers genommen hatte und durch die Wälder gestreift war – nicht mehr seit jener Schlacht vor Treveri, als er sich auch ohne das Fell in einen Wolf verwandelt hatte.

Doch in dieser Nacht, als der Schlaf selbst für ihn zu wachsam war, um sich von ihm erjagen zu lassen, rief die Dunkelheit nach ihm. Lautlos wie ein Schatten durchquerte Sigfrid den Raum, und dennoch bewegte Gudrun sich in ihrem großen Bett und flüsterte seinen Namen. Sigfrid drehte sich um und sah auf sie hinab. Ihr Körper zeichnete sich unter dem dünnen Leintuch ab, doch Sigfrid mußte nicht hinsehen, um die Formen ihrer Arme zu erahnen, die langen, schön geschwungenen Linien von

Hüfte und Schenkel und das stolze Gewicht ihrer Brüste. In den vergangenen fünf Jahren hatte er ihren Körper so gut wie seinen eigenen kennengelernt.

»Was tust du?« fragte sie. »Suchst du nach dem Wolfspelz?«

Sigfrid erstarrte. Er hatte nicht geahnt, daß sie wußte, wo er das Fell versteckt hatte, aber er vermutete, daß sie eine viel zu gute Hausfrau war, um nicht von Zeit zu Zeit all ihre Kisten und Truhen aufzuräumen. Unentschieden stand er da und fragte sich, was er tun sollte.

»Es ist gut«, sagte Gudrun leise. »Wenn du gehen mußt ...«

Die Anspannung fiel von ihm ab, und Sigfrid stieß einen langen Seufzer aus. Er setzte sich ans Bettende und ergriff ihre Hand. »Ich will es nicht ... Seit Treveri kämpfe ich dagegen an ...«

»Willst du mir davon erzählen? Selbst ich habe Geschichten darüber gehört ...« Sie drückte seine Hand. »Sie sagen, du hättest dich an jenem Tag mitten in der Schlacht in einen Wolf verwandelt.«

»Vielleicht tat ich es«, sagte er bitter. »Ich erinnere mich nicht. Genau davor fürchtete sich meine Mutter.« Gudruns erwartungsvolles Schweigen weckte Erinnerungen in ihm, die er längst vergessen geglaubt hatte.

»Ich bin als Gestaltwandler geboren, das ist wahr. Das Wolfsfell gehörte meinem Vater. Als meine Mutter es mir gab, mußte ich ihr versprechen, es nie zu benutzen, um zu einem Berserker zu werden. Doch wenn das Verlangen zu stark ist, brauche ich den Pelz gar nicht. Als die Söhne Hundings uns in unserer Halle zu verbrennen suchten, brachen wir kämpfend aus, und die Verwandlung kam ungewollt über mich. Wenn ich in jener Nacht nicht als Wolf gekämpft hätte, wäre meine Mutter gestorben.«

»Also war es gut so ...« sagte Gudrun in die Dunkelheit hinein und schmiegte sich enger an ihn.

Sigfrid zuckte mit den Schultern. »Sie starb ohnehin ein Jahr später. Und ich war nicht bei ihr. Aber, siehst du, nach jenem Vorfall konnte ich unmöglich auf dem Gehöft bleiben. Alle fürchteten sich vor mir.«

»Ich habe von dir als Wolf geträumt, lange bevor ich dich als Menschen sah«, sagte sie, als das Schweigen sich dehnte. »Ich fürchte mich nicht.«

Er sank neben ihr aufs Bett und vergrub sein Gesicht in den Armen. »Aber was ist mit den anderen? Wird einst der Tag kommen, an dem die Männer sich weigern, mir in die Augen zu schauen, und Mütter ihre Kinder vor mir in Sicherheit bringen?«

»Oh, mein Liebster!« Gudrun stützte sich auf einen Ellbogen und küßte seine Schulter. Wieder schwiegen beide, dann fügte sie schließlich hinzu: »Weiß Brunhild davon? Ist das der Grund, warum zwischen dir und der Königin soviel Feindseligkeit herrscht?«

Sigfrid erstarrte erneut, hin und her gerissen zwischen Furcht und bitterer Belustigung. So sehr Brunhild und er sich auch bemühten, es vor den anderen zu verbergen, die Spannung zwischen ihnen mußte wohl offensichtlich sein. Was konnte er Gudrun antworten, ohne Dinge zu verraten, die er für immer geheimzuhalten geschworen hatte?

»Ich wage zu bezweifeln, daß sie so etwas beunruhigen würde. Ich nehme an, sie verdächtigt mich, Gundohar dabei geholfen zu haben, sie zu besiegen«, sagte er schließlich.

»Du glaubst, Brunhild haßt dich, weil du meinem Bruder den Schwertkampf beigebracht hast?« Gudrun schüttelte den Kopf. »Ich habe sie nie ganz verstanden, aber das kommt mir unwahrscheinlich vor. Und es erklärt auch nicht, warum sie sich von mir abgewandt hat, als sie erfuhr, daß wir miteinander vermählt sind ...«

Sigfrid rieb sich die Augen und fragte sich, was das Besondere an dieser Nacht war, daß sie Dinge zutage förderte, die so lange im verborgenen geschlummert hatten.

»Wollte sie einfach nur frei und ungebunden bleiben?« fragte Gudrun.

»Du bist meine Frau, und sie ist die Gemahlin Gundohars. Und ich liebe dich«, sagte Sigfrid in einem schärferen Ton, als er beabsichtigt hatte, und Gudrun seufzte. Nach ein paar Minuten begann sie sanft über sein Haar zu streichen.

Er spürte, daß sie ihn nicht abweisen würde, doch dieses eine Mal weckte dieses Wissen kein Verlangen in ihm. Auch Brunhild hatte ihn willkommen geheißen, und sie hatte ihm gehört, bevor sie Gundohars Frau geworden war. Aber hatte er sie geliebt? Damals waren sie beide sehr jung gewesen und hatten sich allein an ihrer Leidenschaft berauscht. Bei Gudrun jedoch hatte er Frieden gefunden.

Und dennoch fragte Sigfrid sich plötzlich, als er in der Dunkelheit dicht neben seiner Frau lag, ob Frieden allein wirklich genug war.

Brunhild war in den Leinschuppen und überwachte das Flachshecheln. Ihr scharfer Blick wanderte von einem Arbeiter zum anderen.

Es war ein warmer Tag, und in den Schuppen war es drückend heiß. Brunhild trug für diese Arbeit nur einen Leinenumhang, der an den Schultern auf die alte Art zusammengesteckt war. Ursprünglich war dieser Umhang dunkelbraun gewesen, doch die Zeit hatte ihn ausgebleicht, und nun hatte er dieselbe Farbe wie der Staub, über den sie schritt.

Die Luft pulsierte, als Dreschflegel die bearbeiteten Flachsstengel schlugen. Mit jedem Schlag stieg Staub von den Matten auf, und überall schwirrte Spreu. Die jungen Frauen des Hofes sollten lernen, alle anfallenden Hausarbeiten zu überwachen, und es war die Aufgabe der Königin, sie darin zu unterweisen.

Brunhild sah den blonden Schopf Gunnas in der Tür erscheinen und rief sie herbei.

»Herrin«, sagte das Mädchen, »die alte Königin sitzt in ihrer Laube und wartet auf Euch.«

»So?« fragte Brunhild. »Und ich habe hier drinnen gestanden und auf *dich* gewartet! Übernimm meinen Platz, Kind, und achte sorgfältig auf alles. Es ist ein heißer Tag, und die Arbeiter werden nachlässig, wenn deine Aufmerksamkeit abschweift.«

Das Mädchen errötete und sah sich unsicher um. Brunhild lächelte boshaft und trat ins Freie hinaus. Sie zog sich das Kopftuch vom Schopf und wischte sich damit die Stirn. Eine Brise sorgte für etwas Abkühlung, doch die Sonne brannte weiterhin unerbittlich von einem Himmel, der wie poliertes Metall wirkte.

Zumindest in der Laube war es schattig, wo ein längst vergessener Römer Heckenrosen zu einem Torbogen gezogen hatte. Die alte Königin saß über ihren Stock gebeugt und war selbst bei diesem Wetter in ihre gewohnten Tücher gehüllt. Als Brunhild eintrat, runzelte Grimhild die Stirn.

»Du siehst in diesem Gewand wie ein Sklave aus. Hast du keine besseren Kleider?«

»Nichts, was sich besser zum Flachshecheln eignen würde«, erwiderte Brunhild gleichmütig.

»Soviel muß ich dir zugestehen«, fuhr Grimhild fort, »diesen Teil deiner Aufgaben erfüllst du ausgezeichnet.« Brunhild seufzte, denn sie ahnte bereits, worauf dieses Gespräch hinauslief. »Aber mein Sohn hat genügend andere Dienerinnen, die dasselbe tun könnten. Er braucht eine Königin, die ihm Söhne gebiert!«

Vielleicht will er sich von mir trennen, dachte Brunhild hoffnungsvoll, doch sie wußte, daß Gundohar niemals seine Mutter senden würde, ihr das mitzuteilen – falls es Brunhild überhaupt jemals gelingen sollte, seine Leidenschaft für sie zu ersticken.

»Das liegt sicherlich in den Händen der Götter!« sagte Brunhild laut.

»Die Götter geben uns die Mittel, uns selbst zu helfen«, erwiderte die alte Königin scharf. »Wenn du den Trank schluckst, den ich dir gebe, wirst du ein Kind empfangen!«

»Das bezweifle ich …« Sie konnte ein bitteres Lächeln nicht unterdrücken. Solange sie allein schlief, wäre schon die Hilfe des Erzengels Gabriel persönlich vonnöten, sie mit einem Kind zu segnen.

»Dann stimmt es also, was mir zu Ohren gekommen ist?« Grimhild starrte Brunhild an, als hätte sie ihre Gedanken lesen können. »Du teilst nicht das Lager mit Gundohar!«

»Ich habe meine Pflicht erfüllt …« begann Brunhild, aber die alte Frau schlug mit dem Stab auf den Boden.

»Das hast du nicht getan, sonst würdest du ein Kind unter dem Herzen tragen! Ich verlange nicht von dir, Gundohar zu lieben. Doch du mußt tun, was für das Wohl des Landes nötig ist!«

»Und was macht deine eigene Tochter falsch?« keifte Brunhild zurück. »Glaubst du, ich habe nicht gehört, wie du ihre Vermählung arrangiert hast? Kornkönig und Frühlingsbraut? Hat sie von deinen Tränken gekostet, alte Frau? Wenn das so sein sollte, sind sie nicht viel wert, denn nach allem, was man hört, kann es nicht an mangelnden Versuchen liegen, daß sie noch immer kein Kind von Sigfrid empfangen hat!«

Im Gegensatz zu mir. Ich habe sein Kind zur Welt gebracht! beendete Brunhild den Gedanken triumphierend. Von Zeit zu Zeit traf ein Bote von Heimar ein und berichtete ihr, daß es Asliud gutging. Huld, die inzwischen zu alt zum Reisen war, unterrichtete das Kind.

»Verstehst du denn gar nichts?« fragte Grimhild heiser. »Schau dich um ...« Sie pflückte ein Blatt und rieb es zwischen den Fingern. Es zerfiel in ihren Händen. »Das Land liegt im Sterben. Ohne Regen werden auch die Menschen sterben. Wenn du Gundohar nicht lieben kannst, öffne deine Beine für den erstbesten Bettler, den du auf der Straße triffst. Wenn die Königin nichts gibt, wie soll dann das Wasser fließen?«

»Alte Frau«, erwiderte Brunhild unnachgiebig, »ich habe nichts zu geben.« *Außer den Tod ...* Der Gedanke drängte sich ihr auf. Doch dafür war die Zeit noch nicht reif.

Lange starrte Grimhild sie an. Dann lehnte die alte Königin sich zurück und schien in ihren Gewändern zusammenzuschrumpfen. »Die Menschen nennen mich ein böses Weib«, flüsterte sie, »weil ich Zaubersprüche wirke und zu den alten Göttern bete. Doch alles, was ich tue, geschieht zum Wohl meiner Sippe. Was rechtfertigt deine Taten?«

»Frag die Götter, die euch diese Trockenheit gesandt haben – und mir dieses Schicksal«, antwortete Brunhild wütend.

»Die Sippe wird sich versammeln«, sagte Grimhild leise. »Wir werden uns am Abend des Donarstages oben auf dem Berg treffen, um dem Gott unsere Opfergaben darzubieten. Du und Sigfrid müßt ebenfalls erscheinen.«

Gudrun ließ den Minzezweig sinken, dessen Blätter sie gerade abpflückte, und starrte ihre Mutter an. »Ein Opfer für Donar? Was werden die Priester sagen?«

»Sie werden sagen, wir seien Heiden, und damit werden sie recht haben.« Die alte Königin lächelte grimmig. »Aber was sie sagen, wird keine Rolle spielen, wenn der Ritus uns Regen bringt.«

Und wenn er keinen Regen bringt, überlegte Gudrun, *werden wir mehr zu befürchten haben als eine Strafpredigt der Christen.* Sie sah auf die Kräuter in ihren Händen hinab. Es war zu früh, um sie jetzt schon zu ernten. Die Blätter waren noch viel zu klein. Doch wenn sie es jetzt nicht tat, würden sie an der Rebe verdorren.

»Aber warum ich?« fragte sie. »Gewiß liegt es doch an Gundohar ...«

»Es gäbe zuviel Gerede, wenn er anwesend wäre. Und es könnte gefährlich für ihn sein ...«

Gudruns Augen weiteten sich, und sie begann zu verstehen. In den alten Tagen hatten die Menschen kleinere Opfergaben dargebracht, wenn es zu viele schlechte Ernten gegeben hatte – und wenn dies nichts nützte, hatten sie ihre Könige geopfert. Redeten die Leute bereits über Gundohar? Der Gedanke, daß sie selbst sich in Gefahr begeben könnte, schoß ihr durch den Kopf. Die Menschen würden sich vielleicht auch mit einem Ersatz aus dem königlichen Hause begnügen. Ohne Zweifel wußte dies auch ihre Mutter.

Doch als sie Grimhilds unerbittlichen Blick sah, erkannte Gudrun, daß die alte Frau liebend gerne an die

Stelle ihres Sohnes treten würde – wenn sie noch rüstig genug gewesen wäre, um ein annehmbares Opfer darzustellen. Grimhild würde sich oder diejenigen, die sie liebte, ohne zu zögern, für ein höheres Ziel hingeben – darin war sie genauso gnadenlos wie der Gott, dem sie diente.

In der Vergangenheit hätte Gudrun dies nicht verstanden. Doch nun wußte sie, daß sie selbst ihr Leben jederzeit für Sigfrid geben würde, wenn die Notwendigkeit es verlangte. Sie blickte sich in dem sterbenden Garten um und dachte, daß ein solcher Preis nicht zu hoch war, wenn es galt, das Land zu retten.

Plötzlich erinnerte sie sich an den Halsschmuck, den Sigfrid ihr geschenkt hatte. Sie kannte die Runen gut genug, um zu wissen, daß jene, die darauf eingraviert waren, den Göttern der Felder und Wasser gehörten – es waren Runen der Fruchtbarkeit. Sie würde den goldenen Reif bei diesem Ritual tragen.

»Wenn die alten Götter ein Opfer brauchen, damit sie uns helfen, dann will ich ihre Priesterin sein«, sagte sie leise und blickte Grimhild endlich wieder in die Augen. Und im Gesicht ihrer Mutter sah sie eine Regung aufflackern, mit der die alte Frau ihre Tochter nie zuvor betrachtet hatte: Stolz.

Noch bevor sie den Berg erreichten, konnten sie das Trommeln hören: ein mächtiger Pulsschlag, der aus dem Herzen der hügeligen Landschaft selbst zu kommen schien. Vor ihnen ragte der Donarsberg über die anderen Hügel, die das Tal des Rheins südlich und westlich von Borbetomagus säumten: ein dunkler Schatten vor dem Himmel. In der Ebene wirbelten bleiche Staubwolken über den Feldern und zeigten das Vorankommen von Mensch und Tier an. Jede Sippe war aufgefordert worden, dem Gott während des bevorstehenden Rituals einen Ziegenbock oder einen Bullen zu opfern. Gudrun leckte sich die trockenen Lippen, und ein leichtes Prickeln auf der Haut verriet ihre Aufregung. Spannung lag bereits in der Luft. Und obwohl die Sonne noch immer von einem wolkenlosen Himmel herniederbrannte, war Gudrun sich sicher, daß das Ritual Erfolg zeigen würde.

Sigfrid glich sich ihren Schritten an, obwohl er die Strecke bis zur Spitze des Berges ohne Zweifel in der Hälfte der Zeit hinter sich gebracht hätte. Gudrun wischte sich den Schweiß von der Stirn und seufzte. Als sie noch ein Kind gewesen und auf dem Heiligen Berg herumgetollt war, hätte ihr ein solcher Aufstieg sicher keine Mühe bereitet. Doch sie war viel zu lange nicht mehr umhergewandert außer in ihrem kleinen Garten oder bei einem vergnüglichen Spaziergang den Fluß entlang. Sie schwor sich im stillen, sich wieder mehr zu bewegen, wenn dies alles hier vorüber wäre, und schritt weit aus, um sich Sigfrids langen Schritten anzupassen.

Gudrun musterte sein kantiges Profil und wunderte sich erneut über diesen Mann, den das Schicksal und ihr Bruder ihr beschert hatten. Sein Blick war – wie gewöhnlich – aufmerksam und verriet nichts von dem, was in ihm vorging. Und dennoch kannte sie ihn inzwischen gut genug, um sagen zu können, daß er neugierig auf das Kommende war – und sich vielleicht ein wenig darüber amüsierte.

»Danke, daß du mich begleitest«, sagte sie leise.

Er sah sie erstaunt an. »Hast du wirklich geglaubt, ich ließe dich allein gehen? Außerdem macht es Spaß. Es erinnert mich an unsere Feste im Norden, als ich noch sehr jung war.«

Gudrun versuchte sich den ernsten Jungen mit den strahlenden Augen vorzustellen, der er damals gewesen sein mußte, und ihre Augen füllten sich plötzlich mit Tränen, so sehr verlangte es sie danach, ein Kind von ihm auf die Welt zu bringen.

Vielleicht liegt ein Fluch auf den Niflungen, dachte sie. Obwohl Gundohar sich nicht beklagte, wußte sie, daß die Dinge zwischen ihm und Brunhild nicht gut standen. Doch warum hatten die leidenschaftlichen Nächte, die sie, Gudrun, in Sigfrids Armen verbracht hatte, noch keine Früchte getragen?

Die Wanderer vor ihnen wurden langsamer. Gudrun blieb stehen und lehnte sich gegen eine junge Eiche. Selbst hier oben, auf halbem Weg zur Bergspitze, war die Luft drückend. Kein Windhauch regte sich, und das Land unter ihnen verbarg sich hinter einem Hitzeschleier, durch den sie kaum das Glitzern des großen Stromes ausmachen konnte. Die umgestürzten Steine der alten Ringfestung am Fuße des Berges sahen aus wie verstreute Knochen. Die Hitze war erdrückend, und dennoch fühlte Gudrun sich seltsam leicht. Gehorsam nippte sie an ihrem Wasserschlauch; es wäre peinlich, wenn sie in der Gluthitze ohnmächtig würde.

»Komm«, sagte Sigfrid. »Es ist nicht mehr weit.«

Vor ihnen sah sie den Himmel durch die Baumwipfel schimmern. Es dauerte nicht mehr lange, und sie hatten den Gipfel erreicht, wo ein uralter Eichbaum seine Wurzeln in den Fels getrieben hatte und der Quelle Schatten spendete. Das trockene Gras am Fuß der Eiche war schon von der Menge zertrampelt worden. Das Vieh, das an die kleineren Bäume gebunden worden war, brüllte gereizt.

Dort, wo der Boden am flachsten war, hatte man Platz für ein großes Freudenfeuer geschaffen, und weiter hangabwärts hatte jede Sippe ihr eigenes, kleineres Feuer errichtet. Gudrun entdeckte ihre Mutter, die schon in der vergangenen Nacht hierher gekommen war, um die Vorbereitungen zu überwachen. Verschleiert und in Weiß gekleidet, saß sie mit einigen anderen Frauen unter der Eiche.

Die Sonne wanderte über einen gleißenden Himmel. Es war so heiß, als hätte die ausgedörrte Welt Feuer gefangen. Gudrun bemerkte, daß keiner der offiziellen Vertreter des Volkes gekommen war, wohl aber deren Brüder und Söhne – jene, die sie unterstützten. Und es schien ihr nur angebracht, daß sie an diesem Ritus teilnahmen, einem Ritus, der nur noch im verborgenen vollzogen werden konnte.

Obwohl die Luft noch immer drückend heiß war, rann Gudrun erneut ein kalter Schauder über den Rücken. Als sie sich an ihre Mutter wandte, stellte sie zu ihrer eigenen Überraschung fest, daß sie flüsterte:

»Was muß ich tun, wenn es anfängt?«

Der Ausdruck in Gudruns Gesicht mußte Grimhild gefallen haben, denn sie lächelte. »Du wirst es wissen. Die Trommeln werden es dir sagen. Der Wind wird es dir zuflüstern.«

»Aber es weht kein Wind …«

»Er wird kommen«, sagte die alte Königin. »Hab Geduld, und er wird kommen.«

Die Leute hatten begonnen, sich um das Freudenfeuer zu versammeln. Als die Sonne die fernen Hügel berührte, stand Ostrofrid, der alte Gesetzessprecher, auf und verbeugte sich vor der Eiche. Dann wandte er sich an die Versammelten.

»Kinder der Burgunden, warum seid ihr hierher gekommen?«

»Wir sind gekommen, um für den Regen zu beten. Wir sind gekommen, um dem Gott unsere Ehre zu erweisen«, erklang murmelnd die Antwort.

»Und warum seid ihr auf diesen Berg gekommen?« fragte Ostrofrid.

»Weil er dem Gott des Sturms gehört. Weil dies hier heiliger Boden ist.«

Ostrofrid nickte, drehte sich wieder zu der Eiche um und hob die Arme. »Donar, Donar, Vater des Donners, schau auf unsere Opfergaben. Hier sind schwarze Ochsen mit gespaltenen Hufen und gewundenen Hörnern. Wir bringen dir bärtige Ziegenböcke dar, kräftig und gesund. Höre nun und lausche, was wir von dir erbitten: Dem Pflüger und dem Sämann schenk eine gute Ernte, bring ihnen süßen Regen. Heiliger Donnerer, beschütze unsere Äcker, schenk ihnen gutes Stroh mit vollen Ähren und gutem Korn darinnen!«

»Donnerer, heiliger Donnerer! Schenk uns Regen!« rief die Menge.

Von den Felsen über der Quelle warfen Männer keilförmige Steine in das seichte Wasser. Die Luft vibrierte, als die Schmiede von Borbetomagus begannen, auf die Felsen zu hämmern. Dort, wo ihre Hämmer auftrafen, stoben Funken in das Zwielicht.

»Wind, komm auf! Donner, grolle! Blitz, leuchte auf wie des Stahles Stoß auf stumpfem Stein!«

Einige Männer brachten den ersten Bullen herbei. Sie mußten kräftig an seinen Seilen ziehen. Der Lärm nahm ständig zu, und das Vieh wurde unruhig und begann mit den Hörnern zu stoßen. Der Sippenführer trat schnell dazwischen, schwang die bronzene Schmetterlingsaxt und ließ sie mit aller Kraft herabfallen. Der Bulle brüllte, doch der Tod hatte ihn bereits in den Klauen. Der abgetrennte Kopf fiel zu Boden, helles Blut sprudelte; Männer fingen es in einem Kübel auf und gossen es über die Wurzeln der Eiche.

Mit triumphierendem Geschrei hängten einige Mitglieder der Sippe den Kopf an einen Ast des Baumes, während andere den Kadaver des Tieres wegschleiften, damit er ausgenommen und gebraten werden konnte. Am Hang wetteiferte das erste der Freudenfeuer mit dem letzten Licht der Sonne.

»Heil, Donar, Herr des Donarsberg!« riefen sie.

Schon wurde das nächste Tier geopfert. Der süße Geruch von Blut hing in der Luft. Gudrun blinzelte. Konnte es sein, daß die Abenddämmerung so schnell hereinbrach? Doch es war eigentlich keine richtige Finsternis, die sich niedersenkte, sondern eher ein leuchtender Nebel, der einen klaren Blick auf die Bullen und Ziegenböcke erschwerte, welche geschlachtet wurden. Die Äste des Eichbaums stöhnten unter ihrer grausigen Last, als die acht Clans der Burgunden ihre Opfer darbrachten. Gudrun begann zu schwanken. Sie fühlte sich erregt und schwindlig, als wäre ihr Kopf in einen mächtigen Schraubstock gespannt worden. Vorsichtig schüttelte sie den Kopf, um sich von dem Druck zu befreien, und bemerkte, daß sie zitterte.

Dann brachten sie den großen Bullen, den Stolz der Niflungenherde, und Sigfrid, der den König vertrat, ergriff die Axt. Die Bronzeklinge warf rötliche Blitze in die Runde. Der Bulle, der das Blut roch, brüllte und bäumte sich mit solcher Kraft auf, daß einer der Männer, welche die Seile hielten, von den Beinen gerissen wurde.

Ein spitzes Horn beschrieb einen Kreis, Sigfrid folgte

der Bewegung, Mensch und Tier drehten sich um die eigene Achse. Die Axt war schneller, schwang herum und nach oben und durchschlug den Nacken des Bullen. Der abgetrennte Kopf flog in hohem Bogen in Richtung Eiche, während der Rumpf des Tieres zusammenbrach.

»Donar! Donar! Der Gott nimmt das Opfer an!«

Schnell häuteten sie den Kadaver und weideten ihn aus. Dann band man ihm Stricke um die Hufe und ließ ihn von dem Querbalken hängen, der auf die beiden Astgabeln neben dem Feuer gelegt worden war. Jemand stieß eine brennende Fackel in das aufgestapelte Holz. Gudrun beobachtete, wie das Feuer über das Fleisch des geschlachteten Bullen zu lecken begann. Doch die Flammen züngelten zur Seite und nicht gerade nach oben, wie sie es noch kurz zuvor getan hatten. Gudrun wandte sich dem Abendrot zu und spürte, wie ein Hauch kühler Luft über ihre Stirn fuhr. Fern im Westen erhob sich eine Brise. Ihre Mutter hatte recht behalten. Es kam Wind auf!

Die Trommeln ertönten inzwischen in gleichmäßigem Takt. Die Menschen klopften den Rhythmus mit, schlugen sich auf die Schenkel, rasselten mit Klappern und Glocken. Gudrun begann unwillkürlich vor und zurück zu schaukeln, und lachte, als hätte sie zuviel Met getrunken. Von der Stelle unter ihrem Brustbein breitete sich eine lodernde Hitze in tanzenden Flammen über ihre Gliedmaßen aus. Jemand begann Bocksprünge um das Feuer zu vollführen, gebärdete sich wie ein Besessener. Bald schlossen sich ihm andere Tänzer an.

Die wild Umherwirbelnden bildeten einen Kreis. Eine Frau nahm Gudrun bei der Hand und zog sie mit sich. Gudrun taumelte, denn sie war Tänze dieser Art nicht gewöhnt. Niemand bewegte sich entgegengesetzt der Bahn, welche die Sonne beschrieb, außer um Schwarze

Magie zu wirken – oder einen Sturm heraufzubeschwören. Die Beine wollten ihr nicht gehorchen, doch Menschen fingen sie auf, wenn sie strauchelte, und stießen sie in den Kreis zurück.

Vor ihr taumelte ein Mann aus dem Rund und zog seine Tunika aus, bevor er wieder zu tanzen begann. Bald taten andere es ihm nach. Tuniken, Kniehosen und Kleider wurden abgeworfen. Ein Schrei, der tief aus Gudruns Innerem kam, brach sich seine Bahn. Sie schrie ein zweites Mal, ruderte wild mit den Armen, um die Kraft, die sie durchströmte, aus sich herauszulassen. Plötzlich konnte sie das Gefühl von Stoff auf ihrer Haut nicht mehr ertragen. Sie zog an dem Knoten ihres Gürtels, riß die Spangen weg, die ihren Umhang an den Schultern hielten, und trat alles mit den Füßen zur Seite. Ein Schauder puren Wohlgefühls pulsierte durch ihren Körper, als sie sich von allen einengenden Kleidern befreit hatte. Nur den Halsschmuck trug sie noch – selbst die Nadeln, mit denen sie ihr Haar hochgesteckt hatte, waren bei ihrem wilden Tanz davongeflogen.

Dadurch, daß sie alle Kleider abgeworfen hatte, schien sie ein neues Verständnis, einen neuen Sinn gewonnen zu haben, der sie mit den anderen Tänzern und der Erde, auf der sie stampften, verband. Der Kreis wurde zu einer zuckenden Schlange, die sich zwischen den Feuern hindurchwand. Gudrun tanzte zusammen mit den anderen, doch ihre Gedanken wurden immer zusammenhangloser. Ihr Körper prickelte vor Erregung – einer Erregung, die sich von ihren Brüsten bis zu ihren Lenden ausbreitete, als der Griff jener unbekannten Macht, die sie antrieb, immer fester wurde. Wenn sie versuchte, stehenzubleiben, begann sie unkontrolliert zu zittern und zu zucken. Nur der Tanz verschaffte ihr Erleichterung.

Es war ihr schwergefallen, den Berg zu ersteigen, doch nun stampfte sie mit den Füßen und drehte sich mit der unerschöpflichen Energie eines Kindes. Sie wußte, was sie tat, und dennoch kam es ihr vor, als wäre es nicht Gudrun, die all das tat – sie war jemand anderes, jemand, der sich an dem Umherfliegen seidiger Haare und dem Spiel von Muskeln ergötzte, jemand, dem diese Freuden lange verwehrt worden waren. Der Tanz führte Gudrun zu ihrer Mutter, und als die alte Frau den Halsreif sah, hob sie die Hand zum Gruß, wie sie es bei Gundohars Thronbesteigung getan hatte.

»O Strahlende, wer bist du?« wisperte sie und starrte in Gudruns Augen. Doch es war nicht Gudrun, die ihr antwortete.

»Ich bin die Frowe ... Ich bin die Pracht der grünen Erde und der Glanz des Sternenhimmels!« hörte Gudrun sich sagen. »Ich bin die Göttin des Lebens und der Liebe.« Und dann wußte Gudrun gar nichts mehr.

Sigfrid hörte die Rufe, drehte sich um und sah, wie die Leute sich um Gudrun scharten, die dastand und ihre Hände hin und her drehte, als hätte sie sie nie zuvor gesehen. Die alten Frauen umkreisten sie wie gurrende Tauben und zogen sie in Richtung Waldrand. Sigfrid zwängte sich durch die Menge, um besser sehen zu können.

»Was hat das zu bedeuten?« fragte er Ostrofrid. »Was haben sie mit ihr vor?«

Der alte Mann grinste. »Sie wird mit dem kleinsten Finger ihrer rechten Hand das Bilsenkraut pflücken, und sie werden es ihr um den kleinsten Zeh des rechten Fußes binden. So verlangt es der Zauber der alten Frauen, wenn es regnen soll.«

Sigfrid hob den Kopf und sog tief die Luft ein. Vielleicht würden ihre Hexenkünste Erfolg haben, denn er konnte riechen, daß die Luft sich verändert hatte. Mit dem Rauch der Freudenfeuer stieg der Duft gerösteten Fleisches auf. Sicherlich roch es auch der Gott des Blitzes. Unter den Fußsohlen spürte Sigfrid das gleichmäßige Beben der Erde, während die Tanzenden sich weiter zum Schlag der Trommeln bewegten; selbst die Flammen zuckten in diesem Rhythmus, der die Luft pulsieren ließ und von Berg zu Berg hallte. Auch der Gott des Donners mußte ihn hören!

Die Gruppe weißgekleideter Frauen am Waldrand löste sich auf und gab den Blick auf Gudrun frei, die lachend in ihrer Mitte stand. Sie war von einem hellen Strahlenkranz umgeben, so daß sie selbst in den Schatten zu leuchten schien.

»Die Götter haben uns erhört«, sagte Ostrofrid leise. »Die Strahlende ist zu uns herabgestiegen und wandelt unter den Menschen.«

Plötzlich verstand Sigfrid. Seine Gudrun war wunderschön, doch stets bewegte sie sich, als schämte sie sich ihrer Größe. Sie beugte ihre Schultern vor, um die herrliche Rundung ihrer Brüste unter dem Gewand zu verbergen. Jene Frau dort unten schritt mit erhobenem Kinn und gestrafften Schultern, die festen Brüste stolz erhoben, deren rosigen Knospen verführerisch emporstanden.

Gudrun besaß eine zarte Schönheit, welche die Seele besänftigte, doch die Frau, in die sie sich verwandelt hatte, beherrschte ihre Umgebung. Ihr Lachen scholl hangaufwärts. »Gydja! Gydja!« riefen die Frauen. *Göttin, Priesterin* … die Worte bedeuteten das gleiche.

»Die Göttin segnet uns!« rief Grimhild. »Heißt sie willkommen, o ihr Menschen! Krönt sie mit Blumen!«

Obwohl die Jahreszeit sehr trocken gewesen war, hatten sie einige Blüten gefunden. Bald krönte ein Kranz aus weißen und gelben Astern Gudruns Haupt. Man hatte süße Kräuter zu einem Gürtel geflochten, der auf den Rundungen ihrer Hüften ruhte. Sein Ende schwang verführerisch über der Stelle, an der sich ihre Schenkel vereinten. Sigfrid spürte, wie sich Verlangen in ihm regte, und ein Blick in die Runde genügte, um zu erkennen, daß es allen Männern so erging.

»Froja, du Schönste von allen, sieh, wie wir dich ehren ...« riefen die Frauen. »Willst du uns deinen Segen schenken, willst du den Gott um Regen bitten?«

Gudrun legte kurz die Stirn in Falten, sah sich um, und dann hob sie ganz langsam die Arme. Die Rufe verstummten.

»Blut habt ihr auf die Erde gegossen, doch war es nicht das eure ...« sagte sie. Die Stimme klang tiefer als die von Gudrun. Zufriedenheit klang aus den Worten. »Leben habt ihr geopfert, doch war es nicht das eure ...«

»O Herrin, fordert die Göttin ein Menschenopfer?« fragte Ostrofrid, und Sigfrid wußte, daß einer der Tanzenden sterben würde, wenn sie es tatsächlich verlangen sollte. Und die anderen wußten es auch. Jeder Anwesende wußte, daß ihn das Los treffen konnte, wenn es das war, was die Götter forderten.

Doch die Frowe schüttelte den Kopf, daß die Blumenblätter zitterten, und lachte. »Ist der Tod das einzige, was ihr darzubieten habt? Zeugt Leben, Kinder der Burgunden, gebt uns eure Stärke und eure Macht. Tanzt, singt. Umarmt euch und zeugt Leben; laßt euren Samen regnen, und die Götter werden das Wasser regnen lassen. Schaut mich an – *schaut* mich an ...« Langsam begann sie sich zwischen ihnen zu bewegen, schwang ihre Hüften und umfaßte mit den Händen ihre Brüste.

»Begehrt ihr mich? Erfüllt euch nun die Macht des Lebens?«

Die Macht ließ das Glied eines jeden Mannes steif werden, an dem die Göttin vorüberschritt. Frauen leckten sich die Lippen, ihre Brustwarzen wurden hart. Als Gudrun näher kam, atmete Sigfrid den Geruch ein, den sie verströmte: eine berauschende Mischung aus Moschus- und Blumenduft, der Sigfrids bereits beträchtliche Erregung so verstärkte, daß es ihn schmerzte.

»Ah ...« lachte sie. »Ich sehe, daß die Macht wirkt ... So tanzt nun, und laßt die Macht, die durch euch strömt, eure Opfergabe sein!«

Sie breitete die Arme aus, als wolle sie alle umschließen, und begann sich auf der Stelle im Kreis zu drehen. Die Trommler, die sich vom Feuer ihrer Bewegung anstecken ließen, schlugen einen neuen Rhythmus, dem niemand widerstehen konnte. Sogar die alten Frauen tanzten nun und rissen sich die Kleider vom Leibe. Ihre schlaffen Brüste schwangen hin und her, während sie umhersprangen und -torkelten. Doch so wie die Göttin durch Gudruns Fleisch hindurchschimmerte, konnte man in den alten Frauen die strahlende Schönheit der jungen Mädchen sehen, die sie einst gewesen waren. In diesem Augenblick waren sie alle schön, Männer und Frauen, und sie glühten im Lichte der Macht.

Die Göttin ging zwischen den Menschen umher, streckte ihre Hände aus, um hier eine Wange zu streicheln, dort eine Hand zu ergreifen. Sie rieb ihren Körper an den Tanzenden, schenkte erst dem einen, dann dem anderen eine kurze Umarmung. Jemand ergriff ein Messer und ritzte sich den Arm auf, ein anderer nahm die Klinge und zeichnete eine rote Linie auf seinen Schenkel. Das Messer wanderte von einem Mann zum nächsten. Die Verwundeten schwangen die Arme in der Luft, und rote Tropfen besprengten den trockenen Boden.

»Leben! Leben!« schrien sie. »Laßt die durstige Erde Blut trinken, wie sie den Regen trinkt!«

Männer und Frauen begannen die Arme nach einander auszustrecken, doch die Göttin hatte eine Eskorte von Kriegern um sich geschart, die ihr, aufrecht und bereit, folgte wie Wölfe der Rudelführerin, wenn deren Brunftzeit gekommen war. Sigfrid knurrte. Eine knochige Hand schloß sich um seinen Arm, und er erkannte die alte Königin.

»Es besteht kein Grund zu kämpfen.« Sie blickte ihm ins Gesicht und lachte gackernd. »Hier bist du der König. Sie steht dir zu. Doch du mußt dein Recht rasch beanspruchen, sonst wird sie ihre Schenkel für alle anderen spreizen!«

Ein Wind fegte plötzlich über den Berg und ließ die Flammen höher schlagen. Verwirrt erkannte Sigfrid, was mit Gudrun geschehen war, denn bei den Worten der alten Königin fuhr dieselbe Kraft durch seinen Körper, die auch an seinem Hochzeitsfest von ihm Besitz ergriffen hatte. Und er streifte ab, was er bisher gewesen war, und wurde zum König. Er legte den Kopf weit in den Nacken und ließ die Macht in einem langen, triumphierenden Heulen aus sich herausströmen.

Der Donner der Trommeln antwortete ihm. Die Tanzenden hielten inne und starrten Sigfrid an, wie er am großen Feuer vorüberschritt, um sich vor die Herrin und ihr Gefolge zu stellen.

»Sie gehört mir!« Er starrte mit schmalen Augen um

sich und sah, wie die anderen Männer vor seinem Blick zurückschreckten.

»Sie ist für ihn bestimmt!« griff Grimhild seinen Ruf auf. »Er ist der Wolfskönig, der Kornkönig, der Jahrkönig. Das Blut in seinen Adern hat sich mit dem Blut des Herrn dieses Landes vermischt. Zweifelt irgend jemand an, daß Sigfrid königlichen Blutes ist und es sich in höchstem Maße geziemt, daß er sich mit der Heiligen Königin vereint?«

»Ihr steht an des Königs Statt!« Ein Mann nach dem anderen verbeugte sich vor Sigfrid und trat zurück. »Es ziemt sich wohl, daß Ihr das Opfer darbringt.«

Tief in seinem Innern wußte Sigfrid, daß ihn die Worte eigentlich hätten beunruhigen müssen. Doch in diesem Augenblick verlangte es ihn nur nach der Frau, die vor ihm stand, und danach, seine Kraft, sein Leben in ihrer Umarmung zu verschenken.

»Meine Herrin«, sagte er etwas sanfter, »ich bin bereit, Euch zu dienen …« Sie wandte ihm den Blick zu, und es war ihm, als wäre er in eine lodernde Flamme getreten.

»Mein Herr«, antwortete sie ihm, »ich heiße Euch willkommen …« Goldene Strähnen bauschten sich in funkelndem Glanz, als der Wind ihr durch das Haar fuhr.

Die Spannung, die in der Luft lag, jagte Sigfrid einen Schauder durch den Körper. Erneut wechselte der Trommelschlag. Zusammen wiegten sie sich in seinem Rhythmus hin und her. Menschen wirbelten um sie herum. Sigfrid zuckte erschrocken zusammen, als Wasser auf seinen Rücken klatschte: Männer drängten durch die Menge, in den Händen hielten sie Kübel mit Wasser, tauchten Zweige des Eichbaums hinein und benetzten die Versammelten damit.

»Es regnet, es regnet!« riefen sie. »Der Gott schenkt

uns Regen!« Im Westen blitzte es, und einige Augenblicke später ertönte ein langes Grollen, das nicht von den Trommeln stammte.

Und dann kam sie in seine Arme.

Sie schmiegten sich mit der Leichtigkeit langer Vertrautheit aneinander, und doch spürte Sigfrid mit jeder Pore seines Körpers, was er noch nie zuvor empfunden hatte. Seine Lippen saugten an den ihren wie die eines verdurstenden Mannes, der aus einer Quelle trinkt. Überall um sie herum fanden sich die Menschen zu Paaren zusammen: Mann und Frau, Mann und Mann, Mädchen und Mädchen; ein Mann wurde von zwei Frauen gestreichelt, eine Frau küßte den einen Geliebten, während ein anderer sie von hinten umarmte.

Ein feuchter Wind umwehte Sigfrid und die Göttin; sie preßten sich aneinander, Haut rieb sich an Haut. Sie balancierte auf einem Bein, schlang das andere um ihn. Sigfrid legte seine Hände um ihr Gesäß, hob sie vom Boden hoch und drang tief in sie ein.

Ein Lärm, der wie das Klatschen zweier riesiger Hände klang, warf sie zu Boden. Ein Blitz fuhr, einem Speer gleich, in den Eichbaum und flammte von Opfergabe zu Opfergabe. Geblendet und taub, war Sigfrid nur noch der Tastsinn geblieben; während er sich rhythmisch auf dem betörenden Körper unter ihm bewegte, steigerte sich diese eine Empfindung, bis auch sie von einer Ekstase überwältigt wurde, die weit über alle Leidenschaft und über allen Schmerz hinausging. Sigfrid kannte nur noch das eine Bedürfnis: zu geben.

Nun waren sie das Herz des Sturmes. Sigfrid stieß einen Schrei aus, bäumte sich auf und ergoß alle angestaute Kraft in den Körper der Göttin, während Donar über ihnen den Regen fallen ließ.

ᛚ

DER RING

Marienschrein
Erntemond, A.D. 425

Die Stürme dauerten noch eine Weile an. In der Woche, die dem Ritus auf dem Donarsberg folgte, rollten sie über das Land, und nachdem ihre erste Wut verflogen war, bedeckten sie die ausgetrocknete Erde mit grauen Regenschleiern, füllten die Teiche und ließen die Ströme wieder anschwellen. Der Regen kam zu spät für die Heufelder, aber auf den höher gelegenen Weiden sproß noch einmal verspätetes grünes Gras, welches das Vieh gierig verschlang. Und als der ausgedörrte Weizen und die welke Gerste das Wasser in sich aufsaugten, richteten sich ihre Halme wieder auf und wurden kräftig, und die Ähren füllten sich mit hartem Korn.

Nicht nur das Korn wuchs. Als der Mond zum zweitenmal nach dem Ritual den Nachthimmel füllte, wußte Gudrun, daß sie ein Kind unter dem Herzen trug.

So rasch wie das Wasser, das sich nun die Berge hinab ergoß, hatte sich die Kunde von dem Ritus unter dem Volk verbreitet. Die Priester warfen finstere Blicke um sich und schrieben den Sturm der Gnade ihres Gottes zu, doch wer kümmerte sich schon um ihr Stirnrunzeln, solange das Grün an den Hängen jeden Tag kräftiger wurde? Wenn Gudrun durch die Stadt ging, kamen

Frauen aus den Häusern, um sie zu berühren. Einmal mußte sie sogar, nachdem sie in ihre Gemächer zurückgekehrt war, feststellen, daß ihr jemand ein Stück aus dem Saum ihres Gewandes geschnitten hatte.

Es war nicht überraschend, daß Gudrun zu Beginn ihrer Schwangerschaft leichtes Unwohlsein verspürte. Doch als sie immer blasser und schwächer wurde, begannen die Frauen im Palast von bösen Omen zu murmeln. Eine Geste, so sagte Grimhild, wäre nötig, um die Leute zu beruhigen. Gudrun sollte die heiligen Quellen unterhalb der alten Ringfestung aufsuchen, um darin zu baden. Dort stand der Schrein der Mütter, an dem sie darum bitten konnte, ein gesundes Kind zur Welt zu bringen.

Auf einem schnellen Pferd hätte die Reise zu den Quellen nicht länger als ein paar Stunden in Anspruch genommen. Doch die Königinnen benötigten einen ganzen Tag, um die Ebene zu durchqueren, da sie nur die sanftmütigsten Ponys der königlichen Ställe ausgewählt hatten. Den ganzen Tag über zog die kleine Prozession durch Felder, auf denen Männer die Ernte einbrachten. Wo sie vorbeikamen, unterbrachen die Menschen ihre Arbeit und brachten Bündel aus Weizenähren, in die sie blaue Kornblumen und strahlend weiße Gänseblümchen geflochten hatten, um die Karren damit zu bedecken oder sie an Sattelbögen zu hängen. Als der Trupp nahe genug an die Berge herangekommen war, um einzelne Bäume voneinander unterscheiden zu können, ritt Gudrun mit Kränzen geschmückt wie eine Göttin, die ihre Runde über die Felder machte.

Obwohl es den ganzen Sommer über mit erfreulicher

Regelmäßigkeit geregnet hatte, war es an diesem Tag warm und schwül. Gudruns Kleider waren schweißgetränkt. Die heilenden Wasser, die von den Hängen vor ihnen herabflossen, würden nicht nur den Körper, sondern auch den Geist erfrischen. Gudrun sehnte sich danach. Bei ihrem Ritt über die Felder hatte sie sich tatsächlich wie die Königin gefühlt, als die man sie gegrüßt hatte. Doch nun verließ sie das Hochgefühl mit einem Schlag, und sie konnte die Tränen nicht zurückhalten bei dem Gedanken, daß die Schönheit dieser Jahreszeit schon so bald vergehen würde. Es tröstete sie nicht, daß diese plötzlichen Stimmungswechsel eine Folge ihrer Schwangerschaft waren und sich bald legen würden. Solange sie andauerten, waren sie Wirklichkeit.

Gudrun war sich sicher, daß die kurze Zeit, die sie und ihre Begleiterinnen fernab von ihren Männern und den Pflichten des königlichen Haushaltes verbrachten, ihnen allen guttun würde. Ihre Mutter, die in den letzten Monden sichtlich gealtert war, würde vielleicht ihre alten Kräfte zurückgewinnen. Und für Brunhild, die für ihre Launen nicht einmal die Entschuldigung der Schwangerschaft hatte, konnte man nur hoffen, daß die Wasser ihrer gequälten Seele etwas Linderung bringen mochten.

Dunkelheit senkte sich über das Land, als sie das Haus erreichten, das Grimhild unterhalb der alten gallischen Ringfeste hatte erbauen lassen. Gudrun war jedoch zu erschöpft, um ihrer Umgebung große Aufmerksamkeit zu schenken. Und so kam es, daß sie erst in der Morgendämmerung Gelegenheit fand, sich genauer umzusehen.

Der Morgennebel, der die Berge eingehüllt hatte, begann sich zu lichten, erhob sich in schimmernden Schwaden und Spiralen, als die aufgehende Sonne den Wind weckte.

Grimhilds Langhaus war in eine Senke des Berges unterhalb der aufgetürmten Steine der uralten Feste gebaut. Junge Eichen und Haselnußsträucher versperrten die Sicht auf die tiefer liegenden Hänge, doch Gudrun konnte hören, wo sich das fröhliche Plätschern des Wassers über die Steine ins Tal ergoß. Dann wehte ihr ein heftigerer Windstoß noch einmal Nebel ins Gesicht, bevor er ihn endgültig davontrug, und plötzlich sah sie alles klar und deutlich vor sich. Ziegel und Dachstroh glitzerten im vielfarbigen Laubwerk der Hänge gegenüber der Ringfeste, und Gudrun wußte, daß sie zu dem Schrein gehören mußten.

Heilig ..., dachte sie und hob grüßend die Hände, *es ist alles heilig hier: die Hänge, der Schrein – und ich!*

»Ein schöner Ausblick, nicht wahr?«

Es war ihre Mutter. Schon nach einer Nacht in der frischen Luft der Berge sah sie entspannter und zufriedener aus. Gudrun spürte plötzlich, wie ihre Augen sich aus unerfindlichen Gründen mit Tränen füllten.

»Ich verstehe nun, warum du diesen Ort so liebst«, brachte sie heraus.

»Und es ist höchste Zeit, daß du ihn so gesehen hast«, sagte die alte Königin, und Gudrun spürte, wie sich ihre Kehle zuschnürte. Konnte die alte Hexe sie denn nicht in Frieden lassen, selbst jetzt nicht?

»Oh, du brauchst mich nicht so argwöhnisch anzuschauen«, fuhr Grimhild fort. »Selbst eine geübte Weisfrau findet wenig Zeit für ihre Künste, wenn sie schwanger ist. Du brauchst auch nicht zu fürchten, daß ich dir diese Künste beizubringen versuche, solange deine Kinder noch klein sind. Doch die Gabe schlummert in deinem Blut. Magst du sie auch noch so sehr verleugnen, du wirst auf sie zurückgreifen, wenn die Zeit dazu gekommen ist. Doch im Augenblick sind es die Geheimnisse der Mutterschaft, mit denen du dich vertraut machen mußt.« Sie sah ihre Tochter an und lächelte.

Dann tauchten hinter ihr andere Frauen auf, die sich angeregt unterhielten. Gudrun kreuzte die Arme vor den Brüsten, spürte deren neugewonnene Schwere, wie sie jede Veränderung spürte, die ihr Körper im Augenblick durchmachte. Warum hatten sie und ihre Mutter sich so lange Zeit nicht verstanden? Gudrun hatte den Motiven Grimhilds mißtraut, als diese ihr Sigfrid zum Mann gegeben hatte. Doch diese Vermählung hatte ihr Freuden eingebracht, von denen andere Frauen nicht einmal zu träumen wagten, und nun war sie auch noch mit einem Kind gesegnet.

Sie berührte das warme Metall des goldenen Halsrings, den Sigfrid ihr geschenkt hatte. Sie hatte ihn seit dem Ritual nicht mehr abgelegt, zuerst, weil er ihre Verbindung zu der Macht der Göttin darstellte, dann, damit er ihr Kraft und Schutz gewährte, während sie das Kind in sich trug.

Gudrun gestattete den Frauen, ihr den Umhang um die Schultern zu legen. Als sie sich auf den Weg zum Schrein machten, spürte sie jedoch eine unbestimmte Vorfreude in sich aufsteigen, die sie noch mehr wärmte als das Kleidungsstück.

Auf dem Pfad nach unten begann eins der Mädchen ein altes Wiegenlied zu singen, dessen Bedeutung Gudrun erst jetzt verstand:

Reit, reit, reit ein Steckenpferd!
Der heil'ge Quell ist scharf bewehrt,
Wo Wasser springt, ein gold'nes Haus,
Drei Maiden schau'n zur Tür heraus:

Die erste spinnt die weiße Seide,
Die Wolle kardet flink die zweite,
Den Flachs zerschneid't die dritte blind –
Ihr Götter, hütet wohl mein Kind.

Der Tempel war ein viereckiges, mit Fliesen ausgelegtes Gebäude mit einer Säulenhalle im alten gallischen Stil und hatte gerade genug Platz für die Bildnisse der Matronen und einige wenige Bänke. Der Ort war schon immer eine heilige Stätte der Disen gewesen, welche die Römer *matronae* nannten: die Wesen, die den Frauen bei der Geburt erschienen und über die Mütter wachten. Die Christen hatten in dem alten Schrein einen Altar für die drei Marien errichtet, doch dies machte weder für das Ritual noch für die Gebete einen großen Unterschied – die Mutter Jesu segnete jede Bittstellerin, die kam, und sie nahm die Früchte und Blumen entgegen, die in den alten Tagen den Ahnfrauen der Sippen dargebracht worden waren.

An diesem Tag brachten die Frauen Äpfel, Herbstastern und ein reich besticktes Gewand aus Constantinopolis. Gudrun sah zu, wie Brunhild nach vorne schritt, um ihre Gaben auf den Altar zu legen. Ihre Worte und Gesten waren so, wie sie sein sollten, die ebenmäßigen Züge ruhig wie immer, die mandelförmigen Augen so unergründlich wie die grünen Tiefen eines Waldteiches. Gudruns eigene Augen füllten sich mit Tränen der Trauer über den Abgrund, der sich zwischen ihr und Brunhild aufgetan hatte. Als Brunhild nach Borbetomagus gekommen war, hatte Gudrun für eine kurze Zeit geglaubt, sie könnten ihre alte Freundschaft wieder aufleben lassen. Was war zwischen Gundohar und seiner Königin geschehen, daß alles so schwierig geworden war?

Dann war Gudrun selbst an der Reihe. Die Bildhauerarbeit in der Rückwand des Schreins war ein Basrelief von drei weiblichen Figuren. Beim Näherkommen konnte Gudrun zwischen den gemeißelten Falten des Steins zu Füßen der einen Gestalt ein Füllhorn erkennen, Blumen im Schoß der zweiten auf der anderen Seite und ein Kind in den Armen der mittleren Göttin. Auf einem niedrigen Tisch davor war ein Bild der Heiligen Jungfrau Maria aufgestellt worden, doch für Gudrun barg ihr zweidimensionales, weihevolles Antlitz nichts Geheimnisvolles. Wie anders waren da doch die gemeißelten Züge der Disen, deren Ausdruck sich mit jedem Flackern des Lichts zu ändern schien.

»Heilige Mütter, haltet eure Hände über mich und mein Kind und segnet das Leben in mir. Welches ist euer wahres Bildnis? Soll ich euch Maria oder Frija nennen? Welche Namen gaben sie euch, als sie euer Bildnis hier errichteten?«

Gudrun blickte nach oben, und es schien ihr, als würde eines der gemeißelten Gesichter lächeln, das andere die Züge kummervoll verziehen und das dritte in der Mitte gleichmütig zu einem Ort schauen, der weit hinter dieser Welt lag. Als Gudrun dieses dritte Gesicht anstarrte, spürte sie, wie ihr Halsring sich erwärmte. Ihr Bewußtsein schwand dahin, bis auch sie jene heitere Gelassenheit verspürte und an jenem geheimnisvollen Ort verweilte. Und an diesem Ort jenseits aller menschlichen Grenzen vernahm sie Worte:

»Ich bin die Heilige Mutter, die Quelle, welche die Stämme nährt. Das Volk nennt mich bei vielen Namen. So zahlreich wie die Kinder, die ich gebäre, sind meine Gesichter. In Rom grüßt man mich als Heilige Jungfrau, als Mutter des Leids und als Maria, die Gottesmutter, doch solltest du mich Mutter von

allem nennen. Lausche auf meine Stimme im Rauschen des Wassers, schau nach meinem Bildnis im hehren Antlitz deiner Welt. Du bist gekommen, mich in diesem Schrein zu suchen, und dies allein ist der Grund, warum du meine Worte vernimmst. Doch in Wahrheit bin ich überall. So geh hinfort in Freude, wissend, daß du mich jederzeit erblicken kannst, sofern du nur die Augen öffnest. Und wann immer du in Stille horchst, wirst du meine Stimme vernehmen.

Willst du dem Zweck des Lebens dienen? Willst du mir dienen?«

»Das werde ich … das will ich …« antwortete Gudrun. Ihr Blick trübte sich. Eine Vielzahl von Bildern zog an ihr vorüber, die dennoch alle auf unbegreifliche Weise dasselbe zeigten. »O sage mir – welch Schicksal hält die Zukunft für mich bereit?«

»Fürchte dich nicht, meine Tochter, denn du wirst ein gesundes Kind zur Welt bringen. Doch wirst du auch mein kummervolles Antlitz kennenlernen. Hüte dich vor deinen Begierden, oder du beschwörst jene Übel herauf, die du so sehr fürchtest. Große Veränderungen stehen bevor. Du mußt dich von ihnen treiben lassen, ohne sie zu bekämpfen, oder du wirst von ihnen hinweggespült.«

Das Antlitz der Göttin spaltete sich in viele Gesichter, und diese Gesichter wurden zu Bildern, die sich zu einem stetig verändernden Teppich aus Menschen und Plätzen verwoben, von denen einige Gudrun bekannt vorkamen, andere nicht. Sie sah Blut und Feuer und die wogenden Wasser des Rheins, die immer schneller um sie herumwirbelten, bis sie der Flut der Bilder nicht mehr Herr werden konnte und mit einem Schrei nach hinten kippte.

Als Gudrun wieder klar sehen konnte, stützten die anderen Frauen sie, und sie befanden sich bereits außerhalb des Tempels.

»Mir fehlt nichts«, sagte sie, atmete tief ein und schüttelte den Kopf. »Ein leichter Schwindelanfall, mehr nicht. Es geht schon wieder.«

»Die Wasser werden sie wiederbeleben«, meinte Königin Grimhild. »Laßt uns zu den Teichen hinuntergehen.«

Als sie unter den Bäumen dahinschritten, wandte Gudrun sich an Brunhild. »Erinnerst du dich noch daran, wie wir uns als kleine Mädchen davonschlichen, um die heilige Quelle in Halle aufzusuchen?«

Der abwesende Blick der anderen Frau wurde sanfter, und ihre Lippen zuckten. »Ich erinnere mich daran, daß sie uns deswegen fast umgebracht hätten. Ich hoffe, das Volk, das diese Quelle hütet, wird uns freundlicher gesonnen sein ...«

Gudrun nickte. Schon vor langer Zeit hatten die Visionen ihr verraten, daß sie vom Wasser Hilfe zu erwarten hatte, das Feuer jedoch ihr Feind war. Um sich zu beruhigen, berührte sie den goldenen Ring, der unter den Falten ihres Gewandes verborgen lag.

Was kann mir schon zustoßen? Sie zog den Umhang enger um sich, damit niemand ihr Zittern bemerkte. *Ich bin schließlich die Gesegnete Königin!*

Auch Brunhild hatte an die Salzquelle von Halle gedacht. Sie konnte sich noch immer recht deutlich daran erinnern: die steilen Hänge, in die das Dorf gebaut war, der naßkalte, salzige Geruch des Wassers in der Quelle und das Auge, das sie aus deren Tiefen angestarrt hatte. Doch es kam Brunhild vor, als wäre dies alles nicht ihr, sondern jemand anderem widerfahren. Das Mädchen, das sie einst gewesen war, gab es nicht mehr. Vielleicht war es gestorben, als Gundohars Schwert Brunhild niedergestreckt hatte. Oder als Sigfrid sie angestarrt hatte, als wäre sie eine Fremde.

Die Menschen kamen seit langem, um in den heiligen Wassern zu baden. Die Gallier hatten hier einen Schrein errichtet, und die Römer hatten eine Mauerkappe aus Stein um den Rand des größten Teichs hinzugefügt. Die fahlen Stämme von Birken spiegelten sich auf seiner dunklen Oberfläche wie die ebenmäßigen Körper holder Jungfrauen.

Brunhild zog den leichten Umhang aus, legte ihn zur Seite und zog an dem Knoten ihres Gürtels. Wenn sie doch nur die Rüstung, die sie um ihre Seele gelegt hatte, ebenso leicht hätte abwerfen können wie ihre Kleider!

Die anderen Frauen – sogar Marcia, Brunhilds Zofe – schwärmten um Gudrun herum und schnatterten wie die Gänse, während sie ihr halfen, sich auszukleiden. Angesichts des Zustandes, in dem Gudrun sich befand, war dies wohl unvermeidlich, dachte Brunhild. Bertriuds Frauen hatten sich ähnlich benommen, als sie, Brunhild, schwanger war. Und außerdem wußten die Mädchen genau, daß ihre Dienste Brunhild gleichgültig waren. Ihre Lippen verzogen sich zu einem bitteren Lächeln. *Warum sollten sie mich lieben? Ich habe ihnen nie mehr als reine Höflichkeit entgegengebracht!*

Und dennoch: *Sie* war die Königin! Sie ließ ihren Überwurf zu Boden gleiten und öffnete im Nacken die Spange ihrer Tunika, streckte sich, um sie zusammen mit dem Frauenhemd darunter über den Kopf zu ziehen, und atmete tief ein. Mit ungewohnter Empfindlichkeit spürte sie die Berührung der kühlen Luft auf ihrer nackten Haut. Als sie noch bei den Walkyriun gewesen war, hatte sie sich zur heißen Sommerzeit oft in Gegenwart der anderen Mädchen entkleidet. Warum fühlte sie sich heute hier so nackt?

Vielleicht, weil sie mehr als ihre Kleider abgelegt hatte. Der Friede, der am Schrein geherrscht hatte, war verführerisch gewesen. Brunhild erkannte, daß sie tatsächlich etwas von jener unsichtbaren Rüstung abgeworfen hatte – ja, in diesem Augenblick konnte sie sogar Gudrun vergeben, daß sie Sigfrids Kind unter dem Herzen trug.

Sie lachte kurz und ging in Richtung Wasser. Dabei streifte sie mit der Hüfte Gudrun, die gerade die Arme hoch erhoben hatte, damit die Mädchen ihr das Frauenkleid ausziehen konnten. Schließlich watete Brunhild in den Teich. Das kalte Wasser versetzte ihr zuerst einen Schock, dann tauchte sie unter, kam in einem glitzernden Flecken Sonnenlicht wieder an die Oberfläche und streckte sich diesem Licht entgegen, während das Wasser an ihrer Haut hinunterlief.

Einen Augenblick lang war sie geblendet, doch hören konnte sie noch immer.

»Linkische Hexe«, zischte eine der Frauen in einer Lautstärke, die sie für ein Flüstern hielt. »Fast hätte sie meine Herrin umgeworfen!«

»Dieser Frau ist alles gleichgültig«, sagte eine andere. Der Stimme nach zu urteilen, mußte es die kleine Ursula sein, Gudruns Zofe. »Für wen hält sie sich, sich einfach so vorzudrängen?«

Brunhild drehte sich um. »Ich bin die Königin«, sagte sie mit Nachdruck, »und ich komme als erste – hier und überall sonst.« Sie blinzelte zu dem blendenden Flecken Gold hinüber, bei dem es sich um Gudrun handeln mußte. »Schwester, deine Frauen werden unverschämt. Weise sie zurecht, oder ich werde es für dich tun müssen.«

»Brunhild, sie meinte es nicht böse ...« begann Gudrun.

»Was ich sagte, ist wahr«, platzte es aus Ursula heraus. »Meine Herrin ist die Gesegnete Königin, und sie sollte Vorrang haben!«

»Gesegnete Königin?« Ein bitteres Lachen stieg in Brunhilds Kehle auf. »Die Priester würden die Stirn runzeln, wenn sie dich so reden hörten. Ohne Zweifel sind wir doch alle gute Christen, die nur deshalb hierher gekommen sind, um an einem Marienschrein zu beten!«

»Was wissen die Priester schon von Empfängnis und Schwangerschaft? Hier haben sie keine Macht, und das weißt du genau«, sagte Gudrun. Ihr Ton hatte sich verschärft. »Und ich werde meine Zofe nicht dafür bestrafen, daß sie ausgesprochen hat, was der ganze Stamm weiß. Du hast in Borbetomagus Vorrang, doch ich bin diejenige, die zum Donarsberg gegangen ist, um im Namen der Menschen ein Opfer darzubringen. Wenn du die wahre Königin wärst, so würdest du jetzt dieses Kind unter deinem Herzen tragen!« Sie drängte ihre Dienerinnen beiseite und stampfte in den Teich, daß das Wasser aufspritzte.

Ich habe bereits ein Kind Sigfrids zur Welt gebracht, Brunhild zitterte vor Wut, *und welche Ehre hat es mir eingetragen?*

»Du bist mit einem Diener verheiratet, einem Lehnsmann meines Gatten«, stieß sie zornentbrannt hervor und blinzelte in das Sonnenlicht, bemüht, etwas zu erkennen, »gleichgültig, wie wild ihr euch in den Bergen vergnügt habt. Wir verleihen nicht jeder Leibeigenen königliche Ehren, die hinter einem Heuhaufen oder unter einem Baum über ihren Burschen herfällt!«

»Sigfrid ist der Sohn eines Königs!« Auch Gudruns

Stimme bebte vor Zorn. »Er und Gundohar haben ihr Blut miteinander vermischt. Er steht keinem Edelmann dieser Welt im Range nach. Er ist ein Prinz der Niflunge und Herr über Fafnars Schatz!«

Sie trat ins Licht, und wieder blinzelte Brunhild, denn Gudrun schien aus lebendigem Gold geschaffen zu sein. Ihr Haar glänzte in der Sonne wie das einer Göttin, für die Zwerge jede einzelne Strähne geschmiedet hatten. Lichtreflexe funkelten auf ihrer nassen Haut. Und um ihren Hals – um ihren Hals wand sich ein Ring aus Metall, der in einem eigenen Licht zu erstrahlen schien: ein reines, lebendiges Gold, in dessen Oberfläche Runen aus Licht eingekerbt waren.

Brunhild brauchte sie nicht genau zu sehen, um sie lesen zu können. Während der langen Tage, an denen sie auf Sigfrids Rückkehr wartete, hatte sie sich jede Linie, jeden Kratzer eingeprägt. Der Ring – *ihr* Ring! Fafnar hatte ihn gehortet, Sigfrid hatte ihn erobert, und er hatte ihn Brunhild nach ihrer ersten Liebesnacht als Morgengabe geschenkt.

Doch als sie nach dem Kampf mit Gundohar in der Höhle aufgewacht war, hatte dessen Ring um ihren Hals gelegen – und ihr eigener war verschwunden! Sie starrte das Schmuckstück an und fühlte, wie das zerbrechliche Gefüge ihres Lebens zu zersplittern begann. Sie hatte denselben Schmerz verspürt, als die Walkyriun all das verbrannten, was sie, Brunhild, zu einer der ihren machte. Doch diesmal war es Wasser, kein Feuer, das ihr Leben davonspülte.

»Woher hast du diesen Ring?« Sie deutete auf den Halsreif, und ihre Stimme war so furchterregend, daß selbst das Rascheln der Blätter zu verstummen schien.

Gudrun starrte Brunhild verständnislos an. Sie legte

die Hand schützend über den Ring. »Er ist heilig«, begann sie. »Er stammt aus Fafnars Hort.«

»Ich weiß, wo er herstammt.« Qualvolles Gelächter drohte Brunhilds Kehle zu zerreißen. »Ich weiß es sogar besser als du – doch wie bist du in seinen Besitz gekommen?«

»Sigfrid gab ihn mir ...« Gudrun legte die andere Hand schützend auf ihren Bauch, als könne Brunhilds Blick das Leben vernichten, das dort wuchs.

»Woher hat er den Ring?« zischte Brunhild. Der Anblick des Schmuckstücks setzte all die Qualen jenes Tages frei, an dem es ihr entrissen worden war. »Hat er ihn gestohlen, oder war der Ring der Lohn, den Gundohar ihm für seinen Betrug zahlte? Wie dem auch sei, es ist mein Ring – mein Ring! Gib ihn mir!«

Vermutungen jagten wie Wind durch die Köpfe der am Ufer wartenden Frauen, als Brunhild mit ausgestreckten Armen nach vorne stürzte und Gudruns nackten Körper packte. Doch wenn Brunhild auch kräftiger war, Gudrun war größer.

»Brunhild, laß mich los!« schrie sie. »Bist du verrückt geworden?«

»Verrückt? Ich? Nein – die ganze Welt ist verrückt geworden, und alle Schwüre sind gelogen!« Sie griff nach Gudruns Nacken, und ihre Fingernägel kratzten über die Brüste ihrer Gegnerin. Wasser spritzte um die beiden Frauen herum auf, als sie miteinander rangen. Dann rissen ungestüme Hände Brunhild von Gudrun fort.

Sie wehrte sich, doch nach wenigen Augenblicken verflog ihr Zorn und machte einer Trauer Platz, die sich nicht in Worte fassen ließ. Sie schlang die Arme um sich und begann zu zittern.

Gudrun war in dem seichten Wasser auf die Knie

gesunken und wiegte sich weinend vor und zurück. Bluttropfen, die wie flüssige Perlen aussahen, quollen aus den Kratzern auf ihrer weißen Haut.

»Ihr mögt zwar die Königin sein, doch dafür wird man Euch bestrafen!« Ursula starrte Brunhild feindselig an. »Grimhild wird hiervon erfahren und auch der König!«

»Der König?« Brunhild fand ihre Stimme wieder. »Ja, in der Tat, er soll es erfahren. Die ganze Welt soll es erfahren. Ich werde nicht eher ruhen, bis sein Betrug enthüllt ist. O ja, ich werde Gundohar eine Menge zu sagen haben!« Sie schüttelte die Hände ab, die sie festhielten, und begann zum gegenüberliegenden Ufer des Teiches zu waten. Als sie dort angekommen war, drehte sie sich um und sah auf die Schar der Frauen zurück, die sich um Gudrun versammelt hatte.

»Versorgt sie gut. Es mag wohl sein, daß auch sie nur ein Opfer ist. Bis ich die volle Wahrheit weiß, hat sie von mir nichts mehr zu befürchten.«

Eine der Frauen schlug das Zeichen gegen das Böse, und erneut begann Brunhild zu lachen. Es war ein schrecklicher Laut: wie das Krächzen eines Raben auf dem Schlachtfeld. Sie umrundete den Teich und sammelte ihre Kleider auf. Und dann, ohne sich die Mühe zu machen, ihre Gewänder anzuziehen, schritt sie den Pfad hinauf und ließ die anderen verwirrt und ratlos hinter sich zurück.

»Auf dem Marktplatz erzählt man sich, daß Flavius Aëtius Rom erreicht hat, zusammen mit den Hunnen, die er rekrutierte, um Johannes zu unterstützen«, berichtete Godomar träge, setzte seinen Speerträger auf ein neues

Feld des *Tabula*-Brettes und griff nach seinem Trinkhorn.

Gundohar starrte weiterhin auf das Brett, wo seine elfenbeinerne Königsfigur von Feinden umringt war. In der Halle herrschte eine Atmosphäre unterdrückter Spannung, die Gundohar eine Gänsehaut verursachte. Jedermann wußte, daß am Schrein etwas vorgefallen war. Brunhild war vor den anderen zurückgekehrt, bleich vor unterdrückter Wut, und hatte augenblicklich eine Anhörung verlangt. Dann war Grimhild mit Gudrun gekommen, und auch sie hatten darauf bestanden, daß das Gericht zusammentrat.

»Aber Johannes ist tot!« sagte Ordwini und beugte sich vor. »Galla Placidia ist wieder in Rom und sitzt auf dem Thron, den kleinen Kaiser auf ihrem Schoß wie das Jesuskind, und gebärdet sich wie die Himmelskönigin. Vergebung war noch nie ihre Stärke. Auf welches Tor werden sie den Kopf des Aëtius wohl gespießt haben?«

Gundohar blickte auf und begegnete dem besorgten Blick Sigfrids. Auch Brunhild war eine Frau, die nicht leicht vergab, und dennoch schien sie seit fünf Jahren ihre Situation hinzunehmen. Welche Teufelei heckte sie nun aus? Und warum?

»Auf keines der Tore! Aëtius hat die flinke Zunge Lokis und das Glück der Götter. Man erzählt sich, er wäre an der Spitze seiner Armee in die Stadt einmarschiert, als er sah, wie die Dinge standen, und dort vor die Kaiserin getreten. Ob er sie becirct oder ihr gedroht hat, weiß ich nicht. Auf jeden Fall hat sie ihn zum *Magister Equitum intra Gallias* ernannt!«

»Zum obersten Befehlshaber Galliens?« staunte Sigfrid.

»Mit zwölf Regimentern gewöhnlicher Reiterei, zehn

Legionen, fünfzehn Regimentern *auxiliares* und die Götter wissen wie vielen Sondertruppen darüber hinaus. Gallien hat das größte Heer des Imperiums!« erklärte Ordwini mit mürrischer Bewunderung. »Und unter gutem Oberbefehl auch das wirkungsvollste.«

»Nun, Freunde, es sieht so aus, als müßten wir uns für den nächsten Sommerfeldzug einen anderen Gegner suchen ...« meinte Sigfrid.

»Warum? Nur weil es Aëtius gelungen ist, die Kaiserin zu beschwatzen?« fragte Godomar. »Jeder Mann kann eine Frau im Zaum halten – es sind die Hunnen, die mir Sorgen machen!«

Ein peinlich berührtes Schweigen folgte, und Godomar errötete, als ihm bewußt wurde, wie taktlos seine Bemerkung seinem Bruder gegenüber gewesen war. Auch Gundohar spürte, wie ihm die Röte ins Gesicht stieg.

Ist es wirklich so leicht, eine Frau im Zaum zu halten? fragte sich der König. *Wären die Frauen, mit denen ich zu tun habe, nicht eine Herausforderung für jeden Mann?*

Er blickte hinab auf das Spielbrett, wo sein König von den rot gefleckten Speerträgern seines Bruders bedroht wurde. Godomar war ein überraschend guter *Tabula*-Spieler – vielleicht, weil er sich nicht durch Sorgen darum ablenken ließ, welche Folgen sein jeweils nächster Zug haben würde. Er hatte Gundohars König ohne Zweifel in die Enge getrieben, und diesmal konnte Sigfrid nicht helfen. Gundohar starrte blicklos auf das Brett und erschauerte, denn er sah keinen Ausweg aus der Falle, in die er geraten war – keinen einzigen Ausweg!

»König der Burgunden.« In der Tür erschien Grimhilds alter Diener. »Die Königin, Eure Mutter, wünscht angehört zu werden.«

Gundohar schluckte. Also war es etwas Ernstes, sonst wäre Grimhild in seine Privatgemächer gekommen, wie sie es zu tun pflegte, bevor seine Vermählung ihn in ihren Augen zu einem wahren Mann und König gemacht hatte.

»Die Königin soll eintreten«, erwiderte er brüsk und drehte sich auf seiner Bank, um zur Tür zu sehen. Zumindest würde er das Spiel nicht zu Ende spielen müssen.

Der alte Mann trat beiseite, und Grimhild schritt in die Halle, eingehüllt in einen schwarzen Umhang. Langsam kam sie auf ihren Sohn zu, und ihr Stock klopfte einen unheilvollen Takt auf dem hölzernen Boden. Gundohar starrte auf die Amulette, die am oberen Ende dieses Stockes angebracht waren, und auf die Zeichen, die in seinen Schaft geritzt waren. Er erkannte, daß es jener Stab war, den seine Mutter zur Ausübung ihrer Zauberkräfte gebrauchte.

»Gundohar, ich fordere Gerechtigkeit und Wiedergutmachung. Deine Schwester Gudrun wurde von Brunhild, deiner Königin, geschlagen und verletzt.«

»Es ist wohl ohne Zweifel Aufgabe ihres Gatten, eine solche Forderung zu stellen, wenn Gudrun tatsächlich verwundet wurde …« Gundohar warf seinem Schwager einen unbehaglichen Blick zu. Auf dessen Gesicht zeigte sich ein Ausdruck, den der König bisher nur bei gefangenen Tieren beobachtet hatte.

Sigfrid hatte Gudrun nach ihrer Rückkehr kurz gesprochen und Gundohar berichtet, daß es wohl mehr der Schock war, der sie so aufgewühlt hatte, als die Kratzer. Hatten die Frauen Sigfrid nicht mehr erzählt, oder hatte auch er Geheimnisse vor Gundohar? *Wenn ich dir nicht mehr vertrauen kann, mein Bruder, dann sind wir beide verloren!*

»Vielleicht«, erwiderte Grimhild. »Doch möglicherweise gibt es Gründe, warum er dies nicht tun kann … oder es nicht tun will. Wenn die Männer den Rechten der Frauen keine Beachtung schenken, müssen die Frauen für sich selbst sprechen. Daher klage ich Brunhild an.«

»Und ich werde selbst darauf antworten. Niemand muß für mich sprechen!« ertönte eine Stimme hinter Gundohar, nicht laut, aber klar und deutlich vernehmbar.

Der König zuckte zusammen. Auch Brunhild trug Schwarz, doch überall an ihr glitzerte Gold. Ein betörender Duft stieg ihm in die Nase, als sie an ihm vorüberschritt und von der Estrade hinunterstieg, um der alten Königin gegenüberzutreten.

Grimhild sah sie aus funkelnden Augen an. »Du hast meiner Tochter eine blutige Wunde zugefügt und das Leben jenes Kindes bedroht, auf dem die Hoffnungen dieses Landes ruhen. Streitest du dies ab? Welche Entschuldigung hast du für dieses Unrecht? Und welche Wiedergutmachung wirst du leisten?«

»Ich streite die Tat nicht ab«, antwortete Brunhild zornig. »Doch glaube ich, daß jede Wiedergutmachung, die ich ihr schuldig bin, aufgewogen wird von dem Wergeld, das mir zusteht.« Sie trat einen Schritt näher an die alte Königin heran. »Ich frage dich, alte Frau, die du von allen Anwesenden hier am besten jene Künste kennst, in denen ich ausgebildet wurde: Glaubst du wirklich, ich hätte Gudrun auf solche Weise angegriffen, wenn ich ihr oder dem Kind ein Leid hätte zufügen wollen?«

»Aber *warum* dann?« Die Worte entrangen sich Gundohars Kehle. »Warum hast du sie geschlagen?« Brunhild wandte sich zu ihm um, und er schrak vor der Kälte in ihrem Blick zurück.

»Weil sie den Halsring trug, der mir gestohlen wurde …«

»Beschuldigst du Gudrun des Diebstahls?« fragte Gundohar.

»Selbst Gudrun wäre nicht so dumm, den Ring offen zu tragen, wenn sie die Diebin wäre«, antwortete Brunhild mit tödlicher Ruhe. »Sie behauptet, der Ring wäre ein Geschenk von Sigfrid. Doch wie gelangte er in Sigfrids Hand?« Sie starrte Gundohar an, und dieser blinzelte verwirrt. Dann warf er Sigfrid einen Blick zu und las nicht Verwirrung in dessen Gesicht, sondern Bestürzung.

»Hat er dir den Ring gestohlen, mein König? Oder mir?« Brunhilds Flüstern war wie die eisige Berührung einer Schwertspitze, kurz bevor sie sich ins Fleisch eines Kriegers bohrt.

»Der Ring gehörte mir«, sagte Sigfrid schließlich, doch es klang nicht sehr überzeugend. »Gundohar gab ihn mir …«

»Vielleicht als Geschenk anläßlich deiner Vermählung mit Gudrun?« fragte Brunhild hilfreich. Gundohar hätte fast genickt, doch ein unauffälliger Stoß von Sigfrids Fuß warnte ihn. Wenn Brunhild den Ring kannte, konnte Gundohar ihn erst weitergegeben haben, nachdem sie zu den Burgunden gekommen war.

»Er gab ihn mir später«, warf Sigfrid hastig ein.

»Nach unserer Hochzeit …« fügte Gundohar hinzu.

»Natürlich«, Brunhild nickte und begann vor der Estrade auf und ab zu schreiten, sah jedem der anwesenden Männer ins Auge, bis diese ihren Blick abwenden mußten. Sie wußten ebensowenig wie ihr König, worauf Brunhild hinauswollte, doch zweifellos hatten sie sich nicht mehr so gut unterhalten, seit sie das letzte Mal in den Krieg gezogen waren.

»Ist es nicht so, daß der, der heiratet, üblicherweise Geschenke erhält, statt welche zu verteilen? Doch sei dies einmal dahingestellt. Vielleicht war es ja der Lohn für geleistete Dienste. War es so?« Gundohar nickte stumm. »Und welche Dienste waren das, frage ich mich? Wobei half dir Sigfrid, Gundohar? Hat er dich beim Freien um meine Hand unterstützt?«

Die anderen nickten. Alle hatten sie damals vernommen, wie der König um Sigfrids Hilfe bat. Doch Gundohar spürte, wie die eisige Spitze des Schwertes sein Herz zu durchbohren begann.

»Er lehrte mich seine Kampfkünste«, sagte er schwach.

»Tat er das?« fragte sie mit zuckersüßer Stimme. »Und wieviel hast du gelernt?« Sie schüttelte den Kopf. »Ich glaube, er tat mehr für dich – ich glaube, er hat auch deine Kämpfe für dich ausgetragen und mich an deiner Statt besiegt.«

Ordwini schüttelte den Kopf. »Edle Herrin, wir waren anwesend und sahen den Zweikampf. Euer Gegner war der König.«

»Oder jemand, der seine Rüstung trug«, widersprach sie böse.

»Es tut mir leid«, sagte Ordwini, »aber es sieht so aus, als stünde Euer Wort gegen das seine, und was mich betrifft, ich glaube dem König.«

»Ihr vertraut den Worten Eures Königs so leichtgläubig?« fragte sie. »Nun, die Wahrheit läßt sich leicht herausfinden. Sag, Gundohar, wie sieht der Ring aus, den du Sigfrid zum Geschenk gemacht hast?«

»Er war aus Gold«, begann Gundohar, dann hielt er inne, als er nicht mehr weiter wußte und Brunhild zu lachen anfing.

»Laß mich dir helfen. Es ist ein schönes Stück alter Schmiedearbeit, nicht wahr? Gewunden aus mehreren goldenen Strängen und mit Endstücken, die wie Drachenköpfe geformt sind.«

Gundohar nickte. Zumindest war dies die Beschreibung eines Schmuckstücks, das er schon einmal gesehen hatte, auch wenn er in seiner augenblicklichen Verwirrung nicht sagen konnte, wo.

»Ein schönes Stück ...« wiederholte Brunhild. »Doch leider, mein König, war dies der Ring, den du mir gegeben hast!« Sie warf ihre Schleier zurück, und alle konnten den massiven, gewundenen Halsreif des Burgundenkönigs an ihrem Hals glitzern sehen. Brunhild wandte sich von Gundohar und Sigfrid ab und den anderen Männern zu.

»Vielleicht habt ihr mich dies tragen sehen, als man mich aus der Höhle geleitete? Gundohar trug ihn, als er mit mir kämpfte. Doch strengt euer Gedächtnis an, und ihr werdet euch daran erinnern, daß ich einen eigenen Halsring besaß, als ich zu jenem Zweikampf antrat.«

»Hatte sie einen Ring?« fragte jemand flüsternd, und ein anderer murmelte eine undeutliche Antwort. Gundohar versuchte angestrengt, sich zu erinnern. Doch die Einzelheiten waren ihm nur undeutlich im Gedächtnis geblieben; er erinnerte sich bloß noch daran, daß Brunhild gefährlich gewesen war – und wunderschön.

»Der Mann, der die Nacht mit mir in jener Höhle verbrachte, zog mir den Ring vom Hals und ersetzte ihn durch den, den er trug. Und daher sage ich euch, daß Sigfrid ihn entweder später von Gundohar gestohlen haben muß – oder in jener Nacht von mir!«

Die Männer begannen zu murmeln, und selbst Grimhild legte die Stirn in Falten. Brunhild wandte sich an sie.

»Glaubst du wirklich, Gundohar könnte ein solches

Geschenk vergessen haben? Es ist offensichtlich, daß er nichts von dem Ring weiß ... Und falls auch deine Tochter nicht mehr weiß, dann muß ich sie um Vergebung bitten. Aber wenn sie mit Sigfrid gemeinsame Sache gemacht hat, dann schuldet sie mir mehr, als du dir vorzustellen vermagst!«

Gundohar wartete darauf, daß seine Mutter Brunhild verfluchen würde, doch die alte Königin stand nur auf ihren Stab gebeugt da und sagte kein Wort. Selbst ihre Augen waren geschlossen, so daß er nicht in ihnen lesen konnte.

»Niemand kann dir einen Vorwurf daraus machen, Gundohar, daß du Sigfrid batest, an deiner Statt in den Kampf zu ziehen«, sagte Godomar langsam, an seinen Bruder gewandt. »Wir alle haben dich in der Schlacht wie einen Berserker kämpfen sehen, und wir wissen, daß du wohl nur befürchtet hast, das Mädchen ernsthaft zu verletzen ...«

»Dann ist es also wahr!« sagte Brunhild mit veränderter Stimme. Röte stieg ihr ins Gesicht und verschwand augenblicklich wieder. In dem totenbleichen Antlitz glühten allein noch ihre Augen. »Ich war nicht verrückt ... mein Herz hat nicht gelogen ...« Sie richtete ihren brennenden Blick auf Sigfrid.

»Du warst es ...« flüsterte sie. »Die ganze Zeit warst du es! Du bist der Held, auf den ich wartete! Du hast mich im Kampf besiegt – und die Schwüre, die wir geleistet haben, machen uns zu Mann und Frau!«

Alle starrten nun Sigfrid an, und Gundohar spürte, wie sich eine unheilvolle Atmosphäre im Raum ausbreitete. Er sah, wie die Knöchel an Sigfrids Hand, mit der er den Weinkelch hielt, weiß hervortraten und ein Muskel am Kinn des anderen Mannes zuckte.

Sag etwas, flehte er stumm. *Sag ihnen, daß es nicht wahr ist. Rette uns alle!*

»Den Schwüren nach, die dein Volk und die Burgunden geleistet haben, ist Gundohar dein Gatte«, sagte Sigfrid schließlich.

Brunhilds Augen blitzten. »Bin ich eine Sklavin, die man feilbietet? Bin ich eine Stute, die man auf dem Marktplatz verkauft? Ich, die ich Wodans Tochter und eine der Walkyriun war?« Sie richtete sich zu voller Größe auf, und jene, die ihr am nächsten standen, wichen vor ihrem Zorn zurück. »Ich bin niemandes Frau, wenn ich es nicht will! Doch du lagst neben mir in der Höhle, Sigfrid. Streitest du ab, daß du mich in deinen Armen hieltest?«

»Er hat mehr als das getan«, flüsterte jemand hinter ihr. »Ich erinnere mich an jenen Morgen; auf ihrem Gewand war Blut.«

Endlich hob Sigfrid den Kopf, und Gundohar erschrak über die Qualen, die er in den Augen des anderen las. »Mein König«, sagte Sigfrid mit tiefer Stimme, »ich schwöre, daß ich dir die Treue gehalten habe.« Er sah sie alle der Reihe nach an – alle, mit Ausnahme von Brunhild.

»Um meinem Herrn zu dienen, trat ich an seiner Statt den Zweikampf an, das ist wahr. Und in jener Nacht wachte ich über seine Königin. Doch wie hätte ich ihr beiwohnen können, selbst wenn ich es gewollt hätte? Sie war besinnungslos von meinem letzten Schlag. Das Blut auf ihrem Gewand stammte von der Wunde an meinem Arm.«

Unwillkürlich erinnerte Gundohar sich an seinen Kampf mit Brunhild in ihrer Hochzeitsnacht. Wahrlich, kein Mann konnte sie gegen ihren Willen nehmen, doch während sie bewußtlos war, hätte sie Sigfrid nicht daran hindern können. Hatte Sigfrid sich das Geschenk genommen, das Brunhild ihm, Gundohar, nicht geben wollte? Hatte dieser Mann die Träume wahrgemacht, die den König unablässig heimsuchten? Es war ein unwürdiger Gedanke, doch er wollte nicht verstummen.

»Kannst du schwören, daß dir mein Körper völlig unbekannt ist, Sigfrid Fafnarstöter?« Brunhild stieg auf die Estrade, und ihre Schleier wehten hinter ihr wie die dunklen Schwingen eines Raben.

»Ich schwöre, daß ich seit meiner Hochzeit mit Gudrun die Liebe keiner anderen Frau erfahren habe!« Sigfrids Stimme zitterte, als er Brunhild antwortete.

»Er lügt!« schrie Brunhild, rasend vor Zorn. Das Murmeln in der Halle war zu einem ohrenbetäubenden Lärmen angewachsen. Gundohar stand auf. Selbst in all seiner Qual war er sich der Notwendigkeit bewußt, wieder Herr der Lage zu werden.

»Ruhe!« Es war die Stimme Grimhilds, die ihre alte Kraft wiedergefunden hatte. »Ihr plappert wie Kinder! Sein Wort steht gegen das ihre, und welchen Beweis könnte es geben?«

»Laßt sie einen Eid darauf schwören!« schlug Godomar vor.

»Worauf sollen sie schwören?« fragte Ordwini. »Die Priester haben Donars Ring zerbrochen, und wir haben keine anderen heiligen Relikte hier.«

»Ich werde auf Gundohars Speer schwören – denselben Speer, auf dem wir unseren Brudereid ablegten«, sagte Sigfrid mit angespannter Stimme. Godomar stand auf und nahm den Königsspeer von der Wand. Alle Augen folgten dem Bogen, den die schwarz glänzende Waffe beschrieb, als sie zu Sigfrid herumschwang und dieser seine Faust darum schloß.

»Hört meinen Schwur, Ihr, die Ihr in dieser Halle steht, und hört mich, all ihr heiligen Götter. Ich schwöre auf diesen Speer, daß die scharfe Klinge von Gundohars Schwert in jener Nacht in der Höhle über die Ehre des Königs wachte, denn sie lag die ganze Zeit zwischen Brunhild und mir.«

»Mein Schwur soll den deinen stärken!« sagte Godomar mit Nachdruck.

»Und so soll es der meine tun«, stimmte Gislahar ihm zu. Deorbert schloß sich an, und es folgten viele andere, doch nicht alle. In diesem Augenblick erkannte Gundohar, daß es unter seinem Gefolge auch solche Männer gab, für die der Heldenmut Sigfrids nicht Anlaß zu Ehrerbietung, sondern zu Eifersucht bot.

Brunhild wartete mit steinernem Gesicht, und als Sigfrid zu Ende gesprochen hatte, griff auch sie nach dem Speer. Einen Augenblick lang sah Gundohar ihrer beider Hände auf der Waffe vereint wie die Hände eines Brautpaares auf dem segnenden Hammer eines Schmiedes. Dann sprach Brunhild:

»Ich schwöre, daß es Sigfrid war, der meine Jungfernschaft mir nahm, und obwohl Ihr Eure Köpfe schüttelt, werdet Ihr mir Glauben schenken, wenn sein Blut die Klinge dieses Speers befleckt!«

»Ich schließe mich Eurem Schwur an, Brunhild«, sagte Ordwini mit nachdenklichem Blick, »denn stets wart Ihr uns eine gute Königin.« Doch obwohl Laidrad und der eine oder andere seinem Beispiel folgten, blieben die meisten, die nicht bereits auf Sigfrid geschworen hatten, stumm.

Gundohars Schultern sanken herab. Von nun an würde stets Mißtrauen zwischen ihnen herrschen.

»Ah, Sigfrid«, sagte Brunhild, und die Verbitterung in

ihrer Stimme ließ den König zusammenzucken, »nun hast du mich zum zweitenmal betrogen. Beim erstenmal, da wandelte ich in Finsternis, doch nun sehe ich klar. Was aus Liebe getan wurde, das kann ich vergeben, doch Lüge und Betrug – dafür kann es niemals Vergebung geben. Ich verfluchte meinen Gott, den Vater meines Herzens, als ich in jener Höhle erwachte. Nun verfluche ich dich. So wie du mich betrogen hast, Sigfrid, werden jene, denen du deine Liebe geschenkt hast, dich betrügen. Wie ich sollst du gefangen sein in den Schlingen, die das Schicksal spinnt!«

Wie auch ich darin gefangen bin, dachte Gundohar. *Wie wir alle in den Maschen des Netzes gefangen sind, das meine Mutter gesponnen hat.* Er starrte die alte Frau an, die mit steinernem Gesicht seinen Blick erwiderte. Dann hob Grimhild ihren Stab und schlug den Speer zur Seite.

»Genug davon!« befahl sie scharf. »Godo, häng dieses Ding zurück an die Wand. Wir haben heute abend alle schon zuviel gesagt. Nun liegt es an den Göttern, zu entscheiden, was geschieht. Gundohar, wenn du nicht fähig bist, deine Frau zum Schweigen zu bringen, schlage ich vor, daß du sie von hier fortbringst.«

In diesem Augenblick hätte Gundohar lieber einen Skorpion angefaßt, doch Brunhild raffte bereits ihre Gewänder.

»Ich werde schweigen«, sagte sie, »doch meine Worte sollen nicht vergessen werden. Komm, mein *Gatte*«, sagte sie, »gehorche deiner Mutter, geleite mich aus dieser Halle.« Sie bot ihm ihre Hand mit einem angsteinflößenden Lächeln auf den Lippen.

Kurz fing Gundohar den Blick Sigfrids auf und las dort Schmerz, die Bitte um Vergebung, doch auch – und das war das Beunruhigendste – Scham. Als sie sich umwandten, fegte der Saum von Brunhilds Umhang über das *Tabula*-Brett. Der in Bedrängnis geratene König und seine Angreifer wurden gleichermaßen über den Boden verstreut.

Gudrun lag im Bett, als Sigfrid in ihr Zimmer kam. Sie seufzte vor Erleichterung. Furcht hatte sie ergriffen, als er nicht zurückgekommen war. Doch nun stolperte er durch die Dunkelheit, und nachdem er sich neben sie gelegt hatte, verriet ihr sein Atem, daß er getrunken hatte.

Godomar und die anderen mußten ihm Gesellschaft geleistet haben bei dem Versuch, die Erinnerung an das, was in der Halle vorgefallen war, im Met zu ertränken. Doch es hatte offensichtlich nichts genutzt. Sigfrid lag zu angespannt neben ihr, zu reglos. Sie streckte die Hand aus, und vorsichtig, als berühre sie ein wildes Tier des Waldes, streichelte sie seinen Arm.

»Gudrun ...« Selbst aus seinem Flüstern klang der Schmerz, der ihn quälte. »Du solltest schon lange schlafen.«

»Meine Mutter war da«, erklärte sie. »Sie hat mir erzählt, was geschehen ist. Es tut mir leid. Es ist meine Schuld, daß Brunhild den Ring gesehen hat.«

»Nein! Von uns allen trifft dich die geringste Schuld!«

»Ich kann verstehen, warum du meinem Bruder geholfen hast, Brunhild zu erringen«, sagte sie langsam. »Aber sie hat recht, wenn sie den Ring zurückverlangt. Wenn es Frieden stiftet, werde ich ihn ihr geben.«

Er schüttelte den Kopf. »Sie würde ihn nicht annehmen. Nicht von dir.«

»Wir müssen ihr entgegenkommen, Sigfrid«, erwiderte Gudrun, »oder sie wird weiter über die Sache brüten und dir irgendwann ein Leid antun.«

»Die Männer haben mir geglaubt. Sie kann nichts tun.«

Gudrun kam es vor, als hätte Brunhild bereits eine ganze Menge getan, aber ihr war auch klar, daß Sigfrid ihr im Augenblick nicht zuhören würde.

»Warum haßt sie mich so?« fragte er, als wolle er sich vor sich selbst rechtfertigen. »Ich habe sie schließlich zu einer Königin gemacht.«

Gudrun schlang die Arme um Sigfrid, spürte die Kraft, die in ihm pulsierte. Es gab so vieles, was sie wissen wollte, aber sie würde ihn nicht danach fragen. Das angenehme Gefühl seines geschmeidigen Körpers neben ihr war ihr Antwort genug – zumindest im Augenblick.

In der dunkelsten Stunde der Nacht, als selbst Godo und seine Zechkumpane in ihre Betten gewankt waren, öffnete Brunhild die Tür, die das königliche Schlafgemach mit Gundohars Arbeitszimmer verband. Es kam ihr vor, als hätte sie stundenlang wach gelegen und gewartet, bis der Mond so tief gesunken war, daß er durch ihre Fenster schien. Sie hatte hart mit sich gekämpft, um alle Leidenschaft aus ihrem Geist zu verbannen. Nun war sie rein, ihr Verstand so klar und scharf wie die bleiche Sichel, die am Himmel hing. Es war Sigfrid, der sie betrogen hatte. Gundohar war bloß das Werkzeug und Gudrun ein Opfer. Und heute nacht hatte Sigfrid sie erneut vor allen verleugnet. Nur eine Waffe war ihr noch geblieben.

Sie konnte den leisen Atem des Königs hören, als sie den Raum betrat, doch wenn er überhaupt geschlafen hatte, dann war es nur ein leichter Schlaf gewesen, denn das Rascheln von Brunhilds seidenem Nachtgewand ließ ihn hochfahren.

»Wer ist da?« Unwillkürlich griff er nach dem Dolch auf dem Tisch neben seiner Lagerstätte.

»Deine Frau«, antwortete Brunhild leise. »Willst du deine Wachen rufen, damit sie dich vor mir beschützen?«

»Nun, bist du am Ende doch gekommen, um mich zu ermorden?« fragte er, aber seine Hand sank zurück auf die Liege. »Ich werde nicht gegen dich kämpfen, Brunhild.«

Sie lachte. Das Mondlicht warf einen silbernen Glanz auf Gundohars zerzaustes Haar. Sie hörte, wie er den Atem anhielt, als sie näher kam, denn das Licht schien durch ihr dünnes Gewand hindurch.

»Brunhild, geh in dein Bett zurück«, sagte er müde. »Was immer du mir zu sagen hast, es kann warten, bis es hell geworden ist.«

»Einige Dinge lassen sich nur in der Dunkelheit sagen«, antwortete sie und setzte sich neben ihm aufs Bett. »Einst schwor ich, daß ich Antworten suchen würde, und nun habe ich einige gefunden. Ich breche keinen Schwur, wenn ich zu dir komme. Dein Verbrechen war das geringere, Gundohar, und ich habe vor, dich zu benutzen ...« Sie beugte sich über ihn. Ihre Lippen berührten sanft die seinen. »Liebst du mich?«

»Du ... du weißt, was ich für dich empfinde ...« flüsterte er, »aber wenn du vorhast, mich gegen Sigfrid auszuspielen, dann geh jetzt besser, denn ich werde ihn nicht betrügen.«

»Nein?« Plötzlich glitt sie mit der Hand über seinen Bauch und ergriff sein Glied. Es war bereits angeschwollen, und als sie es umfaßte, versteifte es sich ganz. »Du wirst es tun, Gundohar. Du hast mich gezwungen, deine

Frau zu werden, und so bleibt mir nichts anderes übrig, als die Waffen einer Frau zu benutzen. Du bist die Waffe, die ich schmiede, um Sigfrid zu vernichten ...« Sie streichelte ihn, und er stöhnte.

Als sein Atem heftiger wurde, kniete sie sich über ihn. Sie hatte nicht erwartet, Begierde zu verspüren, und tatsächlich fühlte sie gar nichts. Doch sie hatte sich vorsorglich eingeölt, und sein Glied glitt leicht zwischen ihre Schenkel, als sie sich auf ihm niederließ. Er keuchte, als sie begann, sich auf ihm zu bewegen. Sie streichelte seine Brustwarzen und seinen Bauch, und dunkel erinnerte sie sich: So hatte sie Sigfrid vor langer Zeit den Verstand geraubt – vor so langer Zeit.

Doch es dauerte nur wenige Augenblicke, bis Gundohar sich in ihr ergoß. Er stöhnte und zitterte, flüsterte ihren Namen.

»Ja ... ich bin Brunhild«, sagte sie. »Ich bin deine Gemahlin und deine Königin. Ich bin deine Geliebte, Gundohar, und wenn du weiterhin mit mir die Freuden der Liebe teilen willst, wirst du tun, was ich von dir verlange.«

ᛒ

WOLFSAUGEN

Borbetomagus
Hornung, A.D. 426

Es war an einem Morgen, an dem der Westwind Federwolken über den Himmel jagte und die wärmer werdende Luft die Haut mit dem Versprechen des Frühlings liebkoste, als ein Mann vom Fluß her die Straße hinaufgerannt kam und schreiend die Hunnen ankündigte. Doch so schnell er auch rannte, die Ponys der Hunnen waren schneller, und kaum hatte der Mann keuchend seine Botschaft überbracht, hörte Brunhild Willkommensrufe und das Klappern von Hufen auf den Steinen des Forums.

Mit einigem Unbehagen stellte sie fest, daß der Klang ihrer Muttersprache sie stark aufwühlte. Es war bedauerlich, daß die Hunnen erst jetzt kamen, da Brunhild die Ehe mit Gundohar nicht mehr länger mit der Begründung auflösen konnte, sie wäre nicht vollzogen worden. Während der langen Nächte des Winters, in denen Gudrun rund wurde wie eine Milchkuh, hatte Brunhild sich Gundohar endgültig hörig gemacht.

Reiter galoppierten durch den Torbogen in den Hof, und Brunhild lehnte sich aus dem Fenster, um sie sehen zu können. Es war keine Armee, nur eine Abordnung, doch die Hunnenkrieger saßen mit einer natürlichen

Wachsamkeit auf ihren Pferden, als wären sie – selbst hier an diesem Ort – jederzeit bereit, sich in den Kampf zu stürzen. Ihre Bögen hatten sie geschultert, doch davon abgesehen ritten sie unbewaffnet. Sie trugen wallende Umhänge, die mit Pelz gesäumt waren, und Kappen aus Fell, mit glänzender Seide besetzt. Hier und da glitzerte Gold an ihnen, doch ihren Reichtum trugen eher die Pferde zur Schau. Auf Stirnriemen und Geschirr funkelten Metallplatten aus verziertem Gold. Brunhild erspähte eine Pferdeschweif-Standarte und wußte, daß zumindest einer der Khane unter ihnen sein mußte. Doch bevor sie die Gesichter der Reiter erkennen konnte, waren diese bereits durch den Torbogen verschwunden, der zu den Ställen führte.

Brunhild wandte sich vom Fenster ab. Sollte ihr Vater bei den Neuankömmlingen sein? Das schien unwahrscheinlich, denn er diente hauptsächlich in den östlichen Gebieten. Nun, wer immer sie auch sein mochten, Brunhild würde die Gesandten wohl als Königin willkommen heißen müssen. Sie rief nach ihren Zofen, die so schnell eintrafen, daß sie aufgeregt und neugierig schon vor der Tür gewartet haben mußten.

»Ruhe!« befahl Brunhild streng. »Sie werden euch schon nicht auffressen. Bringt mir die brokatgeschmückte Tunika und meine Juwelen.«

Sie trug ein Gewand aus fein gesponnener schwarzer Wolle, das am Halsausschnitt und an den Ärmeln von Zierbändern gesäumt wurde, die aus zusammengenähten, mit Gold durchwirkten Schmuckplättchen bestanden. Dieses Gewand tauschte sie nun gegen eine seidene Tunika, die dunkel wie alter Rotwein und mit einem Brokatmuster geschmückt war, das galoppierende Pferde zeigte. Ihre von goldenen Bordüren gezierte *palla* bestand aus scharlachroter Wolle, die so dünn und glatt war wie Baumwolle aus Indien. Der Gürtel war ebenfalls golddurchwirkt, und auf Brunhilds Brust glänzte ein Halsschmuck aus tropfenförmigen Goldstücken und gehämmerten kleinen Scheiben, die durch eine geflochtene Kette miteinander verbunden und mit rundgeschliffenen Granaten und Perlen besetzt waren.

Als Brunhild gerade ein wenig Farbe auf ihre Lippen auftrug, hörte sie, wie die Zofen hinter ihr zur Seite traten. Sie hob den Spiegel aus polierter Bronze und sah Gundohar ins Zimmer treten. In aller Ruhe schminkte sie sich zu Ende, bevor sie sich ihm schließlich zuwandte. Ihre scharlachroten Gewänder blähten sich zwischen den goldgewirkten Zierbändern wie dunkle Flammen.

Sie sah, wie Gundohar blinzelte, und nur mit Mühe unterdrückte sie ein Lächeln. Wie stets wollte sie ihm mit undurchdringlicher Gelassenheit gegenübertreten. Oft schon hatte er vergeblich versucht, auch in ihr die Leidenschaft zu wecken. Qualvoll hatte er sie angeschrien und mit einer der Göttinnen verglichen, deren Statuen die Römer zurückgelassen hatten: so schön sei sie – und ebenso kalt. Und wie eines jener Bildnisse hatte sie ihm nur mit einem rätselhaften Lächeln geantwortet.

Langsam begriff er, so dachte sie, daß es ihn keinen Schritt näher an sein Ziel brachte, wenn sie das Lager mit ihm teilte. In all den Jahren, da sie ihn von sich gewiesen hatte, hatte er einen gewissen Abstand gewonnen, doch nun verriet ihr das Zucken seiner Gesichtsmuskeln bei ihrem Anblick, daß er ihr vollständig verfallen war.

»Ich sehe, du hast bereits erfahren, daß wir Gäste haben.« Er straffte die Schultern, bemüht, dieselbe königliche Haltung wie sie einzunehmen. »Wirst du mich begleiten, um sie in der Halle zu begrüßen? Dein Onkel Attila hat nach dir gefragt.«

Die Entschuldigung, sie fühle sich nicht wohl, lag ihr auf der Zunge. Doch sie unterdrückte die Worte; es war offensichtlich, daß sie sich bereits für den Empfang angekleidet hatte; man hätte ihr keinen Glauben geschenkt. Außerdem hätte Gundohars Ankündigung sie nicht überraschen dürfen. Sie wußte, daß Attila in Gallien Truppen für Aëtius befehligte; so war es also nicht verwunderlich, daß er hier erschien.

Doch als sie mit Gundohar in die Basilika schritt und ihren Onkel neben seinen Anführern stehen sah, drängte sich ihr unwillkürlich ein Gedanke auf: *Dies ist der Mann, der mich in die Knechtschaft verkauft hat; und neben mir geht der Mann, der den Preis für mich bezahlt hat! Nun fehlt nur noch der Mann, der mich betrogen und verraten hat.*

Sie kam die Stufen der Estrade hinab, um die Gäste zu begrüßen, und Attila packte sie für einen Augenblick an den Schultern und musterte sie genau – als wäre sie eine seiner Stuten, dachte sie. Sie hatte ganz vergessen, wie er war: daß er die Dinge stets nur nach ihrem Nutzen beurteilte. Doch auch sie taxierte ihn genau, sah die vielen grauen Haare in seinem Bart, sah die tiefen Linien, welche die letzten fünf Jahre der Herrschaft zwischen Nase und Kinn gegraben hatten.

»Kommt, trinkt mit mir, meine Brüder. Wir wollen Eure Ankunft feiern!« sagte Gundohar und befahl, Wein auszuschenken. »Dies ist ein edler Jahrgang, sagt man mir. Er stammt von den Hängen in der Nähe von Tolosa.«

Ein junger Mann, der kaum dem Knabenalter entwachsen war und unmittelbar neben Attila stand, warf einen Blick auf das Siegel der Flaschen und lachte dann. Gundohar sah seinen Gast fragend an.

»Der Wein stammt aus den Gärten seines Vaters«, erklärte Attila, und seine Lippen zuckten. »Dies ist Carpileon, Sohn des Aëtius und seiner Gemahlin, einer der Töchter Theoderids. Er nimmt an unserem Feldzug teil und reitet mit meinem Sohn Ellak« – er nickte in Richtung des anderen jungen Mannes in seiner Begleitung –, »wie sein Vater bereits mit mir ritt.«

Brunhild betrachtete den Sohn des Aëtius genauer und versuchte in den unfertigen Gesichtszügen unter dem blonden Haarschopf eine Erinnerung an den jungen Römer wiederzufinden, dem sie vor nunmehr fast zehn Jahren in Attilas Lager begegnet war. Der Junge wäre unter den Burgunden nicht aufgefallen – sein Vater Aëtius war Halbgote, was den Burschen mehr zu einem Barbaren als zu einem Römer machte. Die Stämme eroberten das Römische Reich Stück für Stück: durch Kampf und durch geschickte Hochzeitspolitik. Brunhild fragte sich, ob es – zumindest in den Provinzen – noch rein römische Familien geben würde, wenn ein weiteres Jahrhundert vergangen war.

Doch ob ihre Großväter nun Römer oder Goten gewesen waren, alle im Römerreich sprachen Latein. Brunhild glättete ihre Tunika, genoß das Gefühl des feinen Stoffes, der in Constantinopolis gewebt worden war, und dachte, daß sie sich vielleicht eher fragen sollte, ob es in der nächsten Generation noch rein germanische Familien geben würde.

Die Walkyriun hatten in ihren endlosen Zwiegesprächen um das Feuer in Fuchstanz eben dies befürchtet. Vielleicht hatten sie recht gehabt, den Alemannen gegen die Burgunden zu helfen; für einen kurzen Augenblick konnte Brunhild sogar undeutlich erahnen, warum die Walkyriun ihren, Brunhilds, Verrat so heftig und unnachgiebig bestraft hatten. Doch sie hätten sich die Mühe und ihr die Qualen ersparen können, dachte Brunhild verbittert. Alle Zauberkraft der Walkyriun war machtlos gegen die Verlockungen seidener Gewänder und gallischer Weine.

Brunhild richtete ihren Blick auf Attilas Sohn und fragte sich, ob auch ihr eigenes Volk eines Tages diesen Einflüssen erliegen würde. Wie sein Vater war Ellak in römische Gewänder gekleidet, die jedoch eindeutig im Stil der Nomaden geschneidert waren. Die Hunnen schienen der Versuchung, das Imperium nachzuahmen, mühelos widerstehen zu können. Sie nahmen sich von jedem, von Römern oder Goten, was ihnen gefiel, und allem anderen schenkten sie keine Beachtung. *Nur ich bin anders,* dachte Brunhild. *Ich bin weder Hunnin noch Burgundin, noch Gotin. Ich bin ein Bildnis, das Gundohar verehrt, eine Erinnerung, die Sigfrid fürchtet. Ich werde erst wieder ein richtiger Mensch sein, wenn er mir meine Seele zurückgibt!*

Der Sklave hielt ihr das Servierbrett mit dem Wein hin, sie nahm einen Kelch und war dankbar für die leicht betäubende Wirkung, die das schwere Bukett des Getränkes begleitete. In den letzten Jahren hatte sie das Blut der Trauben zu schätzen gelernt – manchmal dämpfte es ihren Schmerz.

»Vielleicht würden Carpileon und Ellak gerne die Stadt besichtigen?« fragte Gundohar. »Ich werde meinen Bruder Gislahar kommen lassen. Er soll sie führen. Sie sind etwa im gleichen Alter.« Der König geleitete seine Gäste zu den Bänken, die um die schmiedeeiserne Feuerschale in der Mitte der Basilika aufgestellt worden waren. Hier hätte sich in einer Halle der alten Bauweise der große Herd befunden.

»Also reist Ihr umher, um diesen jungen Männern die

Welt zu zeigen? Oder befindet Ihr Euch auf einem Feldzug?«

Attilas Lippen zuckten unter dem schütteren Schnurrbart, und er gab ein Grunzen von sich – soweit Brunhild sich erinnern konnte, kam dieser Laut bei ihm einem Lachen am nächsten.

»Es geht gegen die Wisigoten – gegen den Großvater dieses Jungen! Theoderid glaubt, sich alles erlauben zu können, seit er und seine Männer die römische Armee im Kampf gegen die Wandalen in Hispania im Stich ließen. Gerüchte besagen, daß er nun gegen Arelas ziehen will, und daher hat Aëtius nach mir gerufen.«

»Warum haben die Römer keine Vergeltung geübt?« fragte Gundohar neugierig. »Der Sieg schien ihnen bereits sicher, hat man mir erzählt, doch sie verloren die Schlacht, als Theoderid sich zurückzog. Die Wisigoten haben ihre Schwüre gebrochen, und dennoch nennen die Römer sie weiterhin *foederati* und zahlen ihnen den Sold. Da ist es doch nicht verwunderlich, daß sie nun annehmen, sich alles erlauben zu können!«

Attila zuckte mit den Schultern. »Der Kaiser starb, bevor eine Strafe beschlossen werden konnte. Und dann waren die Römer zu sehr damit beschäftigt, sich gegenseitig zu bekämpfen, statt sich um die Goten zu kümmern. Wir kamen zu spät, um an jenem Krieg teilzunehmen, aber dieser Feldzug gegen Theoderid wird uns viele gute Kämpfe bringen. Ich glaube nicht, daß die Wisigoten Arelas wirklich erobern wollen. Aber wenn sie sich gut schlagen, werden die Römer ihnen mehr bezahlen müssen …«

Gundohar grinste. Die Burgunden waren bekannt dafür, daß sie diese Taktik ebenfalls gelegentlich anwendeten. Es war ein uraltes Spiel und für beide Seiten von

Vorteil, sofern alle die Regeln beherrschten. Die Römer spielten einen Barbarenstamm gegen den anderen aus, und die Stämme trugen mit dem Segen des Kaisers alte Feindseligkeiten untereinander aus.

Doch die Hunnen waren keine Föderaten. Anders als die übrigen Stämme wollten sie nicht im Römischen Reich leben – sie wollten es nur plündern. Brunhild überlegte, ob Aëtius wußte, wie gefährlich ein Verbündeter wie Attila sein konnte.

»Und Aëtius wird einen neuen Armreif aus der Hand Galla Placidias erhalten?« fragte Gundohar.

»Wenn das so sein sollte, untersucht er ihn besser auf Gift, bevor er ihn überstreift«, sagte einer der anderen Hunnen, ein großer, schwarzhaariger Bursche, der wie ein Alane aussah. »Nein, die Kaiserin mag ihn wirklich nicht, unseren Freund Aëtius. Sie würde lieber ihren Günstling Bonifatius als Oberbefehlshaber des weströmischen Reiches einsetzen.«

»Ich dachte, der neue *Magister Utriusque Militum* wäre ein Mann namens Felix«, warf Brunhild ein. Sie sprach ihr neu gelerntes Latein bedächtig aus.

Attila lächelte erneut. »Sie wagt es nicht, Bonifatius in das Amt einzusetzen – wegen Aëtius. Oder Aëtius – wegen Bonifatius. Felix ist, zumindest für den Augenblick, noch sicher.«

»Mein Vater wird eines Tages ein Patrizier in Rom sein«, behauptete Carpileon voller Überzeugung. Die Männer sahen einander zweifelnd an, und sogar Attila, den man allgemein zu den Freunden des Aëtius zählte, war nicht gewillt, der blinden Bewunderung des Jungen für seinen Vater zuzustimmen.

»Er ist ein großer Krieger«, sagte Brunhild schließlich, »und er kann sich vieler Taten rühmen. Vielleicht wird er eines Tages ein Patrizier sein.« Und dies könnte tatsächlich eintreten, dachte sie. Bonifatius war ein hervorragender Offizier, der in den afrikanischen Provinzen erfolgreich gegen die Wandalen gekämpft hatte. Doch er mußte sich allein auf die unberechenbare Treue der römischen Armee verlassen. Aëtius dagegen hatte die Hunnen. Attila würde den Mann, der ihn gut bezahlte, nicht verraten.

In diesem Augenblick betrat Gislahar die Halle. Kurz darauf verabschiedete er sich zusammen mit Ellak und Carpileon. Die drei jungen Männer musterten sich mit jener vorsichtigen Neugier, mit der Hunde, die einander fremd sind, sich zum erstenmal beschnüffeln. Die Unterhaltung der Männer wandte sich Einzelheiten des bevorstehenden Feldzuges zu. Sie versuchten, Theoderids Kampfkraft und ihre eigenen Schwierigkeiten mit dem Nachschub einzuschätzen. Brunhild erinnerte sich an die Lehren der Walkyriun und hörte ihnen zu. Früher einmal hatte sie davon geträumt, ihrem Helden in solchen Schlachten zur Seite zu stehen, doch nun bestand keine Gefahr mehr, daß ein Gote Sigfrid töten könnte; auch wenn all ihre andere Magie versagt hatte, so vertraute Brunhild doch dem Zauber, mit dem sie Sigfrid belegt hatte und der ihn vor jedem Feind schützte und unverwundbar machte.

Erst nach dem Abendessen fand Brunhild Gelegenheit, allein mit Attila zu reden. Möglicherweise hätte sie selbst dann noch gezögert, wenn Attila nicht bemerkt hätte, wie sie Sigfrid beobachtete, als dieser seine Frau aus der Halle geleitete. Gudruns Schwangerschaft war inzwischen so weit fortgeschritten, daß ihr schwankender Gang der einer Kuh glich.

»Wolfsaugen ...« meinte Attila nachdenklich. »Auch

deine Tochter Asliud hat sie. Sigfrid ist ihr Vater, nicht wahr? Weiß er es?«

»Nein!« antwortete Brunhild scharf, und dann, als sie erkannte, was sie damit zugegeben hatte, stieß sie einen tiefen Seufzer aus. »Er verdient es nicht, Bescheid zu wissen – er hat mich betrogen!«

»Ah, in jenem Zweikampf ...«

»Du hast gewußt, daß es Sigfrid und nicht Gundohar war, der mich besiegte?« Diesmal starrte sie ihn überrascht an. »Warum hast du es nicht verhindert?«

»Der Zweikampf war deine Bedingung, nicht die unsere«, antwortete ihr Onkel. »Gundohars Schwur besiegelte den Pakt. Ich dachte, du hättest den Tausch bemerkt und ihn akzeptiert, um Gundohars Ehre zu retten. Ist es denn so übel, Königin der Burgunden zu sein?«

»Mit einem Mann das Lager zu teilen, den du verachtest? Niemals mehr frei umherreiten zu können?«

»Geh mit den Männern auf die Jagd«, entgegnete Attila. »Und nimm dir Sigfrid zu deinem Vergnügen. Weiß Gundohar, daß du nicht ihn, sondern den Mann seiner Schwester liebst?«

»Sigfrid? Ich hasse ihn! Ich hasse sie alle!« Sie schlang die Arme um sich und wandte sich ab.

Attila grunzte. »Haß kann den Dingen noch schärfere Würze verleihen als Liebe. Ich glaube, du begehrst ihn um so mehr.«

Brunhild erinnerte sich an die fein geschwungene Linie von Sigfrids Rücken, die natürliche Anmut, mit der er Gudrun aus dem Stuhl geholfen hatte, und sie spürte einen Schmerz in den Eingeweiden, als hätte man sie mit dem Messer durchbohrt.

»Ich kann es nicht länger ertragen ...« flüsterte sie. »Ich kann so nicht weitermachen. Laß mich zu Bertriud und Heimar zurückkehren. Ich weiß nicht, was geschehen wird, wenn ich noch länger bleibe!«

»Du willst den Pakt lösen?«

»Ich will das Eheversprechen lösen!« widersprach sie wütend. »Was gehen mich deine Bündnisse an?« Sie wandte ihm den Rücken zu.

»Es ist mir gleich, mit wem du das Lager teilst«, hielt er dagegen. »Doch die Burgunden wären beleidigt, wenn du davonlaufen würdest. Und ich kann keine wütenden Burgunden in meinem Rücken brauchen, wenn ich in Arelas gegen die Goten kämpfe.«

Langsam drehte Brunhild sich wieder zu ihrem Onkel um und sah, wie sein Gesicht erstarrte, als er in ihre Augen blickte. »Eines Tages ...« sagte sie leise. »Ich verspreche dir, daß es dir eines Tages nicht mehr gleichgültig sein wird.«

Nachdem die Hunnen Borbetomagus verlassen hatten, begann es zu regnen. Tag für Tag ergoß sich das Wasser aus den Wolken, suchte sich seinen Weg durch Strohdächer und sickerte durch Wände. Die Burgunden lachten und fragten sich, ob es dieses Jahr überhaupt einen Feldzug geben würde – die Goten waren schließlich keine Seemacht. Doch als der Rhein tagtäglich höher stieg, wandelte sich die unbekümmerte Stimmung. Das Vieh war bereits von den Auen getrieben worden, und die Menschen begannen die alteingesessenen römischen Familien zu fragen, ob das Hochwasser jemals bis zu den Stadtmauern gestiegen sei.

Gudrun hielt sich mit ihren Zofen in jenem Gemach auf, in dem bei trockenerem Wetter die Fenster weit geöffnet wurden, um das Sonnenlicht hereinzulassen.

Nun waren die Fenster fest verschlossen. Öllampen spendeten ein Licht, das zu schwach war, als daß man dabei feine Handarbeit hätte erledigen können. Doch man konnte auch im Dunkeln spinnen, und so spannen sie alle, bis Gudruns Finger wund waren und ihr der Rücken vom langen Sitzen schmerzte.

In diesen Tagen schien ihr der Rücken allerdings ständig zu schmerzen, gleichgültig, was sie tat. Ihr Bauch war gewaltig angeschwollen. Manchmal kam es Gudrun vor, als trüge sie ein Kalb aus oder – wenn das Ungeborene sich besonders heftig bewegte – einen ganzen Wurf von Wölflingen. Das schlimmste aber war die Art und Weise, in der die alten Frauen grinsten und nickten, wenn Gudrun klagte. Es war Frühling, und überall sproß neues Leben. Nur sie, so schien es, war dazu verdammt, für alle Zeiten die Last dieses Kindes zu tragen.

Die Tagundnachtgleiche verstrich. Irgendwo weit über den Wolken schwoll der Mond zu voller Größe an. Doch die Wiese, auf der ansonsten das Fest der Ostara begangen wurde, war ein Sumpf. Gudrun wußte also nicht, wo die Frauen die Göttin hätten willkommen heißen können – selbst wenn sie genau gewußt hätten, auf welchen Tag das Fest fiel. Die Christenpriester hatten es einfacher. Sie zählten die Tage bis zur Feier der Wiederauferstehung ihres Gottes einfach am kaiserlichen Kalender ab. Doch auch durch das Dach ihrer Kapelle sickerte das Wasser, und wenn es ihnen nicht gelang, es abzudichten, würden sie in diesem Jahr ein feuchtes Fest begehen.

An diesem Morgen hatten Sigfrid und die anderen Männer über den Fluß gesetzt, um dort trotz des schlechten Wetters zu jagen. Sie würden über Nacht bleiben, zitternd unter Fellen Schutz suchen und am nächsten Tag zurückkommen, durchnäßt und erkältet und nach Pferd und Regen stinkend. Doch immerhin waren sie draußen, im Freien, und unternahmen etwas. So unbequem die Männer es auch haben mochten, Gudrun beneidete sie um ihre Freiheit.

Ein Fensterladen klapperte im Wind, und Gudrun stemmte sich auf die Füße, um ihn zu befestigen.

»O nein, Herrin, setzt Euch – ich werde den Laden schließen«, sagte Ursula und durchquerte eilig das Gemach. Gudrun seufzte und setzte ihre Spindel wieder in Bewegung. Auf den Bänken neben der Feuerschale unterhielten sich die Frauen; die Tochter eines der Fürsten war schwanger und wollte den Vater ihres Kindes nicht benennen.

Der Faden, den Gudrun spann, zerriß, und die Spindel rollte über den Boden. Gudrun fluchte und wollte aufstehen. Diesmal war es Adalfrida, die ihre eigene Arbeit niederlegte, die Spindel aufhob und sie ihrer Herrin reichte, obwohl diese sie nur widerwillig entgegennahm. Schließlich stampfte Gudrun zu ihrem Arbeitskorb zurück und verstaute das ungeliebte Werkzeug darin.

»Ich bin zu ruhelos, um hier zu sitzen und zu spinnen«, erklärte sie der Zofe. »Es muß noch etwas anderes geben, was ich tun kann.« In einer Ecke erblickte sie einen Besen und begann, die Wollflocken zusammenzukehren, die auf den Boden geflogen waren. Adalfridas besorgtem Stirnrunzeln schenkte sie keine Beachtung.

Grimhild blickte von ihrem Platz neben dem Feuer auf, sah Gudrun nachdenklich an und wandte sich wieder ihrer Arbeit zu. Erst jetzt fiel Gudrun auf, daß ihre Mutter in den letzten Tagen öfter bei den Frauen gesessen hatte, obwohl sie sich ansonsten bei schlechtem Wetter eher in ihrem eigenen warmen Zimmer aufhielt.

Die alte Königin beobachtete ihre Tochter – alle beobachteten sie, dachte Gudrun wütend. Sie schwang den Besen kraftvoller und bückte sich, um den Staub unter der geschnitzten Truhe zusammenzukehren.

An einem Ende des Raumes standen Regale, in denen die Werkzeuge für die Arbeit aufbewahrt wurden. Doch in den letzten Tagen hatten so viele Frauen das Zimmer benutzt, daß nun ein heilloses Durcheinander herrschte.

»Ursula, Gunna, kommt her!« befahl Gudrun scharf. »Diese Regale sind eine Schande – schaut, die Ahlen sind zwischen die Spindeln gefallen, und die Schachtel mit den Nadeln ist umgekippt. Und die Stickseide – was für ein Wirrwarr! Wir müssen sie entwirren, bevor es noch schlimmer wird.« Sie trug den Korb zu einem Tisch hinüber und begann die einzelne Fäden voneinander zu trennen, während die beiden Zofen sich belustigte Blicke zuwarfen und mit dem Aufräumen der Regale begannen.

Das Entwirren der Fäden beruhigte Gudrun ein wenig, doch bald schon war sie damit fertig. Ruhelos wanderte sie durch den Raum, begutachtete die Arbeit der anderen, bis die Mädchen nervös wurden, und die ganze Zeit über beobachtete Grimhild ihre Tochter und sagte kein Wort.

Der Fensterladen begann erneut zu klappern, und diesmal hatte Gudrun das Zimmer durchquert, bevor ihr eine der anderen Frauen zuvorkommen konnte. Sie langte nach dem Fenstergriff und streckte sich. Dabei wurde ihr Bauch fest gegen die Wand gepreßt, und Regen peitschte ihr ins Gesicht. Das Kind strampelte protestierend, und als Gudrun an dem Laden zog, spürte sie, wie plötzlich ein Schwall Flüssigkeit ihre Schenkel hinablief. Einen Augenblick lang dachte sie, es wäre der Regen, doch dieses Wasser war warm. Hatte sie sich selbst naß gemacht? Seit das Kind ihr auf die Blase drückte, war das zu einem Problem geworden. Ein süßlicher Geruch breitete sich aus. Sie streckte sich nach dem anderen Fensterladen und zog ihn zu, dann stand sie da und starrte auf die größer werdende Pfütze zu ihren Füßen.

Ich sollte ein trockenes Gewand anziehen, überlegte sie im stillen. Im nächsten Augenblick sog sie scharf den Atem ein, als das gewohnte Stechen in ihrem Rücken zu einem sich wellenförmig ausbreitenden Schmerz wurde, der all ihre Muskeln verhärtete. Als der Anfall vorüber war, stand Grimhild an ihrer Seite.

»Ich muß in meine Gemächer zurück – ich bin ganz naß ...« begann Gudrun, doch ihre Mutter schüttelte den Kopf und lächelte.

»Es ist das Kindswasser, meine Liebe. Es ist Zeit, dich in das Geburtszimmer zurückzuziehen.«

Gudrun starrte sie an. *Endlich!* dachte sie, froh darüber, daß das Warten nun ein Ende hatte. Doch gleichzeitig zitterte sie vor Angst. *Ich bin noch nicht bereit – es ist zu früh! Viel zu früh!*

»Glaubt Ihr, wir sollten Vater Priscus kommen lassen?«

Gudrun erkannte Ursulas Stimme, doch sie schien von weit, weit her zu kommen. Seit ewigen Zeiten war Gudrun nun schon in einem Alptraum voller Schmerzen gefangen. In ihren lichteren Augenblicken wußte sie, daß es erst zwei Tage waren. Obwohl es Unterbrechungen gab, kam es Gudrun vor, als würden die Krämpfe, die ihren Körper schüttelten, nie aufhören.

»Was soll er hier? Glaubst du, es hilft meinem Mädchen, das Kind auf die Welt zu bringen, wenn er daneben steht und etwas über ihre Sünden faselt?« erwiderte

Grimhild. Überall am Kindbett hingen Talismane, welche die alte Frau dort angebracht hatte. Fast den ganzen Morgen über hatte sie Zaubersprüche gewispert. Doch sie waren auch nicht wirkungsvoller als die Gebete der Priester gewesen.

»Ich wollte ...« begann Ursula, doch die alte Königin ließ sie nicht ausreden.

»Ich werde den Matronen ein Opfer darbringen«, sagte Grimhild. »Sie werden uns weitaus nützlicher sein als ein Gott, der seine Gläubigen lehrt, daß die Freuden des Fleisches verwerflich sind und die Frauen eine Verführung zur Sünde darstellen.«

Doch Ursula hatte den Priester kommen lassen wollen, damit er die Sterbegebete sprechen konnte, und Gudrun wußte es. Eine Geburt durfte nicht so lange dauern, selbst wenn es eine Erstgeburt war! Gudrun spürte, wie sich ein neuer vergeblicher Krampf ankündigte, und wimmerte. Als ihr Körper sich versteifte, knisterte das Stroh, mit dem die Matratze gestopft war. Dann verging der Schmerz, und Gudrun ließ sich wieder auf ihr Lager sinken.

Sie stieß den Atem mit einem langen Seufzer aus. Der Krampf war kürzer und schwächer als der vorherige gewesen, und die Zeitspannen zwischen den Wehen wurden immer länger. Das alles war nicht, wie es sein sollte. Vielleicht würden die Wehen bald ganz aufhören, und Gudrun würde mit dem Kind im Leib sterben. In diesem Augenblick der Entspannung erschien ihr der Gedanke gar nicht so abschreckend, wenn damit endlich die Schmerzen aufhören würden!

»Wir müssen etwas unternehmen«, hörte sie Adalfrida flüstern. »Die Leute werden es als böses Omen ansehen, wenn ihr oder dem Kind etwas zustößt.«

»Denkst du nur daran?« erwiderte Ursula. »Unsere Herrin Gudrun hat uns beide immer gut behandelt. Ich kann es nicht glauben, daß Gott sie bestraft, indem er sie sterben läßt. Sie war so glücklich mit ihrem Gemahl.«

»Ich habe noch nie verstanden, warum ihr Christen, die ihr doch so laut von den Freuden eures Himmels singt, den Tod als Strafe betrachtet!« sagte Adalfrida spitz. »Für Gudrun könnte der Tod eine Gnade sein. Aber ich will sie nicht verlieren. Sigfrid ist inzwischen von der Jagd zurückgekehrt. Geh in die Halle und rufe ihn. Vielleicht wird sein Anblick ihr Mut machen.«

Gudrun nickte schwach. »Sigfrid ... ja, ruf ihn ...« flüsterte sie. Es würde ihr helfen, wenn sie ihn sah. Er war so stark. Vielleicht konnte er ihr sogar die Schmerzen nehmen.

»Nur ruhig, Herrin.« Adalfrida beugte sich über sie und wischte ihr mit einem feuchten Tuch die Stirn ab. »Bleibt ganz ruhig. Er wird sicher bald hier sein.«

Gudrun schüttelte den Kopf, doch ein weiterer Krampf kündigte sich an. Sie stöhnte, als er sich in ihrem Körper ausbreitete, doch er war schwach, und wenig später lag sie wieder still. Vielleicht war sie daraufhin eine Weile eingeschlafen, denn als sie die Augen wieder öffnete, beugte sich Sigfrid über sie.

Sie sah ihm an, wie sehr ihn ihr Anblick erschrocken hatte, doch der Zeitpunkt, da sie dies bekümmert hätte, war längst vorüber. »Es tut mir leid ...« hauchte sie. »Ich habe versucht zu kämpfen, doch ich verliere wohl. Ich hätte dir so gerne ein Kind geschenkt ...«

»Halte durch! Du darfst nicht sterben, Gudrun!« Er drückte schmerzhaft ihre Hand. »Meine Mutter ist tot. Du darfst mich nicht auch noch verlassen!«

Sie hielt sich verzweifelt an seiner Hand fest, als sich

ihre Bauchmuskeln erneut zusammenzogen. Gudrun versuchte, Kraft aus Sigfrids Stärke zu ziehen, doch der Schmerz, der sie gefangenhielt und sie ein weiteres Mal durchströmte, war stärker. Diesmal schrie sie laut auf. Gudrun spürte, wie Sigfrid zusammenzuckte, doch er ließ sie nicht los.

Danach nahm sie nur noch verschwommen wahr, was vor sich ging. Vielleicht lag sie im Fieber, denn oft spürte sie, wie sich jemand über sie beugte und ihr über die Stirn strich. Manchmal war Sigfrid bei ihr, manchmal ihre Mutter, die mit geröteten Augen neben ihr saß, als hätte sie geweint. Von allem kam ihr dies am seltsamsten vor. Sie wollte Grimhild bitten, dem Ganzen ein Ende zu bereiten, gerade so, als sei sie noch ein kleines Mädchen, das sich verletzt hatte und von der Mutter die Linderung aller Schmerzen erwartete. Doch die alte Königin schien nicht zu hören.

»Das geht nicht mit rechten Dingen zu – eine junge Frau, gesund und kräftig!« Gesprächsfetzen drangen an Gudruns Ohr.

»Sie strengt sich so an, das Kind zur Welt zu bringen, aber es will einfach nicht kommen«, lautete Ursulas Antwort.

»Es geht nicht mit rechten Dingen zu!« wiederholte Adalfrida. »Sie ist jung, und ihre Hüften sind breit. Sie hätte das Kind leicht zur Welt bringen müssen. Es muß etwas anderes sein. Wenn ein Fluch die Ursache ist, dann müssen wir nicht lange nach der Urheberin suchen. Wer hat am meisten Grund, eifersüchtig auf Gudrun zu sein?«

»Brunhild?« Es war nur ein Flüstern vor der Geräuschkulisse der übrigen Gespräche, doch Gudrun hörte es. »Die Königin?«

»Sie ist unfruchtbar. Und sie besitzt die nötigen Fähigkeiten dafür ... sie wurde ausgebildet von den ...« Abrupt erstarb Adalfridas Stimme, und wenig später waren auch alle anderen Frauen verstummt. Gudrun zwang sich, die Augen zu öffnen und den Kopf zu drehen, so daß sie zur Tür blicken konnte.

Eine Schattengestalt stand dort, eingehüllt in einen dunklen Umhang, die Schultern bedeckt von einem Vorhang schwarzer Haare. Gudrun blinzelte und fragte sich, ob Hella selbst gekommen war, um sie mit sich zu nehmen. Dann trat die Gestalt jedoch ins Lampenlicht, und sie erkannte Brunhild.

»Du Unglücksvogel, was willst du hier?« Die alte Königin trat vor und versperrte Brunhild den Weg.

»Etwas, das du zu tun nicht imstande bist, alte Kräuterhexe.« Brunhild drängte Grimhild beiseite, trat neben Gudrun und blickte auf sie hinab. »Schwester, willst du mir vertrauen?«

Brunhild klang verärgert, doch Gudrun fühlte Tränen der Erleichterung unter ihren Augenlidern hervorquellen. *Das wollte ich die ganze Zeit –*, versuchte sie zu sagen. *Du warst es, die sich von* mir *abgewendet hat!* Doch die Worte kamen ihr nicht über die Lippen. Stumm nickte sie.

»Dann werde ich mein Bestes tun!«

Brunhild richtete sich auf und reichte ihren Mantel einer staunenden Zofe, die kam, um ihr zu helfen. Die Königin hatte sich zuversichtlich gegeben, doch als sie Gudrun betrachtete, kamen ihr Zweifel. Sie hatte Männer auf dem Schlachtfeld gesehen, die besser aussahen als diese Frau. Warum war sie, Brunhild, eigentlich hierher gekommen?

Am Vortag, als Gudruns Schreie über den Hof geklungen waren, hatte sie gehofft, ihre Rivalin würde sterben. Wenn Gudrun tot war, dann war Sigfrid wieder frei. Kurz hatte sie davon geträumt, mit ihm zu fliehen, um ein Leben zu führen, wie sie es einst geplant hatten. Und dann war Sigfrid mit Gundohar von der Jagd zurückgekehrt.

Sie hatte von ihrem Fenster aus beobachtet, wie er freudestrahlend zu seinen Gemächern geeilt war, und alle Träume Brunhilds waren zerplatzt. Sigfrid war es, der sie betrogen hatte, nicht Gudrun. Wie konnte sie den Haß, den sie für ihn empfand, nur vergessen haben?

Als Gudruns Schreie verklungen waren, hatte Brunhild auf die Ankündigung der Geburt des Kindes gewartet. Doch die Stille, die nun auf der anderen Seite des Hofes herrschte, war noch schwerer zu ertragen, und so war Brunhild nichts anderes übriggeblieben, als nachzusehen. Wenn es ihr jetzt nicht gelang, Gudrun zu retten, würde sie, so überlegte sie sich, allein fliehen müssen, wollte sie nicht wegen eben jener Hexenkunst ertränkt werden, derer sie Grimhild angeklagt hatte.

Brunhild drehte sich um, um ihre Schwiegermutter anzusehen. »Alte Frau, ich will deine Zauberkunst nicht herabwürdigen, und vielleicht bin ich nicht besser als du. Aber ich wurde von den Walkyriun ausgebildet.«

»Du warst eine Kriegerin!« entgegnete die alte Königin zornig. »Was weißt du von den Geheimnissen der Frauen?«

Brunhild zuckte mit den Schultern. »Es stimmt, ich habe mich mehr um das Schwert als um die Spindel gekümmert, aber wir mußten alle althergebrachten Künste erlernen. Wieldrud die Hebamme lehrte mich ihre Geheimnisse, ungeachtet der Tatsache, ob ich sie brauchen würde oder nicht.« *Und ich habe Sigfrids Kind zur Welt gebracht,* fügte sie in Gedanken verbittert hinzu. »Sage mir, wie schnell folgen die Wehen aufeinander, und welche Kräuter hast du ihr gegeben?«

Grimhild begann, noch immer stirnrunzelnd, die Mittel aufzuzählen. Wie Brunhild bereits vermutet hatte, waren es dieselben Kräuter, die anzuwenden ihr Huld beigebracht hatte – Tränke aus Schafgarbe, Pfeifenblume und Beifuß und ein Öl aus Poleiminze. Die Schwierigkeit bestand jedoch nicht darin, die Wehen anzuregen – zumindest hatte sie nicht bestanden, bevor Gudrun so kraftlos geworden war. Doch sosehr diese sich auch angestrengt hatte, das Kind war nicht gekommen.

Brunhild legte die Hände auf den straff gespannten Bauch der gebärenden Frau und versuchte zu ertasten, wo das Ungeborene lag. Offensichtlich lag es tief genug – worin also bestand die Schwierigkeit? Plötzlich erinnerte Brunhild sich daran, wie sie Randgrid einmal geholfen hatte, als eine der Stuten der Walkyriun Mühe hatte, ihr Fohlen zur Welt zu bringen. Brunhild atmete tief ein.

»Betet nun zu euren Matronen. Oder zu eurem Gott, daß er mir helfen möge«, wandte sie sich an die anderen Frauen. »Was ich tun muß, ist gefährlich, doch ich fürchte, wenn ich es nicht versuche, wird Gudrun tatsächlich sterben!«

Sie rollte die Ärmel bis hoch über die Ellbogen, dann kniete sie sich ins Stroh. Neben ihr stand eine Schüssel mit warmem Öl. Brunhild schloß die Augen und hielt die Hände über Gudruns Leib. Es fiel ihr schwerer als erwartet, sich zu sammeln. Sie hatte dergleichen schon lange nicht mehr getan; jedes Rascheln und jedes geflüsterte Wort lenkte ihre Aufmerksamkeit zurück auf die anderen Anwesenden. Doch sie gab nicht auf, zwang sich dazu, nur noch auf den Körper der gebärenden Frau und das darin gefangene Kind zu achten.

Sie sah ein Bild vor sich: ein Fluß, der tief unter der Erde floß. Er führte Worte mit sich. Eine leise, säuselnde Flußstimme sang das Wiegenlied einer Mutter, die Brunhild nie gekannt hatte. Vor langer Zeit hatte sie diese Musik schon einmal gehört, als sie am Runenbaum gehangen und den Göttern gelauscht hatte. *Mutter, hilf mir!* Das Gebet erwuchs wie von selbst. In diesem Augenblick glaubte Brunhild wieder an eine Macht, der sie eigentlich auf alle Zeiten abgeschworen zu haben glaubte. *Hilf ihr ...*, betete sie, und aus der Melodie wurde ein Lied. Die Musik durchströmte Brunhild. Das Wissen überflutete sie wie damals, als sie Sigfrid gegen alle Feinde gefeit hatte. Für den Augenblick wurde sie wieder zu Sigdrifa, der Walkyrja. Wo Verbitterung geschwelt hatte, stieg nun Mitleid auf wie Wasser aus der heiligen Quelle.

»*Perthro ...*« sang sie und zeichnete die Rune des Mutterleibes hochkant. »*Ingwaz ...*« Sie malte den Samen hinein. Die gepflanzte Saat wird wachsen. »*Jera ...*« Die Ernte erfolgt zur rechten Jahreszeit, alle Dinge sind im Einklang. »*Laguz ...*« Nun strömen die Wasser. »*Uruz ...*« Die Kraft ändert die Welt. Veränderung ... Brunhild runzelte die Stirn, dann zeichnete sie die Rune des Eiskorns, des Hagels, der alles verwandelt, wenn er niedergeht. »*Hagalaz!*« schrie sie plötzlich und spürte, daß das Kind im Leib wie zur Antwort strampelte.

Doch sie fühlte dieses Strampeln tief unten, an der Seite, nicht in der Mitte des Bauches, wie es eigentlich hätte sein sollen. Also waren ihre Befürchtungen richtig gewesen, und das Ungeborene lag falsch herum im Mutterleib.

»*Hagalaz, Hagalaz,* wir rufen dich«, wisperte sie, »laß die Macht des Wandels tief im Innern dieses Körpers walten!« Brunhild verband die Runen für Hagel und Not und zeichnete sie auf Gudruns Bauch. Mit der einen Hand drückte sie dort, wo sie den harten Schädel des Kindes unter der gespannten Haut fühlen konnte, nach unten. Gleichzeitig drückte sie mit der anderen Hand dort, wo das Kind gestrampelt hatte, nach oben, und Gudrun stieß einen Schrei aus. Eine weitere Wehe kündigte sich an, und Brunhild wartete, doch als sie vorüber war, drückte sie erneut und versuchte, die Lage des Ungeborenen zu verändern, das in Gudruns Schoß verzweifelt wie ein Dachs in einem Sack kämpfte.

Eine der Frauen schrie auf, und Brunhild sah einen winzigen Fuß zwischen Gudruns blutigen Schenkeln auftauchen. Sie fluchte, tauchte die Finger in das Öl und rieb es sich auf Hand und Unterarm. Dann ergriff sie ganz vorsichtig den Fuß des Kindes und schob ihn sanft zurück, folgte dem Lauf der Scheide hinauf zum äußeren Muttermund und segnete die Matronen dafür, daß ihre Hände so schmal waren. Die Scheide war feucht vom Blut, das aus der Gebärmutter sickerte, doch selbst jetzt noch verkrampft. Gudrun stöhnte, als Brunhild mit zwei Fingern den Muttermund weitete, den Fuß des Ungeborenen weiter nach oben schob und von außen den Druck auf den Kopf beibehielt.

Erneut zogen sich die starken Muskeln zusammen, und Brunhild keuchte, als sie deren Druck spürte. Wahrlich, hier lag ein mächtiges Geheimnis verborgen. Die römischen Priester, die behaupteten, es gäbe keine Göttin, hatten dergleichen mit Sicherheit nie gespürt. Kein Krieger, der in der Schlacht tödliche Schläge austeilte, hatte seinen Gegner je mit solcher Kraft umklammert.

Und nun war auch Brunhild von dieser Kraft erfüllt. Als die Muskeln der Scheidenwand sich entspannten, drückte sie erneut, und diesmal ertastete sie mit den Fingern die harte Rundung des kleinen Schädels.

»Brav, mein Kleines, brav …« flüsterte sie und zog die Hand zurück. »Nun sind die Tore geöffnet. Komm hinaus in die Welt!«

Die Gebärmutter zog sich erneut zusammen, und die Frauen, die zusahen, schrien auf, als sich für einen kurzen Augenblick der Kopf des Kindes zeigte. Doch Gudrun, die von der langen Anstrengung geschwächt war, hatte nicht mehr die Kraft, es ganz hinauszupressen.

»Pressen!« rief Brunhild und zeichnete erneut die Rune der Kraft auf Gudruns Bauch, doch Gudrun schüttelte nur den Kopf und stöhnte.

Brunhild setzte sich zurück und dachte angestrengt nach. Und wieder einmal erinnerte sie sich an das Schlachtfeld. Sie hatte Männer gesehen, die sich in ähnlicher Lage befanden wie Gudrun: zu schwach, um selbst den Schild zu ihrem Schutz hochzubringen, während der Feind mit dem Schwert auf sie eindrang.

Wie hatte sie selbst, Brunhild, eine Geburt überstehen können? Die Ausbildung im Kampf hatte sie geschmeidig gemacht, doch sie war in den Hüften schmaler gebaut als Gudrun.

Und dann, mit einem Schmerz, der sie nicht hätte überraschen dürfen, erinnerte sie sich daran, daß sie damals noch den Ring der Göttin getragen hatte, als sie ihr Kind zur Welt brachte …

Brunhild wandte sich an die jüngste von Gudruns Zofen. »Geh und hol den goldenen Halsschmuck, den deine Herrin an der geheiligten Stätte trug«, befahl sie barsch. Zorn lag im Widerstreit mit der Erregung, die

Brunhild noch immer gepackt hielt. Das Mädchen starrte sie erstaunt an. »Leg ihn ihr um den Hals!« erklärte die Königin. »Er wird sie und das Kind retten.«

Grimhild war näher herangetreten. Sie beugte sich über Gudrun und begann, den Bauch ihrer Tochter sanft zu massieren.

»Ruh dich aus! Schon bald wirst du wieder bei Kräften sein …« murmelte sie leise vor sich hin. Dann sah sie zu Brunhild auf. »Ich dachte, die Walkyriun hätten dir deine Kräfte genommen. Doch du besitzt noch immer all ihr Wissen – warum hast du es gehortet und vor uns verborgen, Frau? Es gibt so vieles, was wir von dir lernen könnten!«

Brunhild schüttelte den Kopf. Sie hatte nichts davon gewußt – oder sie hatte sich dem Schmerz der Erinnerung nicht stellen wollen. Erst diese Notlage hatte ihr das Wissen zurückgebracht – gerade so, dachte sie, wie erst ein gefährlicher Feind Gundohars Kampfgeschick zutage förderte. Sie spürte, wie die Macht der Mutter-Göttin in ihr verebbte, während andere sich um Gudrun zu kümmern begannen, und sie zitterte, als würden die Walkyriun ihr erneut die Kräfte rauben.

Herrin, warum verläßt du mich? schrie es in ihr. Und diesmal erhielt sie eine Antwort.

Ich bin, wo ich immer war. Du bist es, die sich abwendet …

Dann brachte das Mädchen den Ring und hob Gudruns Kopf, so daß Grimhild ihr den Schmuck um den Hals legen konnte.

Brunhild zitterte, als sie das Schmuckstück sah. »Nun ist die Kraft der Göttin in dir«, sagte sie mit brechender Stimme. »Auf diesem Ring sind die Runen Frojas eingezeichnet – er ist ein Sinnbild Brisingamens, dessen Leuchten die Welt erneuert.«

»Heil, Froja!« murmelte Adalfrida.

»Heil Euch Matronen!« sagte Ursula.

»Heil der heiligen Erde, welche alles Leben spendet!« fügte Grimhild hinzu.

Und Gudrun schöpfte einmal, zweimal tief Atem und stieß ihn zitternd mit einem langen Seufzer wieder aus. Brunhild kam es vor, als würde das Fleisch der anderen Frau zu glühen beginnen. Und dann konnte sie sehen, wie erneut eine Wehe einsetzte.

»Halte den Atem an, Tochter ...« warnte Grimhild, und dann, als der Muskel sich streckte: »Nun mußt du pressen ...«

Der Kopf des Kindes wurde sichtbar, dann verschwand er wieder. Alle warteten, und wenige Augenblicke später bäumte sich Gudrun erneut auf. Diesmal kam der Kopf ganz zum Vorschein. Grimhild griff zwischen die angespannten Schenkel ihrer Tochter, um ihn zu stützen, und murmelte ermutigende Worte.

Noch einmal, dachte Brunhild, *und es ist überstanden.* »Diesmal kannst du schreien«, sagte sie laut. Sie erinnerte sich daran, wie es ihr bei Asliuds Geburt ergangen war. »Stoß deinen Schlachtruf aus!«

Gudrun versuchte zu lächeln, dann verschleierte sich ihr Blick, als sie erneut alle Kräfte sammelte. Sie stemmte die Fersen ins Stroh, und Ursula eilte herbei, um ihr die Schultern auf das Lager zu drücken. Aus dem Grunzen, das Gudruns Anstrengung begleitet hatte, wurde ein Stöhnen, das zu jenem Schrei anschwoll, zu dem Brunhild sie ermuntert hatte. Und mit diesem Schrei glitt der Säugling in Grimhilds bereite Hände.

Einen Augenblick lang fragte sich Brunhild, ob das blutige, faltige Wesen tatsächlich noch am Leben sein konnte. Dann hob seine Großmutter es hoch, versetzte ihm einen Klaps, und aus einem zuerst zögernden, traurigen Wehklagen wurde ein energischer Schrei. Farbe strömte in die wachsbleiche Haut, als der Säugling zu atmen begann.

Ein neues Leben, dachte Brunhild, und ein Schauder lief ihr den Rücken hinunter angesichts dieses Wunders. *Und jeder Mensch betritt auf gleiche Art und Weise diese Welt!*

Dann ebbte auch der letzte Rest von Brunhilds Erregung ab und ließ sie leer und ausgetrocknet an der Küste einer verschwundenen See zurück. Der Säugling war nun ganz eindeutig ein lebendes, menschliches Wesen und, wie Brunhild mit dumpfer Befriedigung erkannte, ebenfalls ein Mädchen. Sie schlang die Arme um sich und schaukelte leicht hin und her. *Gudrun hat Sigfrid ein Kind geschenkt, und ich habe geholfen, es zur Welt zu bringen!*

Die alte Königin legte das Kind auf den Bauch seiner Mutter, dann machte sie sich daran, die Nabelschnur zu durchtrennen. Ihre Handgriffe waren nun schnell und sicher. Adalfrida brachte ein Tuch, Grimhild wickelte den Säugling darin ein, hielt ihn lächelnd einen Augenblick und legte ihn dann in die Arme seiner Mutter.

»Oh, Brunhild …« flüsterte Gudrun. »Komm, und schau sie dir an!«

Ohne nachzudenken, trat Brunhild neben die andere Frau und blickte auf sie hinunter. Gudrun hielt ihr Kind in den Armen, wie Brunhild Asliud gehalten hatte. In diesem Augenblick schien ihr das gar nicht so lange her zu sein. Die winzigen Gesichtszüge des Säuglings waren noch immer zusammengefaltet wie die Blüten einer Rose, doch auf der Stirn trockneten bereits zarte Strähnen blonden Haares. Das Kind gab einen leisen, schnüffelnden Laut von sich wie ein kleines Ferkel, und dann, als es nichts fand, woran es saugen konnte, öffnete es die Augen.

Ein Zug kühlerer Luft streifte Brunhilds Wange, und sie warf einen Blick über die Schulter. In der Tür stand Sigfrid. Sie sah von dem Mann zum Kind und wieder zurück. Aus beiden Gesichtern, die so verschieden waren, blickten sie dieselben Augen an. Asliuds Augen.

Doch der Blick des Säuglings war klar und neugierig, während Brunhild in dem Gesicht des Mannes Scham las. Die Königin entblößte die Zähne zu einem Lächeln, das so wölfisch wie das seine war.

»Sie ist ganz die Tochter ihres Vaters«, sagte sie leise. »Sie hat Wolfsaugen.« Kurz verweilte ihr Blick auf dem goldenen Halsring, dann wandte sie sich um, riß ihren Umhang vom Stuhl, warf ihn über und eilte an Sigfrid vorbei zur Tür.

»Warte ...« bat er und streckte die Hand nach ihr aus. »Ich muß dir danken. Man hat mir gesagt, daß du sie gerettet hast ...«

Brunhild lachte verächtlich. »Ich habe es nicht für dich getan«, sagte sie mit leiser Stimme. »Und wenn du Gudrun die Treue hältst, wie du sie mir gehalten hast, dann wird sie eines Tages vielleicht bedauern, daß sie am Leben geblieben ist.«

Hinter sich konnte sie das freudige Geplapper der Frauen hören. Doch als Brunhild durch den Korridor zurück zu ihren Gemächern ging, waren ihre Wangen feucht vor Tränen.

DER RUNENSTAB

Köhlerwald,
Weinmond, A.D. 426

Sie nannten Gudruns Tochter Sunnilda, die Schlachtensau, da sie so hart hatte kämpfen müssen, um auf diese Welt zu kommen. Das Kind entwickelte sich von Anfang an prächtig, auch wenn die Mutter sich nicht so schnell erholte, denn die Geburt hatte sie sehr mitgenommen. Doch ihre kleine Tochter war für Gudrun ein steter Quell der Freude. Nicht anders erging es Sigfrid. Seine anfängliche Furcht, sie beide zu verlieren, machte einem Hochgefühl Platz, das sich nur langsam legte. Dieses Kind war für ihn wie seine kleinen Schwestern, die er nur so kurz gekannt hatte. Und Sunnilda hatte wie er Wolfsaugen. Sie würde sich nie voller Furcht von ihm abwenden.

In diesem Sommer gingen überall im Land Gerüchte über einen möglichen Krieg um. Die Goten blieben widerspenstig, und Aëtius führte zwei weitere Feldzüge gegen sie. Gundohar befehligte ein Kontingent Krieger zur Unterstützung des Aëtius, Sigfrid aber begab sich die ersten Monde nach Sunnildas Geburt nie weit von zu Hause fort. Erst als der Sommer in den Herbst überging und Mutter und Kind prächtig gediehen, erst als der blutige Weinmond sich näherte, in dem die Tiere geschlachtet wurden, die nicht bis zum nächsten Frühling durchgefüttert werden konnten, fühlte Sigfrid, wie die altbekannte Rastlosigkeit sich in ihm regte.

Wenn es das Wetter erlaubte, übten die Männer sich im Umgang mit den Waffen, doch einen Keiler in den Wäldern aufzuspüren und das herbstfette Wild zu jagen waren noch immer der beste Zeitvertreib. Für die Männer war die Jagd eine gute Übung, und die Beute, die sie mit nach Hause brachten, war eine notwendige Ergänzung zu dem geräucherten Fleisch in den Scheunen hinter dem Palast des Königs.

An einem frostigen Abend, als die Männer bei ihrem Äl saßen, verkündete Godomar, daß er am nächsten Morgen eine Jagd auf der anderen Seite des Flusses anführen wolle, und Sigfrid wußte, daß er nicht länger bei den Frauen zurückbleiben konnte.

Er erwachte in der Dunkelheit vor dem Morgengrauen, denn Godo wollte früh aufbrechen. Vorsichtig stieg Sigfrid aus dem Bett, das er mit Gudrun teilte, und ging zu der Truhe, auf der seine Kleider zurechtgelegt waren. Dann hielt er inne und blickte auf Gudrun hinab. Sie lag auf der Seite, Sunnilda hatte sich an ihre Schulter geschmiegt. Das Licht der Öllampe, die sie hatten brennen lassen, damit Gudrun die Windeln des Säuglings wechseln konnte, flackerte sanft über den ebenmäßigen Kurven von Wangen und Armen. Es ließ die hellen Haare der Mutter in weichem Glanz erstrahlen und schlug Funken in denen des Kindes.

Bei diesem Anblick krampfte sich Sigfrids Herz zusammen, und es fiel ihm schwer zu atmen. Er nahm plötzlich nur noch die beiden geliebten Gesichter der Schlafenden wahr; sie allein gaben der Welt ihre Daseinsberechtigung. Sigfrid wollte schreien, sie fest in die Arme nehmen und mit all seiner beträchtlichen Kraft gegen jeden Feind verteidigen. Doch er durfte sie nicht aufwecken, und so stand er einfach nur still da und zitterte unter dem machtvollen Ansturm jener Gefühle, die er nicht benennen konnte.

Tief sog er die Luft ein, und als er sie wieder ausstieß, gewann er langsam die Selbstbeherrschung zurück. Noch immer zitternd, kniete er sich neben das Bett, bettete seine Wange für einen kurzen Augenblick auf die ausgestreckte Hand seiner Frau und hauchte einen Kuß auf das duftende Haar des Kindes.

Obwohl Sigfrid und Gudrun ein Bett teilten, hatten sie seit der Geburt Sunnildas nicht mehr miteinander geschlafen. Zuerst, weil sie noch nicht wieder genesen war, und später dann, weil ihr der Sinn nur noch nach dem Säugling stand. Tatsächlich kam Sigfrid diese Entbehrung nicht so hart an, wie er befürchtet hatte. Sein Verlangen war stets durch seine eigene Wirkung auf die Frauen geweckt worden, doch in diesen Tagen verströmte Gudrun bloß den Milchgeruch einer Mutter. Das Verlangen, das nun in Sigfrid brannte, war ein anderes: Er wollte sie und ihre Tochter beschützen.

Als er aufstand und sich anzuziehen begann, fragte er sich, ob er je wieder mit ihr das Lager würde teilen können, selbst wenn sie es wollte, oder ob seine Lust stets gedämpft werden würde durch die Erinnerung an jene Stunden, in denen sie in den Wehen lag. Nun wußte er, warum Männer das Geburtszimmer nicht betraten. Die Frauen hatten Sigfrid versichert, es wäre unwahrscheinlich, daß Gudrun bei einer zweiten Geburt noch einmal das gleiche durchzustehen haben würde. Doch es fiel ihm schwer, ihnen zu glauben. Er würde Gudrun keine weiteren Kinder schenken. Welcher Mann, der solche

Qualen gesehen hatte, würde seine Frau noch einmal durch diese Hölle schicken?

Die Jäger hatten zwei Hirsche erlegt und erstiegen den steinigen Pfad zum Bergkamm auf der Suche nach weiterer Beute, als Sigfrid spürte, wie Grani unter ihm taumelte. Im nächsten Augenblick hielt das Pferd zitternd an. Sigfrid glitt vom Rücken des Tieres, fuhr mit den Händen an Granis Beinen entlang und versuchte herauszufinden, was dem Tier fehlte. Wenig später kam Gislahar den Pfad zurück, um nach ihm zu sehen.

»Ich fürchte, für mich ist die Jagd vorüber«, sagte Sigfrid und sah zu Gislahar auf. »Grani hat sich einen Vorderlauf verstaucht. Ich könnte zwar gut zu Fuß mit euch Schritt halten, aber ich will ihn hier nicht allein zurücklassen.«

»Wahrscheinlich würdest du uns alle hinter dir lassen«, lachte Gislahar. »Aber können wir denn nicht einen der Sklaven bei dem Tier lassen, während du mit uns gehst?«

»Wenn es sich um ein anderes Pferd handeln würde, vielleicht.« Sigfrid grinste zurück. »Aber Grani hat noch immer drei gesunde Beine, und ich habe keine Lust, Wergeld zu zahlen, falls jemand verletzt werden sollte. Als man Grani aus dem Land der Hunnen zurückbrachte, gab es drei Verletzte, wenn ich mich recht erinnere. Ich werde mich langsam auf den Rückweg machen, um Grani zu schonen. In drei Tagen treffe ich euch dann an der Anlegestelle am Fluß.«

»Wenn du Proviant brauchst ...« begann Gislahar und schüttelte dann den Kopf. »Ich vergaß. Du hast in der Wildnis gelebt und weißt, wie man dort überlebt.«

Sigfrid nickte. Die herbstlichen Wälder waren eine wahre Vorratskammer für diejenigen, die sich auskannten. »Aber ich nehme gerne den Schlauch mit Äl, den du bei dir trägst, wenn du ihn mir überlassen willst. Entschuldige mich bei deinem Bruder und wünsche ihm eine gute Jagd.«

Gislahar nickte und löste die Flasche aus hartem Leder vom Sattel. »Ohne dich werden wir nur halb so viel Wild erlegen ...« meinte er verdrossen, doch dann wendete er sein Pony und ritt weiter den Pfad hinauf.

Als der Hufschlag verklungen war, stand Sigfrid einen Augenblick einfach nur da und genoß die Stille. Vielleicht war es das, was er gebraucht hatte – nicht einfach nur den Abstand zur Stadt, sondern vielmehr den Abstand zu den Menschen. Grani schnaubte, hob den verletzten Vorderlauf und setzte ihn behutsam wieder auf den Boden.

»Du hast recht, mein Freund, dies ist kein Ort, um zu rasten«, sagte Sigfrid leise. »Laß uns den Berg hinuntergehen und etwas Gras für dich suchen.«

Sie trotteten den Hang hinunter, hielten ab und zu an und gelangten schließlich wieder in dichteren Wald. Mit Einbruch des Abends war auch die Wolkendecke dichter geworden und hatte sich so weit gesenkt, daß die Bäume in einen allgegenwärtigen, dichten Nebel getaucht waren und es Sigfrid vorkam, als wandele er in Niflheim. Das wenige verbliebene Licht schien gleichzeitig aus allen Richtungen zu kommen, und obwohl Sigfrid die Gegend gut genug kannte, um sich nicht zu verirren, merkte er bald, daß er das Flußufer niemals vor Einbruch der Dunkelheit erreichen würde.

Schließlich stieß er auf einen Weg, der mehr als nur ein Wildpfad zu sein schien, und Hoffnung keimte in ihm auf, denn inzwischen war der Nebel zu einem Sprühregen geworden, der ihn bis auf die Knochen frösteln ließ. Wo ein Weg war, mußte auch ein Unterschlupf sein, und selbst wenn dieser verlassen war, würde es doch Wasser und trockenes Holz für ein Feuer in der Nähe geben. Selbst Grani schritt leichter aus, während sie sich ihren Weg zwischen den Bäumen hindurch bahnten. Bald konnte Sigfrid den Rauch eines Feuers riechen, und als er einen kleinen Birkenhain umrundet hatte, erblickte er nicht etwa eine verlassene Hütte: Vor ihm stand ein stabil gebautes Langhaus im alten Stil mit einer Pforte in der Mitte einer der Längsseiten und einem Strohdach, das fast bis zum Boden reichte. Hinter dem Haus wieherte ein Pony, und Grani antwortete.

Sigfrid ließ den Hengst mit herabbaumelnden Zügeln im Vorgarten stehen und klopfte an den Türpfosten. Jemand hustete, und wenig später wurde die Pforte geöffnet. Ein Mann starrte zu Sigfrid hinaus.

»Was wollt Ihr hier? Und wer seid Ihr?«

»Ein Freund des Hauses und all seiner Bewohner«, antwortete Sigfrid, »der einen Ort sucht, wo er sein lahmes Pferd unterbringen und selbst im Trocknen schlafen kann.« Die Tür wurde weiter geöffnet, und Feuerschein erhellte Sigfrids Gesicht.

»Herr Sigfrid!« rief der Mann.

Zu seiner Linken erkannte Sigfrid Ställe und Vorratskammer. Im Eingang zur anderen Hälfte des Hauses stand eine Frau auf einen Stock gestützt. Mit Sinnen, die in den Wäldern geschärft worden waren, erkannte Sigfrid ihre Gestalt, bevor er ihre Gesichtszüge ausmachen konnte. Eine merkwürdige Unruhe erfaßte ihn.

»Frau Grimhild«, grüßte er sie. »Ich wußte nicht, daß Ihr hier seid ...«

Wie jeder andere im königlichen Haushalt wußte er, daß die alte Königin viel Zeit in den zahlreichen Häusern verbrachte, die sie im Wald hatte errichten lassen. Sie sammelte Kräuter und – so besagten die Gerüchte – braute ihre Zaubertränke.

Doch Sigfrid hatte sich nie viele Gedanken darüber gemacht. Vielmehr versuchte er, Grimhild aus dem Weg zu gehen. Seit sie ihn nach seinem ersten Jagdausflug mit den Burgunden behandelt hatte, fühlte er sich in ihrer Gegenwart unwohl. Sie blickte ihn stets an, als teilten sie ein dunkles Geheimnis miteinander.

»Komm herein«, forderte sie ihn auf. »Hier gibt es Essen und ein Feuer. Du kannst auch deinen Hengst hereinbringen, wenn es dir gelingt, ihn anzubinden. Ich will nicht, daß er meine Kräuter frißt.«

Der Diener schleppte bereits wieder Büschel von Grünzeug zu jenen Bündeln, die auf der anderen Seite des Raums vom schrägen Dach hingen. Als Sigfrid das Pferd hereinbrachte, sah er Regale voller Lederbeutel. Zahlreiche Körbe standen auf dem Boden aufgereiht. Grimhild mußte hier genug Kräuter verstaut haben, um ganz Borbetomagus damit zu versorgen!

»Ein edles Tier«, sagte die alte Königin. »Warum lahmt es?«

»Er hat sich die Fessel verstaucht, glaube ich. Zumindest schließe ich das aus der vorsichtigen Art, wie er den Lauf aufsetzt …«

»Baldurs Pferd hat einen verstümmelten Huf, nicht wahr?« Sie lachte leise. »Wenn du möchtest, kann ich es durch einen Zauber von seinen Schmerzen befreien.«

»Wenn Grani es zuläßt …« meinte Sigfrid zweifelnd, als die alte Frau vorwärts stapfte. Das Pferd warf unruhig den Kopf in den Nacken, als sie näher kam, doch es beruhigte sich sofort, als sie ihm in die Nüstern blies und einige unverständliche Silben flüsterte, die wie ein Schnauben klangen. Dann strich sie mit der Hand entlang der Schulter des Hengstes und den Vorderlauf hinab. Sigfrid sah, wie ein Zittern den Körper des Tieres durchlief, als die alte Frau es berührte, doch zu seinem Erstaunen hielt Grani still.

»Ruhig ... ganz ruhig ...« Grimhild hockte sich nieder, legte beide Hände um den Vorderlauf und begann zu summen. Und dann waren plötzlich Worte zu hören, eine seltsam schwermütige Melodie, die Sigfrid schaudern ließ, den Hengst aber noch weiter zu beruhigen schien.

Phol und Wodan ritten in den Tann,
Da ward dem Füllen Baldurs verrenkt sein Spann.
Da sang Sindgund, Sunnas Schwester,
Da sang Frija, Follas Schwester,
Da sang Wodan, wie er's gereimt:
Sei's die Beinrenke,
Sei's die Blutrenke,
Sei's die Gliedrenke:
Bein zu Beine, Blut zu Blute, Glied zu Gliede,
Als wären sie geleimt.

Als Grimhild geendet hatte, schien Grani in Trance verfallen zu sein. Die alte Königin setzte sich zurück und seufzte. Das Pferd blieb mit gesenktem Kopf und halb geschlossenen Augen stehen.

»Ordulf, bring mir das Einreibemittel in der Steinflasche neben der Feuerstelle«, befahl Grimhild ihrem Diener. »Und du, hilf mir beim Aufstehen, junger Bursche.« Nachdem Ordulf die Flasche gebracht hatte, drückte Grimhild sie in Sigfrids Hand. »Reib seinen Vorderlauf gut damit ein. Was die Zaubersprüche nicht bewirken, werden die Kräuter vollenden, und nach ein, zwei Tagen Rast sollte dein Pferd wieder gesund sein. Während du dich um den Hengst kümmerst, wird mein Diener einen Futtersack holen, und ich werde noch einmal den Eintopf abschmecken.«

Es stellte sich heraus, daß die alte Königin eine ebenso gute Köchin wie Heilerin war. Der Duft des Essens drang in den Stall herüber, und als Grani zufrieden sein Stroh kaute, knurrte Sigfrids Magen bereits vor Hunger. Als er sich schließlich an den Tisch setzte und aß, war all sein anfängliches Unbehagen verflogen.

»Schmeckt es dir?« fragte Grimhild. Sie selbst hatte nur wenig gegessen.

»Ausgezeichnet«, antwortete er. »Habt Ihr Gudrun dieses Rezept gelehrt?«

»Meine Tochter hat nicht viel Wert darauf gelegt, etwas von mir zu lernen«, sagte die alte Königin bitter.

Und den Göttern sei Dank dafür, dachte Sigfrid und widmete sich wieder seinem Eintopf.

»Obwohl ich ihr zu dem Mann verhalf, den sie sich wünschte«, fügte die alte Frau hinzu und lachte leise. »Ah, mein junger Bursche, ich dachte, es wäre Baldur persönlich, der uns einen Besuch abstattet, als ich dich in der Tür stehen sah.«

Sigfrid errötete und überlegte, ob er nach Mistelzweigen Ausschau halten sollte.

»Der blinde Gott traf ins Schwarze, und der zerbrechliche Zweig fand sein Ziel. Und der gerechte Gott fiel dem Verrat anheim …« sang Grimhild. »Die Gesetze der Welt wurden auf den Kopf gestellt, auf daß das Gesetz des Schicksals sich erfülle. Jener Gott, der den Untergang der Mittelerde als einziger überstehen wird, lebt nun im

Land der Toten. Ist das nicht sonderbar?« Sie starrte Sigfrid mit verschleiertem Blick an, und er fragte sich, ob sie ihn überhaupt wahrnahm.

»Ich habe seinerzeit um Baldur geweint«, fuhr sie leise fort. »Doch das ist vorbei. Denn nicht ihm, der nun in Hellas Hallen wandelt, galten diese Tränen, sondern vielmehr unserer Welt. Und ich bin inzwischen zu alt, als daß es mich noch kümmerte, was nach mir kommt.«

»Selbst wenn es um das Schicksal der Burgunden geht?« wagte Sigfrid zu fragen.

Der Blick der alten Frau wurde grimmiger. »Ich habe für die Niflunge mehr getan, als sie ahnen. Doch wird meine Weisheit allein ausreichen? Ich erlernte die alte Erdmagie und schenkte Gundohar einen Bruder, der sie anzuwenden versteht. Doch dieser kämpft nun für die Hunnen. Wann wird er nach Hause zurückkehren?«

Sigfrid blinzelte. Von Zeit zu Zeit trafen Nachrichten ein, nach denen es Hagano gelungen war, sich in den Diensten Attilas einen großen Namen zu machen. Doch was ihn, Sigfrid, betraf, so hatte er Gundohars Bruder nie vermißt. Er wußte von den Gerüchten, daß Hagano nicht der Sohn des alten Königs wäre. Hatte Grimhild mit einem aus dem Stamm der Erdformer das Lager geteilt?

»Ich habe Gundohar mit einer Walkyrja vermählt, doch wird sie ihn beschützen?« fuhr die alte Königin fort. »Und dann bist du noch da …«

Er erwiderte ihren Blick. Ihm wurde schwindlig. »Was ist mit mir?« Er mußte all seinen Mut aufbringen, um diese Frage zu stellen.

»Ein Held aus der Legende …« Sie nickte und grinste verschlagen. »Wodans Wolfskind. Du bist der Erbe noch viel seltsamerer Kräfte. Warum hast du die Schätze, die du errungen hast, nicht benutzt?«

»Eure Tochter trägt einen dieser Schätze«, antwortete er wütend und setzte sich aufrecht. »Was die anderen anbelangt, so liegt mir nichts an dieser Art von Macht. Und den Burgunden wohl auch nicht. In der Welt, die bald kommen wird, wird es nur eine Macht geben, an der ihnen etwas liegt. Und das ist die Macht Roms.«

»Du bist stark ...« sagte Grimhild leise. »Du widerstehst mir. Trink, Sigfrid.« Sie goß ihm Äl in ein Horn und hielt es ihm hin. »Vor langer Zeit hast du einmal von meinem Trank gekostet und dich an der Schönheit meiner Tochter berauscht ...«

Sigfrid starrte sie an, und kurz darauf wandte sie ihren Blick ab. Es war nur ein kleiner Sieg für ihn. Er erinnerte sich lebhaft daran, wie wunderschön Gudrun ausgesehen hatte, als er nach dem Genuß von Grimhilds Trank erwacht war. Hatte er sie allein dieses Trankes wegen begehrt? Dann dachte Sigfrid daran, wie sie an diesem Morgen ausgesehen hatte, als er sie schlafend mit dem Kind zurückließ. Er liebte sie noch immer, doch nun auf eine andere Art. Nach sechs Jahren kannte er jeden Zoll ihres Körpers so gut wie seinen eigenen. Er begriff plötzlich, daß er nicht mehr sagen konnte, ob Gudrun schön war oder nicht. Sie war einfach Gudrun.

»Und wen werde ich begehren, wenn ich dies hier trinke?« fragte er barsch. »Euch?«

Sie sah überrascht auf, und dann lachte sie. Und als die Schatten den Anblick des schlaffen Fleischs und der tiefen Linien milderten, welche die Zeit in ihr Gesicht gegraben hatte, da erkannte Sigfrid die Ähnlichkeit, die sie mit Gudrun hatte – oder vielmehr erkannte er, wie Gudrun eines Tages vielleicht aussehen würde.

»Ich könnte dich dazu bringen, mich zu begehren«, lachte sie boshaft, »... und es nachher wieder zu vergessen. Der Anblick deiner starken Arme und kräftigen Hüften weckt durchaus die Erinnerung an frühere Liebhaber in mir. Sei dankbar dafür, daß ich schon so lange lebe und die alten Feuer in mir erloschen sind.«

Sigfrid hob das Horn, trank, sah dann wieder zu Grimhild hinüber und runzelte die Stirn, als ein anderer Gedanke wie ein silberner Hecht in einem dunklen Strom aufblitzte.

»Habt Ihr das damals getan, als ich nach Borbetomagus kam? Haben Eure Zaubersprüche mich Brunhild vergessen lassen?«

Grimhilds Lächeln erstarb. »Sigdrifa«, sagte sie scharf. »Du hast nach einer Sigdrifa gesucht.«

Das Äl wurde Sigfrid auf der Zunge sauer. »Ihr haltet Euch für weise! Alte Frau, habt Ihr es denn nicht gewußt? Wißt Ihr denn selbst jetzt noch nicht, was Ihr getan habt? Sigdrifa war ihr magischer Name bei den Walkyriun, der einzige, den sie mir nannte. Sigdrifa *ist* Brunhild!«

Diesmal hatte er die bittere Genugtuung, Grimhild erbleichen zu sehen. »Sie hat nichts davon gesagt ...«

»Und ich auch nicht! Warum auch? Dies Schicksal ist uns schon seit langem vorbestimmt. Uns bleibt nichts übrig, als ihm bis zum Ende zu folgen.«

Grimhild zog ihren Schal enger um sich und schaukelte auf ihrem Stuhl vor und zurück. »Er hat es mir auch nicht gesagt«, flüsterte sie. »Warum hat er mich hinters Licht geführt?«

»Es sieht so aus, als hätten wir uns alle gegenseitig betrogen«, sagte Sigfrid, der sich fragte, von wem sie sprach. »Doch wo es mir möglich war, habe ich die Treue gehalten. Der Eid, den ich schwor, als Brunhild mich anklagte, war kein Meineid. Doch nun frage ich Euch, alte Frau, wer gab Euch das Recht, Norne in unserem Leben zu spielen?«

»Nicht ich habe das getan«, flüsterte sie, noch immer schaukelnd. »Du wirst meinen Meister nach Antworten fragen müssen. Jage morgen mit den Wölfen, Sigfrid Sigmundssohn. Vielleicht wirst du ihm dann begegnen.«

»Wem?« Er beugte sich zu ihr vor, doch Grimhild schüttelte den Kopf und wandte sich ab.

»Ich bin eine alte Frau«, antwortete sie barsch. »Ich brauche meine Ruhe. Wolfsvolk muß beim Herrn der Wölfe Antwort suchen.«

Als Sigfrid am nächsten Morgen erwachte, wartete er einen Augenblick, bis er die Augen öffnete, und lauschte. Er hatte eine unruhige Nacht voller Träume verbracht, in denen er als Wolf durch die Wälder lief und dann – noch immer als Wolf – Gudrun liebte. Fast hatte er erwartet, neben Grani im Wald aufzuwachen, doch er hörte das Knistern eines Feuers und roch den Duft frisch gekochter Hafergrütze. Als er den Kopf hob, sah er Hauspfosten und Bänke im Licht, das durch die offene Tür fiel. Also war doch nicht alles bloß ein Traum gewesen.

Ordulf, wortkarg und unfreundlich wie stets, schöpfte ihm etwas von dem Haferbrei auf einen Teller. Die alte Frau war nirgendwo zu sehen – wie Sigfrid erleichtert feststellte. Es kam ihm nun vor, als hätten sie letzte Nacht einander allzuviel offenbart.

Sigfrid begab sich in die andere Hälfte des Gebäudes, um sich um Grani zu kümmern, der froh war, ihn wiederzusehen, aber auch ganz zufrieden mit seiner Unterkunft schien. Als Sigfrid das Pferd mit Heu und Wasser versorgt hatte, fuhr er mit der Hand an dessen verletztem Vorderlauf entlang. Die Schwellung war zurückgegangen, doch der Art und Weise nach zu schließen, in der das Tier sich bewegte, mußte das Bein noch immer recht empfindlich sein. Grimhilds Zauber hatte ihm zweifellos geholfen, aber Grani war noch nicht zum Weiterreisen bereit – der beste Beweis hierfür war die Tatsache, daß er noch nicht versucht hatte, die Wand einzutreten.

Sigfrid ging nach draußen und atmete tief die feuchte Morgenluft ein. Es hatte aufgehört zu nieseln, doch die Wolken hingen noch immer dicht über dem Wald und hüllten ihn in einen geheimnisvollen Schleier. Im hellen Tageslicht waren die Bäume Sigfrid vertraut vorgekommen, doch im Nebel hatten sie sich in etwas Fremdes, Beunruhigendes verwandelt und erinnerten ihn an jene Wälder, welche die Helden auf ihrem Weg in die Unterwelt durchquerten. Das Erbe der Wildnis, das in Sigfrid schlummerte, regte sich wie zur Antwort darauf. Grimhild hatte ihn Wolfsvolk genannt, und seit er ins Burgundenland gekommen war, hatte es keinen Tag gegeben, an dem das Verlangen größer gewesen wäre, seiner Wolfsnatur freien Lauf zu lassen. Und hier, so schien es ihm, konnte er es endlich ohne Bedenken tun.

Möglicherweise erwies sich zumindest dieser Ratschlag Grimhilds als gut. Sigfrid lachte laut. Das Geräusch wurde von der feuchten Luft gedämpft. Dann ging er wieder ins Haus hinein, um Ordulf Anweisungen zu geben, wie er sich um Grani zu kümmern hatte.

Sigfrid hatte den Wolfspelz nicht mitgenommen, doch er wußte, daß er ihn nicht unbedingt brauchte, um sich zu verwandeln. Es reichte, wenn er sich der menschlichen Kleider entledigte – und damit auch seines menschlichen Wesens. Nur mit seinem ›Wolfspelz‹ aus Haaren bedeckt, die auf seiner Schulter wuchsen und sich in einer Linie entlang seines Rückgrates fortsetzten, verließ er die Hütte, in der er seine Kleidung zurückgelassen hatte, und mit einem einzigen Satz verschwand er zwischen den Bäumen.

Einen Augenblick lang stand er still und atmete tief ein. Düfte waren in der feuchten Luft leicht wahrzunehmen. Hinter sich konnte er den Rauch des Feuers riechen, den angenehmeren Duft von gekochtem Essen, von Pferd und Mensch. Doch der satte Geruch von verfaulenden Blättern, nasser Erde und wassergetränkter Borke war stärker. In der Ferne konnte er zerstampfte Minze wittern und etwas schwächer die Fährte eines Fuchses. Mit jedem Atemzug wurde sein menschliches Bewußtsein schwächer. Mit dem Geruchsinn schärfte sich auch sein Gehör.

Die beunruhigenden Erinnerungen der vergangenen Nacht verblaßten; was hatten die Leidenschaften der Menschen mit jenem Wesen zu tun, das er nun war? Er hob den Kopf, die Muskeln an seinem Hals zitterten, und alle Qualen brachen sich in einem langen Heulen Bahn. Aus der Sichthöhe eines Wolfes entdeckte er nun auch eine Öffnung zwischen den Büschen vor sich und huschte hindurch. Nun war er ganz Tier, und er bewegte sich freier, als seine Muskeln sich endlich entkrampften. Es gab kaum ein zertretenes Blatt, kaum einen geknickten Ast, der verriet, wo er hingegangen war.

Sigfrid rannte durch den Wald, erfreute sich an dem ungehemmten Spiel der Muskeln unter seiner Haut. Er folgte den Pfaden des Wildes, und Zweige, die sich in menschlicher Kleidung verfangen hätten, glitten spurlos über sein bloßes Fell. Noch verspürte er keinen Hunger. Bewegung war es, die ihm fehlte, und die Flucht vor all den Zwängen, die sein wahres Selbst unterdrückt hatten.

Er lief schneller, als ein Pferd sich in diesem Gelände hätte bewegen können, und sehr viel schneller als jeder gewöhnliche Mensch.

Gegen Mittag erreichte er den Bergkamm und nahm die Witterung von Godomars Jagdtruppe auf, als er deren Weg kreuzte. Ein eher wölfischer denn menschlicher Sinn für Humor veranlaßte ihn, sich an die Jäger heranzupirschen. Er zog am Schweif von Godomars Pferd und verschwand wieder zwischen den Bäumen, bevor jemand ihn sehen konnte. Einige der scharfsichtigeren Männer erhaschten einen Blick auf ein blasses Schemen zwischen den Schatten, doch keiner von ihnen ahnte, daß es ein Mensch war. Sigfrid zog sich noch ein Stück zurück und kläffte spöttisch. Als die Pferde sich aufbäumten und die Männer zu fluchen begannen, stieß er Laute aus, die halb Heulen, halb Lachen waren.

Die Jäger waren zu sehr damit beschäftigt, ihre Reittiere zu bändigen, um ihn zu verfolgen, doch der Wolfsmann hatte nicht mit den Hunden gerechnet. Ihre Nasen waren so gut wie seine, und sie machten keine Unterschiede zwischen Warg und Wolf und Mensch. Der Hundejunge befreite die Meute von den Leinen, und diese stürmte in den Wald, kläffend vor Aufregung, die sich zur Raserei steigerte, als einer der Hunde Sigfrids Fährte aufnahm.

Sigfrid knurrte drohend, und die Anführer der Meute zögerten, doch der Rudelinstinkt war zu stark, um sie lange aufzuhalten. Das Bellen der Hunde nahm an Heftigkeit zu: *Unsere Zähne sind scharf, unsere Kiefer sind kräftig*, riefen die Hunde, *und wir sind viel zahlreicher als du. Lauf, Wolf, und wir werden dich jagen! Setz dich zur Wehr, wir stellen und erlegen dich!*

Der Wolfsmensch knurrte herausfordernd und sprang

davon, bewegte sich schneller, als er es je zuvor in seinem Leben getan hatte. Danach teilte er sich den Atem fürs Laufen ein. Hinter ihm heulten die Hunde blutdürstig in vielkehligen Harmonien. Die Hörner der Jäger ertönten in unheilverkündendem Wohlklang. Doch der Wolf, den sie jagten, vereinte den Verstand des Menschen mit der Schläue des Tieres. Bald schon waren die Bluthunde hinter ihm in eine unstete Linie auseinandergebrochen. Sigfrid preschte durch einen Bach, watete den Wasserlauf hinunter und schlug sich dann auf dem Weg, den er gekommen war, durch den Wald zurück. Er überraschte einige Nachzügler der Meute, brach zweien von ihnen das Genick und ließ sie tot auf seiner Spur zurück. Anschließend rastete er kurz und schöpfte keuchend Atem. Weiter vor ihm jaulten die Anführer des Rudels voller Verwirrung, dann fand einer von ihnen die Stelle, an der Sigfrid kehrtgemacht hatte, und gab Laut. Hinter sich konnte Sigfrid die Stimmen der Männer hören, die näher kamen.

Ein tiefes Knurren erklang aus seiner Kehle. Plötzlich war aus dem Spiel Ernst geworden. Sigfrid blickte sich gehetzt um, versuchte, wie ein Mensch zu denken. Das Gelände fiel hier steil ab. Es gab viele felsige Stellen, auf denen seine Witterung weitaus schwerer wahrzunehmen wäre als auf der feuchten Erde. Sigfrid sprang hoch, griff nach einem tiefhängenden Ast, schwang sich nach vorne und landete sicher auf einer kleinen Erhebung aus Granit. Von dort sprang er auf die nächste, und so kämpfte er sich immer weiter den Berg hinunter.

Unmittelbar vor ihm tat sich plötzlich eine Felsspalte auf, die breiter als ein Mann hoch war. Ineinander verschlungenes Laubwerk hing an ihr herab, Geröll hatte sich auf ihrem Boden tief unten angesammelt. Einen

Augenblick lang zögerte Sigfrid, doch die gereizten Bluthunde hatten erneut seine Spur aufgenommen. *Lauf, Wolf, lauf! Wir sind viele, viele, viele,* bellten sie, *und du bist allein!* Sigfrid atmete tief ein, rannte einmal im Kreis, um die beste Stelle für den Absprung zu finden, und stürmte auf den Rand der Spalte zu.

Als die ersten Hunde durch die Büsche brachen, sprang er. Zorniges Bellen begleitete Sigfrids Flug durch die Luft, dann berührte sein Fuß die andere Seite, glitt ab. Er warf sich nach vorne, strampelte verzweifelt mit allen vieren, rollte sich in einen Busch aus Farnkraut und blieb still liegen. Das granatfarbene Blattwerk hatte kaum zu zittern aufgehört, als die Reiter zwischen den Bäumen erschienen.

Sigfrid wagte nicht, sich zu bewegen, doch er konnte ihre Flüche über dem enttäuschten Kläffen der Hunde hören. Ein Speer flog über den Abgrund, durchschnitt das Blattwerk und bohrte sich nur eine Handbreit von Sigfrids Hüfte entfernt in den Boden. Der Hundejunge brauchte eine ganze Weile, bis er die Hunde zurückgepfiffen und wieder an die Leine gelegt hatte.

»Was immer es auch war, es ist entkommen«, drang schließlich Ordwinis Stimme durch den allgemeinen Lärm zu Sigfrid. »Und es wird bereits dunkel. Besser, wir kehren zum Pfad und unserem Gepäck zurück, solange wir es noch können.«

»Ich gebe eine heiße Fährte nur ungern auf …« sagte jemand, der wie Laidrad klang.

»Willst du wirklich diese Spalte hinunterklettern, während die Dämmerung hereinbricht?« fragte Ordwini. »Oder in der Dunkelheit herumirren, um einen Weg darum herum zu finden?«

»Laßt ab davon, Herr«, sagte der Hundejunge. »Gebt

auf. Kein sterbliches Tier hätte diesen Sprung ohne Flügel machen können. Das war kein Wolf, sondern irgendein Troll, ein Unwesen, dem wir folgten …«

»Er hat recht – ich habe es gesehen!« stimmte einer der anderen zu. »Bleich wie ein Geist und groß wie ein Mann!«

Sigfrid lauschte, unterdrückte ein Lachen und wünschte, er hätte es wagen können, das Blattwerk auseinanderzuschieben, um etwas zu sehen. Über ihm heulte eine aufgeschreckte Eule; er blickte nach oben und sah undeutlich ein Bündel bleicher Federn, das sich in den Himmel erhob und über der Kluft zu kreisen begann.

»Schaut, da oben, er hat sich in eine Eule verwandelt!« ertönte ein Schrei.

»Er ist hinter uns her, Herr. Bitte, laßt uns von hier verschwinden!«

Sigfrid vernahm noch mehr Flüche und lautes Rascheln und Knacken im Unterholz, als Männer, Hunde und Pferde den Weg zurückstürmten, den sie gekommen waren. Sie waren noch nicht ganz außer Hörweite, als er nicht länger an sich halten konnte, sich auf den Rücken drehte und zu lachen begann. Sein schallendes Gelächter tönte durch den dunkler werdenden Wald, als wäre Sigfrid tatsächlich eine Kreatur der Anderswelt.

Als Sigfrid endlich aus seinem Versteck kroch, war die Sonne bereits untergegangen, doch in dem herrschenden Zwielicht konnte er genug sehen, um seine Umgebung zu erkennen. Seine Flucht hatte ihn weit weg von Grimhilds Haus im Wald geführt. Ein Unterschlupf im Laub war nicht schwer zu finden, doch er brauchte auch Wasser. Die Quelle bei den Linden lag unterhalb der Kluft, in der er Fafnars Schatz verborgen hatte, und dem Gelände nach zu urteilen, war sie nicht weit entfernt.

Er schüttelte das Laub ab, zuckte zusammen, als er Stiche und Kratzer bemerkte, die er zuvor nicht gespürt hatte. Dann hob er den Speer auf und verfiel in einen gleichmäßigen Wolfstrott, bewegte sich selbst im Halbdunkel so leichtfüßig, daß kaum ein Blatt raschelte.

Ein aufgeschreckter Hase huschte zwischen seinen Füßen hindurch; eine schnelle Bewegung, und Sigfrid hatte ihn mit seinem Speer aufgespießt. Damit war er für diese Nacht mit Fleisch versorgt, selbst wenn er es – wie ein Wolf – roh verschlingen mußte.

Nachdem er eine Weile seinen Weg fortgesetzt hatte, bemerkte er, daß sich etwas beidseits auf gleicher Höhe mit ihm unsichtbar durchs Unterholz bewegte. Sigfrid blieb stehen, richtete all seine Sinne auf die unmittelbare Umgebung und wurde augenblicklich belohnt: vor ihm glühten zwei Paare gelber Augen. Wolfsaugen. Sigfrid wagte einen vorsichtigen Gruß und heulte einmal kurz. Die anderen antworteten ihm, und als hätte seine Aufmerksamkeit sie erst geschaffen, wurden dunkle Schatten unter den glühenden Augen sichtbar.

Sigfrid erschauerte und sah gespannt zu, wie zwei nebelgraue Wölfe auf dem Pfad vor ihm erschienen, weitertrotteten und nur von Zeit zu Zeit anhielten, um zu sehen, ob er ihnen noch folgte. Waren die beiden lebendige Wesen oder bloß Geschöpfe seiner Einbildung? Er hatte sie schon lange nicht mehr gesehen – nicht, seit er als Kind die Wälder um Ragans Schmiede durchstreifte.

Daher war er schließlich nicht sonderlich erstaunt, als er das Flackern eines Lagerfeuers neben den Quellen entdeckte, wo er Fafnars Gold versteckt hatte. Die Nebelwölfe trotteten vor ihm auf die Lichtung und grüßten schwanzwedelnd den Mann, der neben dem Feuer saß. Sigfrid jedoch blieb am Rande des Lichtscheins stehen und starrte hinüber.

Der Fremde war gekleidet wie einer der Köhler, die in diesem Wald ihrem Gewerbe nachgingen. Er trug ein Wams mit einem Schurz aus Tierfell darüber und hohe Gamaschen aus geschwärztem Leder. Der Umhang, der seine Schultern bedeckte, bestand aus Flicken abgetragenen Pelzes. Der Mann hatte sich die Kapuze dieses Umhangs tief ins Gesicht gezogen, so daß Sigfrid bloß einen grauen Bart erkennen konnte. Doch kein einfacher Köhler hätte so furchtlos einen nackten Mann begrüßt, der plötzlich an seinem Feuer auftauchte. Und kein Köhler hätte solch vertraulichen Umgang mit Wölfen gepflegt. Die Haare, die entlang Sigfrids Rückgrat wuchsen, stellten sich auf, als jener Schauder ihn erneut durchlief, den man nicht recht als Furcht bezeichnen konnte.

»Sei gegrüßt, Sigfrid. Wie ich sehe, hast du uns ein Abendessen mitgebracht.« Der alte Mann sprach leise und saß so regungslos, als wäre Sigfrid ein wildes Tier, das er an sein Feuer locken wollte.

»Ein Hase ... ist nicht viel«, Sigfrid stotterte, als er sich an die Sprache der Menschen zu erinnern versuchte.

»Ich habe Brot und Wein«, sagte der Fremde.

Sigfrid trat langsam näher, legte seinen Speer neben dem Feuer nieder und warf einen Blick auf das Gesicht unter der Kapuze. Ein Auge lag im Schatten verborgen, doch das andere durchbohrte ihn, wie es sonst nur Sigfrids eigene Wolfsaugen bei menschlichen Wesen zu tun vermochten. Schließlich mußte Sigfrid den Blick abwenden.

»Du kennst meinen Namen?« fragte er. »Wie soll ich

dich nennen? Helmbari? Oder vielleicht Farnamann?« Es waren Namen, welche dieser Wanderer bei früheren Begegnungen getragen hatte.

Der andere lachte und streckte eine Hand nach dem Hasen aus. »Oder Grim«, sagte er. Mit einem einzigen Messerschnitt weidete er den Hasen aus und warf die Innereien den Wölfen zum Fraß vor.

Oder Wodan, dachte Sigfrid. Er fühlte sich unbehaglich. Er hatte zu lange in christlichen Ländern gelebt und dabei vergessen, wie man mit Göttern sprach.

Er räusperte sich. »Also, Verborgener, was hast du nun mit mir vor?«

»So viel Mißtrauen!« Der alte Mann schüttelte den Kopf. »Wenigstens weichst du nicht zurück, zeichnest Kreuze in die Luft und verspritzt Weihwasser wie Regen. Die Menschen haben sich stets vor mir gefürchtet, und sie hatten guten Grund dazu, doch sie schätzten auch die Gaben, die ich ihnen brachte. Heutzutage nennen sie mich einen Teufel. Bald werden sie nur noch den Dämon in mir sehen und vergessen, daß in jedem ihrer Gedanken, in jeder Erinnerung ein Teil von mir steckt.«

»Heute nachmittag nannten sie *mich* einen Dämon«, erwiderte Sigfrid bitter. »Doch ich werde dich Wolfsvater nennen.«

Der alte Mann, der dabei war, den Hasen abzuziehen, hielt inne und sah auf. »Das ist gut so. Ich habe die Menschen deiner Sippe stets geliebt.« Das Licht des Feuers schimmerte im Silber seines Bartes, glitzerte auf dem Wasser, das aus den Felsen hinter ihm quoll, und schälte den Spalt aus der Dunkelheit, in dem Sigfrid den Schatz Fafnars verborgen hatte.

»Sollte mich das beruhigen?« Sigfrid streckte die Hände dem Feuer entgegen. »Mein Vater gab sein Leben auf dem Schlachtfeld. Hast du auch ihn geliebt? Ich kenne eine Frau, die du einst deine Tochter nanntest. Wohin hat deine Liebe sie gebracht?«

»Sigmund ... lebte gut und starb gut und wohnt nun in meiner Halle, zusammen mit den Helden ...« Grims Worte klangen wie Schwerter, die im Kampf aufeinanderschlugen. »Brunhild ...« er seufzte, und als er fortfuhr, war seine Stimme stumpf wie eine zerbrochene Klinge. »Brunhild hat sich von mir losgesagt ...«

»Weil du sie betrogen hast!«

»*Du* hast sie betrogen!« Der alte Mann richtete sich auf und erschien plötzlich sehr viel größer. Sigfrid wich zurück. »Du hast dich dazu entschieden, bei den Burgunden zu bleiben. Du hast dich entschieden, Gudrun zu heiraten.«

»Habe ich das wirklich?« murmelte Sigfrid und erinnerte sich an die Unterhaltung mit Grimhild. »Brunhild war der festen Überzeugung, ich sei der Held, den du ihr bestimmt hättest. Warum hast du es zugelassen, daß ich sie im Stich ließ?«

»Es zugelassen?« Grim starrte ihn verwundert an. »Sehe ich etwa so aus wie eine der Nornen? Und selbst diese spinnen nur die dünnen Fasern, die Natur und Erbe des Menschen ihnen in die Hand gegeben, zu Fäden für des Schicksals Webteppich. Vielleicht vermag der Gott der Christen den Absturz eines Spatzen vorherzubestimmen, doch solltest du ihn nicht mit mir verwechseln.«

Nichtsdestotrotz, dachte Sigfrid, *hast du Brunhild in dem Glauben belassen, daß ich ihr Schicksal sei.* Doch sprach er diesen Gedanken nicht aus.

»Jedes Lebewesen trifft fortwährend neue Entscheidungen, und diese Entscheidungen bedingen einander.

Es gibt Dinge, die bereits verwoben sind, und diese kann man nicht mehr ändern. Ihre Folgen sind das Schicksal, das dich bindet. Im Hunnenlande hast du dich entschieden, Gundohars Platz einzunehmen.«

»Er oder Brunhild hätten andernfalls getötet werden können ...« widersprach Sigfrid, doch Grim schüttelte den Kopf.

»Ist der Tod das schrecklichste Schicksal, das du kennst?« Er deutete auf den Hasen, der nun über dem Feuer briet. »Alles auf der Welt stirbt, um neues Leben zu ermöglichen. Du tötest, Wolf, um zu überleben. Warum sollte der Tod eines Mannes mehr bedeuten als der eines Hasen?«

Der Duft des Fleisches stieg Sigfrid in die Nase, und sein Magen knurrte. »Für den Mann bedeutet es sehr viel«, antwortete er und schüttelte sich plötzlich vor Lachen. »Hat sich dieses Tier etwa dazu entschieden, von meiner Hand getötet zu werden?«

»Der Weise, sei es Mensch oder Tier, weiß, wann seine Zeit abgelaufen ist«, sagte Grim leise.

Er hob den Bratspieß vom Feuer, legte den gerösteten Hasen auf einen flachen Stein und schnitt eine Keule ab, die er Sigfrid reichte. Den anderen Schenkel zerkleinerte er und begann ihn an seine Wölfe zu verfüttern. Sigfrid biß in die Keule und zuckte zusammen, als der heiße Bratensaft seine Zunge verbrannte. Dabei fiel ihm ein, wie Fafnars Blut ihn verbrannt hatte. Das Fleisch des Hasen war fest, aber süß. Sigfrid schluckte, und als das Fleisch seine Kehle hinabwanderte, erinnerte er sich an den Triumph in den Augen Ragans, als dieser sich dem Schwerte Sigfrids hingab.

»Alter Mann, weißt du, wann diese Zeit für mich kommen wird?«

»Glaubst du, wenn ich das wüßte, hätte ich zugelassen, daß Baldur stirbt?« antwortete Grim mit sehr leiser Stimme. »Ich wußte, daß er im Zeitalter der Götterdämmerung in Hellas Reich verweilen muß und daß ich ihn deshalb verlieren würde, aber ich hätte es hinausgezögert, wenn ich das Ende dieses Zeitalters voraussehen könnte. Nur mein eigenes Schicksal ist mir bekannt, und ich weiß, durch wen ich fallen werde. Selbst Ragnarök kann ich abwenden, wenn es mir gelingt, mit Hilfe der Entscheidungen, welche die Menschen treffen, die Welt zu retten.«

»Wie kann ich dir glauben?« Sigfrid sprang auf. Nun wußte er, welchem Meister Grimhild gedient hatte. »Wie vielen Königen hast du schon den Sieg versprochen und sie dann doch sterben lassen? Brunhild sagte mir, daß du ihr versprochen hast, ich würde bei ihr bleiben.«

»Selbst jetzt verstehst du noch nicht!« rief der Gott. »Ich weiß, welches Schicksal uns erwartet. Du entscheidest, wie dieses Schicksal zu deuten ist. Aus deinen Entscheidungen ziehe ich mein Wissen über die Zukunft!«

Sigfrid schüttelte den Kopf. Die Welt begann sich um ihn zu drehen. In einem unendlichen Gefüge formten sich Schemen und Gestalten und lösten sich wieder auf.

»Warum erzählst du mir das?« schrie er voller Verzweiflung. »Was willst du von mir?« In der Stille, die seinen Worten folgte, schienen alle Geräusche lauter zu sein: das Zischen der Flammen, das Krachen der Knochen, an denen die Wölfe nagten, das Plätschern der Quelle.

»Es ist lange her, daß du meinen Schatz betrachtet hast …« Leise Worte, so leise, daß Sigfrid glaubte, sein Herz hätte sie gesprochen. »Du bist hergekommen, um ihn dir anzusehen. Bring den Schatz heraus und laß ihn im Schein des Feuers glitzern!«

Die Umrisse des alten Mannes begannen zu verschwimmen, und es war, als säße plötzlich eine größere, strahlendere Erscheinung dort. Dann riß Sigfrid sich zusammen, blinzelte … und sah bloß wieder einen alten Mann. Doch noch immer konnte er diesem nicht in die Augen sehen.

»Warum? Begehrst du ihn? Die Menschen opfern den Göttern ihre Schätze, doch ich habe nie verstanden, welche Verwendung die Erleuchteten für Gold haben!«

»Hol die Truhe, Sigfrid«, wiederholte Grim, »und ich werde deine Frage beantworten.«

Sigfrid sprang auf und machte einen Schritt über den kleinen Bach, in dem die Wasser der Quelle sich in die Dunkelheit des Waldes ergossen. Die Felsbrocken, mit denen er die Spalte verschlossen hatte, waren noch immer an ihrem Platz. Moos und Gras wuchs zwischen den Steinen, als hätte die Natur und nicht Menschenhand sie dort abgelegt. Vorsichtig räumte er sie beiseite und zog die Truhe aus der Spalte, in die er sie einst hineingezwängt hatte. Schimmel hatte sich auf dem Holz gebildet, und die Schließbänder hatten Rost angesetzt, doch der Schaden hielt sich in Grenzen. Sigfrid kratzte das meiste davon weg und rüttelte an dem Schloß, bis es sich öffnete.

Der eingeölte Ledersack darin war noch unbeschädigt, und wenn auch die Bronze angelaufen und das Silber schwarz geworden war, glänzte das Gold doch in unverminderter Pracht. Sigfrid zog ein Stück nach dem anderen aus dem Tuch hervor und legte sie auf den Boden vor sich. Da lagen die Armringe und Halsreife aus gewundenem Gold. Dort die Tafelflasche im griechischen Stil mit einem Paar Trinkbecher, alle mit einem Muster von Bärenklaublättern geprägt. Daneben lag ein Dolch, der wie ein Blatt geformt war. Die Bronze war mit Grünspan überzogen, doch das Heft war mit Golddraht umwunden, und auch Stichblatt und Knauf bestanden aus Gold. Bronze- und Silberschalen quollen über von Münzen, welche die verblaßten Gesichter längst vergessener Könige trugen.

»Da liegt er, der Schatz,« sagte Sigfrid, »und er hat mir kein Glück gebracht. Soll ich einen anderen Halsreif für Brunhild auswählen, als Ersatz für den, den ich ihr weggenommen habe?«

»Sie würde es dir nicht danken. Einen Ring wie diesen gibt es nur einmal«, erwiderte Grim. »Und nichts läßt sich vergleichen mit dem Stab, der dort, eingehüllt in ein Stück Leder, zu deinen Füßen liegt.«

Sigfrid kniete nieder, um das Bündel aufzuheben. Das brüchige Leder fiel ab und enthüllte einen Stab, der etwa die Länge von Sigfrids Unterarm hatte und so dick wie sein Daumen war. An einem Ende prangte die grob geformte Figur eines Vogels, vielleicht eines Adlers. Irgendwann einmal waren Runen in den Stab geritzt worden, die jenen auf dem Halsring ähnelten. Sigfrid betrachtete den Stab im Feuerschein, versuchte sich die Lehrstunden mit Brunhild ins Gedächtnis zu rufen, als diese ihm die Bedeutung der Runen erklärt hatte, und spürte ein Prickeln in der Hand, mit der er das schwere Gold hielt.

»Dort steht alles geschrieben, Sigfrid«, sagte Grim leise, »all die Geheimnisse von Macht und Weisheit. Dies sind die Runen, die ich den Menschen brachte. Wer sie versteht, ist Herr über sein Schicksal, weil er das Schicksal der Welt versteht. Nimm den Stab. Nimm ihn mit in die Stadt der Burgunden und gebrauche ihn dort.«

»Ihn gebrauchen?« fragte Sigfrid. »Wie? Ich könnte

die Runen auch auf einen Ast aus Eichenholz ritzen – warum sollte dieser Stab aus Gold anders wirken? Und was soll ich mit ihm tun? Ich bin ein Krieger. Ich forme mein Schicksal mit der Klinge meines Schwertes.«

»So ist es in der Tat«, erwiderte sein Gegenüber kühl. »Das hast du getan, als Fafnar und Ragan durch deine Hand starben.« Sigfrid zuckte zusammen. Es war ein alter Schmerz, aber er war nicht vergessen. »Wäre es nicht besser, wenn Weisheit dir das Schwert führen würde?«

»Willst du, daß ich Gundohar das Königtum streitig mache?« Sigfrid starrte ihn an. »Das werde ich sicher nicht tun – Blutsbande vereinen uns!« Er warf den Runenstab zu Boden. Mit einem hellen, wohltönenden Klirren landete er auf den übrigen Teilen des Schatzes.

»Woher weißt du, was du tun wirst?« fragte Grim leise. »Du, der du so schnell die Schwüre vergessen hast, die dich an Brunhild banden?«

Sigfrid wandte sich ab, starrte in die Dunkelheit, doch er konnte ein Zittern nicht unterdrücken. Langsam kam einer der Wölfe näher, dann der zweite. Beide lehnten sie sich an seine Beine. Unwillkürlich begann er sie zu streicheln, und das Gefühl von weichem Fell unter seinen Händen beruhigte ihn ein wenig.

»Die Welt wandelt sich«, sagte die Stimme hinter ihm. »Du mußt dich mit ihr wandeln, so wie ich es tun muß. Trage die Runen in die Welt, die kommen wird.«

»Dafür bin ich nicht der richtige Mann«, antwortete Sigfrid mit bebender Stimme. »Ich verstehe sie nicht – oder dich. Ich bin ein Wolf. Ich will nur meinem Rudelführer dienen und meine Familie beschützen. Suche dir einen anderen Sohn, der deine Aufträge in der Welt der Menschen ausführt!«

»Das werde ich … das muß ich …« Die Antwort war so leise, daß sie kaum noch zu verstehen war. »Doch soviel sehe ich voraus: Am Ende wirst auch du mir dienen …«

Ein Geräusch wie ein langes Seufzen folgte, dann herrschte Stille. Die Wölfe drückten ihre kalten Schnauzen in Sigfrids Handflächen und huschten davon.

Als Sigfrid sein Zittern wieder so weit unter Kontrolle hatte, daß er sich umdrehen konnte, sah er, daß der alte Mann in sich zusammengesunken war. Seine Kapuze war zurückgeschlagen, so daß sein Gesicht im Schein der glühenden Kohlen vollständig sichtbar war. Sigfrid beugte sich über ihn und fühlte seinen Puls. Die Augen des Mannes waren zwar geschlossen, doch es war nichts Ungewöhnliches festzustellen. Der Köhler atmete mit dem gleichmäßigen Röcheln eines Betrunkenen, und erst jetzt entdeckte Sigfrid den Weinschlauch, der neben ihm lag.

Er war noch fast zur Hälfte gefüllt. Sigfrid öffnete ihn und setzte ihn an die Lippen, hörte erst auf zu trinken, als der Schlauch leer war. Der Wein tat ihm gut, und ein leerer Beutel würde dem armen Burschen die fehlende Erinnerung an diesen Abend erklären helfen. Einige Augenblicke später begann das neue Feuer in Sigfrids Magen etwas von der Kälte wegzubrennen. Im schwindenden Schein der Kohlen glitzerte der Schatz unheilvoll. Nachdenklich begann Sigfrid ihn wieder in die Truhe zu packen. Als letztes legte er den Runenstab hinein, eingewickelt in das Fell des Hasen. Dann zwängte er die Truhe wieder in die Felsspalte und verdeckte diese mit den Felsbrocken, bis es erneut so aussah, als wäre das Moos an dieser Stelle seit Ewigkeiten ungestört gewachsen.

Als Sigfrid seine Arbeit beendet hatte, sah er, daß noch eine der goldenen Münzen auf dem Boden glitzerte. Er lachte freudlos und legte sie auf die Brust des schlafenden Köhlers, um ihn für den Wein zu bezahlen. Wenn der Bursche erwachte, würde er alles nur für einen Traum halten, und dann mußte Sigfrid bereits weit weg sein. Wenigstens hatten das Essen und die Rast ihm neue Kraft gegeben, und der spät aufgehende Mond würde ihm etwas Licht spenden. Es sollte ihm eigentlich gelingen, Grimhilds Hütte vor der Dämmerung zu erreichen und seine Kleider zu holen. Mit etwas Glück würde auch Grani sich so weit erholt haben, daß er das Pferd am Zügel zur Furt führen konnte, ohne zuvor noch einmal mit der alten Königin zusammenzutreffen. Er glaubte zwar nicht, daß sie die Macht hatte, in seinen Augen zu lesen, was geschehen war, aber er wollte es nicht darauf ankommen lassen.

Er hatte sich Grimhild widersetzt, und er hatte den Befehlen des Hohen widersprochen – und Sigfrid wußte nicht, ob er in beiden Fällen richtig gehandelt hatte. Nur einer Sache war er sich sicher: Selbst wenn er alle anderen betrügen konnte, den Wolf in sich konnte er nicht verleugnen.

Sigfrid bedeckte die Kohlen mit Asche, um dem Mann, wenn er am Morgen erwachte, ein wenig Behaglichkeit zu verschaffen. Dann verschwand er im Wald, lautlos wie einer von Wodans Wölfen.

X

PAARUNGEN

Borbetomagus
Wonnemond, A.D. 427

Es war ein harter Winter, jener zweite, seit der junge Valentinian das scharlachrote Gewand des Kaisers für sich beansprucht hatte, und der sechzehnte von Gundohars Regentschaft. In den Bergen kam es zu heftigen Schneefällen, und die schnelle Schmelze im Frühling jagte Wasser wie eine einfallende Armee über das Land, ertränkte Vieh und spülte Häuser davon. Die wenigen Gerüchte, die bis zu den Burgunden durchdrangen, besagten, daß das Wetter andernorts noch schlechter war. In Rom war der Tiber über die Ufer getreten und hatte viele Menschenopfer gefordert, und das Sumpfland um Ravenna hatte die Stadt in eine Insel verwandelt.

Gundohar starrte auf das nasse Land, das im Augenblick im Sonnenschein lag. Die ganze Woche über waren immer wieder heftige Schauer niedergegangen, obwohl das Ostarafest bereits vorüber war, und Gundohar fragte sich, wie der Kindkaiser wohl mit seinen Schwierigkeiten zurechtkam. Hatten sie dem Kind überhaupt gesagt, daß etwas nicht in Ordnung war? Er verspürte Mitgefühl für Valentinian. Auch ihm war das Königtum aufgebürdet worden, noch bevor er erwachsen gewesen war.

Doch seitdem war bereits ein halbes Leben vergangen.

Es schien eine lange Zeit her zu sein, seit sein Vater gestorben war, aber Gundohar konnte sich noch gut daran erinnern, was für ein Gefühl es gewesen war, König genannt zu werden, während man von Menschen umgeben war, die alle älter und mächtiger waren und sicher viel besser wußten, was zu tun war. Valentinian hatte Galla Placidia, seine Mutter, die für ihn regierte. Sie war dafür geboren, kaiserliche Macht auszuüben, doch ihr Geschlecht zwang sie, es durch andere zu tun. Gundohar hatte Grimhild gehabt.

Er überlegte, ob er noch lange würde auf sie zählen können. Die alte Königin war den ganzen Winter über leidend gewesen. Wann hatte es angefangen? Seit wann war sie ständig schwächer geworden? Es mußte mit ihrem letzten Ausflug in die Wälder begonnen haben, damals im Herbst, als sie aufgebrochen war, um Kräuter zu sammeln. Damals, als Godomar mit den Männern auf der Jagd gewesen und sie alle zurückgekommen waren und etwas von Werwölfen gefaselt hatten.

In jungen Jahren hatte Gundohar Grimhild ihre Einmischung übelgenommen, doch inzwischen glaubte er, daß möglicherweise allein ihr Wissen über die Stärken und Schwächen der einzelnen großen Familien, welche die Stämme dominierten, ihm den Thron bewahrt hatte. Er hegte den starken Verdacht, daß sie, wenn drohende oder überzeugende Worte versagten, andere Mittel angewandt hatte. Mit Sicherheit hatte es in den Anfangsjahren seiner Regentschaft mehr als einen unerwarteten, aber hochwillkommenen Todesfall gegeben. Doch Gundohar hatte es nie gewagt, sie zu fragen, ob dabei Zauberkraft oder Gift mit im Spiel gewesen war. Er nahm an, daß von Grimhilds Kindern am ehesten Hagano dies wußte.

Und er mußte zugeben, daß seine Mutter nach der

Schlacht auf dem Rabenfeld und vor allem nach seiner Vermählung mit Brunhild sich damit begnügt hatte, Ratschläge zu geben, ohne sich einzumischen. Doch selbst jetzt noch schien die alte Königin am besten zu wissen, was in seinem Volk vor sich ging.

Gundohar seufzte und ergriff die Pergamentrolle, die eben eingetroffen war. Sie war über und über mit kaiserlichen Siegeln versehen. Doch das Sinnbild, das diese trugen, war das der Präfektur von Gallien, nicht von Rom. Vorsichtig schlitzte er die Siegel auf und entrollte das Pergament.

»*Ad Gundicharium, Regem Burgundiorum, ex Flavio Aetio, Comite Domesticorum, Magistro Militum intra Gallias: salve*–«

Gundohar hielt die Rolle so, daß das Licht darauf fiel, und las sorgfältig Zeile für Zeile. Die Botschaft war klar – Aëtius hatte Rom einen Besuch abgestattet und wollte die nördliche Route durch Raetia zurück nehmen, sobald die Pässe wieder frei waren. Er hatte vor, den Rhein hinaufzureisen, bevor er der Mosel westwärts nach Treveri folgte, dieselbe Route, so dachte Gundohar mit einem leichten Lächeln, welche die Burgunden vor vier Jahren genommen hatten, als sie den ›Zehnt‹ eintrieben.

»Voraussichtlich werde ich Borbetomagus bis zu den Iden des Maius erreichen«, hieß es weiter im Brief. »Ich bin sehr begierig darauf, zu sehen, wie die Länder unserer *foederati* sich unter Eurer Regentschaft entwickelt haben. Ich wünsche mit Euch über ihre Verteidigung zu beratschlagen und die Streitmacht zu begutachten, die Ihr befehligt.«

Er will in diesem Sommer erneut gegen Theoderid ziehen, dachte Gundohar, *und er vermutet, daß er uns brauchen wird. Es ist teuer, Hunnen anzuwerben …* Er mußte erneut lächeln. Auch die Burgunden konnten teuer sein. Seit sie sich am Rhein niedergelassen hatten, waren sie zahlreich geworden, und die Länder um Divodurum waren reich. Ordwini, dessen Grund und Boden Argentorate am nächsten lag, begann bereits, seinen Einfluß vom Westen her auf diese Stadt auszudehnen. Wenn Aëtius seine Hilfe wollte, würden diese Ländereien der Preis sein.

Welche anderen Zugeständnisse würde er den Römern abringen können im Austausch für seine Unterstützung, überlegte Gundohar? Er brauchte einen Ratgeber, der verschlagener als er selbst war, um eine angemessene Antwort zu finden. Dies war eine Situation, die Grimhild verstehen würde. Vielleicht würde die Herausforderung sie aufheitern.

Gundohar rollte das Pergament zusammen und machte sich auf die Suche nach seiner Mutter.

»Ist die Königin hier?« Gundohars Frage war klar und deutlich vernehmbar, als die Pforte zum Garten geöffnet wurde, und Gudrun sah verwundert auf. »Man sagte mir, sie wolle ein wenig in der Sonne sitzen.«

Gudrun sah zu ihrer Mutter hinüber, die eingeschlafen zu sein schien, während die kleine Sunnilda neben ihr auf dem Boden saß und mit den Kieselsteinen des Gartenpfades spielte.

»Nicht in den Mund stecken, Liebes – behalt die hübschen Steinchen in den Händen«, sagte Gudrun. Und dann, mit erhobener Stimme: »Wir sind hier, Bruder, in der Weinlaube auf dem äußeren Pfad.« Wenig später sah sie Gundohar an dem Rosmarinbusch vorbeikommen, der Trockenheit und Flut überstanden hatte und wieder einmal drohte, den Garten zu überwuchern, wenn er nicht zurechtgestutzt wurde.

»Ich nehme an, hier scheint ein wenig die Sonne ...« meinte er zweifelnd und warf einen kurzen Blick zum Himmel hinauf.

»Mehr als seit langem«, stimmte ihm Gudrun zu. »Das wollte ich ausnutzen. Es fällt einem Kind schwer, immer eingesperrt zu sein, und ich dachte, auch Mutter würde die frische Luft guttun.«

Gundohar sah zu Grimhild hinüber, die mit geschlossenen Augen dasaß, eingehüllt in ihre Tücher. »Schläft sie?«

»Wohl mögen meine Augen mir den Dienst versagen, doch meine Ohren sind noch ausgezeichnet«, ertönte es aus den Tüchern. Die alte Königin setzte sich mit einem Seufzen auf. »Was führt dich zu mir, mein Sohn?«

Es gab eine Zeit, da hätte sie gewußt, daß er kommt, lange bevor er den Garten betritt, dachte Gudrun. *Nach all den Kämpfen um die Zaubermacht ist nun selbst der Gedanke daran nur noch eine Last, die sie nicht zu tragen gewillt ist.*

»Ich habe einen Brief von Aëtius erhalten«, antwortete Gundohar heiter. »Er stattet uns einen Besuch ab, und ich glaube, er wird uns um Unterstützung für seinen Sommerfeldzug bitten. Ich wollte dich um Rat fragen, wie wir dies zu unserem Vorteil nutzen können. Was soll ich von ihm verlangen?«

Kurz richtete die alte Frau die Augen auf ihren Sohn, dann wandte sie den Blick nach innen. »Hagano ...« sagte sie schließlich. »Du wirst die Römer um weitere Ländereien bitten, wenn der General kommt, doch ich glaube nicht, daß er gewillt ist, sie dir zu geben. Bitte ihn im Gegenzug um einen Gefallen. Er soll seine Freunde, die Hunnen, ersuchen, Hagano nach Hause zu schicken. Wir sind mit ihnen bereits durch eine Vermählung verbunden – es besteht kein Grund, Geiseln zu halten. Sag ihm, daß Haganos Mutter alt und krank ist und ihren verlorenen Sohn wiedersehen möchte.«

»Mutter ...« keuchte Gundohar und trat einen Schritt näher. »Was ...?«

Sie schnitt ihm mit einer Handbewegung das Wort ab. »Ich bin alt. Und in meinem Alter ist man niemals ganz gesund. Doch wenn es hilft, kannst du ruhig behaupten, ich stünde an der Schwelle zum Tod. Es wird Zeit, daß dein Bruder nach Hause kommt.«

Hagano ..., dachte Gudrun und zitterte plötzlich vor Kälte; Hagano, der Wechselbalg, der in ihrer Kindheit stets verschlagen und manchmal grausam gewesen war. Doch von allen Kindern hatte er als einziger die besondere Weisheit ihrer Mutter geerbt. Ahnte Grimhild, daß ihr nur noch wenig Zeit blieb? Wollte sie, daß Hagano zurückkam, damit er Gundohar zur Seite stehen konnte, wenn sie nicht mehr da war?

Sunnilda, die es müde war, Steine zu untersuchen, klammerte sich mit schmutzigen Händen an die Röcke ihrer Großmutter und zog sich auf die Füße. Gudrun griff nach ihr, doch Grimhild winkte sie zurück.

»Laß sie. Es ist der Lauf der Dinge, daß die Jungen sich auf den Rücken der Alten stützen. Es macht mir nichts aus. Sunnilda ist der größte Sonnenschein hier im Garten. Sieh nur, wie ihr Haar glänzt ...« Grimhild streichelte über die blonden Locken, und Sunnilda legte den Kopf in den Nacken, um zu ihr hinaufzuschauen. »Sigfrids Tochter ...«

Sunnilda hielt noch einen Atemzug lang dem Blick ihrer Großmutter stand. Dann verlor sie mit jener Plötzlichkeit, wie sie ganz kleinen Kindern eigen ist, das Interesse, ließ Grimhilds Rock los und streckte Gudrun die Arme entgegen.

»Komm zu mir, mein Schatz«, murmelte ihre Mutter. »So ist es brav. Du weißt, daß du es kannst.«

Sunnildas Gesicht hellte sich auf, und sie lachte vor Vergnügen. Dann setzte sie sich plötzlich in Bewegung: kleine Beine, die kaum mit dem Schwung des Kindes Schritt halten konnten, doch Sunnilda fiel nicht ein einziges Mal hin, bis sie ihre Mutter erreicht hatte. Gudrun schloß sie in die Arme und genoß das Gefühl des kräftigen kleinen Körpers und den süßen Duft des Haares. Als Gudrun den Kopf hob, sah sie, daß Gundohar sie beobachtete. Blanke Sehnsucht stand in seinen Augen.

Er will ein Kind, dachte sie verwundert. *Nicht nur, um einen Erben zu haben, sondern um es lieben zu können. Ich glaube, er wäre ein guter Vater. Ist Brunhild denn unfruchtbar, oder weigert sie sich, ihm zu geben, wonach er sich so sehr sehnt?*

Auch ihre Mutter beobachtete Gundohar, doch in den Augen der alten Frau entdeckte Gudrun nicht mehr jene ungeduldige Entrüstung, mit der sie früher für gewöhnlich ihren Sohn bedacht hatte, sondern tiefes Mitleid. Dann straffte der König die Schultern, und sein Gesicht nahm wieder den gewohnten Ausdruck undurchdringlicher Gelassenheit an.

»Gut, ich werde also einen Brief aufsetzen. Laßt uns hoffen, daß dein Sohn bald nach Hause zurückkehrt.«

Krieger versammelten sich auf der langgestreckten Wiese nahe des Flusses, als Hagano die Straße von der Anlegestelle hinauf zur Stadt ritt. Es war ein seltsames Gefühl, an den sorgsam bestellten Äckern der Kolonien vorbeizureiten, nachdem er so lange in den unzivilisierten Ländern gelebt hatte, zu denen das römische Recht bislang noch nicht vorgedrungen war. Es war sogar seltsam gewesen, bei der Überfahrt die Opfergaben dem Vater Rhein statt der Mutter Donau darzubringen. Fast ein ganzer Mond war vergangen, seit ihn die Botschaft seiner Sippe erreicht hatte, und während der ganzen Reise hatte er sich gefragt, ob seine Mutter tatsächlich krank sei. Doch Attila hatte es geglaubt – oder zumindest so getan –, und man stritt sich nicht mit einem Khan.

Konnte er, nachdem er die schroffen Gipfel Pannonias kennengelernt hatte, je wieder zufrieden zwischen den sanften Hügeln von Germania Prima leben? Konnte er sich jemals wieder an die scharf umrissenen Einfriedungen gewöhnen, nachdem er sieben Jahre lang unter Menschen verbracht hatte, die es noch immer vorzogen, in Jurten aus Filz zu leben, welche jederzeit wieder abgebrochen werden konnten, um weiterzuziehen? Der Anblick von bewaffneten Männern, die sich auf einem Feld versammelten, war ihm jedoch bestens vertraut.

Ein Schauder der Erregung durchlief ihn, die erst gedämpft wurde, als er näher kam und sah, daß die Schwerter der Krieger für Übungszwecke mit Leder umwickelt waren. Dann erblickte er die römische Standarte neben der Estrade, von der aus die Zuschauer die Spiele zu beobachten pflegten, und begann zu verstehen.

Einer der Burgunden erblickte ihn, und Augenblicke später war er von einem Pack grinsender, schwatzender Männer umgeben. Er war erleichtert, als sein Bruder Godomar sich endlich durch die Menge drängte und ihm auf die Schulter schlug.

»Heilige Götter, wie habe ich auf diesen Augenblick gewartet!« rief er. »Mutter sagte, du würdest zurück sein, wenn Aëtius hier eintrifft. Ich habe an ihren Worten gezweifelt, dabei hätte ich es besser wissen müssen.«

»Dieses Schauspiel findet also nur für Aëtius statt?« fragte Hagano.

»Eigentlich für die Wisigoten«, antwortete Godomar lachend, »obwohl sie es noch nicht wissen. Wenn wir den Römer genügend beeindrucken, wird er uns auf sie eindreschen lassen. Und mit dir an unserer Seite haben wir dabei größere Aussicht auf Erfolg!«

»Ich sollte wohl zuerst einmal bei Mutter vorbeischauen …« begann Hagano, dem es vorkam, als wäre er einem jungen Wirbelwind begegnet.

»Sie hat so lange gewartet, da kann sie auch noch bis zum Sonnenuntergang warten«, entgegnete sein Bruder ausgelassen. »Deine Waffen sind doch sicher in deinem Gepäck, nicht wahr? Nun, pack sie aus, Bruder! Wir brauchen dich hier!«

Die Aue war am Morgen noch grün gewesen. Nun war alles, was der König und seine Gäste von der überdachten Estrade aus sehen konnten, braun, zerstampft von den Füßen der Männer, deren helle Gewänder, glitzernder Schmuck und schimmernde Rüstungen mit einemmal wie seltsame Blumen aussahen, die auf dem Felde sprossen. Doch diese Blüten waren in Bewegung, obwohl kein Wind wehte. Der Tag war klar und still zu Ende gegangen, als wolle selbst das Wetter den Burgunden helfen, die Besucher aus Rom zu beeindrucken.

Gundohar schätzte, daß sie eine andere Wiese suchen mußten, wo sie ihr Vieh weiden lassen konnten – dieses Feld hier würde sich in diesem Jahr nicht mehr erholen –, doch es war die Sache wert. Es kam ihm vor, als hätte er seine Krieger niemals zuvor besser kämpfen sehen, und während er sie beobachtete, spürte er, wie ihn eine Welle des Stolzes erfaßte, die so mächtig war, als sähe er den Heldentaten seines leiblichen Sohnes zu. Es lag nicht nur daran, daß vier der Kämpfenden zu seiner Sippe gehörten – Godo, Gislahar, Sigfrid und Hagano, der gerade erst eingetroffen war. Nein, der Vergleich ging weiter, denn in einem gewissen Sinn waren sie alle seine Kinder: der ganze Stamm. Mit Sicherheit sorgte er sich um ihr Wohlergehen, wie ein guter Vater es tun würde.

An einem Ende des Feldes waren Ziele für die Speerwerfer aufgestellt worden. Am anderen stürmten die Männer in voller Bewaffnung vor, als stürzten sie sich auf einen Feind. In der Mitte standen Gruppen von einem halben Dutzend Krieger Rücken an Rücken mit einander überlappenden Schilden, während ebenso viele Männer sie angriffen. Wiederum andere waren in Zweikämpfe verwickelt. Doch die Schreie, die Gundohar hörte, waren die des Triumphes oder der Herausforderung, nicht der Schmerzen. Die Schwerter waren mit Leder umwickelt, um tödliche Schläge zu vermeiden. Es war, als beobachte man eine Schlacht, ohne den Gestank des Blutes oder der Furcht ertragen zu müssen. Die Männer bewegten sich wie stolze Hengste, sonnten sich im Hochgefühl ihrer Stärke. Gundohar wunderte sich, wie ein solches Schauspiel, das doch der Kunst des Tötens gewidmet war, so sehr einem Fest des Lebens gleichen konnte.

Gundohar blickte zu Aëtius hinüber, der sich das Schauspiel mit kritischen Augen betrachtete. *Er sieht weder den Eifer noch den Stolz, sondern nur, wie er die Männer in seinem Krieg einsetzen kann. Und so sollte es auch sein,* gestand sich Gundohar ein. *Ich denke zu oft an mein eigenes Wohl – oder an das meiner Männer.*

»Sie machen sich gut ...« Der Römer wandte sich Gundohar zu, als hätte er dessen Blick gespürt.

»Sie wollen für Euch kämpfen.«

»Wollt *Ihr* das auch?« fragte Aëtius und musterte ihn.

Erschrocken suchte Gundohar den Blick des anderen, zwang sich aber, weiterhin gelassen zu wirken.

»Wenn es zum Wohle meines Volkes ist, ja, dann will ich es auch. Die jüngeren Krieger brauchen die Erfahrung, die älteren Gelegenheit, ihre angestaute Kraft auszulassen. Und die Burgunden brauchen Gold, um das Vieh zu ersetzen, das wir in den Frühjahrsfluten verloren haben.«

»Aber Ihr selbst führt nicht gerne Krieg, nicht wahr?« fragte Aëtius in gleichmütigem Tonfall. »Ich werfe Euch das nicht vor – manchmal sind solche Männer die besten Generäle, weil sie nur aus Notwendigkeit kämpfen. Wie ich sehe, hat Euer Bruder keine Zeit verloren, sich wieder in Euer Heer einzugliedern.«

Er deutete auf das Feld, und Gundohar, dem jetzt erst auffiel, daß er die Luft angehalten hatte, atmete mit einem langen Seufzer aus. Er hatte kaum Zeit gehabt, Hagano bei dessen Ankunft zu umarmen, doch sein Bruder sah gesund und kräftig aus, und jede seiner Bewegungen offenbarte, wie viel er bei den Hunnen gelernt hatte.

»Wie steht es mit Euren anderen Kriegern?« fragte Aëtius. »Wer ist der Mann mit der Wolfszier auf seinem Helm?«

»Das ist Sigfrid, Sohn von Sigmund dem Walsung. Der Gemahl meiner Schwester«, antwortete Gundohar und lächelte.

»Das ist Sigfrid ...« Gundohars Worte stachen wie eine Nadel durch den Teppich von Unterhaltungen, die hinter Brunhild geführt wurden. Und wie ein Speer, der nach einem Feind geworfen wurde, um diesen Wodan zu wei-

hen, stach Sigfrid aus dem Kriegsgetümmel hervor. Jene, die mit weniger Geschick ausgestattet waren, mieden ihn, doch die Wagemutigen, die jungen Männer mit dem größten Drang, ihre Fähigkeiten zu erproben und Ehre zu gewinnen, griffen ihn einer nach dem anderen an wie junge Hirsche im Herbst, die darauf warteten, den Rudelführer herauszufordern. Und Sigfrid besiegte einen nach dem anderen und lachte.

In Augenblicken wie diesen, wenn jeder mit seinem eigenen Gesprächspartner beschäftigt war oder seine Aufmerksamkeit auf das Spektakel richtete, konnte Brunhild es sich erlauben, Sigfrids Anmut zu bewundern. Godomar, des Königs Bruder, mochte stärker sein; selbst in diesem Spiel fällte er Männer, als wären es dürre Bäume. Und Hagano, der seine Gegner mit schnellen, gezielten Hieben niederstreckte, mochte über dieselben Kampfkünste wie Sigfrid verfügen. Doch niemand sonst bewegte sich mit der Anmut eines wilden Geschöpfs, vereinigte in sich alle Talente in solchem Maße wie Sigfrid. Hier gingen Kraft und Geschick Hand in Hand. Brunhild ertrug es nur dann, ihn zu beobachten, wenn sie sich nicht daran erinnerte, wie sich sein Körper in ihren Armen anfühlte, sondern nur, wie er sie betrogen hatte.

Dann schlug Sigfrid seinen letzten Gegner, wandte sich mit erhobenem Schwert der Estrade zu und lächelte triumphierend. Sein Anblick traf Brunhilds Herz wie ein Messerstich, und sie wußte, daß die Grenzen des Erträglichen überschritten waren. Sie schloß kurz die Augen und drehte sich dann schwungvoll zu Vater Priscus um, der aus Achtung vor dem orthodoxen Glauben des römischen Besuchers eingeladen worden war und neben ihr saß.

»Und, guter Vater, gefällt Euch das Spektakel?« fragte sie in gespielter Heiterkeit.

Priscus, der noch mißmutiger dreinschaute als üblich, schüttelte den Kopf. »Sie bereiten sich auf den Kampf vor, und es ist eine Beleidigung Gottes, wenn Christen in den Krieg ziehen. Doch wie Bischof Augustinus bereits sagte: Die Welt steht kopf. Wie könnte es auch anders sein, wenn eine römische Armee, die noch immer zur Hälfte aus Heiden besteht, gegen einen Barbaren ins Feld zieht, der ein katholischer König ist?«

»Oh, sicher sind nicht die Hälfte Heiden ...« erwiderte die Königin und lächelte.

»Flavius Aëtius hat noch immer diesen ungläubigen Litorius als Stellvertreter. Wie kann er unter solchen Umständen erwarten, daß Gott ihm den Sieg schenkt?«

»Wäre es etwas anderes, wenn die Wisigoten Arianer wären wie ihre Verwandten im Osten?« fragte Brunhild.

»Natürlich«, antwortete der Kirchenmann und starrte sie verwundert an. Dann schien er sich daran zu erinnern, daß sie selbst noch eine halbe Barbarin war, und setzte eine Miene herablassender Geduld auf, die Brunhild stets als besonders ärgerlich empfunden hatte. »Es gibt nur einen Gott im Himmel und eine Kirche auf Erden – ewig, heilig und allgemein.«

»Aber es gibt zwei Kaiser, und man hat mich gelehrt, daß Gott dreifaltig ist ... wie Wodan«, fügte sie boshaft hinzu und wurde dafür sogleich belohnt. Vater Priscus' Gesicht nahm statt der gewöhnlichen Röte eine geradezu beängstigende purpurrote Färbung an, bevor er die nötige Luft gesammelt hatte, um ihr zu antworten.

»Wodan ist ein Teufel, der seine Anhänger betrügt ...« begann er, doch Brunhild schüttelte den Kopf.

»Das ist wahr«, bestätigte sie mit bitterer Gewißheit, »doch alle Götter sind Heuchler. Hat nicht sogar Christus gesagt, er sei gekommen, das Schwert zu bringen und nicht den Frieden? Und in der Tat, so muß es sein, denn die Stämme scheinen sich nicht weniger untereinander zu befehden, seit sie zu Christen wurden.«

»Es braucht Zeit, viel Zeit …« sagte Vater Priscus, der noch immer erhitzt war. »Das Schwert wird in der Scheide verschwinden, sobald es keine gottlosen Menschen mehr auf dieser Welt gibt!«

Also nach Ragnarök oder nach der Apokalypse, die Johannes von Patmos so lebhaft geschildert hat, dachte Brunhild, denn mit Sicherheit würden die Menschen sich bis ans Ende aller Zeiten bekriegen.

»Ah, seht. Hagano hat seinen Gegner bezwungen!« Gundohars Ruf lenkte Brunhilds Aufmerksamkeit wieder auf das Feld. »Dank Euch, Aëtius, daß Ihr die Hunnen überredet habt, ihn nach Hause zu schicken. Ich sehe, daß er das eine oder andere von Attila gelernt hat, und wir haben ihn vermißt.«

»Jedermann kann etwas von Attila lernen«, meinte Aëtius bissig. »Ich habe von ihm gelernt, wann ich mutig sein muß und wann ich den Rückzug anzutreten habe. Nur deshalb bin ich heute *magister militum* von Gallien.«

Brunhild drehte sich um und musterte ihn, verglich den Mann von heute mit dem jungen Offizier, dem sie vor zehn Jahren in Attilas Lager begegnet war. Sein blondes Haar wurde bereits grau, doch er war noch immer schlank und kräftig, vom Körperbau her eher ein Gote als ein Römer, obwohl seine Adlerzüge Ähnlichkeit mit den Bildern alter Kaiser aufwiesen, die Brunhild gesehen hatte. Seine Augen waren so dunkel wie ihre eigenen.

»Ihr scheint auf jeden Fall die Kaiserin fest im Griff zu haben«, sagte Gundohar und lachte.

Aëtius verzog das Gesicht. »Die Frau ist eine Närrin. Sie haßt mich, weil sie in mir eine Gefahr sieht, und sie begünstigt Bonifatius, weil sie glaubt, er könne mich im Zaum halten. Bonifatius!« Er schüttelte den Kopf. »Der Mann, der Nordafrika an die Wandalen verlor. Noch mögen sie den Anschein von Treue und Ergebenheit erwecken, aber die Provinzen werden nie wieder zu Rom gehören.«

»Und doch habt Ihr die Ländereien entlang des Rheins an die Burgunden vergeben«, warf Brunhild ein, die neugierig wurde. »Wo liegt da der Unterschied?«

»*Khatun*«, antwortete Aëtius, sie mit dem hunnischen Titel anredend. Es war das erste Mal, daß er das Wort an sie richtete. »Der Unterschied ist der, daß ich heute hier bei Euch sitze. Die Burgunden werden zu Römern, während die Nordafrikaner bald Barbaren sein werden. Doch Ihr werdet zu Römern einer neuen Art, und obwohl Galla Placidia mit Athaulf verheiratet war, ist dies etwas, das sie nicht versteht. Sie schaut auf die Goten und sieht nur eine Streitmacht, derer sie sich bedienen kann.«

»Und was seht Ihr, wenn Ihr auf uns schaut?« fragte Gundohar leise.

»Eine neue Welt, die keiner Wiederkunft Christi bedarf«, antwortete Aëtius und lächelte kurz, als er Vater Priscus' Blick begegnete, »getragen von der Kraft der Stämme, gezügelt durch die Werte und Gesetze der Römer. Guter Vater, Ihr braucht nicht die Stirn über mich zu runzeln, denn ich glaube fest, daß Eure Kirche im Mittelpunkt all dessen stehen wird. Die Stämme werden zu Nationen werden, die alle Teil eines Reiches sind. Doch diese Nationen werden aus verschiedenen Völkern bestehen – aus Galliern, Römern und Germanen aller Stämme. Es geschieht bereits …«

Er wandte sich wieder an Gundohar. »Sicher erinnert Ihr Euch an Eure Base Gundrada, die mit einem Urenkel jenes Athanarich vermählt wurde, der die Goten vor einem Jahrhundert davor bewahrte, von den Römern ausgelöscht zu werden. Sie hat erst vor kurzem einen Sohn mit dem Namen Gundiok geboren, der das Blut der baltischen Goten und der Niflunge in sich vereint.«

Brunhild vernahm seine Worte und erschauerte innerlich. *Etwas Neues ...*, dachte sie und starrte über die kämpfenden Männer auf dem Feld hinweg zum silbernen Band des Flusses. Dahinter im Osten erhoben sich die Berge mit ihren grünen, im blauen Dunst liegenden Hängen: Tore zu den Ländern, aus denen diese neuen Völker gekommen waren. *Es ist wahr, und ich bin hier, um es zu bezeugen. Doch wenn die Welt neu geschaffen wird, wieviel von dem, was in der alten Welt gut war, wird dabei verlorengehen?*

Gundohar sah nachdenklich aus. Er war nicht mehr der unerfahrene Jüngling, der Brunhild auf dem Rabenfeld gegenübergestanden hatte, und auch nicht mehr der hitzige junge Mann, mit dem sie auf der Insel in der Donau gekämpft hatte. Endlich war er erwachsen geworden. Seine Stirn war nun höher, sein Haar begann dünner zu werden. Neue Linien hatten sich in sein Gesicht gegraben und hoben seine Augen und die kräftigen Kiefermuskeln hervor. In diesem Augenblick erkannte Brunhild, daß sie ein mächtiges Königspaar hätten sein können – wenn sie ihn geliebt hätte. Sie fragte sich, ob Gundohar stark genug sein würde, sein Volk durch all die Veränderungen zu führen, die bevorstanden, doch obwohl sie nun bereits über sechs Jahre bei den Burgunden lebte, war ihr das Schicksal dieser Menschen noch immer gleichgültig.

Jemand murmelte etwas in das Ohr des Königs und deutete hinaus auf das Feld.

Alle Krieger waren offenbar besiegt worden, selbst

Godomar, und nur Hagano und Sigfrid kämpften noch miteinander. Da beide einen Großteil ihrer Kräfte bereits gegen ihre vorherigen Gegner verbraucht hatten, würde diese Runde allein durch Geschicklichkeit entschieden werden. Brunhild beugte sich vor. Sie erkannte die Zeichen von Attilas Schule in Haganos ausbalancierter Haltung und den schnellen Stößen seines Schwertes. Er wußte, wann er zuschlagen und wann er seine Kräfte sammeln mußte. Jede Bewegung verriet den Verstand, der die Klinge führte. Doch obwohl Sigfrids Streichen die anfängliche Wucht fehlte, gingen Angriff und Verteidigung bei ihm fließend ineinander über. Jede Bewegung ergab sich aus der vorausgegangenen, und das mit einer Geschmeidigkeit, die nicht vorausberechnet werden konnte, die jedoch immer genau diejenige war, welche die Situation erforderte.

Brunhild bemerkte, daß sie den Atem anhielt. Alle Zuschauer hielten den Atem an und beobachteten die beiden Kämpfer, die so verschieden in Stil und Geist, und doch fast ebenbürtige Gegner waren. Jeder andere Mann in Gundohars Gefolge hatte schon lange die Hoffnung aufgegeben, Sigfrid im Kampf zu schlagen. Doch Hagano hatte sich mit Attilas Männern gemessen, jenen Kriegern, mit deren Hilfe Aëtius das römische Reich zusammengehalten hatte. Vielleicht war Hagano der einzige Kämpfer, der Sigfrid noch die Stirn bieten konnte. Doch während Brunhild die beiden beobachtete, erkannte sie, daß selbst seine Kampfkünste nicht ausreichten, um etwas gegen den Schutzzauber auszurichten, mit dem sie Sigfrid belegt hatte, oder gegen die Talente, welche die Götter diesem Manne verliehen hatten.

Doch zumindest konnte Hagano ihm einen guten Kampf liefern. Beide Männer waren langsamer geworden.

Vielleicht konnte Brunhild deshalb das Ende voraussehen; auch Hagano sah es kommen, doch er war zu erschöpft, um Sigfrids Schwerthieb abzuwehren, der ihn seitlich am Kopf traf und zu Boden warf. Im nächsten Augenblick stand Sigfrid über ihm und drückte ihm die Spitze seiner Klinge an den Hals. Erst als Hagano eine Hand hob und damit Sigfrids Sieg anerkannte, wurde Brunhild bewußt, daß sie erneut den Atem angehalten hatte.

Sigfrid trat einen Schritt zurück, lächelte breit, salutierte zuerst in Richtung Gundohars und dann in Richtung seines am Boden liegenden Gegners. Anschließend beugte er sich hinab, um dem Bruder des Königs auf die Beine zu helfen.

Das Gesicht Haganos war eine steinerne Maske, die nicht die geringste Regung verriet.

»Ba!« Sunnildas Schrei, mit dem sie Sigfrid begrüßte, als dieser die Tür aufstieß, ließ Gudrun hochfahren. Sein Gesicht glühte noch immer von den Anstrengungen des Tages, und sein Haar hatte die dunkle Farbe von Eichenborke angenommen, nachdem er den Kopf zur Abkühlung in den Fluß getaucht hatte. Gudrun sah ihn an und spürte plötzlich Wärme in sich aufsteigen. Sie hatte an diesem Nachmittag, als sie den Kämpfen zusah, vor Stolz gestrahlt. Jetzt, da sie in seiner Nähe war, spürte sie eine andere Art des Feuers in sich. Sigfrid erblickte das Kind, stürzte sich wie ein Habicht auf sie, hob Sunnilda hoch und warf sie übermütig in die Luft. Ihr Glucksen verwandelte sich in ein vergnügtes Quietschen, als er sie wieder auffing und brummend sein Gesicht an ihrem Bauch rieb.

Gudrun streckte beschützend die Arme nach Sunnilda aus, als Sigfrid das Kind wieder in die Luft werfen wollte, hielt jedoch in der Bewegung inne, als er ihr einen erstaunten Blick zuwarf.

»Ich werde sie nicht fallen lassen, und sie hat keine Angst, nicht wahr, mein kleines Wölfchen?«

Sunnilda wedelte mit den Armen in der Luft, als ihr Vater sie von einem Arm auf den anderen nahm; zwei Paar goldener Augen schauten Gudrun an, und beide strahlten die gleiche Heiterkeit aus. Nein, dachte Gudrun, Sunnilda war eine Walsunge. Sie würde sich nicht so schnell vor etwas fürchten.

»Sie wird immer größer, unser Wölfchen …« sagte sie, »aber auch für ein großes Kind ist es inzwischen Zeit, ins Bett zu gehen.«

Es fiel Gudrun schwer zu glauben, daß ihr Kind schon ein Jahr alt war. Doch die Veränderungen, die mit ihrem eigenen Körper vorgegangen waren, bestätigten es ihr. Sie hatte im vergangenen Herbst wieder Verlangen nach Sigfrid verspürt, doch als er von der Jagd zurückgekehrt war, hatte er sehr in sich gekehrt gewirkt, und sie hatte gefürchtet, daß er sie zurückweisen würde. Während des harten Winters waren alle Begierden erloschen und warteten wie sorgfältig gelagerte Kohle auf den Frühling, um neu entfacht zu werden. Und natürlich war auch die Anwesenheit ihrer Tochter hinderlich gewesen. Doch seit dem letzten Mond schlief Sunnilda bei einer Dienerin und nicht mehr bei ihrer Mutter. Nach einigen Nächten voller Tränen schien sich das Kind an die Veränderung gewöhnt zu haben. Endlich hatten Gudrun und Sigfrid das Schlafgemach wieder für sich allein. Der Frühling war gekommen, und Gudruns Körper war empfänglich für das neue Leben, in dem die Welt erblühte. Es hatte sie regelrecht geschmerzt, Sigfrid an diesem Nachmittag zu beobachten. Er war viel zu schön!

Sigfrid warf das Kind noch einmal in die Luft und drückte es an sich. Dann übergab er es der Amme, die gekommen war, um Sunnilda abzuholen, was bei dieser einigen Unmut hervorrief.

»Setz dich«, forderte Gudrun ihn auf, als sie schließlich allein waren, »und laß mich dein Haar trocknen.«

»Es ist nicht kalt ...« begann er, aber sie lachte ihn aus.

»Es wird sich verknoten. Willst du bei dem Fest aussehen wie ein Heuballen?« Sie drückte ihn auf eine Bank und griff nach einem Kamm. Sein Haar war während des Winters lang geworden. Vorsichtig kämmte sie die seidigen Strähnen. Während sie trockneten, wurden sie fülliger und lockiger und wanden sich um ihre Finger. Gudrun spürte, wie ein Schauder sie durchlief – doch eigentlich sollten seine Hände und nicht sein Haar sie liebkosen.

Sie ließ die Finger durch seine Locken gleiten, den Nacken hinunter, massierte die harten Muskeln seiner Schultern, erfühlte wie früher ihren Verlauf. Sie zeichnete die Konturen seiner Schultern nach und berührte jene geliebte Stelle, wo die Muskeln sich vereinten und der Bizeps den Oberarm anschwellen ließ. Sie fuhr über die Rundungen seiner Schultern bis zu der flachen Stelle seines Brustbeins, ihre Finger kraulten vorsichtig den leichten Haarflaum und wanderten dann zu den harten Warzen, verweilten dort. Sigfrid hielt den Atem an, und Gudrun preßte ihre Brüste gegen seinen Rücken, küßte seinen Nacken.

»Sigfrid«, flüsterte sie, »es ist schon so lange her!« Sie spürte das Zittern, das ihn durchlief, und begann ihn erneut zu streicheln. Für einen Augenblick hielt er still, dann drehte er sich um, stand auf, hob sie im selben Atemzug vom Boden und trug sie auf das große Bett. Als er sein Gewand ablegte, konnte sie sehen, daß sein Glied sich bereits halb aufgerichtet hatte. Sie lächelte, spürte, wie süßes Verlangen zwischen ihren Schenkeln zu pulsieren begann.

»Hör zu, Gudrun!« Er ließ sich neben ihr nieder und packte ihre Hand, mit der sie an seinem Körper hinunterzuwandern versuchte. »Ich liebe dich, aber du wärst beinahe gestorben, als du Sunnilda zur Welt brachtest. Meine Mutter starb, als sie Alb einen Sohn schenken wollte. Ich will dich nicht noch einmal dieser Gefahr aussetzen, Liebes. Ich kann dir kein weiteres Kind schenken …«

Sie schüttelte den Kopf und stöhnte, hin und her gerissen zwischen Verlangen und Verzweiflung. »Ich bin wieder gesund, Sigfrid, glaube mir! Und ich begehre dich – du kannst jetzt nicht aufhören!«

»Ich weiß …« Er atmete zitternd ein. »Glaubst du denn, ich wüßte das nicht?« Er streichelte ihr Gesicht, und seine Hände glitten über ihren Hals zu ihren Brüsten unter dem weiten Kragen ihres Gewandes. »Und ich werde dir nicht verwehren, was du begehrst.«

Gudrun packte seinen Arm, als er sie erneut streichelte, stöhnte, als er ihre Röcke hochschob und die Stelle zwischen ihren Schenkeln berührte, die sich nach ihm verzehrte. Sie spürte, wie sie sich seinen tastenden Fingern entgegenhob, und klammerte sich an ihn. Doch es waren nur seine Finger, die in sie eindrangen, die Finger jener Hände, die auf dem Schlachtfeld solch harte Schläge ausgeteilt hatten und die nun nicht weniger geschickt, aber weitaus zärtlicher waren. Sie bemühte sich, ihn näher zu sich heranzuziehen, hatte seinen Verführungskünsten jedoch nichts entgegenzusetzen und verlor jede Kontrolle über den eigenen Körper. Noch bevor sie auch nur versuchen konnte, seinen Willen zu brechen, indem sie seine Zärtlichkeiten erwiderte, brachte er sie zu einem rauschenden Höhepunkt, der sie unkontrolliert seinen Namen ausrufen ließ.

Als sie wieder klar denken konnte, war Sigfrid bereits gegangen. Auch das Verlangen, das sie gequält hatte, war verschwunden, doch mehr noch als dieses ganz besondere Vergnügen hatte sie Sigfrids Gewicht auf sich spüren wollen, hatte sie spüren wollen, wie er selbst Befriedigung in ihren Armen fand. Sie drehte sich zur Seite, schmiegte sich an die Felle, auf denen er gelegen hatte und die noch einen letzten Rest seiner Wärme hielten, und brach in Tränen aus.

Gundohar seufzte erleichtert, als die Tür zur Festhalle sich hinter ihm schloß und das Gelächter und den Gesang der Männer abschnitt. Drinnen saßen Sigfrid und Godomar noch immer mit den Offizieren des Aëtius zusammen und leerten eine weitere Amphore Wein. Wenn sie sich bis zur Besinnungslosigkeit betrinken wollten, nun, so sollte es ihm recht sein – es wäre nicht das erste Mal, daß Festgäste den Abend auf dem Boden der Halle schlafend beendeten. Doch der *Magister militum* hatte Verstand genug gehabt, sich zurückzuziehen, als es spät wurde, und nachdem Aëtius erst einmal die Tafel verlassen hatte, stand es Gundohar frei, diesem Beispiel zu folgen.

Brunhild hatte sich klugerweise zurückgezogen, sobald die Männer begannen, sich ernsthaft zu betrinken. Gundohar überlegte, ob sie noch wach sein würde, und seine Schritte beschleunigten sich. Bei allen Göttern, sie hatte wundervoll ausgesehen: ganz in scharlachrote Seide gekleidet, mit Bernstein und Perlen und all ihren

Schmuckstücken aus Gold behangen. Die Farbe hätte alle anderen Frauen verblassen lassen, doch Brunhilds dunkle Schönheit wurde dadurch nur noch mehr zur Geltung gebracht. Beim Abendessen hatte sie gelacht und mit Aëtius kokettiert, glühend wie ein Stück Kohle in einem Meer aus Flammen. Später hatte der General bewundernd von ihrer Schönheit gesprochen – er, der die Frauen von Rom gesehen hatte!

Gundohar spürte ein Aufflackern von Stolz: Sie war sein, auch wenn er nicht wußte, wie sie ihn heute abend empfangen würde. Seit jener ersten Nacht hatte er sie nicht mehr so weit bedrängt, daß sie gewalttätig wurde. Doch er war noch immer unsicher, wie er ihr Verhalten deuten sollte: wann es ihm erlaubt war, in ihr Bett zu steigen, und wann es bloß ein Vorspiel zu einer heftigen Zurückweisung bedeutete. Die Unsicherheit nagte an ihm, und das war vielleicht auch so beabsichtigt. Wäre er in andere Gemächer umgezogen oder – noch besser – hätte er sich von Brunhild getrennt, wären ihm eine Menge Qualen erspart geblieben. Nach so vielen kinderlosen Ehejahren hätte es vermutlich nicht einmal vieler Erklärungen bedurft. Doch jeder Tag barg die Möglichkeit in sich, daß Brunhild sich ihm in der Nacht hingab, und selbst ihre verächtliche Belustigung, mit der sie auf seine Annäherungsversuche einging, war besser als gar nichts.

Als Gundohar sich Brunhilds Gemächern näherte, hörte er Stimmen herausdringen. Die Königin war also noch auf und sprach mit ihren Zofen. Die Unterhaltung verstummte kurz, als er eintrat, dann setzte sie wieder ein. Die Zofen erhielten ihre Befehle von ihrer Herrin, und sie wußten, daß diese Räume zu Brunhilds Domäne gehörten und selbst der König der Burgunden sich hier nur mit ihrer Einwilligung aufhalten durfte.

Brunhild trug nur ihr Nachtgewand aus dünner Seide, das so tiefrot gefärbt war, daß ihre Augen, in denen sich die Farbe widerspiegelte, fast schwarz erschienen. Eine der Zofen kämmte ihr das lange schwarze Haar. Es war nun wieder fast so lang wie damals, als Gundohar Brunhild zum erstenmal gesehen hatte, und dicht und glänzend wie ein Pferdeschweif. Jede einzelne Strähne warf das Licht der Lampen zurück, wenn das Mädchen sie kämmte, und verschwand dann im Schatten, wenn sie die nächste Strähne ergriff.

»Ich freue mich, daß du dich noch nicht zur Ruhe gebettet hast«, sagte Gundohar vorsichtig. »Ich fürchtete schon, Aëtius würde bis in die frühen Morgenstunden bei seinem Wein sitzen.«

»Hat der Römer dir am Ende doch noch gesagt, warum er hier ist?« fragte Brunhild.

Gundohar nickte. Sein Blick folgte den gleichmäßigen Bewegungen der Bürste, mit der die Zofe durch Brunhilds Haar strich. »Unsere Vermutungen waren mehr oder weniger richtig. Es gibt Ärger in Dazien, und die Hälfte der Hunnen wird in diesem Jahr dort bleiben müssen. Falls Theoderid seinen üblichen Sommerfeldzug startet, will Aëtius, daß wir für die Hunnen einspringen und seine Truppen verstärken.«

»Und er wird dafür zahlen?«

»Genug, um das Vieh zu ersetzen, das wir bei den Überschwemmungen verloren haben, und genug Korn, um uns über den nächsten Winter zu bringen.« Gundohar löste die massive, mit Edelsteinen besetzte Spange aus Gold, die seinen Umhang zusammenhielt, und warf diesen über einen Stuhl. Danach löste er seinen Gürtel, so daß seine Tunika locker an ihm herunterfiel. Er ging zum

Tisch vor dem Fenster und schenkte sich Wein aus einer Tafelflasche ein, die dort bereit stand.

»Was, noch mehr Wein?« neckte Brunhild ihn. »Haben die Römer alle Vorräte in der Halle versoffen?«

»Bis zum Morgengrauen werden sie es getan haben.« Gundohar verzog das Gesicht. Es war sein erlesenster Wein gewesen. »Ich habe Godo und Sigfrid zurückgelassen, die versuchen, zwei von Aëtius' Tribunen unter den Tisch zu trinken. Ich schätze, daß zumindest Godo nicht eher aufgibt, bis auch die letzte Flasche getrunken ist.« Er hob den Becher und leerte ihn in einem Zug. Es war ein heller, blumiger Wein, gekeltert aus den Trauben, die zwischen dem Rhein und den Bergen wuchsen.

»Die Blume der Burgunden gegen den Stolz von Rom ... zweifellos eine Schlacht, von der die Barden singen werden.«

»Ich nicht«, murmelte er und wandte sich ihr wieder zu. »Ich würde viel lieber deine Schönheit besingen. Du hast heute abend wunderbar ausgesehen. Jeder Mann in Aëtius' Gefolge hat mich beneidet.«

Langsam verzog Brunhild den Mund zu einem Lächeln, und in ihren Augen lag ein Versprechen, das Gundohars Blut zum Kochen brachte. Mit einer Handbewegung entließ sie ihre Zofen.

»Und was ist mit mir?« fragte sie ihn dann. »Würden die Frauen dieser Männer mich um die Liebe eines Mannes beneiden, der wie eine träge Schnecke auf der Estrade sitzt, während seine Krieger sich auf dem Felde beweisen?«

Gundohar errötete, doch in den vergangenen Jahren hatte er gelernt, mit solchen Schmähungen umzugehen. »Vielleicht«, sagte er gleichmütig. »Wenn er dabei schwierige Verhandlungen führt, gleichgestellt mit dem

Mann, der Herr über die halbe westliche Welt ist! Es wird dir diesmal nicht gelingen, mich zu reizen. Zieh deine Krallen wieder ein, Brunhild.«

Ihre Augen blitzten gefährlich. »Oh, warum? Überall sonst muß ich meinem Herrn und Meister gehorchen, doch hier in diesen Gemächern bin ich die Herrin ...« Sie erhob sich und warf ihr Haar mit einer geschmeidigen Bewegung über die Schultern, so daß ihr schlanker Hals voll zur Geltung kam. Mit den Händen strich sie an ihrem Körper entlang nach unten, spannte die dünne Seide straff über die Wölbung ihrer Brüste und die Kurven ihrer Hüften.

Gundohar spürte, wie sich ein Ziehen in seinen Lenden ausbreitete. Und er haßte sich selbst dafür; haßte sich so sehr, wie er sie begehrte. Er wußte, daß diese Begierde der Grund war, warum er sie nicht verließ. Selbst jetzt noch gelang es ihr, sein Blut mit einer einzigen Geste, einem Augenaufschlag, einem Wort in Wallung zu bringen. Brunhild beobachtete ihn, las seine Gedanken so leicht, als hätte er sie ausgesprochen, und lachte.

Gundohar schloß die Augen. *Ich bin ein König,* sprach er zu sich selbst. *Warum lasse ich es zu, daß diese Frau mich quält?*

Er erstarrte, als er das Rascheln ihres Kleides hörte. Dann spürte er sie neben sich. Ihm wurde schwindlig, als er ihren würzigen Duft einatmete. Sie fuhr mit den Fingern über seinen Rücken, dann kniff sie ihn plötzlich fest in den Nacken.

»Bin ich deine Herrin, Gundohar?« fragte sie leise. Sie streichelte seine Brust, und er stöhnte. »Verbeuge dich vor mir, mächtiger König ...« Er schüttelte zitternd den Kopf. »Dann öffne deine Augen!« befahl sie plötzlich, und erschrocken gehorchte er ihr. Sie hatte ihr Nachtgewand ausgezogen und trug nur noch eine goldene Kette, die zwischen ihren Brüsten hing. Ihr rabenschwarzes Haar umgab sie wie ein Mantel.

»Froja, alles was ich wollte, war, dich zu lieben«, flüsterte er. »Warum tust du mir das an?«

»Weil das alles ist, was ich tun *kann*«, antwortete sie verbittert. Sie wandte sich ab, schenkte sich Wein ein und trank. Mit dem Kelch in der einen Hand drehte sie sich wieder zu ihm um. Mit der anderen umfaßte sie eine ihrer Brüste und hielt sie ihm entgegen. Ihre Warzen waren hart. Gundohar starrte sie an und spürte, wie sein Körper sich in süßem Schmerz versteifte. »Hier ist der Wein, den du begehrst. Wenn du von ihm kosten willst, brauchst du nur vor mir niederzuknien.«

Er schwankte, spürte, wie die Begierde von seinem Körper Besitz ergriff, und bestritt erneut die alte Schlacht. Sie versuchte ihn zu unterwerfen, die Rollen mit ihm zu tauschen. Unter den Stämmen gab es nur wenige Männer, die wie eine Frau behandelt werden durften: jene, die beschlossen hatten, als Frau zu leben, Jungen, die bei einem alten Krieger in die Lehre gingen, oder Leibeigene. Es war eine tödliche Beleidigung, einen anderen Mann der Unterwürfigkeit zu beschuldigen. Und nun spürte Gundohar, wie sein Verlangen nach dieser Frau ihm den Verstand raubte; spürte, daß er im Begriff stand, eine solche Unterwerfung zu dulden. Stöhnend ließ er sich zuerst auf ein Knie nieder, dann auf das andere. Brunhild beugte sich vor und drückte seinen Kopf nach unten, bis er mit der Stirn fast den Boden berührte und ihre weißen Füße küßte.

Und dann lachte sie, lang und bitter. Gundohar, mit der Stirn auf den kühlen Fliesen, ahnte dunkel, daß sie ebenso sich selbst wie ihn verspottete.

»Nun gut, Sklave, du darfst mir dienen ...« Brunhild ging zum Bett, legte sich hin und spreizte die Beine. Und Gundohar, seine Schwäche verfluchend, zog die Tunika aus und gehorchte.

Während Gundohar mit Brunhild das Lager teilte, leerte Sigfrid einen weiteren Kelch voll römischem Wein, träumte Aëtius von glorreichen Siegen und lag Gudrun noch immer allein, mit tränenfeuchten Wangen, im Bett. Hagano jedoch, der während des Festes nur wenig getrunken und den noch niemals eine Frau um den Schlaf gebracht hatte, suchte die Gemächer seiner Mutter auf, um ihr gute Nacht zu wünschen. Sofort nach seiner Ankunft in Borbetomagus hatte er an den Schaukämpfen teilgenommen. Nun fand er zum erstenmal Zeit, der alten Königin einen Besuch abzustatten. Als er jedoch ihr Zimmer betrat, wünschte er, er wäre nie zurückgekehrt.

Während der sieben Jahre, die er bei den Hunnen verbracht hatte, hatte er viele Schlachten geschlagen und stets nur eine Sorge gehabt: daß er Schande über sich und seine Sippe bringen könnte. Später, als Befehlshaber, war die Sorge um seine Männer hinzugekommen. Der Anblick von tausend Goten, die sich zur Schlachtreihe aufstellten, veranlaßte ihn bloß zu kühlen, taktischen Berechnungen. Doch das Gesicht seiner Mutter, das gezeichnet von Krankheit und so faltig war, daß die Haut in Wellen auf den Knochen lag, erfüllte ihn mit Furcht. Als er damals von den Burgunden aufgebrochen war, hatte das Alter Grimhild zwar langsamer werden lassen, doch sie war noch immer der unnachgiebige Fels gewesen, auf den er sein ganzes Leben gebaut hatte. Nun war sie eine ausgedörrte Hülse, die schon ein leichter Windstoß davonwehen konnte. Nun war sie alt.

»Du brauchst deine Ruhe«, sagte er und erhob sich. »Ich sollte besser gehen.«

»Setz dich!« In ihrer Stimme lag so viel von dem alten Befehlston, daß Hagano aufhorchte. »Wenn du lange genug lebst, wirst du noch lernen, daß der Schlaf sich im Alter ebensoschnell bei Tage wie bei Nacht einstellt – wenn er sich überhaupt einstellt. Ich werde erst am frühen Morgen wieder einschlafen. Du kannst mir also genausogut Gesellschaft leisten!«

Hagano hielt auf halbem Weg zur Tür inne und drehte sich langsam um. Der Schein konnte trügen. Vielleicht hatte Grimhild sich doch nicht so sehr verändert.

»Setz dich«, wiederholte sie. »Mein Nacken schmerzt, wenn ich so lange zu dir aufblicken muß. Erzähl mir, mein Junge, warst du glücklich bei den Hunnen?«

Hagano runzelte die Stirn und suchte nach den passenden Worten, um zu erklären, wie man unter einem Volk lebte, dessen Stämme von solch gemischter Abstammung waren, daß sich niemand um die Herkunft des einzelnen kümmerte. Ein Volk, dessen Anführer den Wert eines Mannes mit einem einzigen Blick erkannte und ihn seinen Verdiensten entsprechend behandelte. Wie konnte er ihr erklären, daß er sich, obwohl er eine Geisel gewesen war, unter den Hunnen frei gefühlt hatte?

»Ich sehe, daß dir das Leben bei ihnen gutgetan hat«, fuhr sie fort, als er sich endlich gesetzt hatte. »Du bist dünn geworden, doch auch zäher und kräftiger. Während ich – nein, sag nichts! Du brauchst es mir nicht zu sagen!« Ihr knarrendes Lachen verwandelte sich rasch in ein Husten, und Hagano brachte ihr etwas Wasser. »Du fürchtest dich vor meinem Anblick!«

Hagano starrte in das Feuer. »Attila sagte mir, ich müsse zu meiner sterbenden Mutter reisen, und ich war sicher, daß es nur eine List von dir war, mich wieder nach Hause zu holen«, sagte er schließlich. »Doch nun sehe ich, daß es die Wahrheit ist.«

Sie lehnte sich mit einem Seufzer zurück. »Ich habe mich geirrt, was deinen Mut betrifft. Vielleicht kannst du es nur deshalb sehen, weil du so lange fort warst. Auf jeden Fall hat keines meiner anderen Kinder die Kühnheit gehabt, mir das ins Gesicht zu sagen. Ich frage mich, wieso das so schwer ist? In eine Schlacht zieht ihr doch auch mit einem Lied auf den Lippen.«

»In einer Schlacht kann man den Feind besiegen.« Er rang sich ein Lächeln ab und wandte sich ihr wieder zu.

»Auch der größte Krieger fällt irgendwann unter den Hieben dieses einen Feindes«, erinnerte sie ihn. »Selbst Donar mußte vor dem Alter in die Knie gehen. Was zählt, ist, wie du kämpfst – du weißt das so gut wie ich.«

»Kämpfst du denn?« Er fing ihren Blick auf, und diesmal war sie es, die wegschaute.

»Ich bin noch immer hier ...« antwortete sie schließlich. »Aber ich habe dich kommen lassen ... weil ich glaube, daß ich nicht mehr lange da sein werde. Und es gibt einiges, was du wissen mußt.«

Hagano sprang auf, als wolle er sich einem Herausforderer stellen, und starrte auf seine Mutter hinab. »Ich kam hierher, weil es mir befohlen wurde, aber selbst Mitleid mit dir kann mich nicht dazu bringen zu bleiben ...«

Sie sah ihn neugierig an. »Erwartest du, daß ich um deine Liebe bettle? Ich habe Gundohar, wenn ich pflichtschuldiges Mitgefühl hören will. Und Gudrun. Obwohl ich glaube, daß beide nicht sagen, was sie wirklich denken. Sie sagen wohl nur das, was ich – ihrer Meinung nach – hören will. Aber ich habe niemals Liebe von meinen Kindern verlangt, nur Gehorsam und Respekt.«

»Ich bin nicht mehr dein kleiner Junge«, sagte Hagano.

»Und das ist gut so«, antwortete Grimhild, »denn was die Burgunden in der Zeit, die kommen wird, brauchen, ist ein Mann – und zwar einer, der mit seinem Kopf denkt und nicht mit seinen Hoden oder seinem Schwert.«

»Was ist mit Gundohar?« Hagano bemerkte, daß er noch immer stand, und setzte sich wieder. »Er scheint sich zu einem wahren Musterbild eines Föderatenkönigs entwickelt zu haben. Und was ist mit Sigfrid, vor dem jeder katzbuckelt, als wäre er der wiedergekehrte Baldur? Was brauchst du da mich?«

»Gundohar denkt mit seinem Herzen«, antwortete Grimhild. »Und Sigfrid denkt wie ein Wolf unter Hunden. Doch um Sigfrid geht es, mein Sohn. Seinetwegen wollte ich, daß du zurückkommst. Du bist der einzige, dem ich anvertrauen kann, wie sehr meine Weisheit mich im Stich gelassen hat, denn du bist der einzige, der weiß, was ich getan habe.«

»Ich verstehe nicht«, gestand Hagano. »Ich dachte, Sigfrid und Gudrun wären ein vorbildliches Paar. Und ich sah Gundohar, der seine Brunhild zur Schau stellte wie eine Milchkuh auf dem Marktplatz.«

»Weißt du, warum Brunhild verlangte, in einem Zweikampf erobert zu werden?« fragte die alte Königin. »Sie wartete auf Sigfrid.«

»Aber Sigfrid war doch auch im Grunde derjenige, der ...« Hagano hielt inne. »Sie *wartete*? Was willst du damit sagen?«

»Sigfrid war der einzige, der sie besiegen konnte, weil er einst ihr Geliebter war. Brunhild war das Hunnenmädchen, nach dem er suchte.«

Hagano schluckte. »Weiß sie Bescheid?«

»Sie weiß, daß Sigfrid anstelle Gundohars den Kampf angetreten hat. Sie weiß, daß er sie betrogen hat, doch nicht, wie oder warum. Hagano, sie haßt Sigfrid, und obwohl Gundohar noch immer in sie vernarrt ist, läßt sie ihren Haß an ihm aus. Ich weiß es.«

»Und Sigfrid?«

»Er schenkt Gudrun noch immer seine Zärtlichkeit, aber er weiß, daß ich ihn durch eine List dazu gebracht habe, sich mit ihr zu vermählen. Ich fürchte mich, Hagano. Nicht vor dem Tod, sondern vor dem, was hier geschehen mag. Und es gibt nichts, was ich noch tun könnte. Das wird deine Aufgabe sein, mein Sohn. Du mußt einen Weg finden, Gundohar zu retten.«

Grimhild rang nach Atem, und dann begann sie zu husten. Hagano setzte sie auf, stützte sie und hielt ihr den Becher mit Wasser an die Lippen. Dabei sah er die Schädelknochen unter ihrer dünnen Haut. Er wußte, was das zu bedeuten hatte. Er hatte schon Ähnliches bei schwerverwundeten Männern gesehen.

»Versprich es ...« flüsterte sie und rang erneut nach Atem. »Versprich es mir!« Selbst jetzt noch hielten ihn ihre Augen gefangen.

»Ich schwöre«, sagte er schließlich, »daß ich tun werde, was getan werden muß.«

Sie entspannte sich, und einen Augenblick lang glaubte er, er hätte sie verloren. Doch ihr Atem ging nun leichter. Er hielt sie in den Armen, und der Geruch der Vergänglichkeit stieg ihm in die Nase. Hagano allerdings war nur zu einem einzigen Gedanken fähig: *Nun sind wir alle durch einen Schwur gebunden ...*

ᛚ

WALDHARI

Provinz Belgica Prima
Brachmond, A.D. 427

Nach dem Frühlingsfest, als das Vieh, das den Winter überlebt hatte, von den sumpfigen Auen auf die höher gelegenen Weiden getrieben worden war und das Korn auf den schlammigen Feldern zu wogen begann, versammelte Gundohar seine Männer um sich. Daß er damit nicht beginnen konnte, bevor die Sommerarbeiten so gut wie abgeschlossen waren, war ein Zeichen dafür, wie gut die Burgunden sich in ihren neuen Ländern eingelebt hatten. Das kriegerische Schauspiel, das Gundohar dem Aëtius geboten hatte, war allein von den Männern seines Gefolges und denen einiger bedeutender Fürsten bestritten worden. Das Heer der Burgunden in seiner ganzen Stärke antreten zu lassen erforderte viel Umsicht und viel Zeit.

Dennoch marschierte die erste Hälfte von Gundohars Armee zu Beginn des Brachmonds nach Westen, angeführt von Sigfrid und Godomar. Der größte Teil des *comitatus* hatte sich ihnen angeschlossen, während der König und Hagano, unter dem Schutz von Gundohars engster Leibwache, den Rest der Truppe versammelten. Die beiden Brüder saßen in Gundohars Arbeitszimmer und überlegten, welche Auswirkungen die Frühjahrsfluten auf die Versorgung der Männer in Gallien haben würden, als Attilas Bote eintraf.

Es war einer der Krieger aus dem Gefolge des Khans, ein drahtiger, grinsender Bursche namens Tuldik, der auf allem reiten konnte, was Hufe hatte. Er verbeugte sich vor dem König und begann seine Botschaft in schleppendem Gotisch vorzutragen, doch dann erblickte er Hagano, wechselte übergangslos in die Sprache der Hunnen und überschüttete die beiden Brüder mit einem wahren Redeschwall.

»Was hat das zu bedeuten? Was sagt der Mann?« wollte Gundohar wissen und blickte von Tuldik zu Hagano. In der Stimme des kleinen Hunnen lag Erregung, Ärger und so etwas wie ein Flehen. Gundohar sah Hagano die Stirn runzeln. Wollte Attila, daß sein Bruder zurückkehrte?

»Er sagt, daß Waldhari mit Hildigund und der Kriegsbeute des Khans geflohen ist …« begann Hagano, doch Tuldik unterbrach ihn mit einem neuen Redeschwall. Hagano sagte etwas in Hunnisch und wandte sich an Gundohar.

»Damit du das verstehst, muß ich dir einiges über die Vorgeschichte erzählen. Waldhari ist der Sohn von Theoderids Schwester und des Albhari, eines der Hauptfürsten der Wisigoten. Er wurde etwa zur selben Zeit wie ich zu den Hunnen gesandt, zusammen mit einem Mädchen namens Hildigund, der Tochter von Hairarik, einem König der Flußuferfranken. Gerüchte besagten, daß ihre Väter sie miteinander verloben wollten, doch solche Überlegungen wurden natürlich beiseite geschoben, als sie zu Geiseln wurden. Hildigund kam in den Haushalt von Königin Ereka, Attilas Hauptfrau, und Waldhari gehörte wie wir anderen zur Kriegstruppe des Khans.«

»Also kennst du ihn«, sagte Gundohar. Er begann die Reaktion seines Bruders zu verstehen.

»Sieben Jahre lang habe ich neben ihm gegessen, geschlafen und gekämpft …«

Gundohar nickte. Männer, die zusammen in einer Truppe dienten, konnten ein sehr starkes Zusammengehörigkeitsgefühl entwickeln. Hagano war in den letzten sieben Jahren ernster und düsterer geworden, die starken Knochen traten im Gesicht deutlich hervor. Vielleicht verband ihn nach so langer Zeit mehr mit jenem Held der Goten als mit seinen eigenen Brüdern.

»Und nun hat er den Khan bestohlen? Schade, daß du nicht dort warst, um es ihm auszureden …« sagte der König und beobachtete Hagano dabei genau.

»Schade, in der Tat.« Hagano verzog kurz die Miene, unterdrückte die Gefühlsregung jedoch augenblicklich. »Denn es sieht so aus, als müßten Waldhari und Hildigund auf dem Weg in ihre Heimat unsere Länder durchqueren. Attila fordert uns auf, sie zu finden und das Gold sicherzustellen.«

»Wie ist Waldhari überhaupt an den Schatz gekommen?« warf Gundohar ein. Er versuchte Zeit zu gewinnen, um sich darüber klarzuwerden, was hier vorging.

»Der Khan ist oft auf Reisen, so daß seine Erste Königin den Schatz in ihrer Obhut hat. Waldhari wurde befohlen, den königlichen Haushalt zu bewachen, und Hildigund zeigte ihm, wie er in den Besitz des Goldes kommen konnte.«

Hagano schätzt den Mann, dachte der König. *Er will nicht gegen ihn kämpfen. Können wir uns irgendwie aus dieser Sache herausreden?*

Er sah Hagano an und lachte. »Sicher hat der Khan mehr Männer als ich. Und auch bessere Spurenleser. Wir beide müssen eine Armee auf die Beine stellen – wenn dieser Bote einen Tag später eingetroffen wäre, hätte er uns gar nicht mehr angetroffen. Ich fühle mit Attila, aber sicher geht uns diese Sache nichts an. Selbstverständlich haben seine Männer meine Erlaubnis, Waldhari im Land der Burgunden zu jagen.«

Tuldik sprach ein paar Worte und hielt Gundohar eine Schriftrolle mit römischem Siegel entgegen. Hagano hob eine Augenbraue, als der König sie entrollte und zu lesen begann. Wenig später blickte Gundohar wieder auf.

»Es sieht so aus«, sagte er vorsichtig, »als müßten wir uns doch auf die Jagd nach Waldhari machen.« Er wandte sich wieder der deutlich formulierten römischen Botschaft zu. »Der Brief stammt von Aëtius. Attila ist bei ihm im Westen – offenbar hat Königin Ereka unmittelbar, nachdem der Diebstahl begangen wurde, einen Boten zu ihm nach Gallien geschickt, und er sandte einen Boten hierher. Waldhari wird wohl recht langsam reisen müssen, mit dem Mädchen und dem vielen Gold belastet. Der Schatz besteht zum größten Teil aus dem Sold, den die Römer Attila für den Feldzug im letzten Sommer zahlten: eine beträchtliche Summe, welche die Goten gut gebrauchen könnten. Aëtius schreibt ...« Er blickte auf die Pergamentrolle:

Das Gold ist für Theoderid mehr wert als eine Armee. Er darf es nicht erhalten. Ihr seid daher aufgefordert, mit allen zur Verfügung stehenden Mitteln nach Waldhari zu suchen und ihn gefangenzunehmen. Ein Teil des Schatzes soll Euer Lohn sein, und er soll dem entsprechen, was Ihr für Eure Teilnahme am Feldzug im Westen erhalten hättet. Im Namen des Kaisers fordere ich Euch auf, in diesem Sinne zu handeln.

Hagano blinzelte und wandte sich an den Boten. »Aëtius schlägt vor, die Burgunden mit dem Gold Attilas zu entlohnen?«

»Ja! Ja! Sie zahlen uns. Ihr fangt Waldhari, ihr braucht nicht zu warten auf Gold aus Rom!«

»Und wenn wir ihn nicht fangen, können wir auf den Lohn warten, bis Baldur wiederkehrt«, fügte Hagano verbittert hinzu. »Du brauchst mir nicht zu sagen, Bruder, wie dringend wir unsere eigenen Schatzkammern auffüllen müssen. Aber es wird nicht leicht sein. Waldhari mag vielleicht allein gegen eine Armee stehen, aber er ist gerissen, und er ist stark.«

»Er ist also ein guter Kämpfer?« fragte Gundohar. »Ein besserer als du?«

Hagano verzog das Gesicht. »Der beste Kämpfer in Attilas Kriegstruppe.«

»Besser als Sigfrid?«

»Sigfrid ist nicht hier!« Haganos Stimme war plötzlich schneidend. »Ich fürchte, Bruder, wir beide werden diese Sache selbst in die Hand nehmen müssen!«

Am Tag nach der Ankunft von Attilas Boten erging an alle Quartiere der Burgunden die Aufforderung, nach Waldhari und Hildigund Ausschau zu halten. Doch Hagano hatte seinen alten Freund richtig eingeschätzt: Die Flüchtenden wußten, daß sie verfolgt wurden, und waren vorsichtig. Doch ob es nun an Waldharis Weidmannskunst oder an der großzügigen Verteilung von Attilas Gold lag, niemand berichtete, die beiden Flüchtenden gesehen zu haben, bis sie bereits die östlichen Gebiete der Burgunden durchquert hatten.

Der König hatte eigentlich gehofft, sie bei dem Versuch, den Fluß zu überqueren, gefangenzunehmen, aber Waldhari fand einen Fährmann, der sie unterhalb der eigentlichen Furt übersetzte. Ab diesem Zeitpunkt lag jedoch offenes Land vor ihnen, und so kam es, daß am vierten Tag, nachdem Alarm geschlagen worden war, ein Bauernsohn auf dem Ackergaul seines Vaters angetrabt kam und dem König berichtete, daß der gesuchte Mann und die Frau unterhalb des väterlichen Weinberges an Land gegangen wären und nun durch Ordwinis Ländereien gen Westen in Richtung Belgica Prima reisten.

Gundohar sandte seine schnellsten Reiter hinter ihnen her, während der Rest seiner Leibwache langsamer folgte. Als sie sich Argentorate näherten, erreichte sie ein Bote, der ihnen berichtete, daß die Flüchtenden sich nach Süden in den Wald des Vosegus geschlagen hätten, in der Hoffnung, ihren Verfolgern in dieser unwirtlichen Gegend zu entkommen. Der König fluchte, denn er wußte, daß die Überzahl seiner Männer in solch einem Gelände keinen Vorteil mehr darstellte.

Doch daran ließ sich nichts mehr ändern. Sie folgten den Markierungen, die man für sie hinterlassen hatte. Ihr Trupp bestand aus wenig mehr als einem Dutzend Männern mit ihren Dienern, die sich hintereinander den Weg über den felsigen Boden und durch verschlungenes Dickicht bahnten. Gundohars Späher zeigten ihm die Spuren, die sie verfolgten: Sie stammten von einem schwerbeladenen Maulesel, der als Lasttier diente, und einem leichteren Pony, das wohl das Mädchen trug. Doch es waren die Fußstapfen des Mannes, die des Königs Aufmerksamkeit erregten: große Abdrücke, die einen langen, federnden Schritt verrieten und die ihn an Sigfrid erinnerten.

Gundohar blickte die Schlucht hinauf. Blanker Stein

spiegelte das Sonnenlicht dort wider, wo die Felsen sich über die Bäume erhoben. Der Pfad war schmaler geworden, und von Zeit zu Zeit trafen sie auf einen frischen Erdrutsch oder erst kürzlich gefällte Bäume, die den Weg versperrten und erst mühsam kleingehauen werden mußten, bevor die Reiter ihren Weg fortsetzen konnten. Irgendwo dort oben wartete Waldhari. Gundohar runzelte nachdenklich die Stirn. Würde der Zeitpunkt doch noch kommen, da sie sich wünschten, Sigfrid hätte sie begleitet?

Fünf Tage, nachdem sie Borbetomagus verlassen hatten, berichtete ein Späher, daß die Schlucht vor ihnen in einer Sackgasse endete, genauer: in einer Felsspalte, aus der ein kleiner Bach entsprang. Wenig später konnte Gundohar es selbst sehen. Das Wasser sickerte zwischen zwei mächtigen Felsbrocken hervor, die aneinander lehnten wie zwei ringende, im Tageslicht versteinerte Trolle. Die Spalte zwischen ihnen war kaum groß genug für ein Pony, doch Hufspuren im Sand deuteten darauf hin, daß die Verfolgten hindurchgelangt und nicht mehr zurückgekehrt waren.

Unter anderen Lichtverhältnissen hätte Gundohar vielleicht gedacht, daß die Verfolgten mitten durch den Berg gegangen wären, doch das schräge Licht des Nachmittags warf Schatten auf eine tiefere Finsternis hinter den Steinen. Die zottigen Männer, die in diesen Bergen lebten, versicherten, daß dort gerade Platz genug für die Flüchtlinge sei. Den einzigen Zugang zu dem Versteck bildete die Spalte zwischen den Felsblöcken. Klippen überschatteten die Kluft dahinter, so daß es wenig Sinn gehabt hätte, Pfeile von oben hineinzuschießen oder Steine hinabrollen zu lassen, selbst wenn es dem König gelungen wäre, dort oben einige Männer zu postieren.

Doch wenn die Burgunden auch nicht in das Versteck vordringen konnten, so erging es Waldhari nicht besser: Er saß in der Kluft gefangen und konnte nicht mehr entkommen.

Sie hatten den Bären gestellt – nun galt es nur noch, ihn aus seiner Höhle zu locken.

In dieser Nacht lagerten sie in einer lockeren Linie entlang des Baches. Hagano hüllte sich in seine Decken und lauschte den Geräuschen und dem Rascheln der anderen Männer, die sich um ihn herum zum Schlaf betteten, und es kam ihm wie eine der vielen anderen Nächte vor, die er zusammen mit Waldhari auf hartem Boden bei einem ihrer Jagdausflüge oder einem Feldzug verbracht hatte. Mit dem Unterschied, daß diesmal Waldhari der Gejagte war.

Hagano starrte in den Himmel, wo einige wenige Sterne spöttisch durch die Wipfel der Bäume blinkten. Der Westwind seufzte leise in den Ästen. Die letzten Tage waren klar und schön gewesen, doch Hagano hatte das Gefühl, als bringe der Wind schlechtes Wetter mit sich.

Vielleicht war es aber auch nur der bevorstehende Kampf zwischen den Menschen – nicht zwischen den Elementen –, den er spürte. Hätte Hagano Gundohar darum gebeten, mit Sicherheit hätte er in Borbetomagus zurückbleiben können, damit er sich dort um den Rest der Heerestruppe kümmerte. Doch dann hätte Hagano seiner Mutter erklären müssen, warum er Gundohar bei der Jagd nach Waldhari allein gelassen hatte – und das erschien ihm weitaus unangenehmer.

Bei den Hunnen waren alle Geiseln, die in Attilas

Leibwache dienten, Fremde gewesen. Da alle gleichermaßen fremd waren, erwartete niemand, sich wie zu Hause zu fühlen, und so wurden sie einander eine eigene Sippe. Obwohl Hagano nun wieder bei den Menschen weilte, unter denen er aufgewachsen war, fühlte er sich dem Manne näher, den zu töten sie gekommen waren, als irgend jemandem seiner Gefährten – mit Ausnahme von Gundohar vielleicht. Hagano seufzte und schloß die Augen. Im Augenblick konnte er nichts anderes tun, und der Morgen würde bald dämmern.

Doch ob es nun Angst war oder ob bereits die wenigen Monde, die er wieder in einem Bett geschlafen hatte, ihn verweichlicht hatten: Hagano schlief nicht gut. Er träumte, er wäre wieder bei den Hunnen und schlüge sich mit Waldhari auf dem Übungsplatz. Sein Gegner, ein riesiger Mann mit rotem Bart, lachte, wie er es immer während eines Kampfes tat. Hagano grinste und setzte all seine Geschicklichkeit ein, spürte, wie die Fechtkunst seines Gegenübers zusätzliche Kampfkraft in ihm weckte.

Hagano war nie zuvor glücklicher gewesen. Und in diesem Augenblick kam es ihm vor, als könne er über dem Klirren der Schwerter eine Stimme hören: »*Hagano, Hagano, ist das alles, wonach du trachtest?*«

Dann verdunkelte sich die Szene, und plötzlich kämpfte er gegen einen Bären: eine gigantische rote Bestie, welche die Luft mit riesigen, klauenbewehrten Tatzen harkte. Hagano schrie, und Gundohar kam herbeigeeilt, um ihm zu helfen. Sie griffen gemeinsam an, doch der Bär nahm es spielend mit ihnen beiden auf. Brüllend schlitzte er Gundohars Hüfte auf. Hagano sah aus den Augenwinkeln, wie sein Bruder zur Seite geschleudert wurde, sah Blut spritzen und schlug mit aller Kraft, die er aufbringen konnte, zu. Er spürte, wie seine Klinge eine der mächtigen Tatzen traf, doch die andere Klaue schnellte auf ihn zu.

Zuerst spürte er einen dumpfen Schlag auf dem Kopf, dann setzte betäubender Schmerz ein. Hagano taumelte zurück, preßte eine Hand vors Gesicht und fühlte, wie heißes Blut aus dem Loch quoll, wo einmal sein Auge gewesen war. Es kam ihm vor, als stürze er durch eine endlose Finsternis. Eine Stimme folgte ihm flüsternd ...

»Einige sehen mit einem Auge mehr als andere mit zweien. Dies soll dir eine Warnung sein. Wenn du dich für diesen Weg entscheidest, entscheidest du dich für mich ...«

»*Nein* ...« stammelte er. »Nein!« Und dann schüttelte ihn plötzlich jemand. Er wehrte sich, öffnete die Augen – beide Augen – und blickte in das besorgte Gesicht seines Bruders.

Es war Morgen, und überall um ihn herum regten sich erwachende Männer. Morgen ... und er war unverletzt. Der Kampf mit dem Bären war nur ein Traum gewesen.

»Fühlst du dich nicht wohl?« Gundohar klopfte ihm unbeholfen auf die Schulter.

Hagano starrte, noch immer zitternd, seinen Bruder an. Nur ein Traum – und doch war dieser klar und scharf wie eine Prophezeiung gewesen. Es würde Unheil bringen, gegen Waldhari zu kämpfen. Aber wie konnte er Gundohar davon überzeugen?

»Mein König«, rief Gamalo, »ich sehe Rauch aus der Spalte aufsteigen. Sie sind noch immer dort drinnen. Können unsere Männer nun etwas essen?«

»Ja, natürlich ...« antwortete der König über die Schulter.

»Höre zu, Bruder, ich habe einen Vers für dich ...« sagte Hagano. Mit Belustigung sah er, wie Gundohars

Augen sich bei dem Gedanken weiteten, sein nüchterner Bruder könne mit Reimen spielen.

Der rote Bär rast, umringt von Jägern,
Mit stählernem Schlag zerschmettert er viele,
Mit Krallen zerkratzt er des Königs Bein,
Reißt aus das Aug' des andern Bruders.

Gundohar blinzelte. Trotz aller Anspannung wurde er sofort aufmerksam. »Das war dein Traum? Waldhari ist der Bär?« fragte er.

Hagano nickte. »Bruder, wenn wir ihn angreifen, schneiden wir uns ins eigene Fleisch. Ich habe niemals zuvor eine solch deutliche Warnung erhalten. Laß uns umkehren – laß ihn und seine Frau ziehen.«

Gundohar setzte sich seufzend zurück. »Das ist unmöglich. Die Leute werden mich einen Feigling nennen, und das kann ich nicht zulassen. Noch weniger kann ich es mir erlauben, auf das Gold zu verzichten.«

»Du und ich, wir haben unseren Mut in zahlreichen Schlachten unter Beweis gestellt!« herrschte Hagano ihn an. »Und was den Schatz betrifft – die Burgunden haben auch schon schlechte Jahre überlebt, bevor sie römisches Gold hatten, auf das sie zurückgreifen konnten.«

»Aber früher haben wir nicht auf römischem Gebiet gelebt! Was haben sieben Jahre bei den Hunnen aus dir gemacht, Hagano? Ein Krieger kann in jeder Schlacht verwundet werden, wo also liegt der Unterschied? Bedeutet dir dieser Wisigote mehr als deine eigene Sippe?«

Hagano starrte Gundohar an und wußte, daß dies in gewisser Weise zutraf. Doch fürchtete er sich nicht so sehr davor, verwundet zu werden, als vielmehr davor, was diese Verwundung bedeuten mochte.

»Tu, was du tun mußt, König der Burgunden«, sagte er niedergeschlagen. »Doch laß dir gesagt sein, daß nichts Gutes dabei herauskommen wird. Was mich betrifft: Wenn der Hohe selbst mir eine Warnung sendet, so werde ich nicht gegen einen Mann kämpfen, der einst mein Freund war!«

Die Morgensonne spähte eben über den Rand der Schlucht, als Gundohar seine Männer den Hang hinauf auf Waldharis Versteck zu führte. Es waren zwölf Krieger, alles ausgesuchte Kämpfer, die geschworen hatten, ihren König unter Einsatz des Lebens zu verteidigen. Streitsüchtig wie Kampfhähne, reizbar in Friedenszeiten, fanden sie nur in der Schlacht Gelegenheit, sich die Armringe, die Gundohar ihnen gegeben hatte, und den Met, den sie in seiner Halle tranken, zu verdienen. Sie hatten gegrollt, als die übrige Kriegstruppe losmarschiert war, um sich in Gallien Ruhm und Ehre zu erkämpfen. Ihnen bot nun dieser Jagdausflug die beste Möglichkeit, sich ebensolches zu erwerben, wenn auch die Verhältnisse unausgeglichen waren. Doch entbehrte die Situation nicht einer gewissen Romantik. Vielleicht würden die Barden auf die Geschehnisse aufmerksam werden und jene unsterblich machen, die an diesem Tag das Schwert führten.

Ihre Schritte knirschten laut auf den Steinen, die unterhalb der Kluft lagen, doch die dünne Rauchfahne, die sich träge in den Himmel wand, war das einzige, was sich hinter den beiden Felsblöcken bewegte.

»Waldhari, Sohn des Albhari«, rief Gamalo, »Ihr habt unbefugt das Land der Burgunden betreten. Unser König Gundohar erwartet Euch. Kommt heraus, Waldhari, und zollt ihm Euren Respekt!«

In einer Pinie, die sich an die Felsenschlucht klammerte, krächzte ein Rabe. Sonst blieb es still.

»Sie müssen da drinnen sein«, sagte der junge Betavrid schließlich. Er war eines der jüngsten Mitglieder des Gefolges und ersetzte einen Krieger, der im letzten Sommerfeldzug gefallen war. Und er liebte es, Späße zu machen. »Es sei denn, ihnen sind Flügel gewachsen!«

»Und du bist ganz sicher, daß es keinen anderen Weg hinaus gibt?« fragte Helmnot.

»Ich verwette meinen neuen Armring, daß sie noch da drinnen stecken!« sagte Betavrid mit Nachdruck. »Sie haben sich dort wohl häuslich niedergelassen.«

»Warum gehst du dann nicht hin und klopfst an ihre Tür«, fragte Gerwit, »und siehst nach, ob jemand zu Hause ist?«

»Nun gut!« Der junge Bursche sah sich Zustimmung heischend nach Gundohar um, dann kletterte er das letzte Stück nach oben, wobei er tonlos vor sich hin pfiff. Er erreichte die Spalte und schlug mit dem Schaft seines Speers gegen den Stein. »Ho, Waldhari, hört Ihr mich klopfen? Ihr könntet wenigstens so höflich sein und zur Tür kommen!«

Betavrid beugte sich vor, um nach drinnen zu spähen. Etwas bewegte sich, und er sprang wieder zurück, ließ seinen Speer fallen.

»Und, ist er da?« fragte Gamalo schließlich.

»Ich ... weiß nicht.« Der Junge drehte sich langsam um. Er hielt die Hände gegen seinen Bauch gepreßt. Blut sickerte zwischen den Fingern hervor. Betavrid sah von einem zum anderen und brachte ein gequältes Lächeln zustande. »Sein Speer ... ist jedenfalls da ...«

Er trat einen Schritt vor und wurde noch bleicher; sein Gesicht verzog sich, dann brach er plötzlich zusammen und rollte den Hang hinab. Erst vor Gundohars Füßen blieb er mit weit ausgestreckten Armen liegen. Ein roter Blutfleck blühte unter seinem Herzen. Ein, zwei Pulsschläge lang wurde die Blüte noch größer, dann hörte sie auf zu wachsen. Ein letztes Zittern, und Betavrid lag still.

Gundohar hörte die Männer leise grollen und spürte, wie sich ihm die Nackenhaare sträubten. Bisher war es ein Spiel für sie gewesen; jetzt waren sie wütend. Gundohar schwankte zwischen Bedauern und Befriedigung. Nun wußte er, daß sie nicht eher ruhen würden, bis Waldhari den Preis für den Verlust Betavrids bezahlt hatte.

»Wahrlich, eine mutige Tat, Waldhari, dieser Streich aus dem Hinterhalt!« rief Gerwit.

»Fast so mutig wie ein Kampf zwölf gegen einen ...« Die Antwort kam aus der Felsspalte und klang träge, fast belustigt. Die tiefe Stimme wurde von den Felswänden noch verstärkt.

»Wir werden dir einer nach dem anderen entgegentreten, wenn du es wagst, zu uns herauszukommen«, erwiderte Randalf. Seine Stimme zitterte, und Gundohar erinnerte sich daran, daß Randalf dem jungen Betavrid sehr nahegestanden hatte.

Ein Schatten bewegte sich im Eingang zur Felsspalte, dann schlug die Sonne rote Funken auf dem Haar und dem Bart eines der größten Männer, die Gundohar je gesehen hatte. Der Mann hielt den Speer, der Betavrid getötet hatte, mit einem Arm, der so dick war wie ein junger Baumstamm. Der Rest des Körpers war hinter einem langen Schild verborgen, auf den ein roter Bär gemalt war. *Hagano hatte recht,* dachte Gundohar, *zumindest in seinem Traum.*

»Seine Größe macht ihn langsam«, sagte Gamalo leise,

doch der König hegte Zweifel daran. Er wünschte sich sehnlichst Sigfrid herbei.

Waldhari sah sie der Reihe nach an und grinste. »Nun – hier bin ich.«

Randalf stieß einen Fluch aus und stürmte den Hang hinauf. Gundohar seufzte, denn obwohl Waldhari seinen Männern gegenüber in der Minderzahl war, war er im Vorteil, was Reichweite und Standort betraf. Er schien sich kaum zu bewegen, als sein Gegner auf ihn zu stürmte, doch bevor Randalf mit seinem Schwert nahe genug an ihn herankommen konnte, zuckte der tödliche Speer erneut vor. Randalf brüllte auf und schwankte, doch er hatte noch nicht den Boden berührt, als Gerwit bereits hinter ihm den Hang hinaufsprang.

Der Speer des Angreifers schlug gegen einen Schild, der plötzlich zwischen ihm und seinem Ziel hochfuhr; Waldhari drückte mit aller Kraft, und als Gerwit zur Seite wirbelte, folgte ihm der Speer seines Gegners und bohrte sich in seine Seite. Zwei weitere Männer folgten, die dasselbe Schicksal erlitten. Einer der beiden starb unmittelbar nach einem Stich durch den Hals; der andere wurde in der Leiste durchbohrt und kämpfte länger mit dem Tod.

»Das macht fünf weniger«, sagte Waldhari zufrieden. Er schien noch nicht einmal ins Schwitzen gekommen zu sein. »Nun sind die Chancen ein wenig gerechter verteilt. Wer ist der nächste? Ihr braucht nicht auf eine Einladung zu warten – ich bin immer zu Hause.«

Doch Gundohars Männer waren vorsichtig geworden und zogen sich mit ihren Toten den Hang hinunter in sichere Entfernung zurück.

»Kampf unter gleichen Bedingungen ... Hah!« Tanastus spuckte auf die Erde. »Der Mann ist ein Troll!«

»Er ist doppelt so groß wie ein gewöhnlicher Mensch!« rief Helmnot.

»Und zweimal so schnell«, fügte einer der anderen hinzu.

Eleuthir, der einzige der Truppe, der älter war als Gundohar, schnaubte. Er zog seinen Helm ab, schöpfte damit Wasser aus dem Bach und reichte ihn herum.

»Mir scheint, die Chancen sind kaum ausgeglichen, selbst wenn wir alle zusammen gegen ihn antreten«, sagte Eleuthir schließlich. »Ich finde, wir sollten ihn gemeinsam angreifen und ihn niederringen.« Sie sahen Gundohar an.

»Aber ist das auch ehrenhaft?« fragte der König.

Eleuthir runzelte die Stirn. »Bei allem Respekt, Herr, die Ehre verlangt, daß Waldhari den Preis für unsere gefallenen Kameraden zahlt!«

»Stürzen wir uns auf ihn!« rief Helmnot. »Sein Blut soll den Boden tränken!«

»Ja ... alle zusammen ...« stimmten die anderen zu.

Gundohar kannte den Klang: Er erinnerte ihn an das Bellen von Bluthunden. Vielleicht würden sie Erfolg haben. Ein Jäger mit genügend Hunden konnte auch einen Bären erlegen. Und außerdem glaubte Gundohar nicht, daß er seine Männer jetzt noch zurückhalten konnte. »Nun gut«, sagte er schließlich.

Zusammen zogen sie wieder den Hang hinauf. »Auf mein Zeichen«, befahl Eleuthir. Die Männer nickten und begannen nach beiden Seiten auszuschwärmen.

»Ihr kommt also zurück ...« begrüßte Waldhari sie. »Wer will als nächstes meinen Willkommensgruß empfangen?«

»Jetzt!« rief Eleuthir.

Brüllend rannten die Krieger auf ihren Feind zu. Stahl

blitzte im Sonnenlicht, als Speere zustachen und auf Waldharis Schild prallten. Das Brüllen, mit dem der Gotenkrieger antwortete, traf sie wie ein Schlag; Gundohar sah, wie Waldharis Speer vorstieß. Blut spritzte auf die Steine; ein Mann taumelte rückwärts; ein anderer schrie. Gundohar stieß mit dem eigenen Speer zu, traf den Schild und riß die Waffe mit einem heftigen Ruck wieder los.

Aus den Augenwinkeln sah Gundohar eine Bewegung über sich. Er blickte gerade noch rechtzeitig hoch, um einem kleinen Felsbrocken auszuweichen, der auf ihn zu geflogen kam. Über der Kante der beiden großen Felsen sah er das Gesicht einer Frau; er konnte nicht sagen, ob sie schön war, denn ihr Gesicht war wutverzerrt. *Hildigund ...*, dachte der König, *und sie hilft ihrem Mann.* Er spürte einen kurzen Anflug von Bedauern. Brunhild hätte nie für ihren Mann gekämpft.

Hildigund erschien mit einem weiteren Felsbrocken und schmetterte ihn auf die kämpfenden Männer hinab. Helmnot wurde getroffen, ließ betäubt seine Deckung sinken und wurde augenblicklich Opfer von Waldharis Speer.

Nach einer kurzen Weile erkannte Gundohar, daß seine Männer nicht gewinnen konnten. Sie behinderten sich nur gegenseitig.

»Zurück!« schrie er. »Den Hang hinunter, Männer! Sofort!«

Als sie sich diesmal zurückzogen, trugen sie vier Tote mit sich. Eleuthir war unter ihnen, Trogus und Helmnot, und kaum einer der anderen war ohne Wunde geblieben. *Neun Tote!* Gundohar stöhnte lautlos. Von ihrem Lager zwischen den Bäumen aus mußten die Späher sie beobachten. Gundohar fragte sich, welche Geschichten sie vom heutigen Tag erzählen würden. Hätte er diese Tragödie mit dem Auge des Barden betrachten können, so hätte er wenigstens ein Klagelied erdichtet, doch heute mußte er wie ein König denken und handeln. Auch Hagano war dort unten und saß tatenlos auf seinem Schild. Gundohar unterdrückte den aufkeimenden Zorn. Sein Bruder hätte an seiner Seite sein und ihm helfen müssen, den sterbenden Männern Beistand zu leisten.

»König der Burgunden!« Der Ruf Waldharis klang wie ein Echo seiner Gedanken. »Dieses Abschlachten ist sinnlos. Wollt Ihr mit mir reden?«

Gundohar starrte zurück, den Hügel hinauf.

»Nicht, Herr«, warnte Gamalo ihn. »Er wird Euch niederstrecken!«

»Das glaube ich nicht«, sagte Gundohar. Es bestand keine Veranlassung für Waldhari, eine List zu gebrauchen. Der einzige, der es sich im Augenblick nicht erlauben konnte, ehrenhaft zu sein, war Gundohar selbst.

Waldhari erwartete ihn auf seinen Speer gelehnt. Mit bitterer Befriedigung erkannte der König, daß der aufgemalte Bär auf dem Schild aus Lindenholz fast bis zur Unkenntlichkeit zerhackt worden war. Auch Waldharis Speer war zerbrochen – der, den Waldhari jetzt in Händen hielt, gehörte einem von Gundohars Männern. Waldhari selbst schien jedoch nicht verletzt zu sein.

Gundohar blieb knapp außerhalb der Speerstoßweite stehen.

»Ihr also seid Haganos Bruder«, sagte Waldhari. »Er hat viel von Euch erzählt. Ihr entsprecht allerdings nicht der Vorstellung, die ich mir von Euch gemacht hatte, Burgundenkönig ...«

Gundohar zeigte keine Regung, doch im stillen schwor er sich, Hagano zur Rede zu stellen, wenn dies hier vorüber war. »Dachtet Ihr, ich wäre hierher gekommen, um Gedichte zu schreiben?« erwiderte er. »Ich wünschte, ich hätte es getan – denn unglücklicherweise entsprecht Ihr der Beschreibung meines Bruders nur allzu genau.«

»Hildigund riet mir, Euch um freies Geleit zu ersuchen, als ich Euer Land betrat«, sagte Waldhari. »Aber ich glaubte, Hagano würde Euch davon abhalten, mich zu verfolgen.«

»Ich hätte es Euch gerne gewährt ...« begann Gundohar.

»Warum habt Ihr dann ...«

»... hätte Euer Gesuch mich vor Aëtius' Brief erreicht«, fuhr der König fort und beobachtete, wie sich Verständnis im Gesicht seines Gegenübers abzeichnete, dem augenblicklich Bedauern folgte. »Mein Volk litt in diesem Winter große Not. Mit dem Gold, das Ihr bei Euch tragt, werden wir Korn kaufen können, um das nächste Jahr zu überstehen.«

Waldhari nickte. »Und wenn wir es zwischen uns aufteilen würden?« fragte er. »Oder wenn ich es Euch als Wergeld geben würde, damit Ihr mich und Hildigund ziehen laßt?«

Gundohar runzelte die Stirn, dachte nach und schüttelte dann bedauernd den Kopf. »Wenn Ihr mir dieses Angebot gemacht hättet, als wir hier eintrafen, hätte ich es vielleicht angenommen. Aber auch Ihr seid von königlichem Blute, und Ihr werdet verstehen, daß das Ansehen eines Königs ebenso wichtig sein kann wie Gold. Ihr habt zu viele meiner Männer getötet. Wenn ich Euch jetzt ziehen lasse, wird man es mir als Feigheit auslegen, und niemand wird mir mehr folgen.«

»Was nützt es Euch, wenn ich auch noch den Rest Eurer Männer töte – wenn ich Euch selbst töte?«

»Dann werden die Menschen sagen, daß wir in Ehren gefallen sind«, antwortete Gundohar mit fester Stimme. Und wahrlich, in diesem Augenblick erschien ihm dies ein durchaus würdiges Ende. Der Tod würde ihn von der Last der Herrschaft befreien – und von dem Schmerz seiner Liebe zu Brunhild.

»Dann muß ich gegen Euch kämpfen«, entgegnete Waldhari. »Ich grüße Euch als würdigen Gegner, Gundohar!«

Der König nickte, doch als er sich zum Gehen wandte, fragte er sich, wie lange der andere Mann bei dieser Meinung bleiben würde. Mit dem Fortschreiten des Nachmittags war eine Brise aufgekommen, welche die Schlucht hinaufblies, und mit ihr war Gundohar ein Gedanke gekommen, der ganz und gar nicht ehrenhaft war.

Sie ruhten sich bis zum Sonnenuntergang aus. Waldhari war wieder im Felsspalt verschwunden, und die Toten waren begraben worden. Der Ort sah trügerisch friedlich aus. Gundohar hatte seinen Spähern befohlen, Reisig zu sammeln, und als die Schatten länger wurden, kamen die Männer mit Holz beladen zurück den Hang hinauf.

Es war offensichtlich, daß sie nichts gegen Waldhari ausrichten konnten, solange er den Felsen im Rücken hatte. Sie mußten ihn fort von seiner Zuflucht, ins Freie locken, wo sie ihn überwinden konnten. Mit jeder Minute, die verstrich, blies der Wind kräftiger, erhob sich aus den warmen Tälern und wirbelte die Schluchten hinauf. Gundohar erteilte leise Befehle, und die Männer stapelten den Reisig vor die beiden großen Felsen. Nur einen schmalen Durchgang ließen sie frei. Es war die Abwandlung einer Kriegslist, die in den Nordländern noch immer gebräuchlich war. Gewöhnlich zogen die Menschen es vor, kämpfend ins Freie zu stürmen, als bei lebendigem Leibe in ihren Hallen zu verbrennen.

Es war unvermeidlich, daß Gundohars Männer bei ihrer Arbeit Geräusche verursachten. Bald spähte ein Kopf über den Steinwall, und dann hörten sie Stimmen in der Felsspalte. Gundohar gab dem Späher, der die Fackeln hielt, ein Zeichen.

»Zünde das Holz an …« befahl er heiser.

Nur noch drei Krieger waren vom Gefolge des Königs übriggeblieben, doch sie alle grinsten, als sie sich um den aufgestapelten Reisig verteilten, bereit, Waldhari zu empfangen und ihn niederzustechen. Das Feuer war an den beiden Seiten entzündet worden, doch bereits jetzt begann der Rauch in der Mitte durch den Eingang in die Felsspalte zu ziehen. Eines der Pferde wieherte angstvoll. Die Flammen würden nicht in das Versteck schlagen, aber der Spalt würde wie ein Kamin wirken. Wenn das Feuer erst richtig brannte, würde niemand mehr atmen können, der sich in der Kluft hinter den Felsen aufhielt.

»Schickt die Frau heraus, Waldhari, und wir werden sie in Sicherheit bringen«, rief Gundohar.

»Was Euch betrifft«, fügte Gamalo hinzu, »so kommt heraus und kämpft oder bleibt drinnen und erstickt – uns ist es gleichgültig!«

Ein Windstoß ließ die Flammen hungrig auflodern. Schwarzer Rauch wogte in die Spalte, Husten war zu hören. Die Frau mußte sich beeilen, dachte Gundohar, sonst würde ihr die Flucht durch die Flammen nicht mehr gelingen. Oder hatte sie sich entschlossen, bei ihrem Mann zu bleiben und zusammen mit ihm zu sterben? Er spannte die Muskeln an. Hinter dem Vorhang aus Rauch bewegte sich etwas …

»Wartet, vielleicht ist es die Frau …« begann Gundohar. Noch während sie zögerten, trat Waldhari mit blitzendem Schwert vor, als entstiege er den Flammen selbst.

Das Schwert fuhr nieder, und ein Mann schrie. Gundohar machte einen Ausfallschritt, und als sein Speer sich in den Schild des Gegners bohrte, spürte er den Schlag bis zur Schulter hinauf. Der König zog mit aller Kraft und grinste, als er hörte, wie das morsche Holz zersplitterte. Waldhari schleuderte den nutzlos gewordenen Schild zur Seite – und mit ihm Gundohars Speer. Der König zückte sein Schwert.

Langsam zogen die Burgunden den Kreis um ihren Gegner enger. Hinter Waldharis Schulter erspähte Gundohar das Gesicht Gamalos.

»Töte ihn!« rief er, sah, wie Gamalos Schwert sich hob und Waldharis Klinge aufblitzte, um den Schlag abzufangen. Gundohar selbst schwang herum, schnitt durch Metallplatten und gehärtetes Leder und wußte gleichzeitig, daß sein Hieb nicht tödlich war. Während er sein Schwert zurückzog, sah er aus den Augenwinkeln, wie jemand an seine Seite stürzte.

Waldharis Schwert, das zum Gegenschlag erhoben war, senkte sich in Gundohars Richtung, doch der Mann neben dem Burgundenkönig warf sich ihm in den Weg. Warmes Blut spritzte Gundohar ins Gesicht, als Tanastus den Hieb abfing, der für seinen Herrn bestimmt gewesen war. Fast gleichzeitig wurde Gundohar seitlich am Kopf getroffen; Flammen und Finsternis wirbelten um ihn herum, und dann verlor er das Bewußtsein.

»Hagano! Hagano!«

Der Ruf erscholl den Hang hinunter, und Hagano sprang auf. Er hatte am Boden gekniet, den Kopf in die Hände gestützt, als würde es etwas ändern, wenn er nur nichts sah oder hörte. Nun stand er da und starrte in die Dunkelheit. Die Stimme, die ihn rief, klang so rauh vom Rauch, daß er nicht sagen konnte, wem sie gehörte, doch die hohe Gestalt, die sich vor den erlöschenden Flammen abzeichnete, ließ keinen Zweifel zu. Als er Waldhari erkannte, durchfuhr ihn ein Schmerz, als bohre sich eine Schwertklinge in seine Eingeweide, und Zorn wallte in ihm auf, der ihn schließlich erkennen ließ, wem seine Treue gebührte.

»Komm hoch und kümmere dich um deine Verwundeten, wenn dir etwas an ihnen liegt – dein Bruder lebt noch …«

Schwankend zog Waldhari sich in sein Versteck zurück, während Hagano den Hang zu ihm hinaufkletterte. Er sah sofort, daß für zwei der Männer jede Hilfe zu spät kam. Gamalo lag auf dem Boden, hielt sich den Bauch und stöhnte. Doch der König war nur bewußtlos, obwohl er voller Blut war und seinen Helm verloren hatte. *Wenn Gundohar noch lebt, muß Waldhari ihn wirklich geschätzt haben*, dachte Hagano grimmig.

Es wurde eine sehr lange Nacht. Gegen Mitternacht hörte Gamalo, dem Haganos notdürftiger Verband kaum geholfen hatte, auf zu stöhnen. Doch Haganos Hauptsorge galt seinem Bruder, der trotz aller Mäntel, in die er eingewickelt war, und trotz der Wärme des Feuers zitternd und stammelnd dalag. Erst kurz vor Morgengrauen wurde sein Atem gleichmäßiger, und es schien, als wäre er in einen gesunden Schlaf gesunken. Hagano legte sich neben ihn, und trotz seines Entschlusses,

Wache zu halten, übermannte auch ihn bald die Müdigkeit. Diesmal suchten ihn keine Alpträume heim.

Als Hagano erwachte, waren Gundohars Augen geöffnet. Sein Bruder starrte um sich, als hätte er nie zuvor einen Baum gesehen.

»Gundohar!« Die verschleierten grauen Augen richteten sich auf ihn. »Wie viele Finger siehst du?« Hagano hielt eine Hand hoch.

»Fünf …« Der König blinzelte. »Kannst du bitte etwas leiser sprechen? Ich fühle mich, als wäre eine Herde wilder Pferde über meinen Kopf hinweggetrampelt.«

Hagano seufzte und war erneut überrascht, wie tief die Erleichterung war, die er verspürte. »Nein«, sagte er leise, »es war nur ein Bär.«

Doch als er darüber nachdachte, fiel ihm ein, daß man eigentlich Pferde hätte hören müssen: ein Dutzend hungriger Pferde auf Futtersuche. Er blickte sich rasch um – die Reittiere waren nirgendwo zu sehen, und auch die Speere, welche die Gräber von Gundohars Männern markiert hatten, waren verschwunden. Die weiche Erde hinter dem Bach war zu Schlamm zertrampelt worden, als wäre eine Herde dort vorbeigezogen.

»Waldhari!« Gundohar setzte sich abrupt auf, zuckte zusammen und betastete behutsam seine Schläfe.

»Fort …« sagte Hagano. »Er hat die Pferde mitgenommen. Die Späher sind schon lange vorher davongelaufen. Und deine Männer sind tot.«

Gundohar stöhnte, nicht nur vor körperlichen Schmerzen. »Für mich …« flüsterte er. »Sie starben für mich!«

»Genau das verlangt der Treueschwur von ihnen«, erwiderte Hagano grimmig. »Sie starben ehrenvoll, und zweifellos sitzen sie bereits beim Festmahl in Wodans Halle.«

Gundohar atmete tief ein, griff nach dem nächsthängenden Ast und zog sich daran hoch. Einen Augenblick lang schwankte er, dann schien sich sein Blick zu klären. »Aber Waldhari lebt noch. Wir müssen ihm nach …«

»Hat der Schlag dir den Verstand geraubt, Bruder? In deinem Zustand kannst du unmöglich reisen. Und außerdem hat Waldhari alle Pferde mitgenommen. Er wird inzwischen viele Stunden Vorsprung haben.«

»Aber auch er ist … müde«, sagte der König, »und so viele Pferde werden sein Vorwärtskommen behindern. Ich … ich muß es versuchen.« Unsicher ging er auf den Bach zu und fiel fast auf die Knie. Er schöpfte sich kaltes Wasser über das Haupt und keuchte, als es seinen Nacken hinunterlief. Dann trank er. Als er sich wieder aufrichtete, war er noch immer bleich, doch sein Blick war klar.

»Ich danke dir, Bruder, daß du dich um mich gekümmert hast. Ich kann verstehen, wenn du dich mir nicht anschließen willst – Waldhari ist ein edler Mann.« Er untersuchte die Fährte.

»Das bist du auch …« murmelte Hagano. Mit einem Seufzen stand er auf. »So wirst du ihn niemals einholen«, fuhr er lauter fort. »Aber ich habe mit den Spähern gesprochen, während du da oben auf Bärenjagd warst. Es gibt einen anderen Paß über den Berg, der für Pferde nicht begehbar ist, aber eine Abkürzung zur Straße nach Divodurum darstellt. Das ist der Weg, den die Späher auf ihrer Flucht eingeschlagen haben. Wenn du dich kräftig genug zum Klettern fühlst, könnten wir die andere Seite vor Waldhari erreichen und ihm den Weg abschneiden.«

»Ich werde es schaffen …« sagte Gundohar, und sein Bruder blinzelte. Zum erstenmal entdeckte er im Gesicht des anderen eine Ähnlichkeit mit Gibicho, dem alten König.

Ja, dachte Hagano, *allmählich glaube ich, daß du es schaffen wirst.* Er sammelte ihre Waffen ein, rollte Mäntel so zusammen, daß sie ihren Proviant darin verstauen konnten, und löschte die Überreste des Feuers. Als sie sich auf den Weg den Berg hinauf machten, erhob sich ein Rabe von einem Ast über ihnen und flog vor ihnen her. Hagano spürte, wie ihm der kalte Schweiß ausbrach, doch Gundohar bohrte den Schaft seines Speeres in den Boden und zog sich daran vorwärts – und Hagano mußte ihm folgen.

Als sie die Straße erreichten, war es bereits später Nachmittag, doch zu Haganos Verblüffung hatte Gundohars Zustand sich ständig verbessert. Die Anstrengung schien ihm sogar gutgetan zu haben.

Es gab keine Anzeichen, daß vor kurzem Pferde über die Straße geritten wären. Wenn die Flüchtenden tatsächlich diesen Weg eingeschlagen hatten, waren die beiden Brüder rechtzeitig eingetroffen. Hagano wußte nicht, ob er sich darüber freuen oder es bedauern sollte.

»Da drüben, wo der Weg durch das Gestrüpp führt, werden wir sie erwarten«, sagte Gundohar. »Ich glaube nicht, daß sie davonlaufen werden.«

Wenn du vernünftig wärst, würdest du *davonlaufen,* dachte Hagano. Der Rabe, den er schon zuvor gesehen hatte – oder vielleicht auch ein anderer –, beobachtete sie von einem der Sträucher aus. Gundohar jedoch zeigte eine seltsame Gelassenheit. Hagano erkannte, daß sein Bruder zum erstenmal wirklich gefährlich geworden war, denn all sein Streben war nur auf ein einziges Ziel gerichtet: seinen Gegner zu stellen.

So suchten sie sich also ein Versteck, und kurz bevor die Sonne unterging, hörten sie Pferde die Straße hinaufkommen.

Die Flüchtenden hatten die Tiere mit einem langen Strick zusammengebunden. Eine Hälfte führte Waldhari, die andere Hildigund, und wie erwartet, kamen sie nur langsam voran. Gundohar ließ die Frau und ihre Pferde vorbeiziehen. Dann trat er auf die Straße und stellte sich dem Mann entgegen.

»Waldhari, Sohn des Albhari«, sagte der König. »Der Tod von tapferen Männern steht zwischen uns. Ihr könnt nicht weiterziehen!«

Ein verblüfftes Schweigen folgte, dann riß Hildigund ihr Reittier herum, und die Pferde, die sie führte, begannen auszuschlagen. Sie war eine stämmige Frau mit goldbraunen Zöpfen: nicht unbedingt eine große Schönheit, doch jetzt, da ihre Augen wie Feuer glühten, sah sie prächtig aus.

»Er ist verrückt!« rief sie über das Wiehern der Pferde. »Reite ihn nieder!«

»Das werdet Ihr nicht tun«, sagte Gundohar, und Waldhari seufzte.

»Nein. Es ist an der Zeit, diese Sache zu Ende zu bringen.« Er blickte zu Hagano hinüber. »Und auch du hast dich gegen mich gestellt? Wenn ich mich recht entsinne, haben wir uns einst Brudertreue geschworen.«

»Ich erinnere mich«, entgegnete Hagano heiser, »doch Blut verbindet mehr als Worte, und er ist sowohl mein Bruder als auch mein König.«

Waldhari nickte. »Hildigund, du mußt dich um die Pferde kümmern und versprechen, nicht einzugreifen.«

»Aber sie sind zwei gegen einen«, widersprach sie.

»Glaubst du, sie wären mir gegenüber im Vorteil?« Als

Hildigund fluchend die Pferde zusammenzutreiben begann, wurde aus Waldharis Lächeln ein grimmiges Grinsen.

»Sie wird unbehelligt weiterziehen dürfen«, sagte Gundohar, »gleichgültig, was hier geschieht.«

»Ich glaube Euch.« Waldhari glitt aus dem Sattel und reichte der Frau die Zügel. Dann deutete er mit einem Nicken auf die Wiese neben der Straße. »Dieses Feld dürfte für unsere Zwecke geeignet sein.«

Gundohars blonder Schopf glühte im roten Licht der Abendsonne, als er vortrat, um sich seinem Gegner zu stellen. Er hätte aufgrund seiner Verwundung noch keinen Helm tragen können, und Waldhari hatte seinen verloren. Hagano, der einzige von ihnen ohne eine Verletzung, seufzte und setzte seine eigene Kopfbedeckung ab. Über Selbsterhaltung und taktische Erwägungen waren sie längst hinausgelangt. Der Ausgang der Begegnung würde allein vom Willen der Götter und dem Mut der Kämpfenden abhängen. Doch sie waren alle müde. Hagano glaubte nicht, daß es lange dauern würde.

Waldhari schlug als erster zu – und zwar so schnell, daß er den Kampf schon fast beendet hätte. Es gelang Gundohar jedoch, auszuweichen. Gleichzeitig riß er seine Klinge mit mehr Kraft als Eleganz herum und streifte Waldharis Seite.

Der König schnappte nach Luft und richtete sich in dem Augenblick in Kampfstellung auf, als das Schwert seines Gegners in einem Bogen auf ihn zuschwang. Stahl klirrte auf Stahl, als Gundohar den Schlag abwehrte; einen Atemzug lang maßen die beiden Gegner ihre Kräfte, die Schwerter beidhändig in Stellung, doch Waldhari war der Stärkere. Langsam drückte er Gundohars Klinge zur Seite. *Gib nach!* dachte Hagano, und als hätte er den Ratschlag des Bruders gehört, gab Gundohar den Widerstand plötzlich auf, trat zur Seite und duckte sich. Mit einer schnellen Drehung riß er das Schwert nach oben, durchtrennte dabei die Riemen, mit denen Waldharis metallbeschlagene Brustplatten zusammengebunden waren, und schlitzte das Wams darunter auf. Auf der hellen Haut des Kriegers zeichnete sich eine lange, blutrote Linie ab.

Waldhari sprang zurück und schüttelte die herabhängenden Teile seines Panzers ab. Zu Gundohars Erstaunen lachte er. »Ich danke Euch, kleiner König. Es war ein langer Tag, und das Leder ist immer schwerer geworden. Nun kann ich mich freier bewegen.«

Gundohar erwiderte das Lächeln. Er schwankte ein wenig, und Haganos Zuversicht sank, als er erkannte, daß die übernatürliche Kraft, die seinen Bruder bisher angetrieben hatte, ihn nun allmählich verließ. Langsam trat Hagano näher heran.

Lange Zeit blickten Gundohar und Waldhari sich an, die ausgestreckten Schwerter in den Händen. Die Augen des riesigen Mannes glitzerten, doch in den Augen seines Bruders entdeckte Hagano nur eine ungewohnte Gelassenheit.

Er erwartet den Tod. Im gleichen Augenblick, als Hagano dies erkannte, setzte Waldhari sich in Bewegung. Doch auch Hagano blieb nicht untätig. Die Klinge des Gotenkriegers zischte abwärts, und Gundohar versuchte zu parieren, aber er war zu langsam, viel zu langsam. Doch da war Hagano zur Stelle und stieß seinen Bruder zur Seite, und der Hieb, der Gundohar beinahe gespalten hätte, streifte nur Brust und Bauch und durchtrennte die Muskeln am Übergang vom Unterleib zur Hüfte.

Blut spritzte auf, und Gundohar fiel zu Boden. Doch

Hagano hatte keine Zeit, sich um ihn zu kümmern. Die gnadenlose Klinge seines Gegners bedrohte nun sein Leben. Stahl klirrte, als seine Waffe den Schlag abfing und zur Seite wirbelte. Die Schwerter schienen miteinander zu tanzen, wie sie es so oft auf dem Übungsplatz getan, während die Hunnen Wetten abgeschlossen und die beiden Kämpfer angefeuert hatten.

Waldhari war stets der beste Kämpfer von allen gewesen, doch mit der Zeit war ihm Hagano fast ebenbürtig geworden. Und nun, unverletzt und weniger erschöpft, *mußte* er ihn schlagen. Bei den Göttern, wie gut kannte er diesen Mann und all seine Schlichen und Finten – so gut, wie Waldhari Hagano kannte. Hagano kämpfte wie nie zuvor in seinem Leben, parierte Schlag für Schlag in einem tödlichen Gleichklang mit seinem Gegner; und einen Augenblick lang war er ein Gott.

Dann stockte der Rhythmus. Waldhari hatte seine Klinge nur eine Sekunde zu langsam hochgebracht – und Hagano wußte, daß er diesmal gewinnen würde. Aber selbst jetzt hinderte ihn die Gewohnheit daran zu töten. Er versuchte die Waffe, die leicht die Brust des anderen hätte aufschlitzen können, so zu führen, daß Waldhari lediglich entwaffnet würde. Doch dieser drehte sich zu schnell. Der Hieb glitt vom Schwertgriff des Goten ab und durchschnitt Muskeln, Sehnen und Knochen seiner rechten Hand.

Waldhari schrie auf, seine Klinge flog durch die Luft, während Blut aus dem Armstumpf spritzte. Und Hagano stand da und starrte wie gebannt auf das Schwert, das auf ihn zugeflogen kam.

Erst spürte er den Aufprall, dann den betäubenden Schmerz, als die Schwertspitze den Knochen unterhalb seiner Augenbraue streifte und in sein linkes Auge schnitt.

Sehr viel später – zumindest kam es ihm so vor – wurde Hagano bewußt, daß sich jemand um ihn kümmerte. Er spürte einen Druck auf der qualvoll pochenden Stelle, wo einst sein Auge gewesen war, und er bemerkte, daß er verbunden worden war. Ein Arm schob sich unter seinen Kopf, hob ihn an, und etwas berührte seine Lippen.

»Trink«, sagte eine Frau. »Es wird Eure Schmerzen lindern.«

Er öffnete die Lippen, verschluckte sich an starkem Wein und begann zu husten. »Mein Bruder ...« flüsterte er, als er wieder sprechen konnte.

»Er lebt«, ertönte Waldharis Stimme, die der Schmerz rauh klingen ließ. »Obwohl es eine Zeitlang dauern wird, bis er wieder gehen kann.«

»Und Ihr wieder ein Schwert schwingen könnt«, fügte Gundohar schwach hinzu.

Es gelang Hagano, sein gesundes Auge zu öffnen, und er erblickte seinen Bruder, der auf der anderen Seite eines kleinen Lagerfeuers lag. Waldhari saß mit einem Arm in der Schlinge daneben.

»Wir drei würden gute Vogelscheuchen abgeben, um die Krähen vom Feld zu verjagen«, sagte Waldhari. Doch Hagano kam eine Geschichte in den Sinn, die ihm einmal ein gallischer Bauer erzählt hatte: die Geschichte vom Herrn der Tiere, der nur ein Auge hatte, ein Bein und einen Arm.

»Wir werden morgen früh weiterziehen«, sagte Hildigund und richtete sich auf. »Eure Pferde lassen wir Euch da, und wir werden den Leuten im nächsten Dorf auftragen, Euch abzuholen. Der Schatz, den wir bei uns haben, wird meine Mitgift sein. Es tut mir leid, daß ich Euch nichts von dem Gold abgeben kann.«

»Ihr seid sehr großzügig«, sagte Gundohar, und es

war ihm anzuhören, daß er es ernst meinte. All sein Zorn schien ihn mit dem Blut, das er vergossen hatte, verlassen zu haben. Niemand konnte mehr bezweifeln, daß er alles getan hatte, was in seiner Macht stand, und vielleicht genügte das, auch wenn er den Kampf nicht gewonnen hatte.

Doch Hagano ließ den Kopf zurücksinken und starrte mit seinem gesunden Auge in die vom Feuer erleuchteten Äste über ihm. Er glaubte, dort einen dunklen Schatten zu sehen, bei dem es sich um einen Raben handeln konnte: einen Raben, der wartete und beobachtete. Gundohar würde vielleicht wieder gesund werden, und wie Tiw konnte Waldhari lernen, das Schwert mit der Linken zu führen. Doch Hagano wußte, daß sein schrecklicher Traum sich erfüllt hatte. Von nun an würde er sehen, wie Wodan sah: ein Auge auf die Welt draußen gerichtet, das andere auf die Finsternis im Innern.

HEIMKEHR

Borbetomagus,
Erntemond, A.D. 427

Zu Beginn der Erntezeit, als die Gerste reif und schwer und der Emmer auf den Feldern golden wurde, kehrte das Heer der Burgunden nach Hause zurück. Die Männer waren während des Sommerfeldzuges braun geworden, sie waren von den Anstrengungen des Krieges gezeichnet und begierig, von ihren Heldentaten zu erzählen. An der Spitze des Zuges ritten Sigfrid und Godomar, mit einem breiten Lächeln auf den Lippen und geschmückt mit Sommerblumen.

Die Krieger haben sich gut geschlagen, dachte Gundohar, der sie vom Vorbau seiner Halle aus beobachtete. Es war nicht ihre Schuld, daß die schmale Beute, die sie auf dem Schlachtfeld errungen hatten, der einzige Lohn für diesen Feldzug war. Die Ernte war besser ausgefallen, als Gundohar erhofft hatte, doch das verlorene Vieh zu ersetzen dauerte länger. Mit dem Rest des Goldes in seiner Kriegskasse würde er im nächsten Frühjahr noch mehr Tiere kaufen müssen. Möglicherweise lachten die Geister seiner Ahnen ihn aus – in den alten Zeiten hatte man stets mit mageren Jahren gerechnet, und die Menschen schnallten den Gürtel enger und litten Hunger, bis Mutter Erde Erbarmen hatte und den Menschen wieder ihre ganze Fülle schenkte. Doch die Burgunden hatten sich an eine gleichbleibende Versorgung gewöhnt. Wenn diese ausblieb, suchten sie die Schuld nicht bei der Göttin Erda, sondern beim König.

Zumindest hatte Gundohar noch ein, zwei Wochen Aufschub bis zum Erntedankfest, an dem sie ihren Sieg feiern würden. Sigfrid hatte das erste Kontingent nach Hause geführt, aber sie mußten noch auf Ordwini und seine Männer warten. Gundohar scheute die Ausgaben für ein solches Fest, doch eine Zurschaustellung von Überfluß würde böse Gerüchte vielleicht schon im Keim ersticken.

»Sigfrids Schwert schuf manchen Toten dort bei Arelas ...« Auf den Straßen ertönte Gesang. *»Godo jagte fort die Goten, heimwärts nach Tolosa!«*

Gundohar zwang sich zu einem Lächeln und winkte den Kriegern zu, als sie an ihm vorbeiritten. Sie sangen von den Siegen der Burgunden in Aquitania und priesen die Männer, die sie dort angeführt hatten. Sollte jemals ein Barde ein Lied darüber dichten, wie er und Hagano gegen Waldhari gekämpft hatten, würde es sich wohl anders anhören. Es war jetzt zwei Monde her, daß er und sein Bruder von ihrem »Feldzug« zurückgekehrt waren – nicht etwa auf ihren Schlachtrössern und stolz an der Spitze ihrer Männer, sondern wie Sklaven ausgestreckt auf dem Karren eines Bauern. Bei dem Gedanken daran begann Gundohars Bein zu schmerzen, und er verlagerte sein Gewicht auf der harten Bank. Es hatte Zeiten gegeben – und es gab sie selbst jetzt noch –, da er sich wünschte, Hagano hätte ihn nicht vor dem Schwerte Waldharis gerettet.

Mit Hilfe eines Stockes konnte er gehen, und Grimhild sagte, daß er wieder auf einem Pferd würde sitzen können, wenn der nächste Sommerfeldzug begann, aber er würde für den Rest seines Lebens hinken. Für kurze Zeit hatte sich die Wunde breitflächig entzündet; es bestand die Möglichkeit, daß Gundohar niemals ein Kind würde zeugen können.

»Die Schlacht entschieden die Burgunden
dort bei Arelas,
Theoderid leckt seine Wunden
heimwärts in Tolosa!«

Die Krieger sangen, und das Volk jubelte ihnen zu. Gundohar lächelte und winkte – und fragte sich, wann er wieder etwas von dem Mohnsaft trinken konnte, den ihm seine Mutter gegen die Schmerzen gegeben hatte.

»War es nicht ein wundervoller Triumphzug?« Marcia faltete Brunhilds Umhang sorgfältig zusammen und legte ihn in die Truhe neben dem Fenster. Für gewöhnlich war das Mädchen nicht so gesprächig, doch das nachmittägliche Spektakel hatte sie offensichtlich aufgewühlt. »Die Männer sahen so gut aus, als sie durch die Tore marschierten, mit all den glitzernden Schwertern!«

»Sehr gut«, sagte die Königin und setzte sich, so daß Marcia ihr Haar bürsten konnte. Die ganze Stadt war auf den Beinen. Selbst von ihrem Gemach aus konnte Brunhild hören, wie gefeiert wurde. Die Menschen warteten das offizielle Siegesfest nicht ab; jede Taverne hatte heute nacht ihre Türen weit geöffnet, und die Krieger würden bis zum Morgengrauen trinken und mit ihren Heldentaten prahlen.

Es war ein warmer Abend. Die Flamme der Lampe

flackerte im leichten Luftzug, der durch die offenen Fenster hereinwehte. *Wie eine funkelnde Schwertklinge,* dachte Brunhild. *Wie Sigfrids Schwert ...* Sein Bild tauchte plötzlich im Lichtschein vor ihr auf, bis sie ihn so deutlich sah, wie sie ihn an diesem Nachmittag gesehen hatte, als er an der Spitze des Heeres in die Stadt eingezogen war. Die Schlachten des Sommers hatten ihn gestählt und ihm neue Autorität verliehen. Die Leuchtenden, so hatte das Volk die Götter früher genannt. Heute war Sigfrid ein Gott gewesen.

Brunhild schloß die Augen. Ein Verlangen, das weit stärker war als jede Begierde, ließ sie erzittern. Sie *brauchte* ihn: nicht seinen Körper, eher den Geist, der ihn erfüllte – oder vielleicht jenen Teil ihrer Seele, den sie ihm geschenkt hatte. Früher einmal war sie Sigdrifa gewesen, die Bringerin des Sieges, und in jenem fernen Sommer die Walkyrja Sigfrids, die ihn beschützt hatte, unsichtbar für alle Augen. Sie fragte sich, ob ihr Geist für immer bei Sigfrid geblieben wäre, wenn sie bei der Geburt seines Kindes gestorben wäre.

Die Frau, die auf den Namen Brunhild hörte, war nur der geringere, menschliche Teil Sigdrifas: jener Teil, der diesen Körper ertrug und die Rolle von Gundohars Königin spielte.

Die Flamme flackerte plötzlich in die andere Richtung. Brunhild hörte das Klopfen eines Stockes auf den Fliesen und wußte, daß Gundohar den Raum betreten hatte. Ihre Zofe fuhr ihr ein letztes Mal mit der Bürste durchs Haar und begann dann, geschäftig herumzuhantieren und aufzuräumen. Schließlich verließ sie das Gemach ihrer Herrin.

»Das Heer ist also zurückgekehrt ...« sagte Brunhild im Plauderton. Gundohar blickte zu ihr herüber, bevor er fortfuhr, Wein einzuschenken. »Marcia ist der Meinung, daß die Männer prächtig anzuschauen waren. Die ganze Stadt singt ein Loblied auf die Sieger von Arelas.« Der König grunzte nur und nahm einen tiefen Schluck. Brunhild sah sein gerötetes Gesicht und vermutete, daß dies nicht sein erster Becher an diesem Abend war, doch das war nichts Neues. »Wie schade«, fügte sie boshaft hinzu, »daß du sie nicht angeführt hast.«

»Brunhild ...« Seine Stimme klang warnend, doch Brunhild lachte nur.

»Und sah Sigfrid nicht prachtvoll an der Spitze deiner Armee aus?« Sie stand auf und begann auf und ab zu gehen. Brunhild trug nur ein leichtes Seidengewand, das ihren Körper bei jeder Bewegung wie ein zärtlicher Liebhaber streichelte. »So stark ... so gesund ... so *männlich*!«

Gundohar setzte den Becher mit einem lauten Scheppern ab. »Was soll das, Brunhild? Ist das eine Aufforderung, mit dir das Lager zu teilen?« Der König stützte sich auf die Fensterbank und beobachtete sie.

»Seit deiner Begegnung mit Waldhari hast du mich nicht angerührt«, sagte sie mit honigsüßer Stimme. »Ich habe mich schon gefragt, ob du es überhaupt noch kannst...«

Eine leise Stimme tief in ihrem Innern sagte ihr, daß diese Bemerkung ungerecht war. Immerhin hatte Gundohar sich von einer schweren Verletzung erholen müssen. Doch als sie sah, wie alle Farbe aus dem Gesicht ihres Gemahls wich, bevor der Zorn es wieder rötete, unterdrückte sie diese Stimme. Gegen Sigfrid konnte sie nichts unternehmen, doch Gundohar war ein williges Opfer, und ihn zu quälen half ihr bis zu einem gewissen Grad, den eigenen Schmerz zu vergessen.

»Das soll nicht heißen, daß du mir je von großem Nutzen gewesen bist. Vielleicht sollte ich mir in den Straßen der Stadt einen kräftigen jungen Mann suchen. Oder vielleicht sollte ich Sigfrid verführen«, fügte sie hinzu und berührte damit ihren eigenen wunden Punkt, »und sehen, ob er mir ein Kind schenken kann.«

»Frau, ich habe mir viel von dir gefallen lassen«, Gundohar machte einen schwankenden Schritt auf sie zu, »doch nun ist es genug. Du wirst augenblicklich den Mund halten!«

»Warum sollte ich? Wenn ein Mann einen anderen beleidigt, ziehen beide das Schwert und kämpfen miteinander, aber du hast mir diese Möglichkeit genommen. Worte sind die einzigen Waffen, die mir geblieben sind!«

»Dann gebrauche sie ehrenhaft«, erwiderte der König rauh. »Und erinnere dich daran, daß du eine Königin bist!«

»Und du ein König ...« Sie strich schwungvoll das Haar über die Schulter zurück und lachte. »Armer kleiner König, der andere Männer braucht, um seine Schlachten zu schlagen und seine Frau ...«

»Nein!« Mit einer Beweglichkeit, die sie ihm nicht zugetraut hätte, durchquerte er den Raum und packte sie am Arm. »Du bist meine Frau, Brunhild!«

Sie wandte das Gesicht ab. »Wie kommst du auf den Gedanken, daß dies eine Ehre ist, nach der es mich verlangt?«

Sie hörte seinen rasselnden Atem, und der Geruch von Wein stieg ihr in die Nase. Dann packte Gundohar ihr Gesicht mit seiner freien Hand und drehte es zu sich um. Seine Augen blitzten, und Brunhild erinnerte sich daran, wie er ausgesehen hatte, als er auf dem Rabenfeld kämpfte. So sah er aus, wenn er in die Schlacht zog. Mit finsterer Befriedigung erkannte sie, daß es ihr schließlich doch gelungen war, das Tier zu wecken, das tief in ihm schlummerte.

»Willst du, daß ich dich hasse, Brunhild?« zischte er. »War es ein Fehler, dich mit Liebe gewinnen zu wollen?«

Er hielt sie so fest, daß es schmerzte, und er verstärkte den Griff noch, als sie sich zu befreien versuchte. Mit einem bösen Lächeln auf den Lippen zog er sie zu sich heran. »Mein Bein schmerzt abscheulich«, sagte er, »aber manchmal verdrängen Qualen wie diese alle anderen Schmerzen. Ich bin noch immer ein Mann, Brunhild, ungeachtet all deines Spotts!«

»Laß mich los«, knurrte sie. »Du tust mir weh.«

»Gut! Das wollte ich auch«, erwiderte er. »Und ich werde es wieder tun, da es offensichtlich das ist, was du von mir erwartest!«

»Wenn du mich schlägst, werden alle die Spuren sehen. Und was werden sie dann wohl sagen?«

»Sie werden sagen, daß ich dich geschlagen habe, du Hexe, und sie werden sich fragen, warum ich es nicht schon viel früher getan habe!« Er begann zu lachen, und Brunhild lief ein Schauder der Furcht den Rücken hinunter.

Ich bin eine Walkyrja, dachte sie und erinnerte sich daran, daß sie ihn bereits einmal niedergerungen hatte. Und nun war er zudem noch durch seine Verletzung geschwächt. *So darf er mich nicht behandeln!*

Mit einem plötzlichen Ruck stieß Brunhild sich von ihm ab, doch Gundohar hielt sie noch immer am Arm gepackt; als sie versuchte, seinen Griff zu lockern, schlug er ihr mit der anderen Hand seitlich an den Kopf. Alles verschwamm vor ihren Augen, sie taumelte zurück und keuchte, als ein weiterer Schlag sie an der Schulter traf. Ihr Arm wurde taub. Brunhilds Gedanken überschlugen sich: Wenn es ihr gelänge, sich von ihm loszureißen, würde sie leicht vor ihm fliehen können, doch sein Griff war fest wie eine Zange. Ein gezielter Tritt in die Lenden, und er würde ohnmächtig werden. Doch als sie mit dem Bein ausholte, versetzte er ihr einen Schlag in den Magen, und sie sackte zusammen. Seine Faust folgte, traf ihren Kopf und ihre Schultern, während sie zu Boden ging.

Das alles ist ein Traum… Das geschieht nicht wirklich mit mir …

Er fiel schwer auf sie nieder, verrenkte ihr den Arm. Sie bäumte sich auf, schlug mit dem freien Arm um sich, doch seine andere Hand lag nun um ihren Hals. Er würgte sie, bis alles vor ihren Augen verschwamm und sie kaum noch ihre Glieder spürte. Sie hatte gelernt, einen Angreifer abzuwehren, doch es war lange her, daß sie das Gelernte auch ausgeübt hatte. Und selbst Übung konnte gegen einen Mann, der von der Berserkerwut besessen war, kaum etwas ausrichten.

Sie hörte, wie Stoff zerriß, und bäumte sich erneut auf, als Gundohar sich zwischen ihre Schenkel drängte. Er ließ ihre Kehle los. Ihr Blut pulsierte, es wurde ihr schwarz vor den Augen, dann kehrten Gefühl und Sicht zurück, während er sich rhythmisch auf ihr bewegte und sich nach wenigen Augenblicken zuckend und mit einem Schrei, der keinen Triumph, sondern nur Qual ausdrückte, in ihr ergoß.

Schließlich sackte Gundohar auf ihr zusammen. Sein Atem war rauh und ging keuchend. Nach ein paar Atemzügen stieß Brunhild ihn von sich, und er blieb mit dem Rücken auf den kalten Fliesen liegen. Sie setzte sich auf. Die Stellen, an denen er sie geschlagen hatte, begannen nun zu schmerzen. Eigentlich verspürte sie am ganzen Körper Schmerz, den größten aber in ihrer Seele.

Vor langer Zeit hatten die Walkyriun sie dazu verdammt, von dem ersten Mann genommen zu werden, der sie fand, doch bis zu diesem Abend hatte sie nie gegen ihren Willen mit einem Mann das Lager geteilt. Nun war es geschehen, und sie haßte Gundohar, der ihr das angetan hatte. Doch es war Sigfrid gewesen, der sie zuerst verführt hatte, um sie dann, als er ihrer überdrüssig war, mit einer Täuschung zu der Vermählung mit dem Burgundenkönig zu zwingen.

Langsam stand Brunhild auf. Ohne ihren Gemahl eines Blickes zu würdigen, schleppte sie sich zu ihrem Waschgeschirr und goß mit zitternder Hand Wasser aus.

Das wird Gundohar mir büßen, dachte sie, *doch zuerst werde ich Sigfrid töten, der mich zu einer Frau gemacht hat, die man so behandeln kann.*

Dann begann sie sich zu waschen, doch sie wußte, daß alles Wasser des Rheins nicht ausreichen würde, um die Erinnerung an diese Nacht fortzuspülen.

»Wuff, Papa, wuff!«

Sigfrid stöhnte auf, als etwas Warmes, Schweres sich an sein Bein klammerte, und blickte nach unten auf seine Tochter, die sich an ihm festhielt wie an einem Baum. Ihre Amme kam hinter ihr den Pfad herauf gelaufen, doch als sie sah, daß das Kind bei seinem Vater war, zog sie sich wieder zurück.

»Was will sie?« fragte Gislahar, mit dem Sigfrid den Garten durchquert und die Möglichkeit besprochen hatte, am morgigen Tag auf die Jagd zu gehen.

Sigfrid spürte, wie er errötete. »Ich habe vor dem Feldzug öfters ... ›Wölfchen‹ ... mit ihr gespielt. Es wundert mich, daß sie sich daran erinnert.«

»›Wölfchen‹ ...« Gislahar begann zu grinsen. »Ich hätte es mir denken können! Godo würde das gefallen – was gibst du mir für mein Schweigen?«

Sigfrid starrte ihn an, dann lachte er. »Meine neue fränkische Gewandspange?«

Gislahar pfiff anerkennend. »Du willst tatsächlich nicht, daß jemand etwas davon erfährt!«

»Papa – *jetzt*!« Sunnilda klammerte sich an seine Hosen und blickte zu ihm hinauf.

»Damen sollte man nicht warten lassen«, sagte Gislahar und unterdrückte erneut ein Lachen. »Ich werde euch beide allein lassen!«

Sigfrid seufzte erleichtert, als Gislahar gegangen war, und kniete sich auf den Gartenpfad. Nun, da Sunnilda seine Aufmerksamkeit hatte, wurde sie plötzlich schüchtern und wandte den Blick ab.

»Und warst du ein braves kleines Wölfchen?« fragte er sanft. »Du bist groß geworden, mein Kleines –« Ein Stich ging ihm durchs Herz, als er erkannte, wie sehr sie seinen kleinen Schwestern ähnelte, mit denen er vor so langer Zeit dasselbe Spiel gespielt hatte.

»Zeig mir doch mal, wie gut du dich noch erinnerst ...« Sigfrid ließ sich auf alle viere nieder, heulte einladend, und Sunnilda blickte ihn an, aus Augen, die so bernsteinfarben wie die ihres Vaters waren. Nach kurzem Zögern ahmte sie den Laut nach, besser noch, als sie bisher die menschliche Sprache beherrschte, und Sigfrid lächelte.

»Ich bin der Papa-Wolf, und du bist mein Welpe ...« Er bellte unerwartet, und erschrocken setzte Sunnilda sich auf den Pfad. »Das ist richtig. Das bedeutet: Sitz still!«

»Papa *beißen*!« sagte Sunnilda strahlend.

»Nun, du kannst es versuchen!« Er lächelte sie an, hob den Kopf und drehte ihn zur Seite. Ihre Augen leuchteten auf, und sie stürzte sich quietschend auf ihn. Er ließ sich fallen und rollte sich auf den Rücken. Seine Versuche zu knurren vermischten sich mit Gelächter, als sie auf seine Brust hüpfte. Sigfrid blinzelte, als ein Schatten auf ihn fiel und das blonde Haar des Kindes verdunkelte.

»Oh, mein Fürst, Ihr wollt sie doch wohl nicht auf Euch sitzen lassen. Euer feines Gewand wird ja ganz schmutzig von der Erde«, sagte eine Frau. Doch diese Stimme erklang hinter ihm. Offensichtlich waren zwei Menschen da, die ihn beobachteten.

Sigfrid setzte sich abrupt auf und hielt seine Tochter fest. Einen Augenblick lang wehrte sie sich, dann schmiegte sie sich an seine Brust und blinzelte zu der Amme hinauf, die gesprochen hatte – und zu Brunhild, die zwischen ihnen und der Sonne stand. Der schwarze Umhang schleifte hinter ihr her wie ein gebrochener Flügel.

Brunhilds Gesicht lag im Schatten, aber Sigfrid erkannte an ihrer Haltung die Anspannung, unter der sie stand. Er erhob sich, ohne Sunnilda loszulassen. »Du bist ein gutes Wölfchen gewesen, aber jetzt ist es Zeit, mit deiner Amme zu gehen.«

»*Will* nicht ...« begann sie, aber er brachte sie mit einem warnenden Knurren zum Schweigen.

»Die Königin möchte mit mir sprechen. Ich werde ein andermal mit dir spielen.« Er übergab sie der Frau, welche die noch immer widerspenstige Sunnilda mit sich nahm.

»*Willst* du mit mir sprechen?« fragte Sigfrid, als sie allein waren. Brunhild wandte sich ab, und als die Sonne auf ihr Gesicht fiel, sah er die purpurfarbene Schramme an ihrem Kinn. »Ihr heiligen Götter, Brunhild, du siehst aus, als hättest du einen Kampf hinter dir. Hat Gundohar dich geschlagen?« Er lachte, dann hielt er abrupt inne, als der Zorn in ihren Augen ihm verriet, daß er die Wahrheit erraten hatte. »Es tut mir leid ...« begann er.

»Es tut dir leid! Tut es dir leid, daß du mich an diesen schwächlichen Narren gekettet hast?« fragte sie mit zitternder Stimme.

Wohl nicht ganz so schwächlich, dachte Sigfrid, *wenn man die blauen Flecken bedenkt.* Doch Gundohars Mut kam stets erst dann zum Vorschein, wenn er in die Enge getrieben wurde.

»Immerhin verschafft er dir Ehre und ein Heim«, sagte er leise.

»Und du glaubst, daß ich danach strebe?« Sie drehte sich mit blitzenden Augen zu ihm um. Ihre bleiche Haut und ihre feinen Züge hatten sich verändert. Sigfrid erinnerte sich daran, daß ihre Schönheit sich stets gewandelt hatte, und erkannte, wie selten er dies an ihr beobachtet hatte, seit sie Gundohars Königin war.

»Sehnst *du* dich denn danach, Sigfrid Fafnarstöter? Dann lehre Gudruns Tochter nicht die Wege der Wölfe, sonst wird sie hier niemals glücklich werden. Genausowenig wie du, gleichgültig, was du im Augenblick glauben magst. Ein Wolf unter Hunden ist entweder deren Anführer oder deren Sklave!«

»Ich *bin* glücklich hier«, erwiderte Sigfrid, doch selbst für seine Ohren klang es ein wenig zu nachdrücklich. Auch Brunhild erkannte das – wie konnte er nur vergessen haben, wie gut sie ihn kannte – und begann zu lachen.

»Heute, da sie dich lobpreisen, da bist du vielleicht glücklich. Doch was wirst du tun, wenn die Nächte länger werden und die Menschen zittern, wenn sie draußen vor ihren Türen das Heulen von Wölfen hören? Sigfrid, Sigfrid –« Sie legte ihm die Hand auf den Arm, und als er in ihre Augen blickte, sah er, daß sie noch immer wunderschön war. »Ich hätte dich zum König der Welt machen können!«

Sigfrid atmete tief ein und bemühte sich, ein Zittern zu unterdrücken. »Brunhild, es ist müßig, darüber zu reden, was hätte sein können. Oder über die Entscheidungen, die wir getroffen haben. Ich bin nun an Gudrun gebunden. Und an unser Kind.«

»Dein Kind ...« wiederholte sie mit seltsamer Stimme. »Wärst du überrascht, zu erfahren, daß es noch ein Mädchen mit Wolfsaugen gibt? Ein Mädchen, das auf dem Gehöft meiner Schwester lebt? Sie hat röteres Haar als Sunnilda, und natürlich ist sie größer, denn sie ist sechs Jahre älter. Aber die beiden sehen sich sehr ähnlich, wie man mir berichtet. Ihr Name ist Asliud.«

Er starrte sie an, als hätte sie in einer fremden Sprache gesprochen.

»Oh!« sagte Brunhild. »Du bist ein ebensogroßer Narr wie Gundohar!«

»Unsere Tochter?« Seine Stimme brach, und plötzlich erinnerte er sich daran, wie sie zusammen im Schnee gejagt hatten und umhergetollt waren; erinnerte sich an die kurzen Tage des Winters, den er mit ihr verbracht hatte, und an die langen Nächte, in denen sie miteinander das Lager geteilt hatten. »Warum hast du mir nie etwas gesagt?«

»Ich wollte dich überraschen und sie dir zeigen«, antwortete sie mit leiser Stimme. »Aber du bist nie gekommen. Und als ich dich dann endlich wiedertraf – wissentlich wiedertraf –, war ich mit Gundohar verheiratet, und Gudrun hing an deinem Arm.«

»Wir werden sie kommen lassen ...« Sigfrid merkte, daß er stammelte. Seine Stimme gehorchte ihm nicht mehr. »Es gibt hier genug Platz für sie!«

Brunhild starrte ihn an, und einen Augenblick lang verdrängte blanke Verwunderung ihren Zorn. »Tatsächlich? Und was würden die Fürsten der Burgunden sagen, wenn sie erführen, daß der Blutsbruder des Königs ein Kind mit der Königin gezeugt hat? Glaubst du wirklich, daß Gudrun mit offenen Armen *dein* Kind willkommen heißen würde, das *ich* ausgetragen habe? Nein, Asliud ist dort sicherer, wo sie jetzt ist. Aber du wirst sie niemals zu Gesicht bekommen, Sigfrid.«

Er streckte den Arm nach ihr aus, doch sie schlug ihn zur Seite.

»Du wirst deine erstgeborene Tochter niemals in den Armen halten!« zischte sie. »Und du wirst niemals wieder das Lager mit mir teilen!«

Das Wetter blieb während des ganzen Erntemonds schön und klar. Von den Ufern des Rheins bis zu den Hügeln waren die Kornfelder bevölkert von Schnittern.

Einige Tage nach der Rückkehr des Kriegsheeres ritt Hagano auf die Felder hinaus. Die Stadt war voller Krieger, und er spürte kein Verlangen danach, ihnen zuzuhören, wenn sie damit prahlten, wie zahlreich die Feinde waren, die sie getötet hatten, zumal deren Zahl mit jedem Erzählen größer wurde. Oder schlimmer noch: zu erleben, wie sie in mitfühlendes Schweigen verfielen, sobald er sich ihnen näherte. Er hatte eine ehrenvolle Wunde davongetragen, doch oft starben Männer, die eine Augenverletzung erlitten hatten, an Hirnfieber. Hagano hatte Glück gehabt, daß nur die Spitze von Waldharis Schwert ihn getroffen hatte. Wie es ihm im Traum prophezeit worden war, reichte dies allerdings aus: Nach den beiden Monden, die seit dem Kampf vergangen waren, bestand kein Zweifel mehr daran, daß er auf diesem Auge für immer blind bleiben würde.

Mehr als einmal hatte er sich einzureden versucht, er könne sich noch glücklich schätzen. Während er sich an seine Behinderung gewöhnte, lernte er, sie auszugleichen, indem er öfter den Kopf drehte, um sich umzusehen, oder Entfernungen mit Hilfe anderer Hinweise abschätzte. Ein einäugiger Mann konnte noch immer kämpfen. Wodan selbst – doch diesen Gedanken schob er stets beiseite.

Seit drei Nächten träumte Hagano von dem Gott. Er sah sich stets auf einem einsamen Pfad wandern, bis er zu einer Kreuzung kam. Manchmal war dort ein Galgen aufgestellt, an dem zur Abschreckung die Leiche eines Schurken baumelte. Manchmal war die Kreuzung jedoch leer, und die drei Straßen, die sich dort trafen, verloren sich in den Schatten. Im Traum ging Hagano jedesmal schleppend, und wenn er die Mitte des Kreuzweges erreicht hatte, blieb er wie angewurzelt stehen und lauschte dem Wind. Und dort hörte er die Stimme, die zu ihm sprach, als wäre es der Wind selbst, der flüsterte:

»Wohin gehst du, Sohn der Grimhild? Welchen Weg wählst du?«

Und wenn er sich weder bewegen noch antworten konnte, hörte er Gelächter und dann: *»Wenn du die Welt siehst, wie ich sie sehe, wirst du wissen, was du tun mußt …«*

Bisher hatte er widerstanden, doch selbst im Haus des Königs waren die Menschen noch nicht Christen genug, um nicht mit einem Schutzzeichen vor Hagano zurückzuschrecken, wenn sie ihm unerwartet begegneten. Im nächsten Augenblick würden sie sich natürlich entschuldigen, doch Hagano wußte, für wen sie ihn gehalten hatten. Wenn er ausritt, konnte er wenigstens einen Hut mit breiter Krempe in die Stirn ziehen, und jene, denen er begegnete, dachten wohl nur, daß er Schutz vor der Sonne suchte.

Alter Mann – ich wollte niemals dein Priester sein, dachte er grimmig, *und an dieser Ehre liegt mir noch immer nichts. Vielleicht trage ich jetzt dein Brandmal, aber ich werde dir nicht dienen!*

Feldarbeiter, die am Ende einer Kornreihe angekommen waren, hielten inne und grüßten ihn. Jeder Reiter, der vorbeikam, mußte einer ihrer Fürsten sein, und als Hagano näher ritt, erkannten sie in ihm einen Sohn des königlichen Hauses.

Hagano hielt an, auf alles gefaßt, denn manchmal umzingelten die Erntearbeiter einen Fremden oder den Bauern, der sich seinem Feld näherte, und forderten Wegegeld von ihm, bevor sie ihn weiterziehen ließen.

»Geht die Arbeit gut voran?« rief er.

Einer der Männer wischte sich den Schweiß von der Stirn, schirmte dann die Augen mit der Hand ab und blinzelte zu Hagano hinauf. »Sehr gut, Herr. Wir werden dieses Feld bis zum Abend abgeerntet haben, und es ist das letzte mit dem Korn des Königs. Doch die Sonne brennt so heiß wie Muspelheims Feuer.«

Hagano nickte. Ein Stadtmensch hätte Satans Feuer zum Vergleich herangezogen, doch je weiter man aufs Land hinauskam, um so dünner wurde die Fassade des Christentums. Hagano spürte Schweiß auf seinen Schenkeln und auf seinem Rücken. Hinter dem Feld deutete eine sich windende Reihe von Bäumen auf einen Wasserlauf, der von den Bergen herunterkam. Der Schnitter wandte sich bereits wieder seiner Arbeit zu. Hagano nickte und lenkte sein Pferd durch das Stoppelfeld auf den Bach zu.

Das Pferd tauchte dankbar die Nüstern ins Wasser. Als

auch Hagano seinen Durst gestillt hatte, setzte er sich mit einem Seufzen zurück. Es gab keinen Grund, weiterzuziehen. Hier war er sicher, daß niemand ihn stören würde. Er spürte, wie seine Augenlider schwerer wurden, und legte sich, die Zügel noch immer in der Hand, ins Gras. In der lieblichen Musik des Wassers, das über die Steine rauschte, hörte er den Gesang des Flußgeistes. An diesem Ort des Friedens würde ihn vielleicht kein Alptraum plagen.

Wenn Träume ihn heimsuchten, so war zumindest keiner darunter, der unheilvoll genug war, um ihn aus dem Schlaf zu reißen. Erst Rufe vom Feld weckten Hagano wieder auf. Er rieb sich den Schlaf aus dem gesunden Auge und spähte durch das Gebüsch hindurch.

Die Sonne senkte sich den Hügeln im Westen entgegen. Ihre Strahlen berührten die Welt so, daß alles aussah, als glühe es von innen heraus. Auf dem Feld banden die Männer die letzte Garbe zusammen, die sie den »Alten Mann« nannten. Die Muster der Litzen, die sie dazu verwendeten, hatte es schon gegeben, lange bevor die Gallier dieses Land besetzten. Die abgeschnittenen Enden der Stoppeln glühten im Licht, und die Garben schimmerten wie lebendiges Gold.

Goldschimmer umgab auch den Reiter, der den Weg von den Bergen herunter kam. Das Geschirr seines weißen Hengstes glitzerte im Licht. Golden leuchteten seine Haare, welche die Sonne während eines Sommers unter freiem Himmel ausgebleicht hatte, so daß sie nun die Farbe des Weizens hatten. Gold färbte die verblaßte Tunika, die er trug, und funkelte auf der Spitze seines Jagdspeers. Er ließ seinem Pferd freien Lauf und ritt in Einsamkeit gehüllt daher wie ein Schemen aus Licht. Dies und der Gleichklang zwischen Tier und Reiter jagten Hagano einen Schauder der Bewunderung über den Rücken.

Es ging ihm nicht allein so. »He!« rief einer der Männer. »Schaut, da kommt Fol persönlich durch das Korn geritten! Euren Segen, Herr. Für eine gute Ernte!«

»Lieber ein Wegegeld«, rief eine Frau, als der Fremde sich im Sattel aufrichtete und zu ihnen herübersah. »Er soll den Alten Mann fortbringen!«

»Was wollt ihr?« fragte der Reiter. »Braucht ihr Hilfe?« Die Frauen sahen einander an und begannen zu lachen.

»Wahrlich, so ist es, Herr«, sagte jene, die ihm zugerufen hatte. »Und Ihr seid gerade der rechte Mann dafür, wenn Ihr von Eurem hohen Roß heruntersteigen und auf das Feld kommen wollt?«

»Natürlich. Wenn ihr mich braucht«, erwiderte der Reiter lachend. »Denn jedes Tier des Waldes hat sich in seinem Bau vor der Hitze verkrochen, und meine Jagd war heute vergebens.«

Hagano erstarrte, dann schob er die Zweige des Busches weiter auseinander. Er drehte den Kopf, um besser sehen zu können, denn ohne Zweifel war es Sigfrids Stimme gewesen! Hagano beobachtete die Szene, wußte, was nun geschehen würde, als Sigfrid von Granis Rücken glitt und einer der Männer den Hengst fortführte.

»Weißt du, wer das ist?« fragte ein Mann in Haganos Nähe.

»Der Gemahl der hohen Herrin, der zusammen mit ihr auf dem Donarsberg war ... der Kornkönig!« antwortete sein Gefährte. »Er ergibt sich uns ... ein gutes Zeichen für die Ernte!«

Einige der Frauen hatten begonnen, die aus Stroh geflochtenen Stricke aufzusammeln, welche bisher nicht zum Binden der Garben benutzt worden waren. Andere drängten sich um Sigfrid, während sie darauf warteten, daß das Pferd sicher angebunden wurde.

»Was habt ihr vor ...« begann Sigfrid, und dann warfen die Frauen sich, kreischend vor Vergnügen, auf ihn, ergriffen ihn an Armen und Beinen und zerrten ihn zur letzten Garbe hinüber. Sigfrid wehrte sich – allerdings nicht sehr heftig –, und im nächsten Augenblick stürzten alle in einem wirren Durcheinander von nackten Beinen und Stroh zu Boden. Soweit Hagano es sehen konnte, schien Sigfrid nichts gegen all die weichen Frauenkörper zu haben, die sich an ihn preßten. Doch als die Frauen von ihm abließen und Sigfrid sah, daß seine Arme und Beine an die Garbe gebunden waren und sich ein solider Strick aus Stroh um seinen Hals spannte, da legte er die Stirn in Falten.

Bereit die Männer, die Sicheln zur Hand,
Das Korn steht rank und hoch,
Das Opfer ward auf das Feld gesandt,
Und fallen muß es doch!

Die Schnitter begannen ihre Sensen rhythmisch zu wetzen. Sigfrid prüfte seine Fesseln. »Ihr habt euren Spaß gehabt«, sagte er, »nun laßt mich gehen!« Doch die Frauen schüttelten den Kopf, und die Männer sangen weiter:

König des Korns, wir scheren dich nun
Mit blankem Schwerte gern;
Gar viele Felder schoren wir schon,
Und manchen hohen Herrn.

Der Gefangene wehrte sich nun heftiger. Hagano verließ sein Versteck, als ihm klar wurde, daß Sigfrid den hiesigen Brauch nicht kannte, und er befürchten mußte, daß bald jemand verletzt würde.

Doch wenn mit Äl und Bier die Gunst
Der Schnitter er erringt,
Dann ist vorbei der Scherz; doch sonst
Vom Schwert er niedersinkt!

Sigfrid war es inzwischen gelungen, sich hinzuknien. Aus seinen Augen blitzte der Zorn eines gefangenen Tieres. Eine der Frauen hielt mit festem Griff die Schlinge um seinen Hals gespannt, und es war unsicher, ob Sigfrid sich würde befreien können, bevor sie ihn strangulierte. Es war Zeit, so dachte Hagano, dem Treiben ein Ende zu bereiten.

»Laßt ihn gehen ...« Seine tiefe Stimme ertönte über das Feld. »Ich werde das Wegegeld zahlen. Dieser Mann gehört zu mir!«

Hagano schritt durch die Stoppeln und wandte sein Gesicht dem roten Glühen der untergehenden Sonne zu, damit sie ihn erkennen konnten. Die Frau, welche die Schlinge hielt, ließ den Strick los, als hätte sie sich daran verbrannt. Die anderen wichen langsam zurück.

»Der Alte Mann ...« flüsterten sie. »Der Alte selbst ist gekommen, um ihn zu holen!«

Hagano unterdrückte einen Fluch, als ihm klar wurde, für wen sie ihn hielten. Doch vielleicht erwies sich ihr Aberglaube dieses eine Mal als nützlich. Hagano zog sein Messer und beugte sich über Sigfrid, um die Stricke zu zerschneiden. Einige der Schnitter machten Schutzzeichen über die Schulter und rannten davon.

»Ich danke dir«, sagte Sigfrid, stand auf und strich sich das Stroh aus dem Haar. »Ich bin heute aus der Stadt geritten, weil die Mauern mich erdrückten. Und dann in eine solche Falle zu geraten …« Ein Schauder durchlief ihn. »Einen Augenblick lang glaubte ich, ich würde zum Berserker werden!«

»Ich weiß«, sagte Hagano knapp. »Deshalb habe ich eingegriffen.«

Der Mann, der schon zuvor mit Hagano gesprochen hatte, brachte ihm sein Pferd vom Bach herüber. Das Tier begann an den Körnern zu nagen, die auf dem Boden verstreut lagen.

»Ich werde dafür sorgen, daß man euch Äl aus dem Keller des Königs bringt«, wandte Hagano sich an den Feldarbeiter und stieg in den Sattel. Der Blick des Mannes wanderte zwischen Hagano und Sigfrid, der sein Pferd bereits bestiegen hatte, hin und her.

»Wir werden auf Euer Wohl trinken, Herr, und auf das seine …« Der Mann verbeugte sich tief und zog sich zurück. Hagano schüttelte den Kopf und lenkte sein Pferd in Richtung Straße. Als er sich umblickte, sah er, daß die Leute auf das Feld zurückgekehrt waren und sorgfältig die verstreuten Halme aufsammelten.

»Die Götter allein wissen, welche Geschichte das Landvolk aus diesem Vorfall spinnen wird«, sagte Hagano, als sie auf die Hauptstraße abbogen, die zurück zur Stadt führte.

»Nun, es ist schon wahr: Du gleichst dem alten Einäugigen«, erwiderte Sigfrid. Hagano starrte ihn an, und Sigfrid errötete leicht. »Klingt das verrückt? Ich bin ihm mehrere Male begegnet – zumindest glaube ich es –, als er für kurze Zeit den Körper eines Mannes angenommen hatte.«

Verrückt? dachte Hagano. Vielleicht. Doch er erinnerte sich an die undeutliche Gestalt auf einem Pfad im Wald, die mit seiner Mutter Rätsel ausgetauscht hatte. Vielleicht sprach Sigfrid doch die Wahrheit?

»Aber bei näherem Hinsehen entdecke ich an dir eine viel größere Ähnlichkeit mit jemand anderem, den ich gekannt habe«, fuhr Sigfrid fort. »Wenn man von deiner Hautfarbe absieht, hast du viel mit Ragan gemeinsam, dem Meisterschmied der Erdformer, der mich aufgezogen hat ...«

Haganos Pferd schnaubte, als sein Reiter plötzlich an den Zügeln riß. *Erdformer ... Bilwiß ... Wilder Mann ... Bastard ...* Als Kind hatte er gelernt, diese Worte zu fürchten.

Herausfordernd sah er Sigfrid an. »Was willst du damit sagen?« Seine Stimme klang rauh.

Haganos Tonfall veranlaßte Sigfrid, auch sein Pferd zu zügeln. Seine Augen weiteten sich. »Er war ein harter Mann, aber ein guter Meister –« Er stockte, als ihm klar wurde, daß er nicht die richtigen Worte finden würde, um die Scharte wieder auszuwetzen. »Er war gut zu mir ...«

Hagano starrte ihn an. Der zornige Blick, den er Sigfrid zuwarf, war um so schrecklicher, jetzt, da Hagano nur noch ein Auge hatte. »*Wolf,* ich bin der Sohn Gibichos! Deute nie wieder etwas anderes an!« Er riß den Kopf des Pferdes zur Seite und stieß die Fersen in dessen Seite. Und als das Tier mit einem Satz vorwärts stolperte, rief er über die Schulter zurück: »Ich hätte sie dich zusammen mit dem Korn niedermähen lassen sollen!«

Die Halle des Königs war für das Herbstfest mit Girlanden aus Sommerblumen geschmückt worden. Man hatte Kornhalme gebündelt und sie an den Säulen angebracht. Ein Bild des Überflusses bot sich, und als die Geräuschkulisse immer lauter wurde, kam es Gudrun vor, als würden die meisten der Krieger, die an den langen Tafeln saßen und tranken, keinen Unterschied zwischen dieser Feier und denen der Vorjahre feststellen. Nur jene, die von den Gehöften aus dem Umkreis der Stadt kamen, wußten, auf wie vielen Feldern überhaupt kein Korn gediehen war, sei es nun aufgrund zu feuchten Bodens oder aufgrund bösen Zaubers. Es gab Korn in den königlichen Speichern, doch würde es ausreichen, die Burgunden über den Winter zu bringen?

»Schau sie dir an! Sie saufen und fressen wie die Schweine«, sagte Hagano, der neben Gudrun saß.

»Sei froh, daß sie gekommen sind und sich noch so benehmen können!« erwiderte sie schroff. »Und daß sie nicht wie Gundohars Gefolge tot in den Bergen liegen!«

Hagano drehte sich nach links, um Gudrun anzusehen, und sie bemühte sich, nicht zusammenzuzucken. Der Anblick seines milchigen, blinden Auges war schlimm genug, doch es war fast noch schwerer, die Verbitterung zu ertragen, die aus seinem gesunden Auge sprach.

»Wir hätten weniger Mäuler zu stopfen«, sagte er bedächtig, »wenn Sigfrid mehr Männer verloren hätte.«

»Der Erfolg meines Gatten in diesem Sommer war der einzige Lichtblick in einem ansonsten düsteren Jahr!« brauste Gudrun auf und errötete im nächsten Augenblick, als sie erkannte, daß sie sich wieder einmal von Hagano hatte provozieren lassen. Sie wartete auf sein triumphierendes Lächeln, doch er blickte zu Sigfrid hinüber, und langsam wich ihre Wut einem unbestimmten Gefühl der Furcht.

Er hat es tatsächlich ernst gemeint, dachte sie, und ihr Blick folgte dem seinen. Sigfrid und Godomar waren die Ehrenplätze in der Mitte der königlichen Tafel zugestanden worden. Neben ihnen saß Gundohar, Brunhild an seiner Seite. Godo, der wie üblich zu diesem Zeitpunkt des Abends bereits erhitzt und sehr überschwenglich war, sprach dem Wein kräftig zu. Doch Gudrun kam es vor, als hätte auch Sigfrid bereits mehr als gewöhnlich getrunken.

Hatte er Sorgen? Zwei Tage lang hatte sie ihn kaum zu Gesicht bekommen, und wenn sie ihm begegnete, umgab ihn stets eine so undurchdringliche Heiterkeit, als hätte er noch immer seine Rüstung angelegt. Sunnildas Amme hatte Gudrun von Sigfrids Gespräch mit Brunhild im Garten erzählt. Die Königin war heute abend in einen Seidenschal gehüllt, der Kopf und Hals bedeckte, um die blauen Flecken zu verbergen, die sie sich angeblich bei einem Treppensturz zugezogen hatte.

Gudruns Zofen hatten die vergangenen Tage mit Debatten zugebracht, ob sie der Königin diese Geschichte glauben sollten oder nicht. Gudrun selbst hatte sich nicht eingemischt, doch ihr Bruder Gundohar wirkte wie eine verlorene Seele, und ihr war klar, daß das Verhältnis zwischen ihm und Brunhild schlechter als je zuvor war.

Nicht nur die Ernte war dieses Jahr schlecht gewesen. Gudrun konnte das Unheil spüren wie die gefährlichen Strömungen, die unter der ruhigen Oberfläche des Rheins verborgen waren. Aber niemand war bereit, ihr Näheres zu erzählen.

Einer der Knechte beugte sich über einen Tisch, um Brotreste zu entfernen, und Godo verbarg lachend seine eigenen Krumen unter den großen Händen.

»Laß sie hier. Wer weiß, wann wir wieder genug davon haben werden!« Er schien dies für witzig zu halten, doch die Stille, die sich um ihn herum ausbreitete, war eisig. Langsam ging ihm auf, daß er wohl etwas Falsches gesagt hatte, und er hob die Hände.

Sigfrid sah ihn an, blinzelte und wandte den Blick wieder Gundohar zu.

»Brauchst du Gold? Wegen Waldhari? Warum hast du mich nicht gefragt? Ich habe einen Schatz, und ich weiß nicht, was ich damit anfangen soll. Ich kann Korn für dich kaufen. Mit dem Gold von Fafnars Schatz ...« Das Schweigen der anderen wurde noch eisiger. Gundohar lief gefährlich rot an und wurde dann kreidebleich.

»Wie großzügig«, sagte Hagano schließlich. »Aber du hast unsere Armee bereits zum Sieg geführt. Ich glaube, wir sind in der Lage, unser Volk allein zu ernähren.« Er lächelte freundlich, doch seine Worte klangen giftig.

»Ich wollte nur ... als ein Bruder ...« Sigfrid geriet ins Stottern. Gudrun sah von ihm zu den anderen, doch die verschlossenen Gesichter der Männer schenkten ihr keine Antwort. Wie Sigfrid wußte sie, daß es falsch war, was er gesagt hatte, aber ebensowenig wie er verstand sie, warum.

Der Duft von geröstetem Fleisch wehte zu ihnen herüber, als die großen Türen am anderen Ende der Halle aufgestoßen wurden, und trotz der Anspannung lief Gudrun das Wasser im Munde zusammen. Zwei Knechte, die unter ihrer Last taumelten, trugen ein Brett mit einem der Ochsen auf, die draußen gebraten wurden, und stellten es auf dem Bock ab, der in der Mitte der Halle errichtet worden war.

»Das ist ein Festmahl, wie es sich für Helden gebührt!« rief einer der Männer. »Wer wird den Ochsen anschneiden?«

»Du nicht, Drogo!« rief einer seiner Kameraden neben ihm. »Wenn ich dich nicht unter einem Haufen Goten hervorgezogen hätte, wärst du heute nicht hier!« Lachend begannen alle, Namen zu nennen.

Doch dies war bloß ein Spiel, und bald schon blieben nur noch zwei Namen übrig: Sigfrid und Godomar. Beide standen auf und wärmten sich an den Lobrufen wie an einem Feuer.

»Also«, sagte Gundohar, sobald der Lärm sich ein wenig gelegt hatte. »Wem von euch soll die Ehre zuteil werden?«

Sigfrid zögerte, doch Godo schlug ihm auf den Rücken. »Schneide du diesmal an«, sagte er grinsend. »Du hast mehr Goten getötet als ich!«

Und Sigfrid lachte, sprang auf die Bank und hechtete über den Tisch. Seine scharlachrote Tunika leuchtete im Fackellicht, und all sein Schmuck glitzerte. Gudrun kam er in diesem Augenblick wie ein junger Gott vor.

Das dachten auch die Männer. »Sigfrid!« jubelten sie ihm zu, während er den Gang hinunterschritt und sein Schwert zog. »Sigfrid Hunderttöter! Sigfrid Fafnarstöter!« Stahl blitzte, als Sigfrid sein Schwert herabsausen ließ, und Bratenduft durchdrang in heißen Wellen die Luft.

Hätte Gudrun nicht unmittelbar neben Hagano gesessen, hätte sie dessen kurzes Zischen, mit dem er den Atem einsog, nicht gehört. Sie wandte sich um, obwohl aller Augen nun auf Sigfrid ruhten. Ordwini und einige der anderen Fürsten runzelten die Stirn. In Haganos Gesicht lag eine Verbitterung, die Gudrun zusammenzucken ließ. Gundohars Augen waren blind vor Scham, und in Brunhilds Antlitz las sie eine Mischung aus Erregung und Haß – und das war das Beunruhigendste von allem.

H

HERAUSFORDERUNGEN

Borbetomagus
Julmond, A.D. 427

Seit Beginn des Winters vor nunmehr zwei Monden glich Brunhilds Stimmung dem Wetter: Auf kurze Tage der Heiterkeit folgten lange Perioden der Düsternis. Wenn sie sich von ihrem Lager erhob, so meist in einem Ausbruch ungestümer Betriebsamkeit, die sich auf alle Bereiche erstreckte: sei es, daß sie die Räume des Palastes tünchen ließ oder die Holzfäller damit beauftragte, ihr Federn und die Kadaver von Raben zu bringen; sei es, daß sie jeden verfügbaren Diener noch vor Sonnenaufgang auf die Suche nach Kräutern schickte.

Die Zeiten, in denen Brunhild sich von allen zurückzog, waren für Gundohar zunächst eine Erleichterung. Er fürchtete sich davor, in seinen Wahnsinn zurück zu verfallen. Doch nach und nach, als diese Zeiträume immer länger wurden, wuchs Gundohars Sorge um seine Gemahlin. Brunhilds Zofen brachten ihr die Mahlzeiten, doch sie berichteten, daß ihre Herrin nur wenig davon aß. Wenn der König Brunhild von Zeit zu Zeit traf, konnte er sehen, daß sie immer hagerer wurde.

In seiner Verzweiflung suchte Gundohar Rat bei seiner Mutter, die zusammengesunken vor der Feuerstelle in ihren Gemächern saß. An diesem Nachmittag war ein Sturm aufgekommen. Während die frühe Dunkelheit des Winters sich herabsenkte, ächzte der Wind in den Traufen: eine schwermütige Begleitung zum Knistern von Grimhilds Feuer.

»Ich fürchte, meine Weisheit hat mich im Stich gelassen, als ich dir riet, Brunhild zu heiraten«, sagte die alte Königin. »Sie hat weder dir noch den Burgunden Glück gebracht.«

Gundohar erinnerte sich an den Anblick seiner Königin, wenn sie lächelte oder im Zorn die geschwungenen Brauen hob, und schüttelte den Kopf. »Ich hätte sie so oder so gewollt«, sagte er traurig. »Ich liebe sie noch immer, auch wenn sie mich nun haßt. Wenn ich nicht befürchten müßte, damit einen Krieg heraufzubeschwören, würde ich sie freigeben und zu ihrem Volk zurückschicken.«

»Sie haßt nicht dich, mein Sohn«, erwiderte Grimhild, »sondern sich selbst. Sie zerfrißt sich selbst, wie ein gefangenes Tier.«

»Vielleicht hast du recht – ich habe auch schon befürchtet, daß sie sich ein Leid antut. Aber wie soll ich es verhindern, Mutter? Ich bin der letzte, an den sie sich trostsuchend wenden würde!«

»Sie will keinen Trost. Sie will Rache. Es wäre besser, sie sterben zu lassen, doch ich sehe, daß du nicht bereit bist, diese Lösung hinzunehmen. Schick Sigfrid zu ihr – vielleicht rüttelt Haß sie auf. Aber ich warne dich: Wenn das zutrifft, könnte es gut möglich sein, daß du diesen Schritt bereuen wirst.«

Plötzlich schlug Hagel gegen die Mauern. Den ganzen Nachmittag über war es zu kalt für Regen und zu warm für Schnee gewesen: unstetes, bedrückendes Wetter. Allein der Gedanke daran verdüsterte Gundohars Stimmung noch weiter.

»Alles wäre diesem Leben vorzuziehen, das nicht mehr ist als ein langsames Dahinsterben«, sagte er schließlich, doch seine Mutter schüttelte bloß den Kopf.

»Ich bin eine alte Frau. Es gab eine Zeit, da glaubte ich, das Schicksal beherrschen zu können, doch nun bin ich eines Besseren belehrt worden. Vieles, was mir einst wichtig erschien, ist bedeutungslos geworden. Du hast die Fäden deines Schicksals selbst gesponnen, und nun sitzen die Nornen fleißig am Webstuhl. Ich danke den Göttern, daß ich nicht lange genug leben werde, um das fertige Gewebe zu sehen.«

»Ich bin jung«, erwiderte Gundohar und lachte kurz verbittert auf. »Ich werde nicht untätig herumsitzen, solange ich Möglichkeiten zum Handeln sehe.«

Er stand auf und blickte auf Grimhild hinab. *Warum sind wir alle bloß in ein solches Gespinst aus Haß verstrickt?* fragte er sich. *Alles, was ich suchte, war doch Liebe!*

Grimhild, halb verborgen unter ihren Schleiern, war in sich zusammengesunken und schien zu schlummern. Gundohar blinzelte. Einen Augenblick lang wirkte sie auf ihn wie eine Statue aus Stein und nicht wie ein menschliches Wesen; es schien, als wäre Grimhild bereits zu einem Teil der Erde geworden. Dann knackte ein Holzscheit im Feuer, und Grimhild regte sich. Gundohar beugte sich hinab, küßte sie auf die Stirn und verließ das Zimmer, um nach Sigfrid zu suchen.

Brunhild lag allein in ihrem großen Bett und lauschte dem Sturm. Seit Anbruch der Dunkelheit fiel der Regen in einem stetigen Prasseln, das gleichförmig und einschläfernd war. Es war so leicht, einfach dazuliegen und zuzuhören, sich von dem Geräusch davontragen zu lassen wie von einem Fluß – dem Fluß Gjöll vielleicht, der an den Toren zu Hellas Reich vorüberströmte. Tief in ihrem Innern war sich Brunhild der Gefahr bewußt, in der sie schwebte, aber sich deswegen zu sorgen wollte ihr nicht gelingen.

Vor ihrer Tür war ein Geräusch zu vernehmen – vielleicht ein Wachwechsel –, doch sie zwang sich, nicht hinzuhören. Nichts hören, nichts sehen, nichts fühlen – vor allem nichts fühlen: das kam dem Tode gleich, doch es gab ihr auch die Illusion von Frieden.

Dann schwang die Tür auf, und ein goldener Lichtschein fiel in den Raum. Brunhild regte sich, bereit, die Zofe, die es gewagt hatte, sie zu stören, schneller wieder hinauszuschicken, als sie hereingekommen war, und war überrascht, wie schwer ihr jede Bewegung fiel. Im nächsten Augenblick erkannte sie, wer da in ihr Gemach getreten war, und sie setzte sich mit einem Ruck auf. Denn das flackernde Lampenlicht enthüllte ihr die breiten Schultern und muskulösen Arme von Sigfrid. Flammen tanzten in einem bernsteinfarbenen Augenpaar, das ihren Blick gefangenhielt.

»Was …?« Sie hustete und versuchte es erneut: »Was hast *du* hier zu suchen?«

»Man hat mir berichtet, daß du nicht aufstehst und mit deinen Zofen arbeitest; du spielst keine Brettspiele, trinkst weder Wein noch Äl in der Halle«, sagte Sigfrid. »Du stickst nicht mehr mit Seiden- und Goldfäden und erteilst niemandem Ratschläge.«

Er schloß die Tür hinter sich und begann im Zimmer umherzugehen, entzündete dabei eine Lampe nach der anderen mit der Kerze, die er in Händen hielt, bis der ganze Raum in goldenen Schimmer getaucht war.

»Ich kann die Sonne nicht scheinen lassen, aber ich kann dir Licht bringen«, sagte er, doch seine Stimme drohte zu versagen, als er ihr ins Gesicht blickte. »Ihr heiligen Götter, Brunhild! Als ich dich zum erstenmal fand, sahst du besser aus!«

»Wie kannst du es *wagen*, mich an jene Tage zu erinnern?« zischte sie und kniete sich auf das Bett, so daß sie ihm ins Gesicht blicken konnte. Es ging schon leichter – ihre Kraft kehrte zurück –, und unvermittelt erkannte sie, daß es an Sigfrids Nähe lag; daran, daß jener Teil von ihr, den sie ihm geschenkt hatte, so nah war!

Er stand reglos da und starrte sie an. »Wie ich es wagen kann? Weil ich glaube, daß all deine Sorgen ihre Wurzeln in jenen Tagen haben ...«

»*Meine* Sorgen?« Einen Augenblick lang war sie sprachlos. »Du redest, als wärst du völlig unbeteiligt daran gewesen! Ich liebe Gundohar nicht. Doch du warst es, der mir das größte Unrecht angetan hat!«

»Brunhild«, sagte er mit leiser Stimme, »kannst du mir denn nicht glauben, daß ich dir nie Böses wollte? Wenn ich dich getäuscht habe, dann um dein Leben zu retten.«

»Du nahmst mir meine Jungfernschaft und schenktest mir eine Morgengabe, um das Band zwischen uns zu besiegeln. Ich schwor, nur jenen Mann zu heiraten, der mich im Kampf besiegt, und du hast mich besiegt. Du, Sigfrid – nicht König Gundohar! Du hast meine Ehre geraubt – welchen Wert hat das Leben noch für mich?«

Er schlug mit der Faust auf den Tisch, und sie hörte, wie das Holz splitterte. »Was *willst* du, Brunhild?«

»All das, worum Gudrun nicht einmal bitten mußte«, antwortete sie verbittert. »Ich wollte das Feuer in deinem

Heim schüren, deine Kinder gebären und deinen Rücken mit meinen Brüsten wärmen; ich wollte deine Walkyrja sein, dein Schild, deine Seele!«

»Du hast einmal gesagt, daß du niemals versuchen würdest, mich zu etwas zu verleiten, das ich nicht will«, erwiderte er. »Doch vom ersten Augenblick an hast du mich in die Rolle eines Helden gedrängt: eines Helden, so wie du ihn siehst – du hast mich zu deinem Lebenszweck erkoren, weil du deinen eigenen verloren hattest!«

»Glaubst du das wirklich?« fragte sie verächtlich. »Du schienst mir ganz froh zu sein, daß dir jemand den Weg wies und dich in den Armen hielt! War das ein so großes Verbrechen? Rechtfertigt dies einen solchen Betrug?«

»Ich gab dich dem Mann zur Frau, der dir Reichtum und Macht zu schenken vermochte – und ein Heim, das ich dir nie hätte bieten können! Es war zu deinem Besten, Brunhild!«

»Zu meinem Besten ...« wiederholte sie und starrte ihn fassungslos an. »Wie rücksichtsvoll, wie fürsorglich von dir ... Glaubst du das wirklich, Sigfrid, oder willst du mich nur glauben machen, du seist ein Narr?« Ihre Stimme wurde lauter. »Ist dir denn nie in den Sinn gekommen, mich zu fragen, was *ich* will? Wußtest du nicht, daß ich lieber mit dir unter einer Hecke geschlafen hätte als zwischen seidenen Tüchern in den Armen eines anderen Mannes?« Zitternd sog sie den Atem ein. »Nein ... natürlich nicht. Für dich war es günstig, mich aus dem Weg zu haben, und daher kamst du zu dem Schluß, daß es auch besser für *mich* sei! Eigentlich dürfte ich nicht überrascht sein. Jeder andere Mann – sei es mein Vater, sei es mein Onkel – denkt in der gleichen Weise. Doch ich war eine Walkyrja, Sigfrid. Es war mein Recht, zu wählen, und du hast mir dieses Recht geraubt!«

Sie kniete am Rande des Betts, als wolle sie ihm jeden Augenblick an die Kehle springen, und er wich einen Schritt zurück.

»Wenn ich die Wahl für dich traf, so habe ich zumindest eine gute Wahl getroffen! Ich habe dich zur Königin eines großen Volkes und zur Gemahlin eines edlen Mannes gemacht. Wiegt das nicht alles auf?« Sigfrid wandte sich ab und starrte auf die Jagdszene, die auf die Wand gemalt war. Der Anblick seines wohlgeformten Rückens traf Brunhild wie ein Messerstich. Draußen frischte der Wind auf. Als er langsam wieder abflaute, schlug eine Regenböe gegen die Läden.

»Weiß Gundohar, daß er bekommen hat, was du ihm übriggelassen hast? Bisher hegte ich Zweifel daran. Sigfrid, es gibt für mich nur eine Wiedergutmachung: der Anblick eines scharfen Schwertes, das mit deinem Blut getränkt ist!« rief sie. »Fast zehn Jahre lang gehört dir nun schon ein Teil meiner Seele, und nichts hast du mir dafür gegeben. Jenes Band zwischen uns ist eine offene Wunde, durch die mir das Leben davonrinnt. Erst wenn du stirbst, werde ich wieder frei sein!«

»Vielleicht kommt es dazu«, sagte er schwer und wandte sich ihr wieder zu. »Aber glaubst du wirklich, daß du mich überleben wirst, wenn die Dinge so stehen, wie du sagst?«

Sie starrte ihn an, und diesmal war es Sigfrid, der den Blick senkte. »Glaubst du, daß mich das kümmert?«

»O Brunhild, Brunhild – lebe! Liebe König Gundohar und mich – ich würde alles dafür geben, wenn du nur am Leben bleibst!«

»Dich lieben!« rief sie. Plötzlich konnte sie nicht mehr ruhig bleiben. Sie glitt vom Bett und stellte sich schwankend vor ihn. Er griff nach ihr, doch sie schlug seine

Hand zur Seite. »Habe ich jemals damit aufgehört? Doch vielleicht ist es Haß, den ich verspüre – ich kann den Unterschied nicht mehr erkennen!«

Auf einem Tisch in der Nähe des Fensters lag ein Dolch. Ein schneller Schritt, und sie hielt die Waffe in der Hand, bereit, zuzustoßen. Sie drehte sich um, und das Licht der Flammen blitzte über die Klinge. Sigfrid nahm instinktiv eine geduckte Abwehrhaltung ein, doch dann sah Brunhild, wie er sich wieder aufrichtete und die Fäuste öffnete.

»Du weißt nicht, was ich alles zu erleiden hatte«, flüsterte sie. »Wenn ich einen Raum betrete, kann ich lange, bevor ich dich sehe, sagen, ob du anwesend bist. Und dann berührst du Gudrun oder sprichst mit ihr, wie du es einst mit mir getan hast, und ich muß immer daran denken, wie sehr du mich wohl haßt!«

»Nein ...« auch Sigfrid flüsterte. Langsam ging er auf sie zu. »Du irrst dich. Ich habe dich mehr als mein Leben geliebt. Auch ich wurde getäuscht, doch ich habe das Beste daraus gemacht. Und auch wenn ich dich nicht im Arm halten durfte, so waren wir doch beisammen, und ich konnte sehen, daß es dir gutging.«

»Es ist zu spät für solche Worte. Welcher Ausweg bleibt mir jetzt noch?« Sie atmete tief ein, spürte ihre Kraft wachsen, je näher er kam.

»Wenn das Blut meines Herzens dir den Frieden schenkt, so töte mich!«

Selbst mit geschlossenen Augen hätte Brunhild sagen können, daß Sigfrid unmittelbar vor ihr stand. Sie spürte ihn wie eine sich nähernde Flamme. Zitternd, mit stoßbereitem Dolch stand sie da, bis er so nahe war, daß die scharfe Spitze der Waffe sich in das rauhe Gewebe seiner Tunika bohrte.

Ihre Blicke trafen sich, und langsam lehnte Sigfrid sich der Klinge entgegen. Brunhild keuchte, als das Stechen in ihrer Brust einem Schmerz wich, der ihren ganzen Körper erfaßte. Sie sprang zurück und warf die Waffe weit von sich.

Ich kann ihn nicht töten! Ihre Gedanken überschlugen sich. *Wenn er sterben soll, muß ein anderer die Klinge führen.*

»Sigdrifa –«, sagte Sigfrid heiser. Er legte ihr die Hände auf die Schultern und zog sie zu sich heran. Ihr Körper erglühte; sie hörte, daß Sigfrids Herzschlag sich beschleunigte wie nach einem schnellen Lauf. Ohne es zu wollen, glitt sie mit den Händen nach oben, ertastete wie einst die Konturen seines Körpers.

»Du bist wie Feuer in meinem Blut!« Er strich ihr mit den Händen über den Rücken, drückte sie an sich, und sie spürte die Stärke seines Verlangens. »Bis zum Tode und darüber hinaus bin ich mit dir verbunden …«

Brunhild erinnerte sich an die Eide, die sie sich im Wald geschworen hatten, und noch einmal spürte sie das Gewicht des goldenen Rings um ihren Hals. Doch der Ring gehörte nun Gudrun, und es gab andere Schwüre, die sie an Gundohar banden.

Stöhnend beugte Sigfrid sich herab und suchte wie ein Ertrinkender ihre Lippen. Er fand ihren Mund, und als sie sich küßten, spürte Brunhild das Leben wie eine Flamme in sich auflodern. Der Wind heulte in den Traufen des Palastes – oder war es nur ihr Schmerz? Es hatte eine Zeit gegeben, da Brunhild dachte, alles würde gut werden, wenn sie nur Sigfrid in den Armen hielt; doch sie hatte vergessen, wie es war, wenn sie zusammen waren. Dies hier war kein behagliches, wärmendes Feuer, sondern eines, das Welten verschlingen konnte.

Und dann, ganz plötzlich, schien es ihr, als hielten sie

nicht Sigfrids, sondern Gundohars Arme umfangen, als sei es seine Leidenschaft, die da brannte. Mit einem heftigen Ruck entwand sie sich ihm.

Sigfrid streckte ihr die Arme entgegen. »Teile das Lager mit mir, Brunhild!«

»Nein. Im Tode oder danach magst du mich fordern, aber nicht hier. Lieber sterben als zwei Männern unter einem Dache dienen!«

Er sah sie an. Noch immer atmete er schwer, als wäre er gerannt; als würde ein weiterer Atemzug die Nähte seiner Tunika sprengen.

»Dann werde ich Gudrun verlassen, und wir werden zusammen fliehen!«

Sie starrte ihn an und erinnerte sich an alles Unrecht, das man ihr angetan hatte – und das Feuer, das ihr Blut entfacht hatte, verwandelte sich in Asche. Zuviel war geschehen; die Leidenschaft, die sie einst für Sigfrid empfand, hatte längst ihre Unschuld verloren.

Begehre mich nur! dachte sie verbittert. *Verzehre dich nach mir!*

»Was hätten wir davon? Ein Wolf wird zu einem Hund, wenn er angekettet ist! Ich will dich nicht«, sagte sie kalt. Und so war es auch. Sie hatte stets einen Helden gesucht. Wenn er mit ihr floh, würde er seine Ehre verlieren. »Ich will überhaupt keinen Mann.«

Sigfrid starrte sie an, und die heftigen Atemstöße, die ihn hatten zittern lassen, verklangen langsam, bis er äußerlich wieder ruhig erschien. Doch in seinen Augen konnte Brunhild die widerstreitenden Gefühle sehen, die in seinem Innern wüteten. *Gut,* dachte sie grimmig, *nun wirst du leiden, wie ich leide. Nun verstehst du endlich!*

Und Sigfrid wandte sich von ihr ab und ging.

Brunhild sank auf eine Bank. Sie fühlte sich, als wäre

ein heftiger Sturm über sie hinweggezogen und hätte sie an einer öden, verlassenen Küste zurückgelassen. Doch dies war nicht die Teilnahmslosigkeit, in deren Klauen sie noch bis vor kurzem gefangen war. Sie kam sich vielmehr vor wie auf einer schmalen Insel mitten in einem überflutenden Fluß oder auf einer dünnen Eisscholle über einem tiefen Teich. Der Sturm war vergangen, doch Brunhild ahnte, daß sie bloß vorübergehend Ruhe gefunden hatte.

Durch die offene Tür konnte sie fragende Worte und Sigfrids kurze Antwort hören, dann kam Gundohar in das Zimmer gehumpelt.

»Sigfrid sagt, daß du wieder sprichst«, begrüßte der König sie zögernd. »Willst du mir erzählen, was dich bedrückt hat?«

Brunhild sah ihn an und begann zu lachen. An dem kalten Ort, an dem sie sich nun befand, schien plötzlich alles ganz klar zu sein.

»Ich will nicht mehr leben. Sigfrid hat mich betrogen, und als du ihn gezwungen hast, für dich zu kämpfen, hat er dich betrogen! Nur der Tod kann Sühne sein: deiner, meiner – oder seiner. Am naheliegendsten wäre der seine«, fuhr sie im Plauderton fort, »denn sollte er weiterleben, wirst du alles verlieren: den Reichtum, die Macht und mich …«

An die alte römische Basilika, die dem König nun als Festhalle diente, hatte man ein kleines Gebäude im Stil der Burgunden angebaut. Dort saß Hagano vor dem Feuer. Bänke standen um eine lange Feuerstelle, auf denen die Mitglieder von Gundohars Haushalt ihre Mahlzeiten einnehmen konnten. Sigfrid und Gudrun speisten in ihren Gemächern, und Godomar, der frisch vermählt war, lebte nun auf einem eigenen Gut. Doch es war lange her, daß Gundohar zusammen mit seiner Königin eine Mahlzeit in den gemeinsamen Räumen eingenommen hatte, und Hagano, der keine Frau hatte, die ihn trösten oder quälen konnte, hatte es sich zur Gewohnheit gemacht, in der Halle zu essen, damit weder er noch Gundohar allein waren.

Die meisten der Krieger, die auf den Bänken saßen, standen erst seit kurzer Zeit in den Diensten des Königs. Es waren Männer, die nach der Rückkehr des Heeres aus Gallien rekrutiert worden waren, um jene zu ersetzen, die Waldhari getötet hatte.

Vor langer Zeit hatte Gundohar seinem Bruder schon einmal den Befehl über sein Gefolge angeboten, und damals hatte Hagano abgelehnt. Er fürchtete, daß die Krieger kein Vertrauen zu ihm fassen würden, weil er zu ungesellig und zu sonderbar war. Ein rechter Held schien ihm für diese Aufgabe besser geeignet. Und sie hatten ihren Helden bekommen. Doch Sigfrid, dachte Hagano stirnrunzelnd, war noch sonderbarer als er selbst, vor allem in diesen Tagen.

Und jene neuen Männer hier, die Hagano jeden Tag wie jeden anderen essen und trinken und aufstoßen sahen, diese Männer hatten sich an ihn gewöhnt. In gewisser Weise war es ein Vorteil, mit einer neuen Truppe anzufangen. Sie konnten ihn mit keinem anderen Anführer vergleichen. Vielleicht würden sie sich in seiner Gesellschaft niemals ganz wohl fühlen, doch die Jahre in Attilas Armee hatten Hagano gelehrt, wie man mit Kriegern umzugehen hatte. Er würde sie nun führen können.

Unruhe entstand, und die Krieger erhoben sich, als Gundohar den Raum betrat. Er bewegte sich vorsichtig, als schmerze ihn sein Bein, und begrüßte sie mit einer aufgesetzten Heiterkeit, die Hagano mehr beunruhigte als offen zur Schau getragene Schwermut. Als sie noch Kinder waren, war Gundohar so durchschaubar wie das klare Wasser eines Baches gewesen. Seit er gekrönt worden war, hatte er gelernt, seine Gefühle besser zu verbergen.

Doch jene lang zurückliegenden Tage hatten Hagano auch Geduld gelehrt. Er wartete, begnügte sich scheinbar mit belanglosem Geplauder, bis die Männer schließlich ihr Mahl beendet hatten und sich verabschiedeten. Und erst als sein Bruder ihrem Beispiel folgen wollte, ergriff Hagano ihn am Arm und hielt ihn zurück.

»Etwas bedrückt dich, und du mußt es mir erzählen. Geht es um Brunhild?«

Einen Augenblick lang schien Gundohar durch ihn hindurchzustarren, dann brach plötzlich sein Widerstand.

»Sie sagt, Sigfrid hat sowohl sie als auch mich betrogen. Sie will, daß er stirbt – sonst, sagt sie, wird sie sterben. Ich weiß nicht, was ich tun soll.«

Hagano schloß die Augen. Als er ins Burgundenreich zurückgekehrt war, hatte ihn seine Mutter vor Brunhilds Haß auf Sigfrid gewarnt. Selbst damals war die Gefahr, die drohte, offenkundig gewesen. Nun war die Zeit der Entscheidung gekommen.

»Sie ist meine Frau, und er ist mein Blutsbruder!« rief der König. »Er hat geschworen, daß er ihr nicht beigewohnt hat, als er allein mit ihr in der Höhle war, und ich habe ihm geglaubt. Ihr Götter – sie war ohne Bewußtsein und in einem Zustand, der keinen anständigen Mann in Versuchung führen könnte. Wem soll ich glauben? Wie kann ich mich zwischen den beiden entscheiden?«

Sollte Hagano dem König sagen, daß Brunhild ihm niemals wirklich gehört hatte? Hagano wußte, daß sowohl Sigfrid als auch Brunhild die Wahrheit sprachen, doch dies trug nichts zur Lösung des Konflikts bei, und er wollte nicht, daß bekannt wurde, welche Rolle seine Mutter bei dem Komplott gespielt hatte.

»Willst du von mir einen Rat der Vernunft hören?« fragte er. »Deine Königin ist ein zänkisches Weib, und sie hat dir keinen Erben geschenkt. Doch indem du ihr treu bleibst, sicherst du dir Attilas Wohlwollen. Sigfrid ist ein wertvoller Heerführer, er ist reich, und er hat dir keinen Schaden zugefügt. Doch wenn sein Heldentum ein gewisses Maß übersteigt, könnte er deine Herrschaft gefährden. Allerdings wäre es sehr schwer, ihn zu töten.«

Gundohar starrte ihn an. »Du denkst wirklich darüber nach, ihn …«

Hagano zuckte mit den Schultern. »Ist es nicht genau das, was du von mir erwartest?« Gundohar hatte seit den Kindertagen vielleicht einiges dazugelernt, aber er war noch immer zu unentschlossen. Die schwierigen Entscheidungen mußte ein anderer für ihn treffen. Einst war dies die Aufgabe ihrer Mutter gewesen. Nun fiel diese Rolle ihm, Hagano, zu.

»Ich kann nicht!« sagte Gundohar. »Er ist Gudruns Gatte, und ich liebe ihn wie einen leiblichen Bruder!«

»Du liebst auch deine Frau«, stellte Hagano fest. »Letztlich geht es nicht darum, wen du liebst, sondern was das Wohl der Burgunden erfordert. Danach mußt du dich bei deiner Entscheidung richten.«

Und wie würde ich entscheiden? fragte er sich. *Gundohar liebt beide, doch Brunhild ist ein hochnäsiges Weibsstück, und Sigfrid …*

Mit finsterem Blick erinnerte er sich daran, wie Sigfrid

ihn bei den Schaukämpfen besiegt und wie unbekümmert er später seinen wunden Punkt getroffen hatte: seine Herkunft. Dafür haßte er ihn. Doch Hagano erkannte auch, daß er seinem eigenen Urteil nicht eher würde trauen können, bis er herausgefunden hatte, ob Sigfrids Andeutung tatsächlich der Wahrheit entsprach, und er, Hagano, der Sohn Grimhilds, von Ragan dem Schmied abstammte.

»Sigfrid … ich muß mit dir reden. Sunnilda ist nun schon zwei Winter alt. Ich stille sie nicht mehr, und ich habe mich schon vor langer Zeit von der Geburt erholt.« Gudrun sprach leise, doch Sigfrid war seit seinem Gespräch mit Brunhild vor ein paar Tagen ausgesprochen hellhörig den Untertönen der Frauen gegenüber geworden. Er wurde ruhig und hörte die Unsicherheit, die in ihren Worten mitschwang – und den Schmerz. »Sie sollte einen Bruder haben. Es ist schon so lange her, daß wir miteinander das Lager geteilt haben. Alle alten Frauen versichern mir, daß ich bei der nächsten Geburt nichts zu befürchten habe. Willst du mir nicht ein zweites Kind schenken?«

Sigfrid saß lange reglos da und überlegte, was er antworten sollte. Mit der Zeit war die Erinnerung daran verblaßt, wie sehr Gudrun bei Sunnildas Geburt gelitten hatte, und mehr als einmal hatte er schon den gleichen Gedanken wie seine Frau gehabt. Aber nicht jetzt, nicht in dieser Nacht, in der er sich noch immer danach verzehrte, Brunhilds schlanken Körper in den Armen zu halten.

Ich kann weder sie noch Gudrun glücklich machen, dachte er verzweifelt. *Wie konnte ich nur eine solch verhängnisvolle Wahl treffen? Ich wollte doch nur jemanden lieben!*

»Sigfrid …« Gudrun trat zu ihm, fuhr mit den Fingern sanft durch sein Haar und über seine Schultern. Er konnte ihr Verlangen förmlich spüren. »Ich brauche deine Liebe …«

Nicht mich, du brauchst nicht mich. Er stöhnte und preßte seine Wange gegen ihre Hand. *Ich werde dir nur Schmerz bereiten.*

Sie seufzte und lehnte sich dichter an ihn. Panik stieg in ihm auf, und ihre zarten Hände kamen ihm plötzlich wie Fesseln vor. Im nächsten Augenblick stellte er fest, daß er unter ihren Armen hindurchgeschlüpft war und sie aus mehreren Schritten Entfernung anstarrte.

»Was ist los?« Gudrun streckte die Arme nach ihm aus, doch als sie sah, wie er zusammenzuckte, ließ sie sie wieder sinken. »Du mußt es mir sagen, Liebster. Ich werde es verstehen!«

Sigfrid schüttelte den Kopf. In diesen Tagen kam es ihm vor, als würde er mit jedem Wort, das er sprach, alles nur noch schlimmer machen. Es wäre besser, wenn er diesmal schwieg.

»Gibt es Uneinigkeit zwischen dir und meinen Brüdern? Oder hat es etwas mit Brunhild zu tun?«

Er starrte sie erschrocken an. Gleich würde sie die Geschichte aus ihm herausgelockt haben, und was hätten sie dann gewonnen? Wie konnte Gudrun verstehen, was er selbst nicht verstand? Alles, was er ihr sagen konnte, würde ihr nur Schmerzen bereiten.

»Ich war zu lange eingesperrt«, sagte er schnell. »Ich muß wieder nach draußen in den Wald.« Und das war die Wahrheit. Er brauchte Abstand zu den Frauen und den Forderungen, die sie an ihn stellten, und er brauchte Abstand zu den Wirrnissen der Menschenwelt. Er war ein Wolf unter Hunden, und noch immer verstand er sie nicht. Vielleicht hätte er sich, als er aufwuchs, andere Tiere als Vorbild nehmen sollen – Tiere, die ein einsameres Leben führten, wie zum Beispiel Bären.

Gudrun trat zur Seite, während Sigfrid in der großen Truhe zu wühlen begann. Ihre blauen Augen blickten besorgt. »Sei vorsichtig«, sagte sie, als er den Wolfspelz hervorzog. »Es wird böse Gerüchte geben, wenn dich jemand sieht.« Ihre Stimme zitterte, als gäbe es Dinge, die auch sie nicht auszusprechen wagte.

»Niemand wird etwas davon erfahren«, entgegnete er so überzeugend wie möglich und erinnerte sich daran, daß er zu Gundohar einmal dasselbe gesagt hatte. In Wahrheit, so dachte er, während er das zusammengerollte Fell unter den Arm klemmte, war es ihm im Augenblick jedoch gleichgültig, solange er nur diese eine Nacht in Freiheit jagen konnte.

Der Tag war sonnig gewesen, doch als Hagano über den Hof zu den Gemächern seiner Mutter schritt, setzte ein leichter Nieselregen ein. Ein neuer Sturm näherte sich, angetrieben von einem rastlosen Wind.

»Hagano –«

Er drehte sich um. Einen Augenblick lang war er sich sicher, daß jemand nach ihm gerufen hatte, doch es war niemand da außer den beiden Wachen am Tor, und diese schienen nicht einmal bemerkt zu haben, daß er in der Nähe war.

»Hagano, bleib stehen und höre mir zu …«

Hagano schüttelte den Kopf. Ob es nun der Wind oder etwas weitaus Seltsameres war, er würde nicht hinhören. Seit Wochen suchte ihn nun schon diese Stimme heim, die so trügerisch war wie die Dinge, die er manchmal mit seinem blinden Auge sah. Gewöhnlich gelang es ihm, die Trugbilder zu verscheuchen, indem er etwas aß oder trank oder mit den Männern redete. Mit schnellen Schritten ging er über das Kopfsteinpflaster auf die Wachen zu.

»Nein, ich habe es nicht gesehen«, sagte einer der Männer, als er sich ihnen näherte, »aber Drogo hat es gesehen, und er war nicht betrunken. Nicht auf Wache! Er hat mir vollkommen nüchtern versichert, daß er gesehen hat, wie eine menschliche Gestalt aus dem Palast kam, sich auf alle viere niederließ, einen Nebelschleier um sich hüllte und davonhetzte.«

Der andere antwortete mit einem ungläubigen Schnauben. »Dann muß ihm der Dunst des Weins vom Vortag noch immer den Verstand vernebelt haben. Zweifellos hat er bloß einen Bettler gesehen, der einen windgeschützten Unterschlupf suchte, und dann ist ein Hund dazugekommen, und Drogo hat alles durcheinandergeworfen. Die Priester haben uns gelehrt, daß Menschen sich nicht in Wölfe verwandeln können!«

»Die Priester wissen nicht alles«, erwiderte die erste Wache. »Es sind nur noch wenige Tage bis zum Julfest, und dies ist die Jahreszeit, in der die Trolle aus ihren Höhlen kommen und die Hexen auf dem Wind reiten. Warum soll da nicht auch ein Warg auftauchen?«

Der Mann fuhr erschrocken einen Schritt zurück, als Hagano in das Licht der Fackel trat, und malte blitzschnell ein Schutzzeichen in die Luft. Sein Kamerad bekreuzigte sich.

»Herr!« rief der Christ, als Hagano seine Kapuze zurückschlug und das Losungswort nannte. »Verzeiht mir – Ihr saht aus wie ein Geist, als Ihr so plötzlich aus dem Nebel aufgetaucht seid.« Er trat einen Schritt zur Seite, doch als Hagano an den beiden vorbeiging, bemerkte er, daß die Finger des anderen Mannes noch immer gekreuzt waren und er den Blick von ihm abwandte.

Hagano zog den Umhang enger um die Schultern. Plötzlich fröstelte es ihn, obwohl es nicht einmal kalt genug für Schnee war. Auch das war ein beunruhigendes Zeichen: Die Berge hätten schon lange ihr weißes Winterkleid tragen müssen.

»Ein grünes Julfest beschert hohe Grabhügel«, sagte seine Mutter, als er es ihr gegenüber erwähnte. »Die Hexen, die Krankheit unter den Menschen verbreiten, reiten nicht, wenn es friert, aber bei diesem lauen Wetter ... Bist du zu mir gekommen, um mir das zu sagen?«

Einen Augenblick lang überlegte Hagano, ob er sie nach der Stimme fragen sollte, die er gehört hatte, aber er glaubte, ihre Antwort bereits zu kennen. Er zwang sich zu einem Lächeln und wandte sich ihr zu.

»Nein. Es geht um Gundohar –«

Nachdem er seine Unterhaltung mit dem König wiedergegeben hatte, seufzte Grimhild.

»Erzähl mir nicht, du hättest es vorausgesagt – das weiß ich«, bat Hagano. »Was können wir tun?«

»Das beste wäre wohl, wenn Brunhild stirbt, aber Gundohar ist noch immer von ihr verzaubert, und sie gehört zu einer mächtigen Sippe. Doch er wird – wenn er nicht dazu gezwungen wird – ebensowenig zustimmen, Sigfrid töten zu lassen.«

Grimhild lehnte sich in die Kissen zurück. Ihre tief eingesunkenen Augen wurden von Lidern verdeckt, die spröde wie altes Pergament waren. Sie kam Hagano unglaublich alt vor. Schon oft hatte sie ihm versichert, sie läge im Sterben, doch ihr Wille war noch immer ungebrochen und so stark, daß es ihm einen Schauder über den Rücken jagte.

Hagano runzelte die Stirn. »Wir brauchen Sigfrids Stärke – wenn ich mich recht erinnere, war dies der ursprüngliche Grund, ihn zum Bleiben zu überreden. Außerdem steht er unter einem Schutzzauber. Man erzählt sich, daß er in keinem seiner Kämpfe auch nur eine einzige Wunde davongetragen hat.«

»Sigfrid steht unter einem Zauber, ja – unter dem von Brunhild. Ihre magischen Kräfte schützen ihn, und sie ist die einzige, die weiß, wie man diesen Zauber brechen kann. Wenn du es wüßtest, könntest du ihn töten, denn du hast Sigfrid keine Blutsbrüderschaft geschworen. Und dann, wenn Gudrun Sigfrids Schatz geerbt hat, könntest du die magischen Dinge daraus in deine Obhut nehmen. Der Halsring, der all den Ärger verursacht hat, gehört dazu. Sigfrid hat Gudrun von anderen erzählt: ein königliches Zepter, mit Runen bedeckt, das Allmacht verleiht. Damit wärst du wahrlich Wodans Sohn …«

Grimhild wirkte noch immer alt und zerbrechlich, doch ihre Stimme zitterte vor Aufregung, als sie von dem Schatz sprach. Haganos blindes Auge begann zu schmerzen, und er bedeckte es mit einer Hand.

»Vor langer Zeit hast du einmal behauptet, er wäre nicht mein Vater«, sagte er heiser.

»Das war, bevor er Anspruch auf dich erhob …«

»Ich bin nicht Wodans Priester, und ich bin nicht sein Sohn!« sagte Hagano mit Nachdruck und ließ die Hand wieder sinken. »Dies hier war ein Unfall, mehr nicht. Ich will mit den Göttern nichts zu schaffen haben. Aber ich glaube, es ist an der Zeit, daß ich erfahre, wer mich tatsächlich gezeugt hat! Sag es mir, alte Frau, oder ich werde Borbetomagus verlassen und dich mit deinen Schwierigkeiten allein lassen!«

»Hagano … Hagano …« Sie schüttelte den Kopf. »Warum bedeutet es dir so viel? Du bist, wer du bist.«

»Es spielt eine Rolle«, sagte er, sorgsam auf seine Worte bedacht, »weil Sigfrid behauptet hat, ich gliche Ragan dem Schmied, seinem Ziehvater. Der Gedanke, daß Sigfrid mehr über meine Abstammung weiß als ich, ist unerträglich. Bin ich einer der Erdformer, Mutter? Du mußt es mir sagen!« Sein Blick begegnete dem ihren, und am Ende war es Grimhild, die ihre Augen abwandte.

»Ich lebte damals im Wald, sammelte Kräuter, bereitete Heiltränke und Zauber …« sagte sie schließlich. »Gibicho kämpfte in der Ferne – ich glaube, in diesem Jahr ging es gegen die Hunnen. Ein Mann kam zu meiner Hütte und bat um meine Gastfreundschaft.« Sie hielt inne, erinnerte sich. »Er war ein Schmied der Erdformer, der schon vielen Königen gedient hatte, aber er wußte mehr über die wilden Länder als alle, denen ich bisher begegnet war – er kannte die Namen und Geister aller Pflanzen. Und er kannte die Macht, welche unter der Erde fließt. Die Gastlichkeit meines Bettes war der Preis dafür, daß er mich all dies lehrte.«

»Und er war mein Vater?«

»Zuerst war ich mir nicht sicher, denn du wurdest mit einem blonden Schopf geboren, und er hatte dunkles Haar wie das Fell eines Fuchses im Regen. Doch als du ihm immer ähnlicher wurdest – ja –, da wußte ich es.«

Und ich wußte es im Grunde auch, dachte Hagano und war überrascht, wie schmerzhaft es war, die Wahrheit ausgesprochen zu hören.

»Und du hast ihn nicht geliebt? Es war nur ein Tauschhandel, ein Preis, den du dafür bezahlt hast, Macht zu gewinnen?«

Sie schlug die Augen auf, und Hagano erkannte, daß sie lachte.

»Höre zu, mein Sohn – mehr hat die Liebe eines Mannes mir nie bedeutet. Das gilt auch für Gibicho. Die Leidenschaft, die einst in meinem Herzen loderte, galt allein dem Hohen, der mich seine Geheimnisse lehrte. Ich erzähle dir dies, weil es nun keine Rolle mehr spielt«, sagte sie leise. »Bald werde ich wissen, ob er mich getäuscht hat. Und was dich betrifft: Auch wenn du es verleugnen magst, Wodan hat dich gezeichnet, und am Ende wirst du ihm gehören.«

In diesem Jahr wurde das Julfest weniger verschwenderisch gefeiert als gewöhnlich, aber es gab genug Wein und Äl. Sigfrid trank viel, und als man den Eber durch die Halle führte, war das Unbehagen, das ihn seit Beginn der Feier gepackt hatte, von einem goldenen Nebel gedämpft. Er verstand es nicht: Während des Herbstfestes hatten ihm noch alle zugejubelt, doch in diesem Winter war alles ganz anders.

Wenigstens war Brunhild nicht anwesend – sie verließ inzwischen zwar wieder das Bett, doch sie weigerte sich, königliche Aufgaben zu übernehmen. Gudrun hatte die Pflichten der Königin übernommen, hatte mit einem Trinkhorn voll Met die Runde durch die Halle gemacht und sich dann verabschiedet. Auch das war eine Erleichterung – ihr verletztes Schweigen schmerzte fast ebensosehr wie die offene Feindseligkeit Brunhilds. Doch Sigfrid konnte seiner Frau einfach nicht erklären, warum er nicht mehr das Lager mit ihr teilen wollte.

Der Eber folgte seinem Hüter ohne langes Zögern in die Halle und schien die Aufmerksamkeit, die man ihm schenkte, zu genießen. Das war ein gutes Zeichen, flüsterte man an den langen Tafeln. Das Opfer war willig und würde die Schwüre tragen, welche die Krieger den Göttern auf seinem gefurchten Rücken abzulegen gedachten.

In den alten Zeiten hätte ein Priester das Schwein durch die Tischreihen geführt, und die Männer hätten sich nicht gescheut, Fro öffentlich zu preisen und ihn um Friede und eine gute Ernte zu bitten. Nun sang ihr Lied bloß von »dem Herrn« und überließ dem einzelnen die Wahl, welcher Gott damit gemeint war.

»In der nächsten Schlacht werde ich Hunderte unserer Feinde töten!« Egward fuhr sanft mit der Hand über das rauhe Fell, das den Rücken des Ebers bedeckte, und das Tier grunzte zufrieden. Die umstehenden Männer lachten.

»Da wirst du aber härter zuschlagen müssen, Bursche, wenn du deinen Schwur erfüllen willst!« Godomar grinste, und der junge Egward errötete. Er litt noch immer darunter, daß er zurückgelassen worden war, während alle anderen sich aufgemacht hatten, um Ruhm und Ehre zu erlangen.

Sigfrid hielt einem Diener, der mit dem Weinkrug die Runde machte, sein Horn zum Nachfüllen hin. Während der Eber durch die Halle geführt wurde, wurden die Prahlereien kühner. Einige der Männer wollten eine Frau, andere einen Schatz. *Was will ich?* fragte Sigfrid sich benebelt. *Mehr Wein!* Er setzte das Horn an die Lippen und trank in großen Schlucken, spürte, wie die Flüssigkeit in seiner Kehle brannte. Die meisten Männer schienen sich beim Trinken Kameraden zu machen. Vielleicht würde man ihn anerkennen, wenn er nur genug trank?

»Ich werde meinen Stamm zu Größe und Reichtum führen!« sagte Laidrad, als der Eber ihn erreichte. Wenigstens war er ehrlich, dachte Sigfrid. Einige der Anwesenden verbargen ihren Ehrgeiz hinter Schmeicheleien.

Durchschaute Gundohar jene Männer? Man hatte Sigfrid neben Godomar gesetzt. In der Mitte der Tafel saß der König, dann kam Hagano und zuletzt Gislahar. Sigfrid konnte nur Gundohars Profil sehen. Er sah besorgt aus, sein Blick war in die Ferne gerichtet, als brüte er noch immer über seine Niederlage gegen Waldhari. Wenn er nicht aufwachte und erkannte, wie die Dinge standen, würden die Männer das Vertrauen in ihn verlieren. Womit konnte man ihn aufrütteln?

Schließlich wurde der Eber zur königlichen Tafel geführt. Gislahar, der nun das Alter erreicht hatte, da ihm Frauen etwas bedeuteten, errötete und stammelte ein Gebet, in dem er darum bat, daß die Werbung um sein Mädchen von Erfolg gekrönt sein möge. Hagano murmelte etwas, das niemand verstehen konnte. Dann führte man das Schwein an Gundohar vorbei zu Godomar, da dem König die Ehre des letzten Schwurs gebührte.

»Nächstes Jahr um diese Zeit werde ich Vater eines Sohnes sein!« Godo berührte den Eber, als könne er sich dessen Fruchtbarkeit einverleiben, während die Männer anzügliche Bemerkungen darüber machten, welchen Teil des Tieres er nachher essen solle.

Dann stieß das Schwein mit seiner Schnauze gegen Sigfrids Knie. Sigfrid blickte nach unten und sah die Augen des Tiers aufblitzen, als erkenne es den Wolf in ihm, wie auch er das Wildschwein unter dem Pelz dieses zahmen Ebers sehen konnte. Godo hatte sich zurückgelehnt. Sigfrid konnte die Unsicherheit in Gundohars Gesicht lesen – und das Mißtrauen in Haganos freudlosem Blick.

Vielleicht lag es am Wein, doch plötzlich kam Sigfrid die ganze Zeremonie lächerlich vor. Er lachte, der Eber versuchte zurückzuweichen, als Sigfrid sich zu ihm hinunterbeugte, doch Sigfrid war schneller und packte ihn an den langen Borsten im Nacken.

»Dies schwöre ich, daß ich der größte Held aller Zeiten sein werde! Noch in tausend Jahren soll man meinen Namen in Liedern preisen!«

Der Eber quiekte zornig, als Sigfrid ihn losließ und sich wieder aufrichtete, um zu Gundohar hinüberzusehen. *Übertriff dies, mein Bruder! Sag ihnen, daß du der größte König sein wirst, den die Welt je kannte!*

Wären sie Wölfe gewesen, hätte der Rudelführer seinen Herausforderer so lange finster angestarrt, bis dieser die Augen abgewandt hätte. Und lange Zeit hielt Gundohar auch Sigfrids Blick stand – so lange, daß die Männer an den Tafeln bereits unruhig zu murmeln begannen. Doch am Ende war es der König, der den stummen Kampf aufgab. Er senkte den Blick, und Sigfrid seufzte. *O Gundohar, habe ich einen Fehler gemacht, als ich versprach, dir zu folgen?*

Der Schweinehirt zog an der Leine und führte den Eber zum König hinüber.

»Ich schwöre«, sagte Gundohar, sorgsam auf jedes Wort bedacht, »daß ich alles tun werde, was nötig ist, damit mein Volk überlebt!«

Das war schon besser, dachte Sigfrid, der wieder zu trinken begonnen hatte. Doch der König wich noch immer seinem Blick aus.

Dann wurde der Eber zum Schlachten fortgeschafft, und die Männer setzten sich, um weiterzutrinken. Der Winter war jene Jahreszeit, in der üblicherweise Geschichten erzählt wurden, vor allem am Julfest. In dieser Zeit, wenn die Nächte länger wurden und selbst am Tage Wolken die Sonne verdunkelten, streiften Wesen in der Welt umher, die wenig Liebe für die Menschen hegten. Eine Geschichte von den Schrecken, die draußen lauerten, ließ die Menschen die Wärme und Gesellschaft drinnen um so mehr schätzen.

Einer der Männer erzählte von den *nihussa*, abscheulichen alten Weibern, die in den Marschen an der Nordküste auf dem Grunde tiefer Teiche lebten. Manchmal, so hieß es, paarten sie sich mit Kreaturen, die noch monströser waren als sie selbst, und gebaren Wesen, die über die Erde wanderten und sich von Menschenfleisch ernährten.

»Ich kenne eine außergewöhnliche Geschichte«, sagte Laidrad, als sein Vorredner geendet hatte, »von einem König, der eine Frau heiratete, die zehn Brüder hatte. Und beim Hochzeitsfest tötete dieser König den Vater seiner Braut und deren Brüder – alle bis auf einen, der in den Wald entkam und dort als Rudelführer unter Wölfen lebte und die Menschen mied.«

»Und was soll daran Besonderes sein, Laidrad?« fragte einer seiner Kameraden. »So etwas geschieht alle Tage!«

»Diese Geschichte ist anders. Denn wisset, die Frau kannte ihre Pflicht, Rache für den Mord an ihrer Sippe zu üben, und so schickte sie die Söhne, die sie gebar, zu ihrem Bruder in den Wald. Dieser stellte sie auf die Probe, und wenn sie diese nicht bestanden, tötete er sie. Schließlich wurde der Königin klar, daß ihr Gemahl, der

König, niemals ein Kind zeugen würde, das stark genug war, das zu tun, was getan werden mußte. Also tauschte sie die Gestalt mit einer Hexe und ging zu ihrem Bruder, um mit ihm das Lager zu teilen. Und sie gebar einen starken Sohn.«

»Ah«, kam es von den Zuhörern, die ihre Trinkhörner von den Sklaven nachfüllen ließen. »Das hört sich schon besser an.« Bettgeschichten und Geschichten über den Tod, das war es, was sie hören wollten, dachte Sigfrid, doch er selbst runzelte nachdenklich die Stirn, denn Teile der Erzählung kamen ihm vertraut vor.

»Die Königin sandte diesen Sohn in den Wald, wo er mit seinem Onkel leben sollte. Und eines Tages fanden Onkel und Neffe zwei Wolfspelze, die an einem Baum hingen. Und als sie sich diese überstreiften, da verwandelten sie sich in Wölfe …«

»Warge …« war zu hören, und einige der Männer kreuzten schützend die Finger.

Sigfrid durchlief ein eiskalter Schauder. Selbst durch den Nebel des Weins konnte er die Stimme seiner Mutter hören, die ihm diese Geschichte erzählte, und den weichen Wolfspelz unter seinen Händen spüren. Er wußte besser als jeder andere, wer die beiden Warge waren. Und er kannte die Macht des Pelzes, der verborgen in seinen, Sigfrids, Gemächern lag.

»Und haben sie den König getötet, der ihre Sippe ermordete?« fragte Gislahar, der auf den Ausgang der Geschichte neugierig war.

»O ja, sie haben seine Halle in Brand gesteckt. Und nachdem die Frau des Königs sich vergewissert hatte, daß ihre Rache gelungen war, kehrte sie in die Halle zurück und verbrannte mit ihrem Gemahl.« Laidrad stand auf und wandte sich der königlichen Tafel zu.

»Daraufhin bestieg ihr Bruder den Thron. Er nahm sich eine Frau, und nicht lange danach vergiftete diese den Neffen. Aber auch die Söhne, die sie ihm gebar, wurden nacheinander getötet. Wahrlich, diese Familie war nicht vom Glück gesegnet. Der König jedoch lebte lange und wurde alt, und auf seine alten Tage zeugte er noch einen weiteren Sohn.«

Sigfrid starrte Laidrad an. Die Bosheit, mit der dieser Mann die Geschichte vortrug, machte ihn sprachlos. Der Dunstschleier des Weines, der seine Sinne benebelt hatte, nahm eine rötliche Färbung an, und Sigfrid spürte, wie die Berserkerwut in ihm aufstieg. *Nicht hier!* versuchte er sich zu zügeln. *Nicht jetzt! Du darfst des Königs Frieden nicht in des Königs Halle brechen!*

Doch Laidrads Blick ruhte nun auf ihm. »Also, Sigfrid Sigmundssohn!« meinte er spöttisch. »Besitzt Ihr noch immer das Wolfsfell Eures Vaters? Wart Ihr es, den meine Männer beim letzten Vollmond über die Felder rennen sahen?«

»Oh, ich bitte Euch«, sagte Godomar in die Stille hinein. »Das Mondlicht spielt den Augen gerne einen Streich, vor allem wenn man weintrunken ist!«

»Bezichtigt Ihr meine Männer der Lüge?« fragte Laidrad spöttisch.

»Er sagt, daß sie sich geirrt haben müssen«, erwiderte Gislahar wütend. »Was sie zu sehen behauptet haben, ist unmöglich.«

Sigfrid sah zu dem Jungen hinüber und brachte ein Lächeln zustande, doch er war sich der Tatsache sehr wohl bewußt, daß weder Gundohar noch Hagano ihn verteidigt hatten. Stille trat ein, alle sahen zu Sigfrid herüber, und je länger das Schweigen andauerte, desto größer wurde das Mißtrauen in ihren Augen. Der Eindruck drohender Gefahr traf Sigfrid wie ein Schlag, und plötzlich war er wieder nüchtern.

»Laidrad –«, knurrte er. »Fordert Ihr mich heraus? Ich werde einen Schwur ablegen, daß ich niemandem hier in dieser Halle ein Leid zugefügt habe; weder in meiner Gestalt noch in irgendeiner anderen, die eine erhitzte Einbildungskraft Euren Männern vorgegaukelt haben mag. Und diesen Schwur werde ich aufrechterhalten, gegenüber Euch und jedem anderen – Mann gegen Mann!«

Er starrte Laidrad an, bis dieser den Blick senkte, doch Sigfrid konnte das Flüstern, das durch die Halle ging, nicht zum Verstummen bringen. Eisige Kälte breitete sich in ihm aus, denn das Trugbild von Zusammengehörigkeit hatte sich mit der benebelnden Wirkung des Weins verflüchtigt. Sein Ankläger wagte es nicht, gegen ihn zu kämpfen, ebensowenig wie die anderen; denn ob er nun ein Warg war oder nicht: sie hielten ihn noch immer für unbesiegbar.

Aber sie würden sich daran erinnern, daß er Laidrads Worten nicht widersprochen hatte. Wie hätte er es auch tun können? Er konnte seine Augen nicht verleugnen, ebensowenig wie das dichte Haar, das auf seinem Rücken wuchs, oder den Wolf auf seiner Helmzier. Nein, Sigfrid konnte den Wolf in sich nicht verleugnen.

FIEBER

Borbetomagus
Hartung, Hornung und Glanzmond,
A.D. 428

Die ersten drei Monde des Jahres hielten, was das Julfest versprochen hatte: Sie waren kühl und feucht und brachten weder die nötige Kälte, um das Land unter eine schützende Schneedecke zu legen, noch den heftigen Regen, um es reinzuwaschen. Die Monde, in denen die letzten Wintervorräte zur Neige gingen, waren stets die härtesten. In diesem Jahr lag alles im argen. Die verbliebenen Vorräte vermoderten in den Lagerräumen, und die Burgunden, hungrig, naß und unterkühlt, waren leichte Beute für die Hexen, die in den Sturmwinden jagten und ihre Pfeile abschossen, um Krankheiten zu bringen. Bald setzte das Sterben ein.

Es war nicht die Pest, doch eine ähnlich tödliche Krankheit, die mit Kopfschmerzen und Fieber begann. Das Fieber stieg so lange, bis der Kranke zu verbrennen schien. Dann zeigten sich rote Flecken auf der Haut, Schweißausbrüche wechselten sich mit Schüttelfrost ab. Dieser Zyklus wiederholte sich, bis das Fieber nichts mehr fand, wovon es sich nähren konnte. Manchmal war eins der Opfer stark genug, das Fieber zu ertragen, bis es ausgebrannt war, aber die meisten starben daran.

Alte und junge Menschen starben; Kinder und starke Krieger. Godomars hübsche junge Frau starb mit dem ungeborenen Kind. Kurz vor Hornung schlug Grimhilds Todesstunde, und man errichtete ihr einen hohen Grabhügel.

Anders als erwartet, verspürte Hagano keine Trauer, sondern nur eine abgrundtiefe Leere. Er sagte sich immer wieder, daß dies nun einmal der Lauf der Dinge sei: daß die Alten starben und die Jungen ihre Plätze einnahmen. Doch Grimhild war stets die treibende Kraft in seinem Leben gewesen, und nun war da nichts mehr.

Er betrat ihre Gemächer und kramte in ihren Säcken mit Kräutern, den Töpfen mit Tränken und den zusammengerollten Pergamenten voller Zaubersprüche. Doch Grimhild selbst war nicht mehr da. Nur manchmal, wenn er an ihrem Grabhügel saß, glaubte er, ihr Flüstern zu hören, und dann fühlte er sich ein wenig getröstet.

Die Tage wurden länger und wärmer, als es auf den Lenzmond zuging. Die Kühe kalbten und gaben Milch, als das Gras dichter wurde, und so konnten jene Bäuche, die es vertrugen, mit Butter und Käse versorgt werden. Es gab einiges an Frühlingsgemüse, aber kaum Nahrung anderer Art.

Überall im Land gingen Gerüchte um: darüber, daß die Himmel von Sternen beherrscht wurden, die unheilvoll zueinander standen; von Kälbern, die mit zwei Köpfen geboren wurden; von wilden Männern, die in ein Dorf schlichen und ein Kind raubten. Und eine Kreatur, so sagte man, die viel durchtriebener als ein gewöhnlicher Wolf war, hätte Schafe gerissen und ihre Kadaver auf den Feldern gelassen. Die Priester predigten laut gegen die alten Götter und beschworen die Menschen, ihre Sünden zu bereuen, bevor der Tag des Jüngsten

Gerichts anbreche, was sicherlich bald geschehen werde. Doch nachts an den Feuern erzählten die Menschen sich Geschichten über frühere karge Zeiten und die dunkleren Mittel, derer man sich einst bedient hatte, um Ragnarök abzuwenden.

An einem Morgen ein oder zwei Wochen vor dem Ostarafest brach der König auf, um Ordwini einen Besuch abzustatten. Wann immer das Wetter feucht war – und das war es fast den ganzen Winter über –, schmerzte Gundohars Bein, doch er wußte, daß er wieder mit dem Reiten beginnen mußte, wenn er in diesem Sommer eine Armee anführen wollte. Und was immer auch geschehen mochte, er war fest entschlossen zu kämpfen. Und wenn die Welt sich ihrem Ende näherte, um so besser! Er brauchte den Kampf, um die Erinnerung an das letzte Jahr zu verdrängen.

Gundohar hatte geglaubt, es wäre eine Erleichterung, von Borbetomagus wegzukommen, wo Brunhilds Verzweiflung wie ein Leichentuch über dem Palast lag. Doch obwohl er wußte, wie sehr das Fieber in der Stadt gewütet hatte, war ihm bisher nicht bewußt gewesen, welch verheerende Folgen es auf dem Land angerichtet hatte. Ein wenig begann er von der Katastrophe zu ahnen, als er an Dörfern vorbeikam, wo nur aus der Hälfte der Kamine Rauch aufstieg, und als er über Felder ritt, wo eigentlich das junge Korn seine Spitzen durch die Erde hätte strecken müssen. Nur die Totenacker waren in diesem schrecklichen Frühling bestellt worden.

Nachdem sie drei Tage gereist waren, sandte Gundohar einen Reiter zum nächsten Dorf voraus, um den Bewohnern kundzutun, daß die königliche Gesellschaft die nächste Nacht dort verbringen und um Gastfreundschaft bitten würde. Keiner der reichen Landsitze, auf denen sich die Krieger des Königs niedergelassen hatten, befand sich in der Nähe, und der Fürst, dem die umliegenden Ländereien gehörten, lebte viel zu weit ab von der Straße, um bei ihm vorzusprechen. Also blieb nur das Dorf übrig, und Gundohar wollte nicht unangekündigt dort erscheinen.

Ordwinis Halle lag nur eine halbe Tagesreise entfernt, doch Gundohars Bein schmerzte unerträglich, und er wollte sich gerne mit Brot und Wasser begnügen, solange es im Dorf nur ein Bett für ihn gab.

Der Ort bestand aus kaum mehr als einem halben Dutzend Häusern, doch er schien ungewöhnlich ruhig, als sie dort einritten: keine lärmenden Kinder und nur wenige kläffende Hunde. Vor dem größten der Gebäude wurden sie von ein paar Männern erwartet.

»Mein König –« Der Älteste neigte den Kopf nur leicht, als Gundohar sein Pferd vor ihm zum Stehen brachte. Hagano runzelte die Stirn angesichts dieses lauen Willkommens.

»Hat dir mein Bote von meiner Ankunft berichtet?« fragte der König. »Ich bedaure, daß ich unangekündigt eure Gastfreundschaft in Anspruch nehmen muß, aber eine alte Wunde macht es mir unmöglich, heute noch weiterzureiten. Wir haben unsere eigene Verpflegung mitgebracht, lediglich um eine Unterkunft ersuchen wir euch …« Gundohar hielt inne und wartete.

»Das ist gut«, sagte der Älteste, »denn wir haben kein Essen, das wir mit Euch teilen könnten. Und ich sollte Euch warnen, daß das Fieber in diesem Ort umgegangen ist.«

»Das Fieber ist überall umgegangen!« warf Gislahar

ungeduldig ein. Der König bedachte ihn mit einem warnenden Blick.

Gundohar glitt vom Rücken seines Pferdes und zuckte zusammen, als sein ganzes Gewicht wieder auf den verletzten Muskeln lastete. Wenigstens war es ein anderer Schmerz als der, den er in Borbetomagus zu ertragen hatte. Die Dörfler schienen eher mutlos als feindselig gestimmt zu sein. Es würde kein fröhlicher Abend werden, doch die strohgedeckten Dächer sahen dicht aus, so daß die Reisenden die Nacht zumindest im Trockenen verbringen würden.

Das Abendmahl war schnell beendet, und Gundohar überlegte gerade, wann er wohl zu Bett gehen könne, als Egward, der Wache hatte, ihm mitteilte, daß der Alte, der sie begrüßt hatte, zusammen mit einigen anderen Männern draußen warte.

»Bei allen Göttern, es ist sein eigenes Haus – natürlich können sie hereinkommen.« Gundohar streckte sein schmerzendes Bein, um es zu entlasten, und drehte sich auf der Bank, so daß er zur Tür hinsah. Die Männer traten ein und wirkten nicht weniger mürrisch als zuvor. Unschlüssig scharrten sie mit den Füßen und starrten ihren Anführer an.

»Nun, was wollt ihr von uns?« fragte Hagano schließlich. »Heraus damit! Ein beschwerlicher Tag auf der Straße liegt hinter uns, und der König ist müde.«

Der Älteste nickte und hüstelte. Sein Bart war von grauen Haaren durchsetzt, doch Gundohar erkannte, daß die Spuren, die er dem Alter zugeschrieben hatte, in Wahrheit von Krankheit und Unterernährung stammten; der Mann war tatsächlich nicht sehr viel älter als der König selbst.

»Wollt ihr mich um Geld bitten? Ich weiß, daß die Zeiten schlecht sind, und ihr werdet nicht auf taube Ohren stoßen«, begann er, doch einer der Männer schüttelte den Kopf.

»Was nützt mir Geld? Meine Söhne –«, rief er zornig, und die Krieger, die Gundohar umgaben, spannten die Muskeln. Doch der Älteste brachte den Mann zum Schweigen.

»Ihr müßt ihm vergeben. All seine Kinder starben, als das Fieber kam.«

»Ich verstehe«, sagte der König. »Auch in meinem Hause gab es Tote zu beklagen. Aber wenn Ihr keine Entlohnung wollt, warum seid ihr dann gekommen?«

Der Älteste warf ihm einen seltsamen Blick zu. »Entlohnung … nun, auf eine gewisse Art ist es das vielleicht. Wenn die Jahreszeit so schlecht wie diese ist, beginnt man nach Gründen dafür zu suchen. Wir sind nur arme Leute von bescheidener Herkunft, und doch haben wir in Euren Kriegen gedient, Herr. Wir haben unsere Ehre, und wir erinnern uns an die alten Bräuche. Seit der neue Glaube Einzug im Land gehalten hat, wurden den alten Göttern keine Opfer mehr dargebracht, und wir glauben, daß sie uns das verübeln. Wenn früher ein Zeitalter zu Ende ging, reichte jedoch auch damals nicht immer das Blut von Kühen und Pferden aus, um ein neues einzuläuten.«

»Was soll dieses Geschwätz?« Apius, ein Krieger römischer Abstammung, bekreuzigte sich. »Erwartet er, daß der König einen Menschen tötet, um seine Dämonen zu besänftigen?«

Doch Hagano, dessen Gesicht sich mit jedem Wort mehr verdüstert hatte, war nach vorne getreten, bis er zwischen seinem Bruder und den Dörflern stand, und der eine oder andere Krieger, der sich an die Geschichten über die alten Bräuche erinnerte, führte die Hand zum Schwert. Gundohar spürte den ersten eisigen Hauch der Angst über seinen Rücken kriechen.

Auch der Älteste sah die Reaktion der Männer, und seine Miene verzog sich zu einem bitteren Lächeln. »Fürchtet Ihr Euch vor uns? Schaut, wir haben nicht einmal Schwerter! Und dennoch« – und damit wandte er sich wieder an den König –, »Eure Männer haben allen Grund, sich zu fürchten. Wir kommen nur, um Euch zu berichten. Aber andere werden es dabei nicht bewenden lassen, wenn Ihr uns jetzt nicht zuhört.«

»Wovon redet er?« fragte Gislahar laut. Er stand nun in der ersten Blüte seiner Mannesjahre. Sein blondes Haar schimmerte im Licht des Feuers. Gundohar sah ihn an, und ein Stich ging ihm durchs Herz, denn er verstand nur zu gut, was die Dorfbewohner meinten. *Was ist, wenn sie ihn auswählen?*

»Eure Väter wußten es, mein junger Niflung. Als die letzte Plage das Land heimsuchte, hat man Gibichos Bruder geopfert, und die Götter waren versöhnt. Es war nicht nötig, den König zu opfern.«

Nun war es ausgesprochen! Einige der Männer murrten empört, doch andere sahen sich ängstlich an. Apius zog sein Schwert.

»Mein König, dieser Narr soll bezahlen für den Wahnsinn, den er redet!«

»Nur zu …« Der Älteste lachte ihn aus. »Tötet mich nur, wenn Ihr wollt. Meine Tochter und ihr Kind waren die letzten meiner Sippe. Ich habe sie gestern begraben. Doch es wird nichts ändern, wenn *mein* Blut vergossen wird. Ich stelle keine Bedrohung dar –« Er starrte Gundohar durchdringend an. »Euer Volk ruft Euch an! Vielleicht liegt es an dem neuen Gott oder daran, daß wir in einem neuen Land leben. Aber königliches Blut muß die Erde tränken. Und irgendwann wird es dazu kommen. Es wäre weitaus besser, wenn das Opfer willig dargebracht …«

»Hinaus!« schrie Apius. »Auch wenn mein König mir nicht erlaubt, dich zu töten, so kann ich doch dafür sorgen, daß er deine Gegenwart nicht mehr ertragen muß! Christus starb für uns alle, und sein Urteil wird all jene hart treffen, die seine Wiederkunft dadurch zu verzögern suchen, daß sie Menschen töten!« Er packte den Mann an dessen abgetragenem Wams aus Schafspelz und zerrte ihn zur Tür. Der Älteste leistete keinen Widerstand, und die anderen verloren den restlichen Mut, den sie noch gehabt hatten, und eilten hinterher.

»Ich will euch auch draußen sehen!« befahl Hagano dem Gefolge des Königs knapp. »Bildet einen Kreis um dieses Haus! Besser, wir opfern eine Nacht lang den Schlaf, als daß wir in unseren Betten bei lebendigem Leib verbrannt werden. Beim ersten Licht des Tages brechen wir auf.«

Gundohar, der sein Gesicht in den Händen verborgen hatte, lauschte auf das Klappern von Metall und das Scharren von Füßen, als seine Männer das Haus verließen. Er kannte die alten Bräuche, ebenso wie die Taten des Ermanarich: eine düstere Erinnerung an frühere Zeiten. Es entsetzte ihn, daß auch sein Volk sich daran erinnerte und daß die Menschen darin nicht bloß eine überkommene Überlieferung sahen. Der alte Brauch hatte für sie denselben Stellenwert wie die Zaubersprüche, mit denen sie auch heute noch ihr Vieh bedachten, oder die Kräuter, die sie für ihre Arzneien benutzten. Wenn man sich in einem Dorf daran erinnerte, erinnerte man sich auch in anderen daran, und Gundohar konnte nicht ununterbrochen auf der Hut sein. Wenn die Furcht der Menschen vor dem Zorn der Götter nur groß genug war, würden sie einen Weg finden, königliches Blut zu vergießen.

Schließlich wurde Gundohar bewußt, daß Hagano von der Einteilung der Wachen zurückgekehrt war und neben ihm saß. Sein grimmiges Wesen wirkte auf seltsame Weise beruhigend. Seit sie blutend zusammen an Waldharis Feuer gelegen hatten, war ein neues Band zwischen ihnen entstanden.

»Es ist nicht die Furcht vor dem eigenen Tod, die mich erzittern läßt«, murmelte Gundohar, »oder zumindest nicht ausschließlich. Es ist vielmehr ihr Zorn, der mich wie in einem eisigen Nordwind frösteln läßt; dieses Gefühl tiefer Verzweiflung. Und wenn der Mann recht hat, Hagano? Ist dies der Preis, den ich für mein Königtum zahlen muß? Und wäre es nicht leichter, mich ihnen jetzt auszuliefern, als ständig in der Furcht zu leben, wann ihr Schlag mich treffen könnte?«

»Sie fordern einen Mann aus dem königlichen Haus – oder einen, der im Ansehen eines Königs steht ...« sagte Hagano mit sonderbarer Stimme. Gundohar stand auf und starrte ihn an. Sein Bruder blickte nachdenklich ins Feuer.

»Was willst du damit sagen?«

»Unsere Mutter lehrte mich einst, daß das Gleichgewicht des Lebens durch Opfer aufrechterhalten wird. Doch die Zeitalter der Welt kehren in einer bestimmten Reihenfolge wieder. Der größte Einschnitt wird der sein, den die Christen die Apokalypse nennen und der bei uns Ragnarök heißt: die Zeit, wenn alles ein Ende findet. Selbst die Götter werden sterben, und ihr Tod wird das letzte Opfer sein, so daß eine neue Welt beginnen kann.

Doch es gibt auch weniger bedeutende Zeitenwenden, und dem Land neues Leben zu schenken erfordert oft den Tod eines herausragenden Mannes.«

»Eines Königs ...« sagte Gundohar, der sich wieder gesetzt hatte, und verstand endlich.

»Es geht nicht um den Mann selbst, sondern um das Amt, das er bekleidet. Allein das ist wichtig für das Ritual. Es muß ein Mann sein, der königliche Ehren erfahren hat – der wie ein Gott vor den Menschen gestanden hat. Sigfrid hat dies für dich getan, als er sich mit Gudrun vermählte – und, wie man mir erzählt hat, während der Dürre, als Gudrun und er auf dem Donarsberg tanzten. Im letzten Herbst fingen ihn die Erntearbeiter in den Feldern, doch sein Lösegeld wurde nie bezahlt. Er ist bereits als Opfer gezeichnet. Wenn er stürbe, wären alle Forderungen erfüllt, und Gudrun würde sein Gold erben.«

»Nein!« Gundohar sprang wütend auf. »Er ist kein Niflung! Er schuldet den Burgunden nicht sein Leben, und wir haben kein Recht, es zu nehmen, denn er hat sich nichts zuschulden kommen lassen!« Hagano drehte sich zu ihm um, und Gundohar wich vor dem düsteren Blick seines Bruders zurück.

»Unsere Mutter trug mir auf, die Niflunge zu beschützen«, sagte Hagano schließlich. »Ich werde alles tun, um mich dieses Vertrauens würdig zu erweisen. Du magst die Gefahr, getötet zu werden, durchaus auf dich nehmen wollen, aber kannst du mir wirklich verbieten, dich zu beschützen, indem ich einen Stellvertreter für dich finde? Du weißt ebensogut wie ich, daß auch Godos Blut vergossen werden könnte. Oder Gislahars.«

Gundohar wandte sich wieder dem Feuer zu. Die Holzscheite glühten golden wie der sagenumwobene

Schatz des Fafnar. »Aber Sigfrid ist unverwundbar«, gab er schließlich zu bedenken. »Es wäre nicht leicht, ihn zu töten ...«

Die Worte standen zwischen den beiden Brüdern im Raum, und als die Kohlen im Feuer schließlich verglühten, begriff Gundohar, daß er Hagano freie Hand gegeben hatte, falls dieser einen Weg finden konnte, Sigfrid zu töten.

»Herrin, da sind einige Frauen, die Euch sprechen wollen. Sie sagen, sie hätten Federn ...« Marcias Stimme klang betont gleichgültig. In den vergangenen Monaten hatten Brunhilds Dienerinnen gelernt, daß dies die beste Art war, sich ihrer Königin zu nähern.

Brunhild erkannte den Ton, und einen Augenblick lang verspürte sie Trauer. Doch nun gab es kein Zurück mehr. Sie nickte und zog sich den Schal um den Kopf, um ihr verfilztes Haar zu verdecken.

Es hatte zahlreiche Besucher dieser Art gegeben, seit Brunhild hatte verbreiten lassen, daß sie Raben aufkaufte. Der Mantel, auf den sie die Federn aufnähte, war inzwischen zu zwei Dritteln bedeckt. Einige nahmen an, dies wäre ihre Art, Almosen zu verteilen: indem sie für Kadaver bezahlte, die ansonsten nur dazu dienten, die Krähen von den Feldern zu verscheuchen. Andere behaupteten, daß die Königin sich in einen Raben verwandeln und davonfliegen würde, sobald der Mantel fertig sei. Und sie fügten hinzu, daß dies eine Erlösung wäre. Vielleicht hatten sie recht. Brunhild selbst wußte nicht genau, warum sie den Zwang verspürte, sich ein Festkleid zu nähen wie jenes, welches die Walkyriun ihr genommen hatten.

Brunhild zog den Schal enger um sich, als die Frauen eintraten. Ihrem Aussehen nach waren es einfache Bauersfrauen in ungebleichten Leinenkleidern, über denen sie Umhänge aus grob gewebtem Wolltuch trugen. Doch da war etwas in der Art, wie die erste der Frauen sich bewegte ... Die Frau richtete sich aus ihrer gekrümmten Haltung auf, und Brunhild erkannte das offene, knochige Gesicht und das dichte blonde Haar, obwohl acht lange Jahre den Goldton hatten dunkler werden lassen. Als Brunhild die Frau das letzte Mal gesehen hatte, hatte sie einen mitternachtsblauen Umhang getragen und das Gesicht abweisend zur Seite gewandt.

»Raganleob –«, sagte Brunhild leise. »Es ist lange her. Sind die Walkyriun so tief gesunken, daß sie bettelnd von Tür zu Tür ziehen?«

Raganleobs jüngere Gefährtin errötete, dann wandte sie das Gesicht ab, doch Raganleob selbst seufzte nur. Brunhild war für einen kurzen Augenblick beschämt. Die andere Frau war ihr in der Ausbildung ein paar Jahre voraus gewesen, aber sie hatte sie stets gerecht behandelt.

»Es tut mir leid; ich wollte nicht so scharfzüngig sein. Darf ich euch einen Tee anbieten?« Sie wies auf eine Bank auf der anderen Seite der Feuerschale. Die Tage wurden wärmer, doch innerhalb der Steinmauern war es noch immer kühl – oder vielleicht lag es nur an Brunhild selbst, daß sie stets fröstelte.

Während der Minzeduft des Tees, den Marcia ausschenkte, sich im Raum ausbreitete, musterten die Königin und ihre Besucherinnen sich gegenseitig, wie es Frauen tun, die sich längere Zeit nicht gesehen haben. Brunhild machte sich nichts vor, was ihr eigenes Aussehen betraf; sie war hager geworden, und in ihrem dunklen Haar zeigten sich die ersten silbernen Strähnen. Doch das Leben schien nicht sehr viel freundlicher mit Raganleob umgegangen zu sein.

»Wie steht's bei den Alben, wie steht's bei den Asen ... und wie steht es bei den Walkyriun?« fragte Brunhild, sich des alten Grußes bedienend, und lachte.

»Schlecht ...« Raganleob lächelte gequält. »Seit sie dich ausgestoßen haben, ist ihnen kaum etwas geglückt. Ich dachte damals schon, daß es unrecht war und zu nichts Gutem führen würde, aber meine Stimme zählte in ihrem Rat am wenigsten. Ich konnte nichts tun.«

Es war eine halbherzige Ausrede dafür, daß sie Brunhilds Leben zerstört hatte, dachte die Königin, sprach es aber nicht aus. In den vergangenen Jahren hatte sie gelernt, was es hieß, Zugeständnisse zu machen.

»Nachdem Fuchstanz niedergebrannt war, verteilten sich die Weisfrauen auf die Reste der Stämme. Die Hunnen ziehen inzwischen wieder auf der Suche nach neuem Grund und Boden umher, und kein Land ist vor ihnen sicher. Es scheint, als käme alles zu einem Ende. Wir haben uns seit damals erst dreimal versammelt und dann nur gestritten. Deine Flüche zeigen die gewünschte Wirkung.«

Brunhild zuckte mit den Schultern. Es hatte eine Zeit gegeben, da hätte sie dies mit Befriedigung vernommen, doch nun schien ihr ganzes Leben ein einziger Fluch zu sein.

»Wir haben gehört, daß du Federn sammelst«, sagte Raganleob schüchtern, »und wir fragten uns, ob du wohl deine alten Künste wieder ausübst ...«

Brunhild starrte sie erstaunt an. »Ihr habt mir diese Macht genommen – oder es versucht. Was wollt ihr von mir? Gunst oder Schutz? Ich kann euch etwas Gold geben, aber hier herrschen die Priester des Christengottes.«

»Das weiß ich.« Raganleob straffte die Schultern. »Ich wollte dich um etwas ganz anderes bitten. Hlutgard und Hadugera und viele andere der alten Walkyriun sind tot, und ihr Wissen ist verloren. Doch der Brocken ist weiterhin vor dem Zugriff Roms sicher, und einige unserer Schwestern leben noch immer dort. Sie würden uns willkommen heißen, besonders dich, denn du warst die Beste unserer Altersgenossinnen. Komm mit uns, Sigdrifa! Du hast kein Kind, das dich zurückhält, und man sagt, du seist nicht glücklich hier. Unser Leid begann, als wir dich verdammten. Vielleicht heilen unsere Wunden, wenn du zurückkehrst …«

Brunhild starrte sie verwirrt an, hin und her gerissen zwischen Empfindungen, die sie längst vergessen glaubte. Zorn und bittere Befriedigung waren darunter, doch sie wurden schnell von einem Gefühl des Verlustes hinweggeschwemmt.

»Ihr kommt zu spät …« flüsterte sie. »Sigdrifa starb vor acht Jahren …« *Sigfrid hat sie getötet … Ihr seht nur ihre Hülle vor euch.*

»Wir haben dir dies hier mitgebracht –«, sagte Raganleob und wickelte ihr Bündel aus. Brunhild sog scharf den Atem ein. Auf dem Leinentuch lag das Federkleid eines Raben, wundervoll gefärbt und noch immer mit den Schädelknochen versehen: ein Meisterwerk, wie es nur die Walkyriun zustande brachten. Es war bereits an eine leinene Kapuze genäht. Die schwarzen Schwingen schimmerten sanft im Licht der Lampen. Kohlschwarze Perlen saßen statt Augen in dem Schädel. Es kam Brunhild vor, als würden diese sie beobachten.

»Ich kann euch nichts geben, nichts!« Plötzlich brannten Tränen in ihren Augen.

»Dann nimm dies als Wiedergutmachung für das, was wir dir genommen haben!« Raganleob hielt ihr das Leinenbündel hin, und Brunhild nahm es entgegen. Wie leicht sich doch soviel Macht in ihren Armen anfühlte!

Ich werde es auf dem Totenbett tragen. Doch noch darf ich nicht sterben. Auch Sigfrid muß bestraft werden …

Raganleob und ihre Schülerin erhoben sich. »Wir wohnen in der Nähe des Matronentempels –« Sie nannte den Namen eines Fürsten, von dem Brunhild schon lange den Verdacht hatte, daß er dem alten Glauben anhing. »Laß uns wissen, wenn du uns brauchst, und wir werden kommen.«

Brunhild weinte noch immer, als Raganleob und ihre Gefährtin schon längst gegangen waren. Mit ihren Tränen taufte sie das Rabengefieder auf eine bittere Weise. *Ich muß es segnen,* dachte sie wie betäubt. Alte Erinnerungen stiegen in ihr auf, als sie sich der Kräuter zu entsinnen versuchte, die sie dazu benötigte. Sie hatte nicht alle zur Hand, aber ihr fiel ein, daß die alte Königin stets einen großen Vorrat getrockneter Pflanzen in ihren Gemächern aufbewahrt hatte.

Nach dem Abendessen machte Hagano sich auf den Weg zu den früheren Gemächern seiner Mutter. Diese waren nun kalt und verstaubten langsam, doch er hatte nicht zugelassen, daß Grimhilds Sachen fortgeschafft wurden. Einige der Sklaven weigerten sich, diesen Flügel des Palastes zu betreten. Sie raunten sich zu, daß der Geist der alten Frau dort umginge. Hagano hatte die Gemächer nicht betreten, seit er und sein Bruder von ihrem

Besuch bei Ordwini zurückgekehrt waren. Doch heute, auf der Jagd, hatte ein Pfeil Godomar nur knapp verfehlt. Als sie zwischen den Bäumen suchten, fanden sie keinen Schützen, aber die Botschaft war deutlich. Wenn sie nicht freiwillig ein Mitglied der königlichen Familie opferten, würden die Menschen ihre eigene Wahl treffen.

Hagano bangte nicht um das eigene Leben. Das gewöhnliche Volk wußte, daß er nicht der Sohn des alten Königs war, gleichgültig, welch höfliche Geschichten ihre Fürsten auch erfinden mochten. Und selbst wenn es nicht so gewesen wäre – Hagano glaubte nicht, daß irgend jemand, der den alten Bräuchen huldigte, nun noch Hand an ihn legen würde, nachdem er ein Auge verloren hatte.

Doch aus dem gleichen Grund war er sich sicher, daß sie Sigfrid als Opfer akzeptieren würden – vor allem, wenn er durch Haganos Hand fiel.

Dennoch zögerte Gundohar weiterhin, und wenn Hagano sich erinnerte, wie er vor Wut gezittert hatte, als Sigfrid ihn einen Sohn der Erdformer nannte, zweifelte er an seinen wahren Beweggründen dafür, die Tat selbst ausführen zu wollen. Außerdem hatte Gundohar recht, wenn er darauf hinwies, daß es schwer sein würde, Sigfrid zu töten, es sei denn, dieser stimme der Tat zu. Hagano hoffte, in den Räumen, auf denen noch immer der Schatten seiner Mutter lag, den rettenden Gedanken zu finden.

Als er die Tür öffnete, sah er aus dem Augenwinkel, wie sich etwas in dem Raum bewegte. Er fuhr zurück und kreuzte die Finger, um das Böse abzuwehren. Die Lampe erlosch und hinterließ nur den Eindruck einer ganz in Schwarz gehüllten Gestalt. Einen kurzen, angsterfüllten Augenblick lang fragte Hagano sich, ob die Sklaven recht hatten. Doch wenn dies der Geist seiner

Mutter war, hatte er sicherlich nichts von ihm zu befürchten.

»Wer ist da?« Er nahm eine der Fackeln aus den Haltern im Gang und spähte in das Zimmer.

Mitten im Raum stand Brunhild, eingehüllt in einen schwarzen Umhang, der nur ihr bleiches Gesicht mit den glühenden Augen frei ließ.

»Was hast du hier zu suchen?« fuhr er sie an, verärgert darüber, daß er sich vor ihr gefürchtet hatte.

»Ich bin die Königin«, sagte sie mit leiser Stimme. »Ich hätte diese Gemächer für mich beanspruchen können. Aber ich suche nur ein paar Kräuter. Willst du mich wegen einer Handvoll Wermutblätter töten?«

Hagano musterte sie. Er hatte sich oft gefragt, ob die alte Hexe Grimhild die junge Hexe Brunhild unter ihre Fittiche genommen hatte, während er bei den Hunnen lebte. Doch wäre dies der Fall gewesen, hätte Brunhild sich in den Gemächern ausgekannt. »Du suchst in den falschen Regalen«, sagte er laut. »Ich werde dir helfen.«

Warum bist nicht du es, die in ihrem Grabhügel liegt? Warum mußte es meine Mutter treffen? Er wollte, daß Brunhild die Gemächer so schnell wie möglich verließ, und fragte deshalb auch nicht, warum sie die Kräuter suchte. Erinnerungen an all die Gespräche, die er hier mit seiner Mutter geführt hatte, ließen ihn schaudern; er atmete tief ein. Er hatte geglaubt, dieses Stadium der Trauer läge bereits hinter ihm.

Was hatte die alte Königin über Brunhild gesagt? *»Ihre Zauber schützen ihn …«*

Mit dem Kräutersäckchen in der Hand drehte Hagano sich langsam um.

Auch Brunhild hatte inzwischen die Fassung wiedergewonnen. Als hätte sie seine Gedanken erraten, sagte sie: »Du hegst keine Liebe für Sigfrid.« Sie musterte ihn mit einem schwermütigen Blick, der seinen Puls beschleunigte. Zum erstenmal begann er zu verstehen, wie sie Gundohar betört hatte.

»So ist es«, sagte er ernst und fragte sich, wohin dieses Gespräch führen mochte.

»Sigfrid hat mich betrogen«, zischte Brunhild. »Wenn ich ein Rabe geworden bin, werde ich seine Seele mit mir davontragen. Doch ein anderer muß ihn für mich töten.«

Hagano legte das Säckchen mit dem Wermut auf einen Tisch und zog eine Bank zu der Lampe heran. »Setzt Euch, meine Königin«, sagte er förmlich, »und erzählt mir, warum Ihr Sigfrids Tod wollt ...«

Zögernd folgte sie seiner Aufforderung. Hagano lehnte sich so gegen eine Truhe, daß die Schatten, welche die Lampe warf, sein blindes Auge verdeckten. Brunhild blickte zu ihm auf.

»Bist du im Auftrag des Hohen unterwegs, nun, da er sich gegen Sigfrid und mich gewandt hat?« Als sie sah, wie er das Gesicht verzog, lachte sie. »Oder glaubst du noch immer, daß du aus freien Stücken handelst? Vertraue Wodan nicht, Hagano. Er läßt dir die Wahl, aber wenn du den falschen Weg wählst, läßt er dich im Stich.«

»Kann ich denn deiner Führung mehr vertrauen? Wie soll ich mich entscheiden, Brunhild? Wenn du Sigfrids Tod willst, dann töte ihn doch selbst.« Hagano kreuzte scheinbar gelassen die Arme, doch sein Herz pochte mit einemmal wild.

»Ich habe es versucht, aber ich kann es nicht«, flüsterte sie heiser. »Er ist geschützt. Ich schenkte ihm einen Teil meiner Seele.«

»Und wie hast du das zustande gebracht?« Haganos Worte flossen wie Öl über die ihren. »Erzähl es mir ...«

»Ich schrieb auf jeden seiner Körperteile die Runen der Macht …« Brunhilds Stimme wurde so leise, daß er sie kaum verstehen konnte.

»Welche?« fragte er, gleichermaßen gefesselt und abgestoßen, als sie sich vorbeugte und Runen auf einen Körper malte, den nur sie sehen konnte. »Und das war alles?« fragte er, als sie fertig war.

»Ich schützte seine Haut mit einem heiligen Öl aus geweihten Kräutern. Aus diesem Grunde kann ihn keine Waffe verletzen. Es sei denn, auf dem Rücken …« fügte sie hinzu, als käme es ihr erst jetzt wieder in den Sinn. »Das Öl ging mir aus, bevor ich meine Arbeit beenden konnte. Ich nahm an, daß es keine Rolle spielen würde. Sigfrid würde nie vor einem Feind davonlaufen.«

Aber er würde jemandem den Rücken zukehren, den er für einen Freund hält, dachte Hagano und fühlte sich plötzlich müde. *Wenn Sigfrid sterben soll, muß ich ihn von hinten töten … feige und wie ein Verräter.*

»Und wenn ich ihn für dich töte, Brunhild, wirst du dann glücklich sein?« fragte er laut.

»Nein«, antwortete sie leidenschaftslos, »aber vielleicht werde ich dann Frieden finden. Tu es, Hagano – ich werde jeden Preis zahlen, den du verlangst.«

»Jeden Preis?« Er lachte und dachte an all die Frauen, die einst seine Aufmerksamkeit bloß erduldet hatten und die ihn nun gänzlich mieden. »Wirst du mit mir das Lager teilen?«

Brunhild starrte ihn an. Ihr Gesichtsausdruck war undurchdringlich. »Wenn du es wünschst.«

Er blickte sie noch einen Moment lang an, dann wandte er sich ab. »Nein, danke. Das Bett meines Bruders ist bereits entehrt, und ich will mich nicht mit dem abgeben, was Sigfrid übriggelassen hat!«

Er hörte, wie sie scharf den Atem einsog, und wußte, daß er sie verletzt hatte. Doch er weigerte sich, Mitleid für sie zu empfinden. Immerhin hatte sie ihm gerade erzählt, wie er den Mann töten konnte, den sie einmal geliebt hatte.

Den ganzen Tag über war der Wind unbeständig gewesen; im Westen türmten sich Sturmwolken, und die untergehende Sonne färbte sie scharlachrot. Gudrun sah zu, wie das Licht sich aus diesem Himmel zurückzog, der wie eine Wunde wirkte, und zitterte – nicht nur wegen des kalten Windes.

»Mama!« Sunnilda streckte die Arme aus, um Gudrun an der Hand zu ziehen, und diese hob sie hoch, was ihr nicht mehr so leicht fiel wie noch vor einigen Monden. Für ein Kind von drei Wintern war Sunnilda sehr groß. Gudrun deutete auf den Himmel.

»Schau, wie schön die Farben sind …«

»Rot. Wie Eier«, entgegnete das Kind. »Ist Ostara bald? Morgen?«

»Nicht morgen, aber bald.« Gudrun seufzte.

Sunnildas Amme mußte ihr wieder Geschichten über die alten Feiern erzählt haben. Einige der Frauen hatten Gudrun gegenüber angedeutet, daß sie doch die Vorbereitungen treffen sollte, nun, da ihre Mutter tot war. Dem alten Kalender nach stand das Fest kurz bevor, während die Christen es ihrer Zeitrechnung nach einige Tage später feierten. Gudrun, die keine überzeugte Christin war, hatte allerdings nie alle Einzelheiten des heidnischen Rituals gelernt. Besser, sie ließ das Fest verstreichen, als ein Spottbild daraus zu machen, besonders da sie bezweifelte, daß irgend jemand in diesem Frühling das

Bedürfnis verspürte, der Göttin Dank abzustatten. Vielleicht konnten sie jedoch einige Eier für das Kind färben.

Das samtene Scharlachrot der Wolken verdunkelte sich zu einem Purpur von der Farbe des königlichen Mantels. Schließlich herrschte nur noch eine einförmige Dunkelheit, die sogar das Licht des Abendsterns dämpfte. Ein kalter Wind erhob sich, und Gudrun zitterte erneut.

»Komm, mein Kleines«, sagte sie sanft. »Es wird Nacht, und für uns gibt es hier nichts mehr zu tun.«

Als Gudrun in ihre Gemächer zurückkehrte, war sie überrascht, Sigfrid dort vorzufinden. Die Fürsten trafen zur Frühlingsversammlung in Borbetomagus ein, und Gudrun hatte erwartet, daß Sigfrid mit den Männern in der Halle aß.

»Wir brechen am Morgen zur Jagd auf«, erklärte er ihr, »und in diesen Tagen weiß selbst Godo, daß es ratsam ist, in der Nacht vor einem solchen Ausflug nicht allzuviel zu trinken. Statt gegen die Versuchung anzukämpfen, kann ich den Abend auch hier mit dir verbringen.«

Gudrun sah ihn unsicher an, denn es war lange her, daß er ihre Gesellschaft gesucht hatte.

»Gibt es etwas zu essen?« fragte er mit einem unerwarteten Lächeln, welches ihr das Herz zu zerreißen drohte. »Oder muß ich schon in dieser Nacht auf die Jagd gehen und einen Ostarahasen mit nach Hause bringen?«

»Ich werde meinen Zofen auftragen, genügend aus den Küchen herbeizubringen, damit du satt wirst«, sagte sie schnippisch. »Ich war nur überrascht.« Sie wandte sich rasch ab, aus Furcht, er könne annehmen, sie weise ihn ab.

Dann ging ihr plötzlich auf, daß sie eigentlich nicht hätte überrascht sein dürfen. Gudrun war das Gerede über Wölfe zu Ohren gekommen, und sie hatte bemerkt, wie die Männer Sigfrid ansahen. Trotz der Späße, die er darüber machte, hatte Sigfrid vielleicht gute Gründe, nicht in der Halle zu essen.

»Sigfrid«, sagte sie vorsichtig, »gibt es Unstimmigkeiten zwischen dir und meinen Brüdern?« Sie konnte spüren, wie er sie anstarrte, aber sie wandte den Blick nicht von dem Tuch, das sie auf dem Tisch ausbreitete.

»Natürlich nicht. Warum fragst du? Ich habe dir doch gesagt – wir gehen morgen früh auf die Jagd, und man hat ausdrücklich darum gebeten, daß ich mitkomme.«

»Geh nicht!« Die Worte waren heraus, bevor Gudrun darüber nachdenken konnte. Sie stand vollkommen reglos da, spürte, wie erst eine, dann noch eine Träne auf das Muster der Tischdecke tropfte. Sie hörte einen Fensterladen klappern. Der Sturm kam näher.

»Gudrun –«, sagte Sigfrid sanft. Dann faßte er sie an den Schultern, und sie fühlte seinen Atem über ihr Haar streichen. »Gudrun, meine Kleine, weine nicht.«

O ihr Götter! dachte sie. *Warum sagt er mir nicht, daß es keinen Grund zur Sorge gibt?*

Er zog sie näher an sich, und plötzlich gab sie nach – sie konnte nicht anders, obwohl sie wußte, daß es vielleicht ein Fehler war. Er war so stark und so warm, so *lebendig;* sicher konnte einem Menschen, der so stark war, niemals etwas geschehen!

»Es tut mir leid – ich bin eine Närrin«, sagte sie schließlich. »Gundohar würde niemals seinen Blutschwur brechen. Und außerdem brauchen sie dich in ihren Schlachtreihen!«

»Gudrun«, begann er, »ich liebe dich, glaube mir. Ich wünschte nur –« Er brach ab, als die Zofen das Essen brachten, und Gudrun unterdrückte einen Fluch. Die

Mädchen hätten zu keinem ungünstigeren Zeitpunkt kommen können. Sunnilda und ihre Amme folgten ihnen auf dem Fuß, und als das Kind auf Gudrun zugestürzt kam, versuchte sie angestrengt, fröhlich zu wirken.

Während des Essens sprachen sie die meiste Zeit mit Sunnilda, ganz wie zwei frisch Verliebte, die es nicht wagten, einander anzuschauen, aus Furcht davor, was ihre Blicke verraten könnten. Das Kind blühte unter ihrer beider Aufmerksamkeit auf, plapperte und lachte, bis die Amme den Kopf schüttelte und sich fragte, wie sie es nach dem Abendessen je ins Bett bringen sollte.

Sigfrid umarmte seine Tochter lange, als die Frau sich schließlich anschickte, das Kind fortzubringen. »Gute Nacht, mein kleiner Wolf. Geh jetzt mit deiner Amme, sonst fresse ich dich auf!« Er knurrte leise. Doch die gelben Augen des Mädchens blickten furchtlos in die seinen, und dann lachte Sunnilda. »Lach nur«, sagte Sigfrid und lächelte zurück. »Das ist auch eine Art, Gute Nacht zu sagen. Schlaf gut!«

»Das Kind ist groß für sein Alter«, wandte er sich an Gudrun, als die Amme und ihr Schützling gegangen waren.

»Ja …« antwortete sie. Sie zitterte wie eine Jungfrau. Sie verfluchte Sigfrid, der nach all der langen Zeit noch immer eine solche Wirkung auf sie hatte! Doch sie würde ihn noch mehr verfluchen, wenn er sie nach all den süßen Worten einfach so stehen ließe oder sich auf seiner Seite des großen Bettes zusammenrollte und die Wand anstarrte.

Doch als Sigfrid sich versichert hatte, daß die Tür zu ihren Gemächern verschlossen war, kam er zu ihr zurück. Über dem Heulen des Windes draußen hörte sie das Flüstern ihres Namens, und sie drehte sich um, um seinem Kuß zu begegnen. Als er die Arme um sie legte und sie fest an sich drückte, vergaß sie all die Vorwürfe, die sie ihm hatte machen wollen, falls er sich ihr jemals wieder zuwenden sollte. Die Regeln, die sie hatte aufstellen wollen, um ihren verletzten Stolz zu befriedigen, hatten ihre Bedeutung verloren.

Ich werde nicht fragen, ob es ihm leid tut, daß er mich so lange vernachlässigt hat, dachte sie. *Oder warum er heute nacht so zärtlich zu mir ist. Was immer es auch bedeuten mag, ich werde nicht weinen. Ich will es nicht wissen. Nur das Jetzt zählt.* Und dann gab sie sich ganz seiner Umarmung hin.

Sie schien eine Ewigkeit zu dauern. Gudrun spürte eine Arglosigkeit in der Art, wie Sigfrid sie küßte, eine Unbeschwertheit, die ihm einst eigen gewesen war – damals, als sie sich vermählten – und die später verschwand. Sie hatte stets geglaubt, daß diese Veränderung einfach mit dem Alter gekommen wäre und mit der gegenseitigen Gewöhnung. Doch plötzlich war es, als hätten sie sich nie zuvor geküßt.

Langsam öffnete er die Fibeln, die ihr Gewand an den Schultern zusammenhielten. Während der wärmeren Jahreszeiten trug Gudrun im Haus keine Tunika darunter, und ihre bloßen Brüste legten sich wie von selbst in seine Hände. Sie rieb über den straff gespannten Stoff seiner Tunika, sehnte sich nach der Haut darunter und preßte sich gegen Sigfrid, bis auch dessen Atem heftiger ging. Er öffnete seinen Gürtel und zog sich die Tunika über den Kopf. Während seine Hände sich unter den Stoff ihres Gewandes schoben, um den geflochtenen Hüftriemen zu lösen, band sie die Kordel auf, die seine Hosen hielt, und ergriff das warme, pulsierende Fleisch, das ihren Händen lusterfüllt entgegenwuchs.

Und Sigfrid lachte, hob sie auf – mühelos, als wäre sie ein Kind – und trug sie in das angrenzende Zimmer.

»Laß uns Sunnilda einen kleinen Bruder schenken …« sagte er, als er neben ihr auf das Bett sank. »Leben läßt sich nicht dadurch verlängern, daß man Gefahren meidet. Ich hatte unrecht, dich so lange abzuweisen.«

Aber Gudrun konnte ihm nicht antworten, selbst wenn sie es gewollt hätte. Schon bevor Sigfrid aufhörte, ihren Bauch zu streicheln, und seine Hände tiefer wanderten, verzehrte sie sich vor Verlangen nach ihm. Sie schrie auf, als er in sie eindrang; sie war so eng wie eine Jungfrau geworden, so lange war es her, daß er sie das letzte Mal geliebt hatte. Doch als er sie schließlich mit sanftem Druck ganz ausfüllte, entflammte jede Faser ihres Körpers.

Und dann begann Sigfrid sich auf ihr zu bewegen, und alles um sie herum versank in Bedeutungslosigkeit.

In dieser Nacht liebte Sigfrid sie, als wolle er all seine Versäumnisse wiedergutmachen. Draußen hatte der Sturm seine Regenschauer freigesetzt, und der Sturm, der im Zimmer tobte, stand dem in nichts nach. Ihrer ersten, verzweifelten Vereinigung folgten zärtliche Liebkosungen, die Gudruns Erregung langsam bis zur Ekstase steigerten – immer und immer wieder –, bis sie schließlich erschöpft in Sigfrids Armen einschlief.

Doch trotz der angenehmen Trägheit, die seine Glieder schwer machte, lag Sigfrid wach und lauschte auf das Seufzen des Windes und den sanften Atem der Frau an seiner Seite. Ihre Haut war noch immer feucht von Schweiß; sie lagen so eng ineinander verschlungen, daß es schwerfiel zu sagen, wo sein Körper endete und ihrer begann. Ohne danach zu fragen, wußte er, daß er ihr Befriedigung verschafft hatte. Inmitten all des Todes, der sie umgab, hatten sie das Leben gefeiert, und das war zweifellos gut. Warum also konnte nicht auch er zufrieden in den Schlaf sinken?

Der Wind wurde lauter, und Sigfrid glaubte, Stimmen zu hören. Vorsichtig löste er sich von Gudrun, stand auf und öffnete den Fensterladen im Zimmer nebenan. Hinter den Mauern des Hofes konnte er die Schatten der Bäume ausmachen, die ihre schwankenden Äste gegen den Himmel schüttelten. Sie sahen wie tanzende Frauen aus, wie dunkle Disen, Geisterfrauen, die einen Zauber woben …

Sigfrid atmete die Nachtluft ein und wußte, daß der Morgen nahte, daß jene finsteren Stunden zwischen Mitternacht und Sonnenaufgang angebrochen waren. Der Palast des Königs lag in tiefem Schlaf, alles war dunkel bis auf ein Licht, das auf der anderen Seite des Hofes in den Gemächern der Königin brannte. Auch Brunhild war wach. Er fragte sich, wie oft sie an ihrem Fenster gestanden und herübergeschaut haben mochte. Er hatte so lange jeden Gedanken an sie verdrängt, doch seit ihrer letzten Begegnung konnte er sie nicht mehr vergessen. Selbst jetzt, da sein Körper erschöpft vom Liebesspiel mit Gudrun war, sehnte sich sein Geist nach der Frau, deren Haß auf ihn wie eine schwarze Flamme brannte. Gudrun war seine Gefährtin in der Welt der Menschen und weckte all seine Zärtlichkeit … doch Brunhild war der Schatten seines Wesens, den er so lange verleugnet hatte – seine Seele.

Ich liebe beide, und ich habe beiden Unrecht zugefügt, dachte er traurig, *doch am meisten davon Brunhild …*

Eine Böe griff nach dem Fensterladen in seiner Hand

wie ein Bote, der vor einer heranziehenden Armee warnt. Es gab keine Ruhe am Himmel. In der Ferne hörte Sigfrid ein Donnern, als nähere sich tatsächlich ein Feind, doch als sich ihm die Nackenhaare stellten, wußte er, daß es keine sterblichen Heerscharen waren, die in dieser Nacht die Himmel durchstreiften.

Ein Vorgefühl auf die morgige königliche Jagd ergriff ihn, als er ein klagendes Rufen am Horizont hörte, das wie Hornstöße oder das Bellen von Hunden klang. *Es ist der Ruf der Wildgänse auf ihrem Flug nach Norden*, sagte er sich. Es war eine Musik, die er als Kind oft genug vernommen hatte. Doch nie zuvor hatte er die Gänse mit so schmerzlicher Eindringlichkeit rufen hören.

Ein Windstoß ließ Sigfrid blinzeln. Obwohl die Sterne nicht zu sehen waren, blitzten plötzlich Lichter am Himmel wie ein Schauer glühender Kohlen – oder die Funken unter den Hufen galoppierender Pferde. Zitternd stand Sigfrid da. Er wußte, daß jeder vernünftige Mensch nun die Läden verschließen und sich unter den Bettlaken verkriechen würde. Doch bisher war er noch nie vor etwas davongelaufen, das ihm Furcht eingejagt hatte.

Inzwischen glaubte er, die Pferde fast sehen zu können: Mit wehender Mähne und wehendem Schweif huschten dunkle Schatten über den Himmel, aber man sah mehr Beine, als Pferde für gewöhnlich haben. Sigfrid erkannte Speere, die geschwungen wurden, und das bleiche Leuchten von Gesichtern. Der Schrei von Kampfgöttinnen schallte über den Himmel. Sie geleiteten die gefallenen Krieger: Goten, die Sigfrid in der Schlacht bekämpft hatte, die Söhne Hundings, Fafnar der Gestaltwandler und Ragan, sein Ziehvater, den er geliebt – und getötet hatte.

Sigfrid klammerte sich an den Fensterrahmen. Nach

dem Tumult setzte eine tiefe Stille ein, und zwei Wölfe aus Nebel hetzten über den leeren Himmel. Sigfrid kannte den Jäger bereits, der ihnen auf seinem achtbeinigen Roß folgte. Sein Herz pochte. Es war leichter gewesen, als ihn der Hohe in menschlicher Gestalt angesprochen hatte.

»*Sigfrid!*« Er hörte den Ruf, doch er wußte nicht, ob mit den Ohren oder dem Herzen. »*Sigfrid, reite mit mir ...*«

Der Knochenschädel des Pferdes wandte sich ihm zu. Die Augen des Gottes funkelten, und Sigfrid las den Wahnsinn darin – und die Wildheit, die ihn als Wolf über die Felder hatte jagen lassen auf der Suche nach einer Antwort. Er hatte von dieser Begegnung geträumt, mit Sigdrifa an seiner Seite.

»*Ich biete dir eine Fluchtmöglichkeit*«, ertönte der Ruf. »*Reite mit mir!*«

Doch die Frau auf dem Bett rührte sich und schrie, als hätte sie einen Alptraum. Sigfrid bemühte sich, den aufkeimenden Wahnsinn zu unterdrücken, und als es ihm gelungen war, sah er, wie auch Ruhe in das Antlitz des Hohen kam.

»Nein! Ich habe getötet, doch das war nicht alles, was ich getan habe«, flüsterte Sigfrid und blickte zu dem Gott hinauf. »Ich kann nicht davonlaufen ...«

»*Die Entscheidung liegt bei dir*«, sagte Wodan. »*Und dennoch wirst du eines Tages zu mir kommen ...*« Er hob den Speer zum Gruß, und Sigfrid starrte den Hohen voller Verwunderung an: Auf Wodans Wange glitzerte eine Träne. Dann erhob sich erneut der Wind, und der Umhang des Gottes blähte sich auf und hüllte die Gestalt ein. Das mächtige Pferd setzte sich in Bewegung: ein Brausen, ein Wiehern, das Brechen von Ästen, und die Wilde Jagd ging weiter.

Zitternd schloß Sigfrid die Fensterläden und schob den Riegel vor. Als er zum Bett zurückging, fuhr Gudrun aus dem Schlaf hoch und rief seinen Namen.

»Beruhige dich ...« Er nahm sie in die Arme. »Der Wind hat einen Fensterladen losgerissen, und ich habe ihn wieder geschlossen.« Gudrun klammerte sich bebend an ihn. Er zog sie noch fester an sich und murmelte ihren Namen.

»Sigfrid, es war mein Traum! Mein Traum!« flüsterte sie, als sie sich etwas beruhigt hatte. »Ich ging zusammen mit einem Hirsch im Wald spazieren, und ich liebte ihn über alles. Doch dann kam ein Rabe geflogen und schrie, und alle anderen Tiere griffen den Hirsch an und rissen ihn in Stücke!« Sie schüttelte voller Verzweiflung den Kopf. »Es hört sich so dumm an, wenn ich es erzähle, aber ich spüre noch immer die Trauer, die mich ergriff, als ich das Blut auf dem Waldboden sah. Sigfrid, geh morgen nicht auf die Jagd. Ich habe solche Angst!«

»Still, mein Liebes, still. Denk daran: Ich bin ein Wolf. Es ist das Wild, das stirbt, wenn ich auf die Jagd gehe, nicht der Jäger!« Sigfrid streichelte ihr Haar, bis sie aufgehört hatte zu schluchzen. Dann liebkoste er sie ganz behutsam, bis sie wieder eingeschlafen war.

Danach hielt er sie in den Armen und wußte, daß er heute nacht keinen Schlaf finden würde. Trotz all seiner gegenteiligen Versicherungen, seine eigenen Visionen und Gudruns Träume waren böse Omen, und er konnte sie nicht mit einem Schulterzucken abtun. Er wußte nicht, warum die Niflunge sich gegen ihn wenden sollten, doch seit Gundohar von seinem Besuch bei Ordwini zurückgekehrt war, hatte der König sich seltsam abweisend verhalten. Und Hagano ... nun, ihm hatte Sigfrid nie vertraut. Es konnte durchaus sein, daß sie vorhatten, ihm morgen ein Leid zuzufügen, aber sicherlich war er ihnen gewachsen.

Gudrun wimmerte im Schlaf und schmiegte sich eng an ihn. Er küßte ihr weiches Haar. Wenn ihm der Tod bestimmt war, würde sie allein zurückbleiben, doch er konnte nicht verlangen, daß man ihn wegen Gudrun verschonte. Er hatte soviel Böses getan, ohne zu wissen, was er tat oder wohin es führen würde. Wenn ihm diesmal eine Warnung zuteil geworden war, so konnte er bloß versuchen, der Herausforderung zu begegnen, so gut es ihm möglich war.

Es gab einen Grundsatz, dem Sigfrid stets treu geblieben war: niemals vor etwas davonzulaufen. Sein Mut hatte ihn kein einziges Mal im Stich gelassen. Brunhild hatte allen Grund, ihn zu hassen. Und was die anderen betraf ... Nun, selbst wenn die Männer, die er wie Brüder geliebt hatte, tatsächlich zu seinen Feinden geworden sein sollten: Sigfrid würde nicht vor ihnen fliehen.

ᚨ

DAS OPFER

Köhlerwald
Ostarafest, A.D. 428

Die Morgendämmerung brach rot und regnerisch herein. Die Farbe schwand langsam aus den Wolken, als würden die letzten Regentropfen sie vom Himmel waschen. Als Hagano den Hof überquerte, sah er überall Äste und zersplitterte Schindeln liegen, die der Wind heruntergeweht hatte. Sein gesundes Auge brannte vor Übermüdung, und das blinde schmerzte ihn, doch wenn er sich umhörte, war er nicht der einzige, der in dieser Nacht keinen Schlaf gefunden hatte. Und er war nicht der einzige, der die Hörner am Himmel gehört und Geister gesehen hatte, die durch den Sturm ritten.

»Es war die Wilde Jagd«, sagte einer der Fährtensucher, »und der alte Wodan selbst führte sie an. Ein böses Omen, zweifellos. Aber für wen?«

»Vielleicht für uns alle«, sagte einer der jüngeren Männer. »Bei den Göttern, es wäre kein Wunder, so schlecht, wie es in diesem Jahr um uns bestellt ist! Vielleicht steht das Ende der Welt diesmal tatsächlich bevor.«

»Möge Gott uns davor bewahren!« Einer der Jäger bekreuzigte sich.

»Oder die Götter ...« Sein Gefährte blickte zu Hagano hinüber und machte ein Schutzzeichen.

Ich bin nicht Wodan, sagte Hagano leise und wandte sich ab. *Wodan reitet im Sturmwind und flüstert in den neuen Blättern.* Heute morgen war es nur ein Flüstern, doch in der Nacht hatte die Stimme des Hohen Hagano aus dem Bett ans Fenster gelockt. Und sie hallte in seiner Erinnerung noch immer nach …

»Hagano, mein Sohn, höre!«

»Laß mich in Ruhe, alter Mann«, hatte er auf jenes Flüstern hin geantwortet. *»Ich diene dir nicht.«*

»Wem dienst du dann?«

Diese Frage war noch immer unbeantwortet. Hagano rieb sich die Stirn und zuckte zusammen, als das laute Bellen der Hunde erklang, die man für die Jagd zusammentrieb.

»Fehlt dir etwas, Bruder?« Gundohars Stimme ließ ihn herumfahren. »Wenn du dich nicht wohl fühlst, brauchst du nicht mit uns aufzubrechen. Ich sehe Sigfrid nicht, und er war auch nicht zum Essen in der Halle«, fügte er gutgelaunt hinzu. »Vielleicht schließt er sich uns nicht an. Wahrlich, nach einer Nacht wie dieser frage ich mich, ob wir überhaupt auf die Jagd gehen sollten.«

Hagano riß sich zusammen. »Es geht mir gut genug, um zu tun, was getan werden muß. Ich weiß nun, wie man Sigfrid töten kann, Gundohar.«

Der König blinzelte, und Hagano wußte, daß er insgeheim gehofft hatte, sie würden keinen Weg finden. Vielleicht hatte auch Hagano es gehofft, bevor er mit Brunhild gesprochen hatte. Drei Tage lang quälte ihn nun das Wissen wie ein Speer, den man in seine Eingeweide getrieben hatte. Dann hatte Godo vorgeschlagen, einen gemeinsamen Jagdausflug zu unternehmen. Sigfrid hatte zugestimmt, und Hagano war klargeworden, wie er vorzugehen hatte.

Schallendes Gelächter ertönte, als Godomar den Hof betrat. Trotz allem hatte er die Nacht durchzecht und sah nun triefäugig und verkatert aus, doch er nahm den Spott, der ihm entgegenschlug, grinsend hin.

»Hüte dich vor verirrten Pfeilen, Godo!« rief jemand. Die Männer lachten, doch der König erbleichte.

»Genau dies ist der Grund, warum Sigfrid sterben muß, Bruder«, flüsterte Hagano. »Es muß ein Opfer dargebracht werden, und wenn es Sigfrid sein soll, muß es geschehen, bevor die Sippenfürsten sich wieder versammeln. Erinnere dich, wie die Krieger Sigfrid beim Herbstfest zugejubelt haben. Er könnte das Königreich spalten, wenn er sich bedroht sähe – zu viele Krieger erinnern sich daran, wie er sie auf dem letzten Feldzug zum Sieg geführt hat.«

Ich bin es leid, mich selbst zu überzeugen, dachte Hagano, während er auf die Antwort des Königs wartete. Dann sah er, wie Gundohar sich anspannte, und drehte sich um.

Sigfrid war aus dem Flügel des königlichen Palastes getreten, der am anderen Ende des Hofes lag. Er bewegte sich mit jener Geschmeidigkeit, die sonst keinem Manne eigen war. Er war ganz in Grün für die Jagd gekleidet: den Speer in der Hand, den Bogen auf dem Rücken und das Auerochshorn mit dem silbernen Mundstück an der Seite. Das junge Sonnenlicht glänzte auf seinen eichbraunen Haaren. Einige der Jäger traten zur Seite, als er an ihnen vorbeischritt, und flüsterten. Doch selbst jene, die ihm grüßend zunickten, näherten sich ihm nicht. Eine Ruhe umgab ihn an diesem Morgen, die jede Vertraulichkeit verbot.

»Der Kornkönig«, flüsterte Gundohar, und Hagano nickte. Sigfrid kam lächelnd auf sie zu.

Hagano räusperte sich und wandte sich an seinen Bruder: »Mein Fürst, ich würde gerne Euren Königsspeer auf die Jagd mitnehmen. Erlaubt Ihr mir, ihn aus der Halle zu holen?«

»Den Schwurspeer?« Gundohars Stimme brach, doch es gelang ihm, ein freundliches Lächeln aufzusetzen, als Sigfrid sich ihnen näherte. »Wenn es sein muß ...« fügte Gundohar hinzu, und Hagano machte sich auf den Weg.

»Kommt dein Bruder nicht mit?« hörte er Sigfrid fragen, während er sich weiter von ihnen entfernte.

»Er wird später zu uns stoßen«, antwortete Gundohar.

Hagano hörte die Anspannung in der Stimme seines Bruders und wußte, wie schwer Gundohar dies alles fiel. *Doch für mich ist es noch schwerer,* dachte er grimmig, während er sich die Runen ins Gedächtnis rief, die er auf die Speerspitze zeichnen mußte, wollte er Sigfrids Schutz durchbrechen. *Ich werde derjenige sein, der zustößt.*

Brunhild stand an ihrem Fenster, den dunklen Umhang um sich geschlungen, und beobachtete, wie sich der Jagdtrupp unten im Hof versammelte. Sie lehnte sich gegen den Fensterrahmen, denn ihre Knochen schmerzten vor Müdigkeit. Seit Tagen schon hatte sie keinen Schlaf mehr gefunden, und in der vergangenen Nacht hatte sie kein Auge zugemacht. Sie wußte, daß auch Sigfrid wach geblieben war, denn sie hatte zuerst die Freude gespürt, die er empfunden hatte, als er Gudrun liebte, und dann die Anspannung, als er der Stimme des Sturms lauschte.

Doch obwohl auch sie die Wilde Jagd gesehen hatte, wußte sie nicht, was Sigfrid auf Wodans Fragen geantwortet hatte, denn sie hatte nur das Bellen der Geisterhunde vernommen, das lauter gewesen war als das Kläffen der Hunde unten im Hof. Das Bellen und die Stimme des Hohen, der die Meute führte. Sie konnte sie noch immer hören: »*Sigdrifa, meine Tochter, wo bist du? Komm zu mir …*«

Doch sie hatte sich unter den Bettlaken versteckt und vor Angst und Kummer gewimmert, bis der Wind sich legte und sie wußte, daß der Hohe gegangen war.

Die Stimmen der Menschen unten auf dem Hof kamen ihr nach dem mächtigen Ruf der Nacht schwach und tonlos vor. Einige der Krieger hänselten einander wegen der Frauen, die sie behaglich im Bett zurückgelassen hatten. Aus Sigfrids Grinsen schloß Brunhild, daß auch Gudrun zu jenen Frauen gehörte. Sie stellte sie sich vor: erschöpft und zufrieden schlummernd nach der langen Liebesnacht, die Sigfrid ihr geschenkt hatte. *Schlaf nur, meine Schwester,* dachte sie, *und lächle, denn bald schon wirst du weinen …*

Mit trockenen Augen beobachtete Brunhild, wie ein Sklave Grani brachte und Sigfrid sich mit jener Anmut, die ihr stets die Kehle zuschnürte, auf dessen Rücken schwang. Diesmal jedoch blieben die Tränen aus, die ihr sonst Erleichterung brachten. Würde sie jemals wieder weinen können?

Der Anführer der Jäger stieß in sein Horn, und die Reiter formierten sich locker, griffen nach ihren eigenen Hörnern und bliesen zur Antwort. Brunhild hielt den Atem an, als Sigfrid das Auerochshorn an die Lippen setzte und der tiefe, süße Ton über den Hof erscholl, lauter als alle anderen und in der kalten Luft vibrierend. Der Bogen seines Arms und die Muskeln an seinem Hals schienen eine eigene Musik zu spielen, eine schmerzlich schöne Musik. *Jetzt werde ich weinen,* dachte sie. Doch ihre Augen blieben trocken.

Und dann, als die Männer langsam loszogen, blickte Sigfrid zu Brunhild herauf, und sie sah, daß seine Augen klar und voller Frieden waren; ein Frieden, der sich in Liebe verwandelte, als er ihren Blick auffing.

In diesem Augenblick wurde Brunhild Opfer ihrer Tränen. Sie verschleierten ihr die Sicht, so daß sie nichts mehr sehen konnte. Sie weinte noch immer, als Hagano wenig später den anderen hinterherritt. In der Hand hielt er den Königsspeer.

Hagano kannte den Weg, den die Jäger einschlugen, doch er folgte ihnen nicht augenblicklich. Er ritt zuerst in den Wald zur Hütte seiner Mutter, um dort den Zauber, den Brunhild ihn gelehrt hatte, über den Speer zu weben.

Das Haus war kalt und feucht. Doch Hagano brauchte hier nicht zu übernachten. Er mußte nur einen Zauber sprechen.

Er entfachte ein Feuer in der Mitte des Raums und hängte einen Kessel mit Wasser darüber. Dann begann er in den Regalen nach den Kräutern zu suchen, die er brauchte. Brunhild hatte Sigfrid mit Kräutern geschützt, und mit Kräutern würde Hagano diesen Schutz durchbrechen – diesen Schutz und jeden anderen Bann, unter dem Sigfrid stand, selbst jene Hexenkunst, mit der Grimhild ihn Brunhild hatte vergessen lassen. Bevor Sigfrid starb, sollte er sich all seiner Sünden erinnern.

Hagano wählte Leinkraut und Benediktendisteln, Lerchensporn, Helenenkraut und Hahnenfuß – reinigende und lösende Kräuter. Er warf sie nacheinander in den Kessel. Als die Mixtur dampfte, fügte er Fenchel, Giftsumach, Lanzengras und zuletzt Misteln hinzu. Ein beißender Geruch stieg von der schwarzen Brühe auf, und mit gerümpfter Nase rührte Hagano sie um, bis sie kochte und er die Kräuter mit einem Zauberspruch seinem Willen entsprechend bannte:

Neun Kräuter vermeng' ich, neun Kräuter beschwör' ich,
Neun gute Gewächse, von Gotteshand gebrochen.
Gegen neun Zauber soll'n diese Kräuter wirken,
Gegen neun Geister sollen sie kämpfen:
Gegen den Zauber der Alben, den Zauber des Wurms,
Gegen den Zauber der Hexe und den der Walkyrja,
Gegen den Zauber des Volks, von Freund und Familie,
Gegen alle Bande und jeglichen Schutz.
Meine Macht sucht sie, meine Macht bricht sie,
Durch Weisheit, Wort und Willen bann' ich sie,
Um ihnen Kraft zu geben gegen alle Magie.

Als das Gebräu lange genug gekocht hatte, tauchte Hagano die Speerspitze in den Kessel.

Eine Zeitlang ließ er sie dort, wisperte den Zauberspruch und spürte, wie die Macht des Gebräus vom Wasser in den Stahl floß.

Und dann, als er die Veränderung deutlich fühlen konnte, zog er den Speer heraus und ritzte mit der scharfen Spitze eine rote Linie auf seinen Arm. Dreimal spuckte er auf die Wunde, und mit der Mischung aus Blut und Speichel zeichnete er die Runen auf die zarten silbrigen Linien, die das dunkle Metall der Klinge durchzogen.

Tiwaz, daß Gerechtigkeit geschehe; *Naudhiz*, daß das Schicksal sich erfülle; *Hagalaz*, daß eine gewaltsame Wandlung sich vollzöge; und *Ansuz*, um das Opfer dem Hohen zu weihen.

Nun also klebt auch mein Blut an diesem Speer, dachte Hagano grimmig. *Doch mein Schwur soll ein anderer sein:*

»Beim Blut, das ich vergossen, und beim Zauber, den ich hier gewirkt, will diesen Schwur ich leisten ...« Er hielt den Speer hoch. »Mit dieser Klinge werde ich Sigfrids Leben nehmen. Möge sein Blut den Göttern als Opfer dienen und Brunhild ihre Rache finden ...«

Hagano kippte den Kessel um, löschte das Feuer und wickelte die Speerspitze sorgfältig ein. Dann brach er auf, um sich der königlichen Jagd anzuschließen.

In mageren Zeiten wie diesen erfüllte die Aussicht auf frisches Fleisch die Jäger mit noch größerer Begeisterung als gewöhnlich. Als sie in den Wald einritten, verblaßten Sigfrids Erinnerungen an die nächtlichen Visionen und mit ihnen seine Niedergeschlagenheit. Die Luft war taufrisch, gereinigt vom Wind der vergangenen Nacht. Mit jedem Atemzug nahm er neue Düfte wahr, die von der feuchten Erde aufstiegen. Grani tänzelte unter ihm, und plötzlich mußte Sigfrid lachen. Er öffnete seine Sinne, bis sie den ganzen Wald umschlossen, und er spürte, wie das Leben darin zu einem Teil seiner Selbst wurde.

Wovor hatte er sich gefürchtet? Wenn er beschloß, zwischen den Bäumen zu verschwinden, würde ihn kein Mensch mehr finden! In der Halle des Königs mußte er sich vielleicht vor Verrat fürchten, doch nicht hier. Im Wald war er König, und keines der wilden Tiere würde ihn angreifen. Gundohar, der im Laufe des Morgens eine geradezu wilde Fröhlichkeit an den Tag legte, hatte jenem Mann einen Preis versprochen, der das größte und edelste Wild erlegte. Sigfrid mußte lächeln, denn er hatte bereits Tiere gesehen, die keiner der anderen Jäger bemerkt hatte.

»Ich danke dir, Bruder«, sagte er zum König. »Willst

du mir auf diese feinsinnige Weise ein Geschenk machen?« Er sah, wie Gundohar zusammenzuckte, als hätte Sigfrid ihn durchschaut, und lachte.

Ein geflügelter Schatten huschte durch die Baumwipfel über ihnen, und Sigfrid grüßte den Raben. *Führe mich zum Wild, Bruder, und du sollst dein Opfer haben!*

Dann begannen die Hunde zu bellen, als sie die Witterung des Hirsches aufnahmen, dessen Spuren Sigfrid bereits auf dem feuchten Waldboden entdeckt hatte. Er ließ Grani die Zügel schießen, und die übrigen Jäger drängten hinter ihnen her.

Um die Mittagszeit hatten sie ein Dutzend Tiere erlegt und zurück zum Lager bringen lassen, wo sie geschlachtet wurden. Anschließend brachte man die Beute in die Stadt. Die Hälfte davon war Sigfrids Speer oder Pfeil zum Opfer gefallen. Doch die Jagd war für alle so erfolgreich gewesen, daß jeder zufrieden war und sich nach einer Rast und einem Mahl sehnte.

Sigfrid überraschte seine Gefährten noch mit einem jungen Bären, den er gefesselt und knurrend auf die Lichtung trieb, auf der die Jagdgesellschaft rastete. Doch nachdem die Männer auseinandergestoben waren und die Pferde angsterfüllt zu wiehern begonnen hatten, brachte er das Tier wieder fort und ließ es laufen.

Sigfrid lachte noch immer, als die Diener mit den Packpferden kamen und das Essen brachten.

Hagano lehnte mit übereinandergeschlagenen Armen an einer Eiche. Einige der Männer hatten ihre Umhänge auf dem Boden ausgebreitet, andere lagen ausgestreckt auf dem weichen Gras, wo die Sonne durch die Bäume drang.

Es gab einen kurzen Streit darüber, ob Sigfrids Bär mitgezählt werden sollte, da er ihn ja nicht getötet hatte. Das Feilschen klang in Haganos Ohren nicht nur freundlich. Die Männer hatten es mit der Angst zu tun bekommen, und das gefiel ihnen nicht.

»Vergeßt doch den Bären«, sagte Sigfrid und warf den Knochen, an dem er genagt hatte, zu den Hunden hinüber. »Ich werde heute nachmittag ein edleres Wild erlegen.«

Nein, das werde ich tun, dachte Hagano und musterte ihn.

Als Hagano an diesem Morgen schließlich zu den Reitern aufgeschlossen hatte, hielt er sich im Hintergrund und ließ seine Waffe in dem Tuch eingewickelt, damit ihn niemand fragte, warum er mit dem Kriegsspeer des Königs auf die Jagd ginge. Hagano fühlte den Zeitpunkt immer näher rücken, da er ihn würde benützen müssen. Sein Magen verkrampfte sich jedesmal, wenn Sigfrid lachte.

»Zu essen gibt es hier genug, aber was trinken wir?« fragte Sigfrid. Die meisten Männer hatten aus den ledernen Wasserbeuteln getrunken, die sie bei sich trugen. Sigfrid jedoch besaß keinen solchen.

»Ich weiß nicht«, antwortete Gundohar, der diesem Mahl mit einer gezwungenen Fröhlichkeit vorgestanden hatte, die eigentlich alles hätte verraten müssen. Er sah sich um, als erwarte er jeden Augenblick, daß Wein aus der Erde sprudelte, und sein Blick fiel auf Hagano. »Mein Bruder ist der Schuldige –« Er lachte schrill. »Er sollte sich um die Verpflegung kümmern.«

»Nun, Hagano«, fragte Sigfrid, »willst du uns alle verdursten lassen?«

Mein Speer ist durstig …, dachte Hagano, doch es gelang

ihm, ein Lächeln aufzusetzen. »Es tut mir leid«, sagte er laut. »Die Diener haben wohl nicht erwartet, daß wir so weit umherstreifen. Zweifellos folgen sie noch immer unserer Spur, mit dem Rest des Äls im Gepäck. Doch nicht weit von hier, hinter diesen Linden dort, gibt es eine Quelle mit gutem Wasser. Horcht, und ihr könnt es sprudeln hören …«

Die Männer verstummten, als er ihnen mit ausgestrecktem Arm die Richtung wies. In der Stille war das angenehme Plätschern des kleinen Baches deutlich zu hören, das sich mit dem Flüstern des Windes in den Bäumen vereinte. Hagano glaubte, darin Worte zu vernehmen, aber er konnte sie noch nicht verstehen.

»Dort rasteten wir schon einmal, als du zum erstenmal mit uns auf die Jagd gegangen bist, erinnerst du dich? Noch bevor du Gudrun zur Frau genommen hast.«

Erinnerung blitzte in Sigfrids Augen auf, und Hagano nickte. Es war ihm ähnlich ergangen, als er bemerkt hatte, daß die Jagd sie in die Nähe jener Quelle führte, wo er Sigfrid einst den Trunk verabreicht und ihn damit den Hexenkünsten der alten Königin ausgeliefert hatte. Sie waren wieder an ihrem Ausgangspunkt angelangt, und vielleicht begann Sigfrid nun zu begreifen.

»Dann laßt uns trinken gehen«, sagte Laidrad und schüttelte seinen Wasserbeutel. »Das war nicht mehr als ein Tropfen auf den heißen Stein.« Er stand auf und ging den Pfad hinunter.

Auch Sigfrid erhob sich, doch sein offenes Lächeln war verschwunden. Zusammen mit Gundohar und den meisten anderen folgte er Laidrad. Es waren nur jene Krieger zur Jagd eingeladen worden, die dem König treu ergeben waren. Hagano kam als letzter. Er trug den Speer.

Der Ort schien sich nicht verändert zu haben. Leuchtend grünes Moos bedeckte die Felsen, die kreuz und quer über der Spalte lagen, aus der das Wasser quoll, und noch immer plätscherte dieses in einem stetigen Fluß in den kleinen Teich. Laidrad trank bereits, schöpfte das Wasser mit beiden Händen. Die anderen standen hinter ihm und warteten. Nur Sigfrid hielt sich zurück und blieb hinter Gundohar.

»Helmnot, Laidrad, ist das nicht die Stelle, wo sie deinen Speer fanden?« fragte Hagano, als der Mann zu Ende getrunken hatte. Er hatte von der Geschichte gehört, damals, als er gerade zu den Burgunden zurückgekehrt war, und gedachte, sie für sein Vorhaben zu nützen.

»Welchen Speer?« fragte einer der jüngeren Krieger.

»Der, den der Werwolf mir stahl!« antwortete Laidrad und runzelte die Stirn. »Vor zwei Wintern nahmen die Hunde seine Witterung auf, als wir in den Hügeln jagten. Wir dachten, wir würden einen Wolf verfolgen, bis wir an eine Erdspalte kamen, die kein Wolf hätte überspringen können. Er aber tat es. Einer der Männer behauptete, er hätte gesehen, wie das Biest sich mitten im Sprung in einen nackten Mann verwandelte, der im Unterholz verschwand. Wir wußten nicht, was wir glauben sollten, aber ich habe der Bestie meinen Speer nachgeschleudert. Als wir am nächsten Tag ein paar Männer auf die andere Seite der Spalte schickten, um den Speer zu holen, war er verschwunden.«

»Und sie haben ihn hier gefunden?« Die Männer waren näher getreten. Ein Schauder durchfuhr sie – wie immer, wenn Menschen mit dem Unheimlichen konfrontiert werden.

»Ein Köhler fand ihn. Er erzählte, der Warg wäre zu

ihm gekommen, hätte ihn mit einem Zauber belegt und ihn in Schlaf fallen lassen. Als er wieder erwachte, lag der Speer neben ihm. Und auf dem Boden entdeckte er die Spuren eines Wolfs zusammen mit denen eines nackten Menschen. Und noch etwas: Die Kreatur hatte ihm eine goldene Münze dagelassen.«

»Ein großzügiger Werwolf«, sagte jemand und lachte fahrig. Die Männer sahen sich nun um, als wäre der Wald plötzlich düsterer geworden.

»Es war eine alte römische Münze, nicht wahr?« fragte Ordwini gedehnt. »Eine wie jene, die Sigfrid uns aus seinem Schatz gab ...«

Plötzlich war es totenstill. Die Männer drehten sich um und starrten Sigfrid an, der erst rot und dann bleich wurde. Sie erinnerten sich an die Anklagen, die während des Julfestes erhoben worden waren, und Laidrads Geschichte gewann mit einemmal an Bedeutung. Nur der Wind in den Bäumen schien lauter geworden zu sein. Hagano spürte, wie sich die Muskeln in seinem Nacken und seinen Schultern spannten. *»Bald ...«* schien der Wind zu flüstern – oder vielleicht sagte es eine Stimme in seinem Kopf. *»Bald ...«*

»Du hast uns nie verraten, wo dein Schatz versteckt ist, Sigfrid«, sagte Hagano in die Stille hinein. »Liegt er vielleicht hier verborgen? Unter einem Baum oder hinter einigen Felsbrocken?«

Sigfrid wich einen Schritt zurück auf die Quelle zu.

Laidrad drehte sich zu ihm um: »*Du* bist der Warg! Du bist mit uns zur Jagd aufgebrochen und dann umgekehrt. Aber du hast uns nie erzählt, wo du dich während der beiden Tage aufgehalten hast, in denen wir fort waren. Du bist derjenige, der bei Vollmond über die Felder läuft!«

»Und die Schafe auf der Weide tötet!« sagte einer der Männer mit leiser Stimme.

»Und die Seuche bringt, welche die Menschen tötet –«, fügte ein dritter hinzu.

»Das ist Unsinn!« unterbrach ihn Godomar, doch seiner Stimme fehlte die Überzeugungskraft. Gislahar sah aus, als wolle er heftiger widersprechen, doch Hagano warnte ihn mit erhobener Hand.

»Nein, kleiner Bruder. Dieses Mißtrauen schwelt schon seit langer Zeit. Du mußt sie ausreden lassen –«

»Wenn Menschen sterben und die Trolle über die Erde wandeln, dann ist das Zeitalter des Wolfs gekommen!« flüsterte Egward. »Nur ein Blutopfer kann es beenden und neues Leben hervorbringen.«

»Wenn ein Mensch sich zum Werkzeug des Teufels macht, wird er zu einem Dämon und muß getötet werden«, sagte Apius und bekreuzigte sich. Die anderen murmelten zustimmend.

Hagano griff hinter sich, und als er den Speer berührte, war ihm, als lege sich eine Hand auf die seine.

Entsetzen packte ihn. *Warum, Walvater, warum?* dachte er gequält. *Er ist dein Sohn! Warum hilfst du mir?* Und dann durchlief ihn ein eisiger Schauder, der ihn erzittern ließ, denn zum erstenmal erhielt er eine klare Antwort:

»Wann immer eines meiner Kinder stirbt, führt stets auch meine Hand den Speer …«

Sigfrid hörte das Flüstern der Männer, und der Zweifel, der ihn gelähmt hatte, verflüchtigte sich. Den Tonfall kannte er: Dasselbe drohende Knurren hatte er gehört, wenn ein Wolfsrudel sich gegen einen Eindringling wandte. Er spürte, wie sich seine Nackenhaare aufstellten, und seine Augen wurden zu schmalen Schlitzen, als er die Männer einen nach dem anderen ansah. Sie wichen seinem Blick aus, und Sigfrid grinste. Er hatte seine Waffen bei den Pferden gelassen, doch im Bach lagen einige Steine. Leider blieb ihm keine Zeit mehr, an eine der Waffen zu gelangen, die zusammen mit dem Rest von Fafnars Schatz versteckt zwischen den Felsen lagen. Doch er gebot noch immer über die Kraft seiner Arme und die Macht seines Willens; die Männer würden kein leichtes Spiel mit ihm haben!

»Sehe ich wie ein Dämon aus?« fragte er leise und streckte ihnen die Hände entgegen. »Dieses Fleisch unterscheidet sich nicht von eurem –«

»Tatsächlich nicht?« fragte Ordwini. »Warum kann dich dann keine Waffe verwunden? Wir haben alle gesehen, wie du stets unverletzt aus einer Schlacht gekommen bist.« Das Murren der Männer wurde lauter.

Sigfrid richtete sich zu voller Größe auf. »Und wie vielen von euch habe ich in diesen Schlachten das Leben gerettet? Ihr könnt mir nichts vorwerfen. Ich habe niemandem von euch ein Leid zugefügt!«

»Und wie steht es mit der Ehre des Königs, die du mit Füßen getreten hast?« fragte Hagano mit sehr leiser Stimme. »Und deinen Vergehen gegenüber der Königin?«

Sigfrid schien es, als griffe eine eiskalte Faust nach seinem Herzen, und all die bösen Vorahnungen der vergangenen Nacht kehrten zurück. *Das ist kein Zufall. All das wurde von langer Hand vorbereitet.* Sein Blick wanderte von Gundohar, der auf den Boden starrte, zu Hagano, der unter dem Lindenbaum wartete.

Im Schatten sah Haganos zottiges Haar dunkel aus, und die Höhle, wo einst sein Auge gewesen war, wirkte noch dunkler. Seine Körperhaltung drückte eine Macht aus, die Sigfrid an jene Männer erinnerte, von deren Körper der Hohe Besitz ergriffen hatte. *»Alter Mann«*, dachte er, *»hast du auch mich betrogen?«*

Dann trat Hagano vor. Sigfrid sah, daß er Gundohars Speer in der Hand hielt, und zuckte zusammen wie ein Wolf, der spürte, daß die Falle zuzuschnappen drohte. Hinter ihm wartete noch immer der grüne Wald. Von einem Augenblick zum anderen konnte Sigfrid über den Bach springen und verschwinden. Doch die Falle, die ihn festhielt, saß tief in seinem Innern.

»Auf diesem Speer hat sich unser Blut vermischt. Der Schoß der Erde nahm es in sich auf.« Sigfrid sah Godo und Gundohar an. »Ihr habt mir Brüderschaft geschworen. Wollt ihr diesen Bund nun brechen?«

Doch es war Hagano, der ihm antwortete: »Hast du vergessen, daß du auf diesen Speer noch einen anderen Eid abgelegt hast?«

»Ich erinnere mich.« Godo fand seine Stimme wieder. »Er schwor, daß er mit Brunhild in der Höhle nicht das Lager geteilt habe.«

»Aber kannst du auch schwören, daß du *niemals* mit ihr das Lager geteilt hast?« fragte Hagano, und Gundohar riß den Kopf hoch. Sein Gesicht war flammendrot. »Wem hat sie ihre Jungfernschaft geschenkt, Sigfrid? Wann hat sie die Zaubertränke gebraut, die dich schützen?«

Ein langes Schweigen folgte.

»Also hat Brunhild dieses Netz gesponnen, um mich darin zu fangen ...« sagte Sigfrid schließlich leise.

»Nein, nicht Brunhild. Das Schicksal«, lautete Haganos unerbittliche Antwort.

Einen Augenblick lang starrte Sigfrid ihm in die

Augen, dann wanderte sein Blick zu den raschelnden Blättern der Linde hinauf. Wo waren die Vögel, die dort sitzen und ihm sagen sollten, was er zu tun hatte? Er sah nur einen Vogel, einen schwarzen, und dieser sang nicht. Und dann, als der Wind die Zweige bewegte, erkannte er, daß es zwei waren.

Lauf! riet ihm eine ungestüme Stimme tief in seinem Innern. *Selbst mit ihren Hunden können dich diese Narren niemals einholen. Werde wieder zum Wolf, und du wirst frei sein.* Doch das war der Ausweg, den ihm auch der Anführer der Wilden Jagd angeboten und den Sigfrid abgelehnt hatte. Er konnte davonlaufen, aber damit würde er auch all sein Glück zurücklassen. Dann würde er zu dem werden, was zu sein diese Männer ihm vorwarfen. Er würde endgültig ein Wolf bleiben, und alle Menschen würden sich gegen ihn wenden.

Wodan hatte ihm einst gesagt, daß das Schicksal eines Menschen mit dessen Entscheidungen verknüpft war. Wenn die Burgunden ihn, Sigfrid, verurteilten, dann sollten sie es für die Taten tun, die er tatsächlich begangen hatte, und nicht für irgendwelche Lügen!

»Nachdem ich Fafnar getötet hatte«, sagte er, ohne den Blick von der Linde abzuwenden, »hörte ich, daß die Walkyriun eine der ihren auf einen Berg verbannt hatten, der von Feuer umgeben war. Ich fand sie und pflegte sie gesund, und im darauffolgenden Winter lehrten wir einander die Wunder der Liebe. Ich kannte sie als Sigdrifa … Bringerin des Sieges. Damals wußte ich nicht, daß sie noch einen anderen Namen hatte.« Er richtete den Blick auf Gundohar und las in dessen Augen, daß der König zwischen Verständnis und Schmerz hin- und hergerissen war.

»Wir schworen einander Treue«, fuhr Sigfrid fort,

»und dann trennten wir uns, ich, um im Land der Franken Waffenruhm zu erlangen, sie, um zu ihrer Sippe im Reich der Hunnen zurückzukehren und dort auf mich zu warten.« Er hörte, wie die Männer den Atem einsogen, und wußte, daß auch sie allmählich begriffen. »Doch ich kam hierher, und ein Zauber ließ mich jene Schwüre vergessen und nur noch Gudruns strahlende Augen sehen. Ich habe Brunhild erst wiedergesehen, als ich bereits geschworen hatte, sie für einen anderen Mann zu erobern.«

Welche von beiden hätte ich erwählt, wenn nicht ein Zauber mich in seinem Bann gehalten hätte? fragte er sich. In diesem Augenblick verstand er, daß die alte Königin ihn nur deshalb in Verwirrung hatte stürzen können, weil er sein wahres Wesen noch nicht erkannt hatte.

»Froja sei meine Zeugin, ich habe beide geliebt, aber ich konnte der einen die Treue nicht halten, ohne die andere zu betrügen.«

»Dann hat Brunhild nicht gelogen, als sie sagte, daß sie dir ihre Jungfräulichkeit geschenkt hat«, sagte Godomar.

»Im Land der Hunnen lebt ein kleines Mädchen mit Augen, die den meinen gleichen und die ich nie gesehen habe ...« Sigfrid schluckte und fragte sich, ob er sie wohl je sehen würde. Ein Sonnenstrahl, der durch das Laubdach stach, glitzerte plötzlich auf dem Wasser, strahlend wie der Halsreif, den Sigfrid nacheinander jenen beiden Frauen geschenkt hatte, die er liebte.

Ich habe sie beide betrogen, dachte er gequält. *Aber was hätte ich tun können? Die Schlinge, die sich nun um meinen Hals legt, habe ich selbst geknüpft, und ich sehe keine Möglichkeit, ihr zu entkommen. Erkennt ein Mensch seinen Weg erst, wenn er an dessen Ende angekommen ist? Kampf oder*

Flucht – nichts kann ungeschehen machen, was ich getan habe!

Hatte er diese Wahrheit letzte Nacht erahnt, ohne sie bewußt zu erkennen? Hatte er aus diesem Grunde versucht, neues Leben in Gudruns Schoß zu zeugen?

»Zu meiner Verteidigung kann ich nur eines sagen –« Er ließ den Blick über die versammelte Runde schweifen, und selbst jetzt noch wichen die Männer ihm aus. »Was ich auch getan habe, ich wollte niemals jemandem ein Leid zufügen.«

In der Stille, die folgte, hörte man nur das Plätschern des Baches. Sigfrid lauschte auf das Murmeln, das ihm wohltönender schien als jede menschliche Stimme, und erinnerte sich daran, daß er hierher gekommen war, um zu trinken. Es schien vor langer, langer Zeit gewesen zu sein. Niemand rührte sich. Vielleicht wagten sie es nicht. Vielleicht verstanden sie aber auch, daß dies nun eine Sache war, die zwischen ihm und den Göttern entschieden wurde. Sigfrid fuhr sich mit der Zunge über die trockenen Lippen und wandte sich an Gundohar.

»Wir sind hierher gekommen, weil wir durstig waren, aber ich werde mich nicht vordrängen – trinkt, mein Fürst.« Er deutete auf den Bach. Gundohar blinzelte, und Sigfrid erkannte, daß er trotz seiner bescheidenen Worte gesprochen hatte, als erteile er seinem Lehnsherrn Befehle. *Ich dachte immer, er wäre der Wolfskönig*, stellte er plötzlich fest, *dabei bin ich es.*

Und als Sigfrid dies verstand, da wußte er endlich, warum der Mann, den er König nannte, ihn fürchtete.

Gundohar folgte bereits der Aufforderung und beugte sich nieder, um Wasser aus dem Bach zu schöpfen. Sigfrid beobachtete ihn dabei. Wie nie zuvor in seinem Leben war er sich dabei des strahlenden Sonnenlichts bewußt, des Dufts der feuchten Erde und der Gräser, der sanften Berührung des Windes auf seiner Wange.

Dann hatte Gundohar zu Ende getrunken. Mühsam richtete er sich wieder auf. Sein verwundetes Bein machte ihn unbeholfen. Einen kurzen Atemzug lang traf sein Blick den Sigfrids. »Kornkönig, vergib mir«, flüsterte Gundohar. Dann wandte er sich ab und humpelte davon.

Sigfrid starrte ihm hinterher. *Bin ich das?*

Keiner der Männer, die ihn umringten, hatte sich bewegt. *Sie wagen es nicht,* dachte Sigfrid. Er kehrte ihnen den Rücken zu und beugte sich zum Wasser hinab. Jetzt, nachdem er Gundohar genau beobachtet hatte, spürte er mit einem neuen Bewußtsein, wie geschmeidig seine eigenen Bewegungen waren. Das Wasser war hell und klar, und in den kleinen Wellen spiegelten sich Blätter und Himmel und Sigfrids Gesicht in einem sich ständig ändernden Muster, das dennoch eine Einheit bildete. Die erfrischende Kühle verursachte Sigfrid eine Gänsehaut.

»Wasser des Lebens«, flüsterte er und führte es an seine Lippen. »Aus dem Schoß der Erde kommst du. Segne mich ...«

Das Wasser glitt seine Kehle hinunter. Eine angenehme Frische erquickte, einer Gnade gleich, seinen Körper. Gleichzeitig hörte er ein Zischen hinter sich. Selbst jetzt noch hätte er sich ducken oder zur Seite rollen können, um dem Speer auszuweichen. Doch auch dieser war ein Teil der Einheit dieses Augenblicks.

»Der Weise weiß, wann seine Zeit gekommen ist ...« sagte der Rabe mit dem Namen Erinnerung. Und Sigfrid war noch niemals vor einem Gegner davongelaufen.

Und dann spürte er einen Schlag, der ihm den Atem

aus den Lungen trieb und ihn nach vorne in den Bach stürzen ließ.

Einen Augenblick lang war Sigfrid einfach nur verwirrt. Als er die Augen wieder öffnen konnte, stützte er sich auf die Arme hoch und fragte sich, warum ihm das Atmen so schwerfiel. Schließlich sah er nach unten und entdeckte die Klinge des Speers, die aus seiner Brust ragte. Blut rötete ihre silbernen Verzierungen und tropfte langsam ins Wasser. *Mein Blut,* dachte er betäubt. *Mein Blut. Ich bin das Opfer.*

Er spürte eine Bewegung hinter sich, drehte sich auf die Seite und keuchte, als der Speerschaft gegen den Boden schlug. Hagano kam auf ihn zu, doch es war Ragan, den Sigfrid sah.

»Ragans Sohn ...« flüsterte er, als der andere Mann sich neben ihn kniete. »Ragans Sohn nimmt Rache mit Ragans Speer ...« Er hätte jeden Faden, den das Schicksal gesponnen hatte, einzeln zerreißen können, das wußte Sigfrid. Doch in diesem Gewebe gab es einfach zu viele Fasern.

Haganos Gesicht verzerrte sich, und Sigfrid erkannte, daß er am Ende doch noch einen Gegenschlag angebracht hatte. »Du hattest niemals Böses im Sinn, und dennoch kam Böses dabei heraus«, sagte der andere Mann mit heiserer Stimme. »Und nun hast du den Preis dafür bezahlt.«

Sigfrid atmete tief ein und hustete. Er spürte, wie das Blut seine Lungen zu füllen begann. Noch fühlte er keinen Schmerz, nur einen unangenehmen Druck, doch er hatte zu viele Tiere sterben sehen, um sich etwas vorzumachen. Er wußte, daß der Schmerz kommen würde. *Brunhild, ich vergebe dir ... du sollst frei sein ...* Er schüttelte den Kopf, wußte, daß etwas ihn verlassen hatte, aber er war zu müde, um darüber nachzudenken.

Einer der Raben schwang sich in einem weiten Bogen vom Lindenbaum und landete auf den Felsen über dem Schatz. Es war kühl und dunkel hinter diesen Steinen. Vielleicht konnte Sigfrid dort Frieden finden, sicher in Mutter Erdas Schoß, zusammen mit all den anderen Opfergaben. Stöhnend begann er in Richtung der Felsen zu kriechen.

Die Männer und selbst Hagano traten zurück. Auf ihren Gesichtern spiegelten sich Mitleid und Schrecken gleichermaßen. Sigfrid jedoch schenkte ihnen keine Beachtung mehr. Er versuchte, einen der Steine zur Seite zu schieben, aber seine Kräfte verließen ihn. Er glaubte, Wölfe heulen zu hören, doch vielleicht war es bloß das Dröhnen in seinen Ohren. Mühsam rang er um Atem, hustete und schmeckte Blut.

»Deine Brüder rufen dich, Wolf–«, sagte der zweite Rabe, der über ihm kreiste. Sigfrid nickte. Er mußte sich in einen Wolf verwandeln. So konnte er ihnen entkommen. Er rief sich ins Gedächtnis zurück, wie die Verwandlung vonstatten ging, und sank langsam zu Boden, als seine Kräfte endgültig versiegten.

Die Speerspitze berührte den Boden, und Sigfrid spürte einen ersten stechenden Schmerz. Er breitete die Arme aus, als wolle er die Erde umfangen; Arme, die ihm nicht mehr zu gehören schienen. Als der Speer sich rückwärts durch seine Brust bohrte, wuchsen Todesqualen wie Blumen aus Feuer in seinem ganzen Körper – und schenkten ihm die Freiheit.

Die Raben verrieten ihnen, daß es vorüber war. Gundohar kam es vor, als läge eine Anklage in ihren Rufen. Dreimal umkreisten sie Sigfrids Leiche, dann flogen sie in Richtung Westen davon. Im Wald heulte ein Wolf, ein zweiter schloß sich ihm an. Angsterfüllt jaulten die Hunde auf.

So leicht ... Am Ende war Sigfrid so leicht gestorben. Er hatte kaum gezuckt. Später hörte der König Gerüchte, daß einige der Männer einen Wolf aus Nebelschleiern gesehen haben wollten, der von der Leiche aufstieg und davontrottete. Doch Gundohar selbst hatte nur gesehen, wie Sigfrid langsam in sich zusammensank wie ein Kind, das in den Schlaf fiel. Es erschien ihm unmöglich, daß ein Mann, dessen Gegenwart wie eine lodernde Flamme gewesen war, so still und kalt wie Stein daliegen konnte.

Und ich habe es zugelassen, dachte der König wie betäubt. *Wie konnte ich nur? Ich habe ihn geliebt!*

Dann trat Hagano neben die Leiche, setzte den Fuß auf Sigfrids Rücken und zog den Speer heraus. »Nun, Bruder, wirst du mir den Preis für die heutige Jagd zusprechen? Sicherlich hat kein Mann jemals zuvor eine edlere Beute erlegt!« Er blickte auf das Blut hinunter, das nun aus der Wunde quoll. »So ergeht es allen, welche die Niflunge bedrohen!

Hier irgendwo muß Fafnars Schatz versteckt sein«, fügte er in demselben unbarmherzigen Ton hinzu. »Er gehört nun unserer Schwester. Wir müssen ihn ausgraben und ihr mitbringen – als Trost für ihren Verlust.« Er drehte sich um, und Gundohar sah Wahnsinn in seinen Augen glimmen.

»Nichts wird Gudrun jemals hierüber hinwegtrösten«, flüsterte Gislahar. Auf seinen Wangen schimmerten Tränen. »Wir haben Böses getan, und ich fürchte, wir werden diesen Tag schon sehr bald verfluchen.«

Einer der Männer malte das Zeichen des Horns in die

Luft und wich einen Schritt zurück. Die anderen waren verstummt, als wäre all ihr Haß mit dem Blut davongewaschen worden, das den Bach hinunterfloß.

»Holt die Pferde«, befahl Godo. »Und ihr anderen sammelt Äste, um eine Bahre zu bauen, mit der wir Sigfrid nach Hause bringen können.«

Er ist zu Hause, dachte Gundohar. *Wir sollten ihn hier lassen, wo er hingehört.* Aber er sagte nichts. Die Königskrone zierte noch immer Gundohars Haupt, doch alles Wunderbare und Göttliche hatte Sigfrid mit in den Tod genommen. Nun würde Gundohar nur noch mit den Mitteln eines Menschen herrschen können. *Trauert, o ihr Krieger, denn heute ist der König der Wälder gestorben!*

Hagano ging an der ausgestreckt daliegenden Leiche vorbei und steckte die Speerspitze zwischen zwei der Felsen, welche die Spalte über der Quelle füllten. Einen Augenblick lang schien nichts zu geschehen. Hagano spannte die Muskeln an, und der Speerschaft krümmte sich wie ein Bogen. Dann krachte es, und Hagano fiel rückwärts. Der Speer flog ihm aus der Hand, die Klinge war zerbrochen, und Steine begannen herabzurollen. Sie blieben dicht neben Sigfrids gekrümmten Fingern liegen. Plötzlich konnte Gundohar eine dunkle Spalte hinter den Felsen sehen. Die letzten Steinbrocken rutschten polternd zu Boden, als Hagano sich auf die Knie niederließ und in die Spalte hineinlangte. Mit einem Keuchen zog er die moosbewachsene Truhe ans Licht des Tages.

»Hast du es deshalb zugelassen, Gundohar?« fragte Gislahar. »Aus reiner Habsucht?«

»Nein!« Endlich fand der König seine Stimme wieder. »Aus Notwendigkeit. Und ich weiß nicht, was Hagano nun vorhat.«

Sein Bruder hatte den Deckel der Kiste geöffnet und wühlte in der Truhe. Gold glitzerte in der Sonne. Gundohar sah, wie Hagano einen Gegenstand hervorzog, der in gegerbtes Leder eingewickelt war, und ihn fluchend wieder fallen ließ.

»Schließ die Truhe, Hagano!« befahl Gundohar scharf. »Alles, was darin ist, gehört Gudrun. Laß sie das Gold zählen.«

Sein Bruder sah auf und schüttelte unsicher den Kopf. »Es müssen Gegenstände der Macht hier drinnen sein – unsere Mutter hat es mir gesagt –, aber ich kann sie nicht finden, kann sie nicht fühlen. Alles ist nun düster, und er ist gegangen ...«

»Sigfrid ist in der Tat gegangen!« schnaubte Godomar. »Du hast selbst dafür gesorgt. Worüber bist du so erstaunt? Schließ die Truhe, wie der König es dir befohlen hat, und laß uns Sigfrids Leiche mit dem Rest von Ehre behandeln, der uns noch verblieben ist. Du hast genug für einen Tag angerichtet!«

Hagano entfernte sich von dem Toten – stolpernd, als könne er nicht richtig sehen – und lehnte sich haltsuchend an die Eiche.

Sigfrid war ein großer Mann gewesen, und seine Leiche war schwer. Stöhnend luden die Männer sie auf die Bahre, die sie aus Ästen zusammengebunden hatten. Sigfrids Brust war blutüberströmt, und auf seinen Lippen glitzerte ein wenig roter Schaum, doch seine Augen waren bereits geschlossen und sein Gesichtsausdruck wirkte gelöst. Gundohar zog seinen Umhang aus und bedeckte damit den Toten.

»Trage dies, mein Bruder«, sagte er leise, »denn du bist wie ein König gestorben.«

Man brachte zwei Pferde herbei und band die Bahre

zwischen sie. Der Weg war schmal und tückisch, und so begannen sie langsam und vorsichtig ihre Reise zurück zum Fluß und in die Welt.

<

DAS FEUER

Borbetomagus
Ostarafest, A.D. 428

Den ganzen Tag über lag Brunhild mit offenen Augen auf dem Bett. Ihre Zofen schauten von Zeit zu Zeit nach ihr, nur um sich wieder unverrichteterdinge und besorgt murmelnd zurückzuziehen. Brunhild schien keine Schmerzen zu haben, weder körperlich noch seelisch. Sie war nur – still. Doch in diesem Zustand, der wie ein Tagtraum war, reiste Brunhilds Geist auf den Flügeln Munins über die Felder der Erinnerung.

Sie erinnerte sich an ihre Gefangenschaft auf den weißen Felsen des Taunus, nachdem die Walkyriun sie aus ihren Reihen verbannt hatten. Sie erinnerte sich daran, wie sie den Hohen angefleht hatte, ihr einen Helden zu schicken, so daß sie wieder eine Walkyrja sein könnte. Und mit dem Morgen war Sigfrid gekommen, jung und stark. Er hatte die eigenen, kaum verheilten Wunden seiner Seele vor ihr verborgen. Brunhild war sich damals so sicher gewesen, daß er gesandt worden war, ihre Träume zu erfüllen.

Sie erinnerte sich an die Zärtlichkeit, mit der er sie gesund gepflegt hatte – gesund an Körper und Seele. *Hätte ich ihm mehr erzählt, wenn er weniger rücksichtsvoll gewesen wäre?* fragte sie sich. Dies war ihr erster Fehler gewesen: Sie hatte vor ihm und vor sich selbst die Wahrheit darüber verborgen, wer sie wirklich war. *Ist es Ziel unseres Lebens, herauszufinden, wer wir in Wahrheit sind?*

Sie hatte Sigfrids Geduld als selbstverständlich angesehen und sich die Zeit genommen, die sie brauchte, um wieder zu genesen. Doch dann hatte sie in ihrem Stolz beschlossen, zu beweisen, daß sie noch immer eine Walkyrja war, indem sie ihn gegen alle Übel feite. *Und das,* so sagte sie sich, *war mein zweiter Fehler: meine Fähigkeiten mit aller Gewalt beweisen zu wollen und darüber mein Bedürfnis nach Unabhängigkeit zu vergessen. Und so gab ich einen Teil meiner Seele her … Ist es Ziel unseres Lebens, ein Ganzes zu werden?*

Und all das war geschehen, bevor Sigfrid sich auch nur durch einen einzigen Schwur an sie gebunden hatte.

Brunhilds dritter Fehler schließlich war ihr Versprechen, denjenigen zum Manne zu nehmen, der sie im Zweikampf besiegte. Sie hatte angenommen, ihre Klugheit würde sie schützen, hatte jedes Omen nur zu ihren Gunsten gedeutet, bis sie sich vollkommen in den Fäden des Schicksals verstrickt hatte. *Bin ich in meine eigene Falle gegangen? Hast du das gemeint, o Walvater, als du sagtest, daß ich mich entscheiden müsse?*

Wie die Dinge jetzt standen, hatte Brunhild keine Wahl mehr. Und so lag sie reglos auf ihrem Bett, während die Stunden sich träge dem Mittag zuneigten, und lauschte dem abflauenden Wind.

Irgendwann erinnerte sie sich daran, wie Sigfrid sie angesehen hatte, als die Jäger an diesem Morgen losgeritten waren. Es war der Blick eines Mannes gewesen, der Frieden mit sich und seinem Schicksal geschlossen hatte. *Er hat mir seinen Tod verziehen,* dachte sie, *und wußte nicht einmal, daß ich ihn dazu verdammt habe. Kann ich ihm nicht verzeihen, was er in meinem Leben angerichtet hat?*

In diesem Augenblick, als die Sonne den Zenit überschritt und sich dem Westen zuzuneigen begann, spürte sie plötzlich die Veränderung – ihr Bewußtsein schärfte sich, als wäre ein seit langem stumpfer Sinn zu neuem Leben erwacht. Brunhilds Atem ging schneller, und sie sog die milde Luft ein, spürte, wie das Leben in ihre Adern strömte. Sie regte sich, setzte sich auf und öffnete die Augen, wie sie es damals getan hatte, um Sigfrid und den heraufziehenden Morgen zu begrüßen.

»Sei mir gegrüßt, o lichter Tag …« flüsterte sie. Dann veränderte sich ihr Gesichtsausdruck, denn plötzlich verstand sie, was geschehen war. Sigfrid war tot, und ihre Seele war zu ihr zurückgekehrt.

Gudrun verbrachte den Tag mit Gartenarbeit. Sie konnte es nicht ertragen, in ihren Gemächern zu bleiben, obwohl es ihr nach der Liebesnacht mit Sigfrid immer noch so vorkam, als glühe jeder Teil ihres Körpers, und sie wie eine Braut nach der Hochzeitsnacht errötete, wenn jemand sie anblickte. Sicher sah man ihr an, was geschehen war. In diesem Zustand empfand sie selbst Sunildas Anwesenheit als zudringlich, und so trug sie der Amme auf, das Kind mit zum Fluß zu nehmen und nach wilden Blumen zu suchen.

Der Garten hatte Gudruns Pflege ohne Zweifel nötig. Die Mauern hatten ihn ein wenig vor der Kraft des Sturmes geschützt, doch der Boden war übersät mit Stroh, Dachziegeln und abgebrochenen Ästen, die der Wind dorthin geweht hatte. Nachdem Gudrun den Unrat fortgeschafft hatte, sah sie, daß ihre Mühe sich gelohnt hatte.

Denn trotz des schlechten Wetters blinzelten die ersten blauen Veilchenblüten zwischen ihren herzförmigen Blättern hervor, und auf der Seite des Gartens, wo die Sonne am längsten hinschien, reckten sich goldene Narzissen dem Tag entgegen.

Als die Sonne unterging, war der Garten aufgeräumt und sauber geharkt. Gudrun stand zufrieden auf, streckte sich und freute sich auf ein heißes Bad. Die Jäger würden vielleicht das gute Wetter ausnützen und einen zweiten Tag fortbleiben, aber falls Sigfrid an diesem Abend zurückkehren sollte ... Gudrun lächelte gedankenverloren. Er sollte sie sauber und wohlduftend vorfinden – und bereit, ihn willkommen zu heißen.

Blinzelnd sah sie nach oben, als ein Schatten den Pfad vor ihr verdunkelte. Zwei Raben kreisten mit schwerem Flügelschlag über ihr und ließen sich heiser krächzend auf dem Dachfirst der Festhalle nieder. Und wie ein Echo erklang vom Fluß her Hörnerklang.

Gudruns Herz raste, während sie lauschte, doch obwohl der düstere Klang immer lauter wurde, je näher er kam, konnte sie den tiefen Ton von Sigfrids Horn nicht darunter ausmachen. Natürlich hatte das nichts zu bedeuten – die Entfernung veränderte Geräusche manchmal auf seltsame Weise –, dennoch runzelte Gudrun die Stirn, während sie durch das Gartentor zum Vorbau der Festhalle schritt.

Als sie ins letzte Tageslicht hinaustrat, sah sie, daß Brunhild die Heimkehrenden bereits erwartete. Sie stand oben auf den Stufen, von wo sie einen Blick auf die Gasse hatte, die zur Straße am Fluß führte.

Gudrun musterte die Königin mißtrauisch, überrascht, sie hier zu sehen. In den vergangenen Monden hatte Brunhild sich so seltsam verhalten, daß niemand mehr vorauszusagen wagte, was sie als nächstes tun würde. Aber heute schien eine Veränderung mit ihr vorgegangen zu sein, die Gudrun nicht ganz fassen konnte. Brunhild trug ein weißes Gewand, doch das war es nicht allein. Sie wirkte feierlich, gelassen. Ihr schwarzes Haar wehte leicht im sanften Wind. Fast glaubte Gudrun das Mädchen in ihr zu erkennen, mit dem sie vor so langer Zeit befreundet gewesen war.

»Die Jäger kommen zurück«, sagte Gudrun fröhlich.

»Ja, und wir müssen bereit sein, sie willkommen zu heißen«, antwortete Brunhild sanft, »denn sie bringen eine edle Beute nach Hause.«

Auch andere hatten den Klang der Hörner vernommen und versammelten sich nun. Gudrun wischte sich die Hände an ihrer Schürze sauber und fragte sich, wieviel Schmutz aus dem Garten wohl noch in ihrem Gesicht klebte. Sie tupfte sich den Schweiß von der Stirn und wünschte, sie hätte Zeit für ein Bad gehabt.

Dann hörte sie die Hunde, die erregt zu bellen begannen, als sie ihr Zuhause witterten. Das Echo des Hufschlags folgte. Doch warum näherten sich die Männer so langsam? Für gewöhnlich kehrten erfolgreiche Jäger im Galopp und unter Triumphgeschrei zurück und ließen die Sklaven die erlegten Tiere hinterherschleppen. Die Raben saßen noch immer auf dem Dachfirst. Gudrun blickte auf die Straße hinunter und unterdrückte das erste Aufflackern von Furcht.

Gundohar führte den Zug an und zügelte seinen großen Fuchs vor den Treppenstufen. An seiner Seite ritt Godo. Das beschwichtigte eine von Gudruns Sorgen, doch sie hielt Ausschau nach einem grauen Pferd. Dann bog die nächste Gruppe um die Ecke der Kapelle – zwei reiterlose Tiere, die etwas zwischen sich schleiften.

Gudrun stockte der Atem, und Ursula, die hinter ihr auf den Vorbau getreten war, griff nach ihrer Hand.

»Jemand wurde verletzt«, sagte eine Stimme hinter ihnen.

»Vermutlich getötet«, erwiderte eine andere. »Warum sollten sie ihn sonst hierher bringen?«

Die kleine Prozession überquerte den Hof. Gudrun erkannte nun, daß die beiden Pferde eine Bahre zwischen sich trugen, auf welcher der Umhang des Königs ausgebreitet war. Was darunter lag, war dem Blick verborgen, doch dahinter führte ein Sklave Grani am Zügel, und dessen Sattel war leer.

Gudrun erbleichte, und eine eisige Hand krampfte sich um ihr Herz.

Die Jäger hielten vor der Halle, und die Prinzen stiegen ab. Sie ergriffen das Zweigespann an den Zügeln, banden die Bahre los und legten sie auf die unterste, breite Treppenstufe.

Brunhild setzte sich als erste in Bewegung, um sie zu begrüßen. Sie schritt die Stufen mit einer geradezu gespenstischen Anmut hinunter und zog den Mantel des Königs von der Bahre, um das Gesicht des Mannes zu enthüllen, der darunter lag. Dann beugte sie sich hinab und küßte dessen Lippen. In der Stille, die alle gefangenhielt, war ihr Flüstern deutlich zu vernehmen:

»Ah, der Geschmack deines Blutes ist noch immer derselbe, doch deine Lippen sind kalt. Es gab eine Zeit, da geleitete mein Kuß deinen Geist zurück in deinen Körper, doch diesmal ist er an einen Ort gegangen, an den zu folgen es sehr viel schwerer sein wird ...« Sie richtete sich wieder auf und blickte auf ihn hinab.

»Sigfrid ...« erhob sich ein Flüstern. »Sigfrid ist tot.«

»Wie?« flüsterte Gudrun. Sie machte einen unsicheren

Schritt nach vorn, dann einen zweiten. Nur Ursulas fester Griff verhinderte, daß Gudrun fiel, als sie die Stufen hinunterschritt. »Wie konnte das geschehen?«

Godomar schüttelte den Kopf und errötete vor Scham und Zorn. »Ein wilder Keiler durchbohrte ihn, Schwester«, murmelte er und wandte sein Gesicht ab.

»Du lügst!« schrie Gudrun. »Der Wald war sein Zuhause. Kein wildes Tier konnte ihn töten!«

Sie sank neben der Bahre auf die Knie und zog den Umhang vollständig zur Seite. Sigfrids grüne Tunika war auf der ganzen Vorderseite dunkelrot verfärbt und stank nach Blut, doch der Stoff war von innen aufgerissen, und es war offensichtlich, daß sein Herz von hinten durchbohrt worden war. Gudrun blickte auf, und ihre Augen waren wild.

»Das war kein Tier. Dies hat eine Bestie getan, die bösartiger ist als alle Geschöpfe des Waldes. Ich bin die Tochter eines Königs, und ich kenne die Wunden, welche die stählernen Hauer und eisernen Klauen der Menschen schlagen!« Sie schüttelte den Kopf und rang nach Atem. »Und hier war Verrat im Spiel – ein wilder Keiler greift nicht von hinten an! Wer von euch ist die Bestie, die ihn getötet hat? Er soll hierher kommen. Sigfrids Wunden werden bluten, wenn sich jener nähert, der sie ihm zugefügt hat!«

Sie starrte ihre Brüder einen nach dem anderen an. Godo sah zornig drein, und der junge Gislahar weinte. In Gundohars Gesicht stand Schuld geschrieben. Dann wichen die Männer hinter ihm zur Seite, und Hagano trat vor. In seinen Händen trug er die Splitter des Königsspeers.

»Ich bin der Keiler, der diesen königlichen Hirsch zur Strecke brachte«, sagte er mit rauher Stimme. »Und ich habe ihm den Speer in den Rücken gebohrt, weil es keine andere Möglichkeit gab, ihn zu töten. Ich nehme die Schuld auf mich – und die Schande.«

»Aber warum?« flüsterte Gudrun und starrte zu ihm hinauf. »Er war das Rückgrat des Königreiches –«

»Er mußte sterben, damit das Reich gerettet werde«, antwortete er ihr.

Erneut ging ein Murmeln durch die Menge. Einige runzelten die Stirn; andere nickten, als verstünden sie nur zu gut. Gudrun hörte, wie eine Frau die rituellen Trauerklagen anstimmte, mit denen einst der Tod von Baldur besungen worden war – damals, als die Burgunden noch auf der anderen Seite des Flusses gelebt hatten; als Gudrun noch ein Kind gewesen war.

Hagano wandte sich plötzlich ab. Gudrun sank über Sigfrids Leiche zusammen und strich mit den Händen über seine Arme, zeichnete die Konturen seiner starken Muskeln nach, die ihr so vertraut waren. Doch das Fleisch, das sie streichelte, hatte kein Leben mehr. Sigfrids Körper war kalt. Die Leichenstarre hatte bereits eingesetzt, und es schien Gudrun, als berühre sie ein Stück Holz, das nach dem Bild jenes Mannes geschnitzt war, den sie liebte. Das hier war nicht mehr Sigfrid! Sie schrak zurück, schluchzte und spürte, wie die zarten Hände ihrer Zofen sie wegzogen.

»Sollen wir ihn in die Kirche bringen?« fragte einer der Krieger.

Brunhild stand auf und schüttelte den Kopf. »Die Priester würden das nicht dulden; Sigfrid war kein Christ. Außerdem haben sie dort bereits einen Gott, der sich geopfert hat. Sie brauchen keinen zweiten.«

»Wohin dann?« fragte eine der Frauen.

»Bringt ihn in meine Gemächer«, antwortete die Königin. »Wir werden seinen Körper waschen und salben. Bringt mir seine Festkleider, seinen Schmuck und seine Waffen. Danach bringen wir ihn in die Große Halle, auf daß alle Fürsten ihm die Ehre erweisen. Morgen sollen die Männer einen königlichen Scheiterhaufen auf der Aue errichten, wo ihr die Spiele abhaltet. Dort werden wir ihn am darauffolgenden Tag dem Feuer übergeben.«

Als Gudruns Zofen ihre Herrin fortführten, hörte diese, wie die Trauerklagen sich in der Stadt ausbreiteten. *Als er lebte, nannten sie ihn einen Warg und fürchteten sich vor ihm. Jetzt, da er tot ist, erinnern sie sich daran, daß er ein Held war …*

»Weint ruhig um ihn, Herrin«, rieten ihr die Frauen und tätschelten ihr die Hand.

Doch Gudruns Augen waren trocken und brannten. Und sie waren blind für alles – außer für das furchtbare, entstellte Abbild jenes Mannes, den sie geliebt hatte.

Brunhild sah mit kritischem Blick auf die Totenbahre hinab, auf die man Sigfrids Leiche gebettet hatte. Sie richtete eine Falte des Tuches, das die Bahre bedeckte, und rückte Sigfrids Arm zurecht, so daß seine Hände in geziemender Weise gefaltet lagen.

Es hatte des größten Teils der Nacht bedurft, bis sie endlich mit der Reinigung seines Körpers zufrieden gewesen, die große Wunde genäht und seine Haut mit süß duftenden Kräutern eingerieben worden war. Danach hatten ihre Zofen Sigfrid in seine Brünne aus grauem Leder mit vergoldeten Nieten und seinen Spangenhelm mit der Wolfszier gekleidet. Der Umhang, der ihn umhüllte, war jedoch von königlichem Scharlachrot – ein Stück Seide aus der Stadt des Kaisers, das Gundohar gehörte.

O ja, dachte Brunhild voller Hohn, der sie selbst mit einschloß. *Sie haben ihn abgeschlachtet wie ein wildes Tier, aber sie werden ihn wie einen König zu Grabe tragen.* Sie hatte bereits nach Raganleob gesandt. Gemeinsam würden sie den Scheiterhaufen segnen.

Die Frauen, die zusammen mit Brunhild die Leiche hergerichtet hatten, waren froh, als sie ihre Herrin mit Sigfrid allein lassen konnten. Wenn ihnen das Verhalten der Königin seltsam erschien, so war dies nichts Neues. Sie konnten nicht wissen, daß auch Brunhild sich selbst nicht mehr verstand. Die Gefühle, die sie eigentlich hätte empfinden müssen, waren zu groß, um mit dem Begriff Trauer beschrieben zu werden. Sie war nun endlich wieder ganz sie selbst, doch es gab nichts mehr auf der Welt, das sie aus ihrer Teilnahmslosigkeit reißen konnte, nicht einmal Sigfrids leblose Hülle, die ausgebreitet vor ihr lag. Da war nur noch das Wissen darum, was getan werden mußte.

Wo bist du, mein Geliebter? dachte sie und blickte auf Sigfrid hinab. *Wo jagt nun der Wolf?* Brunhild wußte besser als jeder andere, daß er nicht mehr in diesem Körper steckte, denn sie hatte Sigfrids Geist besser gekannt als ihren eigenen. Aber wanderte dieser noch an der Schwelle zwischen den Welten, oder hatte er seinen Weg in Wodans Halle gefunden?

Gold glitzerte an Sigfrids Schnürbändern, seinem Schwertgurt und dem Schild, der an die Bahre gelehnt worden war. Doch das war noch nicht genug. Stirnrunzelnd öffnete Brunhild die große Truhe, die man neben den Toten gestellt hatte, und begann Armringe und Teller auszusuchen – die Zierde von Fafnars Schatz –, um Sigfrid damit zu schmücken. Sollten die Fürsten ihn ruhig um seinen Reichtum beneiden, mit dem er sich ein

Königreich hätte kaufen können und der ihm nun einen Ehrenplatz in der Halle der Erschlagenen einbrachte.

Als Brunhild nach einem goldenen Kelch griff, fühlte sie etwas Weicheres in den Händen – ein Stück Fell, das in einem besseren Zustand war als die anderen verpackten Gegenstände des Schatzes. Ein Schauder durchlief sie, und neugierig zog sie das Fell aus der Truhe. Es stammte von einem Hasen und klebte an einigen Stellen, doch als Brunhild es schließlich abgewickelt hatte, hielt sie einen Stab aus Gold in der Hand, dessen Kopf die Form eines Vogels hatte. Überall waren Runen eingeritzt.

Brunhild runzelte die Stirn. Sie hatte bereits Neugier verspürt, als Sigfrid ihr den Stab vor langer Zeit beschrieben hatte. Aber damals war er nicht in der Lage gewesen, ihr zu sagen, wozu er benutzt werden konnte, denn er hatte die Runen nicht lesen können. Brunhild hielt den Stab ins Licht und fuhr mit den Fingern über die eingravierten Linien, murmelte deren Namen.

Sie waren alle da – die vierundzwanzig Zeichen der Macht, die sich ihr eingeprägt hatten, als sie am Baum der Prüfungen hing, um eine Walkyrja zu werden. Am Kopf und am Ende des Stabes war eine Inschrift in schmaleren Zeichen eingeritzt: *»Wer in Händen hält den heiligen Stab, mit Wunsch und Wille die Welt beherrscht.«*

Brunhild drückte den Runenstab an ihre Brust und spürte die Macht, die in ihm lag. Vielleicht sollte sie ihn in Sigfrids Hände legen? Doch dieser hatte nie über die Welt der Menschen herrschen wollen – er besaß ein anderes Königreich. Und dann erinnerte sie sich daran, daß man ihr erzählt hatte, wie Hagano nach etwas suchte, als er den Schatz ausgrub. Wenn Wodan gewollt hätte, daß er den Stab fand, hätte er ihn diesem in die Hände gespielt.

»Vater«, sie schloß die Augen, *»kannst du mich noch hören? Kann* ich dich *noch hören?«* Sie hielt den Atem an, und es kam ihr vor, als würde sie von ganz weit her den Wind rauschen hören. Brunhild schwankte, als der Runenstab Wärme zu verströmen begann und diese Wärme in ihre Brust ausstrahlte – genau dort, wo Wodans Speer sie vor langer, langer Zeit durchbohrt hatte. Jählings setzte sie sich auf die Stufe unterhalb der Totenbahre.

Das Prickeln auf ihrem Kopf und in ihrem Nacken verstärkte sich; Brunhild zitterte und spürte, wie starke Hände sie stützten. Und sie fühlte eine Präsenz, die in sie hineinzufließen schien. Tränen standen ihr in den Augen, und sie verstand nun endlich, wie einsam sie all die Zeit gewesen war.

»O Walvater, warum bist du so weit fort gewesen?« rief sie im Geiste, und die Antwort erklang von ganz nahe, näher als ihr die eigenen Gedanken waren: *»Ich war, wo ich immer gewesen bin: in jedem Gedanken, in jeder Erinnerung, in jedem Schmerz ... Ich habe dir einst gesagt, daß meine Kinder mein Leiden mit mir teilen müssen. Doch auch ich ertrage das ihre.* Du *hast dich von* mir *losgesagt ...«*

Einen Augenblick lang konnte Brunhild bloß atmen, dann erinnerte sie sich an den Mann auf der Totenbahre.

»Du hast einmal gesagt, daß ich das Werkzeug sei, mit dem sich das Schicksal meines Helden erfüllt – doch ich habe Sigfrid nur den Tod gebracht. War dies dein Wille?«

»Manchmal muß man hingeben, was man am meisten liebt – zum Wohl der ganzen Welt. Du hast ihm unsterblichen Ruhm gebracht ...«

»Rechtfertigt das denn all das Leid?« klagte sie.

»Er lehnte das Geschenk, das ich ihm anbot, ab. Nicht viele erlangen zu ihren Lebzeiten einen unsterblichen Namen, und

es dient meinen Zwecken, wenn die Menschen noch nach Jahrhunderten Sigfrids Geschichte erzählen. Das muß genügen.«

Brunhild rang nach Atem, denn plötzlich spürte sie Wodans Trauer, die tiefer ging als ihre eigene. *»Ich liebe dich …«*

»Das ändert nichts.«

Brunhild schüttelte sanft den Kopf. Auf seltsame Weise schienen ihre Rollen mit einemmal vertauscht zu sein. Es kam ihr vor, als wäre sie die Mutter, die ihrem Kind einen schwierigen Sachverhalt erklärt. *»Für mich schon.«*

Es folgte eine Zeitspanne, in der kein Gedanke möglich war, in der es nur das stumme Wissen darum gab, daß es genau diese Worte waren, die er von ihr hatte hören wollen. Als die Heftigkeit dieses Gefühls schließlich nachließ, kam Brunhild ein anderer Gedanke: *»Warum nur verstehe ich jetzt erst?«*

»O meine Tochter, weißt du es denn nicht?«

Langsam wurde Brunhild bewußt, daß sie die Antwort wirklich kannte, ja, daß sie diese seit Sigfrids Tod geahnt hatte.

Und Brunhild lächelte.

Gundohar und Hagano schritten langsam den Gang hinunter, der zu den Gemächern führte, die der König einst mit Brunhild geteilt hatte.

»Entweder ist sie wahnsinnig oder verhext«, hatte ein Diener dem König gesagt. »Sie hat alle Töchter jener Fürsten um sich versammelt, die ihr stets treu ergeben waren, und nun verteilt sie all ihren Schmuck und ihre Kleider unter ihnen.«

In Wahrheit bedauerte es Gundohar nicht, die Halle

verlassen zu müssen, wo Sigfrids Leiche den Fürsten, die sich versammelt hatten, um seine Bestattung zu feiern, wie ein König vorzustehen schien.

Brunhild hatte Gundohar betrogen, und er selbst hatte dem Mord an Sigfrid zugestimmt. Was hatten sie sich jetzt noch zu sagen? Hagano schritt wie ein grimmiger Schatten hinter ihm her. Gundohar wagte nicht einmal daran zu denken, welche Dämonen im Kopf seines Bruders miteinander im Kampf lagen.

Aus den Gemächern der Königin drang das aufgeregte Murmeln von Frauenstimmen. Als die beiden Männer näher kamen, wurde die Tür geöffnet, und Ordlieb, Ordwinis Schwester, kam heraus. Sie strich mit der Hand über einen Umhang aus edler, dunkelgrüner Wolle, den sie um die Schultern trug. Ihre Wangen waren gerötet, und sie hatte die Augen gesenkt.

»Mein König!« Sie errötete noch tiefer, als sie Gundohar gewahr wurde, neigte grüßend den Kopf und hastete davon.

Die hohen Fenster in den Gemächern der Königin standen offen, und der Raum leuchtete regelrecht vor Farben. Gundohar blinzelte, und dann erkannte er, daß diese Farbenpracht von den zahllosen Stoffen und Tüchern herrührte, die im ganzen Raum drapiert waren. Licht glitzerte auf Schmuckstücken, die aus Schatullen hervorquollen. Brunhild hatte sie offen auf Tischen und Regalen verteilt. Die Hälfte aller Frauen des königlichen Haushaltes schien sich in diesem Raum versammelt zu haben. Sie gingen von einem Stapel zum anderen, prüften mit den Fingern den Stoff und sahen dann besorgt zur Königin hinüber. Der König schüttelte den Kopf. Er hatte nicht gewußt, daß Brunhild im Laufe der Jahre so viele Schätze angehäuft hatte.

In all diesem Prunk und Glanz wirkte allein die Königin farblos. Sie saß stumm und reglos in ihrem weißen Gewand auf einer Bank in der Mitte des Zimmers.

Gundohar räusperte sich. »Meine Königin, wie geht es dir?«

Brunhild hob eine Augenbraue, sagte aber nichts.

Statt dessen antwortete ihre Zofe Marcia: »So ist sie schon seit heute morgen, Herr. Sie hat uns befohlen, all ihre Sachen auszupacken und wegzugeben. Wollt Ihr es ihr nicht verbieten?«

»Es ist ihr Eigentum ...« sagte der König, runzelte die Stirn und fügte dann hinzu: »Hat sie gesagt, warum sie das tut?«

»O mein König«, sagte Gunna. »Wir fürchten, daß sie sich in ihrer Verzweiflung etwas antun will und ihre Sachen verteilt, damit das Volk um sie trauert. Aber jene, die noch immer den alten Bräuchen folgen, glauben, sie will, daß die Beschenkten mit ihr zusammen in den Tod gehen, und fürchten sich.«

»Ah«, meinte Hagano leise, »ich wette, die kleine Ordlieb hat weder das eine noch das andere vor. Kein Wunder, daß sie so beschämt aussah.«

Gundohar spürte, wie sein Magen sich vor Furcht verkrampfte. Er sah zu seiner Frau hinüber. Nur einmal war sie ihm schöner erschienen – damals, als sie ihn auf dem Schlachtfeld verschont hatte.

»Brunhild –« Er trat auf sie zu, und die anderen Frauen wichen zurück. »Sag, daß das nicht wahr ist! Ich darf dich nicht verlieren!«

Brunhild weinte nicht und schien sich nicht vor Trauer zu verzehren. In der Tat: So sehr sie Sigfrids Tod herbeigesehnt haben mochte, Gundohar hatte bisher an ihr weder ein Zeichen der Trauer noch der Freude feststellen können. Doch in ihrer Gelassenheit lag etwas Furchterregendes.

»Morgen tritt ein großer Held die Reise nach Hause an«, sagte sie leise. »Meine Zofen müssen reich gekleidet sein, wenn sie ihm Lebewohl sagen.«

»Ist das alles? Wie gerne ich dir das glauben würde!« sagte Gundohar verzweifelt. »Lebe, Brunhild, und ich werde alles wiedergutmachen –«

»Oh, halte sie nicht zurück, wenn sie sich Hellas Königreich zugewandt hat!« warf Hagano hinter ihm ein. »Sie hat niemandem von uns Glück gebracht. Und wenn sie wiedergeboren werden soll, so möge es fern von hier sein!«

»Wie überzeugend du doch sein kannst, lieber Bruder«, sagte Brunhild. »Aber du hast dein eigenes Schicksal gesponnen, und es wird dir folgen. Du solltest nicht mich fürchten, sondern eine andere, welche dir sehr viel näher steht. Gudrun wird nicht so schnell vergessen, daß du ihren Ehemann erstochen hast.«

»Verfluche mich nicht, Hexe –«, begann Hagano, doch Gundohar legte ihm eine Hand auf den Arm. Brunhild lächelte.

»Das brauche ich nicht, Hagano«, sagte sie. Sie seufzte und sah dann zu Gundohar auf. »Gräme dich nicht meinetwegen, o mein Gemahl.«

Gundohar schüttelte den Kopf und kniete sich unbeholfen vor sie. »Brunhild – ich wollte dir nie Böses tun. Ich liebe dich …« Brunhild runzelte leicht die Stirn, und Gundohar fragte sich, ob sie ihn überhaupt wahrnahm.

»Vielleicht zu sehr«, sagte sie schließlich, und er schreckte vor ihrem unbewegten Blick zurück. »Du hast es mir zu einfach gemacht, dir Leid zuzufügen. Doch ich stehe zu den Entscheidungen, die ich getroffen habe.

Wenn auch du das tust, wird sich für dich noch alles zum Guten wenden. Vergib mir, und ich werde dir vergeben.« Sie lächelte leicht, doch dann kehrte sich ihr Blick wieder nach innen.

Sie war so schön wie eine Walkyrja, dachte der König, und – mochte sie auch seine Frau gewesen sein – ebenso unerreichbar für ihn. *Nun habe ich alles verloren: die Frau, die ich liebte, und den Mann, der mein bester Freund war.* Mit einemmal packte ihn Verzweiflung. Mühsam kämpfte er sich auf die Füße und ließ zu, daß Hagano ihn fortführte.

»Ich habe sieben Söhne und einen Ehemann begraben, die alle in der Schlacht getötet wurden«, sagte die alte Frau, die Gemahlin eines von Gibichos Fürsten. »Ich weinte um sie, und das erleichterte meine Trauer. Ihr solltet Euren Tränen freien Lauf lassen, Gudrun. Das wird Euch helfen, den –«

Gudrun schüttelte den Kopf und wandte ihr Gesicht wieder der Wand zu. Den ganzen Morgen über waren die alten Frauen zu ihr gekommen und hatten ihr Geschichten von Kummer und Leid erzählt, die einen Stein zum Weinen gebracht hätten. Doch Gudrun war jung, und das Kissen duftete noch immer nach Sigfrid. Obwohl ihr Herz schmerzte, als wolle es zerspringen, konnte sie nicht weinen.

Sie hatten ihr die Tochter gebracht, sie gebeten, Sunildas wegen weiterzuleben, aber als Gudrun in die bernsteinfarbenen Augen des Mädchens blickte, mußte sie an jene anderen Augen denken, welche diesen so geähnelt hatten und die sie niemals mehr anlächeln würden. Gudrun nahm an, daß die Amme das Kind danach weggebracht hatte, doch es fiel ihr schwer, sich darum Gedanken zu machen.

»Ich mußte mit ansehen, wie mein Ehemann getötet wurde. Danach verschleppte man mich ins Hunnenlande«, erzählte eine andere Frau. »Sieben Jahre lebte ich als Leibeigene. In der Nacht diente ich meinem Herrn im Bett, und bei Tage kämmte ich das Haar meiner Herrin und band die Riemen ihrer Hausschuhe. Ihr habt noch immer ein Heim und Eure Ehre, Gudrun. Weint um Euren Gatten, aber seid dankbar, daß Ihr noch immer eine Sippe habt, die sich um Euch kümmert.«

Wie kann ich dankbar sein, wenn meine eigenen Brüder ihn getötet haben? dachte sie wie betäubt. Zumindest zwei von ihnen. Der junge Gislahar war am frühen Morgen zu ihr gekommen und hatte ihr berichtet, wie Sigfrid gestorben war. Gudrun verbarg das Gesicht im Kissen und bemühte sich, den aussichtslosen Trostversuchen der Frauen keine Beachtung zu schenken. Erst als das Gerede ganz verstummt war, setzte sie sich wieder auf.

Sie sah, wie die Frauen sich aus dem Zimmer zurückzogen. Brunhild stand neben ihr. Sie trug ihr Haar offen und einen dunkelblauen Umhang über ihrem weißen Gewand.

»Zürne mir nicht, Gudrun«, sagte die Königin leise. »Ich habe dir schweres Leid zugefügt, aber dein Volk hat auch gegen mich gesündigt.«

Gudrun nickte und erinnerte sich an Gislahars Worte. »Hat Sigfrid mich je geliebt?« flüsterte sie. »Gehörte er jemals wirklich zu mir, oder war alles nur eine Täuschung, herbeigeführt durch meiner Mutter Zauberkraft?«

»Ist es das, was dich zerfrißt?« fragte Brunhild. »Er

liebte dich. In all den Jahren war mein Geist offen für den seinen wie eine Wunde für den Wind. Er ergötzte sich an dir wie eine Blume am Sonnenschein. Glaube mir.«

»Aber du hast ihn geliebt ...« sagte Gudrun und begegnete Brunhilds unstetem Blick. Ein Schauder durchlief die Königin, halb schien es Schulterzucken, halb schien es Zittern zu sein, und Gudrun wich zurück, als hätte sie einen kurzen Blick in Tiefen erhascht, die weit jenseits ihres Verstehens lagen, tief unter der unbewegten Oberfläche eines stillen Sees. Dann war der Augenblick vorüber, und Brunhild hielt ihr ein längliches Bündel entgegen.

»Hör mir zu – dies ist ein Teil von Sigfrids Erbe. Deine Brüder könnten versuchen, den Schatz an sich zu reißen, aber dieser Stab und der Ring, den Sigfrid dir gab, dürfen nicht in die Hände Haganos gelangen. Sie sind die Schlüssel zu einer Zauberkraft, die weit jenseits seines Verständnisses liegt, obwohl auch er eines Tages Weisheit erlangen könnte.«

»Ich kann das nicht nehmen. Wie soll ich ohne Sigfrid leben?« flüsterte Gudrun.

»Du hast eine Tochter, die dich braucht«, sagte Brunhild. »Lebe für sie! Für Sigfrid kannst du nur noch eins tun: Hüte sein Erbe. Wenn Sigfrid willens gewesen wäre, den Stab und den Ring an sich zu nehmen, hätte unser Schicksal wohl anders ausgesehen. Verstehst du das?«

»Nein! Ich verstehe nur, daß ich mit einer Lüge gelebt habe!«

»Das haben wir alle«, meinte Brunhild düster. »Aber ich glaube, die meisten Menschen verbringen ihr Leben damit, herauszufinden, wer sie wirklich sind. Unser Wahn war größer als der der meisten, das ist alles. Nimm den Stab und verwahre ihn sorgsam zusammen mit dem

Ring. Vielleicht wirst du diejenige sein, die lernt, beides zu gebrauchen.«

Gudrun starrte die Königin an. Sie verstand Brunhilds Worte nicht, aber sie nahm das Bündel, das die andere Frau ihr in die Hand drückte. Dann lächelte die Königin, und in ihrem hageren Gesicht entdeckte Gudrun plötzlich den Widerschein jenes lachenden Mädchens, dem sie einst bei den Wassern von Halle begegnet war.

»Hüte sie gut, Gudrun, und du wirst vielleicht doch noch gesegnet sein. Erinnere dich an das Versprechen der Frau, die du im heiligen Brunnen gesehen hast, und denke nicht zu schlecht über mich …« Sie drehte sich um, und ihr schwarzes Haar und der dunkelblaue Umhang schienen sich in den Schatten aufzulösen, als sie zur Tür schritt.

In diesem Augenblick spürte Gudrun, wie der Schmerz sich löste, den sie so lange unterdrückt hatte. Und sie ließ ihren Tränen freien Lauf.

Kurz nach Mittag am dritten Tage nach Sigfrids Tod setzte die Prozession sich von der Stadt aus in Bewegung, um den Leichnam zum Scheiterhaufen zu geleiten. Ihr Weg führte durch Obstgärten, wo die Wege mit Blüten bestreut waren, die der Wind frühzeitig von den Bäumen geweht hatte. Sie überquerte die Wiese, wo Sigfrid so oft Siege errungen hatte, und kam an dem Steinhaufen vorbei, auf dem die Frauen der Ostara Opfergaben dargebracht hatten. Der Karren mit dem Leichnam wurde von den burgundischen Fürsten und deren Gefolge begleitet; sie hatten alle während der Totenfeier viel getrunken und nun nur noch Gutes über Sigfrid zu berichten.

Hagano, der zusammen mit Gundohar unmittelbar vor dem Leichenkarren ritt, kam die Trauer der Männer wie Hohn vor. *Nun, da der Wolf tot ist und ihr vor ihm sicher seid, singt ihr sein Loblied, doch als er noch lebte, wart ihr bereit, ihn mit Steinen aus der Stadt zu jagen.* Er zweifelte daran, daß auch nur einer der Männer die Grausamkeit von Sigfrids Tod so tief empfand wie er – mit Ausnahme vielleicht von Gundohar. *Für uns stellte er die größte Gefahr dar, doch uns trifft sein Verlust auch am härtesten.*

Schließlich erreichten sie die grüne Wiese am Fluß, wo der Scheiterhaufen stand. Er war sorgfältig aus gut getrockneten Holzkloben errichtet worden, die man in Öl getränkt und mit Anbrennholz unterlegt hatte. Die Flammen würden schnell Nahrung finden.

Hagano sah mit düsterer Miene zu, wie die Totenbahre auf den Scheiterhaufen gehoben und dort abgesetzt wurde. Das Sonnenlicht ließ das Gold glitzern, das um die Leiche herum ausgebreitet war. Doch Hagano hatte sich versichert, daß der größte Teil von Fafnars Schatz noch immer in der Truhe im Palast lag. Er mochte Gudrun gehören, doch Hagano ahnte, daß die Burgunden ihn bald brauchen würden.

Es wurde still, und Gundohar trat vor, um die Totenpreisung zu sprechen. Er sah bleich und mitgenommen aus, und Hagano bemerkte, wie die Leute flüsterten. Jedermann wußte, daß der Bruder des Königs die Tat begangen hatte, und da Hagano frei und unverletzt neben Gundohar stand, war es offensichtlich, daß der König diese Tat gutgeheißen haben mußte. Kein Wunder, daß alle gespannt darauf warteten, was Gundohar zu sagen hatte.

Gundohar stieg den Scheiterhaufen hinauf und schien

einen Augenblick lang stumme Zwiesprache mit der Gestalt zu halten, die dort lag.

Hast du ihn wirklich geliebt, Bruder? Glaubst du, er wird deinen Rechtfertigungen Gehör schenken? Du würdest besser daran tun, dein Augenmerk auf die Lebenden zu richten. Doch obwohl Haganos Gedanken bitter waren, wußte er, daß seine Entscheidungen ihn für immer an Gundohar gebunden hatten, gleichgültig, was kommen würde.

Dann wandte der König sich um und blickte auf die Menge hinab. Seine Wangen waren feucht, doch seine Stimme war klar und kräftig, und die Leute erinnerten sich daran, daß er auch ein Barde war:

Heilig der Held, den heute wir ehren,
Es prangt das Feuer, es preist ihn das Volk.
Sein Blut hat gebrochen den Bann der Burgunden;
Gegen Übel hat uns sein Opfer gefeit.
Nun naht die Nacht, und niemals mehr wird man
Seinesgleichen erschauen, den Sproß der Legende;
Diese Lohe, sie lodre so licht wie sein Mut,
Mit ihm nun endet die alte Zeit.

Trauern wir darum? überlegte Hagano. *Um den Tod einer Legende?* Zustimmendes Gemurmel erhob sich hier und da, und Hagano fragte sich, ob die Leute besser verstanden hatten als er.

Als Gundohar den Scheiterhaufen verlassen wollte, trat Gudrun zwischen ihren Zofen hervor. Ihr Gesicht war gerötet von Tränen, und das goldene Haar floß ihr ungebunden über die Schultern. Sie trug den Halsring, der soviel Unfrieden gestiftet hatte, und in der Hand hielt sie einen anderen Gegenstand, den Hagano nicht richtig erkennen konnte.

»Süße Worte, o mein Bruder«, sagte sie leise, »und mit klarer Stimme vorgetragen. Meine eigene ist rauh vom vielen Weinen. Doch obwohl meine Worte nicht so wohl gewählt sind, wirst du sie dir anhören müssen.« Sie straffte die Schultern und atmete tief ein, so daß jedermann sie hören konnte: »Der Mann, der hier liegt, war der tapferste aller Krieger und der zärtlichste aller Ehemänner. Nie ist er vor einem Gegner davongelaufen. Die Stricke, die ihn zu Fall brachten, waren die der Liebe und der Treue. Und so wurde aus dem größten Jäger der Gejagte. Und der treuste aller Freunde wurde von denen verraten, die er für seine Brüder hielt. Ich klage dich an, König der Burgunden, diese Tat gutgeheißen zu haben. Es gibt nichts, womit du mich über den Verlust eines solchen Mannes hinwegtrösten könntest! Und da ich keine Kriegerin bin, die Rache üben kann, soll mein Fluch dich treffen –«

»Sei still, Frau!« Hagano trat vor. »Verschone den König mit deinem Fluch – mein Arm führte den Speer! Die Schuld und die Schande trifft mich. Doch die Tat war notwendig. Die Menschen und das Land lagen im Sterben, und Blut war gefordert. Sigfrid wurde wie ein König verehrt; und am Ende hat er verstanden und in das Opfer eingewilligt.«

»Tat er das? Nun, ich habe es nicht getan. Und keine Sorge, Hagano, ich habe dich nicht vergessen.« Haganos Nackenhaare sträubten sich, als er Gudrun lachen hörte. »Das Schicksal, das ich auf Gundohar herabbeschworen habe, wird dich doppelt hart treffen. Doch den größten Schmerz wird dir das Wissen darum verursachen, daß du die Schuld an allem Unglück trägst.«

»Laß es gut sein, Gudrun, ich bitte dich«, sagte da eine neue Stimme. »Wenn es eine Blutschuld gibt, die geteilt werden muß, so trifft sie auch mich. Doch ich werde meine eigene Wiedergutmachung leisten. Das Feuer, das den Helden in die Freiheit tragen wird, ist vorbereitet. Laßt ihn nicht länger warten …«

Es war Brunhilds Stimme, doch als Hagano sich umdrehte, erblickte er nicht die Königin der Burgunden, sondern eine Walkyrja, ganz in Weiß gekleidet wie die Priesterinnen in den alten Zeiten und mit einem schwarzen Umhang aus Rabenfedern. Ihr Gesicht war von einem vollständigen Federkleid umgeben, das sie als Kopfschmuck trug. Der Schädel mit dem scharfen Schnabel ruhte auf ihrer Stirn, und die steinernen Augen darin glitzerten bösartig. Die schimmernden Flügel hingen an beiden Seiten hinab, und die dunklen Federn vermischten sich mit den langen schwarzen Locken von Brunhilds Haar. Hinter ihr standen zwei Frauen; ihrer Tracht nach zu urteilen, waren es Walkyriun, obwohl Hagano sie nie zuvor gesehen hatte.

Gundohar zuckte hilflos mit den Schultern, und Brunhild lächelte. »Streitest du mir etwa das Recht ab, dieses Ritual zu vollführen? Oder das Wissen? Oder die Macht?«

»Priesterin, du hast das Recht«, sagte Gundohar mir gebrochener Stimme. »Laß das Schicksal sich erfüllen.«

Hagano runzelte die Stirn. Verstand sein Bruder wirklich, was hier vor sich ging? Er selbst wußte, was nun geschehen würde, doch er wäre der letzte gewesen, der Brunhild jetzt noch zurückgehalten hätte.

Die Königin wandte sich an Gudrun. »Zu seinen Lebzeiten nanntest du diesen Mann hier deinen Herrn. Gestattest du, daß nun, in seinem Tode, ich ihm diene?«

Gudrun hatte die Augen gesenkt. Nun sah sie auf. »Verzeih mir«, flüsterte sie, und Brunhild trat zu ihr, nahm ihr Gesicht in beide Hände und sprach leise auf sie ein. Einen Augenblick lang sah Hagano die beiden – hell und dunkel –, als wären sie die Hälften einer sehr viel größeren Einheit. Die eine war die Erde, die andere bewegte sich bereits von dieser fort, und dennoch waren sie in gewisser Weise eins.

»Schwester …« sagte die Königin lauter, »beginnst du zu begreifen?«

»Unsere Wege trennen sich hier. Geleite ihn nach Hause, Brunhild«, flüsterte Gudrun. »Ich werde sein Andenken wahren.« Sie verharrten in einer kurzen Umarmung, dann trat die Königin einen Schritt zurück.

»Bringt sein Pferd«, befahl Brunhild.

Zwei Stallknechte brachten Grani herbei, dem man sein goldenes Geschirr angelegt hatte. Als das Tier den Geruch des Todes wahrnahm, wurde es unruhig, warf den Kopf hin und her und schlug aus. Einer der Männer wurde an der Hüfte getroffen. Dann ergriff Brunhild die Zügel und redete auf den Hengst ein, und Grani beruhigte sich. Godomar trat vor. In seinen Händen hielt er eine Axt. Das Pferd stand reglos, während die Königin auf es einflüsterte, und schien die glitzernde Axt nicht zu bemerken, die sich über seinen Kopf hob. Brunhild trat zurück, als die Klinge niederfuhr. Der massige Körper des Tieres bäumte sich auf, Hufe wirbelten in der Luft, als Granis abgetrennter Kopf zu Boden fiel und Blut sich in einem hellen Strom über die Holzscheite ergoß. Dann hatte der Tod auch vom Rest des Körpers Besitz ergriffen, und der Kadaver stürzte krachend in den Scheiterhaufen.

»Ist es soweit?« fragte Godomar. Jemand hatte ihm eine Fackel gereicht, und diese hob er nun hoch.

»Fast«, antwortete Brunhild, und ein anmutiges

Lächeln breitete sich auf ihrem Gesicht aus. »Sigfrid braucht noch ein Schwert, mit dem er in Wodans Halle Einzug halten kann.«

Licht blitzte auf Stahl, und Hagano sah, wie Brunhild Sigfrids Schwert unter ihrem Umhang hervorzog. *Gram!* Er hatte viele Geschichten über diese Klinge gehört. Wäre sie früher zu der Leiche gelegt worden, hätte er vielleicht eine Möglichkeit gefunden, sie gegen eine andere Waffe auszutauschen. Hatte Brunhild das geahnt und das Schwert deshalb bis jetzt versteckt gehalten?

Für kurze Zeit stand Brunhild da und sah sich um. Hagano folgte ihrem Blick und entdeckte zwei Raben, die in den jungen Eschen am Ufer saßen. Ein Schauder durchlief ihn, und sein blindes Auge begann zu schmerzen, doch Brunhild nickte und ging leichten Schritts an ihm vorbei. Mit raschelndem Federmantel stieg sie die geschichteten Scheite zur Totenbahre hinauf.

Die beiden anderen Walkyriun hatten zu beiden Seiten des Scheiterhaufens Aufstellung genommen und warteten dort mit erhobenen Armen.

»Hier ist dein Schwert, mein Geliebter.« Brunhilds Stimme war klar und deutlich zu vernehmen. »Ich werde dir eine würdige Scheide dafür mitgeben –« sie beugte sich über die Bahre, und der Umhang aus Rabenfedern fiel nach vorne – »und eine Braut, die dir in Wodans Halle dient!« Hagano konnte nicht genau sehen, was Brunhild tat, aber er sah, wie sie zusammenzuckte, und noch bevor sie sich wieder aufrichtete, wußte er, was geschehen war.

Wodan! dachte er. *Ist auch dies dein Werk?* Und er wußte so sicher, als habe man es ihm prophezeit, daß eines Tages eine Klinge auch sein Herz durchbohren würde.

»Für dich den Speer«, keuchte Brunhild, »für mich das

Schwert.« Sie drehte sich um, und alle konnten die Klinge sehen, die zur Hälfte in ihrer Brust versenkt war. Helles Blut durchtränkte das weiße Gewand. »Nun entzündet das Feuer!«

Brunhild hörte das erste Knistern der Flammen, als die unterste Schicht des Scheiterhaufens zu brennen begann, doch das Feuer in ihrer Brust loderte heißer. Sie hatte einen solchen Schmerz nicht erwartet. Durch das Prasseln des Feuers konnte sie Raganleob und ihre junge Gefährtin die Zauber singen hören, die Brunhild auf ihrem Weg geleiten sollten.

Sie kauerte neben Sigfrid. Der Griff des Schwertes war gegen seine Seite gepreßt. Sie hatte ihn an den Schultern gepackt und stützte sich fast ausschließlich auf ihre Arme. Doch da ihr der Atem noch nicht versagte, ahnte sie, daß die Klinge ihr Herz noch nicht durchbohrt hatte. Auf der Schwelle zwischen Leben und Tod umspannten ihre Gedanken ganze Welten zwischen zwei Herzschlägen. Seltsamerweise erinnerte sie sich an die letzten Augenblicke ihrer Niederkunft, als sie geglaubt hatte, ein weiteres Pressen würde sie entzweireißen.

Wodans Weisheit, so dachte sie, *gleicht der einer Frau, die bereit ist, alles um des Lebens willen zu opfern, wohl wissend, daß Leben und Tod die beiden Hälften eines Ganzen sind.* Sigfrid war für Gundohar geopfert worden. *»Walvater –«* Ihre Gedanken lichteten sich plötzlich. *»Wurde auch Baldur für dich geopfert?«*

»Sei unbesorgt«, lautete die Antwort, und erneut glaubte sie, starke Hände zu spüren, die sie hielten. *»Dein Werk ist fast vollbracht. Umarme deinen Geliebten, meine Rabin. Suche den Wolf, der durch das Land der Schatten*

jagt, wie deine Lehrmeisterinnen es dich gelehrt haben, und geleite ihn nach Hause.«

Brunhild blickte auf Sigfrids regloses Gesicht hinab und dachte: *Ja, es ist an der Zeit.* Mit einem langen Seufzer stieß sie den Atem aus, gab ihn zurück an den Hohen. Und sie konnte nicht sagen, ob ihre eigenen Hände ihr Gewicht nicht mehr zu tragen vermochten oder ob jene anderen Hände sie sanft, ganz sanft herabsinken ließen, bis die Schwertklinge ihren Körper schließlich ganz durchbohrt hatte und Brunhild – endlich – auf Sigfrids Brust zu liegen kam.

Gudrun sah zu, wie die Flammen immer höher schlugen. Eine Feuerwand hatte die letzte Umarmung der beiden Liebenden auf dem Scheiterhaufen beschirmt, so daß niemand am Ende noch eingreifen konnte. Gudrun wußte, daß Godo und Gislahar neben ihr standen, bereit, ihre Schwester aufzufangen, sollten ihr die Kräfte schwinden. Doch im Grunde war sie allein – allein wie ihre beiden anderen Brüder, deren Umrisse vor dem Hintergrund der hellen Flammen verschwammen.

Sie sah, wie Gundohar keuchend sein Gesicht abwandte und Hagano ihn am Arm ergriff.

»Trauert ihr?« rief sie. »Ihr habt euch selbst betrogen! Es ist noch nicht vorbei, *Brüder* –« Ihre Stimme brach bei diesem Wort. »Glaubt ihr, damit sind Sigfrid und Brunhild für alle Zeiten zum Schweigen gebracht?« Sie deutete mit dem Runenstab auf den Scheiterhaufen, und Haganos Augen weiteten sich. »So empfangt nun Sigfrids Erbe!«

Sie atmete tief ein, und gleichzeitig packte sie eine Erregung, die ihre Trauer weit überstieg. Der Runenstab prickelte in ihrer Hand. »Eine Zeit wird kommen, da eure Feinde euch umringen, und dann wird euch Sigfrids starker Arm fehlen. Eine Zeit wird kommen, da jene euch betrügen, denen ihr vertraut, und dann werdet ihr Sigfrids Treue entbehren. Eine Zeit wird kommen, wenn der Tod euch nahe ist, und Sigfrid wird nicht da sein, um euren Untergang aufzuhalten! Dann mögt ihr um ihn trauern. Doch ich werde da sein, meine Brüder, und ich werde lachen!«

So plötzlich, wie sie gekommen war, verließ die prophetische Kraft Gudrun wieder. Erschöpft sank Gudrun zu Boden und grub die Finger tief in die feuchte Erde.

Vor langer Zeit, es schien ein ganzes Leben her zu sein, war sie mit traumerfüllten Augen hierher gekommen und hatte zugesehen, wie ein Hase sein Blut, sein Leben auf den Steinen verströmte. Nun endete das Leben, das Sigfrid ihr geschenkt hatte, wurde verzehrt von den Flammen. War Rache alles, was die Welt jetzt noch für sie bereit hielt? Einen Augenblick lang war ihr, als würde ihr eine Stimme aus den lodernden Flammen des Scheiterhaufens antworten, doch sie konnte die Worte nicht verstehen. Die Erde – sie war kühl. Gudrun preßte die Stirn gegen den feuchten Boden und schöpfte Trost aus dem dumpfen Pulsschlag des nahen Flusses, der Lebensader dieses Landes.

Als die Aue schließlich im Rot der untergehenden Sonne erglühte, erlosch das Feuer allmählich. Dort, wo der Scheiterhaufen gestanden hatte, lagen nun nur noch schwelende Holzstücke. Und der Wind, der mit der einsetzenden Dämmerung aufgezogen war, nahm die Asche auf – oder waren es Federn? – und trug sie zum Rhein hinüber.

Gudrun sah zu, wie sie zum Wasser hinunterschwebten, sah zu, bis es dunkel geworden war und die beiden Raben, die alles aus den Eschen heraus beobachtet hatten, sich schwerfällig in die Lüfte erhoben und davonflogen.

HINTERGRÜNDE UND QUELLEN

Sigfrids Tod

Diejenigen Leser, die mit Wagners »Ring des Nibelungen« vertraut sind, werden festgestellt haben, daß das zweite Buch im wesentlichen denselben Stoff umfaßt wie die »Götterdämmerung«. Einen entscheidenden Unterschied gibt es allerdings: Wodan bleibt am Leben, und auch der Weltuntergang findet nicht statt. Während des Schreibens hatte ich oft das Gefühl, ich erlebte die Trennung zweier enger Freunde mit, die sich wechselweise an meiner Schulter ausweinten. Die Herausforderung bestand für mich darin, zu begreifen und auch begreiflich zu machen, wie es zu der Krisensituation kam.

Dem historisch interessierten Leser sollen die folgenden Anmerkungen meine Vorgehensweise erläutern. Im ersten Kapitel habe ich Hengest in die Reihe meiner Helden mit aufgenommen. Damit folge ich Alan Bliss, der vermutet, daß Hengest von einer anglischen Königssippe abstammt, die ehemals die Jüten regierte, und ein Gefolgsmann von Hnaef dem Halbdänen war. Sein Name wird in einem angelsächsischen Fragment über den Kampf um die Finnsburg erwähnt. Er ist natürlich auch mit jenem Hengest identisch, der die Jüten nach Britannien führte. Abweichend von der Chronologie, die Bliss erstellt hat, schließe ich mich jedoch Morris an, der Hengests Landung in Britannien um das Jahr 428 datiert und den ersten Sachsenaufstand auf das Jahr 441.

Die Anfänge der Burgunden liegen in den Nebeln des Nordens verborgen. Soweit nachvollziehbar, scheint ihr Ursprung an der Ostsee zu liegen, in Posen, dessen nördliche Küsten zu Skandinavien zählten. Die Insel Bornholm (im Mittelalter »Borgundholm«) trägt noch heute ihren Namen. Laut Jordanes wurden die Burgunden von den Gepiden vernichtet. Doch es ist wahrscheinlicher, daß diese den Burgunden lediglich heftige Gefechte lieferten, als sie deren Gebiete durchquerten. Die schwer angeschlagenen Burgunden scheinen nach Süden gezogen zu sein. Nach einer verlorenen Schlacht gegen Kaiser Probus an der Donau haben sie offensichtlich ihren Plan, über Illyrien ins Römische Reich einzufallen, aufgegeben und sind westwärts gezogen.

Nur sehr wenige Worte der burgundischen Sprache sind überliefert, unter anderem ›*hendinos*‹ und ›*sinistus*‹. Die genaue Bedeutung dieser Begriffe wird in der Wissenschaft diskutiert, doch folgendes darf als gesichert gelten: *hendinos* bezeichnet eine Person vergleichbar dem Heerkönig, *sinistus*, mit dem Begriff ›Ältester‹ verknüpft, ursprünglich ein Amt, das anzusiedeln ist zwischen der beratenden Rolle des Priesterkönigs im frühen Irland und der eines unabhängigen Richters beziehungsweise des Gesetzessprechers, den die isländischen Fürsten wählten.

Während der Zeitspanne, die das vorliegende Buch umfaßt, findet, wie oben angesprochen, der Übergang vom Stammesfürstentum zur Feudalmonarchie statt. Die

Vasallenvölker Roms waren bemüht, sich in einem schwierigen Angleichungsprozeß in das Leben im Kaiserreich einzufügen. Damit verbunden war sowohl eine Änderung der Lebensweise als auch der Wirtschaftsordnung. Die Gegensätze wurden häufig in gemeinsamen Feldzügen überbrückt, die für die Stämme – ebenso wie später für die Wikinger – ein bedeutendes wirtschaftliches Unterfangen darstellten. Ziel jeden Kampfes, ob für oder gegen die Obrigkeit, war es, das eigene Ansehen so zu steigern, daß mit einer Erhöhung des Soldes zu rechnen war. Vernichtungskriege lagen nicht im Interesse der Beteiligten; denn der Gegner von heute konnte schon im nächsten Jahr ein Verbündeter sein und umgekehrt.

Grimm und Fraser belegen eine reiche Volkstradition in den germanischen Ländern, darunter Frühlingsfeste mit ausgefeilten Ritualen. Eostara (oder auch Ostara) ist eine alte Göttin, die dem Frühling, dem Osten und der aufgehenden Sonne zugeordnet wird. Der Name des Osterfestes, mit dem die Christen Tod und Auferstehung Jesu feiern, ist von ihrem Namen abgeleitet. Das älteste bemalte Osterei, das in Europa bekannt ist, fand man in einem römischen Grab bei Worms.

Grimm hat Phol (Fol) mit Baldur gleichgesetzt. Pholstag ist der 2. Mai, und somit würde Baldurs Fest mit dem keltischen Maifest, dem Beltane, zusammenfallen. Walburga, von deren Namen der Begriff der Walpurgisnacht abgeleitet wurde, ist der Überlieferung zufolge eine Tochter des englischen Königs Richard I., der ein Nonnenkloster gründete. Möglicherweise geht ihr Name aber zurück auf eine ältere Fruchtbarkeitsgöttin, der zu Ehren man wilde Tänze rund um Freudenfeuer veranstaltete, meist auf Berggipfeln wie zum Beispiel dem Brocken. Der im Text zitierte lateinische Gesang ist ein mittelalterliches Frühlingslied, *»In vernale tempore«*, das ursprünglich zu der Melodie gesungen wurde, die heute *»Good King Wenceslas«* begleitet.

Die Legende vom wilden Mann hat in ganz Europa eine lange Tradition. Sie könnte Teil jener Volksüberlieferung sein, die von der Existenz eines ›Urmenschen‹ berichtet, vergleichbar mit Bigfoot und dem Yeti.

In manchen Gegenden wurden die Bräuche, die in den keltischen Gebieten mit dem Maifest verbunden waren, zu Pfingsten wiederaufgenommen. Der Maibaum ist jedenfalls eines der wichtigsten Sinnbilder des Frühlings in Süddeutschland, wo alljährlich in jedem Ort eine geschmückte blau-weiß-gestreifte Stange auf dem Marktplatz errichtet wird.

Die Zeremonie, mit welcher der Regen beschworen wird, einschließlich der Anrufung Donars, hat ihren Ursprung im nordgermanischen Brauchtum. Es besteht jedoch eine bemerkenswerte Ähnlichkeit zu jener suggestiven Magie, die zu diesem Zweck in allen Teilen der Welt beschworen wird. Das gleiche gilt auch für die Erntebräuche, gleichgültig ob die Angelsachsen sie nach Britannien brachten oder ob die Kelten und Germanen sie ursprünglich von der prä-indoeuropäischen Ackerbaukultur übernahmen. Die Feier der letzten Garbenschnitte erfolgte überall in ähnlicher Weise.

Für den interessierten Leser möchte ich anmerken, daß die lateinischen Zitate der Taufzeremonie dem »Gotischen Meßbuch« entnommen sind, einer der ältesten erhaltenen liturgischen Sammlungen. Diese wurde 1855 in einem Sammelband nachgedruckt, der unter dem Titel *The Ancient Liturgies of the Gallican Church* von J.M. Neale herausgegeben wurde. Die Eigenarten des lateinischen Texts entsprechen dem Original; ich habe sie unverändert gelassen. Die Worte, mit denen Brunhild dem heidnischen Glauben abschwört, sind an einen überlieferten sächsischen Text angelehnt, den Grimm in seiner *Deutschen Mythologie* zitiert:

»Forsachistu diabolei?«

»Ec forsacho diabole end allum diobolgelde end allem dioboles wercumend worum. Thunor ende Woden end Saxnote ende allen them unholdum the hiro genotas sint.«

Die Sprache ist dem Deutschen so verwandt, daß eine Übersetzung überflüssig ist, und der Wortlaut sehr viel umfassender als die entsprechende Passage im lateinischen Text.

In der römischen Kirche war es durchaus üblich, heidnische Kultstätten, Festtage und sogar Gottheiten – soweit möglich – in den eigenen Kult mit aufzunehmen. Die heidnischen Römer hatten diese Entwicklung eingeleitet, indem sie lokale Gottheiten mit ihren eigenen gleichsetzten und Kultstätten im römischen Stil errichteten, die sie mit lateinischen Namen versahen. Die *matronae* entsprachen bei den Römern den Göttinnen der Mutterschaft und der Familie. Ihre Kultstätten fand man überall, üblicherweise in der Nähe heiliger Quellen, und oft wurden sie zu Stätten christlicher Verehrung der drei Marien. Die Quelle in Bad Dürkheim, nahe der alten keltischen Ringfestung am Fuße des Donnersberg gelegen, ist noch heute eine anerkannte Heilquelle. Das Lied, das die Frauen zusammen mit Brunhild und Gudrun dort anstimmen, geht auf einen Schweizer Kinderreim zurück.

Der Prozeß der Christianisierung zog sich über einen langen Zeitraum hin – die Einwohner Triers wurden noch im 5. Jahrhundert getadelt, weil sie weiterhin der Artemis an einem geweihten Platz huldigten.

Im Kapitel »Waldhari« werden Studenten der frühmittelalterlichen Literatur das lateinische Versepos *Waltharius* aus dem 9. Jahrhundert wiedererkennen. Obgleich in dieser Version – aus unerklärlichen Gründen – Gunther ein Franke ist und Hildigund eine Burgunderin, lassen Namen und Schauplätze erkennen, daß diese Geschichte, die gewisse Verbindungen zum Nibelungenlied aufweist, zum selben Zyklus von Legenden gehört. Das Versepos faßt die Ereignisse in sehr lebendiger Weise zusammen und gipfelt schließlich in folgenden Worten:

… da lagen am Boden der Fuß König Gunthers,
die Hand von Walther und schließlich Hagens
zuckender Augapfel. So, ja, also teilten sie miteinander
die hunnischen Spangen.« (V. 1402ff.)

Ich habe die Überlieferung von Hagens ausgestochenem Auge übernommen, doch Gunthers Verletzung habe ich abgeschwächt, denn die Handlung im dritten Buch erfordert es, daß der König über zwei – wenn auch nicht ganz unversehrte – Beine verfügt.

Bei der Gestaltung der abschließenden Szenen der Geschichte habe ich erneut Elemente aus der Wölsungensaga und dem Nibelungenlied vermischt. Alle Quellen stimmen darin überein, daß Sigfrids Tod mit Zustimmung des Königs und Hagens erfolgte und daß Sigfrid von hinten und ohne Vorwarnung getötet wurde.

Wagner läßt seinen Opernzyklus an dieser Stelle der Handlung enden. Dagegen erscheint in den mittelalterlichen Bearbeitungen des Stoffes Sigfrids Tod nur als der erste Teil einer Geschichte. Der zweite Teil schildert, wie die Gerechtigkeit ihren Lauf nimmt und Rache an den Mördern geübt wird. Ob man nun Gundohars und

Haganos Vorgehen für gerechtfertigt hält oder nicht, es läßt sich nicht leugnen, daß Sigfrids Tod das zentrale Ereignis ist, das ihrer beider Leben im weiteren bestimmen wird.

Quellen

Ich finde es noch schwieriger als sonst, zu entscheiden, welche Bände aus den Kisten voller Bücher, die meinen Schreibtisch umgeben, als Quellen zitiert werden sollten. Vielleicht ist die beste Lösung, einfach jene Werke aufzulisten, die für den Leser, welcher mehr über die verschiedenen Bereiche herausfinden möchte, die in der Geschichte berührt werden, am nützlichsten sein dürften.

Theodore M. Andersson: *A Preface to the Nibelungenlied.* Stanford: Stanford Univ. Press, 1987.

Anglo-Saxon Magic. Übers. u. hg. v. Dr. G. Storms. Den Haag/Niederlande: Martinus Nijhoff, 1948.

Phil Barker: *The Armies and Enemies of Imperial Rome.* [Goring-By-Sea, Sussex]: Wargames Research Group, 1981 [1/1972; rev. 1975].

Katherine Fischer Drew: *The Burgundian Code.* Philadelphia: Univ. of Pennsylvania Press, 1972.

Walter Goffart: *Barbarians and Romans, A.D. 418–584. The Techniques of Accommodation.* Princeton: Princeton Univ. Press, 1980.

Hilda R. Ellis-Davidson: *Gods and Myths of Northern Europe,* Harmondsworth: Penguin, 1964.

C. D. Gordon: *The Age of Attila.* New York: Dorset, 1960.

Jacob Grimm: *Teutonic Mythology.* Übers. S. Stallybrass. 4 Bde. New York: Dover, 1966. (Dt. *Deutsche Mythologie.* 3 Bde. Einl. v. Leopold Kretzenbacher u. Elert H. Meyer. Wiesbaden: Drei Lilien, 1992. [Faksimile-Nachdruck der erw. Ausg. 1875–78 (1/1835).])

Jim Hrisoulas: *The Complete Bladesmith.* Boulder, Co.: Paladin Press, 1987.

A. H. M. Jones: *The Later Roman Empire, 284–602.* Baltimore: Johns Hopkins University Press, 1986.

C. Scott Littleton und Ann C. Thomas: »The Sarmatian Connection«, *Journal of American Folklore,* 91 (1978).

Otto J. Maenchen-Helfen: *The World of the Huns.* Univ. of California Press: Berkeley, 1986.

Lucien Musset: *The Germanic Invasions.* New York: Barnes & Noble, 1993.

The Nibelungenlied. Übers. A. T. Hatto. Harmondsworth: Penguin, 1965. (Dt. »Das Nibelungenlied«. Übers. Karl Simrock. In *Das Nibelungen-Gudrun-Lied.* Essen, Stuttgart: Phaidon, 1984. [Bibliothek der Weltliteratur.])

Charlotte G. Otten: *A Lycanthropy Reader. Werewolves in Western Culture.* Syracuse: Syracuse Univ. Press, 1986.

R. I. Page: *An Introduction to English Runes.* London: Methuen, 1973.

Odet Perrin: *Les Burgondes. Leur Histoire des origines à la fin du premier Royaume.* Neuchâtel: La Baconnière, 1968.

Eleanour Sinclair Rohde: *The Old English Herbals.* New York: Dover, 1971.

Jennifer M. Russ: *German Festivals and Customs.* London: Oswald Wolff, 1983.

The Saga of the Volsungs, übers. R. G. Finch. London, 1992. (Dt. »Die Geschichte von den Völsungen«. Übers. Paul Herrmann. In *Nordische Nibelungen.* Düsseldorf, Köln: Diederichs, 1985. [Diederichs Gelbe Reihe, Bd. 54.])

Edred Thorsson: *Runelore. A Handbook of Esoteric Runology.* York Beach: Samuel Weiser, 1987. (Dt. *Runenkunde. Ein Handbuch der esoterischen Runenlehre.* Übers. ›Frater V. D.‹. Neuhausen / Schweiz: Urania, 1990.)

J. R. R. Tolkien: *Finn and Hengest. The Fragment and the Episode.* Hg. Alan Bliss. Boston: Houghton-Mifflin, 1983.

Waltharius and Ruodlieb. Hg. u. übers. Dennis Kratz. New York: Garland Publishing, 1984. (Dt.: *Waltharius.* Lateinisch-deutsch. Hg. u. übers. Gregor Vogt-Spira. Stuttgart: Reclam, 1994.)

Herwig Wolfram: *History of the Goths.* Übers. Thomas J. Dunlap. Berkeley: Univ. of California Press, 1988. (Dt. *Die Goten. Von den Anfängen bis zur Mitte des sechsten Jahrhunderts.* Entwurf einer historischen Ethnographie. 3., neubearb. Aufl. München: C. H. Beck, 1990 [1/1979].)

Von den Originalquellen sind Tacitus' *Germania,* erhältlich in einer Anzahl von Übersetzungen, die *Wölsungensaga* (s. o.) und die *Ältere Edda* von besonderem Interesse.

⊕

KALENDER

Der Kalender der Germanen folgte einem unvollständigen Mondjahr-Zyklus. Bei Bedarf wurden ganze Schaltmonde eingefügt, so daß eine Zuordnung der Mondnamen zu den Monaten unseres Kalenders nur Annäherungswerte ergeben kann.

Die hier verwendeten Mondnamen folgen den alten deutschen Monatsbezeichnungen. Sie wurden, soweit möglich, den Monatsnamen, die Bede für die Angelsachsen auflistet, und den nordischen Monatsnamen in Island angeglichen.

Winternachtfest,
erster Vollmond nach der Herbst-Tagundnachtgleiche

Oktober	Weinmond
November	Nebelmond
Dezember	Julmond (Christmond)
Januar	Hartung
Februar	Hornung
März	Lenzmond

Sommertagfest,
erster Vollmond nach der Frühlings-Tagundnachtgleiche

April	Ostaramond
Mai	Wonnemond, Maien
Juni	Brachmond
Juli	Heumond
August	Erntemond
September	Herbstmond

RUNEN UND SYMBOLE

FREYRS AETT

RUNE	NAME	LAUT	BEDEUTUNG
ᚠ	*FEHU*	f	VIEH, Besitz, Fruchtbarkeit, Glück Rune des Freyr / der Freya (Fro / Froja).
ᚢ	*URUZ*	u	UR (AUEROCHSE), Vitalität, Körperkraft, Manifestation von Energie
ᚦ	*THURISAZ*	th	THURSE (RIESE) oder DORN, elementare schöpferische Kraft, Verteidigung. Rune des Thor (Donar).
ᚨ	*ANSUZ*	a	ASE (GOTT) oder MUND, Worte, Inspiration, geistige Aktivität. Rune des Odin (Wodan).

ᚱ	*RAIDHO*	**r**	RITT, Bewegung und Sichbewegen, Fortschritt, Reise, richtige Handlung
ᚲ	*KAUNAZ*	**k**	KIEN (FACKEL), Feuer, Erleuchtung, Handwerkskunst, Reinigung
ᚷ	*GEBO*	**g**	GABE, Geben, Interaktion, Austausch von Energie
ᚹ	*WUNJO*	**w**	WONNE (FREUDE), Wohlsein, Glück, Erfolg, Vereinigung und Freundschaft

HAGALS AETT:

RUNE	NAME	LAUT	BEDEUTUNG
ᚺ	*HAGALAZ*	**h**	HAGEL, Eiskorn, Urmaterie, Unbill, die hilfreich sein mag
ᚾ	*NAUDHIZ*	**n**	NOT, Mangel, Beschränkung, Notwendigkeit, Zwang, Schicksal
ᛃ	*JERA*	**j**	JAHR, Jahreskreis, Ernte, Sommer, Belohnung für Mühe
ᛁ	*ISA*	**i**	EIS, absolute Kälte, Reglosigkeit, Stille, Integrität, Beschränkung
ᛇ	*EIHWAZ*	**ei/i**	EIBE, Weltenbaum, Paradox, Verbindungen, Veränderung des Zustands

ᛈ	*PERTHRO*	**p**	LOSBECHER oder BRUNNEN, Zufall, Schicksal, Glück, Ungewißheit, Spiel
ᛉ	*ELHAZ*	**-z**	ELCH, Schutz, insbesondere durch Ausnutzung natürlicher Kräfte, Tiere
ᛊ	*SOWILO*	**s**	SONNE, Sonnenrad, Leitung, Klärung, Fortschritt

TYRS AETT:

RUNE	NAME	LAUT	BEDEUTUNG
ᛏ	*TIWAZ*	**t**	TYR (Gottheit), Gerechtigkeit, Pflicht, moralische Stärke, Wille, Kontrolle der Gewalt. Rune des Tyr (Tiwaz).
ᛒ	*BERKANO*	**b**	BIRKE, Geburt, Wurzeln, Nahrung, Weibliches, Lebensabschnitte
ᛖ	*EHWAZ*	**e**	PFERD, Bewegung, Veränderung, Partnerschaft, Zunahme von Macht
ᛗ	*MANNAZ*	**m**	MANN (MENSCH), Herrschaft, Menschlichkeit, menschliches Erbe und Potential

ᛚ	*LAGUZ*	**l**	GEWÄSSER, Wasser, Mutterleib, das Unbewußte, Weiblichkeit, Kreativität, Flexibilität
ᛜ	*INGWAZ*	**-ng**	ING (Gottheit), Fruchtbarkeit, männliche Kreativität, Verwandlung, Übergang
ᛞ	*DAGAZ*	**d**	TAG, Licht, Erwachen, Erleuchtung, Wachsen, Gutes
ᛟ	*ODHALA*	**o**	ODAL (ERERBTER BESITZ), Erbe, Heimat, Verwandtschaft, Beziehung

SYMBOL BEDEUTUNG

RING: der ungebrochene Ring als Zeichen der Treue und der umfriedeten Welt

SONNENRAD: die Macht der Sonne im Lauf der vier Jahreszeiten, die den Menschen Heil bringt

SONNENRING: die Stationen der Sonne auf ihrem täglichen Rund; die acht Weltrichtungen in den dreimal acht Runen

TREFOT: die drei großen Bereiche des Seins: Überwelt, Unterwelt und Mittelerde; in seiner geschwungenen Form als

TRISKEL auch das Zeichen der Großen Göttin in ihrer dreifachen Gestalt als Jungfrau, Mutter und Greisin

 WELTENBAUM: der Baum Yggdrasil mit aufwärts strebenden Zweigen und abwärts reichenden Wurzeln

O

STAMMTAFELN

Die Walsunge

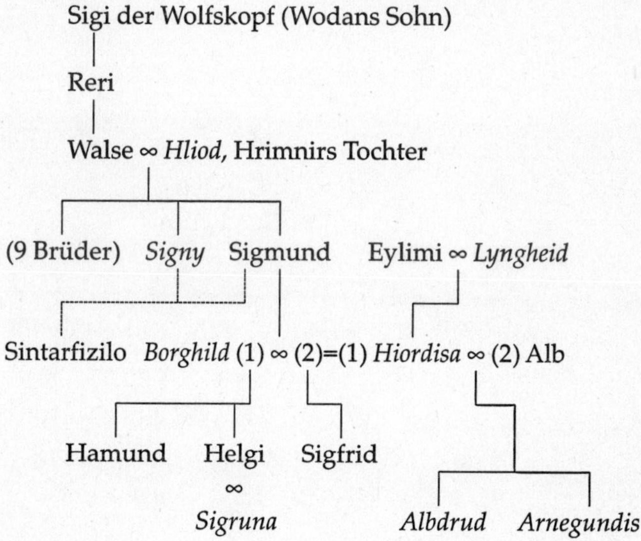

Die Erdformer

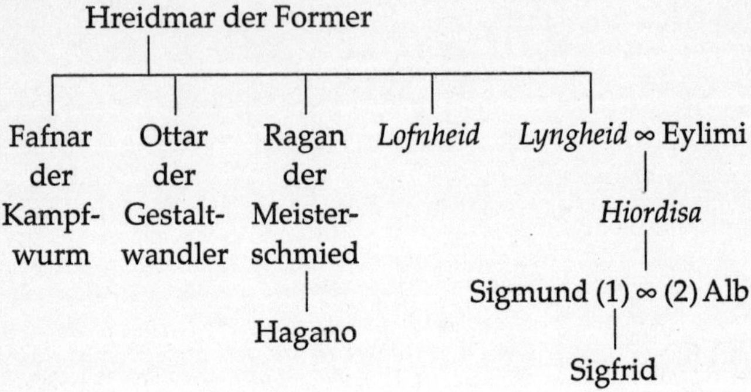

Die Niflunge

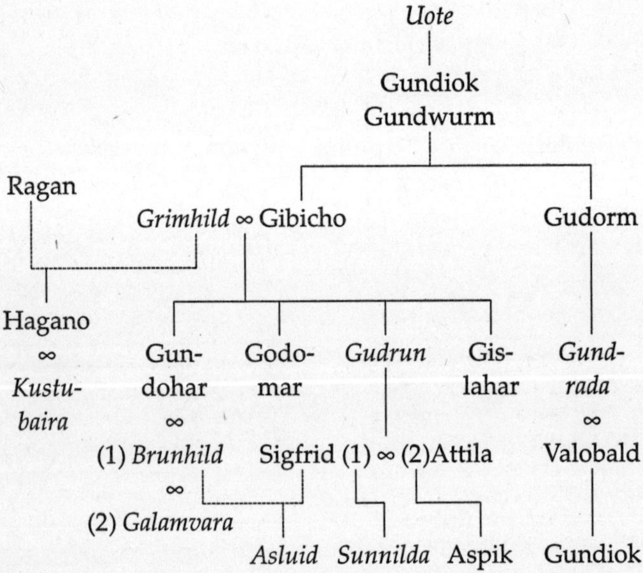

GLOSSAR

Historisch belegte Völker-, Personen- und Ortsnamen sind durch Kursivschrift gekennzeichnet, mythologische durch Versalien.

Ein Zusatz mit Gleichheitszeichen gibt die in der Sage überlieferte Namensform an.

an. – altnordisch
ahd. – althochdeutsch
got. – gotisch
turk. – turkisch (hunnisch)
lat. – lateinisch

Völker, Stämme und Gruppen

Akatziren – ein Hunnenvolk
Alanen – ein vormals mit den Hunnen verbündetes kaukasisches Steppenvolk, das großenteils 407 n. Chr. nach Gallien einwanderte
ALBEN (an. Alfar) – männliche Naturgeister; Ahngeister der Sippe
Albinger – ein Stamm der Franken an der Nordsee
Alemannen (Alamannen) – ein Verband von Stammesgruppen, insbesondere Sueven, angesiedelt im Rhein-Main-Gebiet
Amaler (später Amelungen) – gotisches Königsgeschlecht
Angeln – ein Volk, das von den Jüten aus dem südlichen Dänemark verdrängt wurde
ASEN (an. Æsir) – eine Gruppe indogermanischer Funktionsgötter
Bagauden (lat. *bacaudae*) – Verband von Räubern und Aufständischen in Gallien
Burgunden (Burgunder) – ein ostgermanisches Volk,

angesiedelt im Gebiet zwischen Neckar, Main und Rhein, später auf römischem Reichsgebiet westlich des Rheins

Cherusker – ein westgermanisches Volk des 1. Jh. n. Chr.

DISEN (Idisen, an. Dísir) – weibliche Naturgeister; Schutzgeister der Sippe

Erdvolk – Überbleibsel der vorindogermanischen Bevölkerung, die in den Wäldern leben

Föderaten (lat. *foederati*) – Bundesgenossen des römischen Reiches

Franken – s. Iscäwonen

Gallier – keltische Volksstämme

Gepiden – ostgermanisches Volk, mit den Hunnen verbündet

Greuthungen – Flachlandgoten (Ostrogoten)

Großes Volk – Bezeichnung des Erdvolkes für die Indogermanen

Herminonen (Hermunduren) – Thüringer, in Mittelgermanien

Heruler – ein Volk an der Nordsee, große Seefahrer

Hunnen (turk. Hsiong-nu) – vermutlich ein Turkvolk aus dem Osten, wohnhaft in der Gegend des heutigen Ungarn, Österreich und der nördlichen Donauebene

Ingwäonen (an. Ingvingar) – Sachsen; ein Volk an der Küste des nördlichen Germanien

Iscäwonen – Franken, ein großes Volk im Nordwesten des heutigen Deutschland sowie Holland, unterteilt in die salischen (Salzwasser-) und ripuarischen (Flußufer-) Stämme

Jazygen – ein sarmatischer Stamm

Jüten (Euten) – ein kriegerisches Volk, das seine Macht im südlichen Dänemark (Jütland) verstärkt

Juthungen – westgermanischer Stamm zwischen Rhein und Donau

Kimbern – kelto-germanisches Volk, das 105 v. Chr. in das römische Gallien einfiel

Logaden (turk. *lochagoi*) – die »Auserlesenen«, Attilas Gefolge

Markomannen – ostgermanisches Volk südlich der Donau

Niflunge (= Nibelungen) – die herrschende Sippe der Burgunden

Ostrogoten (Ostrogothen) – Ostgoten

Sachsen – s. Ingwäonen

Sarmaten – iranisches Nomadenvolk in den südrussischen Steppen

Skythen – indogermanische Völkerschaft im nördlichen Schwarzmeergebiet; schon im 4. Jh. v. Chr. auf die südsibirischen Steppenvölker übertragen

Sueben (Sueven/Sweben) – westgermanische Stammesgruppe

Terwingen – Waldgoten (Wisigoten)

Teutonen – germano-keltisches Volk, das in vorchristlicher Zeit in das römische Gallien einfiel

Walkyriun (Walküren) – eine Schule von Priesterinnen im Taunus

Walsunge (Wölsungen; an. Völsunge) – Abkömmlinge von Walse und Sigi, ein Geschlecht von Helden

Wandalen – ostgermanisches Volk; wanderte im 2. Jh. n. Chr. nach Ungarn (Theiß), seit 400 mit Alanen und Sueben nach Spanien; vor den Westgoten weichend, 429 nach Nordafrika

Wisigoten (Visigothen) – Westgoten

WANEN (an. Vanir) – Stamm von agrarischen Fruchtbarkeitsgottheiten, mit den Asen verbündet

Personen

Adelburga – Schülerin der Walkyriun, eine von Brunhilds »Neun«

Aëtius, Flavius – s. Flavius Aëtius

Alarich – König der Wisigoten

Alb (= Alf) – Ältester Sohn König Hilperichs, später König der Albinger, zweiter Ehemann von Hiordisa und Sigfrids Stiefvater

Albald – Albs jüngerer Bruder, Sigfrids Feind

Albdrud – Tochter von Alb und Hiordisa, Sigfrids Halbschwester

ALBODISA – Ahnfrau der Albinger

Anagai – König der Utiguren

Andulf – ein Ziehsohn Gundohars mit Talent zum Barden

ANDWARI – ein Erdgeist, der in Hechtgestalt den Nibelungenschatz bewachte

Ardarich – König der Gepiden

Arius – ein Bischof des 4. Jahrhunderts, dessen Lehren (Arianismus) als Ketzerei verurteilt wurden

Arnegundis – Tochter von Alb und Hiordisa, Sigfrids Halbschwester

Asliud (an. Aslaug) – Brunhilds Tochter von Sigfrid

Atakam – ein hunnischer Prinz, von Attila getötet

Athaulf (lat. Adolphus) – Bruder Alarichs, König der Wisigoten und kurzzeitig (414–415) mit Galla Placidia verheiratet

Attila (= Etzel, an. Atli; got. Verkleinerungsform von *atta* ›Vater‹) – Sohn Mundschuks, Kriegsführer seiner Sippe; später mit seinem Bruder Bladarda Großkhan der Hunnen, danach alleiniger Großkhan

Aurelius, Marcus – s. Marcus Aurelius

Bala – ein jazygisches Sklavenmädchen in Gudruns Diensten

Balamber – Sohn Uldins, hunnischer Anführer, der Ermanarich besiegte (um 375)

BALDUR (an. Baldr), auch FOL (Phol) – der Schöne, Sohn von Wodan und Frija

BERCHTA – (ahd. Perahta), die Leuchtende, Glänzende; Holda gleichzusetzen

Berik – ein Gote, einer von Attilas Anführern

Bertriud (= Beckhilde; an. Bertrud) – Bladardas älteste Tochter, Ziehmutter Brunhilds

Bladarda (Bleda; = Blödel; an. Budli) – Sohn Mundschuks, ein Fürst der Akatziren; später gemeinsam mit seinem Bruder Attila Großkhan der Hunnen

Bonifatius – römischer Patrizier, Militärkommandant in Nordafrika *(dux Africae)*, Günstling der Galla Placidia; besiegte Aëtius bei Ariminium (432)

Brettad – ein Markomannenführer

Brunhild (= Brünhilde, an. Brynhild) – Bladardas zweite Tochter, die eine Walkyrja wird, später Geliebte Sigfrids und Gemahlin Gundohars; ihr magischer Name ist Sigdrifa

Carpileon – Sohn des Flavius Aëtius, Geisel bei den Hunnen

Casta – s. Kustubaira

Castinus – römischer Patrizier zur Zeit des Honorius

Dag – Högnis Sohn, Mörder von Helgi Sigmundssohn und Bruder von Sigrun

Dancward (= Dankwart) – ein burgundischer Fürst

Dengizik – Attilas zweiter Sohn von Ereka

Deorbert – Folcos Sohn, ein burgundischer Fürst

Desiderius, Junius – s. Junius Desiderius

Diedelinda (= Dietlinde) – Tochter Rudegars und Godelindas

Domfrada – eine Schülerin der Walkyriun

DONAR (Thor; an. Þórr) – der Donnerer, Gott des Sturmes und der Stärke

Donarhild – eine Schülerin der Walkyriun, eine von Brunhilds »Neun«

Drostagnos – Oberhaupt des gallischen Dorfes Halle

DWALIN – Ahnherr der Zwerge; seine Töchter sind die Nornen, die das Schicksal des Erdvolkes bestimmen

Edikon – ein hunnischer Edler, Ratgeber Attilas

Egward (= Eckwart) – ein junger burgundischer Krieger, der Gudrun liebt; später Anführer von Gudruns Leibgarde

Ellak – Attilas erster Sohn von Ereka

Eormanna – eine Schülerin der Walkyriun in Brunhilds »Neun«

ERDA – die Erdmutter, die heilige Erde als Göttin

Ereka (= Helche, turk. Ari-qan) – Attilas Erste Königin

Ermanarich (got. Airmanareiks) – König der Ostrogoten, im 4. Jh., von den vordringenden Hunnen geschlagen

Eskam (turk. As-qam) – Oberschamane Attilas

Eskota (Scotta[s]) – Bruder des Onegesh

Eylimi – Vater Hiordisas, Großvater Sigfrids

Eyolf – ein Sohn Hundings, von Sigfrid getötet

Fafnar (= Fafnir) – Sohn Hreidmars, der Kampfwurm, ein Berserker und Schamane, der seinen Vater tötete, um Andwaris Schatz zu erlangen

Farmamann – ein fahrender Händler, dessen Körper von Wodan übernommen wird

Felix, Flavius – s. Flavius Felix

Flavius Aëtius – magister militiae von Gallien, ehemals Reichsgeisel bei den Hunnen; später (ab 429) *magister militum et utriusque militiae dux*, oberster Befehlshaber des Weströmischen Reiches

Flavius Felix – magister, etc.; Patrizier, Galla Placidias Wahl als Oberbefehlshaber

FOL – s. Baldur

Fridigund – eine Schülerin der Walkyriun in Brunhilds »Neun«

FRIJA (an. Frigg; auch: Frigga oder Fricca) – die Weberin des Schicksals, Wodans Gemahlin

FRO (an. Freyr) – Gott des Glücks und der Fruchtbarkeit, Bruder und Geliebter von Froja

FRODI – ein Halbgott, als Aspekt Fros angesehen

FROJA (an. Freyja), auch DIE FROWE genannt – Göttin der Liebe und der Fruchtbarkeit

Frojavigis – burgundische Schülerin der Walkyriun, eine von Brunhilds »Neun«

FROWE, DIE – s. Froja

Gaiserich – König der Wandalen in Nordafrika

Galamvara (an. Glaumvor) – Tochter des Theoderid, später mit Gundohar verheiratet

Galemburgis – eine Alemannin, Schülerin der Walkyriun, eine von Brunhilds »Neun«, ihre Feindin

Galla Placidia – Schwester des Honorius und Mutter des und Regentin für Valentinian

Garo (= Markgraf Gere) – ein burgundischer Fürst

GEFION – die Geberin, Göttin, die die Seelen der Maiden in Empfang nimmt

Geirrod – Sohn eines Albinger-Sippenfürsten, Feind des jungen Sigfrid

Gibicho – Sippenfürst der Gibichunge, Heerkönig *(hendinos)* der Burgunden, Vater von Gundohar

Gislahar (= Giselher) – nachgeborener Sohn von Gibicho, Gundohars jüngster Bruder

Godelinda (= Gutlinde) – Rudegars Gemahlin

Godomar (= Gernot) – »Godo«, burgundischer Fürst, Gundohars Bruder

GOLDMAD (an. Gullveig) – eine Halbgöttin, gewöhnlich als Aspekt Frojas angesehen

Golla – eine Walmeisterin der Walkyriun, Randgrids Geliebte

Grimhild (= Kriemhilde d. Ä. / Ute) – burgundische Königin, Mutter von Gundohar und seinen Geschwistern

Gudrun (= Gutrune / Kriemhilde) – Tochter von Gibicho, Schwester Gundohars

Gundiok – Gundradas Sohn; nach Gundohars Tod König der Burgunden

Gundohar (= Gunther; an. Gunnar / Guttorm) – ältester Sohn von Gibicho, später König der Burgunden

Gundrada – eine Base Gundohars, verheiratet mit Valobald, einem Neffen König Theoderids

Haduberga – Frau des Erdvolkes

Hadugera – eine ältere Walkyrja, Hebamme

Hagano (= Hagen; an. Högni) – Grimhilds Sohn von Ragan, einem Mann des Erdvolkes

Hamundssöhne – Haki und Hagbard, legendäre dänische Helden

Hardomann – Sohn Hardoberts, ein Alemannenführer am Rhein

HEIDE – Göttin der Hexenkunst

Heimar (an. Heimir) – ein Markomannenführer, Ehemann Bertriuds, Brunhilds Ziehvater

Helgi – Sigmunds Sohn von Borghild, Geliebter der Walkyrja Sigrun, vor Sigfrids Geburt von den Hundingssöhnen getötet

HELLA (an. Hel) – Lokis Tochter, Königin der Unterwelt

Helmbari – ein alter Krieger, dessen Körper von Wodan übernommen wird

Heming – ein Gefolgsmann von Hlodomar, Sohn Hundings und Sigfrids Feind

Hengest – s. Octa

Heribard – ein burgundischer Fürst und Ratsherr

Hermundur (Hermann; lat. Arminius) – Anführer der Cherusker und Herminonen gegen die Römer im 1. Jh. n. Chr.

Hildigund (= Hildegund) – Tochter des Hairarik, eines fränkischen Königs, mit Waldhari verlobt

Hilperich (an. Hjalprek) – König der Albinger, Ziehgroßvater Sigfrids

Hiordisa (an. Hjordis) – Tochter von Eylimi und Lyngheid, Witwe von Sigmund dem Walsung und Mutter von Sigfrid

Hiorward – Vater von Helgi in dessen erster Inkarnation

Hlodomar – jüngerer Bruder Hilperichs, ein Söldnerführer

HLUDANA – Göttin des Herdes

Hlutgard – Anführerin der Walkyriun

HOLDA, auch HULD – eine Göttin weiblicher Kunstfertigkeiten, insbesondere des Spinnens

Honorius – Kaiser des weströmischen Reiches (395–423)

Hreidmar – der Former, ein Schamane des Erdvolkes, Vater von Fafnar, Ottar und Ragan

Hrodlind – Kräutermeisterin der Walkyriun

HUGIN (an. Húginn) – Gedanke, einer von Wodans Raben

Huld – Weisfrau der Walkyriun, Lehrerin Brunhilds, Schamanin bei den Hunnen, Amme Asliuds; vgl. Walada (2)

Hunding – ein König im Norden, von Helgi getötet

IDUNNA – Hüterin der Äpfel der Jugend

INGWIO (an. Yngvi) – ein Halbgott, Aspekt Fros, Ahnherr der Ingwäonen

IRMINO – Ahnherr der Herminonen

ISCIO – Ahnherr der Iscäwonen

Johannes – *primicerius notariorum*, als Usurpator weströmischer Kaiser (423–425)

Jovinus – versuchte das weströmische Reich an sich zu reißen (412)

Julianus – oströmischer Kaiser (361–363), der das Heidentum wiedereinzuführen versuchte

Junius Desiderius – ein Magistrat von Borbetomagus

Kharaton – Großkhan der Hunnen

Kuridak – Fürst der Akatziren

Kursik – einer von Attilas Gefolgsleuten und Ratgebern

Kustubaira (an. Kostbera) – Haganos Frau; eine römische Adelige namens Casta

Laidrad – ein burgundischer Fürst

Landbald – ein alemannischer Fürst

Litorius – Unterbefehlshaber des Flavius Aëtius

Liudegar – ein alemannischer Fürst

Liudegast – ein alemannischer Fürst

Liudwif – eine Schülerin der Walkyriun, eine von Brunhilds »Neun«

LOKI – der Trickster, ein Riese, der (meist) mit den Göttern im Bunde steht

Lyngheid – Tochter Hreidmars, Frau Eylimis und Mutter Hiordisas

Lyngwi – ein Sohn Hundings, der Sigmund tötete

Mamai – ein hunnischer Prinz, von Attila getötet

Marcus Aurelius – römischer Kaiser (161–180), stoischer Philosoph

Melewida – ein Bäuerin im Köhlerwald, Ostberts Weib

Mundschuk (turk. Mundjouk) – Großkhan der Hunnen, Bruder Oktars und Rugas und Vater Bladardas
MUNIN (an. Múninn) – Erinnerung, einer der Raben Wodans
MUSPELSÖHNE – Feuergeister
Nando – ein alemannischer Fürst
Nanduhild – eine Schülerin der Walkyriun
NANNA – Baldurs Gemahlin
NORNEN (an. Nornir) – die Schicksalsgöttinnen
Octa – genannt Hengest (›Hengst‹), ein anglischer Krieger, Gefolgsmann von Hlodomar, später einer der Anführer der Invasion Britanniens
Oddrun – dritte Tochter Bladardas
Oktar – Khan der westlichen Hunnen, Bruder Mundschuks und Rugas
Onegesh (Onegesius) – ein aufstrebender Hunnenkrieger
Ordwini (= Ortwin von Metz) – Dragobalds Sohn, ein burgundischer Fürst
ORGELMIR (an. Ymir) – Urwesen, aus dessen Leib die Welt geschaffen ward
OSTARA (Eostara / Eostre) – Göttin des Morgenlichts, des Frühlings; Ostarafest: vgl. Ostern
Ostbert – ein Bauer im Köhlerwald, Ehemann Melewidas
Ostrofrid – Gesetzessprecher *(sinistus)* der Burgunden
Ottar – Hreidmars Sohn, ein Gestaltwandler, der die Form eines Otters annehmen konnte; von den Priestern Wodans getötet; sein Wergeld ist Andwaris Schatz
Perchta – Dienerin Hiordisas
Peregrinus – Bruder Grimhilds, Bischof zu Batava
Placidia, Galla – s. Galla Placidia
Plinthas – Gesandter des Theodosius an die Hunnen
Priscus, Vater – ein christlicher (römisch-orthodoxer) Priester an Gundohars Hof
Ragan (= Regin) – Hreidmars Sohn, Meisterschmied des Erdvolkes, Sigfrids Ziehvater, Vater Haganos
Raganleob – eine Walkyrja
Ragnaris – Kursiks Sohn, ein hunnisch-gotischer Mischling, einer von Attilas Hauptleuten
Randgrid – Walmeisterin der Walkyriun
Reri – der Große, Sohn Sigis, ein Vorfahre Sigfrids
Richhild – eine Schülerin der Walkyriun, eine von Brunhilds »Neun«
Rudegar (= Rüdiger von Bechelaren) – ein markomannischer Fürst, einer von Attilas Logaden
Ruga (Rugila) – Khan der östlichen Hunnen, Bruder Mundschuks und Oktars; später Großkhan aller Hunnen
Saxwalo – alemannischer Fürst
Severin, Vater – ein christlicher (arianischer) Priester an Gundohars Hof

Sigdrifa – Brunhilds magischer Name als Walkyrja
Sigerich – ein König der Wisigoten
Sigfrid (= Siegfried, an. Sigurð) – Sohn Sigmunds und Hiordisas
Siggeir – der König, der Signy heiratete und ihre Familie umbrachte
SIGI – der Wolfskopf, Sohn Wodans, Ahnherr Sigfrids
Sigmund (= Siegmund) – Walses Sohn, der Gestaltwandler, Sigfrids Vater, getötet von den Söhnen Hundings
Signy (= Sieglinde) – Walses Tochter, Frau Siggeirs
Sigrun – Högnis Tochter, eine Walkyrja, Helgi Sigmundssohns Frau
Sindald (= Sindold) – ein burgundischer Fürst
Sintarfizilo (an. Sinfjötli) – Sohn Sigmunds von seiner Schwester Signy
SLEIPNIR – Wodans achtbeiniges Roß
Stilicho – römischer General gotischer Herkunft, der die Wandalen zurücktrieb; hingerichtet (408)
Sueva (an. Svava) – eine Walkyrja, Geliebte Helgis in seiner ersten Inkarnation
Sunnilda (an. Svanhild) – Gudruns Tochter von Sigfrid
SURT – der Feuerriese, Herrscher von Muspelheim
Swala – die Schwalbe, eine burgundische Schülerin der Walkyriun, Freundin Brunhilds
Swanborg – eine ältere Walkyrja
Theoderid – König der Wisigoten von Tolosa
Theodosius II. – oströmischer Kaiser (408–450)
Thiudimir – ein Fürst der Ostrogoten, Bruder Valamirs (und später Vater Theoderichs des Großen)
Thrudrun – Runenmeisterin der Walkyriun
Tibatto – Anführer der gallischen Bagauden
TIW (an. Tyr) – Gott des Krieges und der Gerechtigkeit
Tuldik – Bote Attilas
Udo – Gudruns Diener im Wald
Uldin – erster namentlich bekannter König der Hunnen
Unald (= Hunold) – ein burgundischer Fürst
Unna – eine Schülerin der Walkyriun
UOTE – Ahnfrau der Niflunge
Ursula – Kammerzofe Gudruns
Valamir – König der Greuthungen (Ostrogoten)
Valentinian III. – weströmischer Kaiser (425–455)
Valobald – Neffe des Theoderid, verheiratet mit Gundrada
Vithimir – Valamirs zweiter Bruder
Viderich – Sohn des Berimund, Erbe des Ermanarich aus dem Geschlecht der Amaler, verließ die Hunnen, um Zuflucht bei den Wisigoten von Tolosa zu suchen

Walada (Veleda) (1) – legendäre Seherin der Bructeri im 1. Jahrhundert
Walada (2) – magischer Name der Weisfrau Huld
WALBURGA – ein anderer Name für die Erdgöttin, verehrt in der Nacht vor dem Wonnemonat
Waldhari (= Walther; lat. Waltharius) – Sohn des Albhari, Neffe des Theoderid, eine Geisel bei den Hunnen
Wallia – König der Wandalen
WALSE (Walis; an. Völsung) – ein Gott der Fruchtbarkeit in den östlichen Landen
Welund (= Wieland der Schmied; an. Völund) – Schutzherr der Schmiedekunst
Wieldrud – Hebamme der Walkyriun
WODAN (Wotan / Odin; an. Óðinn) – Herr der Asen, Weltenwanderer, Gott der Wortkunst, der Kriegskunst und der Magie, auch genannt der Hohe, der Alte, der Einäugige, Walvater, Siegvater, Heervater, Unheilwirker, Grim (der Verborgene); erscheint manchmal in der Gestalt eines Menschen
Wolcgar (= Volker) – ein burgundischer Krieger und Barde
Wulfila (Ulfilas) – ein Bischof des 4. Jahrhunderts, der die Ostrogoten zum arianischen Christentum bekehrte und die Bibel ins Gotische übersetzte
YGG (an.) – der Schreckliche, ein Aspekt Wodans
YNG – der Grüne Mann; vgl. Frodi

Geographische Bezeichnungen

Flüsse sind im Text grundsätzlich mit ihren heutigen Namen aufgeführt.

Aquincum – Pest (Teil des heutigen Budapest)
Aquitania – Aquitanien (Aquitaine), bestehend aus den römischen Provinzen Aquitania Prima und A. Secunda, in Mittelfrankreich
Arelas (vormals Arelate) – Arles
Argentorate (vormals Argentoratum) – Straßburg
Ariminium – Rimini
Armorica – die Bretagne
ASGARD (an. Asgarð) – Wohnstatt der Götter
Attilas Ordu – O-Buda (Teil des heutigen Budapest)
Augustum (eig. Augusta Vindelicum) – Augsburg
Batava (vormals Castra Batavorum) – Passau
Belgica Prima – römische Provinz, das Moselgebiet, die Ardennen und das heutige

Luxemburg und Lothringen umfassend

Belgica Secunda – römische Provinz, entspricht etwa dem heutigen Belgien und Nordfrankreich bis zur Seine

BIFRÖST (an.) – die Regenbogenbrücke, die zu Asgard hinaufführt

Bonna – Bonn

Borbetomagus – Worms

Britannia – England mit Wales

Brunhilds Fels – Brunhildestein, in der Nähe des Großen Feldbergs, Taunus

Classis – Hafen von Ravenna

Colonia Agrippina (eig. Colonia Claudia Ara Agrippinensium) – Köln

Constantia – Römische Festung an der Donau, gegenüber Margus

Constantinopolis – Konstantinopel, das heutige Istanbul, Hauptstadt des Oströmischen Reiches; vgl. Mundburg

Dacia (Dazien) – Rumänien

Divodurum – Metz

Donarsberg – Donnersberg (westlich von Worms)

Erzgebirge – slowakisches Erzgebirge

Gallia (Gallien) – Nordhälfte Frankreichs

Gepidenland – Gebiet um Sirmium und Moesia Prima

Germania Prima – römische Provinz westlich des Rheins, umfaßt in etwa die Pfalz und das Elsaß

Germania Secunda – römische Provinz westlich des Rheins, von nördlich des Moseltals bis zur Rheinmündung

GJÖLL (an.) – Fluß, der Helheim umschließt

Haemus – der Balkan

Halle – Schwäbisch Hall

Harwadha (lat. Carpatus) – die Karpathen

Heiliger Berg – Heidelberg

HELHEIM (an.) – die Unterwelt

Herzberge – der Harz

Hilperichs Feste – Insel in den Sümpfen bei Oldenburg

Hippo (eig. Hippo Regius) – Annaba

Hispania oder *Iberia* – Spanien

Hügel des Hohen – Altkönig, bei Königstein

Köhlerwald – der Odenwald

Langobardenland – südliches Mähren

Langsteinfeld – in der Mainebene; hier fand die Schlacht der Burgunden und Alemannen statt

Lentia – Linz an der Donau

Maeotis – Asovsches Meer

Margus – bei Dubravica, östlich von Belgrad

Mediolanum – Mailand

MITTELERDE (an. Miðgarð) – die Welt der Menschen

Moesia Prima – römische Provinz an der Donau; entspricht etwa dem heutigen Serbien

Mogontiacum – Mainz

Mundburg – Bezeichnung der Germanen für Constantinopolis

MUSPELHEIM (an. Muspellheim) – die Welt des elementaren Feuers
Myrkwald – böhmische Wälder
Naissus – Niš, in Jugoslawien
Narbo – Narbonne
NIFLHEIM (an.) – die Welt des Eises und Nebels
Noricum – römisches Gebiet südlich der Donau im heutigen Österreich
Novidunum – Isaccea, in Nord-Dobrogea
Ostrogotisches Gebiet – hunnisches Pannonien
Pannonia (Pannonien) – römisches Gebiet südlich der Donau, Teile Österreichs und Ungarns umfassend
Pfeiler der Erde – Externsteine, im Teutoburger Wald bei Horn
Raetia (Rätien) – römisches Gebiet in der westlichen Hälfte der Donauebene und der Schweiz
Ragans Schmiede – im Teutoburger Wald bei Horn
Ravenna – Ravenna, Hauptstadt des Weströmischen Reiches (seit 402)
Reginum (eig. Castra Regina) – Regensburg
Rhipäisches Gebirge – der Kaukasus
Roma – Rom, ehemals Hauptstadt des Römischen Reiches
Scythia (Skythien) – ein Begriff zur Bezeichnungen des hunnischen Gebiets, einschließlich Pannoniens und Daziens
Singidunum – Belgrad
Sirmium – Mitrovica oder Sabac an der Save, Jugoslawien
Skandzia – südliches Skandinavien
Skythisches Meer – das Schwarze Meer
Taunus – der Hochtaunus, oberhalb von Frankfurt
Tolosa – Toulouse
Treveri (eig. Augusta Treverorum) – Trier
Ultima Thule – alles Land nördlich von Schottland
UTGARD (an. Utgarð) – die Welt der Riesen
Valeria – äußerste römische Provinz in Pannonien, südwestlich des Donauknies bei Budapest
Vetera (vormals Ulpia Traiana) – Xanten
Vindobona – Wien
Wald der Teutonen – Teutoburger Wald
Wald des Vosegus – die Vogesen, Bergkette im nordöstlichen Frankreich
WALHALL (an.) – Halle der Erschlagenen, Wodans Sitz in Asgard
Wurmfels – Drachenfels, oberhalb von Königswinter am Rhein
YGGDRASIL (an.) – »Yggs Roß«, der Weltenbaum

Europa im 5. Jahrhundert christlicher Zeitrechnung. Es ist die Zeit der Völkerwanderung, eine Zeit, in der die Gestalten der Mythologie in das Licht der Geschichte treten. Dies ist die Zeit des tapferen Volkes der Burgunden, deren Schicksal es ist, zwischen den vordringenden Hunnen und dem zerfallenden, doch immer noch mächtigen Römischen Reich zermalmt zu werden.

Und es ist die Geschichte eines Außenseiters: Sigfrid, Gestaltwandler und Wanderer zwischen den Welten. Sein Schicksal wird bestimmt von zwei Frauen: Gudrun, der goldenen Prinzessin der Burgunden, und Brunhild, einer jungen Kriegerin aus dem Hause Attilas und eine Verstoßene der Walkyriun.

ISBN 3-404-20380-1

BASTEI LÜBBE

Krieg wütet in Normannia. Die Kirche hat ein weltliches Reich errichtet mit dem Ziel, die Ketzerkönige auszulöschen. Inmitten des Chaos kehrt Hawkwood mit der Nachricht von einem neuen Kontinent im Westen zurück. Doch was niemand ahnt: Da ist noch etwas anderes an Bord seines Schiffes, etwas aus der Neuen Welt, etwas fürchterlich Bösartiges. Und es lauert nur darauf, zuzuschlagen.

ISBN 3-404-20379-9

BASTEI LÜBBE